Ævar Örn Jósepsson

IN EINER KALTEN WINTERNACHT

Ein Island-Krimi

*Aus dem Isländischen
von Coletta Bürling*

btb

Die isländische Originalausgabe erschien 2010 unter dem Titel
»Önnur Líf« bei Uppheimar, Reykjavík.

Verlagsgruppe Random House FSC® N001967
Das für dieses Buch verwendete FSC®-zertifizierte
Papier *Lux Cream* liefert Stora Enso, Finnland.

1. Auflage
Deutsche Erstveröffentlichung August 2015
Copyright © 2010 by Ævar Örn Jósepsson
Copyright © der deutschsprachigen Ausgabe 2015 by btb Verlag
in der Verlagsgruppe Random House GmbH München
Umschlaggestaltung: semper smile, München
Umschlagfoto: © Getty Images/Bjarki Reyr;
Shutterstock/Mykola Mazuryk
Satz: Uhl + Massopust, Aalen
Druck und Einband: CPI books GmbH, Leck
MK · Herstellung: sc
Printed in Germany
ISBN 978-3-442-74174-8

www.btb-verlag.de
www.facebook.com/btbverlag
Besuchen Sie auch unseren LiteraturBlog www.transatlantik.de!

I

Juni 2010

Ein guter Tag. Im Geiste war er nur einmal zurück zu diesen unheilvollen Ereignissen geschweift, aber bloß für einen kurzen Augenblick, bevor es ihm gelang, seine Gedanken in andere Bahnen zu lenken. Auch die Medien behandelten sie jetzt eher am Rande. Die Wahlen und der offizielle Bericht über den Bankencrash hatten ihr Gesicht von den Vorderseiten der Zeitungen verdrängt, ihr Name war nicht mehr in aller Munde. Trotzdem wurde immer noch an sie erinnert. Seit einiger Zeit drehten sich die Nachrichten in diesem Fall darum, dass keine neuen Nachrichten vorlagen. Eigentlich sollte es doch Grenzen dafür geben, wie oft ein und dieselbe Meldung mit demselben Wortlaut wiederholt werden durfte.

Ja, es war ein guter Tag gewesen. Jetzt war er zu Hause und in Sicherheit, hier bestimmte er halbwegs selbst, ob und inwieweit er sich stören ließ. Natürlich konnte er die Welt nicht ganz ausschließen, er war ja kein Eremit in ländlicher Abgeschiedenheit. Aber wenn er vorgab, nicht zu Hause zu sein, dann war er nicht zu Hause.

Die Nacht würde noch besser werden, falls er nicht vergaß, seine Tabletten zu nehmen. In der ersten Zeit, nachdem das Unheilvolle geschehen war, hatte er kaum ein Auge zutun können, und die wenigen Male, wenn er tatsächlich eingeschlummert war, schreckte er unweigerlich nass geschwitzt aus dem Schlaf hoch, wimmernd wie ein Säugling, und das Herz im Brustkasten ratterte. Das war extrem unangenehm, und der Arzt hatte vollstes Verständnis dafür. Er verschrieb ihm bedenkenlos Beruhigungsmittel und Schlaftabletten.

Ganz selten fühlte er sich so gut, dass er glaubte, auf die Schlaftablette verzichten zu können. Jedes Mal passierte aber dasselbe – kaum hatte sein Kopf das Kissen berührt, kaum hatte er das Licht ausgeschaltet, als ihn schon die Gedanken an die verhängnisvollen Ereignisse oder vielleicht noch mehr die möglichen Folgen für ihn selbst überfielen, was zu Magen- und Darmkrämpfen und damit verbundenem Brechreiz führte. Dann blieb einfach nichts anderes übrig, als die verdammte Pille zu schlucken und die halbe Stunde, bevor ihre Wirkung einsetzte, mit einem Bier am Computer totzuschlagen. Das Bier schien zwar dieselbe Wirkung wie diese Tablette zu haben, wenn man genug intus hatte, doch die Rechnung ging einfach nicht auf. Er konnte ja nicht tagtäglich von früh bis spät benebelt sein. Und das Bier half auch nicht gegen die Träume, im Gegenteil, sie wurden nur intensiver; die Schreie wurden lauter, die Auseinandersetzungen heftiger, das Blutbad blutiger, und das Herz hämmerte noch wilder. Nein, Schlaftabletten waren so gesehen die bessere Lösung. Sie schalteten ihn einfach aus.

Natürlich war es unfair, dass es ihm so schlecht ging, denn im Grunde genommen war es nur ein Unfall gewesen. Ein schlimmer Unfall, ein verhängnisvoller, ja. Und ein entsetzlicher Fehltritt. Aber doch kein Verbrechen.

Er hatte Erla Líf nie absichtlich etwas antun wollen. Nie im Leben. Wie hätte er das auch tun können? Er liebte Erla Líf, hatte sie über alles geliebt, und er hätte alles für die Möglichkeit gegeben, das Leben zurückzuspulen und das Vergangene ungeschehen zu machen. Aber das konnten die Leute, die ihn verurteilten, nicht wissen. Die wussten sich vor Empörung nicht zu lassen und hielten in Blogs und Zeitungsartikeln nicht mit ihrer Meinung hinter dem Berg. In der Tratschwelt von Online-Kommentaren und Leserzuschriften und wo auch immer drehte sich alles nur um ein Verbrechen. Um eine brutale, abartige, vorsätzliche Untat eines kriminellen Irren, den man aufspüren und zur Strecke bringen musste. Da hatte sich sogar eine Facebook-Community auf der Suche nach dieser Bestie, nach diesem Monster etabliert. Nach ihm.

Natürlich gehörte auch er selbst dazu. Hin und wieder prüfte er, worum es aktuell ging, wer was von sich gab, wer was tun wollte. Und er fühlte sich gezwungen, die ein oder andere Anmerkung beizusteuern, um so was wie Farbe zu bekennen. Mehr traute er sich nicht.

Es zerrte an seinen Nerven, sich an dieser Hexenjagd zu beteiligen. Oft genug hatte es ihn gereizt, sich zu outen und diesen entsetzlichen Quatsch zu korrigieren. Und nicht nur der Facebook-Community, sondern auch den Medien, den Bloggern, der Polizei, einfach allen zu sagen, wie es sich tatsächlich zugetragen hatte. Aber er gab dieser Versuchung nicht nach, denn verrückt war er nicht. Obwohl viele Menschen das anscheinend dachten.

Er wusste, dass niemand ihm Glauben schenken würde, da machte er sich keine falschen Hoffnungen. Jetzt nicht mehr. Es wäre vielleicht möglich gewesen, wenn er sich gleich zu Anfang gestellt hätte, gleich nachdem das Verhängnisvolle eingetreten war. Damals hätte er alles bis ins kleinste Detail erklären können, aber nachdem die ganze Nation einer Gehirnwäsche zum Opfer gefallen war, vom blödesten Blogger bis hin zum Polizeidirektor und zum Oberstaatsanwalt, war es jetzt einfach zu spät. Was auch immer er sagen oder tun würde, er bliebe in ihren Augen ewig ein Monster.

Nein, stellen würde er sich nie. Dann müsste er ins Gefängnis, für wie lange, fünf, zehn oder sogar fünfzehn Jahre? Schwer zu sagen, doch das spielte so gesehen gar keine Rolle. Es war nämlich nicht der Gefängnisaufenthalt, der ihn abschreckte. Und auch nicht das Gerichtsverfahren. Er konnte sich durchaus in einer Zelle in Litla Hraun vorstellen oder neben einem Anwalt im Talar im Gerichtssaal, damit hätte er keine Probleme. Eher im Gegenteil, so seltsam es klang – es war ihm eher ein tröstliches Bild.

Aber über das, was der Gerichtsverhandlung vorausgehen würde, bevor sich die Zellentür hinter ihm schloss, darüber konnte und wollte er nicht nachdenken. Im Geiste hatte er versucht, sich den Gang der Dinge vorzustellen – er musste weinen, wenn er sich in die Trauer und den Schmerz seiner nächsten Angehörigen hineinversetzte. Brechreiz überkam ihn, wenn er an die Demütigung dachte, dass sämtliche Einwohner dieser Insel in ihm den Unhold sahen, den sie sich in ihren Köpfen zurechtgezimmert hatten.

Deswegen versuchte er nach besten Kräften, einfach nicht daran zu denken. Deswegen schluckte er lieber Pillen.

In der Zwischenzeit hatten sich aber seine Sorgen etwas verringert. Nicht viel, und auch nicht schnell. Irgendwo hatte er mal gelesen, dass bei Ermittlungen die ersten zwei Tage die wichtigsten waren. Oder waren es die ersten drei? Es spielte eigentlich keine Rolle, denn es lag schon zwei Monate zurück, dass man Erla Líf gefunden hatte, und die Kriminalpolizei war keinen Schritt weiter. Ein beruhigender Gedanke. Die Kripo war anscheinend völlig überfordert, die Leute wussten einfach nicht, wie sie damit umgehen sollten.

Wenn die mich bis heute nicht geschnappt haben, dachte er manchmal, wird es jetzt wohl kaum noch dazu kommen.

Inzwischen konnte er notfalls auf viele beruhigende Gedanken dieser Art zurückgreifen. Es ging hauptsächlich darum, nicht zu viel über das Geschehene nachzudenken, sondern weiterzumachen. Das Gesicht zu wahren, cool zu bleiben. Und niemals nach außen hin durchblicken lassen, was in seinem Inneren vor sich ging. Darauf verstand er sich.

1

Mittwoch

Heute Nacht ist es zwei Monate her, dass Erla Líf verschwand, dachte Katrín, als sie sich nach ihren Trainingsschuhen bückte. Das wussten sie inzwischen, auch wenn die Leute erst drei Tage später begriffen hatten, dass sie verschwunden war. Als sie am Morgen des Ostersonntags gefunden wurde.

Ihr Freund Marteinn hatte sich am Gründonnerstagmorgen von ihr verabschiedet und war zu seinem alljährlichen Osterabenteuer im Hochland aufgebrochen: allein, nur er und sein Zelt.

Mit ihrer Mutter Þyrí hatte Erla noch am Nachmittag des Gründonnerstags telefoniert, auf dem Weg zu einem Café, wo sie sich mit ihren Freundinnen treffen wollte. Angeblich hatte sie keine konkreten Pläne für das lange Wochenende, und eigentlich wollte sie es am liebsten ganz ruhig verbringen. Sie würde vielleicht morgen zum Kaffee oder zum Abendessen vorbeischauen, vielleicht auch nicht, hatte sie gesagt. Ihre Mutter hatte sie gebeten anzurufen, falls sie tatsächlich kommen wollte. Sie war nämlich über das lange Wochenende zu Freunden in einem Ferienhaus eingeladen, sie überlegte zwar noch, war aber so gut wie entschlossen, die Einladung anzunehmen.

Gegen neun hatte sich Erla von ihrer besten Freundin Oddrún verabschiedet. Auf die Frage, ob sie eventuell am späteren Abend mit auf eine Party gehen würde, hatte Erla ausweichend geantwortet, sie sei irgendwie ein bisschen neben der Spur. Vielleicht würde sie einfach nur zu Mutter im Hvassaleiti-Viertel fahren, um dort faul und gemütlich die Ostertage zu verbringen, während ihr Marteinn sich in den Bergen herumtrieb.

Alle drei, Marteinn, Þyrí und Oddrún, hatten in den darauffolgenden Tagen zwischendurch immer mal wieder versucht, Erla telefonisch zu erreichen, aber genau wie andere Anrufer erhielten sie nur die automatische Ansage, ihr Handy sei im Augenblick nicht zu erreichen. Keiner von ihnen hatte sich irgendwelche Gedanken gemacht, denn für alle war es vollkommen normal, dass Erla Líf vergaß, den Akku ihres Handys zu laden. Und keiner von ihnen hatte ein so dringendes Bedürfnis, mit ihr zu sprechen, dass er sich deswegen mit anderen aus ihrem Bekanntenkreis in Verbindung gesetzt hätte.

Katrín schlüpfte in ihre Trainingsschuhe. Am Freitag ist es zwei Monate her, dass Erla Líf gefunden wurde, dachte sie. Im Gegensatz zu ihrem Verschwinden war das niemandem entgangen. Und am Montag...

Katrín schnürte die Senkel und versuchte, den Gedanken an diesen Montag zu verdrängen. Sie machte ein paar hüpfende Sprünge, bevor sie nach der Türklinke griff.

»Mama?«

Íris streckte den Kopf aus ihrer Zimmertür, und Katrín hielt inne. »Bist du schon wieder gleich weg?« Verwunderung und Vorwürfe mischten sich in dieser Frage ihrer schon fast sechzehnjährigen Erstgeborenen.

»Was meinst du mit gleich?«, war Katríns Gegenfrage. »Es ist bald halb neun. Worauf soll ich denn warten?«

»Ja, ach, du wolltest uns doch mit der Homepage helfen. Oder?«

Katrín seufzte so auf, dass auch Íris es mitbekam. Was immer Sache war, die Erziehung durfte nicht darunter leiden.

»Ich war um halb sechs zu Hause, meine liebe Íris. Und ich hab euch sofort meine Hilfe angeboten, noch bevor ich mit dem Kochen angefangen habe, aber du hast gesagt, ihr müsstet erst was anderes erledigen. Seitdem hab ich dreimal angeboten, mir eure Website anzusehen. Aber immer wieder musstet ihr was anderes machen. Und zwar so viel, dass Eiður und ich uns auch noch um den Abwasch kümmern mussten.«

»Ich weiß«, sagte das erstgeborene Kind. »Sorry, Mams. Aber du weißt doch ...«

»Jaja, schon in Ordnung«, sagte sie und war bereits im Begriff, die Schuhe wieder auszuziehen. »Ich hab noch ein bisschen Zeit, aber wirklich nicht viel. Wollen wir uns das jetzt mal kurz anschauen?«

»Einen Moment, bitte«, sagte Íris und lehnte die Tür zu ihrem Zimmer an. Durch die Ritze hörte Kartín heftiges Getuschel, dann steckte Íris wieder ihren Kopf durch den Spalt und lächelte entschuldigend: »Also, ey, wir müssen erst noch ... Ist es okay in einer Viertelstunde?«

»Nein«, erklärte Katrín, »ich bin weg. Wir sehen uns in einer Stunde, oder anderthalb. Du passt auf deinen Bruder auf.«

Sie hatte die Wohnungstür hinter sich zugezogen und war im Treppenhaus, noch bevor Íris den Mund zum Meckern öffnen konnte. Íris und ihre Freundin Signý waren seit der zweiten Schulklasse unzertrennlich, und beide hatten sich riesig gefreut, als Íris nach einem Jahr Exil in einem Reihenhaus im Grafarvogur-Viertel mit Mutter und Bruder wieder in ihr altes Zuhause in einem Wohnblock im Hvassaleiti-Viertel zurückkehrte.

Katrín fühlte sich ebenfalls wohl in ihrem früheren Viertel. Das Reihenhaus war sie los, und auch das an den jeweiligen Tageskurs geknüpfte Bankdarlehen in einem Devisenkorb. Ebenso ihren Ehemann Sveinn, mit dem sie sechzehn Jahre lang verheiratet gewesen war. Oder besser gesagt, sie hatte sich wohlgefühlt bis zu dem Tag, als Erla Líf gefunden wurde.

Sie sprang die Treppe hinunter, doch draußen auf dem Gehsteig hielt sie inne und zog ihr Handy aus der Jackentasche. Tippte eine SMS: *Ich laufe gerade los, wir sehen uns in einer halben Stunde. K.*, und schickte sie an Árni. Außer dem K am Ende kürzte sie nichts ab, wie die meisten ihrer Generation schrieb sie alles voll aus.

Sie steckte das Handy wieder in die innere Seitentasche ihrer dünnen Windjacke, zog aus einer anderen Tasche ihren mp3-Player und fummelte sich die Knopfhörer in die Ohren. Sie schaltete an, und mit dem ersten Programm des isländischen Rundfunks rannte sie in der milden Sommerbrise los. Wie immer ließ sie es anfangs in der Sackgasse und an der Hauptstraße entlang gemächlich angehen. Ein Auto kam ihr entgegen, und ein anderes überholte sie, bevor es in die nächste Sackgasse einbog. Abgesehen davon war sie allein unterwegs.

In diesem Jahr hatte der Frühling mit aller Macht Einzug in die Gärten gehalten, wie zum Beweis für das Bild, das irgendein Journalist von der Hvassaleiti-Straße entworfen hatte: ein ruhiger Vorort im Herzen der Stadt. Katrín fand die Beschreibung eigentlich gar nicht so schlecht. Ein anderer hatte die Straße als *Reykjavík in a nutshell* bezeichnet, was ebenfalls ziemlich gut zutraf. In gerader Linie aufgereihte Wohnblocks, größere und kleinere Reihenhäuser in einigen Sackgassen, ein Seniorencenter in einer kleinen windgeschützten Mulde, Doppel- und Mehrfamilienhäuser entlang der Hauptstraße, und auch einige unterkellerte Bungalows, die zu den Zeiten des Booms noch von zwei Parteien bewohnt wurden. Zwar fehlten übertriebene Protzvillen in dieser Miniatur-Ausgabe der Hauptstadt, aber das größte dreistöckige Haus kam dem schon recht nahe; früher hatten drei Parteien dort gewohnt, es hatte eine Doppelgarage, und die Quadratmeter beliefen sich insgesamt auf mindestens fünfhundert.

In beiden Zeitungsartikeln gab es Fotos von genau diesem Haus und seinem Besitzer. Die Aufnahmen waren ein Jahr vorher entstanden, als die weißen Wände mit roter Farbe beschmiert worden waren. Auch Hvassaleiti hatte seine Vertreter in der Liga der verfemten und verschrienen Spekulanten von Boomtown Reykjavík. Sonst wäre es wohl auch kein richtiger Querschnitt dieser Stadt, fiel Katrín ein, während sie an dem Haus vorbeijoggte. Alle Anzeichen von äußerlichen Beschädigungen waren längst verschwunden, und der Porsche Cayenne in Gold metallic stand wieder an seinem Platz in der Einfahrt, hochglanzpoliert und hochgradig unschuldig.

Katrín spurtete über die Listabraut, lief an Efstaleiti entlang und überquerte den Bústaðavegur, und vorbei an den Seniorenwohnheimen bis unten ins Tal. Lúlli, der lustige Polizeibär, hatte es sicher missbilligt, wie sie über die Straßen lief, aber damit musste er sich abfinden.

Manchmal lief sie geradeaus über die Fußgängerbrücke (was Lúlli natürlich gut gefunden hätte) und dann in westlicher Richtung am Strand entlang, je nachdem wozu sie und ihr Körper sich aufgelegt fühlten. Die längste Strecke, die sie je gelaufen war, hatte sie bis zur westlichsten Landzunge Seltjarnarnes geführt, und von da aus in östlicher Richtung zur Bucht, wo die beiden Arme der Elliðaá mündeten, und zurück zum Fossvogur-Tal und nach Hause. Meistens beließ sie es aber bei einer kleineren Runde nach Nauthólsvík und zum Wald an dem Hügel, auf dem die Perle thronte. Und an diesem Abend wählte sie eine noch kürzere Strecke.

Sie missachtete das Schild, das Unbefugten den Zutritt zum Forstschutzgebiet untersagte, und schwang sich mühelos über das verschlossene Gatter. Hier war das Joggen zu jeder Jahreszeit, Winter, Sommer, Frühling und Herbst ein Genuss. Die Bäume verliehen Windschutz, die Luft war immer angenehm feucht, der Wald und das fruchtbare Erdreich verströmten ihren Duft. Und hier war es still.

Nach ein paar scharfen Sprints hielt sie kurz bei einer altehrwürdigen Fichte an, um sich nach Joggerart zu recken und zu strecken. Anschließend schwang sie sich wieder über das Gatter und lief ihre Lieblingsstraße Fossvogsvegur hoch. Genau in dem Augenblick, als sie über die Ampel wollte, begann es zu regnen. Katrín wartete deswegen nicht auf die Erlaubnis des grünen Männchens, sondern schoss über den Bústaðavegur, ohne dass das rote Männchen etwas ausrichten konnte. Nach einigen Minuten Zickzacklauf durch das Labyrinth der Gehwege in Reykjavík war sie an ihrem Ziel angelangt, der Kirche von Grensás.

Auf der Kirchentreppe machte Katrín noch ein paar Streckübungen. Es war fünf nach neun. Kein Árni. Typisch. Ihr Handy meldete sich, und während sie ihr Telefon hervorfummelte, zog sie das erste Programm des Staatssenders aus dem linken Ohr. Was es wohl jetzt wieder ist: Mittelohrentzündung oder Durchfall, dachte sie und war froh, dass bei ihr derartige Belastungen nicht mehr an der Tagesordnung waren. Stattdessen gab es aber eine andere Belastungsprobe, denn nicht Árni, Vater von zwei Babys, meldete sich, sondern ihr eigener Teenager Íris.

»Hi, kannst du uns was mitbringen? Ne Schlickertüte für fünfhundert Kronen, ich bezahl's dir. Kannst du das bitte machen?«

»Nein«, erklärte Katrín kategorisch.

»Warum denn nicht, bist du nicht sowieso in der Nähe von einem Kiosk? Bitte-bitte, Mams, es regnet und ich hab keine Lust...«

»Vielleicht«, gab Katrín nach und brach das Gespräch ab. Dann joggte sie zum Einkaufszentrum Austurver, dort war sie geschützt vor ausländischem Regen, der im Gegensatz zu isländischem senkrecht vom Himmel fiel und freundlich vom Gesims tropfte, als sei es das Natürlichste von der Welt.

※ ※ ※

Árni hielt den Atem an, wand seinen Zeigefinger so vorsichtig wie möglich aus dem winzigen Pfötchen und achtete darauf, nicht an das Gitterbett zu stoßen, während er seine Hand zurückzog. Das Ehebett knarrte ein wenig, als er sich aufrichtete, und er erstarrte.

Aber Jón zuckte nur ein wenig und gab einen Seufzer von sich, saugte aber weiter an seinem Schnuller. Zweimal, dreimal, fünfmal schmatzte er. Árni traute sich wieder zu atmen und richtete sich auf. Wieder knarrte das Bett, und zwar genug, damit Jón die Decke wegstrampelte und den Schnuller ausspuckte. Sein Gesicht verzog sich, und Árni machte einen Satz, steckte ihm den Schnuller zurück in den Mund und breitete das Deckbett über ihn. Streichelte ihm über den Kopf und summte irgendwas vor sich hin, bis der Kleine wieder ruhig wurde. Schlich auf Zehenspitzen hinaus, lehnte die Tür nur an und atmete tief durch.

»Er ist wieder eingeschlafen«, sagte er leise. »Und Una schläft richtig tief.«

Ásta sah vom Bildschirm hoch und lächelte. »Dauerte diesmal also nur eine Viertelstunde«, sagte sie. »Das wird schon alles werden.«

»Vielleicht«, entgegnete Árni, aber ihm war der Zweifel sowohl anzuhören als auch anzusehen. »Er ist immer so angespannt.«

»Árni, wir sind das doch alles schon durchgegangen. Wenn irgendjemand daran ›schuld‹ ist, dann wir beide, okay? Nicht nur du, weil du immer bei ihm bist, sondern auch ich, weil ich nicht immer bei ihm bin. Oder – ja, du verstehst schon, was ich meine. Es ist genau wie bei Una, alles braucht seine Zeit.«

Árni war nicht überzeugt. »Aber du weißt, ich habe ihn den ganzen Tag, und das schon seit vier Monaten, und trotzdem ...«

»Es sind doch nur noch zwei Tage. Hör auf, dich da dauernd reinzusteigern. Mit Jón ist alles in Ordnung, auch mit Una, und auch mit dir ist alles in Ordnung. Alles in Ordnung, in Ordnung?«

Árni öffnete den Mund, aber Ásta sprang auf und verschloss ihn, bevor er ein Wort hervorbringen konnte. »Musst du nicht los?«

»Schon, ja.«

»Dann mach, dass du wegkommst. Grüß Katrín von mir – und sag ihr auch, dass ich total sauer bin, dass sie meinen Mann so spät abends beansprucht, wo er doch im Urlaub ist.« Sie verpasste ihm einen Kuss auf eine schlecht rasierte Wange und schob ihn zur Wohnungstür.

»Spät?«, widersprach Árni. »Es ist erst...«
»Pst, du weckst die Kinder. Raus mit dir.«
Árni griff nach seiner Lederjacke und dem Schlüsselbund. »Bis später.«

Draußen goss es in Strömen, und er rannte zum Auto, das genau am anderen Ende eines endlos langen Parkplatzes stand. Genau genommen gehörte der Platz des Peugeot zum nächsten Block, aber in dem Neubauviertel gab es so viele Autos, dass er manchmal beim nächsten oder übernächsten Haus parken musste. Er riss die Tür auf und stieg ein.

Katríns Anruf hatte ihn einerseits überrascht, aber andererseits in noch bessere Laune versetzt als die, in der er sich ohnehin befand. Sie hatte am Telefon nicht mehr sagen wollen, sondern ihn gebeten, sich bei der Grensás-Kirche mit ihr zu treffen. Das konnte nur bedeuten, dass sie mit ihm über Erla Líf sprechen wollte. Sie hatte ihm eine halbe Stunde vor dem vereinbarten Treffen noch eine SMS geschickt, aber das hatte nicht gereicht, er war trotzdem zu spät dran. Typisch, dachte er und schob Dire Straits in den Player. Vor einigen Tagen hatte er ein total unverständliches Faible für diese vorsintflutliche Band entwickelt. *Some people get a cheap laugh breaking up the speed limit*, summte Árni mit seinem Freund Mark Knopfler; *scaring up pedestrians for a minute...*

Árni aus dem Vorstadtviertel, dachte er, als er rangierte. Árni aus dem Vorstadtviertel mit beinahe ebenso ausgeprägten Geheimratsecken wie Mark Knopfler, mit einem Gasgrill auf dem Balkon, zwei Säuglingen im Gitterbettchen und zwei Autos auf dem Parkplatz. Aber er bewohnte keine Villa, noch nicht einmal ein Reihenhaus. Nur eine kleine Wohnung mit drei Zimmern in diesem Neubaugebiet, dessen Straßen alle auf -rimi endeten. Berjarimi. Wenn das hier die Bergstaðastræti wäre, würde ich nicht zu spät kommen... Unwillkürlich gingen seine Gedanken zurück in sein altes Viertel. Seine dortige Wohnung besaß er immer noch. Sie hatte ebenfalls drei Zimmer und war sogar größer als die jetzige in der Berjarimi. Dazu gehörte auch eine Garage. Die war zwar relativ winzig und konnte kaum einem Auto Platz bieten, aber es war eine Garage. In der Berjarimi gab es keine Garage, und hierhin war Árni gezogen, was nicht ohne Proteste und Nörgeln abgelaufen war.

Nachdem Ásta und er nach einem missglückten Trennungsversuch vor zwei Jahren wieder zusammen waren, hatten sie versucht, Ástas Wohnung in der Berjarimi entweder zu verkaufen oder zu vermieten, aber das war nicht gelungen. Es fand sich kein Käufer, und potenzielle Mieter wollten entweder oder konnten nicht die angesetzte Miete bezahlen. Und die hätte sowieso nur dazu gereicht, um die Abzahlungen zu decken. Ein halbes Jahr später waren die Abzahlungen doppelt so hoch geworden, und das machte sich brutal bemerkbar. Als sich dann noch herausstellte, dass sich auch der Kindersegen verdoppeln würde, schlug Ásta vor, in ihre Wohnung im Grafarvogur-Viertel zu ziehen und die Wohnung im Þingholt-Viertel zu verkaufen oder zu vermieten. Árni sträubte sich mit Händen und Füßen, musste sich aber schließlich geschlagen geben. Er weigerte sich aber strikt, die Wohnung zum Verkauf anzubieten, solange er Hoffnung hatte, dass sie zu vermieten war. Sie brauchten nicht lange zu warten, bereits zwei Wochen später zogen sie in Ástas Wohnung, und in seiner Wohnung, in der er zwölf Jahre lang gelebt hatte, nistete sich der deutsche Berater des Auflösungsausschusses von einer der Pleitebanken ein.

Jetzt konnte er weder zu Fuß zur Arbeit gehen noch zu irgendeiner Kneipe. Er wusste kaum, was unangenehmer war. Am schlimmsten war aber das Theater wegen seines

Rauchens. In seiner alten Wohnung konnte er hinaus auf den Balkon oder auf die Treppe vor dem Eingang, in den Garten oder in die Garage gehen, irgendwo war immer ein windstilles Plätzchen zu finden. Und niemand regte sich darüber auf oder rümpfte die Nase. Hier im Vorstadtviertel wohnten sie im dritten Stock, formal gesehen durfte auf dem Balkon geraucht werden, doch nicht dann, wenn die Kinder draußen schliefen. Oder wenn sie binnen Kurzem da draußen schlafen sollten. Oder wenn Wäsche auf der Leine hing ...

Aber sogar wenn weder Tochter noch Sohn noch Wäsche ihn daran hinderten, bedeutete das keineswegs, dass alles paletti war, denn auf und um den Balkon windete es praktisch immer, gar nicht zu reden vom Regen, der meist nach altvertrauter isländischer Art waagerecht daherkam. Das Ambiente hier, fand Árni, war ein völlig anderes und sehr viel raucherfeindlicheres als im Þingholt-Viertel. Immer wieder sah er sich gezwungen, den Mantel überzuwerfen und aus dem Haus zu gehen, wenn er sich nach einer Zigarette sehnte. Und zwar nicht einfach vor den Hauseingang, denn das führte nur zu missbilligenden Mienen und Verärgerung der Mitbewohner. Genauso wenig traute er sich in den winzigen sogenannten Hintergarten, denn das führte zu noch deutlicheren Protesten derselben Mitbewohner plus der Nachbarn im nächsten Block, der unangenehm nahe war. Und auf gar keinen Fall kam das Auto infrage, dort herrschte allerstriktestes Rauchverbot.

Glücklicherweise war es nicht weit bis zu dem Wartehäuschen an der Bushaltestelle. Obwohl es bei winterlichem Wetter kaum Schutz bot, war es doch besser als gar nichts. Vorausgesetzt, dass dort niemand auf den nächsten Bus wartete. In dem Fall hatte es ihm scheele Blicke und abfälliges

Schnauben eingebracht, manchmal sogar Anpflaumerei und Gemeckere.

Wenn es ganz schlimm wurde, dachte er allen Ernstes darüber nach, ob es nicht besser sei, sich das verdammte Rauchen abzugewöhnen.

Fünf Minuten später passierte er die Brücke über die beiden Arme der Elliðaá. Unwillkürlich beschleunigte er und hörte auf, sich selbst zu bemitleiden.

* * *

»Entschuldige bitte«, sagte er zu Katrín, als sie die Beifahrertür aufriss und einstieg. »Ich musste Jón wieder in den Schlaf wiegen, und ...«

»Macht nichts«, entgegnete Katrín. »Hast du vielleicht ein Handtuch oder ein paar Kleenex im Auto, ich bin klatschnass.« Árni deutete schweigend auf das Handschuhfach.

»Danke, dass du gekommen bist«, sagte sie zwischen zwei Kleenex-Tüchern. »Hoffentlich hört es bald auf zu regnen, damit du nicht auch noch nass wirst, wenn wir aussteigen.«

»Kein Problem«, sagte Árni, dessen Hände wegen Nikotinmangel beinahe schon zitterten. Der Regen hört bald auf, bald kann ich mir eine Fluppe genehmigen. »Was äh, ja, was ist eigentlich Sache?«, fragte er und versuchte, sich nichts anmerken zu lassen. »Vermutlich hängt es mit Erla Líf zusammen?«

»Ja.« Katrín wischte sich mit dem letzten Kleenex das Gesicht so gut es ging ab. »Könntest du diese langweilige Musik ein bisschen leiser stellen?«

Árni brachte Mark Knopfler ohne Einwände zum Schweigen. »Ist irgendwas los?«, fragte er. »Sind diese drei Typen nicht immer noch in U-Haft?«

»Doch, ja«, gab Katrín zu. »Aber die Frist läuft nächsten Montag aus.«

»Und was dann? Glaubst du nicht, dass du eine Verlängerung erwirken kannst?«

»Nein«, sagte Katrín. »Oder ja, vielleicht doch. Wenn ich darauf bestehe, würde ich sie wohl bekommen. Ich weiß bloß nicht, ob ich das machen soll. Ich bin mir nicht sicher, dass wir die richtigen Leute im Visier haben. Auf jeden Fall nicht mehr so sicher wie bisher.«

»Und?«

»Und was?«

»Hast du irgendwelche anderen im Visier?«

»Tja«, sagte Katrín, »das ist es eben. Ja und nein. Ich meine, ich habe diese drei noch nicht ausschließen können. Vor allem Darri nicht, der ist meiner Meinung nach der wahrscheinlichste Kandidat, um ehrlich zu sein, aber ...«

»Der wahrscheinlichste«, pflichtete Árni bei. »Als du dich das letzte Mal gemeldet hast, warst du dir ganz sicher. Was hat sich inzwischen geändert?«

»Nichts«, sagte Katrín. »Und genau das ist das Problem. Seit ich die verdammten Kerle vor einem Monat verhaftet habe, hat sich nichts Neues ergeben.«

»Und das ist jetzt also nicht mehr genug?«, fragte Árni.

Katrín schüttelte den Kopf. »Nicht für mich, nein. Wir haben Zeugen, die Erla am Laugavegur in Darris Auto einsteigen sahen, kurz nachdem sie dieses Café verlassen hatte. Das ist eigentlich auch alles. Darri hat nie abgestritten, dass sie zu ihm ins Auto gestiegen ist, und auch seine Freunde bestätigen das und geben ohne Weiteres zu, dass sie ebenfalls dort waren. Wir haben sogar Blutspuren in dem Wagen gefunden, einen winzigen Fleck, der aber trotzdem für eine Analyse reichte. Und für die Festnahme und auch für die

U-Haft, weil die Ergebnisse es als das Blut von Erla auswiesen. Doch es war zu wenig, um sie weiterhin in Haft zu halten. Der Hund, ich meine Friðjón, hat das Auto praktisch in seine Bestandteile zerlegt, fand aber nur diesen einen winzigen Tropfen. Er behauptet steif und fest, dass dort kein Blutbad stattgefunden haben kann und schließt dementsprechend auch aus, dass sie, blutüberströmt wie sie gewesen sein muss, in diesem Auto transportiert worden ist. Bei der Hausdurchsuchung fanden wir auch keine blutbefleckten Kleidungsstücke von irgendjemandem, geschweige denn andere verdächtige Indizien. Und alle streiten natürlich schlichtweg ab, ihr etwas angetan zu haben. Sie haben sie auf dem Laugavegur gesehen, haben angehalten und ihr angeboten, sie mitzunehmen, und sie haben versucht, die Sache wieder ins Lot zu bringen.«

»... und dann haben sie sie rausgesetzt, ich weiß«, sagte Árni. »Das hast du mir neulich schon erzählt. Weil sie nicht auf sie hören wollte – haben sie nicht so was gesagt?«

»Sie ließ sich nicht zur Vernunft bringen«, entgegnete Katrín. »So haben sie es ausgedrückt. Angeblich hat sie zugestimmt, sich von ihnen ins Hvassaleiti-Viertel bringen zu lassen, aber die ganze Zeit habe sie sich mit ihnen gestritten und um sich geschlagen, bis sie kapitulierten und sie an der Tankstelle gegenüber der Kringla rausließen. Und anschließend fuhren diese Herren der Schöpfung ihrer Wege, das war so gegen halb zehn. So lautet ihre Version, und an die haben sie sich von Anfang an gehalten.«

»Und? Warum in aller Welt sollten wir ihnen glauben, nach allem, was die vorher getan haben?«

Katrín schwieg eine Weile. »Das ist vielleicht das Problem«, erklärte sie schließlich. »Alles, was die vorher getan haben. Es ist allerdings zweierlei, ob man ihnen nicht glaubt, oder ob man beweisen kann, dass sie lügen. Ich möchte meine Erla nicht noch einmal im Stich lassen. Sie hat Besseres verdient.«

»Was...«

»Ich will nicht noch einmal einen Fehler machen und alles vermasseln«, sagte Katrín. »Nicht in dieser Ermittlung, das kommt überhaupt nicht infrage. Wir gehen erst dann zum Haftrichter, wenn alles hieb- und stichfest ist.«

»Du hast doch im letzten Jahr keinen Fehler gemacht«, widersprach Árni. »Und genauso wenig ich oder Guðni oder der Staatsanwalt. Du... oder besser *wir* haben absolut nichts vermasselt, es ist nicht unsere Schuld, wenn da irgendwelche steinzeitlichen Richter...«

Katrín wehrte den Einwand ab. »Jaja, ich weiß schon. Wir haben uns völlig korrekt verhalten, keine Fehler und so weiter, blabla. Trotzdem: Alle drei wurden freigesprochen. Und außer der Tatsache, dass Erla sich in das Auto von Darri gesetzt hat, haben wir gegen diese Dreckskerle nichts vorzuweisen als einen winzigen Blutstropfen. Und dagegen steht auch die Aussage eines Zeugen an der Tankstelle am Ártúnshöfði, der kurze Zeit später sah, wie Darri dort den Tank auffüllte und...«

»Moment, hat er wirklich dort getankt?«, unterbrach Árni sie. »Haben die wirklich Erla an einer Tankstelle abgesetzt und kurz darauf an einer anderen getankt? Was soll das denn?«

»Da ist nichts dabei«, sagte Katrín. »Sie haben Erla aus dem Auto aussteigen lassen, sie waren gereizt und wütend und sind abgezischt. An der Tankstelle in Ártúnshöfði haben sie dann noch mal gehalten, um zu tanken. Weil es dort auch einen Kiosk gibt, wo sie was für ihre Party einkaufen konnten, haben sie gesagt. Kassenbons, Sicherheitskameras und die Angestellten bestätigen, dass sie dort eingekauft haben. Im Auto war keine Erla, meint der Tankwartpimpf, es sei denn im Kofferraum. Hinzu kamen die Aussagen von all den Gästen auf der Party bei ihnen zu Hause, die ging bis Ostermontag. Vielleicht kein wasserdichtes Alibi, weil da ständig Leute ein- und ausgingen, aber auch nicht völlig unbrauchbar. Immerhin gut genug, dass ich etwas Handgreiflicheres finden muss als bis jetzt.«

»Was ist mit den Stichwunden?«, fragte Árni. »Ich hab kürzlich mit Geir telefoniert, der sagte etwas in der Art ...«

»Unterschiedliche Stiche, unterschiedliche Wunden«, unterbrach Katrín ihn. »Was bedeuten könnte, dass nicht nur einer, sondern mehrere zugestochen haben. Das hilft uns aber nicht, weil wir bislang noch keine präzise Analyse von den Stichen haben und vielleicht auch nie kriegen werden. Ich brauche mehr. Ich brauche das Messer und ich brauche den Tatort. Insgesamt waren es elf Stiche, und mit Sicherheit ist es nicht gelungen, sämtliche Blutspuren vom Tatort zu entfernen, wo auch immer er war. Und ich brauche das Auto, in dem die Leiche befördert wurde, denn für einen Transport dieser Art kommt nur ein Auto infrage. Und wie gesagt, es war wohl nicht das Auto von Darri. Wenn ich über diese drei Dinge mehr weiß, werde ich herausfinden, wer es war. Erst dann kann ich mich einigermaßen zufriedengeben, vorher nicht.«

Árni nickte. »Es ist dein Fall, du bestimmst natürlich ...«

»Mein Fall, mein Viertel, meine Straße«, sagte Katrín mit Nachdruck. »Beinahe könnte man sagen, meine Leute. Und meine Kirche, natürlich. Ich hab in dieser Kirche geheiratet, wusstest du das?«

Árni schüttelte den Kopf.

»Die Kinder wurden hier getauft, und Íris wurde vor zwei Jahren hier konfirmiert«, fuhr Katrín fort. »Und auch Erla Líf ist hier zur Konfirmation gegangen. Ich habe ihr damals eine Halskette geschenkt.« Sie räusperte sich ordentlich, um die Tränen zu bekämpfen, die hochkommen wollten. »Und diese Kette hat sie um den Hals gehabt, als sie gefunden wurde.«

Árni öffnete den Mund und Katrín die Autotür. Sie stieg aus dem Wagen, bevor er etwas sagen konnte.

»Komm«, sagte sie, »es hat aufgehört zu regnen.«

Árni folgte ihr.

»Bist du am Montag bei Stefán gewesen?«, fragte Katrín, als sie um eine Ecke der Kirche bog.

»Ja«, antwortete Árni. »Ich bin mit Una und Jón hingefahren, um einen Blick auf den Alten zu werfen.«

»Und? Wie war er?«

Árni zog eine Grimasse, er langte nach der Zigarettenschachtel in seiner Brusttasche. Gelassen und nicht hektisch. Zumindest hoffte er, dass es so wirkte.

»Tja. So wie immer, nachdem es passiert ist. Man konnte kaum ein Wort aus ihm herausbekommen. Einmal hat er aber Una angelächelt.« Er suchte sein Feuerzeug. »Ich weiß nicht, ich hatte eigentlich wie immer das Gefühl, als sei er aus der Welt.«

»Der Ärmste«, seufzte Katrín. »War er im Haus oder ...«

»Nein, er war in der Garage und lag unter dieser Schrottkiste von einem Land Rover. Wie gewöhnlich.« Er versuchte, sich eine Zigarette anzuzünden, aber das war mühsam.

»Guðni will ihn heute Abend besuchen«, sagte Katrín. »Ich werde morgen oder übermorgen versuchen, bei ihm vorbeizuschauen. Was meinst du, wird er bald wieder zum Dienst erscheinen?« Es war ihr anzuhören, dass sie eine positive Antwort auf diese Frage erhoffte. Dieser Wunsch blieb unerfüllt.

»Dazu hat er sich nicht geäußert. Macht Eiki euch alle fertig?« Árni steckte das Feuerzeug wieder ein und genoss den ersten anständigen Zug nach drei Stunden. Paradiesisch – wirklich paradiesisch, dachte er. Katrín schnaubte leicht.

»Halt«, sagte sie einen Augenblick später, als sie an der Südseite der Kirche angekommen waren, in der Nische zu einem niedrigen Anbau an das Kirchenschiff. Das steile weiße Dach der Kirche ragte über ihnen auf, die Wand darunter war aber weder verputzt noch gestrichen.

»Eiki ist ein Idiot, das weißt du. Dass ihm die Vertretung von Stefán übertragen wurde, ist natürlich ein Skandal. Ich glaube, dass sogar Guðni da besser gewesen wäre, ehrlich.« Árni schrak unwillkürlich zusammen. Eiki, mit richtigem Namen Eiríkur Brynjólfsson, musste wirklich ziemlich großen Scheiß bauen, um in Katríns Vergleich zu Guðni den Kürzeren zu ziehen.

»Genau deswegen habe ich dich auch heute Abend herbestellt«, sagte sie. »Ich bezweifle nämlich, dass du mir für diesen Fall zugeteilt wirst, wenn du am Montag wieder zum Dienst erscheinst.«

»Wieso denn nicht?« Árni besah sich diese wenig einladende Nische und das Unkraut zu seinen Füßen genauer.

»Er will dich auf Einbrüche ansetzen«, sagte Katrín leicht schniefend. »Die scheinen es ihm unheimlich angetan zu haben. Bei denen ist wohl auch der ›vorgreifende Erfolgskoeffizient‹ höher und größer als das, womit ich mich befasse.«

»Der was bitte?«

»Ach, der Unsinn stammt von mir, ich kann mir einfach nicht all diese Ausdrücke merken, mit denen er um sich wirft. Er schwört auf ein supertolles und geradezu revolutionäres Qualitätsmanagement, mit dem er uns in diesen Zeiten von radikalen Kürzungen und Personalmangel beibringen möchte, wie man ›priorisiert‹, aber wir raffen das einfach nicht. Keiner von uns. Ganz persönlich glaube ich, dass er sich da irgendwas zusammenschwadroniert. Aber er entscheidet, und Einbrüche haben wie gesagt Priorität – nicht Erla Líf.«

»Halt mal, habt ihr nicht neulich jede Menge Polen im Zusammenhang mit den Einbrüchen in Ferienhäuser festgenommen, und dann auch Keiko und seine Bande wegen der Einbruchserie hier in der Stadt? Was soll ich denn da noch machen?«

Katrín zuckte die Achseln. »Keine Ahnung. Aber nicht nur Keiko und die polnischen Gangs brechen hier ein, wie du weißt, es gibt da noch viele andere, überall, auch auf dem Land. Und ich bin mir ziemlich sicher, dass er dich darauf ansetzen wird. Ich möchte dich nur bitten, dass du dir bis dahin diesen Fall ansiehst.«

»Okay«, sagte Árni und blickte sich noch einmal um. »War es hier, wo man sie abgela...« Er verschluckte sich. »Sorry, wurde sie nicht hier gefunden?«

»Ja«, sagte Katrín. »Nicht ganz genau in der Ecke, aber beinahe. In ein weißes Laken gehüllt, einsvierzig mal einsvierzig. Ein Baumwolllaken mit Gummizug, wahrscheinlich aus dem ›Dänischen Bettenlager‹. Und darum geht es, das gehört zu dem, was ich absolut nicht auf die Reihe kriegen kann im Zusammenhang mit diesen drei amoralischen Psychopathen, die wir festgenommen haben. Erla wurde hier nicht ›abgeladen‹ oder entsorgt, wie du dich ausdrücken wolltest. Jemand hat sie in ein weißes Laken gehüllt und an der Kirchenwand hingelegt, fast als hätte der Betreffende sie zur letzten Ruhe gebettet. Und nicht nur an irgendeiner Kirchenwand, sondern an dieser. Bei ihrer Pfarrkirche. Dahinter steckt womöglich Reue, Schuldgefühl und Menschliches, trotz der unglaublichen Brutalität, der sie ausgesetzt war. Von solchen

Gefühlen ist weder in Darri noch seinen Kumpanen etwas vorhanden«, erklärte sie. »Das zumindest ist so sicher wie ein Amen in dieser Kirche.«

2

Mittwoch

»Paranoia ist meine Freundin«, murmelte Guðni, während er nach links abbog. Sie waren immer noch da, diese Scheinwerfer, die ihm gefolgt waren, seit er den Parkplatz vor seinem Haus verlassen hatte. Er war sich eigentlich hundertprozentig sicher, aber Sichersein reichte nicht.

»Nicht nur sicher, sondern *bloody fucking sure* muss man sein«, sagte er zu sich selbst, als er an einer gelben Ampel an der Abbiegespur bei der Kreuzung von Bústaðavegur und Reykjanesbraut hielt. Oder war es schon Sæbraut? Er wusste nie, wann die eine Bezeichnung aufhörte und die andere begann. Das Auto blieb direkt hinter ihm stehen, aber da die Rückscheibe aufgrund der Nässe draußen und drinnen total dicht war, konnte Guðni weder das Gesicht des Fahrers noch die Autonummer erkennen. Einen Augenblick lang spielte er mit dem Gedanken, aus dem Auto zu springen und die Fahrertür des anderen Wagens aufzureißen, aber der Regen und die Vorstellung, dass am Steuer des Wagens vielleicht eine unschuldige Oma oder irgendein Provinzdepp saßen, die sich verirrt hatten, hielt ihn davon ab. Vor allem der Regen. Als die Ampel auf Grün schaltete, fuhr er langsam und gelassen die Sæbraut entlang und nahm wie alle möglichen anderen Idioten die linke Spur. Der Wagen hinter ihm tat dasselbe.

»Uuund – jetzt!«, schnaubte er, riss das Lenkrad herum und gab gleichzeitig Gas. Sämtliche Reifen heulten auf, und Guðni wurde an die Tür gedrückt, als er in fliegendem Wechsel auf die rechte Fahrspur und in die nächste Straße rechts einbog. Súðarvogur. Dort angekommen, nahm er den Fuß vom Gaspedal und blickte in den Rückspiegel. Kein Auto hinter ihm.

Guðni atmete auf und verfluchte seine Freundin Paranoia.

»*Fucking* Paranoia«, grunzte er. Das Wort gehörte seit einiger Zeit zu seinen Lieblingsausdrücken. Er lenkte den Daimler an den Straßenrand und stellte den Motor ab. Er wartete zehn Minuten, ohne irgendetwas Verdächtiges zu bemerken. Trotzdem war ihm klar, dass er keine Ahnung hatte, ob irgendeines der drei Autos, die während der letzten zehn Minuten an ihm vorbeigefahren waren, vielleicht dasjenige war, das ihn von seinem Parkplatz zu Hause verfolgt hatte. Oder war es nur Einbildung gewesen?

Auf dem kurzen Stück bis zu Stefáns Haus auf dem Nökkvavogur bemerkte er kein Auto, das unangenehm hinter ihm blieb. Und es fuhr auch niemand während der zwei Minuten vorbei, die er im Auto wartete, bevor er ausstieg.

Von oben kamen zwar immer noch einige Tropfen, aber die Abendsonne brach sich langsam Bahn durch die Wolken. Aus einem Fenster in der Nachbarschaft hörte man Elvis, *Heartbreak Hotel*. Verdammt gut. Guðni schlenderte die Einfahrt entlang zum Haus. Widerschein von einem Fernsehschirm tanzte in einem der Fenster in der oberen Etage. Die Mitbewohner waren zu Hause.

Guðni machte sich gar nicht erst die Mühe zu klingeln, sondern schob sich an einem ziemlich neuen Toyota Prius in der Einfahrt vorbei. Er klopfte an die Eingangstür zur Garage und öffnete sie. Grelles Neonlicht empfing ihn.

In der geräumigen Garage herrschte Ordnung. Am hinteren Giebel befand sich eine Werkbank, und die Wand darüber bedeckten hohe Regale, vollgepackt mit Kartons und Kisten, Reifen, Geräten und Säcken und sonstigem Kram. An der Längswand, direkt neben der Arbeitsplatte, war eine Stahlspüle und ein kleiner Kühlschrank. Auf dem standen eine halb volle Tüte Zucker und ein Radio mit CD-Player. Zu dieser Stunde gab das Gerät keinen Ton von sich.

Über den Arbeitstisch breitete sich alles Mögliche aus, ein enormer rot lackierter Schraubstock, ein grüner Toaster, ein verchromter Wasserkocher, der nicht mehr zu den jüngsten zählte, und eine weiße Mikrowelle. Außerdem lagen da auch noch die unterschiedlichsten Werkzeuge herum sowie Putzwolle, Bremsklötze und Autoteile unterschiedlicher Art und Größe, die nur schwer einzuordnen waren. Einige triefen von Öl, andere nicht. Weiteres Autozubehör und Werkzeuge sah Guðni auf dem Boden rings um das Juwel der Garage: einen weißblauen langen Land Rover ehrwürdigen Alters.

»Hallo«, sagte er laut und machte die Tür hinter sich zu. »Wo steckst du?«

»Hier«, knurrte Stefán. Guðni ging in die Hocke und bückte sich fast bis auf den Boden. Nicht ohne Mühe. Stefán lag flach unter dem Geländewagen und starrte wie hypnotisiert auf etwas, das Guðni nicht erkennen konnte.

»Die Karre ist also immer noch in ambulanter Behandlung«, sagte Guðni. Seine Miene war spöttisch, aber sein Gesicht war vor Anstrengung rot angelaufen. »Ist die Schrottkiste nicht schon kaputt gewesen, seit sie dir unter die Finger kam?«

Als Stefán unter dem Auto hervorkroch, richtete Guðni sich auf.

»Ja, ja, mein lieber Guðni, meinetwegen sag, was du willst. Aber ich sage nicht zum ersten Mal, dass ein Land Rover nicht kaputtgeht. Der braucht manchmal etwas Pflege und Beistand, aber kaputt geht der nicht.«

»Soweit ich sehen kann, braucht der hier eine Intensivstation und einen Rollstuhl«, entgegnete Guðni grinsend. »Und jede Menge Pillen und Transplantationsorgane, wenn er irgendwann mal wieder auf eine Straße kommen soll. Gar nicht zu reden von einer Schotterpiste.«

»Diesem edlen Gefährt fehlt nichts außer ein bisschen Geschick und Geduld«, erklärte Stefán. »Das ist ja das Beste an diesem Auto, dass man alles Mögliche selber in Ordnung bringen kann. Versuch das mal bei deinem Wagen, der ist fast genauso alt wie meiner hier. Über dieses japanische Wunder der Technik da draußen in der Einfahrt möchte ich lieber nicht reden. Mit dem muss man schon zur Werkstatt, um eine Scheinwerferbirne zu wechseln. Schlimm.« Stefán griff nach einer unbeschrifteten grünen Flasche auf der Arbeitsplatte und goss den Rotwein aus eigener Herstellung in ein Glas. »Prost«, sagte er. »Ich schätze, dass du wie gewöhnlich keinen Rotwein willst.« Er nickte mit dem Kopf in Richtung des Kühlschranks. »Bier gefällig?«

»Jetzt nicht«, sagte Guðni. »Vielleicht beim nächsten Mal. Gibt's keinen Nescafé mehr?«

»Doch, natürlich. Ich setz den Kessel auf. Irgendwelche Neuigkeiten?«

»Tja, was soll ich sagen...« Guðni warf einen Blick auf den Motor unter der geöffneten Kühlerhaube. »Platz ist da genug.« Er atmete ein paarmal tief ein und aus. »Verdammt, der Geruch ist einfach unwiderstehlich. Hab ich dir schon mal gesagt, dass ich am liebsten Automechaniker geworden wäre?«

»Irgendwie kommt es mir so vor, als hättest du das erwähnt«, stimmte Stefán ihm zu. »Und zwar öfters, meinst du nicht?«

Guðni grinste etwas. »Kann sein, ja. *Anyway*, diesen Geruch fand ich immer klasse, obwohl ich überhaupt nichts von Motoren verstehe. Schmieröl und Diesel, eigentlich ist diese Mischung durch nichts zu übertreffen, außer natürlich von dem Geruch meines Daimlers. Schmieröl, Diesel und Leder, mein Lieber. In deinem Teil hier gibt es kein Leder, alles nur Plastik.«

Er nahm die dampfende Kaffeetasse entgegen, und sie stießen an. Nach längerem Hin und Her über die Vor- und Nachteile einer über zwanzigjährigen Mercedes-Limousine und eines Land Rovers, der die Vierzig anpeilte, einigten sie sich darauf, dass wohl beide Autos ihre Vorteile hätten.

»Mehr Kaffee?«, fragte Stefán, während er sich selbst Wein nachgoss. Guðni schüttelte den Kopf.

»Mensch, Stefán, wie geht es weiter?«, fragte er. »Wie steht es um dich? Wirst du nicht bald wieder den Dienst antreten? Die jetzige Situation in der Abteilung ist doch wohl hoffentlich nur ein Joke?«

Stefán grinste breit und trank einen Schluck Wein, gab aber keine Antwort.

»Im Ernst, Stefán«, beharrte Guðni. »Du kennst ja Eiki Brynjólfsson. Wie sich der Boss einfallen lassen konnte, ausgerechnet den über unsere Abteilung zu setzen, ist verdammt noch mal nicht zu verstehen. Der Kerl baut Scheiße auf der ganzen Linie, wirklich große Scheiße. Ehrlich gesagt, ich glaube, es wäre besser gewesen, diesen Job an Katrín zu vergeben als an ihn.«

Stefán runzelte die Stirn. Wenn es nach ihm gegangen wäre, hätte er selbst auch viel lieber Katrín die Stellvertretung angeboten. Und dass nun sogar Guðni sie für die bessere Wahl hielt, legte ein erschreckendes Zeugnis von Eiríkur Brynjólfssons Leistung ab.

»Ist es so schlimm?«

»Schlimmer. Im Ernst – wie lange pusselst du schon hier in deiner Garage herum? Ein halbes Jahr?«

Stefán zog eine Grimasse. »Vier Monate«, korrigierte er und genehmigte sich noch einen Schluck Rotwein. »Etwas über vier Monate.«

Menschen mit mehr Zartgefühl hätten zu diesem Zeitpunkt wahrscheinlich das Thema gewechselt, aber Guðni machte unbeirrt weiter. »Das sag ich doch. Ich meine, *life goes on*. Du musst versuchen, dich da rauszureißen, du siehst aus wie das Letzte, Mensch.« Die Bemerkung war nicht übertrieben. Stefán wirkte grau und elend, der knapp zwei Meter große Mann war ausgemergelt. Seine grauen Haare standen ungepflegt und wirr vom Kopf ab, der Bart wucherte ungehindert, und der schlabbernde dunkelblaue Overall, in dem er steckte, war fast schwarz vor Dreck.

»Ich mach das, was mir passt, wenn es mir passt«, erklärte Stefán, und sein Gesicht bekam ein klein wenig Farbe. »Ich glaube, es reicht jetzt, Guðni. Du musst dir doch bestimmt noch einen Pornofilm ansehen, oder?«

Guðni tat, als hätte er das nicht gehört. »Die ganze Abteilung ist im Arsch, Stefán. Total im Arsch. In allen Abteilungen fehlen Leute, nicht nur bei uns, alle sind sauer auf alle. Pfuscharbeit überall, zur Rechten wie zur Linken. Der Hund ist stinksauer auf Eiki, und das bedeutet, dass die Spurensicherung nur mit halber Kraft arbeitet. Und das verlangsamt alles, womit wir beschäftigt sind, nur noch mehr. In diesem Kampf bin ich ganz auf Friðjóns Seite, um das mal klarzustellen. Alle möglichen Dinge müssen zurückstehen, weil seine Gnaden Eiríkur irgendwas bei uns einführen will, das er ›Qualitätsmanagement‹ nennt. Bestimmt eine Version, die er in einer koreanischen Online-Akademie gefunden hat. Kann schon sein, dass so was bei der Verkehrspolizei wirkt, aber für uns ist es einfach ein verdammtes Desaster.«

»Was denn, was denn, das wird er bestimmt auch bald selber merken«, warf Stefán ein. »Er ist doch kein Greenhorn, das sich noch ...«

»Nein, diese Entschuldigung hat er nicht«, knurrte Guðni. »Er hat verdammt noch mal überhaupt keine Entschuldigung, der Kerl ist schlicht und ergreifend ein Idiot, basta. Alles, was er von sich gibt, ist für den Arsch, denn mit dem denkt er offensichtlich. Ich kann nicht mal die Hälfte von meinem Kram erledigen. Katrín ist ebenfalls am Krepieren und kommt überhaupt nicht voran, es werden ja auch keine Leute für sie abgestellt.«

»Kriegt sie keine Mannschaft? Was meinst du damit? Der Fall ist doch noch ganz offen ...«

»Total offen«, stimmte Guðni zu. »Und es ist wahrhaftig kein unbedeutender Fall. Aber wie gesagt, sie hat keine festen Mitarbeiter, sie bekommt heute vielleicht einen und morgen zwei, je nachdem wie Eiki den Bedarf einschätzt. Auf welcher Grundlage seine Einschätzung jeweils beruht, weiß keiner, nur er und sein verfluchtes ›Managementsystem‹.«

»Du bist doch da«, widersprach Stefán. »Und Árni. Der hat hier neulich mit seinen Kindern vorbeigeschaut, um ›den Alten abzuchecken‹, genau wie du jetzt, und bestimmt wird Katrín morgen oder übermorgen dasselbe tun. Ich weiß ehrlich nicht, für wen ihr mich haltet ...« Er verstummte und wandte sich ab. Stellte die Tasse mit dem Rotwein weg und stützte sich auf die Werkbank.

»Was soll's«, fuhr er fort und drehte sich wieder zu Guðni um. »Árni hat gesagt, dass er Montag aus dem Vaterschaftsurlaub zurück ist. Stimmt's?«

»Doch, ja, aber es ändert nichts an den Tatsachen«, entgegnete Guðni und kratzte sich am Hintern. »Mit dem Fall von Erla hab ich nichts zu tun, und das Bürschlein wird bestimmt auch nicht dafür abgestellt. Ich will mich ehrlich nicht beklagen, dass Katrín im Augenblick meine Vorgesetzte ist und mich mit allem Möglichen beauftragen kann – übrigens der einzige Vorteil von Eikis System, das gar kein System ist. Und derzeit haben Einbrüche Priorität, sagt der Blödmann. Einbrüche und Benzindiebstähle mit gestohlenen Nummernschildern. Das hat er sich so ausgerechnet.«

»Ausgerechnet? Was redest du da, Mensch? Wie können denn Einbrüche und Benzinklau Priorität haben gegenüber ...?«

»Frag nicht mich, frag Eiki. Wie gesagt, es ist das reinste Chaos. Es gibt keine festen Teams mehr, Meister Eiríkur erlaubt sich, jeweils nach eigenem Gutdünken Leute für die anliegenden Fälle abzustellen. Víðir und Siggi sind genauso wütend wie Katrín. Sogar dieser bekloppte Steini meckert. Ich meine, ich weiß, dass wir hierzulande eine Krise haben, dass gespart werden muss, an allen Ecken und Enden, *you name it*, aber damit hat dieser Quatsch überhaupt nichts zu tun. Eiki ist einfach auf einem Ego-Trip.« Guðni verschränkte die stämmigen Arme über seinem ausladenden Bauch, wie um die Wichtigkeit seiner Worte zu unterstreichen.

»Und außerdem ist da auch bei Tóti und Konsorten was im Gange, das ich reichlich *spooky* finde«, fügte er genüsslich hinzu. »Megaspooky.«

Stefán schloss die Augen und schüttelte den Kopf mit den wirren grauen Haaren.

Guðni konnte sich nicht beherrschen. »Mensch, wie siehst du überhaupt aus mit dieser Mähne und diesem Bart?«, sagte er. »Du könntest Catweazle sein oder so ein verdammter Höhlenbewohner. Oder ein Wikinger? Wie lange hast du ...«

Stefán unterbrach ihn. »Schluss jetzt, mein Lieber. Irgendwas soll *spooky* sein bei welchem Tóti? Du meinst Þórður Guðmundsson von der Drogenkommission?«

Guðni nickte.

»Und?«, fragte Stefán. »Was geht dir da so nahe?«

»Das muss ich erst noch herauskriegen«, antwortete Guðni orakelhaft und kniff ein Auge zu. »Bei der Droko ist wirklich was Spukiges im Gange, das steht eindeutig fest. Und zwar seit Längerem. Aber Eiríkur will nicht, dass ich mich damit befasse, der blöde Kerl hat wahrscheinlich Schiss vor Þórður.«

»Guðni, sag bloß nicht, dass du immer noch hinter diesem Kári Brown herschnüffelst. Þórður hat uns gebeten, und ich habe außerdem dich speziell darum gebeten, ihn in diesem Winter in Ruhe zu lassen.«

»Okay.« Guðni musste grinsen. »Dann sag ich es dir eben nicht. Aber wenn ich's dir sagen würde, dann würde ich dir erzählen, dass mir schon das Wenige, das ich über diesen widerlichen falschen Fuffziger herausgefunden habe, nicht gefällt. Und weißt du, was ich sonst noch glaube?«

Stefán stöhnte und kippte den Rest der Flasche in die Tasse.

»Nein«, gab er zu. »Das weiß ich nicht. Aber du wirst es mir ganz sicher sagen.«

»Ich glaube, dass ich beschattet werde.«

»Dass du beschattet wirst?«, echote Stefán.

»Ja. Beschattet. Beispielsweise glaube ich, dass mir heute Abend ein Auto gefolgt ist bis zu dem Zeitpunkt, als ich ihnen eindeutig signalisiert habe, dass ich von ihnen wusste. Oder von ihm, *whatever*. Und das war nicht das erste Mal, amigo.«

»Und wer in aller Welt sollte dich beschatten?«, fragte Stefán. »Und weshalb?«

»Das ist es ja«, entgegnete Guðni. »Das ist verflucht noch mal genau das, worüber ich mir den Kopf zerbreche. Ich hab da schon ein paar ganz bestimmte Ideen, mein Lieber, und die kann ich mit dir besprechen, wenn du endlich wieder zum Dienst erscheinst. Ich bin mir total sicher, dass es etwas mit Þórður und der Droko zu tun hat.« Er streckte sich, stellte seine leere Tasse ab und zwinkerte Stefán vielsagend zu. »Wir sehen uns.«

Stefán stand noch eine Weile stumm an der Werkbank, nachdem Guðni gegangen war. Er nippte ein paarmal an seinem Rotwein, und mit jedem Schluck verzog sich sein Gesicht mehr.

»Bodensatz«, murmelte er geistesabwesend und schüttete den Rest weg. »Der ist uns nicht so richtig gelungen, meine Ragga.« Er stellte die Tasse ins Waschbecken und füllte sie mit Wasser, bevor er sich hinter das Steuer des Land Rover klemmte. Er genoss es, dort zu sitzen und nachzudenken, obwohl er wenig Platz hatte. Am besten konnte er im Garten nachdenken, entweder auf der Bank unter dem Ahorn oder genau zu dieser Jahreszeit in den Beeten wühlend. Trotzdem ging es ihm in diesem Frühling in seinem Land Rover in der Garage besser. Um vieles besser, auch wenn draußen die Frühjahrssonne schon die Beete wärmte. Denn in diesem verdammt himmlischen Garten wimmelte es von Erinnerungen.

✳ ✳ ✳

»Komischer Ort«, sagte Árni. »Allerdings auch komische Kirche, doch das steht auf einem anderen Blatt.« Er hatte sich eine zweite Zigarette angezündet und genoss sie fast genauso wie die erste.

»Inwiefern komisch?«, fragte Katrín.

»Die Kirche oder der Ort?«, war Árnis Gegenfrage.

»Beides. Fang mit der Kirche an.«

Sie hatten die Kirche und sämtliche Anbauten umrundet, das Gemeindehaus, den Musiksaal und die Büros der kirchlichen Hilfsorganisation. Es war ein ziemlich langer Gang, obwohl die Kirche nicht sonderlich groß war.

»Ach, nur so«, sagte Árni und inhalierte tief. »Einfach nicht kirchlich genug für mich.« Er trat ein paar Schritte zurück und blickte sich um. Sie waren wieder bei der Nische angekommen, vor der man Erla Líf gefunden hatte. »Sie hat keinen Turm«, sagte er. »Und da ist überhaupt nichts Grünes außer dem Unkraut hier an der Wand. Ansonsten nur Kies, Asphalt und Steinplatten.«

Katrín musste lächeln. »Angesichts dessen, was für ein unbelehrbares Stadtkind und überzeugter Atheist du bist, hast du unglaublich altmodische Vorstellungen von Kirchen.«

Árni grinste entschuldigend und trat seine Zigarette aus. Er hatte die größte Lust, sich gleich Nummer drei anzuzünden, fand das aber doch übertrieben.

»Sorry, ich bin halt ein Landei, was Kirchen betrifft. Oder einfach nur altmodisch. Doch das andere – die Location, dass sie hier in dieser Ecke hingelegt wurde ...« Er zögerte und überlegte. »Darüber hast du doch bestimmt auch sehr oft nachgedacht«, sagte er dann. »Okay, in erster Linie geschieht es so gut wie vor aller Augen, mitten in der Stadt, auf einem offenen Gelände.« Er drehte sich halb herum und breitete zur Unterstreichung seine Arme aus. Katrín drehte sich ebenfalls um.

»Ja, total offen und sogar relativ gut beleuchtet«, stimmte Katrín zu. »In der Nacht hat außerdem der Mond geschienen, er war fast voll und der Himmel wolkenlos. Doch die Sache ist die: Genau in diese Ecke hat man nur aus einem der Reihenhäuser Einblick, und darüber hinaus nur aus Gebäuden, in denen sich nachts kein Mensch aufhält.«

Die Rückseite des Einkaufszentrums Austurver hatte praktisch gar keine Fenster, und in den oberen Stockwerken des Hochhauses im Besitz der National Power Company gab es keinerlei Anzeichen von Leben. Zur rechten Hand befand sich in einer kleinen Senke eine Kita, und die stand nachts ebenfalls leer. Erwartungsgemäß war in der Nacht zum Ostersonntag in diesen Gebäuden keine Menschenseele unterwegs gewesen. Und genauso wenig in der Kirche.

»Wir wissen, dass er sie im Auto hergebracht haben muss«, sagte Katrín. »Möglicherweise haben Leute, die auf der Háaleitisbraut unterwegs waren, ihn beobachtet, als er auf den Parkplatz einbog und rückwärts in die Ecke einparkte. Doch die einzig möglichen Zeugen für das, was an dieser Stelle passierte, können nur theoretisch irgendwelche Fußgänger sein, die dort unterwegs waren. Soweit wir wissen, gibt es aber niemanden, der hier ein Auto bemerkt hat. Und infolgedessen hat auch niemand beobachtet, wie Erla aus dem Auto zu dieser Nische geschleift wurde.«

»Sie wurde geschleift, nicht getragen?«, hakte Árni nach.

»Ja. Wir haben zwar keine verwendbaren Fußspuren gefunden, weil der Boden solchen Luxus nicht anbietet, aber der Hund hat da ein paar Spuren entdeckt, die er so auslegte, als sei dort jemand diese kurze Strecke geschleift worden. Was wiederum darauf hindeutet, dass der Betreffende allein unterwegs war. Aber es lässt sich nicht ausschließen, dass ein oder zwei Personen währenddessen einfach nur im Auto gewartet haben, während jemand anderes sie zu der Ecke zog.«

»Und man weiß nicht, was für ein Auto das gewesen ist?«

»Nein. Das Wenige, das gefunden wurde, hat dem Hund für die These gereicht, dass es sich wahrscheinlich um einen mittelgroßen Pkw mit Vorderradantrieb gehandelt hat. Oder um einen kleinen Lieferwagen, der rückwärts eingeparkt hat. Also nicht um einen vorwärts einparkenden Wagen mit Hinterradantrieb. Was den Verdacht gegen das Trio abschwächt, denn alle haben Autos mit Hinterradantrieb.«

»Man kann Autos auch mieten«, wandte Árni ein.

»Ja, sicher, aber trotzdem. Im Übrigen könnte es ein Golf, ein Opel gewesen sein oder so was, oder ein Toyota, Nissan, Peugeot, Citroën, Skoda, Hyundai – es gibt unzählige Möglichkeiten.«

»Auch ein Mazda?«, fragte Árni ironisch grinsend.

»Klappe«, sagte Katrín, die vor Kurzem erst ihren achtzehn Jahre alten Mazda hatte abschleppen lassen müssen, mit dem sie schon lange im Clinch gelegen hatte. »Das ist nicht witzig. Und ich bin im Augenblick auch nicht für Witze zu haben.«

Árni errötete und machte keine Anstalten, das zu kaschieren. »Entschuldige«, sagte er, »ich wollte nicht...«

Katrín schüttelte den Kopf. »Kein Problem. Machen wir einfach weiter.«

»Okay«, entgegnete Árni. »Weshalb hast du mich gebeten, hierherzukommen?«

»Weil ich dich um einen Gefallen bitten möchte«, erklärte Katrín rundheraus. »Und zwar ganz persönlich für mich. Es ist zwei Monate her, seit all das passiert ist, und ich weiß mir einfach keinen Rat mehr. Mir fehlen neue Augen, neue Blickwinkel und neue Ideen. Du gehst die Dinge manchmal etwas – wie soll ich sagen, anders an als die anderen. Du hast mit diesem Fall nichts zu tun gehabt, deswegen ... Ja. Deswegen ist mir eingefallen, ob du dir nicht mal die wichtigsten Fakten ansehen könntest.«

Árni vergrub die Hände in den Hosentaschen und straffte seine Schultern.

»Katrín, was redest du denn da für einen Stuss«, entgegnete er. »Ich hab zwar nicht bei den neuesten Entwicklungen in diesem Fall mitgearbeitet, aber ich war dabei, als es um die Vergewaltigung ging. Als Erla Líf Darri und seine Freunde angezeigt hat.«

»Ich rede nicht von der Vergewaltigung ...«, sagte Katrín.

»Nicht von der Vergewaltigung?«, fiel Árni ihr ins Wort. »Willst du etwa behaupten, dass da keine Verbindung besteht? Was zum Teufel ...«

»Das behaupte ich doch gar nicht«, widersprach Katrín. »Ich versuche nur zu sagen, dass nicht notwendigerweise eine Verbindung dazwischen bestehen muss. Und ich schulde es Erla, dass ich mich nicht einfach an irgendwas Augenfälliges klammere. An das, was ich glauben möchte. Ich schulde es sowohl ihr als auch ihrer Mutter und nicht zuletzt mir selber, dass ich sämtliche Möglichkeiten in Betracht ziehe. Auch die, die ich nicht zu Ende denken mag. Deswegen habe ich dich gebeten zu kommen.«

»In Ordnung, was mich betrifft«, sagte Árni. »Aber ich bin in diesem Fall wohl kaum neutraler als du, und auch wenn ich es versuchte, könnte ich es nicht sein. Wenn du jemanden brauchst, der unvoreingenommen und vorurteilslos an Darri und Kumpane rangeht, dann bin ich nicht der Richtige.«

»Ich weiß sehr wohl, was du von den drei Typen hältst, vor allem von Darri. Aber das ist nicht das Problem.«

»Sondern was?«

»Mich haben alle von Anfang an auf dieses Problem hingewiesen, auch du. Und dagegen hab ich gekämpft wie eine Löwin. Bis jetzt.«

»Dass dein Verhältnis zu Erla so eng war?«

»Ja. Oder vielleicht eher so eng zu allzu vielen Menschen, von denen Erla umgeben war. Ich kann dir versichern, dass ich alles in meiner Macht Stehende getan habe, um Darri, Jónas und Vignir zu verknacken. Wirklich alles, aber es hat nicht gereicht. Die Frage ist jetzt, ob ich deshalb andere Optionen vernachlässigt habe. Weil ich mich geweigert habe, meine eigene unmittelbare Umgebung in Betracht zu ziehen. Oder besser gesagt Erlas Umgebung. Weil ich einfach nicht wollte, dass jemand anderes als diese drei Typen, möglicherweise auch nur einer von ihnen, für diese Tat infrage kam. Zumindest niemand, den ich kannte, niemand, den ich mochte. Niemand aus dieser Straße, aus diesem Viertel. Verstehst du, was ich meine?«

Árni nickte. »Ja, natürlich. Ich hab dich schon vor einiger Zeit darauf hingewiesen, dass du vielleicht zu befangen bist.«

»Klar, das bin ich. Trotzdem möchte ich die Ermittlung weiterhin leiten. Komm mit.«

Sie ging an der westlichen Seite der Kirche entlang, vorbei am Kindergarten, und blieb bei einem kleinen Betonkasten stehen. Árni folgte ihr.

»Das ist die Umspannstation für das Hvassaleiti-Viertel, und diese Sackgasse hier ist die östlichste und hochgelegenste. Reihenhäuser zu beiden Seiten, Hanglage bis zur Hauptstraße hinunter. Aber nur von diesem Endhaus hat man, und zwar vom Treppenaufgang aus, einen Blick auf die Nische. Autos dürfen dort nicht verkehren, es ist ein Fuß- und Fahrradweg für alle, die entweder zur Kirche, zum Einkaufszentrum, zum Kiosk oder zur Grundschule wollen. Íris und Eiður gehen hier praktisch tagtäglich entlang, genau wie ungezählte andere, Kinder und Erwachsene. Zum Beispiel auch alle, die von Háaleiti aus zu Fuß in die Shoppingmall Kringla wollen.«

»Okay«, sagte Árni. »Es handelt sich also sozusagen um einen viel begangenen Weg. Und?«

Katrín ging zurück, Árni folgte ihr. Sie blieb noch einmal in der Nische stehen.

»Und?

»Ich befürchte, dass ich wirklich anfangen muss, in meiner näheren persönlichen Umgebung zu recherchieren. Oder vielleicht besser einen anderen damit beauftragen muss. Beispielsweise dich. Du kennst keinen von diesen Menschen, keinen von Erlas Familie und Freunden, und außer mir niemanden in diesem Viertel. Du bist nicht persönlich involviert, und deswegen kannst du nach Belieben wen auch immer verdächtigen.« Katrín sah Árni an. »Wenn ich dir heute Abend eine Mail mit allem schicke, was ich in meinem privaten Computer habe, und wenn ich jemanden finde, der dir gleich morgen früh Kopien von allen möglichen anderen Unterlagen bringt – wärst du bereit, das bis Montag für mich durchzusehen?«

Árni kapitulierte und zündete sich die dritte Zigarette an. »Natürlich bin ich bereit, dir zu helfen, wenn ich das kann. Aber was genau soll ich tun? Den ganzen Stapel durchlesen und den Fall eins, zwei, drei lösen?«

»Das wäre natürlich klasse«, sagte Katrín. »Im Ernst, du gehst so viel von den Unterlagen durch, wie du schaffst. Und hast dabei im Hinterkopf, überall dort eine Anmerkung zu machen, wo du glaubst, dass man noch mal nachhaken sollte. Ich bin für alles dankbar. Ich warne dich aber, abgesehen von Darri und Kumpanen geht es um unheimlich viele Leute, unheimlich viele Berichte und Vernehmungen. Wir haben das halbe Viertel und noch mehr vernommen. Es dreht sich einfach um die Frage, ob ich all diesen Aussagen ausreichend nachgegangen bin.«

Árni ging ein paar Schritte zurück in die ungepflegte Grünanlage, bückte sich zu einer kleinen Grablaterne, die jemand im Schutz von einem der Steinklötze aufgestellt hatte, die eine unregelmäßige Reihe an der Kirche bildeten. Fast so, als hätte jemand sie dort verloren.

»Sie zünden jeden Abend eine neue Kerze an«, sagte Katrín. »Sie brennt bis zum nächsten Morgen. Das tun sie schon die ganze Zeit, seit Erla hier gefunden wurde.«

Árni richtete sich auf und drehte sich um. »Und wer sind ›sie‹?«, fragte er.

»Ihre Mutter. Ihre Brüder und ihre Freundinnen. Ihr Freund Marteinn. Nachbarn.« Katrín zuckte mit den Achseln. »Gute Menschen.«

»Und diese guten Menschen soll ich vermutlich verdächtigen?« Katrín antwortete nicht darauf. »Und wenn ich nichts herausfinde?«, fragte Árni. »Nichts, was mir in die Augen sticht, keinen einzigen Verdächtigen in dieser großen Gruppe von Gutmenschen?«

»Dann müssen wir uns damit abfinden«, entgegnete Katrín.

»Okay.«

✻ ✻ ✻

Stefán schälte sich aus dem Land Rover, holte die nächste Rotweinflasche aus einem Regal unter der Werkbank und öffnete sie. Anschließend begab er sich wieder in die Waagerechte und schob sich unter den Land Rover, in der einen Hand die Tasse mit dem Rotwein, in der anderen einen

Schraubenschlüssel. Fünf Minuten später kapitulierte er vor sich selbst und dem verkanteten Bolzen, kroch unter dem Wagen hervor und fummelte in sämtlichen Taschen seines Overalls nach seinem Handy. Er tippte eine Nummer ein und wartete.

»Du bist also noch am Leben«, war die Begrüßung am anderen Ende der Leitung.

»Ich vegetiere so vor mich hin«, bestätigte Stefán. »Sag mal, Þórður, was du da neulich mit mir besprochen hast ...« Er schwieg eine Weile, aber es kam keine Reaktion. »Wie steht es jetzt eigentlich in diesem Fall?«, fragte er. Immer noch erfolgte keine Reaktion, und jetzt wurde er störrisch und schwieg um die Wette mit Þórður Guðmundsson, dem Leiter der Drogenkommission. Der gab zum Schluss nach.

»Weshalb fragst du?«

»Weil Guðni vorhin bei mir war«, sagte Stefán.

»Und?« Der Argwohn in Þórðurs Stimme war trotz der Einsilbigkeit nicht zu überhören.

»Er hat das Gefühl, beschattet zu werden. Beispielsweise vorhin auf dem Weg zu mir. Er hat auch gesagt, dass ihn dieses Gefühl in letzter Zeit schon öfter beschlichen hat. Deswegen rufe ich dich an, ich will Klarheit schaffen. Bildet sich der Kerl das ein, oder seid ihr ...«

»Über solche Dinge rede ich nicht am Telefon, Stefán«, fiel Þórður ihm ins Wort. »Und ich begreife nicht, wieso du auf die Idee kommst, dass ich das tun würde. Was weiß ich, vielleicht steht der Kerl ja neben dir?«

»Es dürfte wohl keine große Sache sein, so einen Verdacht aus der Welt zu schaffen«, knurrte Stefán. »Frag doch einfach diejenigen, die du darauf angesetzt hast, ihm auf den Fersen zu bleiben. Aber die haben ihn wohl aus den Augen verloren.«

Þórður tat ihm nicht den Gefallen, in diese allzu offensichtliche Falle zu tappen. »Wie gesagt, nicht am Telefon, Stefán. Komm ins Dezernat, wenn du was mit mir zu besprechen hast.«

»Hm«, brummte Stefán. »Hm. Vielleicht mach ich das. Guðni hat mir aber noch was anderes gesagt. Was sehr Interessantes.«

»Ach ja?«

»Jawohl. Er ist sich ziemlich sicher, dass es mit dir und der Droko zusammenhängt, denn bei euch würden Dinge vorgehen, die er als richtig *spooky* bezeichnete.«

»Richtig *spooky*? Bei uns?«

»Ja. Das waren seine Worte. Hat es damit etwas auf sich?«

»Haha«, presste Þórður sich ab. »Ich will nicht näher darauf eingehen, aber ich höre heraus, dass ein gewisser Kripobeamter irgendwelche Dinge völlig auf den Kopf stellt.«

»Was meinst du damit?«

»Wie gesagt, komm ins Dezernat, wenn du darüber reden willst. Musst du nicht ohnehin bald wieder zur Arbeit erscheinen, geht es dir nicht schon viel besser?«

Stefán zögerte. »Weiß nicht«, sagte er dann. »Aber wo du gerade davon redest, kannst du mir vielleicht wenigstens sagen, ob der Zustand in der Abteilung wirklich so miserabel ist? Ich meine die Abteilung für Kapitalverbrechen. Meine.«

»Wie miserabel ist *so* miserabel?«, fragte Þórður zurück.

»Tja, wenn ich Guðni Glauben schenken darf, steht es ziemlich schlimm. Er hat sehr viel an unserem lieben Eiríkur auszusetzen. Guðni ist natürlich der Typ, der über alles meckert. Katrín hat sich noch nicht bei mir über Eiríkur beschwert.«

»Darauf kannst du nichts geben, du weißt doch, dass sie sich Chauvis gegenüber niemals eine Blöße gibt. Aber gut, ich meine, Guðni hat, was auch immer man von ihm halten mag, in diesem Fall nicht übertrieben, egal welchen Teufel er an die Wand malt.«

»Steht es so schlimm?«

»Schlimmer noch«, erklärte Þórður. »Jetzt ist nur die Frage, wie Meister Stefán darauf reagieren wird? Wir sehen uns hoffentlich bald.«

Þórður brach das Gespräch ab und ließ Stefán in schwere Gedanken versunken zurück. Obwohl die bisherigen an Schwere kaum zu überbieten waren.

»Guðni, Guðni, Guðni«, murmelte er vor sich hin, als er sich erneut unter den Land Rover zwängte, eine Handvoll Putzwolle in der einen und einen Schraubenschlüssel in der anderen Hand. »In was hast du dich jetzt wieder reingeritten?«

* * *

Katrín schlenderte zum Kiosk und winkte Árni zu, der mit gesetzeswidriger Geschwindigkeit an ihr vorbeibretterte. Sie hielt das für ein gutes Zeichen, es lag ihm offenbar sehr daran, wieder nach Hause zu Ásta und den Kindern zu kommen.

»Eine Schlickertüte für fünfhundert Kronen bitte«, sagte sie zu dem Mädchen, das sie bediente. »Am liebsten scharfes Zeug, und kein Weingummi.«

Eines hatte sie Árni verschwiegen, weil sie ihn nicht darin einweihen wollte: Ihre Gedanken kreisten nicht nur um Erla Líf, auch nicht um sie selbst oder die eigene Familie, sondern sie fand, dass es unter anderem um diese Straße und das ganze Viertel ging. Sie wollte es wieder zu dem machen, was es vorher gewesen war; einem Stadtteil, in dem man sich als Bewohner sicher und wohl fühlen konnte, so wie es gewesen war, bevor das Schreckliche hereinbrach. Sie wollte ihrer Tochter sagen können, dass sie gefälligst selbst zum Kiosk gehen könne, um sich Schlickerzeug zu kaufen, wenn ihr danach zumute war. Die Leute sollten unbesorgt zu Hause sein und vor der Glotze hocken und sich irgendeinen Scheiß anschauen können, während die Kinder von morgens bis abends draußen herumliefen und mit befreundeten Gleichaltrigen spielten.

Das konnte sie jetzt nicht mehr, genauso wenig wie die anderen Menschen in diesem Viertel. Es herrschte kein Schreckenszustand. Weit gefehlt, bei den meisten schien das Leben seinen gewohnten Gang zu gehen. Die Kinder rannten immer noch zum Kiosk und in die Kringla oder die Bäckerei am Einkaufszentrum in Austurver. Aber es lagen Argwohn, Angst und Unruhe in der Luft, fand Katrín. Mehr Leute schalteten trotz taghellen Nächte die Außenbeleuchtung ein, und auch diese unerträglichen Scheinwerfer, die von Bewegungssensoren gesteuert wurden, vermehrten sich. Katrín sorgte sich nicht um die eigene Sicherheit und hoffte, dass sie mit ihrer Präsenz und dem täglichen Joggen in ihrem Viertel positive Eindrücke unter den Leuten verbreitete, die sie kannten. Und das galt inzwischen für fast alle Einwohner des Viertels. Katrín war sich aber durchaus bewusst, dass es, wenn sie nicht aufpasste, auch den gegenteiligen Effekt nach sich ziehen konnte. Dass sie zu einem verrückten Weibsbild abgestempelt würde, mit dem Eltern ihren Kindern Angst machten. Oder zur joggenden Mahnung an die Unfähigkeit der Polizei, die Bürger der Stadt zu schützen.

Und sie hatte das dumpfe Gefühl, dass einige bereits so über sie dachten. Menschen, die sie zu Beginn der Ermittlung angehalten und sich mit ihr unterhalten und ihr gedankt hatten, sprachen sie jetzt nicht mehr von sich aus an. Nachbarn, die sie in den ersten Tagen, nachdem Erla Líf aufgefunden wurde, angespornt und Hilfsbereitschaft signalisiert hatten, blickten jetzt weg, wenn sie ihnen beim Laufen zuwinkte. Ihr kam es so vor, als wäre da bei einigen sogar Feindseligkeit ins Spiel gekommen. Zwei Anwohner hatten sich bemüßigt gefühlt, einen Leserkommentar an *Morgunblaðið* zu schicken. Sie hatten mit Eiríkur telefoniert und verlangt, dass die Leitung der Ermittlung einer fähigeren Person übertragen wurde. Einer von ihnen hatte zuerst immer wieder betont, wie gut es sei, dass genau sie, »einer von uns«, eine Einwohnerin des Stadtteils, mit dieser Aufgabe betraut worden war, und sich anfangs in vielen lobenden Worten dazu auf seiner Blogseite geäußert.

Katrín hatte in gewissem Sinne Verständnis dafür, denn aus ihrer Sicht stand eines fest: Das Leben in ihrem Viertel würde sich erst wieder normalisieren können, wenn sich derjenige, der Erla Líf entführt, mit elf Messerstichen tödlich verletzt und zwei Nächte später bei der Pfarrkirche deponiert hatte, hinter Schloss und Riegel befand. Sie war verantwortlich, und sie hatte den Fall immer noch nicht gelöst. Drei Männer saßen in Untersuchungshaft, aber keiner von ihnen war angeklagt worden, und dazu bestand auch in absehbarer Zeit keine Hoffnung.

Auf dem Weg nach Hause begegnete Katrín keiner Menschenseele.

»Bitte schön«, sagte sie und warf die Schlickertüte auf Íris' Schreibtisch. »Aber du musst Eiður was davon abgeben. Wollen wir uns jetzt eure Website ansehen?«

»Okay«, sagte Íris. Signý sprang von Íris' Bett hoch, um nichts zu verpassen. »Also, wir wollen natürlich ganz viel Kohle sammeln, und der Rektor hat uns erlaubt, dass wir eine richtige Mega-Show abziehen dürfen, du weißt, und wirklich in der Aula, einen Tag nach der Schulentlassung, und da wollen noch jede Menge andere Kids mitmachen. Wir kassieren Eintritt für die Show, und wir verkaufen auch Kuchen und alles Mögliche, und auf der Homepage werben wir für das Sammelkonto.« Während des Redeschwalls ihrer Freundin nickte Signý häufig und heftig mit dem Kopf. Katrín versuchte vergeblich, ein Wort dazwischenzubekommen. »Da sollen die Leute was reinzahlen«, fuhr ihre Tochter fort, »der Vater von Haukur bürgt dafür, und die Genehmigung, die du meintest, die Genehmigung für eine Spendenaktion, die haben wir auch bekommen, mit allem Drumherum, das Ganze heißt ›Rocken für die kleine Líf‹, klingt das nicht cool? Die Jungs sagen, es wäre ein bisschen sentimental, und Ebba behauptet, so ein Titel sei viel zu lang. Was meinst du dazu?«

»Ich finde den Titel total cool«, schob Signý ein, bevor Katrín auf die Frage antworten konnte. »Er klingt verdammt cool und taff.«

»Das finde ich auch«, sagte Katrín und bemühte sich zu lächeln. »Ich finde die ganze Aktion einfach super, ihr Lieben.«

»Ja, aber pass mal auf«, sagte Íris und legte den Kopf schräg. »Wir haben überlegt, ob du nicht auch was auf die Seite schreiben kannst, als Kripofrau, verstehst du? Etwas darüber, was die Leute...«

Katrín schüttelte den Kopf. »Nein, Íris. Ich hab dir schon oft gesagt, dass...«

»Mensch, Mams. Du wirst es doch wohl schaffen, was richtig Gutes für diese Website zu schreiben!«

»Nein«, erklärte Katrín mit Nachdruck. »Und du weißt, dass ich das nicht kann, nicht darf und nicht will. Basta.

Außerdem glaube ich nicht, dass ich euch helfen muss. Soweit ich sehen kann, habt ihr alles toll im Griff.«

Katrín klopfte ihrem enttäuschten Teenager auf die Schulter. »Total im Griff, und es wird bestimmt ein super Erfolg.«

3

Freitag bis Samstag

Árni hörte auf, den Kinderwagen zu schaukeln, und wartete. Ein Bus bremste lautstark quietschend auf der anderen Seite des Wohnblocks, ein kleiner Köter kläffte auf dem Balkon des Hauses gegenüber, drei sechsjährige Naseweise rannten lachend den Bürgersteig zwischen den Häusern entlang, zogen rappelnde Ranzen hinter sich her und verschwanden schließlich um die nächste Ecke. Sein Sohn hingegen schien für solchen Lärm draußen auf der Straße in demselben Maße unempfindlich zu sein, wie er drinnen in der Wohnung auf das geringste Geräusch reagierte. Una schlief meist über alles hinweg, egal ob draußen oder drinnen. Sie wachte höchstens bei sehr heftigem Protestgebrüll des kleinen Bruders auf, wenn die Umstände es in der Morgenfrühe erforderten, eine voll geschissene Windel zu wechseln.

Árni ging auf Zehenspitzen zurück in die Wohnung und lehnte die Balkontür nur an. Er holte sich eine Tasse Kaffee, belegte zwei Scheiben Brot mit Käse und setzte sich an den Esszimmertisch, wo sein Laptop und ein handbreiter Stapel von Akten und Fotos in einem lädierten Pappkarton auf ihn warteten.

Den Unterlagen zufolge, die Katrín an ihn weitergeleitet

hatte, waren gut dreihundert von etwa siebenhundert Einwohnern befragt worden, die laut dem Volksregister im Hvassaleiti-Viertel wohnten. Selten hatte es sich um ausführlichere Gespräche gehandelt, bei den meisten Leuten hatte man nur angeklingelt und gefragt, ob sie irgendetwas Auffälliges gesehen oder gehört hätten, das ein neues Licht auf den Sachverhalt werfen könnte. Die Betreffenden wurden zum Schluss darum gebeten, die Kriminalpolizei zu verständigen, falls sie sich doch noch an etwas erinnerten, oder vielleicht auch eine andere Person in dem Haushalt, die etwas bemerkt hatte.

Knapp sechzig aus diesem Kreis wurden danach befragt, wo sie über Ostern gewesen waren und welche Verbindung sie zu Erla Líf gehabt hatten. Von ihnen wurden dreißig zu einer offiziellen Vernehmung einbestellt. Zu all diesen Personen gesellten sich noch jede Menge anderer Leute, die gar nicht im Hvassaleiti-Viertel lebten. Grob geschätzt kam Árni auf ungefähr vierhundert Personen im Zusammenhang mit dieser Ermittlung. Von fünfundfünfzig lag ein Vernehmungsprotokoll vor. Drei Individuen stachen heraus: Darri Ingólfsson, Jónas Ásgrímsson und Vignir Benediktsson. Die drei erhielten sehr bald und fast automatisch den Status eines Verdächtigen, wurden aber trotzdem erst fast einen Monat nach dem Auffinden von Erla Líf zur U-Haft verurteilt. Und dort befanden sie sich zurzeit noch. Árni überging alles, was dieses Trio betraf, und konzentrierte sich auf die anderen Personen, die offiziell vernommen worden waren. Diese ließen sich in zwei praktisch gleich große Gruppen einteilen.

Zu der einen Gruppe gehörten Erlas Familie, ihr Freund, sämtliche anderen Freunde und Freundinnen und auch einige Nachbarn von Erlas Mutter. Gute Menschen, hätte Katrín gesagt. In der anderen Gruppe befanden sich alle möglichen Leute, die eines gemeinsam hatten: Sie waren aus vielen und sehr unterschiedlichen Gründen heftig mit Erla Líf aneinandergeraten. Erla hatte laut Katrín nie mit ihren Meinungen hinter dem Berg gehalten, und ihre unverblümte Art passte vielen nicht. In diesem »feindlichen Lager« waren auch einige Nachbarn aus dem Hvassaleiti-Viertel. Árni überlegte, ob sie wohl noch als Gutmenschen galten, war sich aber nicht sicher. Beim nächsten Treffen hatte er vor, Katrín danach zu fragen. Das würde kaum vor Montag stattfinden, denn Ásta hatte das Wochenende gründlich verplant.

Er biss in sein Käsebrot. Eine Stunde, vielleicht mit etwas Glück anderthalb. Dann würde Erla Líf vor Una und Jón zurückstehen müssen. Zwei Kinder, dachte Árni und lächelte in seine Kaffeetasse. Wer hätte sich das noch vor zwei Jahren oder so ausmalen können? In erster Linie er selbst nicht. Die zwanzig Monate seit Unas Geburt hatten zu den ereignisreichsten seines Lebens gehört. Er hoffte inständig, dass die nächste Zukunft sich etwas weniger abwechslungsreich gestalten würde.

Obwohl die Vernehmungsprotokolle von den Zeugen und von Erlas Bekannten sehr viel Raum einnahmen, ging es in einem Großteil der Unterlagen um Erla selbst, ihre soziale Vernetzung, ihre ausgeflippten Ideen. Deswegen hatte es etliche Zusammenstöße mit diesen und jenen Zeitgenossen gegeben, nicht zuletzt mit der Polizei. In den Akten befanden sich sowohl Niederschriften als auch Fotos, die zu allen möglichen Anlässen gemacht worden waren.

Wie üblich bei solchen Fällen hatte man versucht, ein möglichst präzises Bild von dem zu erstellen, was sie am Gründonnerstag unternommen hatte. Árni zog eine Grimasse und korrigierte seine Gedanken: von wegen »solche« Fälle, ermahnte er sich, während er den letzten Happen der ersten Schnitte vertilgte – so einen Fall hatte es in Island noch nie gegeben, soweit er wusste. Bei »ähnlich gelagerten Fällen«, dachte er, es musste doch möglich sein, das so auszudrücken, bei »ähnlich gelagerten Fällen« wurde immer versucht, sich ein genaues Bild vom letzten Tag im Leben des Betroffenen zu machen – aber schon wieder stockte er. Das war auch nicht die richtige Ausdrucksweise. Er biss in die zweite Schnitte und kaute ruhig und konzentriert.

»Spielt doch keine Rolle, *makes no diff*«, brummte er. Er aß die Schnitte auf, trank einen Schluck Kaffee und zog den Pappkarton zu sich heran. Der letzte Tag, bevor sie verschwand, dachte Árni, drücken wir es mal so aus. Dieser Tag war möglichst genau kartografiert, so gut man das ohne die Aussagen der Betroffenen machen konnte. Aber nicht nur ihr letzter Tag, denn im Fall von Erla Líf wurden etliche Monate mit erstaunlich vielen Details aufgerollt. In ihrem Fall war es aus zwei sehr unterschiedlichen Gründen eine ungewöhnlich leichte Aufgabe.

Zum einen war Erla Líf über Jahre hinweg bei Katrín ein und aus gegangen, genau wie Katrín in ihren jungen Jahren bei Erla Lífs Mutter. Und zum anderen hatte Erla seit November 2008 oft Berührung mit der Polizei gehabt, entweder als Täterin oder als Opfer. Sämtliche Vorfälle waren gründlich dokumentiert. Mal wurde sie angezeigt, mal zeigte sie an. Als die Person, die Gewalt verübte, oder an der Gewalt verübt wurde. Von der gröbsten, infamsten und schändlichsten Art.

Árni griff nach dem obersten Foto. Mit Gewaltanwendung hatte es nichts zu tun. Im Hintergrund standen seine Kollegen aufgereiht und bis an die Zähne bewaffnet, soweit isländische Polizisten das sein konnten. Um das Feuer vor dem Parlamentsgebäude im Mittelpunkt des Fotos tanzten jede Menge Leute herum. Tanzten, sangen, trommelten auf Pauken, auf Töpfe und Pfannen. Ganz rechts erkannte er eine dunkle Gestalt mit einem albernen Grinsen auf unschuldigen Lippen – sich selbst. Links von dem lodernden Feuer stand eine schwarz gekleidete Frau mit erhobenen Händen und Feuer in den Augen. Ob es ihr eigenes Feuer war oder nur der Widerschein der Flammen, konnte er nicht ausmachen, aber die Funken flogen so wild, dass sie auch noch auf dem ausgedruckten Foto zu sehen waren.

Vielleicht, dachte Árni, vielleicht ist diese Szene noch wirkungsvoller wegen der Maske. Man sah von dieser tanzenden Frau nur die Augen, den Rest des Gesichts verhüllte eine schwarze Bankräubermütze. Aber es war mit Sicherheit eine Frau, sowohl der schwarze Pullover als auch die schwarze Hose waren so eng geschnitten, dass darüber kein Zweifel bestehen konnte. Árni fand es peinlich, das dämliche Grinsen in seinem Gesicht zu sehen, er erinnerte sich allzu unangenehm genau daran, was ihm in dem Augenblick durch den Kopf gegangen war, als sich sein Blick auf diese tanzende, gesichtslose Traumprinzessin richtete.

Auf dem Computerausdruck hatte man einen weißen Ring um sie gezogen, und deswegen wusste er jetzt – und hatte es allerdings auch schon seit einiger Zeit gewusst –, dass sich hinter der Maske und dem eng anliegenden Kostüm niemand anderes als Erla Líf verbarg. Árni griff nach dem nächsten Foto. Auf dem war er selbst nicht zu sehen, aber die Ereignisse an Silvester 2008 standen ihm klar vor Augen. Eine Gruppe von Jugendlichen hatte im Hótel Borg einen Kampf mit der Polizei herausgefordert, und Erla Líf war mittendrin dabei. Damals hatte sie ihr Gesicht mit einem Palästinenserschal halb verhüllt. Auf dem nächsten Foto lag sie bäuchlings auf einem gepflasterten Weg im Garten hinter dem Parlamentsgebäude. Blutüberströmt, in Handschellen, mit vom Tränengas geröteten Augen. Diese und etliche andere Fotos zeigten Erla Líf Bóasdóttir, eine vierundzwanzigjährige politische Aktivistin, Anarchistin, einen Junkie und in den Augen der allermeisten Kollegen von Árni eine in jeder Hinsicht unerfreuliche Person.

Er fand es irgendwie seltsam, diese Bilder zu betrachten. Obwohl er selbst zu dieser Zeit häufig genug im Zentrum von Reykjavík unterwegs und bei sehr vielen von den Anlässen anwesend gewesen war, bei denen diese Fotos entstanden, überfiel ihn ein Gefühl des Unwirklichen, als er sich diese Bilder jetzt ansah, anderthalb Jahre später. Er konnte sich an alles erinnern, trotzdem kam es ihm so vor wie etwas, das er gelesen oder im Fernsehen gesehen, aber nicht selbst erlebt hatte. War er wirklich dort gewesen? Er schüttelte diese Gedanken ab und arbeitete sich weiter durch den Stapel von Fotos. Erla Líf schreiend, um sich beißend, um sich schlagend. Erla Líf verhaftet, aber mit freiem Stinkefinger.

Auf sehr vielen anderen Fotos gab es aber auch eine ganz andere Erla Líf: eine liebenswerte Tochter, eine große Schwester, eine Babysitterin, eine Freundin. Eine lächelnde, lachende, weinende Erla Líf. Umarmt von der Mutter und den jüngeren Brüdern. Ihren Freundinnen zuprostend. Ein Teenager mit Zahnspange und strahlendem Lächeln, mit Katríns kleiner Tochter Íris im Kinderwagen. Hübsche Abiturientin, schüchtern lächelnd, auf dem gelockten Haar thronte die weiße Abiturientenmütze. Oder lächelnd und von Marteinn umarmt, ihrem Freund. Und auch lächelnd in den Armen ihres ehemaligen Freundes Darri Ingólfsson, Handballidol, Rechtsanwalt und zu Studienzeiten Sommeraushilfskraft bei der Polizei.

Es gab auch Fotos von Verhaftungen, sie waren dreimal in den letzten zehn Monaten vorgekommen. Und Fotos von den

Verletzungen, die den ärztlichen Bescheinigungen beigefügt worden waren, im Zusammenhang mit den beiden Anzeigen, die sie selbst erstattet hatte.

Eine war direkt gegen die Polizei gerichtet, es ging um eine vermeintlich illegale Festnahme, um übertriebene Gewaltanwendung und Brutalität. Die beigefügten Aufnahmen von ihren Hämatomen waren schlimm, vor allem das Hämatom im Kreuz. Die Schnittwunde an der Stirn und die aufgeplatzten Lippen trugen ebenfalls nicht dazu bei, die Glaubwürdigkeit der Anzeige zu verringern.

Die andere Anzeige richtete sich gegen ihren ehemaligen Liebhaber, Darri Ingólfsson, und seine Freunde Jónas und Vignir. Zwar waren die beigefügten Aufnahmen oberflächlich gesehen nicht besonders aufsehenerregend, doch umso hässlicher war die dazugehörige Story. Das Trio befand sich zwar im Augenblick wieder in U-Haft, aber nicht aus dem Grund, weswegen Erla die drei seinerzeit angezeigt hatte, nicht wegen dem, was sie ihr angetan hatten, was in den Fotos wohl zum Ausdruck gebracht werden sollte. Oder vielleicht doch? Nach dem Gespräch mit Katrín am Mittwochabend hatte Árni das Gefühl, dass sie wahrscheinlich genau deswegen wieder einsaßen, trotz des Freispruchs durch das Oberste Gericht. Das fand er eigentlich ganz in Ordnung.

✳ ✳ ✳

»Also ich weiß, dass du nicht über die Arbeit sprechen willst«, begann Katrín. »Trotzdem möchte ich mit dir genau über die Arbeit reden. Dieses eine Mal zumindest.«

Sie räusperte sich, blinkte und bog ab. »Mit anderen Worten, mein lieber Stefán, ich weiß, dass du etwas dagegen hast, über die Arbeit zu sprechen, und so weiter und so fort, aber könnten wir vielleicht eine Ausnahme machen?« Sie schüttelte den Kopf, das war wohl nicht der richtige Einstieg. »Stefán«, sagte sie entschlossen, während sie in den Nökkvavogur einbog, »ich muss dich jetzt einfach darum bitten, mir zu helfen.« Ging es darum? Entschlossen, aber auch bittend – bittend, aber auch entschlossen?

Katrín dachte immer noch darüber nach, wie sie sich ausdrücken sollte, genauso auch über alle Untertöne, betrat die Garage und musste dort feststellen, dass sie sich diese Mühe hätte sparen können.

»Schön, dass du kommst«, erklärte Stefán und streckte seine Hand nach der Thermoskanne aus. »Ich hab gerade Kaffee gekocht.« Er füllte einen Becher und reichte ihn Katrín. »Was gibt's Neues? Wie ist der Stand im Fall von Erla?«

Katrín nahm die Tasse entgegen und war ebenso erstaunt wie froh. »Der Stand? Alles andere als gut.« Sie sah Stefán aufmerksam an. Die graue Haut im Gesicht und an den Händen schien zu weit für ihn zu sein, ähnlich dem völlig verdreckten schlabbernden Arbeitsoverall. Bart und Haare waren ungepflegt wie zuvor. Trotzdem war eindeutig eine Veränderung eingetreten – Starre und Benommenheit schienen nachgelassen zu haben, er hielt sich gerade, und seine Bewegungen waren sehr viel geschmeidiger als in den vergangenen Monaten. Sie glaubte auch, so ein Aufblitzen in den Augen zu erkennen, und seine Stimme klang wieder lebendig.

»Setz dich«, sagte er und deutete auf den Beifahrersitz vorne im Land Rover, während er sich hinters Lenkrad zwängte. Er stellte die Kaffeetasse auf dem Armaturenbrett ab und holte sich seine Lieblingszigarre aus einem der Fächer darunter. »Wenn ich Guðni richtig verstanden habe, kriegst du keine Mannschaft für diesen Fall, stimmt das?« Stefán zündete sich den Zigarillo an und paffte heftig und mit Genuss.

»Tja, das stimmt und stimmt nicht«, sagte Katrín. »Ich kriege immer mal wieder Leute zugeteilt, aber ich hab nicht mehr so was wie eine feste Mannschaft. Anfangs waren wir alle voll dabei, so ist es ja vorgeschrieben. Aber jetzt – jetzt hängt alles einfach nur noch von Zufällen ab. Seit dem Überfall sind bald zwei Monate vergangen, außerdem sind gerade Sommerferien, und hinzu kommt der Personalmangel. Tja, einem steht so das ein oder andere im Weg.«

Die nächsten fünfzehn oder zwanzig Minuten gingen damit drauf, über den Führungsstil von Eiríkur Brynjólfsson zu reden. Katrín drückte sich im Gegensatz zu Guðni sehr viel zurückhaltender und vorsichtiger aus, trotzdem konnte Stefán aus ihren Worten nur eines schließen: Dieser Mann musste ein Vollidiot sein.

»*Allright*«, sagte er, »erst mal genug damit. Mit dem eigentlichen Fall steht es anscheinend schlecht. Du hast aber immer noch Darri und seine Kumpane in U-Haft?«

»Ja, bis Montag. Wahrscheinlich lässt die sich auch noch verlängern, und ich gebe gern zu, dass ich das am allerliebsten beantragen würde. So was klappt aber vermutlich nur im Sinne eines allgemeinen Interesses, nicht im Interesse der Ermittlung. So kommt es mir jedenfalls vor.«

»Moment mal, hast du diese Typen denn endgültig abgeschrieben?«

»Nein, die sind immer noch im Blickfeld«, behauptete Katrín, wirkte aber nicht sehr überzeugend. »Also irgendwie schon.«

Die beiden schwiegen eine Weile, nippten am Kaffee und starrten konzentriert durch die Windschutzscheibe des Land Rovers. Die Sicht war ausgezeichnet, der Blick ging auf die Pappkartons einer isländischen Keksfabrik an der Wand gegenüber.

»Ich hab jedenfalls Árni dazu überreden können, mir ein bisschen zu helfen«, sagte Katrín. »Bevor er wieder aus seinem Sommer- und Vaterschaftsurlaub zurückkehrt. Ich habe ihm sämtliche Unterlagen gegeben, Berichte, Fotos und so weiter. Alles. Und ich hab auch überlegt, ob es eine Chance gibt, dass du – na, du weißt schon. Dass du dir das auch ansiehst. Ich weiß, ich sollte dich nicht darum bitten...«

Stefán streckte die abgemagerte Hand aus. »Ich seh's mir an«, sagte er. »Schick mir das ganze Zeug, komplett, und ich seh's mir am Wochenende an.«

Katrín verschluckte sich beinahe an ihrem Kaffee. »Man sollte eigentlich keine solchen Fragen stellen«, sagte sie, »aber ich tu's trotzdem. Was ist passiert?«

»Was meinst du damit?«, fragte Stefán im Gegenzug erstaunt.

»Du weißt sehr genau, was ich meine, Stefán. Seit dem Winter hat man kein Wort aus dir rausholen können, ich nicht, aber auch Guðni und Árni nicht. Laut Guðni war das erst letzten Mittwoch wieder der Fall. Er hat sich gestern damit gebrüstet, dass er dich dazu gebracht hätte, so viel von dir zu geben, als würdest du dafür bezahlt. Ich hab natürlich nur unter Vorbehalt daran geglaubt. Bis jetzt. Und deswegen frage ich noch mal: Was ist passiert?«

»Ach, das weiß ich selber kaum«, entgegnete Stefán zögernd. »Vielleicht bin ich jetzt einfach endlich wieder bereit, zu mir zurückzufinden. Vielleicht liegt es an dem Fall von Erla, diesem armen jungen Ding, oder an dem unerträglichen Zustand in der Abteilung, von dem ihr mir berichtet habt. Vielleicht liegt es auch am Frühling. Und vielleicht war es sehr gut für mich, dass Guðni mir mal ordentlich in den Arsch getreten hat.« Er grinste breit. »Der Kerl war quasi der Goldregenpfeifer in diesem Gedicht, wo der Vogel als Frühlingsbote eintrifft und einem sagt, dass man sich nach dem Winter endlich wieder am Riemen reißen und an die Arbeit machen soll.«

Katrín musste bei der Vorstellung von Guðni in der Rolle eines Goldregenpfeifers grinsen. »Er hat manchmal so was wie ein Gespür dafür, ins Schwarze zu treffen«, sagte sie.

»Genau. Eine Woche früher hätte ich ihn achtkantig rausgeworfen, ohne ein Wort darüber zu verlieren. Aber vorgestern – ach, weiß nicht. Ich habe jedenfalls angefangen, über meine Situation und alles nachzudenken, nachdem er mich beschimpft hat. Schick mir das, was du an Árni weitergeleitet hast, noch heute. Und am Montag gehen wir drei das Ganze durch, möglicherweise auch wir vier, mal sehen, wie wir mit Guðni umgehen.«

»Ich – ich weiß ehrlich nicht, was ich sagen soll«, erklärte Katrín wahrheitsgemäß.

»Na komm«, brummte Stefán. »Kein Grund, eine große Sache draus zu machen, wenn ein alter Knacker sich nach einem kleinen Urlaub wieder in die Arbeit stürzen möchte. Das ist ja wohl nicht das erste Mal in der Weltgeschichte. Aber sag du mir im Gegenzug das ein oder andere.«

»Ja natürlich. Was denn?«

»Beispielsweise, welchen Eindruck du in letzter Zeit von Guðni hattest. Hat er sich irgendwie ungewöhnlich verhalten?«

»Guðni?«

»Ja.«

»Nein. Zumindest ist mir nichts aufgefallen. Immer dieselbe Großschnauze, derselbe Chauvi, derselbe reaktionäre Macho, der er immer war. Bei dem Kerl hat sich nur eines geändert, nämlich der Leibesumfang. Das hast du doch bestimmt auch gesehen. Letztes Jahr war sein Zustand noch passabel, aber jetzt ist er wieder richtig feist. Eine wandelnde Zeitbombe. Warum fragst du?«

»Ach, wegen etwas, das er mir da am Mittwoch erzählt hat. Nichts Ernsthaftes. Aber du hast recht, der Kerl hat stark zugenommen. Hast du eine Ahnung, woran er derzeit arbeitet?«

»Nein«, musste Katrín zugeben. Sie schüttelte resignierend den Kopf, wie so oft, wenn sie an Guðni dachte. »Es kann aber durchaus sein, dass er in den letzten Wochen sich anders als gewöhnlich verhalten hat. Ich habe nämlich kaum noch mit ihm zu tun. Es ist der einzige Vorteil an diesem neuen System von Eiríkur, dass ich Guðni praktisch los bin. Eins will ich dir aber sagen, er hat an Gewicht nicht das zugelegt, was du abgenommen hast. Du siehst aus wie das wandelnde Elend. Haben denn deine Söhne nicht...«

Jetzt war die Reihe an Stefán, den Kopf zu schütteln. »Doch, doch, natürlich. Ich bin jeden zweiten Tag zum Essen eingeladen, und wenn mir der Sinn danach stünde, sogar jeden. Und meine Hrefna war auch im Frühjahr hier, wie du vielleicht weißt. Sie hat jeden zweiten Tag richtig fettes Essen für den Papa gekocht, die Kardiologin höchstpersönlich.« Er lächelte beim Gedanken an diesen Besuch. Hrefna war das älteste Kind, sie lebte in Dänemark und arbeitete als Herzchirurgin am Rigshospitalet in Kopenhagen. Sie war mit ihren beiden Kindern, Stefán und Elínborg, im März drei Wochen zu Besuch gewesen.

»Mein Namensvetter Stefán ist schon dreizehn«, sagte Stefán. »Nächstes Jahr wird er konfirmiert. Er hat mir hier bei dem Land Rover ganz schön geholfen. Und auch die Kleine, allerdings...« Katrín glaubte, eine Träne im Augenwinkel ihres Vorgesetzten zu sehen, und schaute geflissentlich weg. »Doch, doch, ja, ja, sie kümmern sich um den alten Mann«, fuhr Stefán fort. »Genau wie ihr. Man könnte denken, ihr würdet mich allesamt für ein unselbstständiges Wickelkind halten. Oder vielleicht besser einen senilen Tattergreis.« Er leerte die Kaffeetasse und stieg aus dem Auto. »Wo wir schon von Essen reden«, sagte er, »musst du nicht deinen Küken was kochen?«

»Nein«, entgegnete Katrín. »Freitags hat Eiður Küchentag, und das bedeutet entweder Hackfleisch und Spaghetti oder Würstchen. Möglich wären auch Hamburger oder Fajitas.«

»Fajitas?«

»Das kannst du selber googeln«, erklärte Katrín schnippisch. »Aber morgen Abend gibt es ein Arme-Leute-Essen bei uns, das passt zur Krise. Ich hab da noch ein paar Lammherzen im Gefrierschrank, die werde ich braten. Willst du vielleicht zu uns kommen, wo du schon wieder so gut drauf bist?«

»In meinem Vokabular sind Lammherzen kein Arme-Leute-Essen«, antwortete Stefán. »Danke für die Einladung, aber morgen bin ich zum Essen bei Bjarni, er will grillen. Und Oddur mit seiner Bagage wird auch dabei sein. Söhne und Schwiegertöchter und Enkelkinder, dazu eine Lammkeule vom Grill – ich fürchte, dass auch gebratene Herzen das nicht überbieten können. Du schickst mir also die Unterlagen, ich bin den ganzen Abend zu Hause. Wahrscheinlich mehr oder weniger hier in der Garage, jedenfalls bis zum späten Nachmittag.«

»Dem Kerl geht es besser«, murmelte Katrín, als sie sich wieder hinter das Lenkrad des Volvos klemmte, den sie sich ohne Bedenken im Dezernat unter den Nagel gerissen hatte, da der Besuch bei Stefán wohl – zumindest informell – als dienstlich bezeichnet werden konnte. »Wirklich viel besser.«

»Das wird schon wieder alles«, brummte Stefán in sei-

nen Bart, als er sich erneut hinter das Steuer des Land Rovers klemmte, diesmal mit einem Glas Rotwein in der Hand.
»Alles wird schon wieder.«

Weder er noch Katrín klangen sehr überzeugt, aber durchaus hoffnungsvoll.

* * *

Guðni war sich ziemlich sicher, dass ihn niemand vom Hauptdezernat zum Billigmarkt Netto im Einkaufszentrum verfolgte. Dort erledigte er all seine größeren Einkäufe, es sei denn, er musste aus irgendeinem Grund nach Hafnarfjörður, dann kaufte er dort im Supermarkt Fjarðarkaup ein. Ebenso folgte ihm anscheinend niemand auf dem Weg zum Alkoholladen in Garðabær oder von dort bis nach Hause. Was nur zweierlei bedeuten konnte: Entweder beschattete ihn niemand oder diejenigen, die dieser Sportart huldigten, wer auch immer sie waren, hatten sich darin perfektioniert. Er überlegte, ob es ein Fehler gewesen war, denen zu signalisieren, dass er von ihnen wusste; ob es nicht besser gewesen wäre, so zu tun, als hätte er nichts gemerkt, und stattdessen diesen Leuten mehr Aufmerksamkeit zu schenken, die ihre Aufmerksamkeit auf ihn richteten. Er kam aber zu dem Schluss, dass es keinen Sinn hatte, sich darüber den Kopf zu zerbrechen, und holte die Einkaufstüten aus dem Kofferraum des Mercedes.

Auf dem Weg zur Haustür versuchte er, den Parkplatz vor dem Haus so unauffällig wie möglich abzuchecken. Er selbst bekam nur selten Besuch, aber bei seinen Nachbarn verhielt es sich anders. Deswegen gaben unbekannte Autos auf dem Parkplatz überhaupt keinen Anlass zu irgendeinem Verdacht. An diesem Abend bemerkte er zwei, und beide waren leer.

»Paranoid, Mensch«, brummte er, während er die Haustür

aufschloss. »Verdammt paranoid.« In seiner Wohnung verstaute er die Einkäufe, holte sich eine kalte Bierdose aus dem Kühlschrank, warf sich in seinen Lazyboy und öffnete die Gürtelschnalle. Die Schachtel mit London Docks lag griffbereit auf der Pillenschachtel. Knapp vier Jahre waren seit seinem Herzinfarkt vergangen, und wenn Katrín damals nicht so schnell reagiert hätte, läge er schon lange unter der Erde. Danach hatte er aufgehört, Stumpen zu rauchen, stattdessen hatte er Pillen geschluckt, genau nach ärztlicher Verordnung. Er kaute aber aus alter Gewohnheit immer noch auf seinen Stumpen herum. Und inzwischen hatte er, genau wie Stefán, angefangen zu schwindeln und sich zwischendurch immer mal wieder den einen oder anderen angezündet.

Ein schönes kaltes Bier und eine qualmende Zigarre, dachte er vergnügt, so sollte es sein. Er spülte die abendliche Pillenration – acht Dinger abends, morgens neun – mit dem ersten Schluck aus der Dose runter und hatte sich gerade genüsslich den Stumpen angezündet, als sein Handy im Flur zu klingeln begann.

»Verdammte Scheiße«, knurrte Guðni. Das Ding war zwar verstummt, bevor er endlich bis zu seiner Jacketttasche vorgedrungen war, aber es fing gleich wieder an. Guðni sah auf das Display. »Das auch noch«, fügte er hinzu und nahm den Anruf an. »Was willst du denn jetzt?«, fragte er, und der Ärger war ihm anzuhören.

»Warum stellst du dich immer so an, Papa?«, fragte Helena. »Im Ernst, was soll das? Wieso kann ich dich nie anrufen, ohne dass du...«

»Und wieso rufst du nie an, ohne dass du mich entweder fertigmachen willst oder Geld von mir brauchst? Oder dass ich dich aus irgendeiner Scheißsituation rausholen soll?«, schnauzte Guðni im Gegenzug. »Oder jetzt vielleicht sogar alles drei zusammen?«

Er trank einen Schluck Bier und rülpste vernehmlich. »Was ist denn nun los? Rufst du an, um mich anzuschweigen?« Helena blieb stumm. »Okay, dann hören wir einfach später voneinander.« Er nahm den Apparat vom Ohr.

»Warte doch!«, rief Helena, noch bevor er das Gespräch beenden konnte. Guðni wartete.

»Was?«, schnauzte er. Helena zog schniefend die Nase hoch, glaubte er zu hören. »Mensch, Kleines«, sagte er, »komm mir doch nicht schon wieder mit der Masche.«

»Warte doch!«, rief sie wieder, aber diesmal hatte ihr Vater die Verbindung abgebrochen. Trank einen Schluck Bier und zündete sich den Stumpen erneut an.

Kinder, dachte er. Mit diesen Geschöpfen war nichts als Gewese verbunden. Geschlagene sechs Stück waren seinethalben auf die Welt gekommen. Helena war die jüngste, und mit ihr hatte er in den letzten Jahren eine Art von Verbindung gehabt. Aber die war seit einiger Zeit immer sporadischer geworden und außerdem unangenehmer. Er war fest entschlossen, sich das freie Wochenende nicht durch sie kaputt machen zu lassen, und stellte deswegen sein Handy ab, bevor er den Fernseher einschaltete. Es war von der ersten Stunde an ein unmöglicher Tag gewesen. Magenprobleme, Streit mit diesem Idioten Eiríkur, ein zickiger Laptop und den ganzen verdammten Tag über Sodbrennen …

Jetzt ging es bergauf. Das Sodbrennen verschwand im Handumdrehen, der Magen war auf einmal wieder lammfromm – oder aber die drei Rennies zusätzlich zu all den anderen schlugen endlich an. Und sogar der Laptop hatte sich eingekriegt. Er stellte ihn auf eine Arbeitsplatte in der Küche, um ihn mal wieder richtig zu laden, das empfahlen alle Computergurus. Nicht dass Guðni sich über dieses blöde Gerät wirklich geärgert hätte, er war nicht so abhängig von solchen Apparillos wie die meisten seiner Kollegen es zu sein schienen. Für ihn war es ein Arbeitsgerät, punktum. Als solches ganz nützlich, aber er hatte den Computer am Wochenende nicht vermisst, eher im Gegenteil. Ebenso wenig wie er Eiríkur vermisste, den er jetzt die nächsten sechzig, siebzig Stunden los sein würde. Er zappte sich vom ersten Programm des öffentlichen isländischen Fernsehens in drei isländische Privatsender und durch etliche skandinavische Kanäle, aber nirgendwo gab es was Interessantes. Typisch, überall dieselbe Scheiße, dachte er, sogar im Fernsehen wird einem nichts geboten. Er stand auf und holte sich eine DVD aus dem Regal. *Reservoir Dogs*, Wilde Hunde von Quentin Tarantino. Der Film war immer gleich verdammt blutig und verdammt klasse.

Als fünf Minuten später das Festnetztelefon klingelte, hievte er sich fluchend aus dem Sessel und ging in die Diele. Eigentlich wollte er die Schnur aus dem Stecker reißen, doch dann sah er die Nummer auf dem Display und verwarf den Gedanken.

»Guðni«, sagte er kurz angebunden. »Was willst du?«

»Ich wollte mich einfach nur bei dir bedanken«, sagte Katrín. Sie klang etwas nervös. »Wieso hast du dein Handy ausgestellt?«

»Geht dich nichts an. Bedanken? Wofür?«

»Für was auch immer, was du zu Stefán gesagt hast. Der Alte scheint in Fahrt zu kommen. Wenn ich ihn richtig verstanden habe, wird er sogar am Montag wieder seinen Dienst antreten.«

»Gut«, sagte Guðni. »Na endlich. Sonst noch was? Du weißt doch, es ist Wochenende, und ich hab keinen Bereitschaftsdienst.«

»Ja, Guðni, das weiß ich. Und nein, sonst ist nichts.«

»Prima. Ciao.« Er legte auf, stöpselte das Telefon aus, holte sich noch ein Bier und setzte sich wieder in seinen Sessel. Nie hat man Ruhe vor diesen verfluchten Weibern, dachte er, lebendig, tot oder in irgendeinem Zustand dazwischen. Das war ein weiterer Vorteil bei den *Reservoir Dogs*: Der Film war Gott sei dank frei von greinenden Weibsbildern, die Männern in die Quere kamen und alle Dinge endlos verkomplizierten. Guðni startete den Film, er wurde dabei von niemandem gestört, außer sich selbst. Drei Biere bedeuteten ebenso viele Pinkelpausen, aber danach ging es auf den blutigsten und besten Teil des Films zu.

»*You don't know jack shit*«, ahmte Guðni den altbewährten Joe Cabot nach. »*I do.*« Den Satz fand er immer wieder gleich genial, doch das Nächste, was der Oberganove in den Wilden Hunden von sich gab, war womöglich noch besser. »*You don't need proof, when you have instinct.*« Und damit hatte Joe total recht, fand Guðni jedesmal, wenn seine Lieblingsszene in diesem Film ablief; wozu Beweise, wenn man Instinkt hatte. Wie beispielsweise dafür, dass jemand ihn beschattete. Guðni hatte keine Beweise dafür, aber er war sich trotzdem vollkommen sicher. Mit dem alten Joe im Film ging es nur deswegen schief, weil er nicht auf seinen Instinkt hörte, deswegen hatte es mit ihm und all den anderen um ihn herum so ein übles Ende genommen. Einfach klasse, dachte Guðni, genau wie es sein sollte. Sowohl die Verbrecher als auch die Bullen in diesem Film waren Idioten und Arschlöcher, die nichts anderes verdient hatten, als sich gegenseitig umzunieten. Er selbst war entschlossen, seinem Instinkt zu folgen. Die Frage war nur, was und wann und wie er zu reagieren hatte.

Nach Ende des Films und zwei weiteren Bieren dachte er immer noch darüber nach, aber in dem Moment, als er das

Gefühl hatte, der Lösung näherzukommen, schrillte das Türtelefon. Typisch, dachte er und kam nur mit Mühe aus dem Sessel hoch.

»Was willst du denn, du Göre?«, knurrte er in die Gegensprechanlage.

»Äääh – spreche ich mit Guðni?«, wurde gefragt. Es war nicht Helena.

»Wer ist da?«

»Sverrir, Bereitschaftsdienst.« Guðni versuchte sich Sverrir vorzustellen, aber es gelang ihm nicht. Wahrscheinlich irgendein Schnösel, der aushilfsweise für den Sommer angestellt worden war. Er drückte auf den Türöffner. Ein Streifenpolizist in Uniform, der freitagabends um Mitternacht anklingelte, konnte nur Gewese bedeuten. Und er war sich ziemlich sicher, dass es etwas mit Helena zu tun hatte.

»Also der, der diensthabende Wachdienstleiter hat uns geschickt, weil du nicht ans Telefon gegangen bist...«

»Ist mir scheißegal, wer euch schickt«, sagte Guðni. »Was wollt ihr?«

»Es geht um deine Tochter«, sagte der junge Mann in Uniform, einer der Aushilfskräfte für den Sommer.

Guðni verdrehte die Augen. »Hab ich mir beinahe gedacht. Was hat sie jetzt wieder angestellt? Habt ihr sie da draußen im Auto?«

»Äh, nein«, stammelte der uniformierte junge Mann. »Sie befindet sich in der Ambulanz. Aber es war äh – kein Unfall, also...«

* * *

Der Rauch zwischen den Wohnblocks in Berjarimi kräuselte sich in der hellen, windstillen Sommernacht friedlich himmelwärts.

Zu Árnis großer Erleichterung schlief Jón schnell und fest ein. Ásta machte sich ausgiebig lustig über ihn, weil er so stolz auf seine Leistung war, bis er damit drohte, den Jungen wieder aufzuwecken, und Una auch.

Die nächsten Stunden gingen dafür drauf, nach dem Essen zu spülen und die Küche in Ordnung zu bringen, denn anschließend musste noch etwas vorbereitet und gebacken werden, weil am nächsten Abend Ástas Nähclub ins Haus stand. Sie war inzwischen ebenso wie die Kinder eingeschlafen, das war wesentlich schlimmer. Er hätte zu gerne weiter mit ihr zusammen Spaß gehabt und bis spät in die Nacht über alles Mögliche geredet, nur nicht über Politik.

Im Grunde genommen geht es mir wahnsinnig gut, dachte er. Árni aus der Vorstadt, gut gelaunt auf dem Balkon. Er musste grinsen, als er sich wieder auf die Realität in Form von Wäscheleinen voller Babysachen besann, dazu ein Gasgrill und noch ein paar kleinere Teile. Ich bin ein Proll, dachte er, genau das bin ich. Und nicht nur das, sondern ein glücklicher Proll.

Diese Eingebung war so überwältigend, dass sie unverzüglich nach einer weiteren Zigarette verlangte. Er rauchte sie ganz gelassen und blickte auf den gegenüberliegenden Wohnblock. In vielen Wohnungen herrschte immer noch Leben, obwohl es schon nach Mitternacht war. Árni konnte ziemlich gut in einige hineinsehen. In dreien hockten die Leute vor dem Fernseher, und in einer fand wohl eine Fete statt, wie er glaubte, dort waren etliche Menschen mit Flaschen und Gläsern und Dosen in der Hand unterwegs. Und hin und wieder drang auch ihr Gelächter bis zu ihm hinüber, zusammen mit gedämpfter, aber unglaublich langweiliger Tanzmusik. Árni hoffte, dass die Fenster weiterhin geschlossen bleiben würden.

Er drückte die Zigarette aus und ging wieder hinein. Die ganze Wohnung duftete nach Kakao und Kokosraspeln, und das war gut. Mit einem deformierten Schokomuffin in einer Hand und einem Glas kalter Milch in der anderen setzte er sich an den Esszimmertisch, wo sein geöffneter Laptop auf ihn wartete. Viele Mädchen firmierten unter dem Namen Erla, dachte er, während er den Muffin mampfte; die Babysitterin, die Schwester, die Tochter, die Anarchistin, die Aktivistin; die Freundin, das Nachbarmädchen, die Spaßmacherin, die verrückte Tänzerin, die Protestlerin, die Jurastudentin, der Junkie, das Gewaltopfer und die Gewalttäterin, und noch wer weiß wie viele andere Erlas. Es war nur die Frage, auf welche von ihnen jemand elfmal eingestochen hatte und sie vor zwei Monaten, eingehüllt in ein weißes Laken, an der Kirche in Hvassaleiti niedergelegt hatte.

Er war zu keinerlei Erkenntnissen gekommen, als er zu müde war, um weiterzulesen. Er fuhr den Laptop herunter und machte sich bettfertig, bevor er still und leise ins Ehebett kroch. Jón schlief wie betäubt in seiner Wiege, und Una in ihrem Gitterbettchen neben seinem Bett brummte ganz leise vor sich hin. Ásta schnarchte fast schon auf ihrer Seite, aber nicht richtig.

Vorstadt-Árni, dachte er, als er die Augen schloss. Verdammt noch mal, was hat der Proll es gut.

* * *

Katrín war schon im Bett, doch den Laptop hatte sie noch auf dem Schoß, und auf dem Nachttisch stand eine Tasse Tee. Außer ihr befand sich niemand in der Wohnung. Íris war bei ihrer Freundin Signý im ersten Stock, und Eiður bei seinem Freund Baldur im nächsten Block. Katrín war vierzig, es fehlte nicht viel an einundvierzig. Geschieden. In Superform.

An einem Freitagabend ganz allein zu Hause, und sie hatte sich sogar noch Arbeit mit ins Bett genommen.

Ist das nicht ganz schön traurig, schoss es ihr in den Sinn. Aber dann schüttelte sie den Gedanken von sich ab. Es war überhaupt nicht traurig. Sie fuhr den Laptop hoch und klickte in den Ordner mit Erla Lífs Namen.

Das hier, dachte sie, das ist traurig.

4

Samstag

Man hatte ihr beide Wadenbeine gebrochen, höchstwahrscheinlich mit einem Baseballschläger oder etwas Ähnlichem, vermutete der Arzt, mit dem Guðni sich unterhielt, nachdem Helena schließlich mit medizinischer Hilfe in einen willkommenen Schlummer gesunken war. Sie hatte keine klaren Aussagen gemacht, als er bei ihr auftauchte. Angeblich kannte sie die Angreifer aber nicht und hatte auch keine Erklärung für diesen brutalen Überfall.

»Ich weiß es einfach nicht, Papa«, antwortete sie jedes Mal, wenn Guðni sie fragte, wer ihr das angetan hatte und weswegen. Obwohl auch Svala, Helenas Nachbarin im Studentenwohnheim, angeblich nichts wusste, kannte Guðni nur zu genau die Antwort auf beide Fragen: Geldeintreiber hatten ihren Anspruch auf ausstehende Drogenschulden bekräftigt. Er glaubte sogar zu wissen, wer einer von ihnen war und für wen er das Geld eintrieb.

Svala hatte die 112 angerufen, sie war mit Helena im Krankenwagen zur Ambulanz gefahren, und deswegen musste sie jetzt ein Verhör dritten Grades über sich ergehen lassen. Sie saß neben Guðni hinten in dem Streifenwagen, der sie zu dem Studentenwohnheim auf der Eggertsgata brachte.

»Also ich hab die Kerle überhaupt nicht von vorne gesehen«, wiederholte sie. »Ich hab das doch schon dem anderen Bullen gesagt, das war dieser Typ in Uniform, der zuerst hier in der Ambulanz auftauchte.«

»Okay«, knurrte Guðni, als der Aushilfspolizist auf den Parkplatz vor dem Studentenwohnheim einbog. Er hatte keine Ahnung, ob dieser redseligen jungen Dame oder seiner Tochter zu glauben war. Svala machte eher den Eindruck einer Konfirmandin als einer Studentin, fand Guðni. Dunkelbraune Locken umrahmten das knubbelige Gesicht, und von dort bis zu den Knien war nicht viel Abstand. Sie maß höchstens anderthalb Meter und hatte einen leichten Silberblick. »Du hast nichts gesehen, du weißt gar nichts. Wo hat das Auto von ihnen gestanden?«

»Dort«, antwortete Svala ohne zu zögern und zeigte auf den Parkplatz. »Beinahe direkt an der Wand, neben der Haustür. Ich konnte ihnen vom zweiten Stock aus nicht ins Gesicht sehen, sondern nur von oben auf sie herunter. Und sie hatten die Kapuzen auf.« Sie hatte allerdings die Kapuze ihres roten Schlabberpullovers nicht auf, und ihre enge Jeans war hier und dort durchlöchert und zerschlissen. Aus irgendwelchen Gründen fand Guðni, dergleichen Klamotten müssten längst aus der Mode sein.

»*Thanks, boys*«, sagte er, als sie aus dem Wagen stiegen. »Es wär nicht schlecht, wenn ihr mich nachher noch nach Hause bringen könntet, falls es geht«, fügte er hinzu und schlug zum Abschied mit der flachen Hand auf das Dach des Wagens.

Zwei Männer in Jeans und grauen Kapuzenshirts, hatte Svala gesagt. Ziemlich groß seien sie gewesen, denn sie überragten ihren Wagen deutlich, und auch kräftig gebaut. Aber nicht dick, darauf bestand Svala. Beide hatten längliche Gegenstände in der Hand, und das passte zu den Vermutungen des Arztes.

Das Auto war weiß, aber über die Marke konnte sie nichts sagen. Es war kein Jeep und kein Pick-up, meinte sie, und auch kein Sportwagen oder Kombi. Und weder ein Kleinwagen noch eine Limousine. Ein weißer, mittelgroßer Pkw. Genaueres kam nicht dabei heraus, so sehr Guðni auch versuchte, ihr mit allen möglichen Details auf die Sprünge zu helfen, durch die man ein Auto vom anderen unterscheiden konnte. Svala öffnete die Haustür und ließ ihn ein.

»Ich studiere Krankenpflege«, verriet sie ungefragt. »Ich lag im Bett und hab mich auf eine Wiederholungsprüfung in Anatomie vorbereitet, als der Krach begann. Ich sprang sofort hoch, ich hab mich so fürchterlich erschrocken. Und als die arme Helena anfing zu schreien, hätte ich mir fast in die Hose gemacht.« Guðnis Gesicht verzerrte sich, sowohl wegen Svalas Schilderung als auch wegen der Treppenstufen, die ihm bevorstanden. Nach dem Schreien hatte es noch andere Geräusche gegeben, erklärte Svala, Türenknallen, dumpfe Schläge und noch mehr Schreie.

»Ich bin sofort in den Flur, weiter habe ich mich nicht getraut. Ich hab die 112 angerufen. Es hat im ganzen Haus gedröhnt«, sagte sie, »und dann hörte ich eine Tür zuknallen und Schritte an meiner Tür vorbei, die Schritte waren echt *heavy*. Ich hätte vielleicht öffnen und nachsehen sollen, aber das hab ich mich einfach nicht getraut, okay? Tut mir leid, ich bin keine Heldin.«

Guðni knurrte etwas Unverständliches, was sie als Entschuldigung auslegte.

»Ich hab gehört, wie sie die Treppe runtergerannt sind, und bin zum Fenster gegangen. Ich sah die ins Auto einsteigen, und dann sind sie losgebrettert.« Svala lief leichtfüßig die Stufen hinauf, und Guðni sah sich gezwungen, sie um ein langsameres Tempo zu bitten. Er hätte es zwar nie zugegeben, aber die Tatsache, dass seine Helena im zweiten Stock wohnte, hatte durchaus etwas mit seinen seltenen Besuchen zu tun.

»Ich bin gleich zu Helena rübergerannt«, fuhr Svala fort, als Guðni endlich oben ankam und sich krebsrot und keuchend an die Wand lehnte. »Alles in Ordnung mit dir?«, fragte Svala besorgt.

Guðni machte eine abwehrende Handbewegung und strich sich den Schweiß von der Stirn. »Ja, ja, schon gut, bin nur ein bisschen außer Form«, keuchte er. »Und außerdem bin ich müde, es war ein scheißlanger Tag.«

Als er einigermaßen wieder bei Atem war, bedankte er sich bei Svala für die Hilfe und versicherte ihr, dass er befugt sei, das Polizeisiegel zu brechen. Er betrat Helenas Wohnung und machte die Tür hinter sich zu. Die Vorhänge waren aufgezogen, deswegen war es ausreichend hell, auch wenn kein Licht brannte. In diesem Appartment, das alles gleichzeitig war: Diele, Wohnzimmer, Küche, Essecke und Arbeitsplatz, herrschte erwartungsgemäß ein Tohuwabohu. Guðni ging vorsichtig zur Schlafzimmertür und warf einen Blick hinein. Da drinnen sah alles ganz normal aus, und dasselbe galt für das winzige fensterlose Bad. Obwohl dergleichen am Tatort eines Verbrechens strengstens verboten war, pinkelte er, zog ab und wusch sich sowohl die Hände als auch das Gesicht. Er hatte nicht nur die Erfahrung, sondern auch Helenas Aussage dafür, dass er dadurch wohl kaum irgendwelche Spuren und Indizien vernichten würde. In dem großen Wohnraum setzte er sich vorsichtig auf den einzigen Stuhl, der noch auf seinen Beinen stand, und betrachtete den Schauplatz.

Helenas Beschreibung der beiden Männer stimmte grob mit der Aussage von Svala überein, was die Umrisse der Täter betraf: große, kräftige und hochgewachsene Kerle. Mit Handschuhen an den Händen, in grauen oder ins Graue changierenden Kapuzenshirts und übergestülpten Kapuzen und Tüchern, die Mund und Nase bedeckten. Trotzdem war sie sich ziemlich sicher gewesen, dass sie die beiden nicht kannte. Und dass sie auch nicht imstande wäre, sie wiederzuerkennen. Die beiden hatten keinen Ton von sich gegeben, keine Erklärung für ihr Eindringen oder für die Gewaltanwendung. Sie hatten sich Zutritt zu Helenas Wohnung verschafft, hatten sie zusammengeschlagen und waren abgehauen. Ein vollkommen unbegreiflicher Überfall ohne irgendeinen Anlass, behauptete Helena, die personifizierte Unschuld. Sehr glaubwürdig, grunzte Guðni in sich hinein.

Er stand auf und telefonierte nach einem Taxi statt nach einem Streifenwagen. Er ging hinaus in die Nacht, und während er auf den Wagen wartete, dachte er darüber nach, wie ordentlich Helenas Appartment gewesen war, abgesehen von den augenfälligen Verwüstungen derjenigen, die sie überfallen hatten. Denn sowohl Schlafzimmer als auch Bad waren nicht angetastet worden, alles war sauber und aufgeräumt. In der Küchenecke gab es weder schmutziges Geschirr noch halb verschimmelte eklige Spüllappen oder Flecken und Spritzer an den Wänden. Sogar im Kühlschrank lag alles manierlich da, nichts war schimmelig oder sauer geworden. Keine übel riechenden Lebensmittel hinten in den Fächern. Sein eigener Kühlschrank sah ganz anders aus. Und er hatte auch keinerlei Hinweise auf Drogen oder Drogenkonsum gefunden. Er hatte zwar nicht gründlich gesucht, aber genau genug hingeschaut, um sich sicher zu sein, dass Helena wohl kaum so tief in den tückischen Strudel des Drogenkonsums hineingeraten war, wie dieser Überfall befürchten ließ. Trotzdem war eines klar: Es ging hier nicht um ein bisschen

Gras hin und wieder. Bei derartig brutalen Übergriffen stand meist wesentlich mehr auf dem Spiel.

»Entweder Kokain oder Speed«, konstatierte Guðni. »Auf jeden Fall was Weißes.« Er zog einen Stumpen aus der Schachtel, während er versuchte, der Sache irgendeinen positiven Aspekt abzugewinnen. Helenas Ordnungsliebe und Sauberkeit deuteten nicht darauf hin, dass das Mädel total versackt war. Jedenfalls nicht Tag für Tag fixte oder womöglich noch öfter ...

Guðni schüttelte den Kopf, er war schockiert über sich selbst. Er hatte es schließlich mit wer weiß wie vielen süchtigen und fixenden Ordnungsfanatikern zu tun gehabt und sollte es besser wissen. Stoff war Stoff, ermahnte er sich, und süchtig war süchtig, das war nicht kompliziert. Er rauchte den Stumpen auf.

* * *

Das Plärren wollte nicht aufhören, es klang so ewig und endlos und so herzzerreißend, dass es wohl keinen Menschen unberührt lassen konnte, dachte Árni. Er spürte, wie sich sein Herzklopfen in gleichem Maße steigerte wie die Anklage und die Verzweiflung in dem immer lauteren Weinen und Schreien. Trotzdem schaffte Ásta es, mit Watte in den Ohren friedlich im Gästezimmer zu schlafen, und Una schaute mit großen braunen und lächelnden Augen auf den Vater, der den gelben Dreck da unten an ihrem plärrenden Bruder beseitigte. Árni stopfte dem Sohn den Schnuller so oft er konnte in den Mund, aber Jón spuckte ihn unverzüglich wieder aus und brüllte weiter. Gerade als Árni dem Sohn die frische Windel verpasst hatte, klingelte die Mikrowelle. Drei Minuten später herrschte wieder himmlische Stille. Das Schweigen war aber kein vollkommenes, denn Jón schmäckelte laut an seinem Fläschchen, und Una stand aufrecht in ihrem Gitterbett, hielt sich an den Stäben fest und versuchte in regelmäßigen Abständen, ihren Vater zu beschwichtigen.

»Psss«, flüsterte sie und nahm den Schnuller aus dem Mund. »Jonni heia.« Idiotisch grinsend nickte Árni ihr jedes Mal zu. Dann steckte sich Una den Schnuller wieder in den Mund und nuckelte kräftig weiter, bis zum nächsten Psss.

Glücklicherweise schlief aber auch sie nach wenigen Minuten ein. Árni fand, dass er nach diesen Anstrengungen eine oder zwei Zigaretten verdient hatte, bevor er versuchen würde, wieder einzuschlafen. Er warf sich einen Bademantel über, holte sich ein alkoholfreies Bier aus dem Kühlschrank, eine Decke und die Zigaretten und machte es sich am Balkontisch gemütlich. Draußen war es hell und mild, kein Lüftchen regte sich, allenthalben Vogelgezwitscher. Aus den Augenwinkeln sah er hinter einer dünnen Gardine, die sich seiner Meinung nach vor einem Küchenfenster im nächsten Wohnblock befand, immer noch einen schwachen Lichtschimmer und die Konturen einer Schattengestalt, die an einem Tisch saß und anscheinend las. Ansonsten herrschte überall Ruhe und Frieden.

»Bombenstimmung«, murmelte er und trank aus der Dose. Der Rülpser, den er nach dem letzten Schluck in die Welt entließ, hallte ordinär zwischen den Häusern wider. Vorstadt-Árni, was für ein verdammter Proll. Kaum hatte er aber den Kopf aufs Kissen gelegt, war er schon mit einem Lächeln von einem Ohr zum anderen eingeschlafen.

※ ※ ※

Guðni fühlte sich wie in einem Käfig. Er tigerte durch sein Wohnzimmer und murmelte Flüche und Verwünschungen in unterschiedlichen Kombinationen vor sich hin. Um halb sechs Uhr morgens war er immer noch hellwach. Er wusste, dass er sich hinlegen musste, dass er schlafen musste, aber er schaffte es nicht. Und dass er diese wirren Gedanken und seltsamen Gefühle, die in seinem benebelten Hirn herumirrten, unter Kontrolle kriegen musste, aber auch das gelang ihm nicht. Wut und Gereiztheit paarten sich mit Gewissensbissen und Selbstmitleid. Anklagen und Selbstanklagen wechselten sich ab, genau wie das einerseits dringende Bedürfnis, handgreiflich zu werden, und andererseits die Gewissheit, dass er an sich halten musste, vor allem seine Hände. Zumindest im Augenblick noch.

»Verfluchter Freak, verdammter Fettkloß«, schnaubte er und versetzte der Badezimmertür einen Fausthieb. Sie ergab sich ächzend, und er leckte das Blut von seinen Handknöcheln. Eine halbe Million Kronen hatte Helena in den letzten zehn Monaten aus ihm herausgequetscht, um nicht näher definierte Schulden zu begleichen, die keinen Aufschub duldeten. Erst vor einem halben Monat hatte sie um weitere Hunderttausend gebeten, doch da hatte er endlich das getan, was er schon lange hätte tun sollen: nämlich es rundheraus abgelehnt, ihr auch nur eine einzige Krone zu geben, es sei denn, dass sie ihm verriet, wofür sie das Geld brauchte. Als er sich weigerte, ein weiteres Mal auf ihre fadenscheinige Litanei von Abzahlungen, Miete und Teuerung einzugehen, war sie wütend abgehauen und hatte sich nicht mehr bei ihm gemeldet – bis zu ihrem Anruf gestern Abend. Und er hatte aufgelegt in dem Glauben, er sei sie los. In dem Glauben, es könne ihm nichts gleichgültiger sein.

Verflucht noch mal. Kinder. Ewiges Gewese.

Er hätte es wissen, hätte es spüren, hätte einen Ausweg finden müssen. Seit Langem wusste er, dass sie Gras rauchte. Er wusste auch, von wem sie es bezog und für wen dieser Drecksack die Drecksarbeit machte. Er kannte einige der Typen, mit denen Helena Umgang hatte, und er argwöhnte, dass sie auf stärkere Drogen abgefahren war. Gerüchte waren ihm zu Ohren gekommen, und die seltenen Male, wenn sie sich trafen, glaubte er, die Anzeichen dafür bei ihr zu erkennen. Obwohl sie natürlich alles abstritt. Und jetzt hatte er die Bestätigung für diesen Verdacht: zwei gebrochene Wadenbeine.

»Das verfluchte Arschloch umbringen...« Guðni blieb mitten im Zimmer stehen, machte kehrt und ging zum Barschrank. Er musste schlafen, schlaflos war er zu nichts zu gebrauchen. Das Bier von gestern Abend hatte sich schon längst verflüchtigt, und die beiden Dosen, die er nach seiner Rückkehr von der Ambulanz getrunken hatte, waren so gut wie wirkungslos geblieben. Es würde viel zu lange dauern, mit solcher Plörre die Erregung runterzufahren, halbe Sachen taugten hier nichts. Die Wodkaflasche war fast bis zu den Schultern voll, und er leerte sie in präzise zwei Minuten.

»Verdammte Drecksau«, grunzte er, während er sich angezogen in die Falle haute.

Guðni brauchte keinerlei Beweise, um mit unanfechtbarer Gewissheit zu behaupten, wer für den Überfall auf Helena verantwortlich war. Dieses Mal war der Typ zu weit gegangen, viel zu weit, er hatte die falsche Person angegriffen. Morgen Nachmittag, dachte Guðni so entschlossen, wie sein Zustand es erlaubte, morgen Nachmittag bring ich das verfluchte Ekelpaket um. Ist ja längst überfällig, dass jemand sich dazu aufrafft. Aber erst, versicherte er sich selbst, aber erst muss ich noch ein bisschen schlafen.

Er schlummerte für einen Moment ein, doch im nächsten schreckte er schon wieder durch die eigenen Schnarcher hoch. Er sprang aus dem Bett. Nach all dem, was vorgefallen war, gab es keinen Grund zu zögern. Auf dem Parkplatz vor dem Haus erwartete ihn sein Daimler, der metallic-grün im Licht der Morgensonne glänzte. Bereits beim zweiten Versuch traf Guðni das Türschloss.

»*Right*«, sagte er und setzte sich hinters Steuer. »*Right.*« Der Mercedes sprang willig an, und Guðni fuhr ohne Zwischenfälle von seinem Parkplatz auf die Straße. Jahrzehntelange Gewohnheit ließ ihn vor der roten Ampel an der Háaleitisbraut anhalten, obwohl überhaupt keine Autos unterwegs waren. Den kurzen Stopp nutzte er dazu, den Sicherheitsgurt anzulegen. Das zahlte sich zehn Minuten später in Hafnafjörður aus, als er sich in der Rechtskurve beim Einbiegen auf die Straße nach Álftanes ein wenig verkalkulierte. Der Wagen raste geradeaus und eindrucksvoll einen kleinen Hang hinunter auf eine Wiese linkerhand, auf der er sich ein ganzes Stück vorwärtspflügte. Er kam schließlich vor dem Rand eines Lavafeldes zum Stehen, und zwar erstaunlich weich. So weich, dass die wenigen Zeugen dieser Aktion es nicht nötig fanden, nach dem Fahrer zu sehen. Er selbst regte sich zunächst auch kaum über den Vorfall auf, doch das änderte sich, als er merkte, dass der Mercedes, der wenig Bodenfreiheit hatte, sozusagen platsch auf dem Bauch gelandet war und sich weder vorwärts- noch rückwärtsbewegen ließ.

»Verfluchte Kacke«, erklärte er laut, schnallte sich ab und hatte einige Mühe, aus dem Wagen zu steigen. Als er es endlich geschafft hatte, lehnte er sich an die Kühlerhaube.

»Scharf nachdenken«, murmelte er, zog sein Mobiltelefon aus der Tasche, starrte angestrengt abwechselnd auf das Display oder ins Blaue hinein. Er brauchte allerdings nicht lange nachzudenken, um zu dem Ergebnis zu kommen, dass es wohl kaum empfehlenswert war, zu dieser Stunde irgendjemanden anzurufen. Er sah sich um, es gab nur eine Wahl für ihn.

Guðni schaltete das Telefon aus, kraxelte auf unsicheren Beinen über die unwegsame Lava, um nach einer geschützten Mulde zu suchen, die er auch fand – eine unwiderstehliche Lavaspalte mit dick bemoostem Untergrund.

»Brillant«, brummte er und legte sich in der Morgensonne auf die rechte Seite. Als die Kollegen von der Verkehrspolizei endlich auftauchten, schlief er bereits den Schlaf eines Sturzbetrunkenen.

* * *

Der Fahrer des silbergrauen Skodas, der Guðni wie ein Schatten gefolgt war, seit man ihn in der Nacht abgeholt und zur Ambulanz gebracht hatte, saß entspannt auf dem Rücksitz seines Wagens und beobachtete interessiert die zwei uniformierten Streifenpolizisten, die ratlos um den Mercedes herumstrichen. Er hatte sich weit genug von Guðnis Auto entfernt gehalten, und als er sah, wie der Wagen von der Straße abkam, war er geradeaus gefahren, statt nach rechts auf den Álftanes-Weg einzubiegen. Er hielt ein Stückchen weiter auf der Anhöhe an, von wo aus er den Schauplatz gut überblicken konnte. Mit seinem Smartphone filmte er den Anblick, der sich ihm bot, und ärgerte sich nur, dass er es nicht geschafft hatte, Guðni dabei zu filmen, wie er sich gerade aus dem Auto zwängte. Damit hätte er hundertzehnprozentiges Material gehabt, um dem blöden Kerl Trunkenheit am Steuer nachweisen zu können, doch wahrscheinlich würden schon die anderen Aufnahmen reichen. Und jetzt richtete er das Handy auf die ganz offensichtlich überforderten Hüter des Gesetzes, die kaum etwas anderes machten, als sich abwechselnd am Kopf zu kratzen oder ihn verständnislos zu schütteln, während sie um den leeren Wagen herumstiefelten. Schwer von Kapee, die beiden. Er hörte auf zu filmen und erwägte die Vor- und Nachteile dessen, die 112 anzurufen, um sicherzustellen, dass man Guðni dort im Moosbett bei seinem Auto fand, bevor er wieder nüchtern wurde.

※ ※ ※

Während Guðni an diesem milden Frühlingsmorgen immer noch in seiner Lavamulde schlummerte, stand Stefán ausgeschlafen und ungewöhnlich munter auf. Er erwachte jeden Morgen um halb acht, aber diesmal sprang er sofort aus dem Bett, statt sich erst noch mal auf die andere Seite zu legen. Und das war schon lange nicht mehr der Fall gewesen.

»Du siehst erbärmlich aus«, sagte er zu seinem Spiegelbild und strich sich über den Bart. Da er glaubte, er würde nach einer Rasur noch heruntergekommener aussehen, gab er den Gedanken daran auf und suchte stattdessen nach irgendwelchen Klamotten, die sauber waren und ihm noch einigermaßen passten. Er brauchte dafür einige Zeit. Die Hose war zwar viel zu weit, aber ein zusätzliches Loch im Gürtel schaffte Abhilfe.

Zur Lektüre von *Fréttablaðið* trank er zwei extrem starke Tassen Kaffee mit zusammengerechnet zwölf gehäuften Teelöffeln Zucker und vertilgte zwei Schnitten Toastbrot mit Tomaten und Eiern. Die beiden Schimmelflecken an der Kante der einen Scheibe hatte er bemerkt, auch wenn sie nicht groß waren, aber er sah darüber hinweg, genau wie über das politische Heckmeck in der Zeitung. Letzteres war allerdings nicht ganz einfach, denn die Zeitung steckte buchstäblich von der ersten bis zur letzten Seite voll davon. Kein Wunder, denn es war erst eine Woche seit den historischen

Kommunalwahlen in der Geschichte Islands vergangen, bei der die alteingesessenen Parteien beinahe aus dem Rathaus der Hauptstadt herauskatapultiert worden wären. Sie mussten Platz für die Kandidaten der Spaß- und Happeningpartei machen. So jedenfalls hatte jemand für Stefán die ›Beste Partei‹ charakterisiert.

Diese Wahlen waren auch für ihn selbst schicksalhaft gewesen, denn zum ersten Mal hatte er, der vor vierzig Jahren zum ersten Mal wählen durfte, sich den Gang zur Urne erspart. Bis zum Bankencrash 2008 war er immer gewissenhaft in sein Wahllokal gegangen, bei Kommunalwahlen und Parlamentswahlen, und immer hatte er, wie es sich für einen anständigen Polizisten gehörte, sein Kreuz hinter die konservative Partei gesetzt.

Was keineswegs bedeutete, dass er mit allem einverstanden war, was die Vertreter dieser Partei sagten und taten, ganz und gar nicht. Einige von ihnen waren so dumm wie Bohnenstroh, hatten aber immerhin wohlmeinendes Stroh im Kopf. Andere brachten höchst zweifelhafte Theorien über die unterschiedlichsten Sachverhalte vor, und wieder andere konnte man wohl kaum mit anderen Worten beschreiben als mit denen der Sozialisten: unmaskierte Lobbyisten für sich und die Ihren.

Aber – und das war für ihn bislang ausschlaggebend gewesen – die allermeisten Vertreter der Unabhängigkeitspartei setzten sich seiner Meinung nach aufrichtig für die Polizei, die Kirche, die isländische Natur und das Volk ein, und damit für die freien und ehrlichen Bürger. In mancherlei Hinsicht angemessen liberal, aber auch angemessen konservativ in anderen Belangen. So gesehen genau wie er selbst. Ganz allgemein und überhaupt hatte Stefán bis vor Kurzem daran geglaubt, dass die konservative Partei mit ihrer politischen

Ausrichtung am besten dafür sorgen würde, Ordnung und Gesetz und das allgemeine Wohlergehen in diesem guten Land aufrechtzuerhalten, in dem er das Glück gehabt hatte, geboren worden zu sein.

Ragnhildur, die sich immer geweigert hatte, lebenslang dieser oder jener Partei anzuhängen (er hatte allerdings den starken Verdacht gehegt, dass sie chronisch nach links tendierte), hatte sich öfters über ihn und seine unverbrüchliche Treue zu den Konservativen lustig gemacht. Ihm sogar manchmal vorgeworfen, er würde politische Parteien wie Sportvereine und die Politik wie eine Religion behandeln. Sie hatte immer darauf bestanden, dass so etwas nur mit Schrecken enden könnte.

Als sie beide bei den Parlamentswahlen vor rund einem Jahr im Wahllokal erschienen waren, war es ihm auf einmal so vorgekommen, als hätten sich ihre orakelhaften Worte bewahrheitet, denn plötzlich fand er es völlig unmöglich, das Kreuz auf den vertrauten alten Platz zu setzen. Nach einem heftigen und kurzen inneren Kampf hatte er den Stimmzettel in die Urne geschoben, ohne irgendeine Partei anzukreuzen. Das hatte ihm schwer zu schaffen gemacht, er hatte das Gefühl, als wäre er wichtiger Lebensqualitäten beraubt worden, ohne dass es eine reale Chance gab, sie wiederzuerlangen. Sogar den traditionellen Stapel von Waffeln, die Marmelade, die Sahne und die heiße Schokolade, die Ragnhildur auf den Tisch zauberte, als sie wieder zu Hause waren, schafften es nicht, dieses unbehagliche Gefühl zu verdrängen. Der Wahltag war bislang für sie beide ein spezieller Feiertag gewesen – und auf einmal wurde er zu einem schwarzen Tag in Stefáns Leben. Dass Ragnhildur sich nicht über ihn lustig machte, wusste er sehr zu schätzen.

Sein Entschluss, bei den Kommunalwahlen vor einer

Woche nicht zur Wahlurne zu gehen, war ganz von selbst gekommen. Stefán hatte weder das Gefühl, irgendetwas verpasst zu haben, noch verspürte er Gewissensbisse wegen einer sündhaften Vernachlässigung seiner staatsbürgerlichen Pflichten.

Er legte die kaum gelesene Zeitung von sich, stellte das Geschirr in die Spüle und machte sich auf den Weg. Schlag zehn saß er im Stuhl seines Friseurs Alli, der ihm den gewöhnlichen Haarschnitt verpasste und auch den wild wuchernden Bart trimmte. Alli war einer von den wenigen Fixpunkten im Leben, dachte Stefán, einer der allerletzten Vertreter seiner Zunft, auf den die Bezeichnung persönliche Bedienung zutraf. Zwar wurde für Service dieser Art erstaunlich oft von erstaunlich vielen und großen Einrichtungen Werbung gemacht aus nicht weniger erstaunlich vielen Gründen, aber die Realität sah meist anders aus.

In seiner Bankfiliale kannte er niemanden mehr, und noch weniger in den Supermärkten, in denen er wie jeder andere die meisten Einkäufe tätigen musste. Die Verpflichtung, ein verantwortlicher Verkehrsteilnehmer zu sein, zwang ihn, mit seinem Auto in eine sterile Werkstatt zu fahren, wo er kein Mensch war, sondern nur eine Abfertigungsnummer, ein Autokennzeichen und eine Personenkennziffer. Und Tankstellen hatten sich schon seit Langem zu etwas komplett Unnatürlichem entwickelt: Nur der ständige Wechsel von Angestellten überbot den Preiswucher an all dem unnützen Zeug, das dort verkauft wurde.

Friseur Alli aber war immer der Alte, an diesem Tag wie an allen anderen zuvor. Er versuchte, Stefán in ein Gespräch über das Wahlergebnis und die Stadtpolitik zu verwickeln, und erzählte ihm einen Witz über das Sozialamt, der angeblich vom Spaßbürgermeister Jón Gnarr stammte. Als auch das nicht klappen wollte, gab er eine witzige Geschichte über Óttar Proppé zum Besten. Und erkundigte sich nach dem gesundheitlichen Befinden, nach den Enkelkindern und dem Land Rover, und schließlich ließ er sich etwas abfällig über den Untersuchungsbericht des Althings, das Vierparteiensystem und die anhaltende Trockenheit aus. Stefán fand den Mann durchaus interessant und witzig, ließ es aber bei passendem Kopfnicken und einsilbigen Antworten bewenden.

Lazarus, dachte er, als Alli ihm den Umhang abnahm und ihm im Spiegel die Rückansicht im Nacken vorführte, um die Zustimmung des Kunden einzuholen. Darauf bestand er immer, und immer wurde sie ihm anstandslos gegeben. Auch dieses Mal. Es gab keinen Grund, mit dieser dreißigjährigen Tradition zu brechen, es gab allenthalben schon viel zu viele andere Brüche mit der Tradition.

»Sieht prima aus«, sagte Stefán, bezahlte den verlangten Preis und fuhr wieder nach Hause. Dort erwartete ihn der Stapel mit den Unterlagen von Katrín, und das Handy, das er aus gutem Grund nicht mitgenommen hatte, meldete ihm acht unbeantwortete Anrufe und vierzehn SMS. Sieben Anrufe von Guðni, einer von Árni. Das konnte nichts Gutes bedeuten. Von den SMS-Kurznachrichten stammten zwölf von Guðni, eine von Árni. Und dann noch eine von Sohn Bjarni. Mit der begann Stefán, sie war kurz: *vergiss nicht das Grillen!* Stefán grinste sich eins in den gepflegten Bart und öffnete die SMS von Árni. Sie war nicht viel länger, klang aber besorgniserregend, genau wie er befürchtet hatte: *Ich hole guðni ab, wo bist du?*

Stefán zog eine Grimasse, sprach sich Mut zu und öffnete die erste SMS von Guðni Pálsson. *bei mir gros scheisse, mel dich spfort*. Die elf folgenden stimmten ihn auch nicht gerade optimistischer. Stefán schloss die Augen und fluchte im Stillen. Der Tag hatte doch so gut begonnen. Er stellte die Kaffeemaschine an und wählte Árnis Nummer.

* * *

Die Erleichterung, die Árni verspürte, als Stefán ihm sagte, er solle mit Guðni zu ihm in den Nökkvavogur kommen, war beinahe ebenso groß wie die Gewissensbisse, die ihn überfielen, als ihm bewusst wurde, wie froh er war.

»*Shit*, warum reite ich mich immer in so was hinein«, knurrte er und betätigte den Blinker.

»Hä?«, grunzte Guðni an seiner Seite.

»Ach nichts«, antwortete Árni, feuerrot im Gesicht. In Gedanken strickte er sich eine weitere Ermahnung zusammen, nicht mehr laut zu denken, und überlegte, ob es nicht irgendwelche Kurse gäbe, wie man sich selbst zum Schweigen bringen kann. He, dachte er dann, *das zumindest* hab ich nicht laut gedacht.

»Mannomann, klasse Leistung, Belohnung gefällig?«, murmelte er im nächsten Augenblick höhnisch. Und schlug sich gleich gegen die Stirn.

»Wasis?«, lallte Guðni.

»Nichts«, sagte Árni, immer noch feuerrot im Gesicht. Er schaffte es, den Rest der Strecke zu schweigen, und deswegen konnte Guðni ungestört wieder einnicken. Weder er noch Árni schenkten dem silbergrauen Skoda Beachtung, der ihnen die ganze Zeit von der Kreuzung in Hafnarfjörður gefolgt war. Nicht einmal, als er neben dem Bürgersteig knapp dreißig Meter vor Stefáns Haus eingeparkt wurde und der Fahrer aus dem offenen Seitenfenster sein Smartphone auf sie richtete.

»Jetzt mach schon«, sagte Árni und öffnete die Tür auf der Beifahrerseite. Guðni war in jeder Hinsicht willig, trotzdem hatte Árni seine liebe Not und Mühe, ihm aus dem Auto zu helfen. Wäre Stefán ihnen nicht entgegengekommen, hätten sie es vermutlich nicht die Treppe zur Haustür hinauf geschafft. Zum Schluss klappte es aber, und fünf Minuten später schnarchte Guðni auf dem Fernsehsofa, Árni gähnte sich eins am Küchentisch bei frisch gekochtem Kaffee. Der Skoda zog sich zurück und verschwand um die nächste Ecke. Stefán ließ die Gardine fallen und wandte sich Árni zu.

»Was hat der Kerl denn jetzt wieder angestellt?«, fragte er.

»Ich bin mir nicht sicher, ob ich alles richtig mitgekriegt habe«, musste Árni zugeben. »Er ist so was wie das Gespenst von einem Gespenst – ich weiß ehrlich nicht, ob er immer noch besoffen ist oder grauenvoll verkatert oder einfach nur krank. Er hat die meiste Zeit was über seine Helena gefaselt. Ich glaube, sie wurde heute Nacht überfallen, wenn ich ihn richtig verstanden habe. Außerdem über einen Joe Cabot.«

»Joe Cabot?«

»Ja.«

»Und wer ist das?«

»Weiß ich nicht, aber irgendwie kommt mir der Name verdammt bekannt vor. Ich weiß bloß nicht, woher. Und er hat sich auch noch über Lalli Fett ausgelassen, das ist ja nichts Neues.«

Lalli Fett, manchmal Lalli Shit genannt, hieß laut dem Volksregister Lárus Kristjánsson und wurde als berüchtigter, aber nie überführter Drogenhändler und Gangster ersten Ranges in den Büchern von Stefán und all seinen Kollegen geführt. Die Drogenkommission und andere Abteilungen bei der Kriminalpolizei hatten jahrelang mit dem Ziel gegen ihn ermittelt, ihm Beteiligung und Verantwortung an einer Unmenge von Delikten nachzuweisen, angefangen bei Schwarzbrennerei bis hin zu Totschlag und Mord, aber bisher hatten sie noch keinen Erfolg verbuchen können. Stefán war überzeugt, dass ein großer Teil der Verbrechen, die man Lalli zuschrieb, tatsächlich auf seine Kappe gingen. Trotzdem hegte er den Verdacht, dass sehr viele andere Delikte in keiner Verbindung zu ihm standen, ihm aber trotzdem aufs Konto geschrieben wurden, weil es so wunderbar bequem war, einen Megaschurken zu haben, dem man alles Mögliche in die Schuhe schieben konnte, was sich nicht anders erklären ließ. Deswegen nannte Stefán ihn manchmal insgeheim Professor Moriarty, aber er hütete sich davor, diesen Spitznamen anderen mitzuteilen.

»Hm«, brummte er. »Und das war in Hafnarfjörður, sagst du? Bei der Kreuzung, wo die Straße nach Álftanes abbiegt?«

»Ja.« Árni trank einen Schluck Kaffee. »Sein Mercedes ist immer noch dort, und ohne Abschleppwagen kommt er da nicht weg. Deswegen wollte er auch nicht zu sich nach Hause fahren, angeblich hat er keinen Bock, heute noch vernommen zu werden. Mensch, das wird einiges Kopfzerbrechen geben. Sollte der Kerl den Wagen nicht vorsichtshalber als gestohlen melden?«

»Lalli Fett hat eine Villa in Álftanes«, brummelte Stefán in seinen Bart. Er richtete sich auf. Räusperte sich. »Als gestohlen melden, da sagst du was. Wir werden sehen, ich kümmere mich um die Angelegenheit. Ich kümmere mich um Guðni. Beschäftige du dich mit dem Fall Erla Líf. Hast du nicht auch das ganze Zeug bekommen?«, fragte er und klopfte auf den Stapel mit den Akten. Árni hob fragend die Augenbrauen.

»Doch. Bist du denn dann ...«

»Jawohl«, unterbrach Stefán ihn. »Sagen wir einfach, ich trete meinen Dienst wieder an. Geh jetzt und tu, um was Katrín dich gebeten hat, und wir sehen uns dann spätestens am Montag. Grüß Ásta von mir.«

Árni war nicht länger zu halten, er leerte seinen Kaffeebecher in einem Zug und verabschiedete sich, heilfroh, Guðni und dessen Probleme los zu sein. Und noch froher zu wissen, dass Stefán Montag wieder an seinem Platz sein würde. *Come on, woman, come on, follow me home*, trällerte er mit seinem Freund Mark Knopfler, so unbekümmert wie ein unausgeschlafener Vater von zwei Säuglingen und ein Kriminalpolizist gegen Ende seines Urlaubs an einem sonnenreichen Samstag des Jahres 2010 nur sein konnte. Er rief Ásta an, um sie zu fragen, ob er noch etwas besorgen sollte.

»Nein«, antwortete Ásta prompt. »Für den Abend ist so weit alles klar, ich wüsste nicht, dass irgendetwas fehlt. Die Kinder sind gerade auf dem Balkon eingeschlafen, und ich will jetzt unter die Dusche. Wenn du dich beeilst, könnte es durchaus sein, dass ich dich darum bitte, mich abzutrocknen.«

Sie brach das Gespräch ab, und Árni gab Gas. Ein besoffener Guðni irgendwo in der Lava von Hafnarfjörður war verschwunden, Erla Líf und Katrín ebenso. Und sogar der wieder auferstandene Stefán hatte keine Chance gegenüber dem aufreizenden Handlungsablauf, den diese wenigen Worte von Ásta in Árnis Kopf ausgelöst hatten.

5

Samstag bis Sonntag

»Was sagst du, den habt ihr an der Kreuzung hier in Hafnarfjörður gefunden?«, fragte Guðni und ließ sich deutlich anmerken, dass er sauer und wütend war, als er auf dem Parkplatz beim Polizeidezernat in Hafnarfjörður wieder an der Seite seines Daimlers stand. Ein sattgrünes Grasbüschel am chromglänzenden vorderen Kotflügel war das Einzige, was an das Off-road-Fahren in der Morgenstunde erinnerte. »Ganz früh heute?«

»Ja«, murmelte der diensthabende Kommissar entschuldigend. »Auf der Wiese links unterhalb der Straße. Wir haben den ganzen Tag versucht, dich zu erreichen, aber...«

»Ja, ja, schon gut«, schob Guðni dazwischen und gab sich tolerant. »Meine Schuld, ich hätte das Handy nicht abschalten sollen.« Er zog die Autoschlüssel aus der Hosentasche und setzte sich hinters Steuer. »Die Reserveschlüssel müssen mir zu Hause auf dem Parkplatz aus der Tasche gerutscht sein, als mich die Jungs gestern Nacht abholten und zur Ambulanz brachten«, fügte er so laut hinzu, dass alle es hören konnten. »Jetzt bin ich wohl gezwungen, mir ein neues Zündschloss und neue Schlösser für die Türen zuzulegen. Verfluchtes Gewese.«

»Wirklich schlimm, was da mit deiner Tochter passiert ist«, warf der Kommissar vorsichtig ein. »Hast du eine Ahnung, wer...«

»Nein«, erklärte Guðni schroff, »keinen blassen Schimmer. Aber die Kollegen werden das bestimmt in null Komma nichts herausfinden.« Miene und Tonfall gaben deutlich zu verstehen, dass er sich nicht weiter dazu äußern wollte.

»Tja, na denn«, brummte der Kommissar »Ganz sicher machen die das. Aber sag mal, was den Wagen betrifft, willst du da nicht Anzeige erstatten, wegen der Versicherung und so...«

Guðni schüttelte den Kopf. »Wohl kaum.« Er drehte den Schlüssel im Schloss, und der Mercedes sprang mit fürchterlichem Lärm an. »Scheiße.« Er stellte den Motor wieder ab.

»Der Auspuff liegt im Kofferraum«, sagte der Wachmann, »und alles, was sonst noch dazugehört. Die Jungs haben sämtliche Teile gefunden, so gesehen ist er praktisch komplett. Aber man weiß ja nie so richtig, was mit diesen Katalysatoren und Sensoren ist. Mal abgesehen von den Spurstangenenden und Spiralfedern. Das wird sich noch zeigen. Glaubst du nicht, dass es sich trotzdem...«

»Ich hab Nein gesagt«, fauchte Guðni, der inzwischen wieder fast der Alte war. »Das bringt nichts. So einen alten Schlitten versichert man doch nicht Kasko. Oder was meinst du, Stefán, sollte man sich wirklich die Mühe machen, diesen verdammten Typen anzuzeigen?«

Stefán stand mit überkreuzten Armen neben seinem neuen Toyota und kniff wegen der Sonne ein Auge zu. Er hatte seine genialste Zweifelsmiene aufgesetzt. »Hm, ja, ich weiß nicht«, sagte er. »Nein, wie du sagst, es ist den Ärger eigentlich nicht wert. Bloß bürokratisches Gewese.«

»Verdammt genau richtig«, sagte Guðni. »Ich will einfach

mal sehen, ob er noch fahrtüchtig ist. Und wenn er das ist«, sagte er und wandte sich zu dem diensthabenden Kommissar, »dann bin ich weg, und wir vergessen das Ganze. *Comprendre, amigo?*«

»Komm was?«, fragte der Mann aus Hafnarfjörður.

»Nichts.« Guðni schnallte sich an. »Fährst du hinter mir her, Stefán?«

»Ich fahr hinter dir her.«

Der Krach war grauenvoll, auch im Auto, und Guðni hatte außerdem den Eindruck, das Lenkrad würde zittern. Aber nicht so viel, dass er es für gefährlich hielt, und als sie den Hügelrücken von Kópavogur hochfuhren, gab er Stefán ein Zeichen, dass er es alleine nach Hause schaffen würde. Stefán fuhr trotzdem bis zum Parkplatz am Krankenhaus hinter ihm her, parkte sein Auto neben dem Mercedes und ließ die Scheibe runter, als Guðni ausstieg.

»Kann ich einen querköpfigen Kerl wie dich jetzt guten Gewissens seiner Wege fahren lassen?«

»Was meinst du denn damit?«

»Das, was ich sage. Du weißt ganz genau, dass du bei dieser Ermittlung deine Pfoten gefälligst aus allem rauslässt. Du musst – *musst* – es Steini und seinen Leuten überlassen. Steini leitet die Ermittlung, basta. Es gibt doch irgendwo Grenzen, Guðni, auch für meine Geduld. Und für meine Möglichkeiten, wie lange ich dir noch bei all dem Quatsch, den du machst, den Rücken decken kann. Habe ich mich klar genug ausgedrückt?«

»*Come on*, Stefán, was...«

»Komm mir nicht mit deinem *Come on*, Guðni. Du bist heute Nacht in Helenas Wohnung gewesen, obwohl sie versiegelt war. Noch bevor die Leute von der Spurensicherung den Schauplatz fotografieren und sich dort umtun konnten.

Was meinst du, wie sich das ausnehmen wird, falls und wenn dieser Fall mal vor Gericht landet?«

Guðnis Schläfen verfärbten sich leicht bläulich. »Es braucht doch niemand davon zu erfahren, dass ich ...«

»Alles ist aber bereits bekannt, Guðni. Du hast mir selber gesagt, du hast dich in einem Streifenwagen zu dem Studentenwohnheim fahren lassen. Die Flurnachbarin hat dich reingehen sehen. Darüber hinaus weiß ich, wohin du fahren wolltest, als du diese Kurve in Hafnarfjörður nicht gekriegt hast. Ich weiß, dass du glaubst, dass ...«

»Einen Scheißdreck weißt du«, unterbrach Guðni ihn stinksauer. »Hältst du dich etwa seit Neuestem für hellseherisch begabt?«

»Ich brauche keine hellseherischen Fähigkeiten, um zwei und zwei zusammenzurechnen«, sagte Stefán. »Welchen Grund hast du zu der Annahme, dass Lalli dahintersteckt? Und solltest du tatsächlich einen Grund dafür haben, hast du dann Steini darüber informiert?«

Guðni reagierte querköpfig. »Du weißt ganz genau, dass ich nichts in der Hand habe, was ich ihm vorlegen könnte«, sagte er ärgerlich. »Nichts Konkretes. *Come on*, wir reden hier doch über diesen Drecksack Lalli Fett, also ...«

»Also was? Was hattest du heute Nacht dort vor, sturzbetrunken und komplett neben der Spur? Wolltest du Lalli drohen? Ihn verprügeln? Ihm die Beine brechen?« Guðni wurde noch wütender, schwieg aber. Wie ein trotziges Kind, dachte Stefán. »Und wie wolltest du das eigentlich anstellen, hattest du da schon einen Plan? Ich meine, selbst wenn er zu Hause gewesen wäre, wie ...« Stefán verstummte abrupt und verfluchte sich im Stillen, aber es war zu spät.

»Was meinst du damit, ›selbst wenn er zu Hause gewesen wäre‹?«, konterte Guðni sofort. »War er das vielleicht nicht?«

Stefán schwieg, doch das half nicht viel. »Wo war er dann?«, fuhr Guðni fort. »Und wieso weißt du, dass er nicht zu Hause war?«

»Vielleicht sagen wir einfach, dass ich es weiß«, brummte Stefán. »Es ist auch keineswegs ein Geheimnis. Das hättest du ganz leicht selber herausfinden können, wenn du so viel Verstand besessen hättest, dich darüber zu informieren, bevor du in diesem Zustand losgedüst bist.«

Guðni ließ sich nicht so leicht vom Thema abbringen, und er gab kein Pardon. »Aha«, schrie er beinahe seinen Vorgesetzten an, »du hast also irgendjemanden in der Droko gefragt, vielleicht Þórður persönlich? So ist es doch, oder? Was hat er gesagt? Lässt er mich vielleicht beschatten? Und wo steckt Lalli, wenn nicht bei sich zu Hause? *Come on*, Stefán, was läuft da?«

»Außer deinen verrückten Ideen läuft nichts, Guðni. Abgesehen von dem Angriff auf Helena, und den will ich auf keinen Fall runterspielen. Das entschuldigt aber nicht, wie du dich heute Nacht aufgeführt hast, dafür solltest du dich verdammt noch mal schämen, um ganz offen zu sein. Ich versteh ehrlich gesagt nicht...«

»Spar dir deine Moralpredigt«, unterbrach Guðni ihn stinksauer. »Die wirkt eh nicht.«

»Es geht hier nicht um Moralisches, und das weißt du ganz genau«, entgegnete Stefán, der jetzt nicht weniger sauer war. »Du hättest dich und andere heute Nacht umbringen können und hast verdammt Schwein gehabt, dass es nicht dazu gekommen ist. Und sowieso scheinst du auf dem besten Weg zu sein, dich selber mit anderen Methoden ins Grab zu bringen. Wann warst du zuletzt beim Arzt?«

»Das geht dich einen Scheißdreck an, Stefán. Kannst du mal aufhören zu meckern?«

»Nein, kann ich nicht«, sagte Stefán. »Denn es geht mich etwas an. Ich habe sowohl mit dem Chef als auch mit Eiríkur gesprochen und werde Montag wieder meinen Dienst antreten. Und ich verspreche dir, wenn die bis dahin nicht diese Typen geschnappt haben, dann wird es meine erste Tat sein, unserer Mannschaft gehörig in den Arsch zu treten. Und die nächste wird sein, dir nicht weniger gehörig in den Arsch zu treten. Keine weiteren Fehltritte, kein besoffenes Rumkutschieren in deinem Mercedes, und vor allem Schluss mit diesem verdammten Gelabere, Guðni. Im Ernst.« Guðni verdrehte die Augen und gab keine Antwort. Stefán ließ sich nicht beeindrucken. »Lass den Dingen ihren Lauf und vertrau darauf, dass deine Kollegen ihre Arbeit machen«, bat er Guðni wie ein Vater seinen ungezogenen Sohn. »Du weißt doch selbst ganz genau, wie es ist, Angehörige der Opfer von Gewalttaten am Hals zu haben, die einem ständig Druck machen: Es beschleunigt die Arbeit nicht. In Ordnung?«

Guðni steckte sich einen Stumpen in den Mund und tat so, als überlegte er. »Okay«, sagte er, »das wäre ein Deal. Wenn du mir sagst, was Þórður gesagt hat. Lässt er mich tatsächlich beschatten? Und wo ist Lalli?«

»Lalli lebt derzeit im Haus seiner Mutter«, sagte Stefán. »Und zwar schon seit einigen Wochen. Die alte Dame ist im Krankenhaus und liegt im Sterben, soweit ich weiß. Und Þórður sagt, er hat niemanden auf dich angesetzt. Ich sehe keinen Grund, diese Aussage anzuzweifeln.«

Guðni betrachtete Stefán forschend. Entweder hatte sich das berühmte Pokerface von Stefán die letzten vier Monate in wesentlich besserer Form gehalten als sein Besitzer, oder sein Vorgesetzter sagte schlicht und ergreifend die Wahrheit.

»*Right*«, sagte er. »Aber ...«

»Jetzt mach dich auf den Weg und besuch deine Tochter«, unterbrach Stefán ihn. »Und du wirst sie nicht vernehmen, ist das klar?« Stefán setzte sein Auto in Gang – völlig geräuschlos.

»Aber ...«, setzte Guðni noch einmal an.

»Kein Aber. Sieh zu, dass du zu Helena kommst, und noch einmal Guðni, noch einmal: Tu mir den Gefallen und mach keinen Blödsinn. Ich bin schon zu spät dran, ich bin bei Bjarni zum Grillen eingeladen. Wir sehen uns.« Er legte den Gang ein, gab Gas und fuhr praktisch geräuschlos davon. Was für ein bescheuertes Auto, dachte Guðni, und potthässlich dazu.

»Hockt zu Hause bei Muttern, yess«, knurrte er kurze Zeit später im Aufzug. »Zu Hause bei Muttern, das Bübchen.« Dass dieser ekelhafte Fettfleck der Menschheit eine Mutter hatte, war natürlich absurd. Und dass ihm bevorstand, sie ins Grab entschwinden zu sehen, war geradezu brillant.

* * *

Eiður tourte mit seinem Skateboard draußen auf der Straße, Íris war noch bei der Arbeit. Sie hatte den ganzen Winter über jedes zweite Wochenende an der Kasse im Nóatún-Supermarkt gearbeitet und sich dort auch einen Job für den Sommer gesichert, was in diesen Zeiten der Arbeitslosigkeit nicht schlecht war. Im vergangenen Winter hatte es aber auch reichlich viele Spätnachmittage gegeben, fand Katrín, die manchmal ein schlechtes Gewissen bekam, dass sie ihrer fünfzehnjährigen Tochter gestattete, neben der Schule so viel zu arbeiten. Jedes Mal ermahnte sie sich, dass sie selbst noch viel früher und noch viel mehr gearbeitet hatte, aber das machte es auch nicht besser. Es zählte, dass Íris zufrieden mit dem Job war, und außerdem hatte es nicht zu unterschätzende Auswirkungen auf die Haushaltskasse gehabt, dass die

Tochter selbst für alles notwendige Unwichtige aufkam, und sogar noch mehr als das. Es stand nicht zum Besten um die Haushaltskasse, was Katrín jedes Mal sehr deutlich sah, wenn sie im Computer ihren Kontostand aufrief, und es hatte auch keineswegs den Anschein, als würden bessere Zeiten anbrechen.

Zu Monatsanfang sah es meist noch ganz gut aus, doch der Überziehungskredit war immer voll ausgeschöpft, bevor der Monat um war. Und zu Íris' großem Kummer gab es keine Chance, ein neues Auto anzuschaffen. Auch dieses Monatsende bildete keine Ausnahme. Katrín bezahlte die wenigen unaufschiebbaren Rechnungen, die nicht automatisch abgebucht wurden, und versuchte, nicht an den Sommerurlaub zu denken, den sie sehr bald nehmen müsste, obwohl sie beim gegenwärtigen Stand der Dinge weder Lust noch Geld dazu hatte. Jetzt brauchte sie Bewegung, das war eine todsichere Methode, um sich aus den Unannehmlichkeiten des Lebens auszuklinken. Sie verließ ihr Onlinebanking, fuhr den Computer herunter und streckte sich. Kaum hatte sie die Schnürsenkel des linken Laufschuhs zugebunden, als ihr Telefon sich meldete.

»Hallo, meine Liebe«, sagte Þyrí langsam und leise. Katrín spürte, wie sich ihr die Nackenhaare sträubten. »Du hast mich gebeten, dir Bescheid zu sagen, falls es eine Veränderung gibt.«

»Ja?« Mehr traute sich Katrín nicht zu sagen, weil sie befürchtete, dass ihre Stimme allzu zittrig klingen würde.

»Ja, es ist bald so weit«, erklärte Þyrí. »Wenn du bei uns sein möchtest, was ich wirklich schön fände, dann musst du dich etwas beeilen, meine Liebe.«

Katrín schluckte. »Wollten sie nicht bis Montag abwarten und dann erst die Lage beurteilen, bevor ...«

»Doch, ja«, unterbrach Þyrí sie. »Aber es ist nicht mehr möglich zu warten. Es sind wohl nur noch ein paar Stunden, bis meine Erla stirbt.«

* * *

»Die haben unten angeklingelt, und dann standen sie auch schon vor der Tür«, erklärte Helena. Aber sie hatten nicht darauf gewartet, bis Helena die unverschlossene Tür für sie öffnete, sondern waren in das Appartment eingedrungen und hatten die Tür hinter sich zugeschlagen. Helena, gerade vom Schreibtisch aufgestanden, hatte weder Zeit noch Möglichkeit gehabt, sich irgendwo in Sicherheit zu bringen. Der eine von ihnen hatte sie mit einem Fußtritt so zu Fall gebracht, dass sie auf dem Rücken landete. Dabei hatte sie für einen Augenblick, der ihr wie eine Ewigkeit vorkam, keine Luft mehr bekommen.

Der Angreifer nutzte die Zeit, um Helenas Armen und Beinen Plastikfesseln anzulegen, bevor er sich rittlings auf sie setzte und ihren Kopf zu Boden drückte, indem er ihr etwas Hartes und Kaltes gegen den Hals presste. Sein Kumpan vertrieb sich derweil die Zeit damit, alles in der Wohnung kurz und klein zu schlagen. Als sie endlich wieder Luft bekam und anfing zu schreien, drehte er sich um und versetzte ihr einen Tritt an den Kopf, glaubte sie sich zu erinnern. Das passte zu ihrer Verletzung an der rechten Schläfe, und ebenso passten die Hämatome zu dem Baseballschläger, den der Angreifer noch fester gegen ihre Kehle gepresst hatte, als sie anfing zu schreien. Er drückte so lange zu, bis sie das Bewusstsein verlor – entweder durch den Sauerstoffmangel oder wegen der Schmerzen, als sie ihr das erste Bein gebrochen hatten. An mehr konnte sie sich nicht erinnern, sagte sie, bis zu dem Augenblick, als Svala sich über sie beugte. Da waren auch die Sanitäter eingetroffen.

Guðni hoffte, dass das jedenfalls nicht gelogen war, auch wenn sie ansonsten immer noch an der idiotisch durchsichtigen Geschichte festhielt, da seien irgendwelche Männer, die sie überhaupt nicht kannte, aus unerfindlichen Gründen über sie hergefallen.

»Ich kann dir nicht helfen, wenn du darauf bestehst, mir so einen Bullshit zu erzählen«, beklagte er sich. »Das musst du doch verstehen. Ich meine, verdammt noch mal, Mädchen, wenn es mir darum gegangen wäre, dich zu verknacken, hätte ich das längst getan. Ich kann dir jetzt schon versichern, dass die Typen vom Erkennungsdienst ganz bestimmt den verdammten Stoff finden werden, wenn sie am Montag endlich am Tatort aufkreuzen. Egal wo das Zeug versteckt ist oder wie wenig du noch übrig hast. Sag mir, wo es ist, und dann helfe ich dir dieses eine Mal noch, okay?«

Als auch dieses aufrichtige, faire und außerordentlich großzügige Angebot nicht genügte, um die Wahrheit aus ihr herauszuholen, reichte es ihm.

»*All right*«, knurrte er mit einer Grimasse, stand auf und zog sich die Hose hoch. »Du bist angeblich ein erwachsener Mensch, und wenn du dein Leben zerstören willst, dann tu's eben, verdammt noch mal. Das berührt mich einfach nicht mehr.«

»Gut«, flüsterte Helena mit heiserer Stimme.

»Unerhört gut«, bestätigte Guðni. »Ich hab vorhin mit deiner Mutter telefoniert, sie ist schon auf dem Weg nach Reykjavík. Vielleicht kann sie dir ja etwas Verstand beibringen – ich hab einfach keinen Bock mehr. Vielleicht sehen wir uns noch – wenn nicht, dann eben nicht.«

»Dann eben nicht«, wiederholte Helena. Guðni drehte sich auf dem Absatz um und verließ das Krankenzimmer, ohne sich zu verabschieden.

»Verdammtes Blag«, knurrte er auf dem Weg nach unten. »Wie bitte?«, fragte eine Frau, die mit ihm im Aufzug war. »Mensch, halt die Klappe«, schnauzte Guðni. Sie befolgte diesen Rat.

Zu Hause erwartete ihn eine Lasagne im Gefrierfach, attraktiv verpackt und bereit für die Mikrowelle. Der Kühlschrank war halb voll mit Bierdosen, und das Tablettenkontingent für den Abend lag bereit. Die erste Dose ließ sich in den fünf Minuten, die die Mikrowelle für das Essen benötigte, locker und leicht runterspülen, ebenso die Pillen. Die vergessene Morgenration warf er einfach weg. Die zweite Dose goss er sich etwas langsamer hinter die Binde. Er leerte sie erst, nachdem er sich satt gegessen, Messer und Gabel in die Spüle befördert und den Fernseher eingeschaltet hatte. Als er sich mit dem dritten Bier in den Fernsehsessel gesetzt hatte und nach der Fernbedienung griff, spürte er auf einmal, dass hier irgendetwas nicht so war, wie es sein sollte.

Sein Laptop, den er tags zuvor zum Aufladen auf der Arbeitsplatte in der Küche zurückgelassen hatte, stand jetzt mitten auf dem Couchtisch, ohne Kabel.

Okay, dachte Guðni, dessen Hand an der Fernbedienung festgefroren war, heute Nacht war ich voll. Vielleicht habe ich selber das Ding hierhergetragen und es einfach nur vergessen, so was ist ja schon mal vorgekommen... Er spitzte die Ohren, riss die Augen auf und hielt den Atem an. Eine halbe Minute später traute er sich, einzuatmen; er stand auf und vergewisserte sich, dass er tatsächlich allein in seiner Wohnung war, bevor er sich wieder in seinen bequemen Sessel setzte.

»Paranoid.« Trotzdem. Er versuchte, sich den Ablauf der vergangenen vierundzwanzig Stunden auf der Suche nach Erklärungen so genau zu vergegenwärtigen, wie er konnte. Er war sich aber beinahe hundertprozentig sicher, dass er selbst den Laptop nicht angerührt hatte. Eigentlich vollkommen sicher, dazu hatte es ja auch gar keinen Anlass gegeben.

Er sprang auf und untersuchte die Wohnung systematisch, Küche, Schlafzimmer, Bad, Wohnzimmer, Diele. Die Suche endete im Gästezimmer, das er während der letzten Monate als Arbeitszimmer verwendet hatte. Er öffnete die Tür, machte Licht und war auf das Schlimmste gefasst, aber auch dort war nichts angerührt worden. Was nur bedeuten konnte, dass niemand es betreten hatte, glaubte Guðni. Er schaltete das Licht aus, schloss die Tür und blickte sich nachdenklich um, fand aber nichts Verdächtiges. Alles war an seinem Platz, außer dem verdammten Laptop auf dem Couchtisch. Guðni streifte sich Latexhandschuhe über, bevor er die Tür auf den Hausflur draußen vor der Wohnung öffnete. Er setzte seine Lesebrille auf und kramte ein altes Vergößerungsglas hervor, konnte aber keine Kratzer am Schloss oder am Rahmen erkennen. Das Schloss an der Balkontür schien ebenfalls nicht angerührt worden zu sein.

Guðni begann wieder, an der Verlässlichkeit seiner beduselten Hirnzellen zu zweifeln und die Schuld der Paranoia zuzuschreiben. Trotzdem. Er konnte sich genau daran erinnern, als die Aushilfspolizisten ihn abgeholt hatten, an den Wodka, und nur allzu gut daran, dass er von der Straße abgekommen war und sich danach in einer grünen Lavamulde versteckt hatte. Müsste er sich dann nicht auch daran erinnern können, wenn er den verdammten Laptop ins Wohnzimmer gebracht hätte?

Schließlich genehmigte er sich noch ein Bier und eine London Docks und paffte drauflos, während er seine Optionen überdachte. Stefán anrufen? Wohl kaum, der würde ihm bestimmt nur sagen, sich hundertprozentig an die Vorschriften zu halten, und Katrín würde noch kategorischer auf diesem Prinzip rumreiten. Vielleicht Árni? Nein, beschloss er, von dem konnte man sich nichts erhoffen. Die Möglichkeit, den Dienstweg zu beschreiten, bestand allerdings. Sollte er den Hund anrufen oder Eydís oder jemand anderen beim Erkennungsdienst, vielleicht auch Steini? Oder Siggi oder Viddi? Vielleicht war es letzten Endes das Beste. Oder vielleicht sogar diesen Vollidioten Eiríkur...

»Ach, Scheiße«, knurrte er, griff nach dem Laptop und öffnete ihn, ohne die Handschuhe auszuziehen. Ein gelber Zettel klebte auf dem Bildschirm. Guðni gab den Link ein, der darauf notiert war, und klickte auf Play. Das Video hatte keine sonderlich gute Auflösung, und deswegen war es hoffnungslos, das Gesicht zu erkennen, aber Guðni hatte nicht den geringsten Zweifel daran, wer der Hauptdarsteller war.

»Dreimal verfluchte und verdammte Kacke«, knurrte er, als er sich selbst von seinem Wagen wanken und kurze Zeit später auf allen vieren in der Lava verschwinden sah. »Ich muss wieder abnehmen.« Als Nächstes ging er auf das Telefonbuch im Internet www.ja.is und tippte dort die Nummer ein, die unter dem Link stand. Die Nummer war nicht registriert, er hatte nichts anderes erwartet. Er holte sein Handy aus der Hosentasche und rief an.

»Guten Abend«, war die Antwort nach viermal Klingeln.

»Ebenfalls, Arschloch«, sagte Guðni. »Wer bist du und was zum Teufel willst du?«

»Ich heiße Jón«, antwortete die Telefonbekanntschaft, »und ich möchte unbedingt mit dir über ein gemeinsames Problem reden.«

»Ach nee, heißt du tatsächlich Jón?«

»Ja. Und...«

»*Listen, you fuckface*«, sagte Guðni. »Du tickst anscheinend nicht ganz richtig. Ich weiß von keinerlei gemeinsamen Problemen. Andererseits bin ich darauf spezialisiert, allen möglichen Leuten alle möglichen Probleme zu bereiten. Dafür bin ich berühmt-berüchtigt, kapiert?«

»Mir ist tatsächlich etwas von deinen Fähigkeiten zu Ohren gekommen, ja«, antwortete Jón in mildem Tonfall.

»*Right*«, entgegnete Guðni zufrieden. »*Right*. Aber du solltest noch etwas anderes wissen, Jón, Johnnyboy, oder wie auch immer du heißt, ich rede nicht mit irgendwelchen mittleren Chargen in solchen Companys wie der, für die du arbeitest. Capito?«

»Si«, erklärte Jón, immer noch in demselben milden und verständnisvollen Ton. »Ich fürchte aber sehr, dass du in diesem Fall dazu genötigt sein wirst. Weißt du, die Lage der Dinge ist nämlich so ...«

Guðni rülpste und nahm einen kräftigen Schluck aus der Dose. »Halt deine Schnauze und spitz gefälligst die Ohren, wenn sich Erwachsene mit dir unterhalten«, sagte er mit Nachdruck. »Ich sag dir jetzt, wie wir das handhaben. Hast du Papier und Bleistift?«

»Äh, nein, aber ...«

»Prima«, sagte Guðni. »Das wär schon komisch gewesen, und ich hätte dir gesagt, das Zeug weit von dir zu werfen. Und nun hör mir mal zu ...«

* * *

Þyrí saß am Bett und hielt die Hand ihrer Tochter, sie war kreideweiß im Gesicht. Erlas Brüder Ýmir und Flóki saßen schweigend in einer Ecke. Das Beatmungsgerät ließ unangenehm regelmäßig und laut von sich hören. Katrín ging zu Þyrí und legte ihr sanft die Hand auf die Schulter.

»Keine Veränderung?«, fragte sie leise.

»Nein«, entgegnete Þyrí. »Keine Veränderung.« Katrín holte sich einen Stuhl und setzte sich neben Þyrí. Sie schnieften abwechselnd ein wenig, bis der Arzt eintraf. Alle vier erhoben sich wie Gottesdienstbesucher beim Evangelium. Ein winziger Hoffnungsfunke glimmte in Þyrís Augen auf, erlosch aber sofort wieder, als der Arzt den Kopf schüttelte.

»Es tut mir leid«, sagte er leise, »aber ihr Zustand ist unverändert. Ich habe dir letzte Woche gesagt, dass wir hofften, den Blutdruck herunterzubekommen... Also das ist nicht gelungen. Und da besteht auch keine Aussicht, er ist immer nur gestiegen, und heute ist er so in die Höhe gegangen...« Er blickte Þyrí entschuldigend an. »Wir hätten es sehr gerne zwei Wochen hinausgezögert, oder noch besser vier, aber bei ihrem gegenwärtigen Zustand ist es einfach gefährlicher, abzuwarten als einzugreifen.«

Þyrí sank auf ihren Stuhl und zog Katrín mit sich. Ýmir tastete nach der Hand seines Bruders, und Katrín spürte, wie ihr Tränen über die Wangen liefen, als sie sah, dass der taffe Sechzehnjährige die Hand des großen Bruders umklammerte, als stünde sein Leben auf dem Spiel. Und Flóki begann ebenfalls zu weinen, still und heftig, und das half nicht gerade, ihren Tränenstrom zu hemmen. Nichts Ungewöhnliches war geschehen, nichts, womit sie nicht schon von Anfang an hatten rechnen müssen. Trotzdem tat es so unendlich weh. Katrín konnte sich nicht vorstellen, wie Þyrí damit fertigwerden sollte.

»Ihr tut das, was ihr tun müsst«, sagte Þyrí zu dem Arzt. »Sollen wir draußen warten?« Der Arzt nickte. »Kommt jetzt, ihr beiden«, sagte Þyrí. »Und auch du, Katrín. Komm mit uns, meine Liebe.« Katrín folgte ihr wie in Trance. Auf dem Korridor wartete ein kleines Team von Ärzten und Krankenschwestern. Fünf Minuten später wurde Erla aus dem Krankenzimmer in den Aufzug gerollt. Die Tür hatte sich kaum geschlossen, als sich am anderen Ende des Korridors eine andere Tür öffnete, durch die Erlas Freund Marteinn Svansson hereinstürmte.

»Wo ist sie?«, schrie er. »Bin ich zu spät, ist sie...«

Þyrí stand auf und umarmte ihn. »Du musst dich gedulden, mein Lieber. Lass uns in den Warteraum gehen, der ist ein Stockwerk höher, dort werden wir abwarten. Und beten.«

Marteinn riss sich aus der Umarmung los. »Beten?«, fauchte er. »Was soll denn der Quatsch bringen. Du...« Er besann sich und nahm Þyrí wieder in die Arme. »Entschuldige bitte. Bete, wenn du es kannst. Aber du...«, sagte er und wandte sich Katrín zu, »was zum Kuckuck willst du hier eigentlich?« Seine Stimme klang schrill, die Wut war groß. »Wozu verdammt mischst du dich immer noch ein? Was willst du denn jetzt noch von uns?« Er trat so nahe an Katrín heran, dass ihr eine Geruchsmischung aus abgestandenem Tabaksqualm mit deutlich spürbarer Haschbeimischung, frischem Shampoo, aber auch Schweißgeruch und Deodorant, Knoblauch und ein Hauch von Menthol in die Nase drang. Ihr Gesicht verzog sich unwillkürlich.

»Na?«, fauchte Marteinn. »Bin ich nicht fein genug für dich, du blöde Tussi? Bin ich vielleicht zu...«

Katrín versuchte, seinem fuchtelnden Zeigefinger zu entgehen, aber Marteinn kam noch einen Schritt auf sie zu. »Wieso verpisst du dich nicht einfach und lässt uns...«

»Weil ich sie hierhaben möchte«, warf Þyrí ein und ging dazwischen. »Und weil Erla das auch gewollt hätte.«

Marteinn schnaubte immer noch leise, wurde aber trotzdem ruhiger. Alle gingen sie schweigend und im Gänsemarsch in die nächste Etage und nahmen in dem dämmrigen

Wartezimmer vor dem OP Platz. Alle schwiegen weiter, jeder dachte das Seine.

※ ※ ※

Guðni gab so kräftig Gas, dass es in der ganzen Straße widerhallte, bevor er vor dem Haus auf dem Fjölnisvegur hielt, in dem Lárus Kristjánsson aufgewachsen war. Die Fahrt dorthin war problemlos verlaufen, und dieses Mal hatte er sämtliche Kurven geschafft. Er wartete noch eine Minute, bevor er in den milden Frühlingsabend ausstieg. Kein Verfolger bog hinter ihm in die Straße ein. Das Tor an der Auffahrt war fest verschlossen, aber das silbrig glänzende Gartentor nicht. Voll erblühte rote und weiße Tulpen säumten den Weg zum Haus zu beiden Seiten, und gelb leuchtende Ginsterbüsche breiteten sich zwischen anderen blühenden Sträuchern unter Ahorn, Ebereschen und Birken aus. Der dicht bewachsene Garten war offensichtlich sehr gut gepflegt. Dasselbe galt auch für das beeindruckende weiße Haus mit zwei Etagen und einem Souterrain. Es hatte große, aus vielen Fächern bestehende Fenster und ein steiles rotes Wellblechdach. Nichts von alledem erweckte bei Guðni Bewunderung, während er die breite Treppe Stufe für Stufe erklomm. Ein Troll von einem jungen Mann öffnete, noch bevor er geklingelt hatte, und baute sich drohend in der Tür auf. Die verschränkten Arme glichen eher Oberschenkeln. Guðni verschränkte ebenfalls seine Arme, aber das zeigte keine Wirkung.

»Ist Lalli zu Hause?«, fragte er und versuchte, sein Keuchen zu kaschieren. Der Troll gab keine Antwort darauf. »Darf er mit mir spielen?«, fragte Guðni. »Bitte, bitte.«

»Sehr witzig«, bemerkte der Riese, ohne zu lächeln. Seine Stimme klang erstaunlich krächzig.

Guðni hingegen grinste breit, er war inzwischen auch wieder etwas zu Atem gekommen. »*Yess, funny guy*, das bin ich. Ist Lalli da?«

»Nein, er ist nicht zu Hause. Und du bist nicht witzig.«

»Da irrst du dich«, entgegnete Guðni geduldig. »Ich *bin* witzig, und Lalli *ist* zu Hause. Und jetzt zisch ab und sag ihm...«

»Sag's mir einfach selber«, ließ Lalli sich hinter dem Rücken des Trolls vernehmen. Der trat einen halben Schritt zur Seite. »Kaffee? Oder lieber Bier? Vielleicht ein Schlückchen Cognac oder Whisky dazu?«

Lalli war zwei Jahre jünger als Guðni, fünf Zentimeter kleiner und vierzig Kilo schwerer. Er trug ein weites weißes Hemd, dazu eine dunkelblaue Jogginghose und weißblaue Turnschuhe. »Lass den Herrn Polizisten rein«, sagte er launig zu seinem Türhüter und bedeutete Guðni, ins Haus zu kommen. »Also, mein lieber Guðni, was ist, was kann ich dir anbieten?«

»Ich bin nicht dein lieber Guðni«, entgegnete Guðni und schob sich an dem Anabolika-Troll vorbei. »Aber ein Bier akzeptiere ich vielleicht.« Lalli wankte einen breiten, hell erleuchteten Gang entlang, und Guðni dackelte hinter ihm her. Die Wände waren weiß gestrichen, ein vielarmiger Lüster mit glitzernden Glasperlen war in einer vergoldeten Stuckrose an der Decke verankert. Zierliche Hirtinnen und Hirten aus Porzellan auf gehäkelten und exakt gebügelten Deckchen tummelten sich auf einer hochglanzpolierten Anrichte aus Rosenholz. Die Bilder an den Wänden steckten ausnahmslos in vergoldeten Rahmen, ebenso ein Spiegel. Und der dicke karmesinrote Läufer auf dem Boden verschluckte die Schritte der beiden Schwergewichte so perfekt, als wankten sie nicht den Gang entlang, sondern schwebten.

»Am besten gehen wir in den Keller«, sagte Lalli und öffnete eine Tür am Ende des Gangs. »Bitte sehr.«

»*After you*«, sagte Guðni.

»Wie der Herr wünscht«, konterte Lalli und grinste sich eins in sein Doppelkinn. »Bring uns zwei gut gekühlte«, rief er dem Muskelpaket zu. »Halt, nein, bring uns lieber vier.«

Das Kellerzimmer passte entschieden besser zum Stinktier Lalli als das Erdgeschoss, fand Guðni. Das Parkett auf dem Boden glänzte genauso wenig wie die dunkle Holzvertäfelung. Nur ein einziges Bild hing an der Wand gegenüber dem Eingang, ein Riesengemälde von einem Seitentrawler, das Schiff krängte in schwerer See unter unheilschwangerem Himmel. Beim Design der Ledersessel an der Fensterwand hatte man eindeutig gestandene Männer als Zielgruppe gehabt. Dem Billardtisch mitten im Raum war ebenfalls sein Alter anzusehen. Lalli begann, die Kugeln nach allen Regeln der Kunst zu arrangieren.

»Hier unten kann man sich bei ein oder zwei Spielen immer prima entspannen«, sagte er, während er die rosa Kugel einen halben Zentimeter nach links schob. »Also denn«, fuhr er sichtlich vergnügt fort, »reich mir bitte die Ledertasche da neben dir. Ja, danke.« Er riss die Tasche auf, und zum Vorschein kamen vier jeweils in zwei Teile zerlegte Billardqueues. Zwei von ihnen schraubte er zusammen. »Bitte sehr«, sagte er und hielt Guðni einen hin. Der nahm ihn aber nur zögernd zur Hand.

»Du kriegst den blauen«, sagte Lárus. »Sollen wir darum würfeln, wer beginnt?«

»*Cut the crap*«, entgegnete Guðni wütend. »Ich bin nicht gekommen, um hier zu spielen, sondern um dir zu sagen...«

Eine Tür hinter Guðni knarrte, und er drehte sich mit gezücktem Queue blitzschnell auf dem Absatz. Fast hätte er sämtliche vier Bierflaschen von dem Tablett gefegt, das der Troll ihnen von oben brachte.

»Immer mit der Ruhe, mein lieber Hauptkommissar«, sagte Lalli. »Ist das nicht dein offizieller Titel?« Er nickte seinem Lakaien zu, der das Tablett abstellte und wieder nach oben ging. »Nimm dir ein Bier und sei ganz relaxed.« Als die reichlich schwere Tür ins Schloss gefallen war, sagte er: »Du bist noch hippeliger als eine Nonne auf einem Negerpimmel.« Er bückte sich, soweit seine Wampe das erlaubte, und setzte zum Eröffnungsstoß an. Das rote Dreieck zerstob in alle Richtungen, aber keine Kugel landete in einer Tasche. »Wirklich keine Glanzleistung von mir«, murmelte Lalli enttäuscht. »Über den Empfang hier kann der Herr Hauptkommissar gar nicht meckern: Ich hab dir die Roten großzügig vorgelegt, und dazu noch am Rand was Kaltes. Wenn ich bei euch eingeladen bin, seid ihr nicht so nett.«

»Ich hab dir doch gesagt, *cut the crap*«, wiederholte Guðni. »Lass den Scheiß. Du weißt genau, weswegen ich hier bin. Weil du gestern Abend zwei von deinen zwei Meter großen Arschlöchern und Armleuchtern auf meine Tochter angesetzt hast. Gehört diese Missgeburt, die mich in Empfang genommen hat, dazu?«

»Es ist nicht schön, wenn man schlecht über Leute redet, und erst recht nicht, wenn man in einem Haus nur zu Gast ist.« Lalli klang gekränkt. »Wieso…?«

»Immer hast du dieselben Typen um dich herum, diese aufgequollenen Hormontrolle«, entgegnete Guðni. »Und diese langbeinigen Silikonschnepfen. Wo sind die Weiber jetzt?«

»Wieso fragst du danach?«, fragte Lalli mit einschmeichelnder Stimme. »Hast du vielleicht Lust auf sie?«

»Yeah, genau«, sagte Guðni. »Genau deswegen bin ich hier, um mir mal wieder einen orgeln zu lassen. Was bist du für ein Idiot. Du hast meiner Tochter diese Dreckskerle auf den Hals gehetzt. Und du weißt auch sehr genau, was dort vorgefallen ist, und weshalb. Jetzt sag ich dir nur noch in dein Arschgesicht, was als Nächstes passiert. Es ...«

»Diese Ausdrucksweise, Herr Hauptkommissar«, entgegnete Lalli und quietschte fast vor Vergnügen. »Erinnert mich an die Geschichte von Sibbi auf Tófulækur, nachdem die Magd ihn rangelassen hatte und dann von ihm verlangte, dass er den Bastard anerkennen sollte. Sie ...«

»Verdammt noch mal, halt die Schnauze«, knurrte Guðni und rückte Lalli mit seiner Wampe zuleibe. Lalli musste zurückweichen, und Guðni ließ nicht locker, bis er den Kerl an die Wand gedrückt hatte. »Wenn diese verfluchte Welt irgendeinen Sinn haben würde«, erklärte er, »dann wär nicht nur dein Vater ertränkt worden, sondern auch du wärst eines vielfachen Todes gestorben, möglichst qualvoll, und deine Mutter ebenfalls, dafür, dass sie dir nicht beigebracht hat, dich zu schämen ...«

»Was unterstehst du dich – mein Vater war ... Und du weißt, dass meine Mama jetzt im ...« Lalli schien zu Guðnis ungeheurer Befriedigung ernsthaft betroffen zu sein.

»Ja, ja, dein Papi war ein Held, und deine Mami kratzt gerade ab, furchtbar traurig, buhuu. Wird ja auch langsam Zeit, ist sie nicht über hundert? Meine Tochter dagegen ...«

»Ich weiß nichts von deiner Tochter«, erklärte Lalli keuchend. Er war vor Wut rot angelaufen. »Ich weiß nicht, was du glaubst, was ich ...«

»Ich glaube nichts, ich weiß es«, sagte Guðni. Er drückte den linken Arm an Lallis Hals, und mit der rechten Hand schob er ihm den Queue ein wenig ins Nasenloch.

»Und damit du es weißt«, erklärte er beinahe ebenso kurzatmig wie sein Opfer, »ich hab mir euer Handyvideo angesehen, aber das ändert nichts, es beweist einen Scheißdreck. Es ist mir so was von scheißegal, ob ihr das Ding ins Netz stellt oder an die Medien weiterleitet oder an meinen Chef oder sonst wohin, könnt ihr ruhig machen, nur zu.«

Lalli riss die Augen noch weiter auf. »Ich weiß überhaupt nicht, wovon du redest«, protestierte er. »Ich führe ein Unternehmen, und es ist nicht so, als würde ich da tagtäglich meine Finger in alles...«

Sein Schrei war schrill und kurz.

»Hoppla«, sagte Guðni und wischte das Blut von dem Queue an Lallis Hemd ab. Der war zu Boden gesunken und hielt sich die Nase. Guðni schnappte sich eine Bierdose und nahm einen ordentlichen Schluck.

»Wie ich gesagt habe«, erklärte er mit immer noch erhobenem Queue, »es ist mir scheißegal, was ihr mit diesem Scheißvideo macht. Aber du wirst jetzt deine Wurstfinger in deinen verfluchten täglichen Kram stecken und sämtliche Schulden von Helena Dögg Guðnadóttir abschreiben, und zwar pronto. Und bei deinen Leuten eine klare Ansage machen, dass niemand auch nur in ihre Nähe kommt. Weder um ihr dieses Gift zu verkaufen, mit dem du deine Geschäfte machst, noch wegen irgendwas anderem. *Nothing, nada*, nichts. Kapito?« Während dieser Worte stieß er Lalli mehrmals mit dem Queue auf die Brust. Er fühlte sein eigenes Herz hämmern, der Schweiß brach ihm am ganzen Körper aus, und das Adrenalin schoss ihm durch die Adern. Wieso habe ich das nicht schon längst getan, ging es ihm durch den Kopf, das macht Spaß.

»Darf ich aufstehen?«, erkundigte sich Lalli kläglich. »Ich möchte mich in den Sessel da setzen.« Guðni nickte zustimmend, und Lalli rappelte sich mühsam hoch. Er wankte auf den Sessel zu, doch dann senkte er den blutüberströmten Kopf und nahm Kurs in die entgegengesetzte Richtung, hin zu der verschlossenen Tür.

Macht voll Spaß, dachte Guðni noch einmal und zückte wieder den Queue.

※ ※ ※

Die erste Krankenschwester kam kurz vor Mitternacht auf den Korridor vor dem OP. Eine andere folgte ihr gleich darauf, und beide nickten mit ernsten Mienen zu Þyrí, Katrín, den Brüdern und Marteinn hinüber. Alle waren aufgestanden und gingen unruhig hin und her, als die Hebamme mit einem kleinen rosa Bündel in einem durchsichtigen Kasten auf einem fahrbaren Chromgestell herauskam.

»Es ist ein Mädchen«, sagte sie. »Zweitausend Gramm.« Marteinn und Þyrí traten zu ihr. Katrín und die Brüder hielten sich in gebührender Entfernung.

»Darf ich?«, fragte Marteinn. Die Hebamme und Þyrí nickten, und Marteinn nahm den Winzling auf den Arm. Es wurde ihm aber nicht lange gestattet.

»Ich muß sie jetzt auf die Intensivstation für Neugeborene bringen«, sagte die Hebamme. »Sie scheint ganz gesund zu sein, trotzdem müssen wir sie mindestens die nächsten vierundzwanzig Stunden dortbehalten, vielleicht auch noch etwas länger.«

Marteinn legte den Winzling wieder in die Wiege.

»Und was jetzt?«, fragte Þyrí.

»Die Chefärztin kommt gleich«, sagte die Hebamme. »Hat sie euch nicht schon über alles informiert?«

Kaum war sie mit dem Winzling in der Wiege auf Rollen im Aufzug verschwunden, als die Chefärztin erschien. »Es tut mir leid, dass ich dich ausgerechnet jetzt damit behellige, aber ich muss dich darum bitten zu unterschreiben. Es hat keinen Sinn, es hinauszuzögern. Leider. Glaub mir, das würde es für alle Beteiligten nur noch schlimmer machen. Viel schlimmer.«

Þyrí nahm das Formular entgegen, unterschrieb und reichte es der Ärztin. Ohne zu fragen, ohne zu widersprechen.

»Aber ich... darf ich nicht... Darf ich sie nicht noch einmal sehen?«

»Leider nein«, antwortete die Ärztin. »Der OP ist sterilisiert, und alles ist bereit für den Eingriff.« Sie legte Þyrí die Hand auf die Schulter. »Es tut mir wirklich leid.«

»Beeil dich«, murmelte Þyrí.

Katrín hatte nie ein entsetzlicheres Schweigen erlebt als das, was sich jetzt über die kleine Gruppe legte, nachdem die Ärztin wieder in den OP-Bereich entschwunden war und sie draußen auf dem Gang zurückgelassen hatte. Das Gefühl der Ohnmacht war ihnen gemeinsam, und sie kamen sich alle vollkommen fehl am Platz vor und hilflos.

Sie griff nach Þyrís Hand. Wer weiß, dachte sie wider besseres Wissen, vielleicht geschieht doch noch ein Wunder.

6

Montag

Die Abteilung für Kapitalverbrechen bei der Kriminalpolizei im Großraum Reykjavík setzte sich aus drei lokalen Dezernaten zusammen. Eines davon befand sich in Hafnarfjörður, ein weiteres am Krókháls am Stadtrand, und das dritte und weitaus größte war in der Polizeidirektion am Hlemmur untergebracht. An diesem Morgen hatten sich sämtliche Mitglieder dieses Dezernats, die nicht krankgeschrieben oder im Urlaub waren, in dem abgetrennten Teil des Großraumbüros versammelt, der Kaffee-Ecke hieß. Die erwartungsvolle Spannung in der Luft konnte man beinahe mit Händen greifen. Einige schwiegen und schauten entweder zu Boden oder zur Decke, andere beschäftigten sich mit ihren Kaffeebechern, aber die meisten redeten derart aufeinander ein, dass das Stimmengewirr an eine Vogelkolonie im Frühling erinnerte. Als Stefán und Eiríkur erschienen, trat Totenstille ein, und aller Augen richteten sich auf diese so ungleichen Gestalten. Eiríkur räusperte sich.

»Ahem, ja. Ich gehe davon aus, dass ihr alle wisst, weswegen wir euch hierhergebeten haben. Falls nicht, falls nicht ...« Eiríkur sah Stefán an, der zustimmend nickte. »Ich weiß, wie gerne ihr alle mich los seid«, fuhr Eiríkur fort, was ihm einige vorgetäuschte Proteste einbrachte. »Bitte nicht«, bat er, puterrot im Gesicht, »denn ich verstehe das gut, und ich weiß sehr genau, wie froh ihr seid, dass Stefán wieder an seinem Platz ist. Und ehrlich gesagt möchte ich meinen, dass niemand froher darüber ist als ich selber. Mehr will ich gar nicht sagen. Vielen Dank.« Eiríkur verbeugte sich knapp und trat einen Schritt zurück. Es entstand ein unangenehmes Schweigen, bis Stefán vortrat.

»Danke, Eiríkur«, sagte er, »und vor allem auch Dank dafür, dass du diese Typen einigermaßen in Schach gehalten hast, während ich … während ich eine Auszeit genommen habe. Das war bestimmt nicht ganz einfach, wenn ich die Damen und Herren richtig kenne. Ich hab ein paar Teilchen vom Bäcker mitgebracht, die warten im Konferenzzimmer auf uns. Und anschließend dann die Morgenbesprechung – in sagen wir zehn Minuten?«, sagte er nach einem Blick auf seine Uhr. »Die wird wohl etwas länger dauern, denke ich, weil ihr mich sicher über vieles informieren müsst. In Ordnung?«

Die Anwesenden zerstreuten sich, Eiríkur verabschiedete sich mit einem Händedruck von Stefán und verschwand sang- und klanglos mit einer kleinen Aktenmappe unter dem Arm.

Stefán hielt Árni zurück. »Hast du was von Guðni gehört?«, fragte er leise.

»Nein. Wieso?«

»Weil er hier nicht erschienen ist«, sagte Stefán. »Könntest du ihn anrufen und herausfinden, was mit ihm ist?«

»Kein Problem«, entgegnete Árni. »Und schön, dass du wieder da bist.«

»Danke gleichfalls«, antwortete Stefán.

Árni setzte sich an seinen Schreibtisch. Ihm kam es so vor,

als hätte er erst gestern dort gesessen. Wirklich klasse, dachte er und fuhr seinen Computer hoch. Anschließend versuchte er, Guðni zu erreichen, sowohl unter seiner Festnetznummer als auch am Handy. Aber niemand antwortete.

※ ※ ※

Das Klingeln weckte Guðni, und seine Blase trieb ihn auf unsichere Beine. Er fluchte leise vor sich hin. Sein Rücken schmerzte, sein Kopf drohte zu platzen, doch am schlimmsten war das linke Knie. Jeder Schritt fiel schwer und bedeutete einen stechenden Schmerz. Beim Händewaschen riskierte er einen Blick in den Spiegel, und ganz entgegen seiner Gewohnheit gefiel ihm nicht, was er sah. Die Ringe unter den blutdurchschossenen Augen reichten fast bis zum Kinn, und das wenige Haar auf seinem Schädel war verwuselt und zerzaust, genau wie die grau melierten Stoppeln des Dreitagebarts. Sollte er sich krankmelden und wieder in die Falle kriechen, oder lieber duschen und sich an die Arbeit machen? In Anbetracht der Ereignisse des Wochenendes, die sich langsam, aber sicher Bahn durch den Morgennebel in seinem Hirn brachen, war es keine einfache Entscheidung.

»Verdammte Scheiße, verfluchte Kacke«, knurrte er und hinkte in die Küche, um die Kaffeemaschine anzuwerfen, bevor er unter die Dusche ging. Mit dem Frühstück, das aus Kaffee und drei hart gewordenen Zimtschnecken bestand, schluckte er die Pillen für morgens, neun an der Zahl, und fügte eine Parkódin forte gegen die Kopfschmerzen hinzu, und zwei Ibufén gegen die Schmerzen im Knie. Frisch geduscht und frisch rasiert und vollständig bekleidet stellte er sich wieder vor den Spiegel, um sich den Erfolg dieser Maßnahmen zu bestätigen.

»Gut schaust du aus, amigo«, sagte er zu seinem Spiegelbild. »*Looking damn good.*« Dann humpelte er zu seinem Mercedes und fuhr auf etlichen Umwegen zu einer auf Auspüffe spezialisierten Werkstatt im Dugguvogur. Er war sich ziemlich sicher, dass niemand ihm gefolgt war.

※ ※ ※

»Wie ihr wisst«, begann Stefán, als alle sich an den Tisch gesetzt hatten und die Tür zum Korridor geschlossen worden war, »ist Erla Líf Bóasdóttir in der Nacht von Samstag auf Sonntag verstorben. Sie war natürlich bereits schon in vieler Hinsicht gestorben, sie war hirntot, als man sie fand, und sie wurde nur am Leben gehalten, um das Leben des Kindes zu retten, das sie unter dem Herzen trug, als sie attackiert wurde. Ihr seid bestimmt froh zu hören, dass das Kind, ein Mädchen, gesund und munter und unbeschadet davongekommen ist, und soweit ich weiß, gedeiht es prächtig, nicht wahr?« Er blickte auf Katrín, die mit finsterer Miene rechts neben ihm saß. Sie nickte.

»Gut«, fuhr Stefán fort. »Erlas Tod war sozusagen das Tüpfelchen auf dem i, die unvermeidliche Folge dieses Überfalls, der zu Ostern stattgefunden hat. Ich gebe gerne zu, dass ich Eiríkurs Argumente für seine Prioritäten nicht verstanden habe…« Zwanzig Münder öffneten sich offensichtlich nur zu dem Zweck, um sich zu Eiríkur und seinen Prioritäten zu äußern, aber Stefán klappte sie alle mit der Bewegung einer Augenbraue wieder zu.

»Wie gesagt, ich habe diese Argumentation nicht begriffen. Und von jetzt an wird dieser Fall wieder vorrangig behandelt, Platz eins, zwei und drei auf der Liste. Über die Formalitäten muss ich erst mit dem Staatsanwalt verhandeln, ich weiß also noch nicht, worauf es am Ende hinauslaufen wird. In meinen Augen geht es selbstverständlich um Mord, auch wenn jetzt zwei Monate zwischen dem Mordversuch und der Ausstellung des Totenscheins verstrichen sind. Drei Männer waren vier Wochen lang in Untersuchungshaft, sie werden heute freigelassen.«

Katrín ließ ihre Blicke über die Gruppe schweifen, quasi als Aufforderung, alles zu sagen, was man gerne loswerden würde. Es blieb aber ungesagt. Zwei konnten es sich nicht verkneifen, verächtlich zu schnauben. Ob diese Zurückhaltung aus Respekt vor der Toten oder vor Stefán resultierte, wusste sie nicht, aus Respekt vor ihr aber garantiert nicht. Und eines musste man den Kollegen lassen: Als Stefán ihr das Wort gab und sie den gegenwärtigen Stand der Ermittlung Punkt für Punkt durchging, verschwanden kritische Gereiztheit und Unwille aus ihren Mienen, und selbst die härtesten Verteidiger von Darri und Verurteiler der anarchistischen Erla lauschten aufmerksam. Sogar das späte Eintreffen von Guðni verursachte nur eine kleine Störung. Zwei Stunden nach Beginn der Besprechung waren sämtliche Aufgaben klar verteilt.

Stefán ergriff wieder das Wort. »Also alle, die mit uns am Fall Erla arbeiten«, sagte er, »wir treffen uns hier um sechzehn Uhr. Wenn zwischendurch etwas anfällt, redet mit mir oder Katrín. Und ihr anderen kümmert euch um anderes, was dringend anliegt. Ich denke, wir sind uns darüber einig, dass der Angriff auf Guðnis Tochter Helena da ganz oben auf der Liste steht. Neue Erkenntnisse, Steini?«

»Nein«, musste Steini zugeben, »leider. Aber der Hund hat heute Morgen endlich drei von der Spurensicherung in ihre Wohnung geschickt. Hoffentlich kommt dabei was raus.«

»Hoffentlich«, stimmte Stefán zu. »Ganz bestimmt. Lassen wir es damit einstweilen gut sein.« Einer nach dem anderen verließ den Raum. Stefán gab Guðni ein Zeichen, ihm ins Büro zu folgen. Er schloss die Tür hinter ihnen sorgfältig.

»Setz dich«, sagte Stefán kurz angebunden.

»Wieso bist du jetzt sauer?«, fragte Guðni, nicht weniger genervt. »Ich musste mit dem Auto zu einer Auspuffwerkstatt, und das hat seine Zeit gebraucht. *Big deal*.«

»Wenn es nur das wäre, was mich stört, dann ginge es uns gut«, stöhnte Stefán. »Sag mir, was zum Teufel hast du im Winter angestellt? Was hast du über Þórður und die Droko gefaselt, als du neulich bei mir warst? In was hast du dich verdammt noch mal reingeritten?«

»Ich versteh keinen Schiet«, sagte Guðni. »Nicht die Bohne. Hat sich diese Missgeburt über mich beschwert?«

Stefán schloss die Augen und rieb sich energisch die Schläfen. Öffnete eine Schreibtischschublade und kramte darin herum, bis er gefunden hatte, was er suchte. Sogar seine grüne Baseballkappe schien nach dem Haareschneiden zwei Nummern zu groß zu sein.

»Nein«, sagte er nach langem Schweigen. »Noch nicht. Aber wir sind für heute Nachmittag verabredet, und ich kann dir versichern, dass dein Name bei dieser Besprechung fallen wird. Am Samstag hast du mich gefragt, ob Þórður dich beschatten lässt, erinnerst du dich?«

Guðni legte den Kopf schräg. »Ich hab dich gefragt, ob du ihn gefragt hast, ob er – Mann, was machst du's kompliziert. Natürlich erinnere ich mich, und vor allem, dass er Nein gesagt hat.«

»Ja. Er hat Nein gesagt. Und ich habe dir gesagt, dass ich keinen Grund hätte, das anzuzweifeln. Das war gelogen.«

»Das war gelogen?« Guðni brauste auf. »Was zum Teufel meinst du ...«

»Ja, ich habe gelogen«, fiel ihm Stefán ins Wort. »Eigentlich hätte ich keinen Ton zu dir sagen dürfen. Aber ich kenne dich seit – seit dreißig Jahren oder so ähnlich?«

»Äh, ja«, stimmte Guðni zu. Von seiner sonstigen Großspurigkeit war kaum noch etwas übrig. »So ähnlich. Stefán, was ist da im Gange?«

»Tja, genau das möchte ich ja von dir erfahren. Denn wie gesagt, ich kenne dich seit dreißig Jahren, und ich kann dich nicht als das einordnen, was man gemeinhin einen vorbildlichen Staatsbürger nennt.« Stefán hob resignierend die Hände und riss sich die gerade wiedergefundene Kappe vom Kopf. »Menschenskind«, stöhnte er, »du wirst uns noch beide ins Grab bringen.«

»Zumindest mich selber«, knurrte Guðni widerwillig, da schwang ein beleidigter Unterton in der Stimme mit. »Daran komme ich wohl nicht vorbei. Aber ansonsten steh ich immer noch komplett neben der Spur. Weswegen hast du mich angelogen? Weshalb glaubst du, dass Þórður dich angelogen hat?«

»Weil euch ein Auto gefolgt ist, als Árni dich am Samstag zu mir nach Hause gebracht hat. Ein silbergrauer Skoda. Und der Fahrer hat euch mit seinem Smartphone in der Einfahrt zu meinem Haus fotografiert, da bin ich mir ziemlich sicher.«

»Und?«

»Und er saß in einem von unseren Autos. Ich habe bei diversen Leuten angerufen. Dieser Wagen stammt aus dem Fuhrpark der Polizei und ist seit drei Wochen an die Droko ausgeliehen.«

»Verdammt noch mal, genau so was hab ich mir doch gedacht!«, schnaubte Guðni. Er sprang auf, sank aber ebenso schnell wieder auf den Stuhl, weil sein Knie streikte. »Das verdammte Schwein! Ich hab dir ja gesagt, dass da was im Gange ist, was mir *spooky* vorkommt.«

»Ja, hast du. Und ich muss zugeben, dass ich inzwischen außerordentlich neugierig geworden bin, aber auch sehr misstrauisch, um die Wahrheit zu sagen. Weshalb in aller Welt ist die Droko ausgerechnet hinter dir her?«

Guðni verschränkte die Arme. »Das musst du Þórður fragen«, entgegnete er eingeschnappt und patzig wie ein kleiner Junge.

»Das tu ich ganz bestimmt«, sagte Stefán. »Trotzdem frage ich dich jetzt ein weiteres Mal, Guðni Páll Pálsson, in was zum Teufel hast du dich da reingeritten? Denn ich muss ja wohl darüber nachdenken, ob es sein kann, dass der Angriff auf Helena weniger mit ihr als mit ihrem Vater zu tun hatte?«

Guðni öffnete mehrmals den Mund und klappte ihn wieder zu, und es verging eine ganze Weile, bis er ein Wort hervorbringen konnte. »Nein«, sagte er endlich, »nichts, was ich getan habe, rechtfertigt eine derartige Reaktion. Auf jeden Fall nichts, was ich getan habe, bis...« In letzter Sekunde besann er sich und verstummte. Bevor Stefán ihm den Rest des Satzes entlocken konnte, klopfte jemand an die Tür und riss sie stürmisch auf.

»DV.is«, erklärte Steini gut gelaunt, er konnte ein hämisches Grinsen kaum verhehlen.

»Und was gibt's da auf DV.is?«, fragte Stefán.

»Das siehst du sofort, wenn du auf die Website gehst. Guðni, du möchtest das bestimmt auch sehen, du spielst ja die Hauptrolle. Zu dumm, dass man dein Gesicht nicht richtig erkennen kann. Aber vielleicht ist es auch besser so, hässlich wie du nun mal bist, du Ärmster.«

* * *

»Was soll denn die Obduktion bringen?«, fragte Árni. »Ich meine, ich weiß, dass sie obduziert werden muss, aber wieso muss der Hund anwesend sein, und warum müssen wir auch dorthin?«

»Sicherheitsgurt«, ermahnte Katrín und fuhr los. Árni gehorchte und legte den Gurt an.

»Die Wunden sind doch schon mehr oder weniger alle verheilt«, fuhr er fort. »Herz, Leber, Lungen, Nieren und was weiß ich noch, die haben sie ihr längst rausgenommen und anderen eingesetzt, oder sie sind auf dem Weg ins Ausland, um dort transplantiert zu werden. Deswegen frag ich mich, was du und Friðjón euch davon versprecht...«

»Mensch, hör auf«, entgegnete Katrín ärgerlich. »Oder nein, entschuldige, ich fühle mich derzeit ziemlich gestresst. Und bin hin und wieder auch sehr empfindlich. Sag das bitte keinem weiter. Hast du am Wochenende Zeit gefunden, dir die Unterlagen anzuschauen?«

»Ja, ein bisschen«, sagte Árni, fest entschlossen, sich von Katríns Gereiztheit nicht anstecken zu lassen. »Aber ich habe mich zugegebenermaßen nicht mehr so intensiv damit beschäftigt, als ich erfuhr, dass Stefán wiederkommt. Ich dachte, er wird auf volle Kraft voraus setzen, und genau das hat er ja auch getan. Trotzdem, ich hab einiges durchgearbeitet, und irgendwie habe ich mich vor allem auf zwei Dinge konzentriert.«

»Ach ja?«

»Zum einen auf den zeitlichen Rahmen, zum anderen auf die Brutalität als solche. Das war das, was mir wirklich ins Auge gesprungen ist und mich echt gestört hat.«

»Inwiefern?«

»Also wenn wir mit den zeitlichen Eckdaten beginnen, dann wird total selbstverständlich davon ausgegangen, es lägen unumstößliche Fakten vor. Dass Erla am Gründonnerstagabend oder in der Nacht auf Karfreitag verschwunden ist und dass genau an dem Abend oder in der Nacht der Angriff auf sie stattgefunden hat. Ich kann einfach nicht sehen, dass es hundertprozentig so gewesen sein muss. Weshalb hätte sie nicht...«

»Vielleicht nicht zu hundert Prozent, aber zu neunundneunzig«, unterbrach Katrín ihn, während sie auf dem Platz vor dem Leichenschauhaus einparkte. »Darauf wird ausführlich in dem neuesten zusammenfassenden Bericht eingegangen, den du vor dem Wochenende bekommen hast und der heute an die ganze Mannschaft verteilt wurde. Erla Líf ist aus Darris Auto etwa gegen halb zehn ausgestiegen, und das ist das Letzte, was man von ihr weiß, bis sie am Ostersonntagmorgen aufgefunden wurde. Kein Telefonat, keine SMS, kein Pieps auf Twitter, keine Meldung auf Facebook oder sonst was – alles sehr ungewöhnlich für sie. Denn sie war sogar, wenn sie sich mit Freundinnen in einem Café getroffen hat, dauernd bei Facebook und Twitter unterwegs. Und sie hat einige SMS abgeschickt, bis der Akku von ihrem Handy leer war. Danach aber kein Pieps mehr. Sie ist an dem Abend auch nicht nach Hause gekommen. Die Nachbarn...«

»Lass mich bitte eine rauchen, bevor wir reingehen«, unterbrach Árni sie, bevor sie ausstiegen. »Ich weiß das«, sagte er dann, während er den Rauch von sich blies. »Ich habe es alles gelesen. Die Nachbarn haben sie nicht gesehen, und in der Waschmaschine vergammelte die Wäsche und all das. Aber gesetzt den Fall, dass sie vielleicht jemanden getroffen hat, einen Freund oder eine Freundin oder einen völlig Unbekannten, mit dem sie zu ihm oder zu sich nach Hause gegangen ist. Ja, oder ins ehemalige Zuhause in Hvassaleiti, da muss sie doch hingewollt haben. Ihre Mutter war mit Freunden in ein Ferienhaus gefahren, ihre Brüder waren nicht zu Hause, und der Stiefvater ebenfalls nicht, aber sie hatte einen Schlüssel. Hätte sie nicht...«

»Kaum«, entgegnete Katrín ungeduldig. »Wenn sie mit jemandem zu sich nach Hause gegangen wäre, dann hätte es der Angreifer sein müssen. Sonst hätte sich der Betreffende ganz bestimmt gemeldet, was anderes kann ich mir nicht vorstellen. Und wenn sie tatsächlich in das Haus ihrer Mutter gegangen wäre, hätte sie sowohl das Telefon als auch den Computer benutzt, hätte ihr Handy aufgeladen und wäre ins Internet gegangen. Das ist genauso sicher, wie dass sie aufs Klo gegangen wäre, sie war doch im sechsten Monat. Wenn sie tatsächlich über Nacht dortgeblieben wäre, hätte sie, verflixt noch mal, irgendwelche Spuren hinterlassen. Hat sie aber nicht. Die Sachen, die sie im Café anhatte, sind auch verschwunden. Sie ist also nicht nach Hause gegangen, um sich umzuziehen. Und so weiter und so weiter.«

»Hm«, brummte Árni. »Ich glaube trotzdem, dass da ein leichter Zweifel berechtigt ist, eine kleine Chance, dass der Überfall erst später stattgefunden hat. Und...«

»Und was würde das bedeuten, Árni? Was würde sich dadurch ändern?«

»Vielleicht nichts«, gab Árni zu und drückte die Zigarette aus. »Aber es könnte einige Alibis zunichtemachen. Ich meine, ihr habt alle abgecheckt, die in Frage kamen, von halb zehn am Donnerstagabend bis Freitagmittag. Was nichts zu besagen hätte, wenn der, nach dem wir suchen, sie erst am Karfreitagabend getroffen hätte, verstehst du. Geir hat in seinem Bericht ganz klar gesagt, dass er das jeweilige Alter der Verletzungen nicht genauer bestimmen kann als mit plusminus zwölf Stunden. Also...«

»Das klingt etwas weit hergeholt«, entgegnete Katrín skeptisch. »Möglich ist es, aber sehr unwahrscheinlich. Gehen wir jetzt rein? Geir hat bestimmt schon angefangen.«

Árni folgte Katrín die Treppen zum Eingang hinauf und anschließend die Treppe in den Keller hinunter. Ihre Schritte hallten auf den Fliesen des langen Korridors wider.

»Und das andere, das dir aufgefallen ist?«, fragte Katrín. »Irgendwas mit der Brutalität?«

»Ja«, sagte Árni. »Von dem Augenblick an, als Erla aufgefunden wurde, stimmten alle Medien darin überein, das als einzigartig brutale Gewalttat zu bezeichnen. Darauf hacken sie ständig herum, und dabei fallen Wörter wie bestialische Mordlust, Sadismus, Verrohung – «

»Ich hab schon kapiert«, warf Katrín ein. »Und?«

»Tja, das ist es ja«, sagte Árni. »Die Medien haben ihre Informationen sicherlich von uns, und sie käuen immer nur das Gleiche wider. Man sieht da auf einmal einen von allen guten Geistern verlassenen Gewalttäter vor sich. Was aber nicht zu dem passt, was du mir vor ein paar Tagen gesagt hast – das mit dem Laken und der Kirche und all das. Als ich mir die Fotos von den Verletzungen angesehen und die Beschreibungen gelesen habe, kam es mir so vor, als könnte man auch andere Schlüsse ziehen.«

»Die wären?«, fragte Katrín und hielt vor der Tür des Obduktionsraums inne.

»Beispielsweise, dass es sich um einen besonders verkorksten Weichling gehandelt hat«, sagte Árni.

* * *

»Man kann nicht sehen, dass ich am Steuer war«, erklärte Guðni querköpfig. »Man kann mich nicht am Steuer erkennen. Und man sieht noch nicht mal, dass ich aus dem Wagen gestiegen bin, verdammt. Und im Grunde genommen sieht man überhaupt nichts außer einem fetten, sturzbesoffenen Kerl, der in ein Lavafeld wankt. Punkt. Ich würde allerdings gerne rauskriegen, wer das aufgenommen hat...«

»Das ist nebensächlich«, unterbrach Stefán. »Und das weißt du auch. Die Hauptsache ist, dass diese Aufnahmen ins Netz gestellt wurden, und jeder Polizist in ganz Island erkennt dich.«

»Das reicht nicht«, widersprach Guðni. »Die Aufnahme ist qualitativ so miserabel, dass niemand beweisen kann, dass ich das bin. Du weißt, dass ich es bin, und Árni ebenfalls, genau wie ich, so viel ist klar. Aber ihr werdet doch wohl kaum gegen mich aussagen, ihr seid ja jetzt meine Komplizen und quasi mitschuldig?«

»Wie gesagt, Guðni, du bringst mich noch ins Grab, und allem Anschein nach eher früher als später. Weshalb zum Teufel musste ich mich wieder in dieser Irrenanstalt zurückmelden, wo ich meine Zeit doch lieber in meiner Garage mit meinem Land Rover verbringen möchte.«

»Weil du selber genau so einen Knall hast wie ich«, erklärte Guðni. »Nur du bist anscheinend auch etwas eingerostet, denn es ist verdammt noch mal keine Nebensache, wer dieses Video aufgenommen hat – sondern total die Hauptsache. Hast du mir nicht gerade erst gesagt, dass irgendwer von der Droko gestern Árni und mir bis zu dir nach Hause gefolgt ist und uns fotografiert hat?«

»Doch, ja, aber...«

»Liegt es verdammt noch mal nicht auf der Hand, dass es derselbe Fuzzi gewesen ist? Außerdem stellt sich noch die Frage, was diese Leute mit einem Foto von mir und Árni vor deinem Haus vorhaben? Vielleicht solltest du mal kurz bei deinem Freund Þórður antingeln und ihn fragen, was der ganze Scheiß zu bedeuten hat?«

Stefán nahm die grüne Kappe ab und kratzte sich am Kopf. »Wenn deine Schlussfolgerungen stimmen«, sagte er ungläubig, »wieso ist das Video dann schon bei YouTube und DV und überall zu sehen? Weshalb sollte Þórður – oder wer auch immer in diesem Auto hinter dir her ist – daran interessiert sein, das auf diese Weise an die Öffentlichkeit zu bringen?«

»*You tell me, boss*«, sagte Guðni. »Ich sag nur noch mal, bei denen von der Droko ist was im Gange. Und *spooky* ist das richtige Wort dafür.«

* * *

Nachdem der Gerichtsmediziner Geir Jónsson Árni herzlich begrüßt und sich nach dem Gedeihen der beiden Kinder und nach Árnis Frau erkundigt und im Gegenzug Árni über alles informiert hatte, was seine Tochter betraf, Árnis frühere Partnerin, wandte er sich wieder dem zu, was von Erla Líf Bóasdóttir übrig geblieben war.

»Im Grunde genommen bin ich schon fertig«, erklärte er. »Ich habe vor allem ihre Verletzungen untersucht, die natürlich halbwegs verheilt waren. Praktisch alle, bis auf die größte Wunde am Oberschenkel.«

»Was?«, fragte Katrín. »War die nicht verheilt?«

»Größtenteils. Aber ich habe um sie herumgeschnitten, um an die Mikrofasern in der Wunde heranzukommen und um mehr über das Blatt des verwendeten Messers rauszukriegen. Friðjón war dabei, und wir haben ganz bestimmte Vorstellungen davon, wie man...«

»Ja, ja, ja«, griff Katrín ungeduldig ein. »Ich brauch im Augenblick keine minutiösen Details, die kann ich dem Bericht entnehmen, wenn er vorliegt.«

Geir nickte zustimmend, geduldig wie immer. »Ist schon klar. Mit dem Stich in den Oberschenkel verhält es sich so, meine Liebe, dass er nur um Haaresbreite an der Schlagader vorbeiging – sonst hätten wir dieses Gespräch wahrscheinlich bereits vor zwei Monaten geführt. Der Stich ging bis runter auf den Knochen. Und dort, nämlich in der Knochenhaut, ist ein kleiner Abszess entstanden, eine eitrige Entzündung, und in der haben wir etwas gefunden, das meiner Meinung nach nichts anderes sein kann als ...«

»... die Messerspitze«, bellte Friðjón, der Chef der Spurensicherung dazwischen, der intern immer nur unter dem Namen »der Hund« lief. »Mit hundertprozentiger Gewissheit. Präzise die Spitze, zwei Millimeter.« Friðjón hatte sich bis dahin schweigend zurückgehalten, nun schwenkte er eine kleine Pappschachtel vor den Augen der Anwesenden. Er strahlte pure Freude aus. Katrín und Árni starrten abwechselnd einander und Friðjón an. Sie konnten sich nicht daran erinnern, ihn jemals zuvor in so einer überschwänglichen Laune erlebt zu haben. Und nie zuvor hatte er eine unbewiesene Behauptung von sich gegeben, ohne die vermeintliche Messerspitze aufs Gründlichste unter einem Mikroskop untersucht zu haben. »Die Spitze ist in den Knochen eingedrungen und durch seitlichen Druck beim Herausziehen abgebrochen, das kommt sogar bei allerbestem Stahl vor. Es war ja auch langsam Zeit für ein winziges, konkretes Beweisstück, nicht wahr?«, blaffte er.

»Doch, ja«, entgegnete Katrín. »Es war wirklich an der Zeit.« Friðjóns Frohsinn war fast ansteckend, und sie spürte, dass irgendwo im Hinterkopf sich eine Spur Optimismus regte. Und dann fiel ihr Blick auf das Wenige, was von Erla Líf übrig geblieben war.

»Ich werde mit ihrer Mutter reden«, sagte sie und sah Geir an. »Wann kann sie ihre Tochter bestatten lassen?«

✳ ✳ ✳

»Geh nach Hause, Guðni«, sagte Stefán. »Fahr zu dir nach Hause und bleib dort, bis ich mich melde.«

»Was soll denn das, Stefán«, widersprach Guðni. »Es ist doch wahrhaftig nicht so, als hätten wir hier Mannschaft im Überfluss. Die Jungs werden sich eins lachen, dein Namensvetter in der obersten Etage wird ein bisschen rummeckern, und danach ist alles vergessen. Es sei denn, Þórður will die Sache aufbauschen. Und dann ist es wirklich entscheidend, dass ich hier zur Stelle bin. Wir müssen herausfinden ...«

»Guðni?« Stefán erhob sich.

»Ja?«

»Geh nach Hause.« Stefán ging zur Tür und öffnete sie weit. Guðni stand mühsam auf und humpelte hinaus, gebückt und geknickt. Wie ein geprügelter Hund, dachte Stefán, aber er wusste es besser, denn er durchschaute den Kerl und hatte keine Spur Mitleid mit ihm. Kaum hatte sich die Tür hinter diesem überdimensionalen Problemkind geschlossen, als das Telefon auf Stefáns Schreibtisch klingelte. Er antwortete, hörte zu und legte auf. Sprang in zwei Sätzen zur Tür und riss sie sperrangelweit auf.

»Ist der verdammte Kerl schon weg?«, rief er. Die Mannschaft saß feixend an den Kaffeetischen und verstummte sofort. Überraschenderweise war Guðni der Mittelpunkt der fröhlichen Runde. Er stand auf.

»Soll ich glauben, dass du damit mich meinst?«, fragte er reichlich forsch.

»Komm wieder rein zu mir«, fauchte Stefán. »Und zwar sofort.« Guðni gehorchte nach einigem Zögern. »Rein mit dir«, wiederholte Stefán. »Und warte hier.« Er schloss die Tür und wandte sich an die anderen, die noch an den Kaffeetischen saßen. »Vergesst alles, was wir heute Morgen besprochen haben. Es gibt einen wesentlich dringenderen Fall. Siggi, du leitest die Untersuchung des Tatorts, und ich leite...«

Die Mannschaft reagierte in wundersamer Windeseile, ganz professionell und effektiv, was sie aber nicht daran hinderte, sich in der allgemeinen Hektik gegenseitig über den Haufen zu rennen.

Stefán kehrte zu seinem Büro zurück, schloss einen Moment die Augen, dann gab er sich einen Ruck und ging hinein.

»Was ist denn jetzt schon wieder los?«, knurrte Guðni in dem Versuch, sauer und beleidigt zu klingen. Es gelang ihm nicht sonderlich gut.

»Lalli Fett«, sagte Stefán, nachdem er sich gesetzt hatte. »Lárus Kristjánsson.«

»Lalli Shit«, versuchte Guðni zu übertrumpfen.

»Ja. Er ist tot«, sagte Stefán.

»Er ist was?«

»Tot. Mit einem Billardqueue umgebracht, sagt der Kollege vom Streifendienst, der an Ort und Stelle ist.« Stefán wusste, dass er diese Information nicht an Guðni weitergeben durfte, trotzdem fand er, dass er das Richtige tat, und versuchte nicht einmal, dagegen anzukämpfen. Guðni sackte auf dem Stuhl zusammen, und gleichzeitig wurde er ganz blass. Er musste heftig und oft schlucken.

»Meine Güte«, sagte er in ein schier endloses Schweigen hinein. »Welche Farbe hatte er?«

Stefán hob die Brauen. »Lalli?«

»Der Queue«, sagte Guðni.

Stefán griff nach dem Telefon und gab eine Nummer ein. »Hier Stefán«, sagte. »Welche Farbe hatte der Queue? Aha. Aha. Danke.« Er legte auf und sah Guðni an. »Größtenteils holzfarben, hat das Bürschlein gesagt, aber die Verzierungen, die waren blau.«

»Scheiße«, entfuhr es Guðni.

* * *

Ein Heer von Reportern erwartete das Trio, als die drei zur Tür des Bezirksgerichts am Lækjartorg mitten in Reykjavík heraustraten, endlich wieder auf freiem Fuß. Darri las ein kurzes Statement vor, in dem zum Ausdruck gebracht wurde, dass sie froh waren, frei zu sein. Aber sie seien fest entschlossen, sich vor Gericht bestätigen zu lassen, dass weder ihre Festnahme noch die Untersuchungshaft rechtmäßig gewesen waren.

»Und wir werden Schadenersatz für das verlangen, was uns ungesetzlicherweise zugemutet wurde. Vielen Dank.«

Der Chauffeur der Edelkutsche eines Fuhrparkunternehmens öffnete den rückwärtigen Verschlag der gelben Limousine, die sie erwartete. In ihrem Inneren floss der Champagner in Strömen, ihm und der ungezügelten Fröhlichkeit waren auf dem Heimweg zu ihrem Herrensitz keine Grenzen gesetzt. So jedenfalls empfanden es Darri Ingólfsson und Jónas Ásgrímsson, sie rannten übermütig um das Haus herum, und dann machten sie sich frisch und zogen sich um. Bei dem Dritten im Trio, Vignir Benediktsson, war die Freude allerdings nicht so groß, obwohl er nach Kräften bemüht war, diese Tatsache zu kaschieren. Es gelang ihm auch, und er war froh über die wiedergewonnene Freiheit, aber im Gegensatz zu den anderen beiden plagte ihn sein Gewissen, und das hatte sich noch gesteigert, als er von Erla Lífs Tod erfuhr. Darri und Jónas mokierten sich über ihren Tod, aber Vignir musste sich hart am Riemen reißen, um nicht vor ihnen loszuheulen.

Kurze Zeit später stürzten sich Darri und Jónas putzmunter ins Leben. Vignir entschuldigte sich damit, dass er sich schlapp fühlte. Er wartete, bis die Limousine um die Ecke war, und dann setzte er sich in seinen BMW.

Heute hatte er vor, reinen Tisch zu machen, lieber spät als nie. Darri würde das nicht gutheißen und wahrscheinlich sogar total verrückt reagieren, aber damit musste man sich abfinden. Heute wollte Vignir endlich die Wahrheit über das erzählen, was sich in einer Januarnacht des vergangenen Jahres abgespielt hatte.

II

Januar 2009

Die Samstagskundgebungen auf dem Austurvöllur waren unterschiedlich interessant, und er nahm nicht an allen teil. Er fand, dass sie spannender und unterhaltsamer waren, je mehr Menschen teilnahmen, denn die Stimmung war viel wichtiger als die Reden, die menschlichen Kontakte hatten mehr zu bedeuten als das erklärte Ziel. Ob Davið Oddsson, der Notenbankpräsident, die Schuld daran trug oder Jón Ásgeir Jóhannesson, der Generaldirektor des Baugur-Konsortiums, vielleicht auch beide oder keiner der beiden, hing davon ab, wer die Fragen stellte. Auch wenn er es nicht an die große Glocke hängte, er fand sie alle gleich: die Roten, die Sozen, die Konservativen und die Opportunisten in der sogenannten Fortschrittspartei ebenso wie alle möglichen Splitterparteien, über die seine Freunde entweder als Verbrecher oder Retter diskutierten. Sie waren alle gleich, und sie waren nicht fähig, irgendetwas zu verändern. Wenn man ihn direkt danach fragte, sagte er, er wolle Menschen wählen und nicht Parteien. Einige fanden das gut, andere nicht.

Erst als mehr Härte ins Spiel kam und die Szene gewalttätiger wurde, begann sich in seinem Kopf so etwas wie eine selbstständige und entschlossene Meinung herauszukristallisieren.

Ältere Frauen in Mänteln, fette alte Kerle mit Schal um den Hals, dämliche Teenager mit bekloppten Haarschnitt und noch bekloppteren Schlagwörtern auf ihren schlecht gemalten Pappschildern, nichts von all dem verlangte seine klare Stellungnahme zu was auch immer. Warm angezogene Menschen mit

Kinderwagen, die den unterschiedlich langweiligen und unterschiedlich intelligenten Volkswirtlern, Schriftstellern, Schauspielern, Arbeitern oder sonstigen Gestalten zuhörten, die der Organisator Hörður Torfason auf das Podium holte, verlangten nicht nach anderen Reaktionen als denen, die er seinen Freunden nachmachte, um nicht aus der Reihe zu tanzen. Er pfiff, wenn sie pfiffen, er buhte, wenn sie buhten, er klatschte und stampfte mit den Füßen auf, er johlte mit ihnen vor Begeisterung.

Aber Eier werfen, Farbe sprühen, Belagerung und erbitterte Kämpfe rund um und direkt vor dem Parlamentsgebäude und der Einmarsch ins nahe gelegene Hotel Borg in Direktübertragung, das war ein ganz anderes Ding. Die schwer bewaffnete Sicherheitspolizei, die immer härter und brutaler mit den Demonstrierenden umsprang, all das forderte von ihm, Stellung zu beziehen.

Wollte er Neuwahlen und eine neue Regierung? Einen neuen Notenbankdirektor? Sämtliche Expansionswikinger hinter Schloss und Riegel? Weg mit dem Finanzkontrollgremium? Er hatte keine Lust, sich eine eigene und andere Meinung dazu zu bilden als die, die sein soziales Umfeld von ihm erwartete. Er fand die Bullen richtig taff und einige der Protestierenden auch, wenn auch unter anderen Vorgaben. Er fand allerdings, dass es – gemessen an der Vorgehensweise dieser Leute – sehr viele Idioten in den Reihen der Polizei gab. Aber die Idioten in den Reihen der Protestler schienen ihm noch zahlreicher zu sein. Die Lage der Dinge war kompliziert. Es ging nicht um etwas, das man einfach so nebenbei abfertigen konnte. Oder darum, eine Krone in die Luft zu werfen, egal ob es eine komplett marode Währung war oder die einzig richtige…

Schließlich bildete er sich eine Meinung, aber er behielt sie für sich und tanzte weiter mit den Tanzenden, buhte weiter mit den Buhenden. Verfluchte die Konservativen oder die Roten je nach Situation, skandierte taktfest »unfähige Regierung« und hämmerte sogar mit einem Kochlöffel auf Topfdeckeln herum, wenn es angebracht schien. Da ging schwer was ab, und es machte Spaß, die gegensätzlichen Meinungen zu den jeweiligen Tagesereignissen durchzugehen, mit den revolutionären Kameraden einerseits und mit denen, die ihn inmitten der Gegner für einen der Ihren hielten.

Die Abende waren am besten. Kalt, dunkel und leise, aber trotzdem so heiß, so hell und so wild, wie jemand es ausgedrückt hatte. Vor allem, nachdem sie die Feuer angezündet hatten. Diese fantastischen Feuer im Herzen der Stadt, direkt vor den Mauern des Parlaments und vor der Nase der Polizisten, die so gut wie gar nicht eingriffen, wenn die Menschen von überall her mit Holzscheiten, Pappkartons und allem möglichen anderen Krempel zusammenströmten. Alle möglichen Leute mit allem möglichen Krempel.

Sie sangen, trommelten, sie trommelten und sangen heftiger. Und tanzten. Ein Wahnsinnsanblick. Eine ganze Trommelkompanie hatte sich gebildet und gab den Ton und den Rhythmus an, schlug unermüdlich und unaufhaltsam den Takt, der sich auf die Menge übertrug. Um die Trommler herum entstand auch eine zähe und ausdauernde Truppe von Tänzern: Drei Mädchen bildeten den harten Kern, ganz in Schwarz gekleidet, und ohne Gesichter, weil sie Bankräubermützen trugen. Die Mädchen sahen toll aus, sie waren klasse und sexy. Vor allem eine von ihnen.

Als seine Kumpel, die nicht auf dem Austurvöllur tanzten, das erste Mal in seinem Beisein andeuteten, was ihnen so durch den Kopf ging, taten sie es sehr vorsichtig und verblümt. Er hatte nur mit den Achseln gezuckt und irgendwie passend gegrinst, glaubte er. Und die Einschätzung erwies sich als richtig, denn am nächsten Tag gingen sie einen Schritt weiter, beschrieben die Aktion in groben Zügen und fragten ihn, was er davon hielte und ob er mitmachen würde. Wieder hatte er die Achseln gezuckt. Nicht schlecht, sagte er, und ja, meinetwegen. Innerlich hatte er aber durchaus Bedenken gehabt. War das etwas, das er wirklich wollte? Sie rechtfertigten es mit den gewalttätigen Aktionen der Demonstranten. Die radikalen Übergriffe dieses Packs verlangen von uns ebenso radikale Reaktionen, sagten sie, von uns, die wir Recht und Gesetz in diesem Land hochhalten. Hart musste man sein, weil Übles nur mit Üblem ausgetrieben werden kann. Das sei der einzig gangbare Weg, der etwas bewirken würde.

Er hörte zu. Sie hatten ja in gewissem Sinne recht, aber er brauchte Zeit, um das zu verdauen. Seiner Meinung nach ging es zu weit. Trotzdem – er hatte es sich bislang nicht zur Angewohnheit gemacht, in dieser Gruppe Kontra zu geben.

Und als sie ihn fragten, ob er eine Meinung dazu hatte, welches Weibsstück man sich greifen sollte, falls sie diese Aktion tatsächlich durchführten, zögerte er keinen Augenblick und bezog klare Stellung. Sofort und ohne zu überlegen.

Da ist ein Mädchen, hatte er gesagt, da ist ein Mädchen...

7

Dienstag bis Donnerstag

Erla Líf spürte keine Kälte. Der schwarze Pullover, die schwarze Hose und die Schuhe – keines von diesen Kleidungsstücken war sonderlich dick und warm, aber sie spürte keine Kälte. Das Feuer loderte, und sie tanzte vor ihm und ringsherum. Manchmal hatte sie das Gefühl, als befände sie sich mitten im Feuer. Hin und wieder trieb ihr der Rauch Tränen in die Augen, die zusammen mit der auslaufenden Wimperntusche von der schwarzen Skimaske aufgefangen wurden, die ihre Aufmachung perfektionierte. Und immer atmete sie durch die Wolle auch Ruß ein, aber sie merkte es kaum.

Der Rhythmus war weder kompliziert noch originell, doch kraftvoll und eindringlich. Sie bewegte sich, ohne zu denken. Es war ein abenteuerliches Erlebnis, unglaublich, und insgesamt gesehen eigentlich undenkbar. Denn hier passierten so viele Dinge, die überhaupt nicht zueinanderpassten.

Zunächst einmal war es Island – und in Island protestierte man nicht. Jedenfalls nicht so heftig, nicht so oft, nicht auf diese faszinierende Weise. Isländer strömten einfach nicht an einem dunklen, kalten Winterabend mitten in der Woche zum Austurvöllur und trommelten auf Pauken, Töpfen, Pfannen und Tiegeln herum, sie zündeten keine Feuer an unter taktfestem Trommelschlag und Kampfparolen.

Und noch weniger entfachten sie die Glut in den Feuern aufs Neue, wenn Polizei und Feuerwehr sie gelöscht hatten, und klopften einfach weiter auf ihren Töpfen, Pfannen und Tiegeln herum, als sei überhaupt nichts vorgefallen. Singend und brüllend skandierten sie die Parolen von der »unfähigen Regierung« in den Funkenflug und die Nacht hinein, zum betörenden Takt der Töpfe.

Topfrevolution, seltsames Wort, dachte sie mitten im Tanz. Topf-klopf, klopf-topf, rappel-klappel, topf topf topf, klopf klopf klopf. Klopftopf, topfklopf... und wieder klappel-rappel, topf topf topf, klopf klopf klopf...

Sie lächelte hinter der Maske, hüftenschwenkend vor und zurück, links rechts, Kreis auf Kreis. Brust, Hände, Kopf, Beine und Schenkel, Po, Ellbogen, Handgelenke, alles vibrierte und bewegte sich im Takt mit universalem Leben. Denn das war genau das, was sie erfuhr, das allumfassende Dasein des Universums, von dem sie in Romanen gelesen hatte, etwas, das größer war als sie selbst, größer als ihre Freunde, größer als alle und alles um sie herum. Überlebensgroß.

Darum geht es, dachte Erla Líf, während sie zu den dröhnenden Trommelschlägen, dem Scheppern der Haushaltsgeräte und den lautstark skandierten Parolen tanzte. Alles andere ist nur Quatsch.

※ ※ ※

»Was guckst du dir an?«, rief Katrín Árni ins Ohr, der mit einem albernen Grinsen unter der rosa Nase neben ihr stand.

»Äh, gar nichts«, antwortete er beschämt und wandte die Blicke von dem tanzenden Mädchen ab. »Jede Menge Leute sind schon weg. Was glaubst du, wie viele es jetzt noch hier aushalten?«

»Etwa tausend«, schätzte Katrín, nachdem sie sich umgeschaut hatte. »Vielleicht auch tausendfünfhundert. Was meinst du?«

»Ungefähr. Aber doch eher tausend, da sind wirklich schon viele abgezogen. Was denkst du, waren es an die fünftausend, als es hier so richtig hoch herging?«

»Auf jeden Fall«, stimmte Katrín ihm zu.

»Vielleicht sogar noch mehr. Wir können morgen bei den Analytikern nachfragen, die haben uns alle gefilmt.«

»Wohl kaum«, entgegnete Katrín.

»Doch, bestimmt«, sagte Árni. »Hier gibt's überall Kameras, guck mal da drüben ...« Er drehte sich halb um und deutete in Richtung des früheren Telegrafenamts.

Katrín klopfte ihm freundschaftlich auf die Schulter. »Ich wollte dich nur ein bisschen auf den Arm nehmen. Klar stehen wir unter Beobachtung, aber nicht unbedingt durch Filmkameras, verstehst du?«

»Haha.« Árni fischte ein Tempo aus einer Tasche und schnäuzte sich. »Das ist schon irgendwie faszinierend«, sagte er und nickte hinüber zum Feuer, zu den Trommlern und Tanzenden und zu dem Polizeikordon zwischen diesen Akteuren und dem Parlamentsgebäude. »Heute Abend sind sie etwas ruhiger als sonst, die Jungs.«

Katrín nickte zustimmend. »Ja. Heute hatten Geirjón und unser Stefán das Sagen. Anscheinend wirkt es manchmal besser, wenn die großen Jungs sich einmischen.« Sie warf einen Blick auf ihre Uhr. »Halb zwölf, und immer noch so viele hier. In den letzten Wochen hat sich ganz schön was an Überstunden angesammelt.«

»Passt mir verdammt gut«, stöhnte Árni. »Ich hab gerade

die Weihnachtsabrechnung von meiner Kreditkarte gekriegt. *Shit*, mehr sag ich nicht.«

»Ich hab meine Karte kurz und klein geschnippelt, bevor ich mich an die Weihnachtseinkäufe gemacht habe«, sagte Katrín. »Das ging einfach nicht anders, nachdem ich Sveinn vor die Tür gesetzt hatte.«

»Hast du mal wieder was von ihm gehört?«, fragte Árni und blies sich in die Hände. »Ist er nicht immer noch in Spanien?«

»Ja. Über Weihnachten ist er kurz nach Island gekommen, aber er war schon vor Silvester wieder weg. Ihm gefällt es dort, und soweit ich weiß, hat er auch genug zu tun. Mit diesem Computerkram ist es doch überall dasselbe wie hier, immer und ewig geht was kaputt.«

»Das Reihenhaus jetzt zu verkaufen, ist wohl im Augenblick schwierig.«

»Völlig aussichtslos«, erklärte Katrín. »Und dasselbe gilt für den Jeep. Ich versuche aber, so wenig wie möglich daran zu denken. Das Haus und das Auto haben wir auf Sveinn umschreiben lassen, bevor er ins Ausland ging. Ich weiß nicht, ob das reicht, denn offiziell sind wir ja noch nicht geschieden. Es wird sich herausstellen. Sollten wir nicht noch eine kleine Runde drehen?« Sie setzte sich in Bewegung, und Árni folgte ihr.

»Ásta will, dass wir meine Wohnung in der Bergstaðastræti annoncieren«, sagte er. »Zum Verkauf oder zur Miete. Und wir ziehen stattdessen in dieses neue Viertel Grafarvogur, sie besitzt da eine Wohnung. In der Berjarimi.«

»Du hörst dich an, als ginge es darum, nach Afghanistan zu ziehen«, sagte Katrín spöttisch, »oder in die einsamen Westfjorde. Das Viertel ist zwar neu, aber trotzdem ganz in Ordnung.«

»Was du nicht sagst«, brummte Árni. »Ich bin mir da nicht so sicher.«

»Ich hab da in der Nähe gewohnt, denk daran«, sagte Katrín. »Und es war prima, dort zu leben.«

»Das war immerhin ein Reihenhaus«, entgegnete Árni in der Hoffnung auf ein wenig Mitleid. »Und sogar ein ziemlich großes, mit Garten und Garage und viel Platz. In der Berjarimi haben wir bloß eine kleine Dreizimmerwohnung in einem Block.«

»Mensch, Árni, hör auf mit dem Gejammere«, lachte Katrín. »Tu einfach das, was Ásta dir sagt.« Sie versetzte ihm noch einmal einen Klaps auf die Schulter. »Da drüben sind Tante Stína und ihr Mann Ebbi«, sagte sie und deutete in die Richtung. »Ich möchte sie kurz begrüßen. Kannst du uns inzwischen einen Kaffee organisieren?«

Árni kaufte zwei Becher Kaffee im nächstgelegenen Café. Den Preis fand er so unverschämt, dass er sich eine Quittung ausstellen ließ.

»Hier bitte«, sagte er, als sie sich beim Denkmal von Jón Sigurðsson wiedertrafen. »Ein doppelter Latte. Krieg ich das erstattet, wenn ich die Quittung vorlege?«

»Das bezweifle ich«, sagte Katrín. »Aber versuchen solltest du es unbedingt.« Sie trank einen Schluck. »Irgendwie ist das alles irgendwie verdammt komisch.«

»Inwiefern komisch?«, fragte Árni. »Und genau was ist komisch?«

»Alles«, sagte Katrín. Sie breitete die Arme aus. »Hier ist alles auf dem Siedepunkt – lodernde Feuer und ein ganzer Trupp von Uniformierten mit Gummiknüppeln und Tränengas in der Hinterhand, aber ich fühle mich beinahe so, als wären wir auf einer tollen Party unter freiem Himmel oder bei einer Silvesterfete. Und du?«

»Nein«, entgegnete Árni, »ich fühle mich nicht so. Mich würde es nicht überraschen, wenn hier in null Komma nichts die Hölle los wäre, genau wie vor ein paar Tagen. So gesehen wissen wir, dass schon ein winziger Funke einen Höllenbrand entfachen kann, denke ich. Einige von unseren Leuten brennen doch nur darauf, loszuprügeln, denen jucken die Hände an ihren Schlagstöcken. Hast du nicht gehört, was die da miteinander reden? Und der größte Teil von diesen jungen Leuten, die sich Aktivisten nennen, ist nicht anders.«

»Ach, Quatsch«, sagte Katrín, »heute Abend geht nur eine Party ab, mit allen möglichen Leuten, mit ganz normalen, mit alten und jungen Leuten. Mit Leuten wie meiner Tante und ihrem Mann. Ich hab eine Cousine von mir getroffen, sie lebt in Akranes. Und einen Mann, der vor über dreißig Jahren mit meinem Vater in einer Werkstatt gearbeitet hat. Der war auch da mit seiner Frau. Und die Klassenlehrerin von meinem Sohn. Sieh dich bloß mal um, mein Junge, hier sind Abgeordnete, hier sind Elektriker, Seeleute und Krankenschwestern, Lehrer, Kochgurus, Schauspieler, Tagesmütter und Tischler – und wohlgemerkt, ich spreche nur über den heutigen Abend. Willst du mir echt weismachen, dass du hier niemanden kennst? Und auch nicht unter den Teilnehmern bei den Samstagsdemos?«

Árni schüttelte sich vor Kälte und trank einen Schluck Kaffee. »Ja doch, natürlich«, gab er zu. »Ich hab Samstag vor einer Woche sogar meine Eltern hier getroffen. Und auch die Leute aus der Etage über ihnen, der Kleinste war im Buggy mit dabei. Und noch viele andere, aber trotzdem. Die letzten Tage und besonders der Abend heute – mein Gefühl ist ganz anders als deins, ich finde die Stimmung hier explosiv. Ich meine, das waren doch keine kinkerlitzigen Schlägereien in den letzten Tagen, und...«

»Relax doch mal«, sagte Katrín in beruhigendem Ton. »Ich glaube, unsere Jungs haben etwas dazugelernt, und das scheint sich auszuwirken, denn es hat weniger direkte Konfrontationen gegeben. Weniger Tränengas und weniger Gerangel. Eigentlich weiß ich kaum, wozu wir heute Abend hier sind, aber ich will mich nicht beklagen. Ein bisschen Zusatzverdienst durch Überstunden kann nichts schaden.«

Sie drehten noch ein paar Runden um den Platz und hielten die ganze Zeit die Augen offen. Sie sahen aber nichts, was ein Eingreifen ihrerseits erforderlich machte. Sie trennten sich kurz nach zwei, Katrín setzte sich in ihr Auto, und Árni ging zu Fuß nach Hause, den Pappbecher mit dem inzwischen eiskalten Kaffee in der Hand. Unterwegs begegnete ihm keine Menschenseele. Er war müde, gestresst und durchgefroren. Trotzdem hatten solche Einsätze unter freiem Himmel ihre Vorteile, dachte er, als er bibbernd um die Ecke an der Bergstaðastræti bog.

Unzweifelhaft viele Vorteile, versicherte er sich und gönnte sich noch zwei lange und intensive Züge, bevor er die letzte Zigarette des Tages auf der Treppe vor dem Haus ausdrückte.

* * *

»Was für ein klasse Tag«, erklärte Erla Líf und inhalierte tief. Einige Sekunden behielt sie den Rauch in den Lungen und reichte dann den halb gerauchten Joint an Marteinn weiter. »Und was für ein toller Abend und eine super Nacht«, fügte sie hinzu, als sie wieder ausgeatmet hatte. In ihren stoppelkurzen Haaren, die fast weiß aussahen, lag noch der Brandgeruch vom Austurvöllur. Die blauen Augen waren ziemlich gerötet.

»Ja, wirklich klasse«, stimmte Marteinn zu. »Und es ist ein verdammt guter Geruch.«

»Gutes Gras riecht einfach spitze«, erklärte Erla.

Marteinn schüttelte den Kopf. »Ja, der ist schon ganz in Ordnung«, stimmte er zu, »aber der hier ist besser...« Er vergrub sein Gesicht zwischen Erlas Brüsten. Sie trug immer noch den schwarzen Pullover. »Der Geruch vom Feuer, einfach irre.«

Auf den ersten Blick wirkten die beiden wie vollkommene Gegensätze, und auch wenn man genauer hinschaute, änderte es nicht viel. Er war einen Kopf größer als sie, hatte braune Augen und langes, beinahe schwarzes Haar. Er war fast sieben Jahre älter, hatte gestählte Muskeln und schwielige Hände und wirkte insgesamt kantig und hart. Ihre Haut dagegen war glatt wie ein Kinderpopo, egal wohin man die weichen Linien verfolgte, und schneeweiß, während seine sowohl sonnengebräunt als auch wettergegerbt und außerdem reichlich behaart war.

Marteinn machte einen weiteren Zug und reichte ihr den Joint. Den rauchte sie zu Ende und drückte ihn aus. Schälte sich aus dem Pullover, kroch zitternd unter das Oberbett und hielt die lederbestiefelten Beine Marteinn entgegen. Er reagierte sofort und zerrte ihr die Stiefel von den Beinen, bevor er sich auszog und zu ihr ins Bett kroch.

»Heute Abend ist mir verdammt kalt geworden«, sagte er und umarmte Erla.

»Mir auch. Obwohl ich die ganze Zeit praktisch direkt am Feuer war und getanzt hab wie verrückt. Richtig kalt wurde mir aber nur zum Schluss auf dem Weg nach Hause. Mensch, was für eine Wahnsinnsstimmung.«

»Ja«, flüsterte Marteinn, der seinen Kopf an ihrem Hals vergraben hatte. »Das war irre. Und morgen wird's bestimmt noch toller.«

»Bestimmt«, erwiderte Erla Líf.

»Sollten wir dann nicht schon kurz nach Mittag hingehen?«

»Nee, ich muss pünktlich um zehn beim Strafgericht sein«, sagte Erla, »den Termin darf ich nicht verpassen, das gehört zum Seminar über Strafrecht. Und danach muss ich mal wieder nach Hause zu Mama. Mir fehlen Schlüpfer und BHs und anderer Kleinkram. Klamotten. Essen. Willst du nicht so gegen Mittag zu uns kommen, bei Muttern kriegen wir was zu futtern, und ich kann endlich mal in eine Badewanne. Klingt das nicht gut?«

»Vielleicht«, gab Marteinn zu. »Irgendwas muss mit der Dusche hier in diesem Kabuff geschehen. Aber danach gehen wir sofort in die Stadt.«

»Okay, ich werde sämtliche Seminare am Nachmittag schwänzen, die sind sowieso stinklangweilig.«

»Prima«, murmelte Marteinn im blauen Schein der Straßenlaterne direkt vor dem viergeteilten Gaubenfenster. Er küsste Erla am Hals. »Wie ist es eigentlich?«, fragte er mit sanfter Stimme. »Willst du vielleicht in deiner Hose schlafen?«

»Ja, hatte ich vor«, antwortete sie gähnend. »Es sei denn, dass jemand mir sie auszieht.« In ihrer Stimme schwang ein neckischer Unterton mit, unschuldig und verlockend zugleich, dachte Marteinn; ebenso rabenschwarz wie strahlend hell... Genau wie Erla selbst. Genau wie das Leben. Er zog ihr die Hose aus und lachte über seine eigene Sentimentalität, es war verrückt.

»Was ist denn so komisch?«, fragte Erla Líf und lüftete den Po, um es ihm einfacher zu machen.

»Alles«, sagte Marteinn und zog ihr die Hose mit einem Ruck herunter. »Und nichts. Trotzdem aber eigentlich alles.« Er zog seinen Slip aus und warf ihn aus dem Bett. Dieses Mädchen. Dieses wunderbare, dieses ausgeflippte, total verrückte Mädchen, dieses liebenswerte, intelligente, dieses ebenso unschuldige wie verdorbene und supergeile Mädchen ... Es war die dritte Nacht, die sie mit ihm verbrachte, und aller Voraussicht nach würden es noch mehr werden.

Wie viel Glück kann ein Mann haben?

»Im Ernst«, keuchte Erla und führte ihn in sich ein, »was ist los? Warum schüttelst du so heftig den Kopf? Und weshalb lachst du wie ein Volltrottel?«

»Im Ernst«, antwortete er atemlos, »nichts als Glück. Pures Glück ...« Verdammt noch mal ist das toll, dachte er.

»Okay«, flüsterte Erla Líf. »Dann ist es gut. Aber hör auf zu lachen.«

* * *

An diesem Mittwochmorgen war Katrín unausgeschlafen, schlecht gelaunt und nach eigener Einschätzung prädestiniert dafür, eine miese Atmosphäre zu verbreiten. Deswegen machte sie einen großen Bogen um die testosteronstrotzenden Kollegen an der Kaffeemaschine. Als die Kollegen wieder an die Arbeit gingen, tat sie so, als sei sie in den Aktenstapel auf ihrem Schreibtisch vertieft.

Der Zustand in der Abteilung für Gewaltverbrechen war zwar wesentlich besser als in den anderen Abteilungen, trotzdem nervte sie das markige und angeberische Gehabe, das die Jungs seit einigen Wochen anscheinend genauso brauchten wie den Kaffee. Die Unruhe und die angespannte Atmosphäre hatten leider schon allzu viele negative Auswirkungen, fand sie, vor allem auf die Moral in der Truppe.

Wir gegen die, lautete die vorherrschende Devise, was das Szenario vor dem Allthing betraf. In diesem Krieg, der offiziell natürlich nie zwischen *uns* und *denen* erklärt worden war, schien alles erlaubt zu sein. Sie hatte es schon seit geraumer Zeit aufgegeben, ihre Kollegen davon zu überzeugen, dass *die* auch *wir* waren, und hielt sich einfach raus aus den Diskussionen, wenn ihre Kollegen über diese sogenannten Zustände redeten. Bislang trugen die zusätzlichen Arbeitsstunden Abend für Abend wegen der Demonstrationen zweifellos dazu bei, dass die private Haushaltskasse über dem Strich blieb – aber sie brachten Katrín nicht nur um ihren Schlaf, sondern auch um ihre Seelenruhe.

Einerseits bedeuteten diese Einsätze noch weniger Zeit für die Kinder, und an ihr hatte es ohnehin schon unter normalen Umständen gemangelt. Andererseits lehnte sie es ab, auf diese Weise ihren Mitbürgern hinterherzuspionieren, die nichts anderes taten, als von ihrem in der Verfassung garantierten Recht auf Protest Gebrauch zu machen. Sie hatte es selbst einige Male in diesem Winter getan.

Sie war sich nur zu gut dessen bewusst, dass für acht von zehn ihrer Kollegen diese Gründe keinerlei Bedeutung hatten. Falls man lieber zu Hause bei den Kindern sein wollte, als draußen auf der Straße für die Sicherheit der Bürger geradezustehen, dann hatte man nichts bei der Polizei zu suchen. Und falls es einem wichtiger war, diesem Gesocks irgendwelche Rechte zu sichern, damit sie mit Gewalt und Aggressionen und mutwilligen Beschädigungen weitermachen konnten, hatte man noch weniger bei der Polizei zu suchen. Derartiges Pack konnte man nicht mit einem Schulterklopfen beruhigen, wenn die Dinge aus den Fugen gerieten. Wenn die Umstände nach Tränengas verlangten, dann verwendete man eben Tränengas. Und notfalls setzte man auch einen Gummiknüppel ein, falls es Bedarf für einen Gummiknüppel gab. Das war doch nicht kompliziert, es ging nicht um irgendeinen grauen Bereich, sondern um

Schwarz und Weiß. Und: Immer trugen sie, *die anderen*, die Schuld.

Als Hauptkommissarin in der Abteilung brauchte Katrín nicht an irgendwelchen polizeilichen Großeinsätzen teilzunehmen, rings um das Parlamentsgebäude und anderen Orten, wo die Protestierenden zusammenkamen. Dafür waren die Bereitschaftspolizei und die Sonderkommission da. Sie und ihre Kollegen in der Abteilung waren normalerweise weder bewaffnet noch gewappnet.

Wenn sie zu Sonderschichten eingeteilt wurden, bestand ihre Aufgabe einzig und allein darin, die Szene zu beobachten und im Zweifelsfall die Einsatzkräfte zu benachrichtigen, wenn sie auf so etwas wie ein Gefahrenpotenzial aufmerksam wurden. Wenn sie beispielsweise irgendwo Waffen, pyrotechnisches Arsenal, Farbdosen, Benzinkanister und dergleichen bemerkten. So lautete zumindest die offizielle Version, und Katrín folgte ihr. Der Gedanke an vorbeugende Maßnahmen trug dazu bei, diese Spionieraufträge vor sich selbst zu rechtfertigen. So gesehen handelte es sich ja auch gar nicht um richtiges Spionieren – Árni hatte oft genug darauf hingewiesen. Wahrscheinlich wusste jeder Zweite am Schauplatz des Geschehens sehr genau, dass sie Bullen waren, obwohl sie weder Uniformmützen noch Identifizierungskarten trugen. Das hier war Klein-Reykjavík und nicht New York, London oder Berlin. Noch nicht einmal Oslo.

Katrín konnte an diesem Morgen die immer noch schläfrigen Augen erstaunlich lange auf den Aktenstapel richten, denn Árni und Guðni nahmen diesmal teil an der gruppendynamischen Orgie an der Kaffeemaschine. Mittags fahr ich nach Hause, dachte sie, und leg mich ins Bett...

* * *

»Wie viele sind wir denn?«, fragte Erla Líf über die Schulter zurück, als sie die Kühlschranktür öffnete.

»Sieben«, erklärte ihre Mutter, während sie mehr Milch in den Topf gab und nach allen Regeln der Kunst im Reisbrei rührte. »Acht, falls Binni auch kommt. Er war sich nicht sicher, er hat im Augenblick so viel zu tun.« Mit Binni, Brynjólfur Gunnarsson, lebte Þyrí seit ungefähr neun Jahren zusammen.

»Binni hat viel zu tun?«, fragte Erla ungläubig.

»Ja. Was soll denn das, Erla, warum reagierst du immer so, wenn es um ihn geht? Hier...« Þyrí streckte ihre Hand nach der Zimt- und Zuckerdose aus und reichte sie ihrer Tochter. »Tu noch ein bisschen mehr rein, du weißt, wo Zimt und Zucker sind. Kommt dein Junge nicht auch? Hast du nicht so was gesagt?«

»Mein Junge kommt, ja.« Sie holte den Zucker und das Gewürz. »Und wie du weißt, heißt er Marteinn, du hast ihn oft genug getroffen, und er ist einunddreißig. Daran hat sich nichts geändert, auch wenn wir inzwischen miteinander schlafen, jünger ist er bestimmt nicht geworden. *Come on*, du bist neunundvierzig. Ich hab keine Ahnung, warum du dich so anstellst, als wärst du 'ne alte Oma und er ein kleiner Junge. Irgendwie finde ich es aber trotzdem komisch...«

»Ach, Erla, entschuldige bitte, ich wollte nicht...«

»Im Ernst, Mama, ich finde es echt komisch.« Sie stellte die gut gefüllte Schale mit Zucker und Zimt auf den Tisch. »Aber eigentlich auch süß. Du und ich und die Jungs, Binni und Marteinn, und wer sonst noch? Wieso acht?«

»Der kleine Haukur kommt bestimmt zum Essen, zusammen mit Ýmir, mittwochs haben sie immer eine lange Mittagspause in der Schule. Und Flóki hat einen Gast...«, Þyrí zwinkerte Erla zu.

Die musste laut lachen. »Du bist ganz schön verrückt, Mama. Also kommt Nanna auch zum Essen. Oder hast du etwa nicht Nanna gemeint?«

»Natürlich meine ich Nanna«, sagte Þyrí mit leicht pikiertem Unterton. »Aber man muss doch... Die beiden sind erst einundzwanzig. Das heißt er, sie ist gerade mal zwanzig.«

»Und du tust immer noch, als wärst du achtzig. Eigentlich steht dir das gar nicht so schlecht...«

Brynjólfur und Marteinn trafen gleichzeitig bei dem Reihenhaus in Hvassaleiti ein und machten sich im Hausflur miteinander bekannt. Brynjólfurs gepflegte Hand verschwand in der schwieligen Pranke von Marteinn, als sie sich die Hände schüttelten.

»Reisbrei«, schnupperte Brynjólfur. »Mit Rosinen.«

»Mmmh«, sagte Marteinn.

»Genau«, sagte Brynjólfur. Sie folgten dem Geruch, und als sie in die Küche traten, kriegte jeder seinen Kuss verpasst.

Beim Essen herrschte eine gefräßige Stille, die lange von genüsslichen Kaugeräuschen begleitet war. Erst als Brynjólfur seine erste Portion aufhatte und anfing, seinen Teller wieder zu füllen, kam Leben in die Versammlung.

»Was hast du gesagt, Markús, was machst du?«, fragte er und griff nach der Schale mit Zucker und Zimt. »Studierst du auch wie Erla, oder arbeitest du?«

»Marteinn«, korrigierte Marteinn. »Im Augenblick bin ich arbeitslos«, gestand er.

»Marteinn«, wiederholte Brynjólfur, »Marteinn. Wo hast du zuletzt gearbeitet?«

»Da und dort«, murmelte Marteinn in seinen Reisbreiteller.

»Nanu, den Arbeitsplatz kenne ich nicht«, sagte Brynjólfur.

»Das ist ja komisch«, schnappte Erla Líf. »Ich dachte, du würdest da auch arbeiten.«

Die Teenager Ýmir und Haukur kicherten, aber Brynjólfur verzog das Gesicht.

»Tja, ich – das geht mich eigentlich nichts an«, sagte er. »Hast du mal wieder was von Darri gehört, Erla? Ich hab in der Zeitung ein Bild von ihm gesehen, war es nicht vorgestern? Hat er nicht irgendeine Auszeichnung an der juristischen Fakultät bekommen? Warst du vielleicht dabei?«

»Binni, Mensch«, warf Þyrí ein, aber er tat, als höre er das nicht.

»Wirklich ein talentierter Bursche, dieser Darri. Kennst du ihn auch, Matthías?« Erla war feuerrot und kurz davor, vom Tisch aufzuspringen, aber Marteinn griff nach ihrer Hand und drückte sie unauffällig.

»Darri?«, fragte er.

»Ja.«

»Nur vom Hörensagen. Angeblich ist er ein guter Handballer, ein halber Faschist und ein totaler Blödmann.«

»Noch jemand etwas Reisbrei?«, fragte Þyrí.

»Ja, bitte«, sagte Flóki, dem es anzuhören war, wie sehr er sich amüsierte. »Und heute Abend? Sind wir wieder auf dem Austurvöllur? Binni, ich bin mir sicher, dass Muttern dir einen Topf und eine Kelle ausleihen wird, wenn du sie nett darum bittest und versprichst, sie wieder zurückzubringen.«

* * *

Die Topfrevolution ging ihren häuslichen Gang an diesem Mittwoch, und das erste Feuer des Tages wurde lange vor Einbruch der Dunkelheit auf dem Weg von der Statue von Jón Sigurðsson zum Parlamentsgebäude angezündet. Es erreichte aber nur die Größe eines kleinen Lagerfeuers, das ziemlich bald wieder erlosch, weil kein Brennmaterial nachgelegt wurde. Abends wurde dann ein anständiges Feuer entfacht, und die Trommlertruppe hatte sich bereits an Ort und Stelle eingefunden, als Erla Líf und ihre beste Freundin Oddrún aus der Kaffeepause zurückkehrten.

In einer Nische zwischen zwei Häusern zogen sie sich die Skimasken über den Kopf. Dann betraten sie den Kreis, der vom Feuer beleuchtet wurde, dort befand sich schon eine dritte Tänzerin. Weder Erla noch Oddrún wussten etwas über sie, und ihr Gesicht kannten sie auch nicht. Marteinn war im Café geblieben und ließ lange auf sich warten. Ab und zu sah Erla ihre jüngeren Brüder, sie schürten das Feuer gemeinsam mit Nanna und Haukur und noch vielen anderen. Die Polizei war wie immer einsatzbereit.

Als Marteinn endlich auftauchte, brachte er ihr Kaffee, Sandwiches und Nachrichten von einer bevorstehenden Krisensitzung der Sozialdemokraten im Nationaltheater. Diese Nachricht verbreitete sich ungeheuer schnell, und die Revolution setzte sich topfklappernd in Bewegung. Sie glitt wie eine in Fleece gekleidete Amöbe durch die Pósthússtræti, von wo aus sie sich in mehrere wabernde Ausläufer verzweigte, die zur Hverfisgata strömten. Gegenüber dem Nationaltheater verschmolz schließlich vor einem neuen Feuer alles wieder zu einer Einheit.

»Da ist meine Mutter«, sagte Marteinn und deutete auf eine gutbürgerlich in einen Pelzmantel gekleidete Frau mittleren Alters, die sich mühsam einen Weg durch die Menge bahnte, um ins Nationaltheater zu kommen. »Sie sitzt da irgendwo innerhalb des Parteiapparats, Zentralkomitee, Parteirat oder Vorstand oder was weiß ich, wie dieser Kram bei den Sozen heißt. Ich glaube, die wollen heute Abend die

Koalition platzen lassen. Oder du weißt schon, sie wollen verlangen, dass sie den Konservativen die kalte Schulter zeigen.«

»Als ob das irgendeine Rolle spielt«, sagte Erla Líf, während sie ihren Kaffee austrank. »Genug gefaulenzt, jetzt muss ich Oddrún beim Tanzen unterstützen.«

* * *

»Was ist passiert?«, fragte Katrín ein wenig außer Atem. Sie hatte sich hinter das Kulturhaus zurückgezogen, das direkt neben dem Nationaltheater lag, um sich telefonisch über den Zustand auf dem heimischen Schlachtfeld zu erkundigen. Und plötzlich war große Begeisterung ausgebrochen.

»Nichts von Bedeutung«, knurrte Guðni. Ihm war die Nacht mit ihr zugeteilt worden, weil Árnis kleine Tochter Una eine Magenverstimmung hatte, und ihr Vater musste die Windelwechselschicht übernehmen. »Diese armseligen Sozen haben irgendeine Resolution verfasst und werfen die jetzt wie ein Evangelium ins Feld.«

»Wenn sie tatsächlich die Koalition aufkündigen wollen und Neuwahlen anstreben, dann spielt es doch nun wirklich eine Rolle, Guðni«, widersprach Katrín – wider besseres Wissen. Mit Guðni zu argumentieren, gar nicht zu reden davon, ihn umzustimmen, war genauso aussichtsreich, wie Kinder darum zu bitten, ihre Schuhe nicht mitten im Hausflur liegen zu lassen.

»Wahlen und eine neue Regierung?«, schnaubte Guðni. »Wozu denn? Kennst du nicht das geflügelte Wort, ich glaube, von Konfuzius oder von diesem schwulen Griechen Sokrates oder was weiß ich: *New arseholes, same old shit.*«

»Danke vielmals«, entgegnete Katrín leise.

Kurze Zeit später verlagerte die Revolution den Standort, die Straße vor dem Nationaltheater leerte sich und konnte für den Verkehr freigegeben werden. Auf dem Platz vor dem Parlament begannen die Feuer wieder zu lodern, und die Klänge hallten in der sternenklaren Januarnacht.

Kurz nach Mitternacht befand Guðni, dass es reichte, und verabschiedete sich. An einigen Stellen wurde zwar immer noch auf Pauken getrommelt, aber die Parolen klangen gedämpfter, und es waren jetzt weit weniger Demonstranten auf dem Platz.

Katrín drehte einige Runden um die Statue von Jón Sigurðsson, bis sie einem jungen Mann in die Arme lief, den sie kannte. Er hatte einen rot-weißen Palästinenserschal um den Hals und ein dick vermummtes Mädchen mit knallpinken Haarsträhnchen am Arm. Er schreckte ein wenig zusammen, als er Katrín erkannte, denn er wusste nur zu gut, was für einen Beruf sie hatte.

»Hallo Flóki«, sagte Katrín lächelnd. »Wie geht's deiner Mutter?«

»Prima«, sagte Flóki schüchtern und kratzte mit der Fußspitze den Reif von einer Gehwegplatte. »Richtig prima.«

»Gestern Abend habe ich sie hier getroffen. Ist sie heute nicht da?«

Flóki hörte auf zu scharren und ermannte sich. »Nein, sie hatte wohl was Wichtigeres vor. Das hier ist meine Freundin Nanna«, sagte er dann. »Nanna, das ist Katrín, sie gehört zwar jetzt zu den Bullen, aber sie hat oft auf mich aufgepasst, als ich klein war.«

»Hallo Nanna«, lächelte Katrín. »Ich hab aber viel mehr auf Erla aufgepasst als auf Flóki. Bei seiner Geburt war ich ungefähr so alt wie ihr beide jetzt.« Sie blickte sich um. »Übrigens, ist Erla heute Abend auch nicht hier? Sie ist in diesem Winter ja ganz schön aktiv gewesen.«

Flóki zog es vor, nicht darauf zu antworten. Katrín war

vielleicht ganz in Ordnung, sogar richtig nett, obwohl sie zu den Bullen gehörte, aber sie war bei der Kripo. Und die Polizei hatte ihn in diesem Winter einmal festgenommen, und Erla mindestens zweimal. Trotzdem hieß das nicht, dass man nicht die Beziehungen nutzen sollte, die man hatte.

»Sag mal, bist du auf dem Weg nach Hause?«, fragte er. Katrín nickte. »Könnten wir ... Könntest du uns vielleicht mitnehmen? Und auch Ýmir, der ist hier noch irgendwo.«

»Na klar«, sagte Katrín. Sie kannte Ýmir wesentlich besser, weil er mit Íris befreundet war. »Ist nicht auch Haukur dabei?«

»Nein, der ist schon lange weg. Sein Vater hat ihn abgeholt, er hatte eine Sauwut. Weil Haukur morgen früh Schule hat. Der Alte ist total bescheuert.«

Katrín verstand diesen bescheuerten Alten relativ gut. Aber das brauchte sie Flóki nicht auf die Nase zu binden.

* * *

Marteinn war schon längst wieder zu Hause, als Erla Líf und Oddrún beschlossen, dass es jetzt reichte. Sie gehörten zu den Letzten, die den Platz verließen, ebenso die dritte Tänzerin, die sie noch nie von Angesicht zu Angesicht gesehen hatten. Zusammen gingen die drei mit den Skimasken auf dem Kopf quer durch die Innenstadt und die kleine Gasse Fischersund hinauf, wo sich ihre Wege trennten. Oddrún und Erla folgten der Bárugata, und an der Ægisgata verabschiedeten sie sich. Oddrún ging geradeaus weiter, während Erla auf die Vesturgata zuhielt, wo sich die gemütliche Mansardenwohnung von Marteinn befand. Der Schlüssel steckte in ihrer Tasche.

Sie hörte hallende Schritte hinter sich, achtete aber nicht darauf, denn in dieser Stadt war immer noch viel los in dieser unruhigen Nacht. Sie beeilte sich nicht einmal und blickte auch nicht über die Schulter zurück, obwohl sie deutlich hören konnte, dass da nicht nur ein Mensch unterwegs war. Die Schritte näherten sich. Sie wollte sich gerade die Maske vom Kopf reißen, als die Verfolger angriffen.

8

Donnerstag

Es waren drei. Alle mit Skimasken vermummt, genau wie sie. Einer war auffällig groß, der Zweite viel kleiner und dicker, und der Dritte war wesentlich dünner. Mehr konnte sie nicht sehen, denn der Größte verdrehte ihr die Skimaske so, dass ihr im wahrsten Sinne des Wortes schwarz vor Augen wurde. Hände schlossen sich um ihre Handgelenke, andere Hände drückten sie gegen eine Wand und wurden zu einer Hand auf dem Mund und einem Arm quer über dem Hals. Hüftknochen pressten sich an Hüften, eine harte Brust gegen eine weiche. Alles geschah so schnell und so brutal, dass Erla für einen Augenblick vor Schreck und Schmerz wie gelähmt war. Aber dann hatte sie sich wieder unter Kontrolle, Wut flammte in ihr auf und wahnsinniger Zorn. Der Selbsterhaltungstrieb.

Beißen, schlagen, treten, sich die Lungen aus dem Leib schreien oder schlaff zu Boden sinken, es gab keine anderen Alternativen. Und die letzte kam nicht in Frage. Niemals. Und weil das Schreien unter einer behandschuhten Hand nur zu einem armseligen Winseln wurde und weil sie weder Kopf noch Hände bewegen konnte, hatte sie keine andere Wahl, als zu treten und vielleicht jemanden mit dem Knie in die Weichteile zu treffen, möglichst gezielt in die Eier.

Aber auch der Plan ging nicht auf. Ihr Bein gehorchte ihr nicht mehr, nachdem sie irgendetwas am Kopf getroffen hatte. Ihr wurde noch schwärzer vor den Augen, und sie wäre gestürzt, wenn nicht der verdammte Arm an ihrem Hals und das verdammte Arschloch, dem er gehörte, sie daran gehindert hätten.

»Und was hältst du jetzt noch von der Anarchie, du Kommunistenfotze?«, schnaubte ihr jemand ins Ohr. Wahrscheinlich derselbe Brutalo. Unter anderen Umständen wäre ihr diese Phrase lächerlich vorgekommen.

Erla versuchte wieder zu schreien, doch die Hand verschloss ihr immer noch den Mund. Sie versuchte zu beißen und zu spucken, aber das endete mit dem Geschmack nach Blut und feuchter Wolle. Wir sind hier auf der Straße, dachte sie, vor aller Augen, da muss bald jemand vorbeikommen...

Niemand kam. Stattdessen wurde sie noch härter gepackt, geschleift und geschleppt und mit Schlägen vorwärtsgetrieben. Sie sah nichts, sie konnte nicht schreien, sie konnte sich nicht wehren. Fast bei jedem Schritt stolperte sie, wurde aber sofort wieder hochgerissen. Irgendwo im Hinterkopf hatte sich einer der Trommler eingenistet, der mit der größten Pauke, auf die er mit aller Kraft einschlug.

* * *

»Ja, ich weiß, dass du nicht in der Abteilung für Sexualdelikte bist«, sagte die Frau am Telefon. Müdigkeit und Geduld hielten sich in ihrer Stimme die Waage. »Aber sie hat speziell nach dir gefragt. Sie ist im Taxi hierhergekommen, sie hatte keine Lust, irgendwelche Faschistenschweine ganz in Schwarz um einen Gefallen zu bitten. Das waren ihre Worte. Aber mit dir möchte sie gern reden.«

Katrín war sofort hellwach. »Wie heißt sie?«

»Erla und noch was. Erla Líf?«

»Bóasdóttir«, vollendete Katrín. »Ich bin in fünf Minuten da, allerhöchstens zehn.« Sie sah auf die Uhr, es war schon fast halb sechs. Sie hatte knapp vier Stunden Schlaf hinter sich, das musste genügen. Drei Minuten später hatte sie sich angezogen, eine kurze Nachricht für Íris und Eiður hinterlassen und war zur Tür hinausgestürmt. Draußen war es windstill. Bei sieben Grad unter null war das Auto allerdings dick bereift. Katrín entschied sich dafür, ihrem klapprigen Mazda noch mehr Auszeit zu gönnen, und rannte los. Sie hatte ja versprochen, sich zu beeilen.

Das Haus von Erlas Mutter lag im Dunkeln, als sie vorbeilief. Für einen Augenblick schoss ihr der Gedanke durch den Kopf, dort anzuklingeln, aber er war so kurzlebig, dass Katrín noch nicht einmal langsamer wurde, bevor sie ihn verwarf. Erla Líf war dem Gesetz nach volljährig und konnte frei entscheiden, an wen sie sich wandte. Außer ihr streunte noch ein dunkelgrauer Kater mit mehrfach gebrochenem Schwanz und einer schlecht verheilten Wunde am Ohr im Viertel herum, sonst war die Straße ohne Leben.

※ ※ ※

»Es waren drei«, sagte Erla. »Das hab ich doch schon gesagt.«

Katrín nickte. »Ja, das hast du, entschuldige bitte.«

»Kein Problem«, murmelte Erla. Katríns Entsetzen beim Anblick von Erla spiegelte sich in ihrer Miene: aufgeplatzte Lippen, ein blutunterlaufenes Auge und zwei Stiche hinter dem Ohr. Aber das war nur die Oberfläche, das, was ins Auge stach. »Sprich weiter.«

»Sie sind von hinten gekommen, haben mich gegen eine Mauer gedrückt und mich festgehalten. Die haben mir auf den Kopf geschlagen und meine Mütze so verdreht, dass ich nichts sehen konnte. Sie haben mich in die Zange genommen und zum Nachbargrundstück geschleift, nur zwei Häuser von Marteins Wohnung entfernt. Hinter das Haus, wo der Container und der Schuppen für die Arbeiter stehen. Oder zumindest lag ich dort, als sie weg waren, zwischen dem Schuppen und dem Container. Alles ist wohl mehr oder weniger dort passiert, glaube ich.« Erla verstummte. Katrín wartete.

»Kann ich noch etwas Wasser haben?«, fragte Erla. Die Krankenschwester in der Notaufnahme nahm das leere Glas entgegen und füllte es.

»Ich weiß noch, dass er zuerst gefragt hat, wie sich die Anarchie jetzt für mich anfühlt, oder so was Ähnliches. Es war Darri, der hat mich das gefragt.«

Katrín fuhr zusammen. »Darri?«, stieß sie hervor. »Dein Freund?«

»Mein *Exfreund*, Katrín. Hundertprozentig ex. Dieses faschistische arrivierte Schwein.«

Katrín stand auf und ging zu Erlas Bett. »Bist du dir ganz sicher, dass es tatsächlich Darri Ingólfsson war?«

»Ja.« Erla nippte an ihrem Wasserglas. »Ich habe seine Stimme erkannt, obwohl er versucht hat, furchterregend zu klingen. Ich weiß nämlich, wie er riecht. Er war der Erste, er hat mich da gegen die Wand gedrückt und sich über mich hergemacht. Hinter dem Schuppen.« Sie zog schniefend die Nase hoch und sah Katrín entschlossen an. Entschlossen und freimütig, dachte Katrín unwillkürlich, und es kam ihr so vor, als habe das nicht unbedingt etwas Gutes zu bedeuten. Oder doch, war es nicht besser als ein zitterndes Etwas mit tränennassen Augen? Sie merkte selbst nicht, dass sie den Kopf schüttelte, aber Erla tat das.

»Was denn?«, fragte sie. »Warum schüttelst du den Kopf?«

Katrín hörte auf, den Kopf zu schütteln. »Entschuldige.«
»Glaubst du mir nicht?«

»Doch, liebe Erla«, sagte Katrín, »ich glaube dir. Ich bewundere dich einfach nur, wie stark du bist.«

»Stark, was für'n Scheiß«, schnaubte Erla verächtlich. »Ich war kein bisschen stark, ich war völlig daneben und völlig unterlegen. Hab die Beine breit gemacht wie ich weiß nicht was, ich hab's nicht mal geschafft...« Sie verstummte und blickte weg. Starrte eine Zeitlang schweigend in eine Ecke. »Egal wie«, sagte sie schließlich und räusperte sich. »Darri – er war der Erste.« Sie sprach langsam und beinahe unnatürlich deutlich akzentuiert. Wie eine Stimme aus dem Computer, musste Katrín denken. Als ließe sich der Tonfall kaum mit den Worten in Einklang bringen, die sie von sich gab. »Die haben mich da in den Hinterhof geschleift, und zwei hielten mich fest. Darri hat mir die Hose runtergezogen, und er hatte irgend so ein Zeugs dabei, das er mir in den Schritt geschmiert hat. Immer zu allem bereit, das verfluchte Schwein.«

»Wir müssen nicht unbedingt jetzt darüber reden, Erla«, warf Katrín vorsichtig ein. »Nicht über all die Details. Du solltest dich ausruhen.«

»Ich kann mich nachher ausruhen«, erklärte Erla, Leben kam in ihre Stimme, Wut und Hass. »Die haben hier gleich Millionen Fotos von meiner Möse gemacht und mehr als hundert Abstriche, jetzt kannst du doch wohl mal einen einzigen Bericht schreiben, oder nicht? Danach will ich mich ausruhen. Ich schlucke alle Tabletten, alles was ihr wollt, und schlaf dann hunderttausend Jahre lang. Aber vorher geht es um deinen Bericht, okay?«

Katrín musste sich schwer zusammenreißen. »Okay«, sagte sie. »Mach weiter.«

»Erst war ich noch ziemlich durcheinander«, fuhr Erla fort. »Ich erinnere mich an nichts zwischen dem Augenblick, als er mir die Hose runtergerissen und sich bedient hat. Wahrscheinlich weil er mir zuerst einen über die Rübe gegeben hat.« Jetzt klang die Stimme von Erla Líf wieder wie ein Roboter, ein Computer, ein Stimmenimitator. »Das hat bestimmt etwas gedauert, denn Darri kriegt das nicht so schnell geregelt. Jedenfalls nicht, als wir noch zusammen waren. Und er musste ihn wieder rausziehen und ihm ein Gummi verpassen, das hat ganz sicher ein paar Sekunden gedauert, aber auch an die kann ich mich nicht erinnern. Er hat sich immer dämlich dabei angestellt, sich das Ding überzustreifen, meistens hab ich das gemacht, als unsere Beziehung noch im Präserstadium war.«

»Aber du weißt – oder hast es gleich gewusst –, dass er ein Präservativ verwendete, weil ...«

»Der Geruch. Latex, was Spermienkillendes und Pfefferminze. Durex grün, das war sein Ding. Egal wie, nach ihm war Vignir an der Reihe. Der brauchte bloß, ach du weißt schon, ein paar Sekunden. Und dann ...«

»Vignir Benediktsson?«

»Ja. Und ...«

»Woher weißt du, dass er es war?«

»Einfach nur logo. Mit den Typen war Darri mehr als mit mir zusammen, als wir noch zusammen waren. Und erst recht jetzt. Und dieses Ekel habe ich oft genug umarmt, um heute Nacht seine Wampe zu kennen. Danach war die Reihe an Jónas, aber der hat nur so getan als ob. Der hat da rumgemacht ...«

»Nur damit wir das klarstellen, Erla, wenn du von Jónas redest ...«

»Dann meine ich Jónas Ásgrímsson. Das dritte Rad am

Wagen, der dritte Musketier. Ich könnte kotzen. Der ist nicht in mich reingekommen, der hat ihn bestimmt nicht hochgekriegt, aber natürlich traute er sich nicht, den anderen das zu sagen. So ein verdammter Loser und Jammerlappen. Und danach war wieder Darri dran...«

Katrín wusste nicht mehr, was sie sagen sollte. »Wieder?«

»Ja, es gab zwei Runden für alle. Und ich konnte nichts machen.«

Erla Líf leckte sich über die geplatzten, trockenen Lippen und trank wieder einen Schluck Wasser. Katrín unterdrückte Tränen der Wut und griff ebenfalls nach ihrem Wasserglas.

»Das war das Schlimmste«, fuhr Erla fort. Ihre Stimme klang jetzt wieder rau, leise, unsicher. »So ein hoffnungsloser Fall zu sein und nichts machen zu können. Ich hätte sie am liebsten angebrüllt und ihnen gesagt, dass ich genau weiß, wer sie sind, aber ich hab mich nicht getraut. Ich hätte ihnen die Fresse polieren, sie treten und beißen und aus Leibeskräften anschreien sollen – es ging nicht. Bei mir ging nichts mehr. Ich hab da bloß gelegen wie eine verdammte Sexpuppe, oder was weiß ich.«

»Du darfst dir nicht selber...«, setzte Katrín an, aber Erla ließ sie nicht zu Worte kommen.

»Fällt mir nicht ein«, sagte sie. »Es fällt mir nicht ein, mir selber die Schuld an irgendwas zu geben, aber ich war trotzdem verdammt lahm, verstehst du? Dass man überhaupt nichts gemacht hat. *Gar nichts*. Aber ich werde ganz bestimmt noch irgendwas machen, solche verfluchten...«

Jetzt war es Katrín, die Erla nicht zu Wort kommen ließ. »Behalt das bitte für dich«, sagte sie. »Ich glaube, es reicht für den Augenblick.«

Erla schüttelte den Kopf. »Nein«, flüsterte sie, »es fehlt noch die zweite Runde. Darri war erstaunlich schnell, das hat mich gewundert. Bei Vignir hat es viel länger gedauert. Wie lange, weiß ich nicht, aber mir kam es unendlich vor. Vielleicht weil er... weil es so... Ach, ich weiß nicht, ich glaube, ich rede nur dummes Zeug. Haben die mir hier irgendwas eingetrichtert, oder was ist da... Also ich meine, was ist da los...«

Sie verlor das Bewusstsein, und Katrín sprang auf. Die Krankenschwester kam ebenfalls hinzu.

»Was bedeutet das?« Katrín schrie diese Worte beinahe. »Was geht hier vor?«

»Sie ist eingeschlafen«, erklärte die Krankenschwester. »Das geht völlig in Ordnung, du brauchst dir keine Gedanken zu machen. Ich finde es eigentlich erstaunlich, wie lange sie wach geblieben ist. Und dabei so völlig klar. Ihr wurden sowohl Beruhigungsmittel als auch Schmerztabletten verabreicht.«

»Schmerztabletten?«

»Ja. Sieh dir doch bloß ihr Gesicht an. Und wie sie gesagt hat – wir haben etliche Fotos gemacht und Gewebeproben von... von anderen Körperteilen entnommen.«

»Von ihrer Möse, hat sie selber gesagt«, fauchte Katrín. »Du wirst doch wohl kaum so verschämt sein, gute Frau, dass du dieses Wort nicht in den Mund nimmst. Du arbeitest schließlich in der Notaufnahme für vergewaltigte Frauen.«

»Nein«, entgegnete die Krankenschwester wütend, »ich schäme mich nicht, dieses Wort zu verwenden, und das weißt du, Katrín, wir haben uns ja leider schon einige Male hier getroffen. Ich meinte nicht ihre Möse. Auch wenn ich es nicht genau weiß, so kann ich mir doch vorstellen, was sie damit meinte, sie hätte das Gefühl gehabt, dieser Vignir hätte eine Ewigkeit gebraucht.«

»Ach ja?«

»Das arme Ding konnte den Satz nicht zu Ende bringen«, sagte die Krankenschwester. »Aber vielleicht oder sogar wahrscheinlich wollte sie sagen, dass er so lange gebraucht hat, weil es so schlimm war, weil es so wehgetan hat. Schlimmer also und noch schmerzhafter als das, was vorausgegangen war, denn er hat sie rektal vergewaltigt. Oder zumindest eines von diesen Scheusalen hat es getan.«

* * *

Eine halbe Stunde später verabschiedete Katrín sich von der Krankenschwester, strich der schlafenden Erla über den Kopf und machte sich auf den Heimweg. Sie weinte die ganze Zeit still vor sich hin und versuchte gar nicht erst, das zu verheimlichen. Und diesmal klingelte sie bei Þyrí, die selbst zur Tür kam. Obwohl sie weder Lockenwickler trug noch einen knallig bunten Nylonkittel, ähnelte sie doch dem Frauenklischee der Siebzigerjahre, so wie sie an diesem Donnerstagmorgen im Januar des Jahres Zweitausendneun kurz vor halb neun in der Tür stand, eine Zigarette im Mundwinkel und eine Kaffeetasse in der zierlichen beringten Hand mit den sorgfältig lackierten Fingernägeln.

Noch bevor Katrín ein Wort sagen konnte, lagen sowohl die Kaffeetasse als auch die Zigarette auf dem Boden.

»Wer ist das?«, krähte Binni aus der Küche. Als er keine Antwort erhielt, kam er in die Diele. »Was ist denn hier los?«, fügte er hinzu, als er die Scherben sah. Þyrí und Katrín lagen sich weinend in den Armen.

»Ich muss unbedingt in die Firma. Ruf mich an, wenn was ist«, sagte er, schob sich an den Frauen vorbei und ging über die raureifgraue Einfahrt zu seinem Jeep.

»Weiber«, brummte er und öffnete die Tür.

»Binni«, schrie Þyrí, die außer sich war. »Binni, fahr nicht weg, komm doch, Schatz...«

»Diese Weibsbilder«, brummte Binni immer noch. Der Eiskratzer, den er gerade erst aus dem Fach geholt hatte, wanderte wieder an seinen Platz. Er schlug die Wagentür zu und drehte sich zu Þyrí um, mit seinem automatischen Strahlemann-Lächeln. »Ja, Liebling, ich komme.«

9

Donnerstag bis Freitag

»Das wird schlimm«, sagte Stefán. »Das wird sogar richtig übel. Es geht ja nicht nur um den Sohn, diesen Darri, sondern auch um den Herrn Papa.«

»Mir war nicht klar, dass väterliche Parteiausweise Freibriefe dafür sind, dass Söhne vergewaltigen«, erklärte Katrín scharf, biss sich aber sofort auf die Zunge. »Entschuldige, Stefán, ich weiß, was du meinst. Ich bin bloß ... Ich schnapp bald über, ich platze vor Wut. Sie waren zu dritt. Erla ist ungefähr einsfünfundsechzig und wiegt etwa fünfundfünfzig Kilo. Da waren richtige Helden unterwegs.«

»Ja, schon gut. Ich hab keinen Augenblick vorgehabt, diese brutale Tat herunterzuspielen. Du solltest mich doch besser kennen, als dir so was einfallen zu lassen. Aber die Sache ist heikel, und das weißt du selbst. Bist du dir sicher, dass ich deiner Bitte stattgeben soll, auch weiterhin die Ermittlung zu leiten?«

Katrín verkniff es sich, mit der Faust auf den Tisch zu schlagen, biss sich noch mal auf die Zunge, zählte bis zehn. Oder zumindest bis sieben.

»Ja, Stefán, ich bin mir ganz sicher«, sagte sie sehr ruhig. »Ehrlich gesagt meine ich, dass niemand besser dazu geeignet ist als ich. Ich bin nämlich bestimmt eine der wenigen hier bei uns, die Erla Líf als Menschen betrachten. Eine von allzu wenigen.«

»Übertreibst du da nicht etwas? Auch wenn vielleicht einige...«

»Kann sein, dass ich *etwas* übertreibe, Stefán, aber nicht viel. Erla Líf hat im vergangenen Winter einem von ›unseren‹ Leuten einen Zahn ausgetreten, einen anderen durch einen Handschuh hindurch blutig gebissen, hat auch noch etliche andere getreten und gekratzt, ihnen sichtbare Verletzungen beigebracht. Und zudem hat sie gegen zwei Angehörige des Sonderkommandos und einen aus der Bereitschaftspolizei Anzeige wegen Körperverletzung, Gewaltanwendung und ungesetzlicher Freiheitsberaubung erstattet. Was glaubst du, wer hier in diesem Männerklub dazu bereit wäre, alles Erdenkliche in Bewegung zu setzen, um wegen einer Strafanzeige gegen Darri Ingólfsson und seine Freunde zu ermitteln? Zumal besagter Darri Ingólfsson in den vergangenen drei Sommern zeitweilig ein richtig beliebtes Mitglied in genau diesem Klub gewesen ist?«

Stefán nahm die Kappe ab und strich sich über den Kopf. »Genau das meine ich, Katrín, wenn ich sage, dass es übel wird, und was mir die größten Sorgen bereitet. Das kann sehr unangenehm für dich werden. Vielleicht ist es besser, wenn ich mich...«

Katrín schüttelte den roten Schopf. »Nein. Dieser Herausforderung stelle ich mich. Jedenfalls dann, wenn ich mir sicher sein kann, dass du mir im Notfall den Rücken stärkst.«

»Immer, voll und ganz«, erklärte Stefán. »Und obwohl man über den ein oder anderen Kollegen das ein oder andere sagen könnte – du hast trotzdem Glück mit deinen Mitarbeitern in genau diesem Fall.«

»Vielleicht«, gab Katrín zu. »Vielleicht hast du recht. Wahrscheinlich bin ich sogar die einzige von uns dreien, die schon vorher nicht viel von Darri hielt, auch wenn er bei den meisten Kollegen und Kolleginnen von Anfang an schwer beliebt war. Was meinst du, wirst du mir jetzt die Leitung der Ermittlung entziehen?«

»Tja«, brummte Stefán. »Eher nicht, du hast vermutlich recht. Wie schon einige Male vorher. Trotzdem habe ich Bedenken. Wie nah verwandt seid ihr eigentlich?«

»Zweiten und dritten Grades«, sagte Katrín. »Ihre Mutter Þyrí und ich sind Cousinen. Meine Mutter war seinerzeit Babysitter für Þyrí, Þyrí hat auf mich und meine Brüder aufgepasst, ich auf Erla und ihre Brüder, und Erla auf Íris und Eiður. Ja, so gesehen sind wir ziemlich eng verbunden.«

»Hm. Ich denke, wir sollten die Ermittlung offiziell unter meinem Namen laufen lassen. Sonst …« Katrín wollte widersprechen, doch er schnitt ihr das Wort ab. »Sonst werden diese Dinge, wenn es denn so weit ist, vor Gericht breitgetreten und in ein schiefes Licht gerückt, und das willst du bestimmt nicht. Mach dir aber keine Sorgen, du wirst den Kurs hundertprozentig bestimmen, okay? Ich leite nur auf dem Papier.«

Katrín stimmte dieser Lösung, wenn auch widerwillig, zu.

»Prima«, sagte Stefán. »Und jetzt sprich mit dem Staatsanwalt. Erlas Aussage von heute Morgen sollte für einen Haftbefehl reichen. Und du musst so schnell wie möglich den offiziellen Bericht verfassen. Und schick den Hund – schick Friðjón umgehend zur Vesturgata.«

»Keine Sorge, er und seine Leute sind schon seit mindestens einer Stunde dort.«

* * *

Katrín erhielt grünes Licht für die Haftbefehle. Nach weniger als drei Stunden nahm sie persönlich Darri Ingólfsson fest, und zwar an seinem Arbeitsplatz. Ganze siebzehn Juristen waren anwesend, darunter auch Darris Vater, Ingólfur Halldórsson. Den nannte die Regenbogenpresse gerne einen Staranwalt. Er war seit Jahrzehnten eng befreundet mit den einflussreichsten Promis der konservativen Partei, und manchmal wurde er sogar zu ihnen gerechnet. Er saß in etlichen Aufsichtsräten und Kontrollgremien sowohl innerhalb der Partei als auch bei Behörden und einigen Privatunternehmen, entweder aufgrund seiner juristischen Qualifikationen oder seiner Parteizugehörigkeit.

Zur gleichen Zeit leitete Guðni den Einsatz von vier Kollegen im Büro eines Großimporteurs, um Jónas Ásgrímsson, den Sohn und Stellvertreter des Direktors, festzunehmen.

Árni im Gefolge von vier athletischen Uniformierten holte Vignir Benediktsson in einem der vielen halb leeren Architekturbüros der Stadt ab.

Darri, Jónas und Vignir kamen im dringenden Interesse der Ermittlung erwartungsgemäß in Einzelhaft.

Das war auch die Antwort, die der Staranwalt erhielt, als er zu Beginn der Aktion eine Erklärung für die Verhaftung verlangte, und noch einmal später, als er kurz nach Katrín und seinem gefangenen Sohn wutschäumend im Polizeipräsidium auftauchte und allen möglichen Leuten, die ihm über den Weg liefen, Klagen androhte. Bis ihm selbst mit einer Einzelzelle gedroht wurde, wegen Widerstands gegen die Polizeigewalt und ungebührlichen Verhaltens in einer öffentlichen Behörde. Dann endlich verließ er das Gebäude unter Türenschlagen und Schimpfkanonaden.

Auch wenn Katrín sich ziemlich sicher gewesen war, dass der Haftrichter ihrem Antrag auf Untersuchungshaft der drei Verdächtigen innerhalb der nächsten vierundzwanzig Stunden stattgeben würde, war ihr unleugbar leichter ums Herz, als der Hund sich bei ihr meldete und sie über die Tatortanalyse auf der Vesturgata informierte.

»Wir haben eine halbe Kondomverpackung gefunden«, blaffte er, »grünes Durex mit Pfefferminz. Ein halber Fingerabdruck auf einer Seite, ganz gut brauchbar. Auf der anderen Seite weniger gute, halb verwischte Abdrücke, aber vielleicht doch noch zu verwerten. Blut auf einem Bretterstapel zwischen den Schuppen und zwei Sorten Fäden, beide schwarz. Baumwolle der eine, Kunststoff der andere. Und auch sonst noch so einiges, du bekommst heute Abend einen vorläufigen Bericht. Auf jeden Fall ist es hier hoch hergegangen. Wir finden nichts, was gegen die Aussage des Mädchens spricht, aber vieles, was sie stützt. Mehr dann später und heute Abend, ich schick dir eine Mail.« Friðjón brach das Gespräch ab.

»Danke, und tschüs«, murmelte Katrín und steckte das Handy zurück in die Tasche. Jetzt ging es nur noch darum, Fingerabdrücke von Jónas und Vignir zu nehmen, falls die auf der Kondomverpackung nicht von Darri stammen sollten. Von ihm brauchte sie keine, denn sie befanden sich bereits in seiner Personalakte.

* * *

»Während dieser Nacht?«, echote Darri. »Wo ich während dieser Nacht war? Was hast du gesagt, wann? Um drei oder um vier?«

»Du hast meine Frage gehört«, sagte Katrín schroff. »Laut

der letzten ärztlichen Untersuchung im vergangenen Frühjahr ist dein Gehör vollständig in Ordnung. Oder hast du seitdem einen Unfall gehabt?«

»Haha, sehr witzig. Im Ernst, Kata, was ist hier eigentlich los?«

»Ich heiße Katrín, und außer meinen Freunden hat niemand das Recht, mich anders anzureden«, erklärte Katrín immer noch schroff. »Ich kann mich nicht erinnern, dass wir befreundet gewesen wären. Du hast hier letzten Sommer deine Runden in Uniform gedreht, ich war mit anderen Dingen beschäftigt. Wo warst du zwischen halb drei und halb fünf gestern Nacht?«

»Im Bett, wo sonst? Heute war doch ein ganz normaler Arbeitstag. Was glaubst du, was mein Alter davon halten würde, wenn ich mir mitten in der Woche die Nacht um die Ohren schlage, während es in seiner Kanzlei um eine Riesensache geht.«

»Wo?«, fragte Katrín.

»Wo was?«, war Darris Gegenfrage.

»Wo hast du geschlafen?«

»Bei mir zu Hause natürlich, was sind das für bekloppte Fragen?«

»Kann jemand das bestätigen?«

»Verd... Nein.« Er starrte Katrín mit offenem Mund und aufgerissenen Augen an, es sollte ihr nicht entgehen, wie dämlich er diese Frage fand. »Ich hab geschlafen, kapiert?«

»Das hab ich durchaus verstanden«, sagte Katrín, ohne eine Miene zu verziehen. »Und natürlich war auch niemand bei dir zu Hause zu dieser Zeit auf den Beinen, der bestätigen könnte, dass du geschlafen hast?«

Darri verschränkte die Arme und lehnte sich zurück. »Nein.«

»Lebst du alleine?«

»Nein, und das weißt du ganz genau.«

»Du lebst mit Jónas Ásgrímsson und Vignir Benediktsson zusammen?«

»Das klingt bei dir so, als wären wir 'ne Schwulenkommune.«

»Tatsächlich?«, fragte Katrín. »Das war nicht meine Absicht. Allerdings glaube ich nicht, dass es so geklungen hat. Aber wo du das Thema schon einmal angeschnitten hast – gibt es in eurer Wohngemeinschaft Verbindungen sexueller Art?«

»Blödsinn.«

»Der Verdächtigte schüttelt den Kopf«, sprach Katrín in das Aufnahmegerät und sah Darri an. »Darf das als Nein ausgelegt werden?«

»Ja«, stieß Darri hervor. »Das muss als Nein ausgelegt werden.«

»Aber ihr drei führt einen gemeinsamen Haushalt?«

»Ja. In einem großen Haus, einem sehr großen.«

»Weißt du, wo deine Hausgenossen zur fraglichen Zeit waren?«

»Nein«, entgegnete Darri, »aber ich gehe davon aus, dass sie ebenfalls auf ihren Zimmern in den Betten lagen. Das tun sie meistens um diese Tageszeit.«

»Ihr teilt euch weder Bett noch Zimmer«, sagte Katrín. »Habe ich das richtig verstanden?« Sie wartete, aber Darri gab keine Antwort. »Der Verdächtigte zieht es vor, nicht auf diese Frage zu antworten«, fuhr Katrín fort. »Aus welchen Gründen auch immer.«

Darris Rechtsanwalt, ein Partner aus der Kanzlei von Darris Vater, beschloss, dass jetzt der Augenblick gekommen war, um sich in die Vernehmung einzuschalten.

»Was ist das eigentlich für ein Spielchen«, fragte er brüsk. »Weshalb und wozu werden meinem Mandanten wiederholt homosexuelle Neigungen unterstellt? Findest du das etwa angebracht? Hat es irgendwas mit dem Fall zu tun? Stünde das nicht völlig im Widerspruch zu ...«

»Ich habe überhaupt nichts unterstellt«, antwortete Katrín. »Ich bringe nur ganz simple Fragen vor und fände es besser, wenn ich Antworten darauf bekäme. Machen wir weiter. Um es klar auszudrücken, habe ich allen Grund zu glauben, dass du – und damit meine ich Darri Ingólfsson und nicht seinen Rechtsanwalt, der hier zuletzt zu hören war –, dass du und deine Hausgenossen Jónas Ásgrímsson und Vignir Benediktsson in der vergangenen Nacht, also in der Nacht vom zweiundzwanzigsten auf den dreiundzwanzigsten Januar, Erla Líf Bóasdóttir angegriffen und sie mehrfach brutal sexuell missbraucht habt. In einem Hinterhof auf der Vesturgata, zwischen zwei Arbeitsschuppen. Soweit sich der Zeitrahmen rekonstruieren lässt, hat die Gewalttat gegen drei begonnen und endete um vier Uhr fünfzehn, als Erla Líf ein Taxi gerufen hat, das sie zur Notaufnahme für die Opfer von sexueller Gewalt brachte. Und die genannte Erla Líf hat selber Zeugnis darüber abgelegt. Was hast du zu dieser Anklage zu sagen?«

»Sie lügt«, antwortete Darri. »Das ist meine Antwort auf diese Anklage.«

»Aber du kennst Erla Líf Bóasdóttir, nicht wahr?«

»Natürlich kenne ich sie, und das weißt du ganz genau. Sie war ... Wir waren bis zum vergangenen Herbst fast schon so was wie verlobt. Wir waren drei Jahre lang zusammen.«

»Hat der Abbruch eurer Beziehung mit deinem Einverständnis stattgefunden? Es war doch wohl sie, die die Beziehung beendete?«

»Mit meinem Einverständnis – nee, wow – ich war so sauer, dass sie mir im letzten Oktober den Laufpass gegeben hat, dass ich sie heute Nacht vergewaltigt habe! Was für ein verfluchter Quatsch.«

»Kannst du ... Hast du irgendeine Idee, weshalb Erla Líf dich und deine Hausgenossen für diesen Überfall verantwortlich macht? Um es ganz klar zu sagen, Erla Líf wurde überfallen, und zwar auf äußerst brutale Weise.«

Darri schüttelte den Kopf. »Nicht dass ich wüsste. Vielleicht war sie bekifft, sie ist ... Sie raucht ziemlich viel Gras.«

»Woher hast du diese Informationen? Habt ihr immer noch Verbindung zueinander?«

»Nein. Aber man hört so einiges. Wir haben gemeinsame Freunde.«

»Aha. Sag mir eins: Unter dem Brett eines Holzstapels zwischen den beiden Schuppen auf diesem Hinterhof in der Vesturgata wurde die Verpackung von einem Präservativ gefunden, Marke Durex. Und an ihr befinden sich Fingerabdrücke. Sie wurden mit deinen Abdrücken in unserem Archiv verglichen, und der Vergleich lässt keinen anderen Schluss zu, als dass die Fingerabdrücke auf der Verpackung von dir stammen. Wie willst du das erklären?«

Darri zuckte die Achseln und sah seinen Anwalt an.

»Mein Mandant braucht das nicht zu erklären«, sagte der Anwalt, der offenbar ein besonderes Vergnügen daran fand, Vergewaltiger und Päderasten zu verteidigen, wenn man etwas auf seine juristische Karriere und seine Beiträge in den sozialen Netzwerken geben konnte. »Ihr dagegen müsst beweisen, dass es hier eine Verbindung gibt, die von Belang ist.«

»Wir werden unser Bestes tun«, versicherte Katrín. »Aber es wäre zweifellos wesentlich angenehmer für deinen Mandanten, falls er uns eine wahrscheinlich klingende Alternative zu der naheliegendsten Erklärung bieten könnte, nämlich dass er das Objekt heute Nacht verloren hat, als er die Tat im Sinne der Anklage beging.«

»Auf der Vesturgata?«, fragte Darri. Der Anwalt legte Darri eine warnende Hand auf die Schulter, aber der schüttelte sie ab.

»Ja«, sagte Katrín. »In einem Hinterhof auf der Vesturgata. Zwischen zwei Arbeitsschuppen. Unter einem Bretterstapel. Sagt dir das etwas? Klingeln da nicht irgendwelche Glöckchen bei dir?«

Darri gab sich den Anschein nachzudenken. »*Njet*«, sagte er dann. »Keine Ahnung. Ich könnte mir höchstens vorstellen, dass ich das Ding irgendwann mal aus dem Autofenster geworfen habe. Oder dass ich vielleicht meine Jacketttaschen ausgeleert habe, als ich dort unterwegs war. Leider neige ich dazu«, sagte er und setzte ein quasi beschämtes Lächeln auf, »Abfall aus dem Fenster zu werfen und meine Taschen irgendwo auf einer Straße zu leeren. Kaum zu glauben, was sich da an Präsern und Verpackungen bei mir ansammelt. Sorry, Kata, ich bin einfach etwas schlampig.«

✣ ✣ ✣

Nicht einer des Trios hatte ein wasserdichtes Alibi, und alles klang gleich bei ihnen; sie hatten an dem bewussten Abend bis nach Mitternacht im gemeinsamen Wohnzimmer gesessen, mit einem Auge verfolgt, was im Fernsehen geschah, und sich ansonsten unterhalten. Danach waren sie einfach nur in ihre Betten gekrochen. Keiner wusste mehr genau, wann er eingeschlafen war, oder wann er zuletzt irgendwelche Geräusche jenseits seiner Zimmertür gehört hatte.

Vignir erklärte, er sei am nächsten Morgen um sieben Uhr

aufgestanden. Darri und Jónas so gegen halb acht. Und allesamt hatten sie bis dahin wie die Steine geschlafen.

»Kleine Unschuldsengel«, murmelte Katrín, als sie sich am Freitagmorgen diese Aussagen wieder vornahm. Erlas Aussage und die Präserverpackung reichten zwar für die U-Haft und auch für die Einzelhaft im Interesse der Ermittlung, doch nur für eine sehr begrenzte Zeit. Da Erla zugeben musste, die Angreifer nie von Angesicht zu Angesicht gesehen zu haben, sondern sie lediglich an ihrem Geruch, an körperlichen Eigenheiten und an geflüsterten Drohungen mit ganz bestimmten Redewendungen erkannt zu haben, räumte der Richter Katrín eine Woche ein, um schwerwiegendere Anhaltspunkte zu finden. Es genügte nicht, darauf zu verweisen, dass die Ergebnisse des DNA-Vergleichs der Proben sowohl vom Tatort als auch von Erla Líf frühestens nach vier, aber wahrscheinlich erst nach sechs oder sieben Wochen vorliegen würden.

Die Aussagen der Beklagten lagen vor, erklärte der Richter. Sie waren klar und eindeutig, und sie stimmten überein, ob sie nun der Wahrheit entsprachen oder nicht. Sie würden wohl kaum widerrufen werden. Der Richter wies darauf hin, dass man den Tatort abgesperrt hatte und dass die Ermittlungen der Spurensicherung so weit fortgeschritten waren, dass eine Woche mehr als genug Spielraum gäbe, um eine gründliche Hausdurchsuchung bei den Verdächtigen vorzunehmen, zumal alle drei im selben Haus wohnten. Diese Entscheidung war unanfechtbar, und Katrín machte sich auf eine arbeitsreiche Woche gefasst.

* * *

»Wieder zum Dezernat?«, fragte der Uniformierte. Árni sah auf seine Uhr. Halb drei. Zu spät. Viel zu spät.

»Ja«, sagte er. »Ich fahre. Wir machen einen kleinen Umweg.« Er setzte sich hinters Steuer, ließ den Motor an und wartete ungeduldig darauf, aus dem Gefängnisvorhof gelassen zu werden. Der Architekt Vignir Benediktsson, für dessen Überführung in die Isolationshaft in Litla Hraun Árni verantwortlich war, stand jetzt nicht mehr unter seiner Obhut. Als sich das Tor öffnete, gab er Vollgas und wählte gleichzeitig Ástas Handy an.

»Hi, es wird ein bisschen später bei mir. Nicht viel, versprochen. Okay ...«

»Wohin fahren wir denn jetzt so eilig?«, fragte der Uniformierte, der es in der nächsten Rechtskurve für geraten hielt, sich schleunigst anzuschnallen.

»Ich komme zu spät zum Schwimmen«, antwortete Árni.

* * *

Das brutale Verbrechen an Erla Líf und die Festnahme des Freundestrios rief natürlich großes Interesse bei den Medien hervor, und Katrín war gezwungen, alle möglichen Fragen zu beantworten. Trotzdem musste sie zugeben, dass die Belästigung geringer war, als unter normalen Umständen zu erwarten gewesen wäre.

Alle drei Männer waren ziemlich bekannt, Darri für seine Handballer-Zeit, Jónas trotz seines jungen Alters für eine gelinde gesagt bunte Business-Karriere, und Vignir für etwas, das ihm sehr viel besser gelang als anderen: schöne Häuser zu entwerfen. Außerdem waren die drei auch begehrte Junggesellen und Partylöwen und nicht zuletzt Söhne prominenter Eltern.

Katrín rechnete damit, dass das Interesse seitens der Medien eher noch zunehmen würde, es sei denn, die Topfrevolution geriet dermaßen in Fahrt, dass die Regierung

Schlagseite bekam. Sie war aufs Schlimmste gefasst. Trotzdem schaltete sie ihr Handy aus, als sie an Þyrís Tür klingelte. Sie wartete aber nicht auf eine Antwort, sondern betrat das unverschlossene Haus sofort. Aus der Küche drang lautes Stimmengewirr, und dem Geräusch ging sie nach.

»Das hab ich doch gar nicht gesagt!«, schrie Brynjólfur, dunkelrot und fast schon blau angeschwollen vor Wut. »Hab ich das etwa gesagt? Hab ich gesagt, dass du dir selber die Schuld daran geben kannst? Hab ich gesagt, dass du lügst? Wieso versuchst du immer, dich aus allem rauszureden? Ich habe nur gesagt...«

»Was ist denn hier los?«, fragte Katrín und starrte entsetzt auf den Anblick, der sich ihr bot. Erla Líf saß weinend auf einem Stuhl, Þyrí stand hinter ihr, heulte ebenfalls und streichelte die zuckenden Schultern ihrer Tochter, während Brynjólfur wild gestikulierend durch die Küche tigerte.

»Nichts«, erklärte Brynjólfur und verlangsamte das Tempo. »Ich möchte nur rauskriegen, wie sie so sicher sein kann, dass es Darri war. Ich meine, den Jungen kenne ich doch seit hundert Jahren, und ein zuvorkommenderer und soliderer junger Mann ist mir noch nie...«

»Raus mit dir«, sagte Katrín, »und zwar sofort.«

»Raus...? Du hast kein Recht, mir zu sagen, dass...«

Katrín stellte sich direkt vor ihn, ihr Gesicht berührte beinahe seine dunkelrot angelaufene Visage.

»Raus«, sagte sie. »Auf der Stelle.«

**\ *\ **

Wagen fahren über Brücken, über Brücken...

Una kreischte vor Vergnügen, und das Wasser spritzte in alle Richtungen, als Árni sie übers Wasser zog.

Flieger fliegen über Brücken, über Brücken...

Una kreischte noch lauter, als Árni sie hoch in die Luft hob und sich im Halbkreis drehte.

Schiffe segeln unter Brücken, unter Brücken ...

Una tauchte unter die Wasseroberfläche und kam schreiend wieder hoch. Wie immer. Um gleich wieder anzufangen, vor Vergnügen zu kreischen. Wie immer.

Autos fahren über Brücken ...

Una gehörte zu den jüngsten Kindern beim Babyschwimmen, sie war noch keine vier Monate alt. Árni dagegen war mit seinen achtunddreißig Jahren der bei Weitem älteste Vater. Um das festzustellen, hatte es keiner besonderen Horch- und Spähaktion bedurft. Von den acht anderen Vätern, die regelmäßig mit Frau und Kind im Trainingsbecken erschienen, waren sieben ganz offensichtlich näher an zwanzig als an dreißig, und der achte näher an dreißig als an vierzig. Árni hatte gehört, dass er Kári genannt wurde, und aus irgendwelchen Gründen fand er den Namen sehr passend. Kári war gut zwei Meter groß, unangenehm muskelbepackt und beinahe unnatürlich braun, auf seinem Rücken präsentierte sich groß ein schwarz-weißes Tattoo mit dem isländischen Staatswappen. Am rechten Oberarm flatterte die isländische Fahne in Farben, und wenn er die ansehnlichen Muskeln anspannte, prangte links davon ein schwarzes magisches Runenzeichen, das wohl potenziellen Feinden Furcht einflößen sollte. Er hatte ein markantes Gesicht, eine wilde aschblonde Mähne; die Nase war gerade, die Augen blau. Árni hatte bisher nicht mit Kári geredet und kam sich im Vergleich zu ihm vor wie ein Jammerlappen mit Rotz unter der Nase, aber er hatte das Gefühl, dass er ihn eigentlich kennen sollte. Deswegen nickte er ihm immer kurz zu, wenn sie sich beim Babyschwimmen begegneten. Kári hatte ihn noch nie angesprochen.

»Du heißt Árni, nicht wahr?«, fragte jetzt auf einmal dieser Troll, als sie nach dem Schwimmen nebeneinander unter der Dusche standen. Ásta war mit Una in die Umkleidekabinen gegangen, und die Frau oder Kindesmutter von Kári hatte offensichtlich den Jungen mitgenommen. Sie war sicher mindestens fünf Jahre jünger als Kári, mindestens zwanzig Zentimeter kleiner und verdammt attraktiv. Nicht so klasse wie Ásta, aber immerhin...

»Ja, ich heiße Árni«, sagte Árni. »Und du bist Kári.« Er fühlte sich unwohl. Es gab drei Duschen und keine Abtrennung dazwischen. Er stand in der mittleren. Abseits warteten zwei lange Lulatsche, die noch keine fünfundzwanzig waren, schon darauf, dass er sich Chlor und Seife abspülte, so schnell es ging.

»Genau«, erklärte Kári, der sich anscheinend richtig wohlfühlte. Im Gegensatz zu Árni hatte er sich bereits die Badehose ausgezogen und schäumte sich von oben bis unten ein. »Du bist doch Bulle, oder?«, fügte er hinzu, bevor er den Kopf in den Nacken legte und dem warmen Strahl entgegenhielt. Árni sprang fluchtartig unter der Dusche weg, und einer der Lulatsche nahm seinen Platz ein. Dessen Maori-Tattoo erstreckte sich vom Nacken bis zum muskulösen rechten Unterarm. Árni kam es so vor, als würde der Bursche ihm wegen Káris Bemerkung scheele Blicke zuwerfen.

»Ja, bin ich«, sagte Árni. Und du bist unerträglich, wollte er hinzufügen, riss sich aber zusammen. Nachdem Kári sich die Seife abgespült hatte, verließ er die Dusche und schnappte sich sein Handtuch vom Haken. Stellte sich mitten in der Nasszelle auf und trocknete sich effektvoll ab. Árni ging etwas bescheidener vor, aber auch er versuchte nicht, sich hinter seinem Handtuch zu verstecken.

»Bei der Kripo?«, musste Kári noch hinzufügen, während er sich wieder anzog. Árni war sehr viel besser mit diesem Typ klargekommen, solange sie sich beide nur mit einem Kopfnicken begrüßt hatten. »Spielt das vielleicht eine Rolle?«, fragte er und konnte einen gereizten Unterton in seiner Stimme nicht ganz unterdrücken.

»Nee, so gesehen nicht«, antwortete Kári. »Ich finde es bloß besser, wenn ich was mehr über die Leute weiß, mit denen ich dusche. Absolut nicht persönlich gemeint, mein Lieber. Arbeitest du mit diesem Guðni zusammen, diesem fetten Cop?«

Árni schwieg, und Kári grinste, bestand aber nicht auf einer Antwort. Was für ein blöder Freak, dachte Árni. Den werd ich mal überprüfen, wenn ich wieder im Dezernat bin. Er griff nach seiner Tasche und ging nach draußen, ohne sich zu verabschieden.

»Heute war es richtig gut«, sagte er auf dem Heimweg. »Eine nette Stunde.«

»Ja«, stimmte Ásta zu. »Eine prima Stunde. Árni, mein Lieber, hast du inzwischen mal über einen Umzug nachgedacht?« Árni stöhnte. Von seinem Rücksitz in Ástas Auto aus glitt der kleine Ort Mosfellsbær am Fenster vorbei.

»Doch, ja«, gab er zu. »Wir werden wohl die Wohnung im Þingholt-Viertel vermieten müssen. Morgen früh setzen wir eine Anzeige in die Zeitung, okay?« Was einem nicht alles zugemutet wird, dachte er, erst dieser blöde Freak im Schwimmbad und jetzt noch der Umzug an den Rand der Stadt. »Kannst du mich zum Hlemmur bringen und dort rauslassen, ich muss bestimmt noch ein paar Überstunden machen.«

* * *

Erla Líf lag auf dem Sofa, eingehüllt in eine Daunendecke, mit dem Kopf im Schoß der Mutter. Katrín saß neben ihnen in einem plüschigen Ohrensessel.

»Der arme Binni ist natürlich auch geschockt«, erlaubte sich Þyrí nach einigem Schweigen zu sagen, aber sie verstummte sofort wieder, als Erla Líf zusammenzuckte und zu einer weiteren wütenden Tirade ansetzte.

»Was soll das denn? Du klingst ja fast so, als gäb's eine Entschuldigung dafür, wie er sich aufgeführt hat? Für das, was er gesagt hat? War er vielleicht sogar dabei, konnte er es besser beobachten als ich? Weiß er, wer diese Typen waren? Oder ist womöglich dieser Affenarsch vergewaltigt worden und nicht ich?«

Während dieses Wutausbruchs versuchte Þyrí, beschwichtigend auf ihre Tochter einzureden, aber die war nicht zu bremsen. Þyrí streichelte sie wieder und wieder sanft wie ein kleines Kind, und zum Schluss hatte sie den gewünschten Erfolg. Erla Líf beruhigte sich nach und nach und schlummerte dann anscheinend ein. Katrín fühlte sich immer unwohler. Schließlich stand sie langsam und geräuschlos auf und winkte der Mutter zu, als sie aus dem Zimmer schlich.

Þyrí bedeutete ihr, auf sie zu warten. »Mein armes kleines Mädchen«, flüsterte sie Katrín in der Diele zu, als sich Erla Líf statt ihrer mit einem Kissen abgefunden hatte. »Sie ist am Boden zerstört, wie könnte es auch anders sein. Sie glaubt aber, sie sei so stark, gestern hat sie den ganzen Tag versucht, tapfer zu sein. Und jetzt kam Binni, dieser Idiot, und hat ich weiß nicht wie auf sie eingeredet. Und ohne Übertreibung und ohne Quatsch – auch für ihn war es ein Schock. Natürlich nicht so wie für mein armes kleines Mädchen, aber trotzdem. Er und Darri sind nämlich gut miteinander ausgekommen, verstehst du, und er ist eng mit Darris Vater befreundet. Also... also ja, sicher hätte er das nicht zu Erla sagen dürfen, sie ist total ausgerastet und hat ihn angeschrien und mit Vorwürfen überschüttet. Aber mein Binni kann auch die Wut kriegen, deshalb hat er noch lauter zurückgebrüllt.«

Ihr versagte die Stimme. Katrín nahm ihre frühere Babysitterin in die Arme. Þyrí richtete sich auf und befreite sich aus der Umarmung. Fischte nach einem Taschentuch und putzte sich die Nase.

»Entschuldige, Katrín. Du hast schon genug um die Ohren und solltest nicht auch noch alte Weibsen wie mich trösten müssen.«

»Ist doch keine Sache«, entgegnete Katrín und versuchte, Haltung zu bewahren. »Und du bist gar nicht so viel älter als ich. Entschuldige du bitte, dass ich deinen Mann so aus dem Haus gejagt habe.«

»Ach, mach dir deswegen keinen Kopf. Das hätte ich selber tun sollen, als er nicht mit diesem Quatsch aufhören wollte. Brynjólfur ist ein guter Mensch, aber er kann auch ein verdammter Trottel sein. Er wird früher oder später schon wieder aufkreuzen. Und jetzt sieh zu, dass du nach Hause kommst und dich um deine Kinder kümmerst, meine Liebe.«

»Später«, sagte Katrín. »Ich muss erst noch mal ins Dezernat. Bist du sicher, dass hier bei dir alles in Ordnung sein wird? Wo sind deine Jungs? Und hat Erla nicht einen neuen Freund?«

»Ýmir ist bei Haukur, er ist der Sohn von Bjössi.« Katrín nickte. »Ich habe ihn dorthin geschickt«, fuhr Þyrí fort, »das hielt ich für besser heute. Und Flóki ist bei Nanna. Die waren beide auch geschockt, das sind wir ja alle. Oddrún genauso. Erinnerst du dich an sie, an Oddrún? Erlas Freundin? Sie kam gestern vorbei und hat so geheult, dass Erla beinahe das arme Ding trösten musste. Zum Schluss habe ich sie einfach gebeten zu gehen. Ich weiß nichts über Erlas Freund, diesen Marteinn. Er war gestern und heute Nacht hier, aber heute Morgen ist er gegangen, ganz früh. Wohin, weiß ich nicht. Er wird schon wieder auftauchen, genau wie Binni.«

※ ※ ※

Ihr Gewissen gab Katrín keine Ruhe, so sehr sie auch versuchte, es mit allen möglichen vernünftigen Argumenten zu beschwichtigen. Deshalb knallte sie die Tür des armen Mazda unverhältnismäßig hart zu, als sie kurz vor Mitternacht endlich nach Hause kam. Sie rannte die Treppen hoch in den dritten Stock, um sich zu vergewissern, dass in ihrem Zuhause alles in Ordnung war – gemessen an den Umständen.

Eiður saß noch vor seinem Computer, der früher ihr PC gewesen war, anscheinend glücklich versunken in ein Computerspiel der harmloseren Sorte, glaubte sie zu erkennen. Er bedachte sie nur mit einem dahingelächelten »Hi« und starrte schon wieder auf den Bildschirm, noch bevor sie die Begrüßung erwidern konnte.

In der Küche sah es einigermaßen ordentlich aus, was wahrscheinlich daran lag, dass Íris ihre Pflichten erfüllt hatte, nachdem der Bruder gekocht hatte. Katrín warf einen Blick in den Topf auf dem Herd – Spaghetti. Das passte. Aus Íris' Zimmer drangen Geräusche und hin und wieder ein Aufschrei, aber nicht sehr laut. Katrín klopfte an und öffnete die Tür. Die Tochter des Hauses saß am Fußende ihres Betts, daneben Ýmir Ari Bóasson, und neben ihm Haukur Björnsson. Die beste Freundin Signý saß am Kopfende. Alle lehnten mit dem Rücken an der Wand und sämtliche Augen starrten wie gebannt auf den Laptopmonitor auf den Knien der Jungen.

»Hallo«, sagte Katrín. »Was schaut ihr euch denn da an?«

»Einen Film«, sagte Íris, den Blick immer noch auf den Bildschirm geheftet.

»Aha«, sagte Katrín. »Ist er gut?«

»So ziemlich okay«, entgegnete Íris und blickte für einen Augenblick hoch. »Ist irgendwas los?«

»Nicht bei mir«, sagte Katrín lächelnd. »Um zwölf ist Schluss, dann müssen alle nach Hause – oder zumindest dorthin, wo sie hinwollen«, fügte sie hinzu und sah Ýmir an. »Wie geht es dir, mein Lieber?«

Ýmir schenkte ihr ein winziges, schüchternes und beinahe entschuldigendes Lächeln. »Na ja, du weißt schon«, sagte er. »Irgendwie.«

»Mamaaa«, sagte Íris gereizt und vorwurfsvoll.

»Sorry, ich geh ja schon.« Katrín machte die Tür zu. Sie hatte sich noch keine zwei Schritte entfernt, als die Tür wieder aufging und Íris ihren Kopf herausstreckte.

»Halb eins, bitte-bitte? Dann ist der Film zu Ende. Morgen ist doch keine Schule.«

»Halb eins«, genehmigte Katrín, und die Tür schloss sich wieder. Katrín ging in die Küche und ließ sich auf einen Stuhl fallen. Sie war müde, unendlich müde. Nur noch ein wenig Quark mit Sahne, dachte sie, und dann ab in die Falle. Ein weiterer toller Freitagabend hier in Hvassaleiti, dachte sie und zog eine Grimasse.

»Wieso meckere ich eigentlich«, murmelte sie vor sich hin. Stand auf, holte den isländischen Quark und die Sahne aus dem Kühlschrank und gestattete sich ein fast ebenso entschuldigendes Lächeln wie Ýmir, als sie das Quartett vor sich gesehen hatte, das da auf Íris' Bett saß. Vier Freunde aus der zehnten Klasse, die sich den Geräuschen zufolge einen Horrorfilm ansahen und Popcorn in sich reinstopften. Ein geradezu klassisches Thema.

10

Samstag bis Montag

Der Asphalt glitzerte zu Katríns Füßen, als sie im flüchtigen Schein von vereinzelten Straßenlaternen die Vesturgata entlangging. Zwischen ihnen gab es immer wieder längere unbeleuchtete Passagen, und Katrín verfluchte die Bewohner der anliegenden Häuser, dass sie nicht mal die Außenbeleuchtung eingeschaltet hatten. Zudem dachte sie darüber nach, wieso sie ausgerechnet diese Schuhe angezogen hatte, die waren nämlich sowohl unbequem als auch laut, machten bei jedem Tritt auf das Pflaster Geräusche, die in der nächtlichen Stille widerhallten.

Außerdem war diese Fußbekleidung ungeeignet, um über Holzscheite, zerbrochene Steinplatten und Sandhaufen zu klettern, die in dem dunklen Hinterhof anscheinend wie Pilze aus dem Boden schossen und es ihr erschwerten, zum Schauplatz des Verbrechens zu kommen, dem Bretterstapel zwischen den Bauhütten und einem Container. Und natürlich geschah das Vorhersehbare: Sie strauchelte und schürfte sich die Knie auf.

»Mist«, murmelte sie und stand wieder auf. Bei dem Holzstapel wurde sie von Friðjón, dem Hund höchstpersönlich, ungeduldig erwartet. »Ich bin gleich bei dir«, rief Katrín ihm entschuldigend zu, während sie den Rock übers Knie zu ziehen versuchte und vorwärts humpelte. Nie mehr im Rock, nie mehr auf Absätzen, schwor sie sich. Nicht am Tatort, nicht bei der Arbeit. »Weshalb hast du angerufen, hast du was für mich?«, fragte sie, als sie nur noch wenige Schritte bis zu dem Bretterstapel und dem schwarz gekleideten Dummy vor sich hatte, der dort platziert worden war.

»Irgend so ein Mädchen«, blaffte der Hund. »Sie will nicht gehen. Mir fehlt das Kondom unter ihr.«

Katrín schob den Rock besser zurecht. »Und?«, fragte sie, »warum sagst du ihr nicht einfach, dass sie aufstehen soll?«

»Ich kann nicht aufstehen«, sagte Íris. »Er hat mich total in der Zange. Hilf mir doch, Mama.«

Katrín machte einen Satz zu ihr hin, aber der Hund stieß sie so heftig weg, dass sie das Gleichgewicht verlor und wieder auf dem Po landete. Sie sah, wie Ýmir und Haukur mit breitem Grinsen aus dem Schuppen kamen und eine Schachtel Kondome vor sich herschwenkten.

»Mit Signý sind wir fertig«, erklärte Ýmir, »jetzt ist Íris dran. Friðjón, knöpf du dir die Mutter vor.«

»Ich heiße nicht Friðjón, ich heiße Guðni«, sagte Guðni grinsend. »Klasse Schuhe, Katrín, sexy Röckchen.« Katrín wehrte sich mit Händen und Füßen, sie versuchte verzweifelt, wieder auf die schlecht beschuhten Beine zu kommen, aber vergeblich. Guðnis Grinsen verbreiterte sich.

»Íris!«, schrie Katrín. »Íris, renn weg und ruf Stefán an, der hat Tränengas...«

»Uff«, stöhnte Katrín, als sie endlich aufwachte. Sie sah auf die Uhr: halb acht.

Nachdem sie sich vergewissert hatte, dass Íris nicht nur wohlbehalten, sondern auch allein in ihrem Bett lag, ging sie duschen und dachte über ihre fünfzehnjährige Tochter nach.

Bin ich zu leichtgläubig, überlegte sie, zu nachlässig? War das gestern Nacht vielleicht gar keine süße und ganz unschuldige Szene gewesen? Íris und Signý, zwei fünfzehnjährige Mädchen, zwischen sich zwei fünfzehnjährige Burschen – und dazu sie als Mutter, die wegen ihres Berufs praktisch kaum je zu Hause war? Oder zumindest viel zu wenig. Die Jungs machten einen guten Eindruck, und die Mädchen waren nicht gerade auf den Kopf gefallen, aber trotzdem...

Ihr Gesicht verzog sich, als sie an die drei oder vier Versuche dachte, mit Íris über Sex, Jungs, Verantwortung, Achtung voreinander, Verhütungsmittel, Geschlechtskrankheiten und das ganze unerschöpfliche Problempaket zu reden. Diese Versuche waren nicht einmal misslungen gewesen, denn Íris war ein intelligentes und offenes Mädchen und hatte keine Scheu, über was auch immer zu reden, sogar mit ihrer Mutter. Nicht alle Eltern hatten dieses Glück, das wusste Katrín nur zu genau aufgrund ihrer vielfältigen und nicht unbedingt angenehmen Berufserfahrung. Trotzdem. Hatte sich Íris etwas von dem zu Herzen genommen? War es vielleicht wieder einmal Zeit für ein Gespräch über diese Dinge? Angesichts dessen, dass sie selbst mit vierzehneinhalb ihre Jungfräulichkeit »verloren« hatte...

Sie ist fünfzehn, sagte sich Katrín. Vielleicht war sie ja schon lange... Nein, verflixt noch mal. Katrín belegte eine Scheibe Brot mit Käse und wartete auf die Kaffeemaschine. Das würde ich doch wissen, oder? Der Kaffeeduft stieg ihr in die Nase. Das müsste ich doch wissen.

Die erste Tasse Kaffee und die Käseschnitte taten gut, danach fokussierten sich ihre Gedanken wieder. Und sie gab gezwungenermaßen zu, dass sie nicht die geringste Ahnung hatte, was in ihrer Tochter vorging. Kein angenehmer Gedanke, dennoch würde sie weitere Gespräche über guten und verantwortungsvollen Sex zurückstellen. Denn als Nächstes musste sie mit Íris über den Angriff gegen Erla Líf und die Vergewaltigung sprechen, besser und ausführlicher als sie das bislang geschafft hatte, und zwar noch heute. Und es war unbedingt erforderlich, diese beiden Themen nicht miteinander zu verquicken.

* * *

Das Wochenende verstrich mit der Hausrazzia und der genauen Untersuchung des Tatorts samt der Umgebung und der Autos, und der Suche nach möglichen Zeugen. Die dritte Tänzerin, die mit Erla Líf und Oddrún die Fischersund-Gasse hinaufgegangen war, hatte sich nicht gemeldet, trotz der dringenden Aufrufe. Sie war auch nicht mehr auf dem Austurvöllur erschienen. Niemand hatte etwas gesehen oder gehört. Weder in der Villa ganz oben auf dem Hügel von Grafarvogur, in der die drei jungen Männer lebten, noch in ihren Autos fand sich etwas, womit man ihnen etwas nachweisen konnte. Oder zumindest hatten sie es nicht finden können.

Neben den Protesten und der Politik war die Vergewaltigung der wichtigste Stoff in den Wochenendausgaben der Zeitungen. Es ging um die gärende Unruhe in der Gesellschaft, die Streitigkeiten zwischen den Regierungsparteien und die Spekulationen über den Bruch der Koalition.

Auf der anzeigenfreien Mittelseite von *Morgunblaðið* hatten sich die Eltern der drei Verdächtigen für ein Foto aufgestellt, in Verbindung mit einem langen Artikel über den Fall. Sie – und mit ihnen der Journalist – hielten nicht mit ihrer Meinung hinter dem Berg, es wurde angedeutet, dass es sich weder um einen Zufall noch ein Versehen handelte, sondern ganz im Gegenteil um einen bewussten, aber ziemlich misslungenen Versuch der Kriminalpolizei, sich bei den

Verbündeten des Opfers einzuschmeicheln, den revolutionären Feinden.

Diese Verschwörungstheorie stand allerdings auf so wackligen Beinen, dass sogar Darris eingeschworenster Fanclub bei der Polizei keinen Versuch unternahm, Katrín den Artikel unter die Nase zu reiben, als sie am Montagmorgen zum Dienst erschien. Trotzdem konnte nichts sie davon abhalten, Katrín gegenüber bissige Bemerkungen loszulassen, wann immer sich die Gelegenheit bot, und sie mit bösen Blicken zu verfolgen. Einer von ihnen beging sogar den Fehler, Katrín in eine Ecke abzudrängen und ihr so etwas wie die Leviten zu lesen. Derjenige las selber an dem Tag nichts mehr, lernte aber die wertvolle Lektion, dass dieser Pöbel mit seinen Beschreibungen der Auswirkungen von Pfefferspray keineswegs übertrieb.

Es zeigte sich auch, dass Stefán im Hinblick auf Katríns Mitarbeiter recht gehabt hatte, denn weder Guðni noch Árni hatten eine hohe Meinung von Darri Ingólfsson, beiden war der Typ höchst unsympathisch, wenn auch aus unterschiedlichen Gründen. Sie blieben deswegen in der Ermittlung hartnäckig am Ball und waren in diesem internen Propagandakrieg äußerst wichtig für Katrín.

Gegen Mittag ließ Katrín sie im Dezernat zurück und machte sich auf den Weg nach Hvassaleiti. Aber nicht zu ihrer Wohnung, denn Íris und Eiður waren in der Schule, wo sie hoffentlich etwas Vernünftiges zu essen bekamen. Stattdessen klingelte sie bei Þyrí. Brynjólfur kam zur Tür und ließ sie wortlos ein. Sie sagte guten Tag, aber er antwortete nicht, sondern schlüpfte in seine Schuhe und seine dicke Jacke und stapfte wortlos hinaus in den klirrenden Frost. Zwei mit Klamotten vollgestopfte Kartons standen in der Diele, weitere zwei im Korridor dahinter.

Katrín rief etwas, erhielt aber keine Antwort. In der Küche war niemand, auch nicht im Wohnzimmer oder im Esszimmer. Erst als sie in den Gang kam, an dem sich die Schlafzimmer befanden, hörte sie Stimmen.

»Willst du dir das nicht lieber noch mal überlegen, mein Schatz«, sagte Þyrí. »Ihr habt euch doch noch nicht lange gekannt, oder? Und Erla, du bist im Augenblick ziemlich aus der Fassung, denk darüber nach, und tu nichts...«

Katrín musste sich bemerkbar machen und räusperte sich. Þyrí drehte sich zu ihr um, sie stand in der Tür zu Erlas Zimmer.

»Hallo, meine Liebe«, sagte sie. »Schön, dass du gekommen bist. Du kannst mir vielleicht helfen...« Sie verstummte, als sich Erla mit einem großen Pappkarton auf den Armen an ihr vorbeidrängte.

»Na klar, Mama, die Polizei, dein Freund und Helfer«, sagte sie und schenkte Katrín ein knappes Kopfnicken. »Wer weiß, vielleicht kriegst du es hin, dass ich zu Stubenarrest verdonnert werde, weil ich mich vergewaltigen ließ. Einfach damit ich es ganz bestimmt nicht wieder tue und dadurch noch mehr ehrenwerte Bürger ins Gefängnis bringe.«

Þyrí schlug die Hände über dem Kopf zusammen und rannte hinter ihrer Tochter her. Katrín folgte ihnen.

»Sie will wieder mal von zu Hause ausziehen«, sagte Þyrí. »Zu diesem Jungen in der Vesturgata, diesem Marteinn. Ich versuche nur, sie dazu zu bringen, dass...« Sie schrak zusammen, als Erla den Karton mit Schmackes auf den Boden fallen ließ und sich umdrehte.

»Sie will mich dazu überreden, in demselben Haus zu leben wie dieser Mann, der nicht glaubt, dass ich vergewaltigt worden bin. Der glaubt, dass ich mir nur was zusammendichte, zusammenlüge – Mensch, der Kerl ist so beknackt, dass es noch nicht mal komisch ist.« Sie sah Katrín mit durchbohrendem Blick an, den Katrín im literarischen Sinn auslegte: Diese Art Blick war wohl gemeint, wenn es hieß, dass Augen flammten. »Findest du es seltsam, dass ich hier ausziehen will?«

Þyrí ergriff das Wort, bevor Katrín antworten konnte. Sie war dankbar dafür.

»Weshalb sagst du denn so was, liebste Erla«, lamentierte Þyrí. »Binni hat sich doch bei dir entschuldigt. Ich dachte, die Sache...«

»Der Arsch hat doch überhaupt nichts damit gemeint, Mama. Mensch, ich weiß, dass ich seine neueste Theorie gar nicht hören sollte, aber ich hab sie gehört. Und von dir hab ich keinen Widerspruch gehört. Genauso wenig hab ich gehört, dass du ihn vor die Tür gesetzt hast. Deswegen ziehe ich aus, ich wohne lieber bei jemandem, der mir glaubt.« Mit jedem Wort erhöhten sich die Stimme und die Tonlage, aber auch das Zittern in Mundwinkeln, Augenwinkeln und Stimmbändern. »Bei jemandem, der mir zur Seite steht«, erklärte sie beinahe schluchzend, »der mich mag.«

Þyrí schnappte mehrmals wie ein Fisch nach Luft, konnte aber wie ein solcher keinen Ton hervorbringen.

Lautes Hupen draußen auf dem Parkplatz rettete die Situation. Erla öffnete die Haustür und trug den ersten Karton in einen alten, fleckigen Renault Mégane. Sie setzte sich auf den Beifahrersitz und blieb dort sitzen, während Marteinn sich um den Rest des Transportguts kümmerte. Jedes Mal, wenn er sich einen weiteren Karton geschnappt hatte, lächelte er Katrín entschuldigend zu. Sie schloss die Tür hinter ihm, als er den letzten Karton im Wagen verstaut hatte. Danach ging sie in die Küche. Þyrí hatte sich auf einen alten Hocker gesetzt.

»Meine Mittagspause ist längst vorbei«, murmelte sie. »Ich müsste wieder zur Arbeit. Ich glaube, ich schaffe es aber nicht.« Katrín setzte sich neben sie. »Ich schaff es einfach nicht«, wiederholte Þyrí. »Ich weiß nicht, ich verstehe einfach nicht, wie meine Erla ... wie sie es hinkriegt, dass ...« Sie verstummte und erhob sich schwerfällig. Holte sich einen Kaffee und bot Katrín ebenfalls eine Tasse an.

»Das Mädchen hat da eine Art Automatik eingeschaltet«, sagte Þyrí. »Ich kann eigentlich kaum sagen, dass ich sie noch kenne, und wahrscheinlich ist das schon seit einiger Zeit so.« Sie nippte an ihrem Kaffee.

»Was hat sie denn gemeint?«, fragte Katrín nach drei Schlucken Pause. »Und welche neue Theorie hat Brynjólfur ins Spiel geworfen, dass sie so reagiert?«

»Ich glaube, danach solltest du ihn selber fragen, Katrín. Es ist einfach fürchterlicher, verdammter Schwachsinn, den möchte ich nicht wiederholen. Und ich verstehe auch total, dass Erla wütend auf mich ist, weil ich ihm nicht widerspreche«, sagte Þyrí etwas kurzatmig. »Und weil ich ihn nicht einfach vor die Tür setze. Natürlich müsste ich das tun, na ja, ihn vielleicht nicht unbedingt rauswerfen, er ist ja schließlich so was wie mein Mann, aber auf jeden Fall hätte ich ihm gründlich die Meinung sagen sollen, das wäre wohl das Mindeste ...« Sie verstummte und holte tief Luft. Katrín schwieg mit ihr.

»Ach, ist das kompliziert«, stöhnte Þyrí nach einer Weile. »Und ihm geht das alles wirklich nahe, glaube ich, auch wenn er sich Erla gegenüber so aufführt. Er kann nicht richtig schlafen, und beim geringsten Anlass rastet er schon aus. Ich müsste ... Ich muss wohl zur Arbeit. Was meinst du dazu, Katrín? Sollte ich nicht zur Arbeit gehen?«

»Nein«, entgegnete Katrín. »Das glaube ich nicht, meine

Liebe. Nicht heute.« Ihr Handy begann zu vibrieren, und sie warf einen Blick auf das Display. Es war ihr Sohn Eiður.

»Hi, mein Lieber«, sagte sie. »Kann ich dich in ein paar Minuten...«

»Nein, warte«, sagte Eiður aufgeregt, »also die sagen alle, ich meine, es steht im Internet, und auch die anderen reden davon, dass die Regierung kaputt oder geplatzt ist. Was bedeutet das, Mama?«

※ ※ ※

»Und was hast du darauf geantwortet?«, fragte Árni. »Was bedeutet es, wenn eine Regierung platzt?«

»Ich hab ihm gesagt, er soll sich beruhigen, weil es genau genommen gar nichts bedeutet. Ich glaube, er hat Angst, dass ich arbeitslos werde. Keine Regierung, keine Polizei, ist das nicht einfach die Logik eines Elfjährigen?«

»Seht mal«, sagte Guðni und deutete auf den Fernseher. Beide Sender brachten endlose Krisennachrichten und Interviews mit diesen und jenen Politikern, mit Politikwissenschaftlern und sonstigen Koryphäen auf dem Austurvöllur und im Parlament. »Alle drei Tänzerinnen sind wieder da. Das Mädel ist ganz schön taff.«

»Falls sie das ist«, musste Katrín zugeben, die kaum den eigenen, normalerweise guten Augen traute, »dann ist sie wirklich verdammt taff. Das ist sie allerdings auch schon gewesen, seit...«

»Was denn«, fragte Árni dazwischen. Er saß wie gebannt vor dem Computerbildschirm, während seine Finger über die Tasten glitten. »Glaubst du jetzt etwa auch schon, dass sie lügt?«

»Wie kannst du so was sagen«, antwortete Katrín scharf. »Das würde mir nicht eine Sekunde in den Sinn kommen.

Los jetzt, lasst uns mal sehen, wer die Mädels sind.« Und auf welchem Trip sie sind, fügte sie stillschweigend hinzu. Kaum zu glauben, wie blind man in Bezug auf Menschen sein kann, die man gut zu kennen glaubt ...

»Eine Sekunde«, bettelte Árni. »Ich brauch nur noch ein paar Informationen über einen bestimmten Typen – ah, Bingo! Ich drucke es aus und lese es unterwegs. Genau wie ich gedacht hatte.«

»Wen nimmst du da unter die Lupe?«, fragte Katrín. »Hat es etwas mit unserem Fall zu tun?« Sie marschierten im Gänsemarsch den Flur entlang und die Treppe hinunter. Sie in Topform voran wie ein Feldmarschall, und die beiden zuckelten hinterher wie untrainierte Infanteristen.

»Nein«, keuchte Árni und versuchte, Schritt zu halten. »Ist eigentlich eher für mich privat.« Er öffnete das Auto mit der Fernbedienung, und Katrín nahm den Schlüssel entgegen. Guðni ließ sich auf den Beifahrersitz fallen, und Árni stieg ohne Widerrede hinten ein. Einiges würde man wohl nie ändern können.

»Und?«, fragte Katrín weiter, als sie in die Snorrabraut einbog. »Bekomme ich nicht zu wissen, für welche Privatangelegenheiten du sowohl Zeit als auch den Netzanschluss und die interne Datenbank der Polizei verwendest?«

»Sorry«, sagte Árni. »Es geht um einen Typen, der mit mir – oder mit mir und Ásta und Una – beim Babyschwimmen ist«, versuchte er zu erklären.

»Baby-was?«, röchelte Guðni.

»Babyschwimmen, im Sanatorium in Reykjalundur. Es ist sehr gut für ...

»Ja, schon gut, für *whatever*«, sagte Guðni. »Und was ist mit diesem Typen? Geht es etwa um einen babyphilen Päderasten?«

»Nein«, knurrte Árni. »Natürlich nicht.«

»Was heißt hier natürlich nicht?«, konterte Guðni. »Was meinst du damit? Wieso ist er das ›natürlich‹ nicht? Kann man's dem Kerl äußerlich ansehen?«

»Mensch, Guðni, halt die Klappe«, sagte Katrín und bog in die Sæbraut ein. »Was hat es mit diesem Mann auf sich, Árni?«

»Er hat sich neulich mit mir unterhalten und sich nach meinem Job erkundigt«, sagte Árni, »oder vielleicht nicht erkundigt, es klang eher so, als wollte er mir zu verstehen geben, dass er über mich Bescheid weiß. Mit anderen Worten, dass ich bei der Kripo bin.«

»Und?«

»Und er ist ein Ganove«, sagte Árni und schwenkte das ausgedruckte Dokument. »Zumindest war er es. Ein Dealer, keine große Nummer, aber immerhin. Hat sich anscheinend eines Besseren besonnen.«

»Pah«, schnaubte Guðni, »das möchte ich erst noch mal sehen. Wie heißt der Bursche?«

»Kári«, sagte Árni. »Kári Svansson. Er ...«

»Kári Svansson!«, wieherte Guðni. »Kári Brown! Der hat schon als Teenie kleine Mengen für Lalli Fett vertickt, um selber an Dope ranzukommen. So lange, bis er gierig wurde. Dann hat er auf eigene Faust gedealt und sich dabei übernommen. Dafür wurde er vor sechs oder sieben Jahren verknackt. Saß wohl ein. Jetzt ist er wieder auf freiem Fuß?«

»Ja, und zwar schon lange. Hier steht, dass er bereits nach einem halben Jahr entlassen wurde. Und wie gesagt, er ist ...«

»Zusammen mit dir beim Babyschwimmen. Er hat also ein Kind oder ein Baby?«

»Ja.«

»Und auch eine dazugehörige Tussi?«

»Ohne die geht's wohl nicht«, brummte Árni, der es bereits schwer bereute, diesen Menschen seinen Kollegen gegenüber erwähnt zu haben.

»Rührend«, sagte Guðni. »Aber du kannst Gift darauf nehmen, dass der Kerl sein Blatt nicht gewendet hat, höchstens das verdammte Blatt von einem Messer.« Er kicherte über seinen eigenen Witz. »Katrín, erinnerst du dich nicht an den? Kári Brown?«

»Ein zwei Meter großes Anabolika-Paket mit Tattoo und Strähnchen in den Haaren?«, fragte Katrín und parkte den Wagen beim Zollamt.

»Ja, genau«, sagte Guðni.

»Der vor zwölf Jahren oder so seiner schwangeren Freundin zweimal ein Messer in den Bauch gejagt hat, damit die das Kind verliert?«

»Das passt«, sagte Guðni. »Du kannst dich also an ihn erinnern.«

»Ja, jetzt wieder«, entgegnete Katrín. »Leider. Dieses Monster hatte ich zwischenzeitlich glücklicherweise vergessen.«

»Moment mal, wieso hab ich das denn nicht in unserer Datenbank gefunden?«, fragte Árni, dem diese Bekanntschaft vom Babyschwimmen immer weniger gefiel. »Da steht nichts außer dieser Verurteilung wegen Drogen, nichts über ein Messer oder eine schwangere Frau...«

»Weil wir das Messer nie gefunden haben«, sagte Guðni. »Und das Mädchen hat die Aussage verweigert. Es lag auf der Hand, dass er das getan hat, aber wir konnten nichts beweisen. Er hat auf sie eingestochen und den Fötus getötet. Aber sie hat kein Wort gesagt und so getan, als wüsste sie von nichts.«

»Sie hatte eben Angst«, warf Katrín in scharfem Ton ein.

»Das kann man ihr doch wirklich nicht verdenken.« Sie schlug ihre Tür zu und schloss den Wagen ab. »Das arme Ding ist in der psychiatrischen Anstalt gelandet, und dort befindet sie sich meines Wissens immer noch.« Sie stürmte los, murmelte etwas vor sich hin, und die beiden Männer mussten sich wieder einmal ins Zeug legen, um mit ihr Schritt zu halten.«

»Ey, was hast du da gesagt, Katrín?«, insistierte Árni, während er im Laufen nach einer Zigarette fischte. »Ich hab es nicht richtig gehört.«

»Nichts«, antwortete Katrín. »Nichts, was du hören möchtest.« Árni kapitulierte und verlangsamte seine Schritte. Blieb hinter Guðni zurück und zündete sich eine Zigarette an.

»Wieso wird er eigentlich Kári Brown genannt?«, fragte er, als Guðni endlich am Austurvöllur auftauchte.

»Weil er ursprünglich verdammt kreideweiß war«, antwortete Guðni. »Dann hat er das Solarium für sich entdeckt und sah anschließend fast wie ein Neger aus, *no offence*. Ist er immer noch so toll gebräunt?«

»Ja.«

»Klar. Aber vielleicht wird er auch nur deswegen Brown genannt, weil er so ein Scheißkerl ist«, sagte Guðni grinsend. »Jedenfalls, als die von der Droko sich ihn vor ein paar Jahren geschnappt haben, war er selber genau wie die Tussi, auf die er eingestochen hatte. Er wusste von rein gar nichts – natürlich hatte er verdammte Angst, genau wie die Tussi.«

»Angst vor wem?«, fragte Árni.

»Vor dem Boss natürlich«, antwortete Guðni. »Vor Lalli Fett, Lalli Arschloch. Kári hat damals für ihn gearbeitet, und ganz sicher tut er das immer noch. Hast du mir nicht zugehört, Bürschchen?«

Guðni starrte perplex auf den Austurvöllur-Platz, der praktisch menschenleer war. »Ey, was ist denn jetzt los? Ist die Revolution schon vorbei?«, fragte er. »Verdammt noch mal, was die beim Fernsehen einem alles vormachen können.«

* * *

»Hier ist jetzt nur noch der härteste Kern«, sagte Oddrún lachend. »Aber das wird sich schon ändern. Wir haben doch diese verfluchte Regierung abserviert, wegen uns ist die Koalition geplatzt, Jesses. Wann gab es so was jemals auf dieser verdammten Schäre? Heute Abend steigt 'ne richtig verrückte Fete. Da draußen und überall in der Stadt.«

Sie saßen im Café Paris in der Nähe des Austurvöllur, Katrín und Oddrún, und zwischen ihnen lag die Skimaske der tanzenden radikalen Revolutionärin wie eine ganz normale Tischdekoration. Oddrún trank einen Cappuccino, Katrín einen doppelten Espresso. Auge in Auge mit dem Auge des Taifuns trinke ich einen doppelten Espresso, war Katríns Gedanke. Oddrún stand ihrer Meinung nach keineswegs unter dem Einfluss von Rauschmitteln, zumindest nicht unter irgendwelchen starken, sie sah weder zugedröhnt aus, noch war ihr etwas anzuhören.

»Wieso starrst du mich eigentlich so an?«, fragte Oddrún, und nach einem ziemlich geglückten und entspannten Gesprächsbeginn kamen ihr jetzt doch einige Zweifel.

Lächeln, Katrín, lächeln ... Hier sitzen bloß zwei Frauen, die sich bei einer Tasse Kaffee unterhalten. Sie lächelte ihr nettestes Lächeln. »Mach dir keine Gedanken«, sagte sie, »ich bin einfach so ein Typ, der manchmal starrt. Es hat nichts mit dir zu tun.« Sie rührte in ihrem Espresso und blies in die Tasse. Oddrún gab sich augenscheinlich mit dieser Erklärung zufrieden.

»Was ist mit Erla?«, fragte Katrín. »Ist sie auch bei dieser Fete dabei?«

»*Come on*«, entgegnete Oddrún. »Sie ist zu Hause bei Marteinn. Ich war vorhin bei ihnen, als sie ihren Umzugskram zu ihm gebracht haben. Er ist hier noch irgendwo, aber sie hat sich gleich ins Bett gekuschelt mit Rotwein und... Und ja. Einfach nur kuscheln und versuchen, wieder auf die Reihe zu kommen, sie ist noch nicht bereit für Action. Verstehst du das nicht? Glaubst du im Ernst, dass sie so was wie *Superwoman* ist?«

Katrín stellte sich dieselbe Frage, wusste aber keine Antwort. Stattdessen sagte sie: »Ihr habt vorhin zu dritt da draußen getanzt, ich hab euch im Fernsehen gesehen. Genau wie letzte Woche. Genau wie in der Nacht zum Donnerstag, als es passierte. Weißt du etwas über die anderen beiden?«

»Nein«, gab Oddrún zu. »Gar nichts. Außer dass...« Sie schlürfte an ihrem Latte.

»Ja?«, fragte Katrín aufmunternd.

»Nein, nichts. Oder – frag lieber Erla. Ich weiß nichts über die beiden, die heute mit mir getanzt haben. Aber die, die letzte Woche mit uns zusammen war, du weißt schon, in der Nacht, als... Die hat Verbindung zu Erla. Ehrlich gesagt weiß ich nicht, ob sie vorhin auch dabei war, aber egal, die beiden sind irgendwie verwandt. Zum Schießen. So ist es doch immer hier in Island, findest du nicht? Man geht auf eine Fete, viel Hallo und Hi, und dann stellt man fest, dass man verwandt ist, verstehst du?«

Katrín nickte, weil sie das Gefühl hatte, es ziemlich gut zu verstehen. »Du weißt nicht, wie sie miteinander verwandt sind? Väter- oder mütterlicherseits?«

»Nein. Nur, dass sie Cousinen sind. Red mit Erla, ich meine, du bist doch auch mit Leuten verwandt...« Oddrún schlug sich auf die Schenkel. So ein richtiges Sich-auf-die-Schenkel-Schlagen hatte Katrín lange nicht mehr gesehen, und dazu der passende Gesichtsausdruck eines Menschen, dem ein Licht aufgegangen war. »Mensch, ich hatte glatt vergessen, dass Erla und du verwandt seid. Vielleicht ist die andere dann auch mit dir verwandt?«

»Vielleicht«, stimmte Katrín zu. »Vielleicht aber auch nicht.« Sie nippte an ihrem Espresso und blickte sich um. Oddrún war nicht die einzige Revoluzzerin im Café Paris, denn drei Trommler schlürften heiße Schokolade in einer Ecke, und am übernächsten Tisch saß ein rothaariger junger Mann mit Sommersprossen und einer Kerbe im Kinn – den Burschen hatte sie selbst erst letzte Woche festnehmen müssen, weil er etliche Fensterscheiben eingeschlagen und sich ungehörig in der Öffentlichkeit aufgeführt hatte. Er beäugte mit poetisch traurigem Blick ein dralles rotnasiges Mädchen, das ihm gegenübersaß, zwischendurch biss er in ein Croissant mit Marmelade und schlürfte an seinem Tee. Das Mädchen sah ihn ebenfalls verträumt an. Auch vor ihr standen eine Tasse Tee und ein Teller mit einem Croissant.

»Großartige Revolution«, murmelte Katrín.

»Was?«, fragte Oddrún und trank einen Schluck von ihrem Latte. »Hast du was gesagt?«

»Nee«, sagte Katrín, trank ihren Espresso aus und stand auf. »Kein Wort. Bis bald.«

* * *

»Die Regierung ist weg vom Fenster, Mensch«, sagte Árni und zog die Nase hoch. »Ich hab's doch gesagt, Guðni, hab ich's dir nicht gleich im Oktober gesagt...«

»Nein«, schnaubte Guðni ruppig, »hast du nicht. Du hast dir nur den Kopf wer weiß wie zerbrochen und alle möglichen Spekulationen angestellt. Ich kann mich bestens erinnern, wir standen genau hier. Und eine Woche später standen wir so ziemlich genau da drüben«, sagte er höhnisch und deutete quer über den Platz, »und du hast immer noch rumspekuliert. Immer und immer wieder, einen Samstag nach dem anderen. Ich erinnere mich sogar, dass es dir sehr unwahrscheinlich vorkam. Aber jetzt ist die Regierung weg vom Fenster – und ich sage nur dasselbe, was ich den ganzen Winter über gesagt habe. *Who cares*?« Er schnäuzte sich kräftig und kratzte sich anschließend am Hintern. »Hab ich dir schon gesagt, dass ich vorletzte Woche einen Check bei so einem Urologen gemacht hab? Krebsvorsorgeuntersuchung an der Prostata heißt das wohl offiziell. Hast du das schon mal gemacht?«

Árni schüttelte den Kopf. »Verdammt beschissen«, sagte Guðni. »Erst muss man da in eine Art Trichter reinpissen, um die Stärke des Strahls zu messen. Das war ja noch halbwegs in Ordnung, amigo. *Und dann*...«

Árni versuchte, das Geschwafel seines Kollegen abzublocken, aber genauso gut hätte er versuchen können, den Wind abzustellen.

»Und dann musste ich total blankziehen und mich auf eine Bank legen, auf die Seite, und der Kerl kam mit diesem Riesendildo, mit ganz viel Schmiere, immerhin, trotzdem hat es verdammt wenig geholfen. Ich will ja nichts sagen, ich hab wirklich nicht viel gespürt, als er mir das Ding in den Arsch schob, so weit es nur ging, um ein zuverlässiges Bild zu bekommen oder was auch immer dieses Gerät liefern soll. Aber danach – dieses Kribbeln, verstehst du? Und es ist noch nicht vorbei.« Er kratzte sich wieder am Hintern. »Als hätte ich einen superaktiven Bandwurm im Arsch. Manchmal juckt es so wahnsinnig, dass ich einfach nicht anders kann, ich muss..." Er sah Árni an und verstummte mitten im Satz. »*Sorry*«, sagte er mit knallrotem Gesicht. »Du willst das wahrscheinlich gar nicht hören.«

»Nein, Guðni«, gab Árni zu, »aus irgendwelchen Gründen hab ich einfach kein Interesse...«

»Ja, ja, schon gut, mähmäh«, maulte Guðni in dem Versuch, sich einen Rest von Selbstbewusstsein zu erhalten. »Egal wie, für einen Mann in meinem Alter ist alles so ziemlich im Rahmen des Zulässigen«, erklärte er. »Ich meine, mit der Prostata. Ein bisschen vergrößert, aber nicht zu viel.« Er klopfte Árni auf die Schulter. »*Don't worry*«, fügte er hinzu. »*Be happy*. Ey, da vorne ist ja eine.«

Er ging zu einem schwarz gekleideten Mädchen mit Skimaske hinüber, die von der anderen Seite auf das kleine Feuer zukam. Für beide war es nur noch ein kurzes Stück bis dahin, als sie plötzlich hochsah und Guðni erblickte. Einen Augenblick lang hatte es den Anschein, als sei sie festgefroren, doch dann drehte sie sich auf dem Absatz um und suchte das Weite.

»He«, rief Guðni. »Stopp! Ich will nur mit dir reden! Hallo!« Er gab es auf, hinter dem Mädchen herzurennen. »Kommunistengöre«, knurrte er. »Bekloppte Anarchistin.«

Das Mädchen rannte weiter, landete aber genau in den Armen von Katrín, die ihr in den Weg trat und den Ausweis entgegenhielt.

»Ich muss dringend mit dir reden«, sagte sie. »Können wir das nicht einfach ganz locker machen?«, fragte sie, »oder müssen wir uns etwa prügeln?« Strahlend blaue Augen starrten sie an, und in der schmalen Ritze für den Mund bewegte sich eine rosa Zungenspitze von einem Mundwinkel zum anderen. Das Mädchen war mitten im Sprung stehen geblieben und schien bereit zu sein, sofort weiterzurennen. Katrín sah ihr unverwandt in die Augen, ebenfalls zu allem bereit. Doch dann lockerte sich die angespannte Haltung des Mädchens, sie stöhnte auf und kapitulierte. Sie nahm die Skimaske ab, während sie auf Guðni warteten.

Katrín verschlug es beinahe den Atem, als sie sah, wer sich hinter der Maske verbarg. »Sag mir bloß nicht, dass ich auch mit dir verwandt bin, Guðni?«, fragte sie. »Ich kann im Augenblick keine weiteren Tiefschläge verkraften.«

»Hi, Paps«, sagte Helena Dögg Guðnadóttir, »immer gleich prima in Form?«

11

Montag bis Freitag

Die Mansardenwohnung von Marteinn am Ende der Vesturgata hatte einige schmale Gauben, die mit ihren viergeteilten Fenstern den Räumen ein wenig mehr Höhe verliehen, aber das machte keinen großen Unterschied, fand Katrín. Sie fand auch, dass die braunen und ockergelben Wände gestrichen werden müssten, möglichst gleich in Weiß.

»Hell ist es hier nicht gerade«, sagte sie und nahm auf dem Stuhl in der Küche Platz, den Erla ihr anbot.

»Ich find's gemütlich«, entgegnete Erla. Sie stellte zwei rote Kerzen in ziselierten Ständern auf den Tisch und zündete sie an. »Magst du ein Glas Rotwein?«

»Nein, danke. Und du solltest vielleicht etwas vorsichtig mit Alkohol umgehen, so kurz nach...« Katrín biss sich auf die Zunge. »Entschuldige«, sagte sie, »das geht mich nichts an.«

Erla lächelte schwach. »Keine Sorge, ich besaufe mich nicht sinnlos. Das bringt doch nichts.« Sie streckte ihre Hand nach einer prall gefüllten Tasche auf der Küchenbank aus und kramte darin, bis sie gefunden hatte, was sie suchte. »Hier«, sagte sie, »das sind die Pillen, die man mir in der Notaufnahme mitgegeben hat. Irgendein Zeugs zur Beruhigung. Nimm sie und bring sie denen zurück, wenn du dort mal wieder vorbeikommst, ich hab die Packung gar nicht geöffnet. Magst du einen Tee?«

Katrín nickte und behielt Erla genau im Blick, als sie mit dem Wasserkessel hantierte, den Tassen und was sonst noch zum Tee gehörte. Anscheinend waren ihre Bewegungen koordiniert, sie wirkte ruhig und gelassen und keineswegs benommen oder abgestumpft. Zwar lag immer noch ein schwacher Geruch von Cannabis in der Luft, aber vielleicht waren das nur gespenstische Hinterlassenschaften längst gerauchter Joints. Ebenso war die Tatsache, dass Erla die Pillen von der Notaufnahme weder geschluckt noch verkauft hatte, ein gutes Zeichen. Manchmal war es richtig schön, wenn man unrecht gehabt hatte.

»Du solltest nicht so viel allein sein, Erla«, sagte sie. »Gibt es niemanden, der bei dir sein kann? Wo ist denn dein Freund, dieser Marteinn?«

Erla zuckte die Achseln. »Ich finde es gut, allein zu sein«, sagte sie. »Eigentlich besser als alles andere. Marteinn ist irgendwo in der Stadt, er wird bestimmt bald kommen. Trotzdem ist es irgendwie seltsam. Als würde er – ach, ich weiß nicht.« Das Wasser kochte, und sie goss es in die Tasse.

»Als würde er was?«, insistierte Katrín.

»Ach, manchmal finde ich, dass es für ihn noch schwieriger ist als für mich, mit dieser Sache umzugehen.« Sie reichte Katrín die Tasse mit dem heißen Wasser, und dazu eine kleine Schale voller unterschiedlicher Teebeutel. Katrín wählte einen mit Waldkräutern.

»Du darfst aber nicht glauben, dass ich mich leicht damit tue«, fügte Erla sicherheitshalber hinzu. »Auch wenn man mir rein äußerlich kaum was anmerkt. Und genau das ist wohl schwierig für Marteinn, ich glaube fast, es wäre einfacher für ihn, wenn ich jeden Tag von morgens bis abends irgendwo in einer Ecke vor mich hinheulen würde. Dann könnte er mich wenigstens in männlicher Manier trösten oder sonst was, verstehst du. Ach, ich weiß nicht.« Sie setzte sich Katrín gegenüber an den Tisch und goss noch Rotwein in ihr Glas. »So eine Rolle möchte ich einfach nicht übernehmen. Ich weigere mich, mir von diesen Affenärschen alles kaputt machen zu lassen.«

Katrín wartete geduldig auf die Fortsetzung und auf ihren Tee.

»Man muss nicht immer alles zur Schau tragen, Katrín, es sind doch nicht alle gleich. Ich meine, wie würdest du auf so was reagieren? Auf so was scheißverdammt Widerliches?«

Den Kerlen würde ich auflauern, dachte Katrín. Sie zusammenschlagen, sie kastrieren und sie blutend liegen lassen. Und dann würde ich versuchen, einen guten Psychiater zu finden, bei dem ich mich ausheule, lange ausheule. Oder umgekehrt... Sie sagte aber nichts.

»Ich bin nicht wie Mama«, fuhr Erla nach einer längeren Pause fort. »Ich bin überhaupt nicht wie Mama.« Wieder setzte Schweigen ein, und diesmal war es Katrín, die es durchbrach.

»Sie meint es nur gut, Erla«, sagte sie und versuchte, nicht allzu mütterlich zu klingen. »Das weißt du.«

»Natürlich meint sie es gut mit mir«, entgegnete Erla Líf leicht irritiert. »Sie ist ja meine Mutter. Aber sie ist manchmal irgendwie richtig durchgeknallt. Mensch, du hast doch gehört, was für einen Schwachsinn dieser Brynjólfur neulich von sich gegeben hat. Und dem hat er jetzt auch noch die Krone aufgesetzt, *big time*, und trotzdem rangiert er bei ihr vor mir, sie hält immer zu ihm. Er darf den schlimmsten Scheiß verzapfen...« Erla schniefte und sah Katrín mit vorwurfsvollem Blick an. »Jetzt hast du mich beinahe wieder zum Heulen gebracht, weil ich mich so über diesen Blödhammel ärgere.«

»Das ist doch nicht schlimm...«

»Ja, ja, ich weiß, es ist gar nicht schlimm, wenn man heult, das hat Oddrún mir schon hundertmal gesagt. Mama auch. Genauso Marteinn. Und die Tante da in der Notaufnahme. Super, wie alle unbedingt wollen, dass ich heule. Gestern und heute hab ich mir ganz schön was zusammengeflennt, aber ich glaube eigentlich, dass es für den Augenblick so langsam reicht mit der Heulerei. Vielleicht später noch mal. Ich hab mit Mama und Brynjólfur darüber gesprochen. Zuerst hat er nur bezweifelt, dass es Darri gewesen ist. Aber seine neueste Variante geht dahin, dass entweder überhaupt nichts passiert ist oder, und das findet er wahrscheinlicher, dass ich da selber was inszeniert hätte. Mich in irgendeinem Hinterhof von irgendwelchen Kommunisten ficken ließ, höchstwahrscheinlich von Marteinn und seinen Freunden. Und dann hätte ich ein paar alte Präserverpackungen aus der Zeit, als Darri und ich noch zusammen waren, dort platziert. Und anschließend Darri, Jónas und Vignir angezeigt, um mich zu rächen. Ich habe keine Ahnung, wieso ich mich angeblich rächen wollte, und die Gründe dafür hat er in seiner Story nicht erwähnt, aber das ist für ihn wohl nur nebensächlich. Findest du nicht, dass er sich da 'ne tolle Geschichte ausgedacht hat? Oder möglicherweise ich mir?«

»Fantasie fehlt ihm nicht«, stimmte Katrín zu. »Deine Mutter hat gesagt, dass Brynjólfur und Darri sich bestens verstanden haben?«

»Ja. Brynjólfur und Darris Vater sind Sandkastenfreunde, deswegen haben Darri und ich uns überhaupt kennengelernt.

Die beiden sind zusammen in einem Golfclub und bei den Odd Fellows oder bei den Freimaurern oder was sonst noch für einem Männerverein. Sie gehen zusammen angeln oder knallen Gänse ab. Brynjólfur war richtig enttäuscht, als ich mit Darri Schluss gemacht hab. *Please*, können wir nicht über etwas anderes als diesen Binni reden?«

Katrín musste lächeln. »Ja, lass uns über deine Cousine reden, über Guðnis Tochter Helena. Bestimmt ist das Mädchen ganz in Ordnung, aber trotzdem bin ich froh, dass ich nicht mit ihr verwandt bin...« Sie zog den Teebeutel aus der Tasse und legte ihn zur Seite. »Duftet gut«, sagte sie.

* * *

Helena hatte in der Nacht, als die drei Mädchen zusammen den Fischersund hinaufgingen, nichts von Belang gesehen oder gehört. Sie hatte erst zum zweiten Mal an der Topfrevolution teilgenommen, und erst heute war sie wieder dabei gewesen.

»Verdammt, Mädel, warum hast du dich denn nicht gemeldet«, schimpfte Guðni, der seine Tochter zu einem Hamburger im Grillhaus in der Tryggvagata eingeladen hatte. »Wir haben doch extra an das dritte Mädchen appelliert. Und das warst du.«

»Warum glaubst du wohl?«, war Helenas bissige Gegenfrage, während sie an einer dicken Fritte knabberte. »Wärst du dann happy gewesen? Bist du jetzt nicht happy, nachdem du weißt, dass ich bei diesem Zirkus mitgemacht habe? So nennst du das doch gerne. Du kannst dich immerhin damit trösten, dass man mich bisher nicht festgenommen hat. Darauf lege ich es auch nicht an.«

»Für so viel Rücksichtnahme bin ich selbstverständlich unheimlich dankbar«, entgegnete Guðni. »Menschenskind, du bist auf dem besten Weg, irgendein verdammtes Klischee aus mir zu machen.«

»Wieso das denn?«, fragte Helena. Sie schob den Teller mit dem halb gegessenen Hamburger und jeder Menge unangerührter Pommes von sich.

»Ein älterer Polyp bei der Kripo, dessen junge Tochter ein richtiger Junkie ist, mit allem Drum und Dran. So was von Klischee.« Er zog Helenas Teller zu sich und schnappte sich zwei Fritten.

»Gar nicht zu reden davon, dass der Herr Papa, der Bulle, speckfett ist und Cholesterin in sich reinschaufelt«, entgegnete Helena spöttisch. »Aber keine Sorge, ich bin kein Junkie. Und ich mache kein Gewese.«

»Gut«, knurrte Guðni. »Verdammt brillant. Also du sagst, dass du mit dieser Erla verwandt bist? Über deine Mutter?«

»Ja. Sie und Erlas Vater – ist er nicht schon tot?« Guðni nickte, und Helena fuhr fort: »Mamas Vater und Erlas Großvater waren Brüder, und wir beide haben deswegen denselben Urgroßvater.«

»Also Verwandtschaft vierten Grades«, sagte Guðni.

»Was sind wir?«

»Ihr seid Verwandte vierten Grades«, sagte ihr Vater noch einmal, in dem weit verbreiteten Glauben, dass man seinem Gegenüber etwas verständlicher machen kann, wenn man einen Begriff nur häufig genug mit wachsender Betonung wiederholt.

»Okay«, meinte Helena. »*If you say so.* Mama bestand darauf, dass ich zur Konfirmation von Erlas jüngerem Bruder ging, und dabei haben wir uns kennengelernt. Danach haben wir uns manchmal wieder getroffen, wenn wir einen draufmachten. Sie ist total in Ordnung. Und ich hab sie natürlich besucht, als ich hörte, dass sie da in dieser ekelhaften ... ach, du weißt schon. Dass sie so etwas Ekelhaftes erlebt hat. Aber gesehen hab ich damals nichts. Und ich glaube nicht, dass uns jemand gefolgt ist, als wir uns trennten.«

»Sicher bist du dir nicht?«, fragte Guðni.

»Nein«, gab Helena zu, »ich bin mir nicht sicher.«

* * *

In den nächsten Tagen hatte Árni richtige Probleme mit sich selbst. Die Vergangenheit von Kári Svansson ging ihm nicht aus dem Sinn, und er bereute es zutiefst, überhaupt darin herumgekramt zu haben. Er konnte sich nicht entscheiden, ob er Ásta davon erzählen oder es für sich behalten sollte. Und gerne hätte er sich darauf verlegt, diesen Kerl auszuspionieren, um herauszufinden, welche Beziehung er zu seiner gegenwärtigen Partnerin hatte. Er wusste jedoch sehr genau, dass so etwas reichlich schwierig war und seine Schnüffelei ihn teuer zu stehen kommen könnte. Er ließ sich verschiedene Varianten von Spionieraktionen im Schwimmbad der Reha-Klinik einfallen.

»Du hast also beschlossen, dieser Frau zu gestatten, das Kind zu kriegen?«, hörte er sich selbst sagen, als wäre das eine ganz normale Frage. »Bist du immer noch im Geschäft mit Dope?«, fragte er im Stillen, oder: »Hast du aufgehört zu dealen?«

Keine dieser Ideen klang bei näherem Hinsehen sonderlich gut. Der Gedanke ließ ihn trotzdem nicht in Frieden. Ein verurteilter Dealer, der außerdem unter dem Verdacht stand, mit Messerstichen einen Abort verursacht zu haben? Für Árni war es keineswegs selbstverständlich, die Stunden beim Babyschwimmen mit so einem Menschen zusammen zu verbringen. Da gab es nur eins, und das tat er: Er klopfte bei Stefán an.

»Kári Brown, ja«, brummte Stefán, als Árni ihm sein Dilemma geschildert hatte. »Das war um die Jahrtausendwende, etwa zwei Jahre bevor du hier angefangen hast. Der Typ war damals so knapp zwanzig. Und was die Brutalität betrifft, brauchst du dir deswegen keine Gedanken zu machen, glaube ich. Wir konnten ihm nie etwas wegen der Messerstiche nachweisen. Einige – ich nenne keine Namen – glaubten sich natürlich völlig sicher zu sein, dass er es gewesen sein musste, denn anfangs sah es auch ganz danach aus. Aber eine genauere Analyse von Wunden und Kleidung und etlichen anderen Dingen deutete dann eher darauf hin, dass das arme Mädchen selber dafür verantwortlich war, soweit ich mich erinnere. Ich glaube, sie war schon lange, bevor es geschah, auf dem direkten Weg in eine geschlossene Abteilung. Doch der Bursche war ein Dealer. Er hat für Lalli Fett verkauft.«

»Und?«, fragte Árni. Er war gekommen, um Ratschläge zu erhalten, aber davon konnte keine Rede sein. Stefán, dachte er, bitte sag mir, was ich tun soll.

»Und nichts«, sagte Stefán. »Der Typ wurde vor ein paar Jahren wegen eines geringfügigen Drogendelikts verurteilt, saß seine Strafe ab und ist jetzt wieder auf freiem Fuß und mitten im Leben. In einem neuen Leben mit einer neuen Frau und einem Baby, wie du sagst. Ich weiß nicht so recht – was soll ich dir sonst sagen? Mehr weiß ich einfach nicht. Sprich mit Þórður oder sonstwem in der Droko, wenn du möchtest. Ich würde eher vorschlagen, dass du dich um deine Dinge kümmerst und ihn sich um seine kümmern lässt.«

Árni war nicht richtig zufrieden mit diesen Lebensregeln, aber da Stefán sie jetzt ins Spiel geworfen hatte, musste er sich mit ihnen abfinden. Er verabschiedete sich und sah nicht mehr die Grimasse, die Stefán ihm nachschickte.

»Hoffentlich hat das gereicht«, brummte sich Stefán besorgt

in den Bart. Þórður, der Chef der Droko, hatte bereits angefragt, weshalb jemand Unterlagen und Protokolle im Zusammenhang mit Kári Svansson in der Datenbank abgerufen hatte. Das hatte Stefán völlig überrascht, und er hatte versprochen, sich zu erkundigen. Und jetzt, als er die Antwort wusste, nahm er den Hörer auf und wählte die Nummer von Þórður. Kári Brown beim Babyschwimmen, dachte er, was es nicht alles gibt.

* * *

Am Dienstag kaufte Katrín nach der Arbeit noch in einem Supermarkt für die nächsten Tage ein, bevor sie nach Hause fuhr. Durch die wiederholten Vernehmungen von Darri, Vignir und Jónas hatte sich nichts ergeben, und die Eltern des Trios übten weiterhin Druck auf sie und alle ihre Vorgesetzten aus, vom Minister an abwärts. Und sie hatte es immer noch nicht geschafft, Zeit für ein ernstes Gespräch mit Íris über das, was Erla Líf passiert war, zu finden. Vielleicht würde es ihr heute Abend gelingen, dachte sie, während sie die Einkaufstüten auspackte.

»Was gibt's zu essen«, fragte Eiður, kaum dass er zur Tür hereingekommen war. »Wo ist Íris? Darf Baldur mit uns essen?«

»Bratfisch. Íris ist beim Training. Ja, er darf zum Essen bleiben«, sagte Katrín. »Hast du schon deine Hausaufgaben gemacht?«

»Nee«, sagte Eiður. »Darf ich zu Hause bei Baldur essen?«

»Warum das denn?«, fragte Katrín. »Spricht was gegen Bratfisch?«

»Mit gebratenen Zwiebeln und Gurken und Remoulade?«

»Ja.«

»Okay. Komm rein, Baldur.«

* * *

»Was für ein lächerlicher Schlamassel«, gab Guðni am Mittwochmorgen beim Kaffee von sich. »Eine ganze Regierung ist hopsgegangen und durch nichts ersetzt. Komisch, trotzdem muss ich jeden Tag scheißen. Wie steht's bei dir?«

»Findest du das alles wirklich so belanglos?«, fragte Árni. »Ist das alles für deine Begriffe total nebensächlich? Der Crash, die Krise, die Politik, die Regierung – spielt nichts davon irgendeine Rolle?«

»So gesehen nicht«, antwortete Guðni ungewöhnlich tiefsinnig. »Nicht als solches. Ich habe Arbeit, ich besitze eine Wohnung, ich habe ein Auto und Bier und Kaffee, dazu ein ganzes Lager Klopapier und genug Mikrowellenfraß. Alles andere spielt für mich keine große Rolle, nein. Aber was hast du gesagt, gehst du heute wieder mit Kári Brown zum Schwimmen? Ist das nicht zweimal pro Woche?«

Aha, dachte Árni, Guðni informierte sich anscheinend besser über das Leben seiner Kollegen, als er zugeben wollte. »Ja«, sagte er. »Heute am späten Nachmittag. Und dann wieder am Freitag.«

»Okay. Aber wie kriegst du das geregelt?«, fragte Guðni. »Willst du da einfach weiterhin halb nackt mit Klein-Una direkt neben diesem Drecksack rumpaddeln, als wär alles in schönster Ordnung?«

Árni erzählte ihm, was Stefán über den Angriff mit dem Messer gesagt hatte, und endete mit den altbekannten Phrasen über eine abgesessene Strafe und ein neues Leben.

Guðni hielt nichts von solchen Weisheiten. »Ich check den Kerl für dich durch«, sagte er, »und zwar gründlich. Ich rede mit irgendjemandem von der Droko und finde heraus, ob die ihn nicht immer noch auf dem Schirm haben. Kann ja gut sein, dass er damals seiner Tussi nicht in den Bauch gestochen hat, aber ich glaube einfach nicht, dass der Kerl plötzlich lupenrein ist. Es gibt noch ein paar andere Söhne von Svanur, die bilden einen richtigen Clan. Und die Töchter gehören auch dazu. Káris Vater Svanur, der war schon eine Nummer für sich.«

»Wirklich? Wieso denn?« Árni trank seinen Kaffee aus und bereitete sich auf eine weitere Tirade von Guðni über einen Ganoven der älteren Generation vor. Die waren anscheinend durch die Bank besser, intelligenter und gewiefter als die jüngeren.

»Ach, nur so«, sagte Guðni. »Der Kerl hat Kinder im ganzen Land gezeugt – ein Reitersmann vor dem Herrn und noch dazu ein Seebär, 'ne tollere Kombination kannst du dir nicht vorstellen. Er selber war wohl nicht kriminell, aber ich weiß, dass mindestens vier seiner Söhne in Litla Hraun eingesessen haben, und jeder stammte von einem anderen Weibsbild. Was mich daran erinnert…« Er schlenderte zu Katríns Schreibtisch hinüber, sie war noch nicht zurück. Nach einigem Blättern in einigen Mappen tippte er mit seinem feisten Zeigefinger auf eine Seite mitten in dem Stapel. »Da siehst du's, genau wie ich verdammt noch mal gedacht habe.«

»Was?«

»Mir kam er so bekannt vor«, erklärte Guðni selbstzufrieden. »Marteinn Svansson. Der Freund von Erla Líf. Ich gehe jede Wette ein, dass der auch ein Halbbruder von diesem Kári ist.«

»Und was hat das zu bedeuten?«, fragte Árni.

»Das weiß ich nicht«, entgegnete Guðni. »Vielleicht alles, vielleicht nichts. Was wollen wir wetten, Bürschchen?«

* * *

Árni ließ sich nicht auf diese Wette ein und bereute es nicht, als sie die Abstammung von Marteinn Svansson festgestellt hatten. Er und Guðni berichteten Katrín von ihrer bedeutsamen Entdeckung, aber sie wusste genauso wenig wie die beiden, was damit anzufangen war. Eines zumindest stand ihrer aller Meinung nach praktisch fest: Mit dem Fall Erla Líf hatte es überhaupt nichts zu tun, es half ihnen nicht aus der Sackgasse heraus, in der sich die Ermittlung gegenwärtig befand.

Am Donnerstag hatte Katrín jegliche Hoffnung aufgegeben, dass sich noch irgendetwas herausstellen würde, was eine Verlängerung der U-Haft von Darri und Co. rechtfertigte. Nicht zuletzt deswegen, weil sich in der Zwischenzeit immer dringendere Fragen angehäuft und aufgetürmt hatten, und in gleichem Maße gab es immer weniger und immer unbedeutendere Antworten.

Hatten die drei Männer Erla tatsächlich von der Stadtmitte bis zur Vesturgata verfolgt? Weder Helena noch Oddrún konnten Aussagen dazu machen, genauso wenig wie Erla selbst. Hatten sie ihr aufgelauert? Wenn das der Fall war, mussten sie nicht nur gewusst haben, wohin sie wollte, sondern auch ungefähr, wann. Es war erst die vierte Nacht, die sie bei Marteinn verbringen wollte, bis dahin hatte sie sich immer im Stadtzentrum von Oddrún verabschiedet und war im Bus oder im Taxi nach Hause gefahren, sagte sie.

Hatten diese drei überhaupt gewusst, dass es Erla war? Und wenn nicht, worum war es ihnen dann gegangen, wen wollten sie vergewaltigen – oder glaubten sie, vergewaltigen zu müssen? Es gab ein paar Sätze und Ausdrücke, an die Erla sich erinnern konnte: Wie gefällt dir jetzt die Anarchie, du Kommunistenfotze, du subversive Nutte – und anderes mehr in dieser Tonart. Konnte das nicht auch darauf hindeuten, dass das Opfer wahllos aus der Gruppe der Protestierenden ausgewählt worden war, damit man diesem Gesocks mal zeigte, was Sache war?

Sie hatten sie nie angesehen und es auch nicht versucht. War es deswegen, weil sie wussten, wer sie war, und sich davor fürchteten, erkannt zu werden, obwohl sie selbst ebenfalls Masken trugen? Oder war es deswegen, weil sie *nicht* wussten, wer sie war und das auch nicht wissen wollten?

Hatte dieses Trio sie an den vorangegangenen Abenden beobachtet, hatten sie die drei Mädchen beobachtet, die den wilden Tanz aufführten, ohne zu wissen, wer sich hinter der Vermummung verbarg? Hatten sie sich vielleicht wahllos einfach eine von ihnen herausgegriffen, als die Mädchen zusammen den Platz verließen, und waren ihnen gefolgt, bis sich die Wege trennten? Und dann Eckspeckdreck: War die Wahl unglücklicherweise auf Erla gefallen, hatte sie einfach nur Pech gehabt? Kannten sich die Täter dort aus, war die Vesturgata womöglich besser für einen derartigen Überfall geeignet als die benachbarten Straßen Garðastræti oder Ránargata? Jede Frage, die hochkam, erzeugte im Kopf zwei neue.

Katrín selbst war sich sicher, dass Darri seine frühere Freundin trotz Dunkelheit und Maske erkannt hatte. Sie wusste aber auch, dass die Verteidiger des Trios, so wie die Dinge standen, derartige Annahmen mit Leichtigkeit vom Tisch fegen konnten, genau wie in vielen anderen Fällen.

Das Trio hielt sich an seine simple Story: Alle drei waren sie zu Hause in ihrem »Herrensitz« in Grafarholt gewesen und hatten geschlafen. Erla Líf hielt sich aber ebenfalls an ihre Story. Guðni wies darauf hin, dass genau das wichtig war.

»Ob sie ihr aufgelauert oder sie verfolgt haben, spielt keine Rolle«, sagte er, als sie ein weiteres frustrierendes Mal den möglichen oder unmöglichen Ablauf der Ereignisse mit immer wieder denselben Ergebnissen durchgegangen waren. »Wir brauchen auch nicht zu beweisen, ob sie wussten, dass es Erla war, ob sie diesen Arbeitsschuppen kannten oder nicht. Das Mädchen ist vergewaltigt worden, sie behauptet, dass es diese drei waren, und wir haben an Ort und Stelle eine Kondomhülle mit Darris Fingerabdruck gefunden. Es geht nur darum, auf die DNA-Analyse aus Schweden zu warten, und dann ist die Sache ausgestanden, Bingo.«

So überzeugend das für Katrín und Árni klang, dem Haftrichter genügte es nicht. Der Forderung des Staatsanwalts auf Verlängerung der U-Haft für Darri Ingolfsson, Jónas Asgrímsson und Vignir Benediktsson wurde nicht stattgegeben, und im Revolutionswinter 2009 wurden sie nach einer Woche wieder auf freien Fuß gesetzt.

Erla Líf fasste dieses Resultat als persönliche Beleidigung und Kriegserklärung gegen sich auf. Es war der endgültige Beweis für das, was sie und ihre Freunde bereits seit Langem wussten: dass die Polizei, die Gerichte und das ganze System bis ins Innerste korrupt waren und nur dazu dienten, die Vernetzung von Geld und Macht in diesem Land zu garantieren.

Anders konnte sie nicht mit diesem Faustschlag der Gerichtsbarkeit zurechtkommen.

III

Januar 2010

Seine Tage waren unterschiedlich.

Die Erinnerung an die fürchterliche Nacht verblasste langsam, und sein Anteil an der »Gruppenvergewaltigung«, wie dieses verfluchte Fiasko dauernd genannt wurde, verringerte sich mit der Zeit.

Zweierlei setzte ihm aber auch nach fast einem Jahr noch zu, und es kam stets völlig unvorbereitet aus dem Unterbewusstsein hoch. Beides war begleitet von Schaudern und Schweißausbrüchen, auch wenn es immer seltener passierte; zumeist zwischen Wachen und Schlaf, da war man so gut wie wehrlos.

Zuerst die Erniedrigung.

Dann der Schock.

Erniedrigung und Demütigung wurden nicht geringer in seinem Sinn, selbst wenn es ihm gelungen war, sie vor allen anderen außer vor sich selbst zu verbergen. Vor Erla Líf natürlich, denn sie wusste ja nicht, dass er dabei gewesen war. Es war eine peinigende und beschämende Aktion gewesen, die schnelles Handeln und überzeugende Schauspielerei seinerseits erforderlich machte. Seine Kumpane hatten dagestanden und unter ihren Masken gegrinst, während sie Erla Líf festhielten. Bereit zum Fick, und sie warteten darauf, dass er ihrem Beispiel folgte – bereit, mit dem Schwengel in der Hand. Aber wie sehr er ihn auch bearbeitete, sein Schwanz schaffte es nur auf Halbmast.

Er verbarg seinen Schlaffi so gut es ging in der behandschuh-

ten Hand, bis er direkt bei dem verdammten Mädchen war, da konnte er ihn in den Schlitz zurückstecken, ohne dass jemand es merkte. Er war dankbar für die Dunkelheit und Erlas Widerstand, denn die anderen hatten alle Mühe, sie festzuhalten, und achteten deswegen nicht auf ihn. Er packte sie fest bei den Hüften und tat so, als würde er sie nach allen Regeln der Kunst stoßen. Die ganze Zeit musste er aufpassen, dass die anderen nicht sahen, dass er seinen Schwanz wieder in der Hose hatte. Er täuschte so überzeugend eine Entladung vor, dass er beinahe selbst daran glaubte.

Rückblickend war er enorm froh, dass es so gelaufen war, und er legte es als untrügliches Zeichen dafür aus, dass er sich nicht willig an diesem Verbrechen beteiligt hatte. Doch damals, als es geschah, war es ein entsetzliches Gefühl gewesen, und genau das überfiel ihn jetzt immer noch.

Der Schock erfolgte kurz nach der Demütigung. Er bereitete sich auf die nächste Runde vor, und diesmal stand er ihm wesentlich besser. Sie hatten das Mädchen umgedreht und sie mit den Beinen am Boden gegen den Bretterstapel gedrückt, in dieser Position musste sie ihnen den schneeweißen Po entgegenstrecken. Er glaubte schon fast, dass er diesmal mitmachen konnte. Als seine Kumpel durch waren, schwindelte ihm vor Erregung. Und jetzt war es kein Problem, sich das Gummi überzuziehen, er musste nichts mehr vor niemandem verbergen.

Er machte sich von hinten an sie heran und verabreichte ihr mit der flachen Hand eine paar scharfe Klapse auf den Arsch, sie zuckte zusammen, aber er auch. Er beugte sich vor, starrte bei dem wenigen Licht genauer hin und machte schlapp, als sich sein Verdacht bestätigte.

Er begriff nicht, wie er es geschafft hatte, sein Schweigen zu bewahren. Dass ihm nichts über die Lippen gekommen war, was ihn hätte zu Fall bringen können – aber es war ihm gelungen. Stattdessen trat er zurück und zog sich schweigend und stumm den Schlitz wieder zu. Er versetzte Darri einen Stoß, deutete auf das Tattoo am rechten Oberschenkel hinten. Er hörte, dass Darri hinter seiner Maske »Shit« murmelte. Er sah, wie Darri die Faust auf Erlas Schläfe niedergehen ließ, die sofort jeden Widerstand aufgab. Sie lag bewegungslos da, und sie ergriffen die Flucht.

Die anderen hatten ihm nicht die Schuld an dem unglaublichen Fiasko gegeben, aber er selbst tat es anfangs. Er wusste nämlich, dass Erla auf Revoluzzerkurs war, dass sie zu den Aktivistinnen bei der Topfrevolution gehörte. Hätte er nicht wissen müssen, dass sie es war? Hätte er nicht ihren Körper, diesen wunderbaren Körper erkennen müssen, den er unzählige Male im Geiste entkleidet hatte? Hätte er nicht wissen müssen, dass sie eine von den drei schwarz vermummten Nornen war, die alle Umstehenden rund um das Feuer aufreizten, ihn eingeschlossen?

Die Antwort auf all diese Fragen lautete jedesmal: ja. Er hätte nicht erst den tätowierten blaurosa Schmetterling an ihrem Oberschenkel sehen müssen, um sie zu erkennen. Den Schmetterling, der vor einigen Jahren dort gelandet und immer wieder vor seinen Augen herumgeflattert war.

Trotzdem. Darri erklärte es auf dem Heimweg: Wie hätten sie sie in dieser Montur erkennen sollen? Mit der Skimaske über dem Kopf, in diesen Klamotten – sie hatte nie so etwas angehabt, als sie und er zusammen waren, sagte Darri ...

Wenn schon Darri sie nicht erkannt hatte, dachte er, dann war es vielleicht verständlich, weshalb er selbst sie nicht erkannt hatte. Zudem waren da drei Mädchen am Feuer gewesen, sie waren vielleicht nicht ganz gleich gekleidet und hat-

ten auch nicht die gleiche Figur – aber wer konnte sie schon in dieser Dunkelheit bei der flackernden Beleuchtung unterscheiden?

Außerdem hatte er immer seine Zweifel gehabt, schon von dem ersten Moment an, als die anderen ihn zu einer solchen Aktion bewegen wollten. Er war einfach nicht der Typ dazu und hatte versucht, Einwände zu machen. Aber sie hatten nicht auf ihn gehört, und deshalb war es so gelaufen.

In den Medien kam der Fall auch jetzt noch, ein Jahr später, wieder hoch. Aber jedes Mal, wenn er so etwas wie Gewissensbisse bekam, sagte er sich immer wieder vor, dass nur die anderen beiden Erla Líf vergewaltigt hatten, er nicht. Sie hatten es gewollt, er nicht. Er hatte sie sogar daran gehindert, noch weiter zu gehen, wer weiß, was außerdem geschehen wäre, falls er nicht den Schmetterling gesehen und eingegriffen hätte?

Darris Reaktion hatte er seltsam gefunden, beinahe unmenschlich. Kaum hatten sie sich ins Auto gesetzt, fing er schon an, seine Witze zu reißen, nie habe er einen besseren Fick bei Erla bekommen, viel besser als alles, was die beiden sonst so getrieben hatten, solange sie zusammen waren. So als sei es bloß Fun and Action *gewesen. Als sei überhaupt nichts schiefgelaufen. Als wäre Erla nur eine x-beliebige blöde Tussi. Und als er Darri fragte, ob er keine Angst habe, von Erla erkannt worden zu sein, hatte der nur gelacht.*

»Spielt keine Rolle«, hatte er gesagt, »sie kann nichts beweisen. Gar nichts.«

Darri schien sich auch nicht sehr darüber aufzuregen, als Erla ihn und seine Freunde Jónas und Vignir anzeigte, er hatte sich kaum etwas anmerken lassen, als die drei vom Bezirksgericht verurteilt wurden. Die beiden anderen waren sichtlich geschockt, aber nicht er. Natürlich war es gut, dass Darri kei-

nen Versuch unternahm, sich selbst und seine Freunde zu retten, indem er den Hergang so schilderte, wie er sich abgespielt hatte. Aber trotzdem. Das rückte ihn bei näherer Betrachtung in kein günstiges Licht. Vielleicht war Darri letzten Endes einfach nur ein richtiges Miststück.

Es erleichterte ihm das Leben auch keineswegs, dass alle drei das Urteil anfochten. Was natürlich konsequent war, ihm jedoch zu schaffen machte; genau wie die Tatsache, dass sie trotz der Verurteilung monatelang auf freiem Fuß sein durften, solange das Urteil des Höchsten Gerichts ausstand.

Die Reaktion von Erla Líf war seiner Meinung nach ebenfalls seltsam und fast sogar übermenschlich gewesen, obwohl es sich bei ihr ganz anders verhielt. In den ersten Tagen danach hatte er aus zwei Gründen entsetzliche Angst, mit ihr zusammenzutreffen. Zum einen hatte er Angst, dass sie sich plötzlich erinnern und herausfinden würde, dass auch er zur Gruppe ihrer Peiniger gehört hatte. Die Befürchtung erwies sich aber anscheinend als grundlos, denn von Anfang richtete sich ihr Verdacht nur in eine einzige Richtung. Zum anderen fürchtete er, den Auswirkungen seines eigenen Tuns ins Auge blicken zu müssen, er wollte nicht einer gedemütigten und gebrochenen Erla Líf begegnen. Doch auch diese Angst erwies sich als unbegründet, wie ihm schien. Sie war weder ein Pflegefall, noch brauchte sie psychiatrische Behandlung; die Vergewaltigung hatte sie nicht völlig aus der Bahn geworfen, sie war sehr viel weniger betroffen, als man hätte glauben können. Wenn irgendwas, dann war sie nur noch stärker geworden. Zumindest konnte er nichts anderes feststellen, und das half ihm dabei, um mit sich selbst und seiner Tat leben zu können. Es war ja eigentlich auch so gut wie gar nichts gewesen, und es spielte mit jedem Tag, der verging, eine geringere

Rolle. Inzwischen konnte er sich ihr gegenüber fast genau wie früher verhalten.

Trotzdem.

Seine Tage waren unterschiedlich.

12

Donnerstag

Draußen schien immer noch die Wintersonne am wolkenlosen Himmel, aber drinnen war es dämmrig und verraucht, denn die kleinen Fenster waren geschlossen, die Vorhänge zugezogen. Die Wände waren genauso ockergelb und braun wie zuvor, die Mansardenschräge hatte sich nicht verändert, und auch dieselbe Enge herrschte. Der Haschischgeruch dagegen war frischer, und die Unordnung war schlimmer, fand Katrín. Dreckiges Geschirr füllte die Spüle und verteilte sich auf Tisch und Arbeitsplatten in der Küche. Schmutzige Wäsche lag wie angeschwemmtes Treibholz verstreut auf Stühlen, Sesseln, Bänken und Fußböden, und undefinierbare, unterschiedlich klebrige und vielfarbige Flecken breiteten sich überall dort aus, wo man Flecken platzieren konnte. Erla selbst sah aus wie ein wandelndes Gespenst, sie hatte tiefe Ringe unter den Augen, und die Zigarette in ihrer Hand zitterte.

Katrín musste sich hart am Riemen reißen, um nicht in eins der zwei Rollenspiele zu verfallen, die ihr seit ein paar Jahren so geläufig waren: Polizistin oder Mutter. Erla tat nichts, um ihr den inneren Kampf zu erleichtern.

»Hat Mama dich geschickt?«, fragte sie und öffnete eine Flasche Bier.

»Nein«, antwortete Katrín. »Deine Mutter ist eine bemerkenswerte Frau, aber ich lasse mich nicht von ihr irgendwohin schicken. Sie hat mich nur gebeten, mal nach dir zu sehen, und das ist eine ganz andere Sache.«

»Ja, okay«, brummte Erla. »Eine ganz andere Sache. Und? Jetzt bist du hier, und ich bin hier, und nun? Worum geht's, wieso hat sie dich gebeten, nach mir zu sehen? Hab ich was verbrochen?«

Wieder musste Katrín sich zusammenreißen, denn »Ja« wäre die einzig richtige Antwort gewesen, aber gleichzeitig auch die dümmste unter den gegebenen Umständen.

»Sie macht sich einfach Sorgen um dich«, sagte sie. »Es ist schon lange her, seit du angerufen oder dich zu Hause hast blicken lassen. Und wenn sie anruft, gehst du nicht ran. Du warst noch nicht mal zu Weihnachten da. Sie vermisst dich.«

»Pah, vermisst mich. Dann wäre sie ja hier und nicht du.«

Katrín öffnete den Mund, weil es ihr auf der Zunge lag, Erla darauf hinzuweisen, dass ihre Mutter zuletzt heute Mittag bei ihr geklingelt, aber keine Reaktion erhalten hatte.

»Vielleicht«, sagte sie stattdessen. »Aber wie geht es dir denn, Erla, mein Schatz? Du kommst mir etwas abgedreht vor.«

Erla zuckte mit den Achseln. »Mir geht's prima«, sagte sie und drückte die Zigarette aus. »Ich hab einen kleinen Hangover, aber ich tu was dagegen«, fügte sie hinzu und schwenkte die Bierflasche. »Magst du auch eins?«

»Nein.« Katrín gab ihrem Drang nach, einen Großtanten-Tonfall anzuschlagen. »Im Ernst, Erla, wie geht es dir? Ich meine, es ist halb vier an einem Donnerstagnachmittag, du bist gerade erst aus dem Bett gekrochen, hast einen schweren Kater und ersäufst ihn im Alkohol. Und die Wohnung sieht aus wie ... Was ist eigentlich los?«

»Ist hier was los?«, war Erlas Gegenfrage. »Was soll hier schon los sein? Mach jetzt nicht einen auf Polyp, Katrín, oder willst du mich vielleicht festnehmen?«

»Wenn du möchtest, kann ich auch die Polizistin spielen«, entgegnete Katrín, versuchte aber, ihre Gereiztheit zu kaschieren. »Das willst du bestimmt nicht, bei dem Geruch, der hier in der Luft liegt, und bei dem, was da im Aschenbecher zu sehen ist.« Sie beugte sich über den Küchentisch und fasste Erla an den Handgelenken, doch sie sträubte sich dagegen. Falsche Taktik, dachte Katrín und ließ gleich wieder los. Total falsch. »Bitte, liebe Erla«, sagte sie, »sei so lieb und stoß uns nicht von dir weg – deine Mutter und mich und alle anderen, die dir helfen möchten. Du hast auch nie wieder mit den Frauen in der Notaufnahme gesprochen, bist nicht zum Therapiecenter für die Opfer von sexueller Gewalt gegangen, oder zu einem Psychologen...«

Erla wandte sich genervt ab. »Ich muss nicht mit irgendwelchen dahergelaufenen Weibsen reden. Und auch nicht mit Mama oder jemand anderem, mit dem ich gar nicht reden will, und erst recht nicht mit dir. Ich hab dir schon ein paarmal gesagt, mir geht's verdammt prima, solange mich andere und ganz besonders die verfluchte Polizei in Ruhe lassen.«

»Es geht dir aber nicht prima«, widersprach Katrín. »Von deiner Mutter weiß ich, dass du nicht mehr zur Uni gehst, dass du deinen Job verloren und dich in einen richtigen Schlamassel reingeritten hast. Soweit ich sehe, ist das nicht übertrieben.« Katrín verfluchte sich selbst noch einmal von wegen Einmischerei und Moralin, aber sie konnte nicht anders. »Du musst mit irgendjemandem darüber sprechen, Erla«, beharrte sie.

»Ich rede gerade mit dir, okay? Das brauch ich eigentlich

nicht, aber ich tu's trotzdem, obwohl du zu den Bullen gehörst. Sag mal, wann kommt da endlich was vom Obersten Gericht rüber, in anderthalb Monaten vielleicht? Werden diese verfluchten Drecksäcke dann endlich unwiderruflich verknackt?«

»Ganz bestimmt«, versicherte Katrín, obwohl sie keineswegs so optimistisch war. Sie hatte es zwar niemandem gegenüber zugegeben, aber die Schuldsprechung am Bezirksgericht im Falle des Trios hatte sie überrascht. Das vorliegende Untersuchungsmaterial war nicht sonderlich beweiskräftig, denn abgesehen von der Präserverpackung mit Darris Fingerabdruck wurde am Tatort nie etwas gefunden, das Darri, Jónas und Vignir unbezweifelbar mit dem Verbrechen in Verbindung brachte. Auch an Erlas Kleidung gab es keinerlei Beweismaterial, und die einzigen DNA-Proben, die sich auf ihren Ursprung zurückführen ließen, stammten von ihr und Marteinn.

Die Kondomhülle und Erlas Aussage und die wenig überzeugende gegenseitige Alibibeschaffung der drei bildeten den Kern der Anklage. Die Statistik im Zusammenhang mit Vergewaltigungsklagen ließ keinen großen Optimismus zu. Es war unmöglich festzustellen, wie viele Vergewaltigungen jedes Jahr begangen wurden, im Hauptstadtgebiet waren es nicht unter hundert, wahrscheinlich sogar eher an die zweihundert. Anzeige erstattet wurde im Schnitt dreißigmal pro Jahr. Von denen gelangte maximal ein Drittel in die Gerichtssäle, und allerhöchstens in der Hälfte dieser Fälle endete es mit einer Verurteilung auf beiden Instanzen.

Etwa fünf von hundert bis zweihundert Vergewaltigern wurden verurteilt, mehr nicht. Katrín hatte ihre Zweifel daran, dass dieses Trio zum Schluss in der Kategorie landen würde.

»Ganz sicher«, sagte sie aber und lächelte Erla aufmunternd an.

»Und wandern die dann wirklich in den Knast?«, fragte Erla. Katrín nickte, froh, dass Erla ihr zuvorgekommen war und das Gespräch in diese Richtung gelenkt hatte. Die kleine Erla Líf gab es nicht mehr. Es war nicht mehr die kleine Verwandte, die ihr jetzt mit einer Bierflasche in der Hand gegenübersaß, nicht mehr das kleine Mädchen, auf das sie aufgepasst hatte, und auch nicht mehr der Teenager, der noch vor wenigen Jahren Babysitter bei ihren eigenen Kindern gewesen war, sondern eine junge Erwachsene. Seltsam, aber wahr.

»Ich verstehe nicht und werde es nie verstehen«, fuhr Erla Líf fort, »wieso die in der Zwischenzeit frei rumlaufen dürfen. Ich meine, wir haben gewonnen, sie wurden letztes Jahr zu zwei bis drei Jahren Haft verknackt, das ist viele Monate her, aber nichts ist passiert. Die kreuzen immer noch auf ihren BMWs, Porsches und Mercedessen durch die Gegend und tun, als ob … Ach, du weißt schon.«

»Ja, ich weiß«, sagte Katrín. »Das System kommt einem vielleicht komisch vor, aber so ist es nun mal. Sie haben dich doch hoffentlich in Ruhe gelassen? Du erinnerst dich an das, was ich dir gesagt habe, Erla? Wenn sich auch nur einer von denen bei dir blicken lässt, dann rufst du mich an.«

»Keine Angst, die haben sich seitdem nicht in meine Nähe getraut. Bist du sicher, dass du kein Bier möchtest?« Sie holte zwei Flaschen aus dem Kühlschrank und hielt Katrín eine hin, die aber wieder ablehnte.

»Lieber nicht«, sagte sie. »Weshalb hast du an der Uni aufgehört, wenn, wie du sagst, gar nichts los ist?«

»Du kannst einfach nicht aufhören«, stöhnte Erla. »Ich habe eine Mutter, mit der ich keinen Bock habe zu reden, weil sie über nichts anderes quasselt als über Ausbildung, Arbeit, nix als Probleme und Gewese. Musst du wirklich in dieselbe Kerbe hauen?«

»Wie du sagst, ich kann nicht aufhören. Ich kann nichts dafür. Und was die Arbeit betrifft, du hast doch einen Job gehabt? Und hast aufgehört...«

»Hat Mama dir auch gesagt, was für ein Job das war? Was für eine Arbeit, und bei wem?« Auf einmal lag nichts Freundschaftliches mehr in Erlas Stimme und Miene.

»Nein«, gab Katrín zu, nicht weniger ungehalten. »Das hat sie nicht, aber beim gegenwärtigen Zustand in diesem Land würde man glauben, dass praktisch jede Arbeit es wert ist, sie zu behalten, wenn...«

»Ich hab Lachs verarbeitet«, sagte Erla. »Hab importierten norwegischen Lachs filetiert und in Kunststoffschalen verpackt, und das von allen Menschen der Welt ausgerechnet für Brynjólfur. Es ist kein Spaß, für den zu arbeiten, Katrín, aber ich hab's trotzdem gemacht.«

»Was meinst du denn mit importiertem Lachs?«, fragte Katrín verblüfft.

Erla zuckte die Achseln. »Einfach importierten Lachs. Aus Norwegen, manchmal auch aus Chile. Aber meistens aus Norwegen.«

»Moment, das versteh ich nicht«, sagte Katrín. »Wieso importiert Brynjólfur Lachs?«

»Weil die Leute ganz wild auf Lachs sind. Glaubst du echt, dass hier in den Läden isländischer Lachs verkauft wird? Vergiss es.«

»Du willst mich wohl auf den Arm nehmen?«

»Nein, Katrín. Ich hab das auch erst mitgekriegt, als ich bei dem Kerl gearbeitet hab. Bloß zehn oder vielleicht zwanzig Prozent von dem, was wir hier fressen, ist isländischer Lachs, der Rest wird importiert. Aber das hängt man nicht an die große Glocke, denn Isländer wollen selbstverständlich isländischen Lachs, weil der doch der allerbeste auf der Welt ist, und ausländischer Lachs ist völlig ungenießbar. Diese dämlichen Leute sind zum Kotzen. Und außen dran an der Verpackung darf natürlich nicht stehen, woher das blöde Viech kommt, gelogen wird mit Schweigen. Genau wie bei so vielem anderem auf dieser Scheißschäre.«

»Meine Güte.« Katrín wusste nicht, was sie mehr überraschte, die Nationalität des Lachses, den sie oft für sich und die Ihren zubereitete, oder ihre komplette Ahnungslosigkeit über seine Herkunft. »Na schön, du hast also Lachs verarbeitet, was spricht dagegen? Hast du was gegen Lachs?«

»Nein«, sagte Erla. »Weder gegen isländischen noch gegen norwegischen oder südamerikanischen. Nicht das Geringste. Und auch nicht gegen die anderen Leute, die mit mir da gearbeitet haben, die meisten waren polnische Mädchen, und zwei polnische Männer. Aber Binni ist ein totaler Arsch. Wegen Mama habe ich aufgehört, mich mit ihm oder seinetwegen mit ihr anzulegen, ich wollte keinen Ärger machen. Nicht für mich, sondern ihr zuliebe hab ich diese verdammte Arbeit angenommen, obwohl der Lohn kaum höher war als die Sozialhilfe. Und zu Anfang gab er sich nett, wie ein richtiger Kumpel, aber das hielt nicht lange vor. Ein Arschloch. Er ist immer ganz nahe an mich rangekommen und hat mich begrapscht – natürlich aus Versehen. Und schlüpfrige Witze am laufenden Band, und dann: Ey, das war doch nur ein Spaß, jetzt bleib mal auf der Matte. Also zum Schluss hab ich das Handtuch geschmissen. Es gab keine andere Wahl: entweder sich aus dem Staub machen oder den Kerl anzeigen. An so was mochte ich gar nicht denken.«

Erla verstummte und griff zu einer Zigarette. »Es hätte ja auch alles zwischen Mama und mir endgültig zerstört«, sagte sie. »Sie will nichts Schlechtes über ihren Binni hören, nicht von mir.« Sie riss die Augen auf und schürzte die Lippen: »Brynjólfur ist doch so ein guter Mensch«, ahmte sie ihre Mutter nach, »ich begreife einfach nicht, Kind, wie du dich ihm gegenüber aufführst.« Erla trank einen Schluck Bier und lächelte schwach. »Ach ja, Binni ist einfach *Number one*. Die Jungs kriegen in den Ferien immer Arbeit bei ihm, und wer weiß, vielleicht endet Mama ja auch beim Lachsverpacken. Die Bank hat ihr gekündigt, wusstest du das?«

»Nein«, musste Katrín zugeben. »Davon hat sie mir nichts gesagt.«

Erla nickte nachdenklich. »Yess. Kurz vor Silvester, und sie hat nur noch zwei Monate übrig. So gesehen ist es vielleicht nicht komisch, dass sie den Kerl nicht vor die Tür setzen will, die Ärmste. Sie hat ja auch jede Menge Schulden, vorvoriges Jahr hatte sie ein Darlehen aufgenommen, echt heavy, um das Dach zu reparieren und neue Fenster einsetzen und anstreichen zu lassen. Ein Darlehen bei der Bank, die sie jetzt geschasst hat. Mensch, das waren ein paar Millionen, und alles in Devisen. Weißt du, worüber sie am meisten sauer ist?«

»Nein, weiß ich nicht«, sagte Katrín.

»Dass die Typen, die ihre Boni und die Prozente eingeheimst und ihr kurz vor dem Crash zugeredet haben, dieses idiotische Devisendarlehen zu nehmen, immer noch in der Bank arbeiten. Aber sie flog raus, nachdem sie über zwanzig Jahre für die Firma geschuftet hat, zum ganz normalen beschissenen Kassierergehalt, erst bei einer staatlichen Bank, dann bei einer Privatbank, jetzt wieder bei einer staatlichen Bank, die bestimmt bald zur Privatbank für irgendwelche Gangster wird. Es bleibt ja immer dieselbe. Also, was soll dieser verdammte Quatsch von wegen *Neues Island*. Und zur

Krönung des Ganzen – weißt du, wo Marteinn jetzt arbeitet?«

Katrín musste wieder ihre Unwissenheit zugeben.

»Bei Binni natürlich«, knurrte Erla. »Er hat eigentlich meinen Job übernommen.«

»Und was genau beinhaltet der Job?«, fragte Katrín.

»Zunächst mal Filetieren und Wiegen und Auszeichnen und der ganze Kram, den alle da machen. Aber außerdem ist Marteinn noch der isländische Platzhirsch«, sagte Erla. »Er geht ans Telefon und so was, wenn Meister Brynjólfur nicht anwesend ist. Wenn er sich um all seine anderen Firmen kümmern muss.«

»Hat er viele?«, fragte Katrín erstaunt.

Erla zuckte die Achseln. »Einige«, sagte sie. »Und alle ähnlich groß und superschlau eingefädelt wie das Ding da mit dem Lachs, irgendein *Monkey Business* in irgendwelchen Schuppen jwd. Transportbänder und Ersatzteile und Gefriereinrichtungen für Schiffe und allen möglichen Scheiß, alles im Zusammenhang mit Fisch und Fischerei. Das ist der Haupterwerbszweig, sagt er. Ich kapier bloß nicht, wie das mit dem Import von Lachs zusammenpasst.«

»Ich hatte in dem Winter das Gefühl, dass er und Marteinn nicht besonders gut miteinander können«, sagte Katrín. »War das ein falsches Gefühl?«

»Nein. Binni hat Marteinn zu Anfang nicht gemocht. Ich glaub, vor allem deswegen, weil Marteinn Darris Platz bei mir eingenommen hat. Als er aber herausgefunden hatte, wer Marteinns Vater ist, wurden sie ziemlich gute Kumpel.«

»Kennt er den Vater von Marteinn?«

»Ja. Oder besser, er kannte ihn, denn er ist tot. Das war auch wieder so eine Männerclique, in der die beiden waren, ein Angelclub. Der Vater war wohl ein ganz bekannter Sportangler. Klar, dass die sich kannten, oder? Dieses verdammte Land ist so kleinwinzig«, fauchte sie verächtlich. »Ein richtiges Rattennest. Wo du hinguckst, nur Inzucht und Kaffmentalität. Zum Kotzen.«

»Und wie findest du es?«, fragte Katrín, die kurz davorstand, vor Erlas ständigen Gedankensprüngen zu kapitulieren. »Ich meine, dass Marteinn bei Brynjólfur arbeitet?«

»Was soll ich denn schon finden?«, antwortete Erla. »Wenn Marteinn nix dagegen hat, bei diesem Arsch zu arbeiten, ist das seine Sache. Das juckt mich nicht, und Mama ist bestimmt happy. Also *nice deal*.«

❊ ❊ ❊

»Das hier«, verkündete Ragnhildur, »ist das Resultat von allem, was vorausgegangen ist, und der Anfang von allem, was nachfolgen wird.«

Stefán blickte argwöhnisch auf ein unförmiges, ausladendes Teil in der beleuchteten Einfahrt, das nur notdürftig von einer grauen Plane verdeckt wurde. Es war so windstill, dass den beiden kaum ein Haar auf dem Kopf gekrümmt wurde. »Was hast du denn jetzt schon wieder gelesen«, fragte er. »Jón Kalman? Oder Vigdís Grímsdóttir? Oder Kristín Ómarsdóttir?«

»Oder vielleicht sogar Elísabet Jökulsdóttir?«, fragte Ragnhildur spitzbübisch zurück und packte ihren Mann entschlossen beim Ärmel. »Nein, so einfach ist die Sache nicht, dass das Zitat von diesen Autoren stammt, und es kommt auch nicht aus meinen Bücherregalen. Bestimmt was fürchterlich Altes und Chinesisches um das Jetzt oder den Augenblick aus irgend so einem Geschenkbuch mit klugen Sprüchen für alle Gelegenheiten, das sich in meinem Kopf eingenistet hat. Oder es stand auf der Rückseite einer Cornflakes-Packung.«

Sie stellte sich auf die Zehenspitzen und verpasste dem Kinn ihres Mannes einen Kuss. »Komm«, sagte sie, und noch einmal wieder: »Ich gratulier dir zum Geburtstag. Und weil du sechzig geworden bist, fanden deine Kinder und ich, dass es spätestens jetzt an der Zeit war, dir etwas zu schenken, wovon du schon so lange geträumt hast...«

»*Meine* Kinder und du?«, echote Stefán und versuchte, gereizt zu klingen. »Weib, was meinst du damit?«

Sie tat, als hörte sie nichts. »Hier, bitte«, sagte sie und reichte ihm eine Schnur. »Zieh mal. Und dann, mein Lieber, dann tust du gefälligst so, als seist du total erstaunt und *happy*.« Stefán zog kräftig an der Schnur, und die Zeltplane glitt langsam zu Boden. Er brauchte allerdings gar nicht so zu tun, als ob, seine Kinnlade sprang beim Herunterklappen fast aus dem Gelenk.

»Happy birthday to you, happy birthday to youuuu...« Sämtliche Enkelkinder strahlten um die Wette – sie hockten dick eingemummt auf den Rücksitzen.

»Ein Land Rover?«, knurrte Stefán, völlig überrascht. Überwältigt kam der Wahrheit wohl viel näher.

»Ein Land Rover«, bestätigte Ragnhildur fröhlich. »Uralt, Serie III, Station Wagon, und nicht für die Straße zugelassen. Hast du dir nicht immer so etwas gewünscht?«

»Ja, ich glaube, es war ganz genau das, was ich mir schon immer gewünscht habe«, murmelte Stefán heiser. Ragnhildur verschwand fast in seiner Umarmung. »Genau das, mein Mädel.« In dem Wagen sangen und juxten die Enkel munter weiter.

»Du bist dir hoffentlich klar darüber, was das für die nächsten Wochenenden bedeutet?«, fragte Ragnhildur, nachdem sie sich aus den Fängen des Bären befreit hatte.

»Moment mal«, sagte Stefán, als er die hintere Tür des Land Rovers öffnete. Die Enkelkinder sprangen heraus und verpassten dabei dem Opa einen Kuss. »Was meinst du denn damit? War da irgendwas geplant? Wollten wir nicht einfach hier zu Hause sein?«

»Ja. Aber an den nächsten Wochenenden wird es nichts mit Entspannung und Gemütlichkeit, mein Lieber.«

»Wieso denn nicht?«

»Ich meine das, was nie erwähnt werden darf«, spöttelte Ragnhildur. »Mein lieber Stefán, ich fürchte, dass die Glocke jetzt geschlagen hat. Nämlich für das, was niemals erwähnt und noch nicht einmal gedacht werden durfte. Jetzt, mein Lieber, bist du gezwungen...«

Stefán stoppte sie mit einem düsteren Blick. »Ja, ja, schon gut«, knirschte er. Er warf einen strengen Blick auf die Kinderschar, die seinem Blick standhielt. »Eure Großmutter, liebe Kinder, ist eine ganz gerissene Hexe«, sagte er. »Habt ihr das gewusst?«

»Oma ist lieb«, widersprach Eyjólfur, im Namen der Großmutter zutiefst beleidigt. Die anderen stimmten lautstark zu.

»Du bist erst fünf«, sagte Stefán. »Du hast keine Ahnung, wovon du redest, und ihr anderen auch nicht. Aber jetzt marsch ab ins Haus mit euch, bevor ihr hier erfriert, ihr Hübschen.« Die Kinderschar rannte los und trabte die Treppe zum Eingang ins Haus hoch.

»Du bist mir vielleicht eine«, sagte er zu Ragnhildur. »Du kaufst einen ganzen Land Rover und verwickelst sowohl Kinder als auch Enkelkinder in dieses Komplott, vollkommen gewissenlos. Findest du nicht, dass das etwas zu weit geht?«

»Oh nein«, erklärte Ragnhildur entschlossen. »Wenn es bewirkt, dass du endlich mal in deiner Garage aufräumst, dann finde ich nicht, dass es zu weit geht. Außerdem hat das Auto so gut wie gar nichts gekostet.«

※ ※ ※

»Ich muss nach Hause«, sagte Katrín. »Die Kinder müssen was zu essen bekommen. Nur eins noch, liebe Erla, ruf doch heute Abend mal deine Mutter an, tu das bitte. Versprichst du's mir?« Sie stand auf und war inzwischen ruhiger als zu Anfang ihres Besuchs. Erla war ganz offensichtlich nicht im Gleichgewicht, zumindest auf gar keinen Fall so locker und guter Dinge, wie sie vorgab. Aber sie war auch nicht so kaputt und neben der Spur, wie ihre Mutter befürchtet hatte, glaubte Katrín. »Und denk daran«, sagte sie in der Tür, »wenn irgendetwas bei dir ist, ruf mich bitte sofort an. Egal ob ...«

»Egal ob Tag oder Nacht, ob größere Sachen oder kleinere. Wie sind die beiden denn drauf, ist Eiður immer noch so ein unheimlich süßer kleiner Junge?«

Katrín musste lächeln. »Tja«, sagte sie, »was soll ich da sagen. Er kann schon ziemlich ...« Sie unterbrach sich selbst. Was für einen Quatsch wollte sie da verzapfen. »Ja, das ist er natürlich. Ein süßer kleiner Bengel.« Sie ging vorsichtig die steile, knarrende Treppe hinunter, und Erla folgte ihr.

»Íris ist ein richtiges Megababe«, sagte Erla. »Ýmir ist, glaube ich, ziemlich in sie verschossen, trotz der Verwandtschaft. Findest du nicht auch?«

»Ich weiß nicht«, sagte Katrín, die sehr viel gegen diese Bezeichnung ihrer Tochter einzuwenden hatte. »Na ja, manchmal kriegt man natürlich doch etwas mit. Dein Bruder und sein Freund, die beiden lungern ständig um Íris und ihre Freundin herum. Sollten wir nicht lieber hoffen, dass Ýmir sich mehr für Signý interessiert als für seine Cousine?«

»Die beiden sind taff«, grinste Erla. »Aber sie sind auch knuffig, sie erinnern so ein bisschen an Dick und Doof.« Sie öffnete die Haustür, hielt sie für Katrín auf und spähte mit zusammengekniffenen Augen und angespannten Gesichtszügen in den dunklen Nachmittag hinaus. »Können wir nicht weitermachen mit der Tradition, auch wenn ich jetzt im Westend lebe?«

»Was meinst du denn damit?«

»Ach, nur so. Ich überlege, ob ich nicht doch im Herbst wieder zur Uni gehe, aber an die große, die liegt ja viel näher von hier aus, und da sind die Studiengebühren niedriger. Im nächsten Winter brauche ich jemanden zum Babysitten.«

Katrín drehte sich um, packte Erla bei den Schultern und zwang sie, ihr in die Augen zu blicken. »Du bist schwanger?«

»Yess. Keine Bange«, beeilte sie sich hinzuzufügen, als sie Katríns Miene sah. »Ich bin zur Untersuchung gegangen, alles ist in Ordnung. Und ich bin happy und Marteinn ist happy, alles paletti also.«

Katrín atmete auf. »Weiß deine Mutter davon?«, fragte sie dann.

»Nein, noch nicht.«

»Und du stehst hier mit Bier und Ziga...« Katrín resignierte. »Mein Gott, Erla, was denkst du dir dabei?«

»Ey, Katrín, fang bitte nicht wieder von vorne an. Es ist mein Leben.«

»Nein«, entgegnete Katrín. »Es ist nicht nur dein Leben. Jetzt nicht mehr. Komm...«

»Mensch, ich bin doch kein Kind«, protestierte Erla Líf, aber Katrín kümmerte sich nicht darum, sondern schob sie wieder zur Tür hinein und die Treppe hinauf.

»Eben deswegen«, sagte sie resolut. »Du ziehst dir jetzt was Anständiges an und fährst mit mir nach Hvassaleiti. Du musst mit deiner Mutter reden, und zwar wie eine Erwachsene.«

Erla war absolut nicht einverstanden damit, doch nach viel gutem Zureden gab sie nach.

»Wie lange hast du diese Karre eigentlich schon?«, fragte

sie, als sie den Sicherheitsgurt anlegte. »Ich meine, das war bereits eine Klapperkiste, als ich vor zehn Jahren oder so auf Íris aufgepasst habe.«

»So alt war die Karre damals noch nicht«, sagte Katrín leicht pikiert und streichelte das Armaturenbrett. »Vielleicht gerade sieben oder acht Jahre. Also ist sie jetzt siebzehn oder achtzehn, und sie zieht bestimmt erst mit zwanzig von zu Hause weg.« Katrín ließ den Motor an und blinkte. Kaum hatte sie den Fuß von der Kupplung genommen, als ein schneeweiß glänzender neuer Mazda vorbeizog und genau auf den freien Platz vor ihr einparkte, sodass sie scharf bremsen musste. Sie hupte, und eine Hand winkte entschuldigend.

»Idiot«, murmelte sie. »Also dann fahren wir …«

»Nein, warte noch«, sagte Erla, schnallte sich ab und stieg aus. Gleichzeitig kam Helena Guðnadóttir aus dem weißen Mazda zum Vorschein. Sie wechselten ein paar Worte, die Katrín wegen der wummernden Bässe aus dem anderen Auto nicht verstehen konnte. Die erschütterten sowohl den Asphalt unter ihnen als auch die Scheiben in nahe liegenden Häusern. Erla machte die Haustür für Helena auf und setzte sich wieder zu Katrín ins Auto.

»Du solltest dir wirklich was Jüngeres zulegen«, lachte sie und schnallte sich wieder an. »Nicht zu fassen, dass es dieselbe Marke ist – der da ist doch viel, viel flotter.«

Katrín fand das zwar auch, aber sie ließ es ungesagt. »Was will Helena von dir?«

»Ach, nur ein paar Schuhe, die sie neulich vergessen hatte. Gibt es in dieser Klapperkiste keine Stereoanlage?«

Katrín schaltete das Radio ein. »Kanal eins oder zwei?«, fragte sie und warf einen Blick durch die Seitenscheibe auf den Fahrer des neuen Mazda. »Sag mal, ist das nicht dieser

Kári, der Bruder von Marteinn, da in dem Auto, mit dem Helena gekommen ist?«, fragte sie.

»Ja«, antwortete Erla. »Kári ist aber nur ein Halbbruder. Wieso fragst du?«

13

Freitag

»Scheißkerle, Arschlöcher, Stinktiere und Ganoven dürfen keine Banken besitzen oder Bankdirektoren sein«, erklärte Guðni mit Nachdruck. »Das ist überhaupt nicht kompliziert, da muss man nur ein entsprechendes Gesetz durchwinken, zackbumm, erledigt. Für die Sozen und die Roten in der Regierung dürfte das kein Problem sein, denke ich mal.«

»Meinetwegen«, entgegnete Árni, »aber wer entscheidet, wer was ist? Wer ist ein Scheißkerl oder ein Arschloch oder ein Gangster?« Für ihn war es nicht nur der letzte Freitag im Januar, sondern auch der letzte Arbeitstag vor einer viermonatigen Auszeit, Vaterschafts- und Sommerurlaub in Kombination. Vor dieser Zukunftsperspektive hatte er keinen Bammel.

»Irgendeine Kommission«, sagte Guðni. »Eine Scheißkerl-Banker-Ausschlusskommission. *No problem.*«

»Ach nee«, grinste Árni, während er weiter die Akten auf seinem Schreibtisch sortierte. »Und wahrscheinlich wirst du Mitglied in dieser Kommission sein?«

»Selbstredend. Vorsitzender und einziges Mitglied, mehr Leute braucht man nicht. Na ja, vielleicht organisier ich mir auch noch ein paar hübsche Weiber dazu, aber nur zur Dekoration. Und um ...«

»Behalt den Rest für dich«, sagte Katrín und pflanzte sich auf ihren Schreibtischstuhl direkt gegenüber von den beiden. »Dann brauch ich mir nicht die Ohren zuzuhalten. Erinnert ihr euch an Kári? Der im letzten Winter mit dir beim Babyschwimmen war, Árni.« Beide nickten zustimmend. »Damals wolltest du ihn doch noch besser abchecken, Guðni, oder hab ich das nicht richtig in Erinnerung?«

Guðni schüttelte den Kopf. »Ja, ich wollte ihn abchecken, und das hab ich getan. Und auch mit – na, sagen wir mal, mit meinem Mann bei der Droko gesprochen, dabei ist aber nichts rausgekommen. Oder richtiger gesagt, dabei ist rausgekommen, dass sie Kári Brown nicht mehr auf dem Radarschirm haben, angeblich ist er so *straight*, wie solche Drecksäcke nur sein können. Ich hab das an das Bürschchen weitergegeben«, sagte er und klopfte Árni auf die Schulter, »und danach bin ich der Sache nicht weiter nachgegangen. Wieso fragst du?«

Die nächste Frage richtete Katrín an Árni, ohne auf Guðni einzugehen. »Und du? Hast du damals nachgehakt?«

»Nein«, sagte Árni. »Ich hab mit Stefán über ihn gesprochen, mehr nicht. Übrigens war er auch kurze Zeit später nicht mehr beim Babyschwimmen. Er hat höchstens noch ein- oder zweimal teilgenommen.«

»Aber was ist mit der Frau?«, fragte Katrín. »Der Mutter des Kindes?«

Wenn Árni angestrengt nachdenken musste, setzte er unfreiwillig eine schafsdumme Miene auf.

»Ich glaub, die ist weiterhin erschienen«, sagte er. »Worum geht es denn jetzt?«

»Weißt du, wie sie heißt?«

»Nein. Irgendwann hab ich's bestimmt mal gewusst, aber der Name ist mir einfach wieder entfallen. Liegt ja auch schon ein Jahr zurück.«

»Kannst du das noch herausfinden? Oder vielleicht eher noch Ásta, sie arbeitet ja dort. Sie kennt doch bestimmt den Babyschwimmlehrer, oder wie nennt man diese Typen.«

»Sie kennt ihn so gesehen gar nicht«, brummelte Árni. »Der ist kein Angestellter in der Reha, er macht nur diesen Schwimmkurs. Wir könnten vielleicht...«

»Ja, ja, schon gut«, unterbrach Katrín ihn ungeduldig. »Versuch, die Teilnehmerliste zu bekommen. Ihr werdet ja sowieso bald wieder mit Klein-Jón dort rumpaddeln?«

»Ganz bestimmt«, sagte Árni. »Aber mir steht jetzt Vaterschaftsurlaub zu, falls du das vergessen haben solltest.«

»Ich brauche nur den Namen dieser jungen Frau, Árni. Es geht nicht darum, dich während des Urlaubs in irgendwelche Ermittlungen zu verwickeln. Dieser Kári ist nämlich dem offiziellen Status nach alleinstehend, und er wohnt nicht dort, wo er seinen Wohnsitz angegeben hat. Und die Leute, die in dem Haus leben, wissen von nichts. Ich war heute Morgen dort. Und zur Krönung des Ganzen ist das Auto, in dem ich ihn heute gesehen habe, nicht auf seinen Namen registriert, sondern auf eine Eigentümergemeinschaft, die unter der Adresse einer Rechtsanwaltskanzlei firmiert.«

»Und das alles musst du weshalb wissen?«, fragte Guðni und kratzte sich am Bauch.

»Weil deine Tochter Helena gestern Abend zu Erla Líf wollte«, sagte Katrín und schilderte ihnen den Verlauf ihres Besuchs. »Als ich an dem Auto vorbeifuhr, in dem sie gekommen war, habe ich gesehen, wer am Steuer saß. Kári Brown.«

»Verdammt«, sagte Guðni.

»Genau«, stimmte Katrín zu. »Ich hab versucht, etwas aus

Erla rauszulocken, aber aus bestimmten Gründen wollte ich ihr nicht zu sehr zusetzen.«

Sie berichtete von dem wenigen, das Erla ihr erzählt hatte, bevor sie das Mädchen zu der Mutter fuhr, um der zukünftigen Großmutter die freudige Nachricht zu überbringen.

»Verfluchte Scheißkacke«, schnaubte Guðni.

»Was ist?«, fragte Árni.

»Lass dir das von Guðni erklären, Árni«, sagte Katrín. »Ich muss los. Ich wünsch dir einen guten Urlaub, und falls ich dich bis dahin nicht mehr sehe – schöne Grüße an Ásta.«

✳ ✳ ✳

»Du bist einfach nicht paranoid genug«, sagte Guðni beim Mittagessen in der Kantine zu Árni. Es gab lauwarmes Hähnchen mit dazu passenden Pommes. »Aber ganz ruhig, das kommt schon noch. Spätestens nach zwei, drei Jahren in diesem Job wirst du richtig gut sein.«

»Trotzdem verstehe ich nur Bahnhof«, gab Árni zu und verzog sein Gesicht beim Anblick einer fettigen Fritte, bevor er sie sich in den Mund schob. »Ich raff die Verbindung nicht.«

»Ich auch nicht«, sagte Guðni und spießte genüsslich labberige Pommes mit hellrosa Cocktailsauce auf. »Genau darum kommt es mir einfach nicht geheuer vor. Jetzt überleg mal. Katrín sagt, dass ihre Cousine Erla Líf, die der Drecksack Darri und seine Kumpane im letzten Winter vergewaltigt haben, eindeutig Hasch oder Gras raucht. Oder zumindest ihr Freund Marteinn, denn die ganze Wohnung roch danach, und die Aschenbecher waren voll von gerauchten Joints. So weit klar?«

Árni nickte: »Ja.«

»Okay, sie unternimmt anscheinend nichts, denn Katrín

ist Katrín und Erla ist Erla, und wir regen uns nicht über dergleichen Kleinigkeiten bei unseren Leuten auf. Aber – und darum geht es – Erlas Freund heißt Marteinn Svansson und ist ein Halbbruder von Kári Svansson, Kári Brown. Kannst du folgen?«

»So weit klar.«

»Und Kári Brown hat seinerzeit für Lalli Fett gedealt, und das macht er wahrscheinlich immer noch. Okay?«

»Ist gecheckt.«

»Und Lalli Fett ist ein Scheißkerl, der größte und fetteste und schlimmste Drecksack aller Zeiten, okay?«

»Äh ...«

»*Come on*, hak dich doch nicht wegen irgendwelcher Lappalien aus«, sagte Guðni. »Lalli ist ein verdammter Drecksack und Scheißkerl, okay?«

»Gecheckt.«

»Also Kári Brown taucht in deinem Babyschwimmkurs auf und weckt deine Aufmerksamkeit, und ich hab anschließend mit meinem Mann bei der Droko gesprochen. Der gab grünes Licht für Kári, sagte, der sei völlig clean. Okay?«

»Gecheckt«, sagte Árni ein weiteres Mal und nagte so gut er konnte das Genießbare von der fetttriefenden Hähnchenkeule.

»Aber nachdem wir ihn abgecheckt haben, lässt er sich beim Babyschwimmen nicht mehr blicken. Niemand weiß was von ihm, bis er plötzlich vor dem Haus von Erla Líf auftaucht, mit meiner Helena neben sich im Auto«, sagte Guðni. Er klang ziemlich wütend. »Ich meine, das musst du doch auch sehen, dass das mehr ist als nur ein verdammter Zufall?«

Árni legte den halb abgenagten Knochen weg und schob den Teller von sich. »Nein«, sagte er. »Ich hab natürlich keine

Ahnung, weshalb er deine Helena rumkutschiert, aber da sie und Erla Líf verwandt sind und da Kári und Marteinn nun einmal Halbbrüder sind, steckt vielleicht nicht unbedingt was Anrüchiges dahinter. Ich meine, die beiden müssen sich doch kennen, und entweder ist er auf sie getroffen oder sie auf ihn, und entweder hat sie ihn gefragt, ob er sie irgendwohin bringen könnte, oder er hat es ihr angeboten. Oder...«

Guðni stöhnte. »Jesses, Junge, du bist noch weit vom richtig paranoiden Feeling entfernt. Ich muss weg, ich muss...«

Árni schnipste mit den Fingern. »Ich erinnere mich auf einmal noch an was anderes«, sagte er. »Da beim Babyschwimmen, da hat er nämlich nach dir gefragt.«

»Was?«

»Dieser Kári. Ich hatte es schon völlig vergessen, aber er hat sich irgendwie so ausgedrückt: Du bist doch Bulle, blabla, arbeitest du nicht mit dem feisten – sorry, arbeitest du nicht mit diesem Guðni zusammen, hat er gesagt. Oder so was Ähnliches.«

»Hat er wirklich gefragt, ob du und ich zusammenarbeiten?«

»Ja.«

»Und das sagst du mir erst jetzt, ein ganzes Jahr später? Tickst du nicht mehr ganz frisch, Bürschchen?« Guðni stand auf. »Ich muss unbedingt los, ich will versuchen, was aus dem Mädel rauszuholen, bevor sie in einer noch größeren Scheiße landet und ich noch mehr Gewese mit ihr hab.«

»Ich dachte, dir sei das alles egal«, entgegnete Árni. »Auch Helena. Wie oft hast du mir nicht gesagt, du hättest keinen Bock, dich von ihr in ihr abgedrehtes Leben reinziehen zu lassen. Also, warum jetzt?«

Guðni verzog das Gesicht. »Ich brauch das nicht dir gegenüber zu rechtfertigen, *monkeyface*«, knurrte er sauer.

»Schon gut, ich bin ja bloß...«

»Du bist so gut wie weg, und ich auch. Wir sehen uns dann in wie viel, in drei Monaten wieder?«

»Vier«, sagte Árni.

»In Ordnung, ich vermiss dich jetzt schon.« Guðni stapfte los, und wie gewöhnlich ließ er sein Tablett auf dem Tisch stehen.

»Nicht paranoid genug«, brummelte Árni, während er beide Tabletts zurückbrachte. Er holte sich einen Kaffee aus dem Automaten, und mit jedem Schluck von dem bitteren Gesöff, das durch seine Kehle lief, spürte er, wie sehr er sich auf den Urlaub freute. Er musste nur noch ein paar Berichte schreiben, und dann ab nach Hause. Leider befand sich dieses Zuhause jetzt in der Vorstadt Grafarvogur, das war bitter. Aber man konnte ja nicht alles haben.

* * *

In der Ecke von Kópavogur, in der alle Straßen auf -vör endeten, kannte sich Katrín nicht aus, und es war alles andere als hilfreich, dass die Betriebe in den Lagerhallen und Zweckbauten des Gewerbegebiets nur sehr unzureichend beschildert waren. Der rostige Renault von Marteinn zeigte ihr aber schließlich die richtige Adresse an. *Steinlax* stand auf einem Schild über der Tür, die sich zu einem hellen, weiß gestrichenen Saal öffnete. Der Lack auf dem Fußboden glänzte graugrün gesprenkelt, Maschinen, Geräte, Apparate, Arbeitsflächen und Regale waren aus Edelstahl, und überall floss Wasser, hatte sie den Eindruck. Und überall war Lachs, rosarötlicher Lachs und noch mehr Lachs.

Sieben Frauen mit blauen Schürzen und farbig angepassten Haarhauben blickten von der Arbeit hoch und starrten einen Augenblick auf Katrín, als sie die Halle betrat. Dann erschien Marteinn, ebenfalls mit Schürze und Haarhaube bekleidet, und die Frauen wandten sich wieder dem Lachs zu.

»Hallo«, sagte Marteinn. »Was ist? Ist was passiert?« Katrín schüttelte den Kopf. »Gut«, sagte er. »Okay – willst du einen Kaffee?« Sie schüttelte noch einmal den Kopf. »In Ordnung«, entgegnete Marteinn, der einen nervösen Eindruck auf Katrín machte. »Komm trotzdem mit in unsere Kaffeestube, dort ist es ruhiger.«

Katrín folgte ihm. »Brynjólfur ist nicht hier?«, fragte sie, nachdem Marteinn die Tür zugemacht und damit den größten Lärm ausgeschlossen hatte.

»Im Moment nicht, aber er kommt bestimmt bald zurück. Möchtest du mit ihm sprechen?«

»Eigentlich nicht«, sagte Katrín. Sie fühlte sich plötzlich zur falschen Zeit am falschen Ort. So als hätte sie in diesem erstaunlichen Fischverarbeitungsbetrieb in Kópavogur nichts zu suchen. »Es klingt vielleicht komisch«, sagte sie, »aber ich bin eigentlich hier, um nach deinem Bruder zu fragen. Deinem Halbbruder Kári.«

»Kári?«, echote Marteinn. Selbst Katríns vielerprobte Ohren hielten es für echte Verblüffung.

»Ja.«

»Weshalb?«

»Das spielt eigentlich keine Rolle«, erklärte Katrín in unbefangenem Ton. »Ich müsste einfach nur kurz mit ihm sprechen, aber ich weiß nicht, wie ich ihn erreichen kann. Er lebt nicht unter der angegebenen Adresse, und auf ihn ist kein Telefonanschluss angemeldet. Tja, und deswegen hoffte ich, dass du mir helfen könntest.«

»Tut mir leid«, sagte Marteinn mit einem entschuldigenden Lächeln. »Ich habe keine Telefonnummer von Kári. Wir sind uns nicht sonderlich nahe, wenn du verstehst, was ich meine. Und mein Bruder ist außergewöhnlich misstrauisch. Er ruft mich an, aber ich darf ihn nicht anrufen. Der ist schon irgendwie leicht weggetickt. Worum geht es denn?«

Auch Katrín dachte über diese Frage nach. Weshalb war sie auf der Suche nach Kári Svansson? Was hatte er mit ihrem Fall zu tun? Nichts, dachte sie, Kári mit seinen Umtriebigkeiten gehörte hundertprozentig in den Zuständigkeitsbereich von Þórður und seinen Leuten in der Droko. Ob dort irgendetwas gegen ihn vorlag, wusste sie nicht. Trotzdem musste sie hier nachhaken, es juckte sie wie eine verschorfte Wunde, an der man zwanghaft herumkratzte.

»Es spielt keine Rolle«, wiederholte sie, »ich möchte mich einfach mal kurz mit ihm unterhalten. Wie heißt seine Frau oder seine Freundin? Er hat doch eine, oder nicht? Hat er nicht ein Kind mit ihr zusammen?«

»Ja, aber ... Ich meine, ich versteh nicht ...«

»Du brauchst nichts zu verstehen«, sagte Katrín. »Sag mir nur, wo ich Kári finden kann.«

»Ich hab dir doch gesagt, das weiß ich nicht«, protestierte Marteinn. »Er ruft bei mir an, nicht ich bei ihm.«

»Blödsinn«, sagte Katrín. »Na meinetwegen, ganz wie du willst. Ich würde aber wetten, dass ich die Droko schneller mit Hunden in deine Wohnung kriege, als du Erla dazu bringen kannst, dort mal ordentlich aufzuräumen. Was meinst du?« Sie zog ihr Handy aus der Tasche. »Dann sitzen Papa und Mama im Knast«, sagte sie, »und das Baby ist irgendwo zur Pflege – tja, bei wem eigentlich? Wo wird das arme kleine Ding wohl landen?«

»Sag mal, hast du sie noch alle?«, fragte Marteinn schockiert. »Versuchst du ernsthaft, mich wegen so einer kleinen Haschportion einzuschüchtern und unserem ungeborenen Kind zu drohen?«

Katrín wurde rot. Tat sie das wirklich? Sie hatte es sicher nicht so gemeint. »Und das Ganze, von dem ich nicht mal weiß, was es ist, hat mit meinem Halbbruder zu tun, gar nicht mit mir?«, fuhr Marteinn ungnädig fort. »Was bist du für eine Scheißkripotussi. Und Erla glaubt immer noch, du wärst besser als die anderen Faschisten bei der Firma.«

»Entschuldige«, sagte Katrín, »und das meine ich ernst.« Verdammt, ich schaffe es eben nicht, mich manchmal wie ein blöder Bulle aufzuführen, wie eine typische Scheißkripotussi, einfach kaltblütiger und brutaler. Ein bisschen wie Guðni.

»So hab ich es nicht gemeint«, fuhr sie in entschuldigendem Ton fort. »Aber deinen Bruder muss ich wirklich erreichen, verstehst du?«

»Ich sag's ihm, wenn er sich das nächste Mal bei mir meldet«, entgegnete Kári kurz angebunden. »Der wird sich bestimmt unheimlich freuen.« Damit war die Unterhaltung von seiner Seite aus eindeutig beendet. Katrín gab auf und verabschiedete sich. Die ganze Angelegenheit war ihrer Meinung nach völlig unklar und verworren, dachte sie, Guðni und sie hatten sich noch nicht einmal darauf einigen können, weswegen diese Typen ihnen so verdächtig vorkamen, gar nicht zu reden von mehr. Und sie hatten auch genügend andere und handgreiflichere Dinge am Hals. Sie setzte sich gerade in ihren alten verrosteten Mazda, als ein hochglanzpolierter schwarzer Cadillac-SUV neben ihr hielt.

»Tag«, sagte Darris Vater Ingólfur kurz angebunden.

»Tag«, antwortete Katrín. »Brynjólfur ist nicht da, fürchte ich. Steckst du auch in diesem Betrieb mit drin?«

Ingólfur räusperte sich. In Katríns Ohren klang es nach Verlegenheit, aber sie war sich nicht sicher.

»Nicht direkt«, antwortete Ingólfur. »Brynjólfur und ich sind alte Freunde.«

»Es ist wohl sehr peinlich für dich«, sagte Katrín, die ihre Selbstsicherheit wiedergefunden hatte. »Ich meine, Brynjólfurs Stieftochter zeigt deinen Sohn wegen Vergewaltigung an – und der wird verurteilt. Trotzdem seid ihr immer noch Freunde? Wie funktioniert so was eigentlich?«

»Danke der Nachfrage, es funktioniert ausgezeichnet«, entgegnete Ingólfur brüsk. »Erla Líf war – und ist ein prima Mädchen. Meine Frau und ich mochten sie sehr, als sie und Darri zusammen waren. Als sie... Als mit ihr noch alles in Ordnung war. Und uns kam es so vor, als beruhe das auf Gegenseitigkeit. Ich weiß nicht, was da im vergangenen Jahr mit ihr passiert ist – was immer es war, ich habe jedenfalls nicht meinen Freund Brynjólfur dafür verantwortlich gemacht. Ich verlange auch nicht, dass eine Frau von deinem Kaliber so etwas versteht. Schönen Tag noch.« Er ging durch die Tür von *Steinlax* und schloss sie hinter sich.

»Puh«, stöhnte Katrín, während sie auf dem Nachhauseweg nachzuvollziehen versuchte, was in den Köpfen solcher Menschen wie Ingólfur vor sich ging und wie in aller Welt es passieren konnte, dass er es nach den durch die Topfrevolution erzwungenen Wahlen ins Parlament geschafft hatte. Im Wahlkampf hatte er sich die Rundumerneuerung der Partei und des Parlaments auf die Fahnen geschrieben und auch immer wieder betont, dass ihm das bevorstehende geringere Gehalt völlig egal sei, falls er gewählt würde. Vielleicht war es diese unerhörte Opferbereitschaft, die ihm den Weg ins Parlament geebnet hatte. Darüber zerbrach Katrín sich den Kopf, als der Mazda auf halbem Weg nach Hause seinen Geist aufgab.

14

Samstag auf Sonntag

Beim schnellen Schalten hörte man ziemlich viel Geräusch im Getriebe, fand Stefán, vor allem wenn der Motor hochtourig lief. Der dröhnte ohnehin schon sehr laut, und in scharfen Kurven quietschten Bremsen, Federn und Reifen fürchterlich, sie wurden allerdings auch immer in vollem Tempo gekratzt.

»Rööööhr, zack, dröööhn – uiiiiiiii – kssss – bumms. Aufpassen!«

»Wow«, sagte Stefán, der sich mit einer Hand krampfhaft an das Armaturenbrett klammerte und mit der anderen schwungvoll den Schweiß von der Stirn strich. »Da hat nicht viel gefehlt.«

»Pah«, sagte die Fahrerin und gab wieder Vollgas. »Dröööhn, das war doch noch gar nichts, uiiiii. Warte, bis wir in die Berge kommen, dann geht das Gehopse erst richtig los.«

»Darf ich jetzt ans Steuer?«, fragte Stefáns Enkel Eyjólfur, der aufgeregt auf dem mittleren Sitz hin- und herrutschte.

»Ich bin doch *gerade erst* losgefahren«, protestierte seine neunjährige Schwester Védis und blinkte. »Du darfst nachher fahren.«

Nach einer halben Stunde Probefahrt durch die unendlichen Weiten und auf den schwierigen Pisten, die in der Einfahrt zum Haus am Nökkvavogur zu finden waren, stellte sich ihnen eine zierliche kleine Frau in den Weg, und ihr Enkel, der jetzt am Steuer saß, konnte nur mit knapper Not noch rechtzeitig den Fuß zum Bremspedal runterbringen.

»Ooomaa«, schrie er, als sie die Tür an der Fahrerseite öffnete. »Ich hätte dich beinah über den Haufen gefahren!«

»Uff«, sagte Ragnhildur, »lieb, dass du das nicht getan hast. Der Tisch ist nämlich gedeckt, es gibt demnächst Waffeln und Sahne und Kakao.«

»Okay«, sagte Eyjólfur, »dann machen wir kehrt. Wir kommen ganz bald.«

Nachdem sie endlich gegen Mittag nach strapaziösen Hochlandabenteuern wieder in bewohnte Gebiete zurückgekehrt waren, verschwanden Brot und Waffeln wie Tau in der Sonne.

»Bist du nicht langsam zu alt für solche Autospiele?«, fragte Ragnhildur, als die Geschwister im Fernsehzimmer verschwunden waren, aber erst nach dem feierlichen Versprechen ihres Großvaters, dass das nächste Hochlandabenteuer im heißen Pool hinter dem Haus enden würde.

»Nein«, erklärte Stefán querköpfig. »Ich werde nie zu alt für solche Spiele. Damit werde ich nie aufhören.«

»Na schön, mein Lieber«, sagte Ragnhildur. »Hast du die Jungs schon darum gebeten, dir am Wochenende in der Garage zu helfen?«

»Ja«, stöhnte Stefán. »Warum bist du immer so grausam zu mir, Weib. Bjarni hat keine Zeit, aber er hat versprochen, mir seinen Anhänger zu leihen. Und Oddur wird mir dabei helfen, ihn zu füllen und zu entleeren. Eine Entrümpelungsfuhre nach der anderen.«

»Ach je«, sagte Ragnhildur mit geschürzten Lippen. »Was hör ich denn da, geht es dir wirklich so nahe, du Ärmster. Denk aber daran, dass alles nur für dich gemacht wird, Schatz. Denn wo kann man besser mit seinem Auto spielen als in der Garage?«

»Hrmpf«, brummte Stefán und erbarmte sich der letzten Waffel auf dem Teller.

※ ※ ※

»Du hast mich schon voriges Jahr nach Kári Brown gefragt«, sagte Kristján Gumm bei der Droko. »Ich hab dir gesagt, dass er nichts mehr mit Drogen zu tun hat. Und ich hab dir auch versprochen, mich bei dir zu melden, falls er wieder auftauchen würde. Das ist nicht passiert, und darum hab ich mich auch nicht gemeldet – und trotzdem bist du jetzt da und fragst nach Kári Brown. Was ist eigentlich los?«

»Verdammt, genau das möchte ich wissen, und deshalb muss ich diesen Arsch finden, amigo. Weil ich glaube, dass da was läuft, wovon ich wissen sollte.«

Guðni und Kristján kannten sich schon lange, sie waren bereits seit einem Vierteljahrhundert Kollegen. Im Gegensatz zu dem, was bei Guðni üblich war, hatte sich ihre Bekanntschaft im Laufe der Zeit eher verbessert als verschlechtert, auch wenn man sie nicht direkt eine enge nennen konnte. Und aus dem Gespräch am Küchentisch bei Kristján zu Hause war nicht herauszuhören, dass in absehbarer Zeit so etwas wie eine Freundschaft daraus werden würde.

»Und zu der Überzeugung bist du gekommen, weil Katrín beobachtet hat, dass Kári deine Tochter zu ihrer Cousine gebracht hat, die mit seinem Halbbruder zusammenlebt?«

»Ja.«

»Weißt du, ich glaube, du hast sie nicht mehr alle. Hast du mit deiner Tochter geredet?«

»Nein«, musste Guðni zugeben. »Ich hab alles versucht, Anrufe, SMS und E-Mail, hab bei ihr geklingelt, egal, ich kriege keine Verbindung zu ihr. Was in meinen Augen das Ganze nur noch beunruhigender macht. Vor allem auch deswegen, weil sie mich – du gibst das hoffentlich nicht weiter – in letzter Zeit dreimal um Geld angehauen hat. Und ehrlich gesagt, jedesmal um hohe Summen.«

»Ich sag's dir, Guðni, bei dir stimmt was nicht. Es ist Samstag, es ist sogar immer noch Vormittag, und deine Tochter ist wie viel über zwanzig?«

»Zweiundzwanzig«, sagte Guðni. »Was hat das mit der Sache zu tun? Wo finde ich diesen Kári?«

Kristján schüttelte die ordentlich gekämmte Mähne. Ihn und Guðni trennten nur zwei Jahre, aber ihr äußeres Erscheinungsbild sagte anderes aus, sehr zum Nachteil von Guðni. »Keine Ahnung. Ehrlich. Was meinte Katrín, hat sie denn ihre Verwandte nicht danach gefragt? Diese verdammte Anarcho-Tussi, die Darri Ingólfsson zu Fall bringen möchte?«

»Doch, hat sie«, sagte Guðni. »Die hat behauptet, dass sie nicht wüsste, warum Helena sich von Kári kutschieren ließ. Die sagte bloß, sie hätten sich oft bei ihr zu Hause auf Partys getroffen.«

»Bei Helena?«

»Nein. Helena und Kári bei dieser Erla natürlich, und ihrem Freund, dem Halbbruder von Kári.«

»Genau das, was ich versucht habe zu sagen«, seufzte Kristján. »Das dreht sich doch alles im Kreis. Und ich kann nicht sehen, was daran verdächtig sein sollte und weswegen du immer noch hinter diesem Kári her bist. Vergiss ihn.«

Guðni zog die Schachtel mit seinen Stumpen heraus und steckte sich einen zwischen die Zähne.

»Weißt du«, sagte er nach längerem Schweigen, »jetzt bin ich erst recht neugierig und gespannt. Wann hab ich dich angerufen, war es nicht letztes Jahr im Januar? Oder im Februar?«

»Irgendwas in der Art«, gab Kristján zögerlich zu.

»Irgendwas in der Art – ich hab nur ganz simple Fragen nach diesem Kári gestellt, ich bekam simple Antworten und ließ es dabei bewenden. Bis jetzt, ein ganzes Jahr später. Und ich stelle auch wieder nur eine ganz simple Frage: Wo kann ich Kári Brown finden? Aber jetzt bekomme ich keine simple Antwort. Jetzt...«

»Blödsinn, du hast eine simple Antwort bekommen. Ich hab dir gesagt, ich hab keine Ahnung. Basta.«

»Von wegen basta, Kristján, du hast mir vorgefaselt, dass ich ewig hinter einem Mann herrenne. Dabei hab ich dich bloß zweimal mit viel Zeit dazwischen nach ihm gefragt, und du sagst mir, ich soll ihn vergessen. Mensch, Kristján, rück doch endlich damit heraus. Muss ich mir Sorgen um meine Tochter machen?«

»Nein«, entgegnete Kristján. »Oder besser, darüber weiß ich nichts, ich kenne sie ja überhaupt nicht. Aber von Kári hast du nichts zu befürchten.«

»Weshalb?«

»Weil ich es dir sage.«

»Das reicht nicht, amigo. Letzte Chance – was ist Sache mit diesem Kári, und wo finde ich ihn?«

»Keine Ahnung, *amigo*. Und jetzt verpiss dich, ich kriege Besuch.«

Als Guðni in seinem Mercedes saß, zückte er sein Handy. Rief noch einmal Helena an, aber erhielt wieder keine Antwort.

»Kinder«, stöhnte er. »Ewig und immer endloses Theater und Gewese.« Er fuhr in Richtung Westend.

* * *

»Mein Bruder Ási meint, dass die Kiste endgültig den Geist aufgegeben hat«, seufzte Katrín. »Er hat mich mit dem Ding gestern Abend nach Hause geschleppt und es sich heute Morgen angesehen. Die Zylinderkopfdichtung ist im Eimer, sagt er, und auch sonst noch so einiges, wenn ich ihn richtig verstanden habe. Eine Reparatur macht überhaupt keinen Sinn. Also bin ich ab jetzt autolos.«

»Du könntest dir natürlich den Jeep holen«, sagte Sveinn. Beide wurden von der Sonne beschienen, der Unterschied bestand nur darin, dass sie auf ihrem Balkon in Hvassaleiti stand und leicht angefrorene Wäsche von der Leine holte, während er in einer kleinen Stadt nahe Barcelona bei sechzehn Grad auf dem Marktplatz saß und Rotwein schlürfte. »Der steht nutzlos bei dem Autohändler herum. Lass ihm ein neues Nummernschild verpassen, und los geht's. Der Wagen ist im Topzustand.«

»Nein, das kann ich nicht«, sagte Katrín. »Allein die Versicherung kostet doch bestimmt an die zweihunderttausend Kronen im Jahr? Oder sogar zweihundertfünfzigtausend? Und so ein monströses Ding kann ich nicht hier im Stadtverkehr benutzen. Entweder finde ich irgendein altes kleines Vehikel oder ich komme ohne Auto aus.«

Sie hatte heftig geflucht, als der arme Mazda unten im Fossvogur-Tal den Geist aufgab, aber nicht lange. Alles, was sie brauchte, war in fünf Minuten Fußweg von zu Hause aus zu erreichen, Banken, Geschäfte und das medizinische Versorgungszentrum, und in der Arbeit standen ihr ohnehin größere und leistungsstärkere Wagen zur Verfügung. »Ich gehe entweder zu Fuß oder nehme das Fahrrad oder den Bus, um ins Büro zu kommen«, sagte sie, »und wenn ich irgendwohin muss, nehm ich mir ein Taxi. Das ist bestimmt billiger, als ein Auto zu halten. Ich wollte aber eigentlich nicht über Autos mit dir sprechen. Hast du schon die Flugtickets für die Kinder gekauft?«

Merkwürdig, wie viel einfacher es war, mit Sveinn zu reden, seitdem sie sich getrennt hatten und Sveinn in Spanien lebte, dachte Katrín nach dem Telefongespräch. Mein Leben und sein Leben sind so viel einfacher als unser gemeinsames Leben.

Aber ein Leben ohne Auto? Im Grunde genommen fand sie die Idee gar nicht so abwegig. Íris und Eiður hingegen reagierten entgeistert, als sie diese Zukunftsperspektive bei Kakao und süßen Brezeln ins Gespräch brachte. Vor allem Íris. Und sogar die Nachricht, dass die Spanienreise zu Ostern in trockenen Tüchern war, reichte nicht, um ihre Aufmerksamkeit von der Hauptsache abzulenken.

»Wie soll ich dann für die Fahrprüfung üben?«, fragte sie besorgt. »Ab Herbst darf ich doch in Begleitung fahren, und dann muss ein Auto da sein. Sonst kriege ich den Führerschein nie.«

»Du brauchst keinen Führerschein, wenn wir kein Auto haben«, entgegnete Katrín weise.

»Unheimlich komisch«, sagte Íris sauer. »Signý und Ýmir und Haukur, die dürfen alle schon üben, und die Jungs bekommen sogar ein eigenes Auto, wenn sie siebzehn werden, falls sie bis dahin nicht angefangen haben zu rauchen.« Die Sätze sprudelten nur so aus Íris heraus. »Und bei Signý zu Hause gibt es zwei Autos, aber ich darf noch nicht mal mit einer uralten Schrottkiste üben, und wenn Papa im Ausland bleibt und du kein Auto mehr hast, dann kriege ich nie den Führerschein und kann niemals...«

Katrín vergaß manchmal, was für eine unerhörte Aufregung noch gar nicht abgemachte Ereignisse in ferner Zukunft im Gemüt von Teenagern verursachen konnten. Sie gab lieber sofort nach, bevor die Diskussion völlig aus dem Ruder lief.

»Den Führerschein kriegst du schon, Íris, mach dir da keine Sorgen. Nach knapp zwei Jahren, von heute an gerechnet, wirst du deinen Führerschein haben. Versprochen.«

»Hoffentlich«, knurrte Íris, die nun wieder etwas ruhiger wurde. »Welchen Wagen willst du denn kaufen? Können wir uns morgen vielleicht mal Autos ansehen?«

»Auja«, stimmte Eiður zu, »lass uns morgen ein Auto kaufen. Ich will ein schwarzes, die sind am coolsten. Und bloß nicht so 'ne lahmarschige Rostbeule wie das alte Auto.«

»Wir kaufen morgen kein Auto«, erklärte Katrín lächelnd. »und auch nicht übermorgen. Und eines kann ich dir versprechen, Fräulein Fix«, sagte sie zu ihrer Tochter, »du wirst zum siebzehnten Geburtstag kein eigenes Auto geschenkt bekommen – egal, ob du rauchst oder nicht. Aber wenn du rauchst, dann kriegst du einen Tritt in den Hintern.«

»Vielleicht schenkt mir Papa ja eins zum Geburtstag«, entgegnete Íris trotzig. »Genau wie der Stiefvater von Ýmir. Er hat schon Flóki ein Auto geschenkt, und Ýmir sagt, seins wird noch toller. Und überleg mal, er kann in drei Autos Übungsstunden fahren, mit Brynjólfur, mit seiner Mutter und mit Flóki.«

»Na denn«, sagte Katrín und brachte ihren Teller zur Spüle. »Ist ja toll.«

»Haukur ist total neidisch«, grinste Íris, »denn Ýmir darf schon in drei Wochen anfangen zu üben, und Haukur wird erst im August sechzehn. Aber noch vor mir, deswegen soll er bloß mit dem Gejaule aufhören. Er kriegt bestimmt auch ein viel tolleres Auto als Ýmir, sein Papa ist stinkreich. Kannst du dir nicht so einen reichen Kerl zulegen?«

»Mensch, dazu hat sie doch gar keine Zeit«, widersprach Eiður, während er seinen Teller abspülte. »Sie muss ständig arbeiten. Außerdem sind all diese reichen Kerle Gangster, und dann müsste sie die ja immer gleich festnehmen, wenn sie rausfindet, dass sie reich sind.«

»Idiot!«, sagte Íris entrüstet. »Nicht alle Reichen sind Gangster.«

»Doch«, entgegnete Eiður im Brustton der Überzeugung. »Baldur sagt das, und seine Mama sagt das auch. Und Opa sagt das, und Mama ebenfalls.«

Katrín runzelte die Stirn. »Sage ich das?«

»Ja.«

»Dass alle Reichen Verbrecher sind?«

»Ja.«

»Und wann soll ich das gesagt haben?«

»Ganz oft«, sagte Eiður. »Ich hab oft gehört, wie du das vor dem Fernseher gesagt hast, wenn sie diese reichen Knacker interviewt haben, und diese, diese Expan... Ich weiß nicht, also diese Wikinger, und wenn sie von denen erzählen. Dann sagst du doch immer, dass die alle an der Bank Gangster und Kriminelle sind...«

»Durch die Bank«, korrigierte Katrín unwillkürlich.

»Ja, meinetwegen. Und auch der Präsident und die Regierung und die Leute da im Allthing und...«

»Nein, mein Lieber, jetzt geht deine Fantasie mit dir durch«, unterbrach Katrín ihn, feuerrot im Gesicht. »Oder zumindest übertreibst du gewaltig, ich bin doch nicht ganz so...«

»Aber hallo«, lachte Íris. »Genauso bist du, wenn du Nachrichten und Tagesthemen siehst oder Radio hörst. Das ist schon richtig komisch, weil du uns nämlich verbietest zu fluchen, und du selber fluchst du die ganze Zeit, wenn du dich über diese Typen im Radio und im Fernsehen aufregst. Das ist wirklich total komisch.«

»Ahem, ja, was ihr nicht sagt. Ich, ich bin...« Das Telefon rettete Katrín. »Ihr räumt die Küche auf, okay? Sonst wird bei uns kein Abendessen gekocht.« Sie nahm das Telefon zur Hand: »Katrín.«

»Hallo, mein Schatz«, sagte Jóna, ihre Freundin. Die älteste und beste. »Was meinst du, sollten wir nicht mal wieder zum Essen ausgehen und uns anschließend an der Bar einen genehmigen?«

Es war nicht das erste Mal, dass Jóna sie nach der Trennung von Sveinn dazu verlocken wollte, etwas zu unternehmen. Und es würde auch nicht das letzte Mal sein. Katrín griff zu den erprobten Ausweichmanövern. »Nein«, sagte sie, »ich möchte gleich noch ein bisschen laufen. Und danach ein paar Runden schwimmen, um den Kreislauf wieder auf Vordermann zu bringen. Warum kommst du nicht einfach mit?«

»Kein Problem«, sagte Jóna. »Die Mädels und ich sind dabei. Und wir sind schon hier – guck mal aus dem Küchenfenster.« Als Katrín das tat, sah sie fünf geschiedene Freundinnen im Jogging-Outfit, die ihr mit strahlendem Lächeln vom Parkplatz aus zuwinkten. Das konnte nichts Gutes bedeuten.

* * *

»Ich finde das echt ziemlich beschissen«, sagte Erla. »Rafft ihr das nicht? Ich meine, es hat Wahlen gegeben, und jetzt haben wir da 'ne Regierung, die sich als Links-Regierung verkauft, aber hat sich irgendwas geändert? Ernsthaft geändert? Irgendwas?«

»Nee«, sagte Marteinn. Er leckte das Zigarettenpapier und rollte den Tabak ein. »Nichts hat sich geändert. Mein lieber Bruder Kári verschafft einem immer noch die besten Highlights im ganzen Land.« Er zündete den Joint an, inhalierte tief und reichte ihn weiter. Erla wollte nicht. Sie trank einen Schluck Bier und streckte die Hand nach ihrer Zigarettenschachtel aus.

»Ich meine es ganz ernst, Marteinn«, beharrte sie etwas ärgerlich. »Findet ihr das denn in Ordnung? Da sitzt noch niemand im Gefängnis, da wird überhaupt nicht ernsthaft gegen welche ermittelt. Alle tun so, als wären sie fürchterlich empört, alles soll angeblich aufgeklärt werden, um einen verdammten reinen Tisch zu machen, aber niemand tut wirklich etwas. Ich wette mit dir, dass es nie dazu kommen wird, dass jemand was unternimmt, und niemand wird eingelocht. Die haben das Land bankrott gemacht, haben ich weiß nicht wie viele Tausend Millionen Kronen gestohlen, und dann heißt es einfach nur, *oops, sorry.*«

»Nein«, sagte Helena, während sie den Joint von Oddrún entgegennahm. »Schön wär's, wenn es so wäre. Leider hört man weder *sorry* noch *oops*, einfach nur *business as usual.*«

»Unheimlich viele Leute werden arbeitslos, die Schulden wachsen ins Unermessliche, ein Haufen Leute gehen pleite, aber dieses verdammte Scheißpack, das daran schuld ist, die gucken ganz furchtbar unschuldig aus der Wäsche, *Häh, ich? Wieso ich?*, und bis wir anderen unsere Wut abgekühlt haben, verstecken sie ihren Range Rover irgendwo«, warf Oddrún als Argument ein.

»Und niemand ist an irgendwas schuld«, sagte Helena. »Nicht die Politiker, nicht die Bankdirektoren, nicht der Notenbankdirektor, nicht all die anderen Wirtschaftsbosse. Ganz einfach niemand.«

»Doch, wir«, schnaubte Erla. »Ich meine natürlich nicht uns, sondern all diese kaufwütigen Normalos, die geglaubt haben, sie dürften bei der großen Party mitmachen.«

»Lass den Scheiß, Erla«, widersprach Marteinn mit nicht ganz nüchterner Stimme. »Es ist doch gar nicht so lange her, da hast du selber ordentlich bei der Party mitgemischt. Können wir nicht einfach mal locker 'nen schönen Abend haben, auch wenn du dich auf die andere Seite geschlagen hast? Warum zum Teufel musst du immer und ewig mit so einem verdammt tiefsinnigen Gewäsch anfangen?« Er leerte den Rest aus der Rotweinflasche in sein Glas und nahm das entgegen, was von dem Joint noch übrig war.

Erla war sauer, das war ihr anzusehen und anzuhören. »Was meinst du mit *immer und ewig*? Ich bin doch nicht *immer*...«

»Mannomann, wenn es nicht um den Crash geht und die Revolution und die Bullenbeißer der Macht und die bösen Kapitalisten und Faschisten, dann geht's um... ach, du weißt schon.« Marteinn hob resignierend die Hände. »Sorry, ich weiß, wie unerhört *heavy* und wichtig das ist, aber manchmal, irgendwann mal dazwischen, da braucht man einfach ein *chill-out*, verstehst du das nicht?«

»Entschuldige vielmals«, entgegnete eine eiskalte Erla. »Entschuldige, dass ich mich von den dreien vergewaltigen ließ, und entschuldige, dass ich dir dein chill-out immer wieder verderbe, weil ich mich immer wieder an das *ach, du weißt schon* erinnere. Entschuldige, wenn...«

Marteinn wand sich und verdrehte die Augen bei Erlas Worten. Helena und Oddrún starrten blind und stumm auf den Boden, bis die Türklingel den Abend rettete.

»Hallo?«, rief Flóki die Treppe hoch. »Seid ihr zu Hause?«

»Das riechst du doch wohl schon«, sagte Nanna, die direkt hinter ihm stand. »Natürlich sind sie zu Hause.« Wenige Sekunden später standen sie im Wohnzimmer, sie waren etwas atemlos, aber sie strahlten von einem Ohr zum anderen.

»Wieso grinst ihr denn so blöde?«, fragte Erla, die kaum wusste, weshalb sie so froh über die Unterbrechung in diesem kritischen Augenblick war.

»Nur so«, antwortete Flóki. »Es ist manchmal nur schön zu existieren, Schwesterchen. Und es wird noch schöner werden. Guckt mal, was wir mitgebracht haben.«

* * *

»Gut«, sagte Katrín. »Im Ernst – mir geht es richtig gut.«

Mein Auto hat einen Totalschaden, dachte sie, und ich hab nicht die Kohle, um mir ein neues anzuschaffen, mein Dispokredit ist ausgeschöpft, ich hab mir im letzten halben Jahr nicht ein einziges neues Teil zum Anziehen gekauft, und außerdem brauche ich dringend neue Unterwäsche, und die kostet jetzt doppelt so viel wie letztes Jahr. Ich kann keine Überstunden mehr machen, um das Konto aufzufüllen. Meine Tochter ist fünfzehn, und ich weiß nicht, ob sie schon Sex gehabt hat, und erst recht nicht, mit wem. Mein Sohn hat ein besseres und engeres Verhältnis zu seinem Computer als zu mir, ich bin mehr bei der Arbeit als zu Hause, obwohl sich die Überstunden wegen der Einsparmaßnahmen nicht lohnen, aber ich muss sie abreißen; ich mach mir Sorgen wegen Erla, weil sie schwanger ist und trotzdem mit Drogen rummacht, aber sie will nicht, dass man ihr hilft; und sie wird noch tiefer in diesen Sumpf reingeraten, wenn diese Arschlöcher, die sie vergewaltigt haben, in sechs Wochen vom Obersten Gericht freigesprochen werden; sogar Kollegen mit ganz viel Erfahrung quittieren den Polizeidienst wegen unerhörter Belastung und miesen Gehältern, und niemand wird statt ihrer eingestellt, weil irgendwelche verdammten Geldgierklöße und komplett unfähige Politiker uns an den Rand des Abgrunds geführt haben. Was bedeutet, dass ich mich noch weniger um die Kinder kümmern kann und noch mehr für nichts arbeiten muss. Ich weiß nicht, ob ich wegen des Reihenhauses, das Sveinn und ich gekauft haben, aber nie bezahlen konnten, auf irgendeiner Schuldnerliste stehe und womöglich Bankrott erklären muss, denn wegen des verfluchten Bankencrashs konnten wir unsere ehemalige Wohnung nicht verkaufen; das Haus wurde bei der Trennung auf seinen Namen übertragen, das könnte möglicherweise ungesetzlich sein, und das wäre übel für eine Person in meiner Stellung; ich habe acht Einbruchsdiebstähle, zwei Vergewaltigungen und fünf Fälle von Gewaltdelikten auf dem Schreibtisch, sehe aber nicht, wie ich irgendwas davon in den nächsten Tagen zum Abschluss bringen soll; ich kann es mir in diesem Jahr nicht leisten, Urlaub zu machen, ich kann auch nicht einfach mal ausgehen und mich amüsieren. Im Grunde genommen dürfte ich gar nicht hier sein...

»Mit geht's richtig gut«, wiederholte sie lächelnd. »Trinken wir darauf, Prost.« Die Freundinnen stießen alle sechs miteinander an, sie hatten zusammen mit ihr gejoggt und waren geschwommen, wie es sich für echte Walküren gehört, und hatten sich anschließend im heißen Pool auf Jónas Veranda gesuhlt; danach hatten sie darauf bestanden, dass sie sich ein Kleid anzog, und sie mit in die *Vínbar* geschleift.

»Wie ist das eigentlich«, wisperte Jóna dicht an ihrem Ohr, als die vier anderen im Team zur Bar und zur Toilette gegangen waren, »versuchst du denn nicht, mal wieder Ausschau zu halten? Du würdest doch bestimmt keine Probleme damit haben, dir jemanden anzulachen, wenn du wolltest?«

Katrín schaute ihre Freundin streng an: »Du hast es mir versprochen! Ich habe nur eine einzige Bedingung gestellt, um mit euch zu kommen. Du hast versprochen, dass nicht über Männer und Sexleben geredet wird.«

»Tatsächlich?«, entgegnete Jóna. »Dann hab ich gelogen. *Come on*, hast du wirklich keine Dates? Oder, du weißt schon, gönnst du dir nicht zwischendurch mal was? Ich kann mir einfach nicht vorstellen, dass du so richtig wie im Kloster lebst.«

»Glaub, was du willst«, sagte Katrín und nippte an ihrem Weinglas. Mit einigen gerissenen Täuschungsmanövern war es ihr gelungen, ihren Alkoholkonsum sehr in Schach und geheim zu halten; ihr drittes Weinglas an diesem Abend war noch halb voll.

»Ich meine, gibt's da nicht jede Menge knackiger Typen bei der Polizei, Katrín? Die sind doch nicht alle in festen Händen?«

»Die richtig knackigen schon«, sagte Katrín mit einem amüsierten Glitzern in den Augen. »Die wenigen freien sind entweder viel zu jung oder viel zu alt oder potthässlich oder todlangweilig oder faschistisch. Oder eine Mischung aus allem. Und ich habe einfach keine Zeit, um woanders Ausschau zu halten.«

»Wer redet denn von woanders. Wie gefällt dir der da drüben?«, fragte Jóna und deutete auf einen Mann. Katrín blickte in die Richtung. Er war zwischen dreißig und vierzig, hatte dunkles Haar und einen gepflegten Kinnbart unter den geschwungenen Lippen, graue Augen und eine Adlernase. Zudem war er hochgewachsen, hielt sich kerzengerade und wirkte mit seinen breiten Schultern sehr sportlich und gestählt.

»Überhaupt nicht«, log Katrín, »überhaupt nicht mein

Typ.« Sie hatte keine Zeit für Verrücktheiten dieser Art, beschloss sie.

* * *

Helena küsste Erla auf beide Wangen, auch Marteinn, Flóki und Nanna bekamen einen Kuss ab, und anschließend zog sie Oddrún hoch.

»Wenn ihr das wirklich tut«, erklärte sie mit erhobenem Finger, »ich meine, in echt, *wenn* ihr das tut, dann müsst ihr total vorsichtig sein. Totaaal! Komm jetzt, Oddrún.«

»Bye-bye«, lachte Oddrún, nachdem sie ebenfalls Küsschen in der Runde verteilt hatte. Dann hüpften die beiden die steile Treppe hinunter. Draußen erwarteten sie ein sternenklarer Himmel, Windstille und sieben Grad Frost. Nach einigem Kramen fand Helena einen Schlüssel, mit dem sie das Schloss an einem rot lackierten Damenfahrrad der alten Sorte öffnete, mit einem Korb vor dem Lenker.

»Verdammt cooles Fahrrad«, sagte Oddrún.

»Ja, ein klasse Ding«, stimmte Helena zu und schob das Fahrrad neben sich her. Ihnen stand der Atem vor den Mündern. Beide hörten nicht, dass nicht weit von ihnen ein Motor angelassen wurde. Er machte aber auch keinen Krach. Der Fahrer wartete ab und beobachtete sie, während sie mit erstaunlich sicheren Schritten die Vesturgata entlangstiefelten und in den Bræðraborgarstígur einbogen. Da setzte er den Wagen in Bewegung und fuhr hinter ihnen her. Er sah, wie sich die beiden verabschiedeten. Oddrún ging in Richtung der Ránargata. Helena war offenbar unschlüssig, ob sie zu Fuß weitergehen oder es darauf ankommen lassen sollte, die Balance auf dem Fahrrad zu halten.

Er beschloss, ihr das Leben zu erleichtern, gab ein bisschen mehr Gas und bremste scharf neben ihr. Auf einen

Knopfdruck hin öffnete sich der Kofferraum. Ein anderer Knopf ließ die Scheibe an der Beifahrerseite heruntergehen. »Schaffst du es, das Ding in den Kofferraum zu heben, oder soll ich dir helfen?«

Vater und Tochter schwiegen die ganze Zeit auf dem Weg zu ihrem Studentenwohnheim. Erst als er das Fahrrad aus dem Kofferraum gehievt und auf den Bürgersteig gestellt hatte, redete Guðni Helena an.

»Kári Svansson, der Halbbruder von Marteinn«, fragte er, »war der heute Abend auch da?«

»Nein«, sagte sie sauer.

»Woher kennst du ihn?«

Helena zuckte die Achseln. »Du hast es ja selber gesagt, er ist der Halbbruder von Marteinn. Und Marteinn ist Erlas Freund, und Erla ist...«

»Mit dir verwandt, blabla, jaja. Was noch? Weshalb hat er dich vorgestern zu Erla gefahren?«

Helena sah ihren Vater mit verschwommenen, aber auch sehr misstrauischen Augen an. »Was soll das denn? Spionierst du etwa hinter mir her? Vorgestern mit Kári, und heute Abend wieder – was hat das zu bedeuten?«

»Es hat gar nichts zu bedeuten, und ich spioniere dir nicht hinterher«, log Guðni. »Sag mir einfach die Wahrheit. Du weißt, dass ich es herausfinde, wenn du mich ankrückst. Was ist Sache zwischen dir und Kári?«

Helena schob das Fahrrad zum Hauseingang und stellte es dort ab, zog das Fahrradschloss aus der Tasche und brachte es am Reifen an, bibbernd vor Kälte.

»Er besorgt uns manchmal Gras, okay? Wirst du jetzt die Schnüffelhunde und die Droko auf Erla und Marteinn hetzen? Oder vielleicht sogar auf mich? Mensch, Papa, es geht nur um ein bisschen Gras, und nur ganz selten. Deine ekligen Stumpen sind gefährlicher, gar nicht zu reden von deiner Sauferei.«

»Nur Gras?«, fragte Guðni. Er tastete unwillkürlich nach der Schachtel mit den Stumpen und zündete sich einen an.

»Nur Gras«, bestätigte Helena.

»Bist du sicher?«, bohrte Guðni. »Verkauft er echt nichts Stärkeres als das?«

»Nicht dass ich wüsste«, sagte Helena. »Ich interessiere mich aber nicht für solchen Stoff.«

»Weshalb hat er dich zu Erla gebracht?«

»Das geht dich gar nichts an.«

»Ich bin Bulle, du bist meine Tochter, und er ist ein verdammter Dealer. Falls du mit diesem Drecksack schläfst, geht mich das in der Tat was an.«

»Mann, du bist ein echtes Schmuckstück, Papa.«

»Ich weiß. Und?«

»Ich war in der Stadt«, sagte Helena gereizt. »Ich hab ihn in einem Café getroffen. Wir standen beide an der Kasse, um zu bezahlen. Als ich ihm sagte, ich sei auf dem Weg zu Marteinn und Erla, bot er mir an, mich hinzufahren, weil er eh in die Richtung musste. Ich hab das Angebot angenommen. Ist das präzise genug für dich?«

»Nein. Wieso hat er auf dich gewartet, während du nach oben gegangen bist? Bist du hinterher wieder zu ihm ins Auto gestiegen?«

»Mensch, du spionierst mir also doch nach, was...«

»Stell dich nicht so blöd. Du hast gesehen, wie Erla mit Katrín weggefahren ist. Weshalb hat der Bursche auf dich gewartet?«

»Jesses, Papa. Ich musste ein paar Sachen holen, die ich bei ihr vergessen hatte, Schuhe und Make-up und noch was anderes, ich wollte mich auch nicht länger bei ihr aufhalten. Er hat einfach nur so aus Nettigkeit auf mich gewartet, um mich nach Hause zu bringen. Kann ich jetzt gehen, oder werde ich festgenommen?«

»Ha, ha, ha«, entgegnete Guðni. »Er hat gesagt, er müsse in die Richtung fahren? Wohin? Weißt du, wo er wohnt?«

»Nein, keine Ahnung.«

»Weißt du, wie seine Frau heißt?«

»Hat er eine Frau?«

»Oder seine Freundin. Irgendeine Tussi jedenfalls.«

»Nö, die kenne ich nicht. Frag Marteinn. Und jetzt will ich rein, ich muss ins Bett, gute Nacht und danke fürs Mitnehmen.«

Sie hauchte ihrem Vater einen flüchtigen Kuss zu, drehte sich auf dem Absatz um und verschwand durch die Eingangstür.

Nur Gras, dachte Guðni auf dem Weg nach Hause, sehr zufrieden mit dem Ergebnis des Abends. Gras ist schon mehr als genug.

※ ※ ※

»Ich weiß, dass ich gesagt habe, es wär mir egal. Trotzdem kapier ich nicht, wie du bei Brynjólfur arbeiten kannst, Marteinn«, meckerte Erla. »Und du auch, Flóki, arbeitest du nicht jedes Wochenende bei ihm?«

»Fang nicht schon wieder damit an, Erla, *please*«, sagte Marteinn. »Du arbeitest überhaupt nicht, und diese Wohnung miete ich nicht für umsonst, wie du vielleicht weißt. Und ein Auto zu haben und Gras zu rauchen, kostet ebenfalls was.«

»Ja schon, aber es muss doch nicht ausgerechnet bei ihm sein. Ich meine...«

»Es ist verflucht schwierig, 'ne anständige Arbeit zu kriegen, und der Job ist völlig in Ordnung«, entgegnete Marteinn, trotz eines angenehmen Rausches immer noch unwirsch. »Und gut bezahlt. Ich weiß nicht, wieso ich bei ihm aufhören sollte. Bloß weil du angepisst bist von dem Kerl.«

»Gut bezahlt?«, schnaubte Erla. »Dieser Scheißjob? Dass ich nicht lache.«

»Ey, ich bin Vorarbeiter«, protestierte Marteinn, »beinahe Vize-Chef. Selbstverständlich werde ich gut bezahlt.«

»Du hast genau denselben Job, den ich hatte, tut mir leid, und das ist ein Scheißjob, egal wie du dich nennen darfst. Was bezahlt er dir?«

»Das weißt du ganz genau«, sagte Marteinn, »oder du solltest es zumindest wissen. Vierhundertfünfzigtausend im Monat, *give or take*. Das ist verdammt gut, finde ...«

»Vierhundertfünfzig Riesen?« Zuerst verschluckte Erla sich, und dann lachte sie. »Es macht schon einen Unterschied, wenn man einen Pimmel hat, mehr sag ich nicht. Ich bin gerade mal auf knapp über zweihunderttausend brutto gekommen, als ich bei ihm war. Und was bezahlt er dir dafür, Flóki, dass du irgendwelches eingeschweißtes Zeugs in Kartons verpackst?«

»Unterschiedlich«, entgegnete Flóki achselzuckend. »Je nachdem, wie viel ich arbeite. Und ich finde Binni überhaupt nicht so unmöglich wie du. Er ist natürlich keine Geistesgröße, aber ...«

»Aber er hat dir ein Auto geschenkt, als du den Führerschein gemacht hast. Und im nächsten Frühjahr wird er bestimmt auch eins für Ýmir kaufen. Scheiße, wie billig seid ihr eigentlich, Jungs, braucht man euch bloß ...«

»Billig?«, wiederholte Flóki. »Hast du nicht gerade genau das Gegenteil behauptet, dass wir viel mehr bekämen als ...«

»Halt die Klappe, Flóki«, mischte sich Nanna ein und

lächelte Erla entschuldigend zu.»Was meint ihr, sollten wir uns nicht auf die Socken machen?«

»Wir ziehen das jetzt einfach durch«, sagte Flóki. »Hallo, Erla, *please*, spiel jetzt nicht die Beleidigte.«

»Okay«, sagte Erla, »ich bin dabei, aber nur wenn wir in Grafarholt beginnen.«

»Dann fangen wir in Grafarholt an«, stimmte Marteinn ihr zu. »Wir sollten lieber andere Klamotten tragen, ich möchte die Farbe nicht auf meine Hose kriegen.«

»Auch wenn die Farbe so wunderschön rot ist?«, fragte Erla spöttisch.

»Ja, auch wenn sie so wunderschön rot ist«, bestätigte Marteinn.

✽ ✽ ✽

Wann bin ich eigentlich so stino und nervig geworden, dachte Katrín, als sie am Park von Klambratún entlanglief. Kleid und Schuhe steckten im Rucksack. Zwei ihrer Freundinnen hatten sich im Laufe des Abends unauffällig davongemacht, jede mit einem Mann im Schlepptau. Die restlichen drei hatten sämtliche Amüsierstadien durchlaufen: Kichern, Singen, intimer Klatsch, Zotiges, Ausflippen beim Tanzen, und die zweite Runde mit Klatsch hinter der vorgehaltenen Hand. Genau auf der Grenze zwischen herrlich beschwipst und ekelhaft betrunken hatten sie wieder angefangen zu tanzen. Als Katrín sah, dass es nur schlimm enden konnte, bestellte sie ein Taxi und schob die Mädels in das Auto. Sie selbst zog sich auf der Toilette um, die nach Urin und Kotze stank, und joggte nach Hause.

Geradlinig, dachte sie, jedenfalls ein bisschen. Und manchmal wohl auch nervig. Aber zum Kuckuck, ich bin doch nicht unangenehmer als meine stockbetrunkenen Freundinnen. Sie rannte durch bis Hvassaleiti. Zu Hause angekommen, machte sie ausgiebige Dehnübungen, spülte sich den Schweiß ab und kroch mit ihrem Lieblingselektrogerät ins Bett. Irgendwann bald werde ich wieder einen draufmachen, dachte sie, und irgendwann bald wieder mit jemandem vögeln. Aber nicht sofort, das Ding wird für heute Abend genügen. Sie drückte auf den Knopf, nichts rührte sich.

»Mist«, sagte sie laut. Zu blöde, wie schnell die Batterien alle sind.

15

Montag bis Mittwoch

Darri Ingólfsson rief am Sonntagmittag bei der Polizei an, und am Montag erstattete er Anzeige als eingetragener Vorstandsvorsitzender der Firma Geislahús ehf. Anzeige gegen unbekannt, doch Darri machte keinen Hehl aus seiner Überzeugung, dass Erla Líf Bóasdóttir und das Gesocks, von dem sie umgeben war, das getan hatten. Aus Rachsucht.

»Es sieht eigentlich richtig hübsch aus«, entfuhr es Katrín, als sie die Fotos mit den blutroten Farbklecksen an sämtlichen Wänden der weiß gestrichenen Villa sah.

»Ach wirklich?«, entgegnete ihr Kollege Sigurður, der sich immer um Wandbeschmierungen aller Art kümmerte. Viel war noch nie dabei herausgekommen. »Ich glaube nicht, dass du es genauso hübsch finden würdest, wenn es dein Haus wäre. Aber was ist deine Meinung dazu, du kennst doch diese Leute alle. Glaubst du, dass an Darris Behauptungen etwas dran sein könnte? Steckt diese anarchistische Tussi dahinter, die Nanna gebissen und Finnur getreten und zum Schluss Darri wegen Vergewaltigung angezeigt hat?«

»Darri wurde verurteilt, vergiss das nicht, Siggi«, war Katríns knappe Antwort.

»Mit deiner Hilfe.«

»Mit meiner Hilfe, ja. Hast du etwas dagegen einzuwenden? Etwas, das du bisher in diesem Fall noch nicht von dir gegeben hast?« Der Kollege murmelte Unverständliches in seinen Bart und wich Katríns Blick aus. »Verdammt noch mal, Siggi, du weißt genauso gut wie ich, dass er es gewesen ist. Egal, was du von Erla und ihren politischen Ansichten hältst und was für Kratzwunden auch immer sie Nanna und Finnur zugefügt hat, du müsstest doch jedenfalls ...«

»Nein«, erklärte Sigurður ärgerlich und richtete sich auf. »Ich müsste gar nichts. Dem Darri glaube ich eher als dieser roten Schnepfe. Tut mir leid, ich weiß, du bist mit ihr verwandt und all das, aber... Diese sogenannten Beweismittel sind doch einfach nur ein Scherz. Ein wirklich erstaunliches Urteil angesichts der Umstände, und glaub mir, das wird beim Obersten Gericht abgeschmettert. Steht das nicht im nächsten Monat an?«

»Im übernächsten«, sagte Katrín mit verkniffenem Mund. Sie wollte sich nicht noch einmal zu einem Streit darüber hinreißen lassen, das hatte sie sich schon vor einiger Zeit gelobt. Es brachte nichts, es änderte nichts und nützte niemandem.

»Egal wie, es wird sich herausstellen«, brummte Sigurður. »Glaubst du, dass sie hinter dieser Farbspritzaktion stecken könnte?«

»Wie soll ich das denn wissen«, sagte Katrín in unwirscherem Ton als beabsichtigt. »Frag sie doch selber danach.«

»Da ist aber auch ein Haus in Hvassaleiti mit Farbe beschmiert worden«, fuhr Sigurður fort und überhörte Katríns Gereiztheit absichtlich. »Ganz in der Nähe von ihrem und deinem Zuhause, oder stimmt das nicht?«

»Doch, stimmt«, gab Katrín zu. Natürlich war es ihr unangenehm gewesen, die roten Farbkleckse an der Garage und auf der gepflasterten Einfahrt ihres Nachbarn zu sehen, obwohl sie ihn gar nicht kannte. Sie wusste nur eins über ihn, nämlich dass er einen Porsche Cayenne besaß und ganz offensichtlich außerdem haufenweise Geld.

»Ich meine, wer auch immer das getan hat, hatte die Auswahl zwischen Vater und Sohn Björgúlfur oder den Bónus-Besitzern und dem Kerl mit der Brille, der Elton John für einen Auftritt an seinem Geburtstag gekauft hat. Und außerdem all den anderen Bankdirektoren und den stinkreichen Leuten, auf denen die Roten und die Blogger und wer weiß wie viele sonstige Halbidioten rumhacken und behaupten, dass sie die Schuld an allem tragen. Einige von denen haben sogar schon ihre Portion Anstrichfarbe bekommen. Heute Nacht waren aber Darri und seine Freunde die Zielscheibe, und irgendein blöder möchtegernreicher Heini in Hvassaleiti, den niemand kennt. Irgendein Nobody, ist er nicht Steuerberater oder so was?«

»Und?«, fragte Katrín.

»Und? Ich finde, das deutet viel eher auf persönliche Verbindungen hin als auf allgemeine Hassgefühle gegenüber den Reichen wie bisher. Was findest du? Diese rote Laus kennt beide Häuser ...«

»Wie gesagt, Siggi, ich hab keine Ahnung. Du tust einfach das, was du deiner Meinung nach tun musst, und ich habe keine Ahnung, weshalb du mir das unterbreitest.« Sie sammelte die Fotos ein und reichte sie ihm zurück. »Ihr kriegt das schon auf die Reihe, Jungs.«

Sigurður stapfte brummend davon.

Männer, dachte Katrín. Die wollen immer nur, dass eine Frau die Arbeit für sie erledigt. Sie zog ihr Handy hervor.

»Katrín ...« Sie sah auf, Stefán winkte sie zu sich.

»Ich komme«, sagte sie, während sie ihr Handy schwenkte, »es dauert nur einen Augenblick.«

Hinter Stefán war Guðni aufgetaucht. Männer... Sie wählte Erlas Handynummer. Marteinn antwortete.

»Hallo«, sagte sie, »ist Erla bei dir?«

»Nein.«

»Ach so, na dann, also – bist du zu Hause?«

»Ja.«

Auch wenn er nicht viele Worte verlor, hörte Katrín doch deutlich heraus, dass seine feindselige Haltung vom Freitag immer noch akut war. Sie ließ sich nicht davon beeinträchtigen.

»Gut«, sagte sie. »Und jetzt hör mir zu. Ihr beide könntet sehr bald Besuch bekommen...«

* * *

»Du hast einen Land Rover zum Geburtstag gekriegt?«, fragte Katrín, die kaum ihren Ohren trauen konnte. »Irgendwie klingt das nach 2007, vor dem Crash.«

Stefán lächelte. »Nee, es geht eher um 1972. Eines Tages werdet ihr ihn zu Gesicht bekommen.«

»Und wann werden wir zu einer Geburtstagsfete eingeladen?«, mischte sich Guðni ein. »Ich wär für 'ne anständige Party mit Whisky, Bier und nackten Weibern.«

Stefán grinste und machte eine abwehrende Handbewegung. »Im Frühjahr«, sagte er. »Das machen wir im nächsten Frühjahr, wenn Ragnhildur Geburtstag hat, wie immer. Ich weiß natürlich nicht, ob sie auf nackte Weiber scharf ist, ich werde sie fragen. Aber...« Das Lächeln wurde fast zu einer Grimasse, und seine Blicke gingen zwischen Katrín und Guðni hin und her. »Kári Svansson«, sagte er dann, »Kári Brown. Ich hab seinetwegen mit Guðni gesprochen, und er sagt mir, dass du dich ebenfalls mit diesem Stinktier befasst.«

Katrín sah Guðni fragend an, aber der zuckte nur die feisten Schultern. »Befassen und nicht befassen«, sagte sie. »Das ist vielleicht etwas zu viel gesagt, zumindest was mich betrifft. Ich bin ihm nur letzte Woche zufällig begegnet, und zwar in einer Situation, die mir nicht sonderlich gut gefiel, und darum habe ich ein paar Fragen gestellt. Mehr habe ich aber nicht unternommen und werde es auch nicht tun. Ich habe mehr als genug um die Ohren.«

»Gut«, sagte Stefán. »Ich weiß gar nicht, worum es geht, außer dass Kári in eine große Sache verwickelt ist, und unsere Droko will nicht, dass da in irgendeiner Form dazwischengefunkt wird. Ich habe vorhin schon zu Guðni gesagt, Þórður von der Droko hat heute Morgen mit mir gesprochen. Allerdings passierte dasselbe auch letztes Jahr, nachdem Árni in unserer Datenbank über Kári Brown recherchierte. Und jetzt wieder. Und die Order lautet knapp und klar: Finger weg von Kári Svansson.«

»Und du lässt dir einfach von Þórður so was Idiotisches sagen?«, fragte Katrín verblüfft. »Ich hatte das ja im Grunde genommen schon als Nebensache und blöde fixe Idee von mir abgeschrieben, aber jetzt ...«

»Jetzt löschst du Kári aus deinen Überlegungen«, erklärte Stefán rundheraus. »Þórður verlangt so etwas nicht ohne Grund, und er würde auch für uns das Gleiche tun, wenn wir ihn darum bäten. Ganz klarer Fall.«

»Blödsinn«, widersprach Katrín. »Du kannst doch nicht von uns verlangen, dass wir so tun, als sei gar nichts, wenn ein Mann, der ›in eine große Sache‹ verwickelt ist, mit der sich die Droko schon seit mindestens einem Jahr befasst, in direkter Verbindung zu meiner Nichte und zu Guðnis Tochter steht?«

»Genau das habe ich auch gesagt«, schob Guðni ein, überraschenderweise einmal völlig einverstanden mit Katrín.

»Ich weiß«, sagte Stefán. »Und genau deswegen habe ich mit Þórður gesprochen. Er meint, dass es das Beste und Sicherste ist, so zu tun, als sei gar nichts im Gange. Falls ihr die Mädchen warnt und ihnen sagt, dass sie sich von Kári Svansson fernhalten sollen – vor allem natürlich Erla, denn sie lebt ja mit Káris Bruder zusammen –, dann besteht die Gefahr, dass irgendjemand sich irgendwann verplappert und dass zum Schluss alles über den Haufen geworfen wird, und...«

»Was meinst du mit ›alles‹, Stefán?«, unterbrach Katrín. »Wir haben doch wohl ein Recht darauf, etwas mehr zu erfahren. Uns sollte man doch wohl vertrauen können, oder?«

»Mehr weiß ich nicht und will es auch nicht wissen«, antwortete Stefán. »Und ich will noch viel weniger, dass ihr davon erfahrt. Þórður meint, dass praktisch gar keine Gefahr besteht, dass die beiden Mädchen in das verwickelt werden könnten, womit sich die Droko derzeit befasst, was immer es ist. Genauso wenig wie andere kleine Abnehmer, so hat Þórður sich ausgedrückt. Und er hat versprochen, sich sofort zu melden, falls es Anlass zu der Befürchtung gibt, dass sich daran irgendwas geändert hat.«

»Pah, *Bullshit*«, erklärte Guðni. »Wir wissen, für wen Kári arbeitet. Und wir wissen auch, wie unerhört erfolgreich die Typen bei der Droko in den vergangenen Monaten und Jahren gearbeitet haben. Die haben immer mal wieder richtig dicke Sendungen aus dem Ausland abgefangen, die haben fünfzehn oder zwanzig große Cannabisplantagen ausgehoben. Okay, einige haben sie wegen der Stromrechnungen entdeckt, obwohl das eigentlich nicht legal ist, andere mit einer Infrarotkamera, und wieder andere einfach aus purem Zufall ›gefunden‹. Und zwar erstaunlich viele, nicht wahr?«

Stefán zuckte die Achseln. »Und?«

»Wie viele von diesen Anbauplantagen – und damit meine ich alle ohne Ausnahme – konnte man auf Lalli Fett zurückführen? Oder auf diejenigen, die für ihn arbeiten?«

»Ach, Guðni, fang nicht schon wieder damit an. Nicht schon wieder Lalli Fett.«

»Doch, Stefán, im Ernst. Wie viele waren das, hast du nachgehakt, hast du es abgecheckt?«

»Nein«, musste Stefán zugeben. »Das habe ich nicht getan.«

»Ich auch nicht«, sagte Guðni. »Aber ich bin mir sicher, falls ich mich mal dahinterklemmen würde, dann würde sich garantiert herausstellen, dass keiner von denen, die diese heimlichen Gewächshäuser betreiben, auch nur den geringsten Scheißdreck mit Lalli Fett zu tun hatte. Kári Brown hingegen vertreibt Gras wie Kamellen, hab ich gehört. Es gibt genug. Außerdem schätze ich, dass keiner von diesen Typen, die in den letzten Monaten Speed, Kokain und Hasch auf Kuttern und Trawlern ins Land schmuggeln wollten und dabei erwischt wurden, irgendwas mit Lalli zu tun hatte. Kein einziger. Oder allenfalls ein oder zwei ganz kleine Spieler, um es besser aussehen zu lassen. Wollen wir wetten?«

»Nein«, entgegnete Stefán, »wir wollen nicht wetten, und du wirst das auf sich beruhen lassen. Komplett. Weil du nicht für die Droko arbeitest. Und weil ich es sage. Verstanden?«

»Pah«, war Guðnis Antwort, und er stapfte hinaus.

»Manchmal fixiert er sich zu sehr auf diesen Lalli«, sagte Katrín.

»Manchmal?«, fragte Stefán. »Guðni ist ewig und immer auf diesen Lalli fixiert, und das gilt auch für etliche andere hier, wenn ich das mal so direkt sagen darf. Es gibt da nur unterschiedlich auffällige Symptome. Ich muss zwar zugeben, dass er sogar recht haben kann, aber es ändert nichts daran, dass die Droko auf keinen Fall will, dass wir uns jetzt mit dem Burschen befassen. Und ich möchte, dass wir – oder ihr – das befolgt.«

»Ich halte mich zurück«, entgegnete Katrín. »Zumindest einstweilen, wobei ich ganz klar sagen muss, dass ich solche Methoden ablehne. Und was Guðni betrifft, wenn er schon nicht auf dich hört, wird er umso weniger auf mich hören.«

»Nein, ja – das stimmt«, sagte Stefán. »Aber jetzt, wo Árni im Urlaub ist, kannst du dem Kerl dann nicht so viel Arbeit aufdrücken, dass er gezwungen ist, die Sache erst mal hintanzustellen? Das würde schon reichen. Wir müssen ihn unbedingt wenigstens ein bisschen zur Räson bringen.«

»Ich tu mein Bestes«, sagte Katrín. »Ich würde auch versuchen, mit dem Atmen aufzuhören, wenn du das anordnest. Aber ich kann nicht versprechen, dass es gelingt.«

Stefán stand auf. »Wir werden sehen, wie's läuft.« Er stülpte sich mit einem leichten Grinsen die grüne Kappe auf den Kopf. »Zwei Kinder in etwas mehr als einem Jahr«, sagte er, »und er geht außerdem vollkommen glücklich und zufrieden in seiner Vaterrolle auf. Wer hätte Árni das vor ein paar Jahren zugetraut?«

»Ich jedenfalls nicht«, sagte Katrín wahrheitsgemäß. »Aber es haben sich schon verrücktere Dinge in der Weltgeschichte zugetragen.«

* * *

»Was hast du mit dem ganzen Zeug vor?«, fragte der Archivar Elías, den Guðni mit einem Sixpack Bier und der Drohung auf seine Seite gebracht hatte, Elías' Frau von Dingen zu erzählen, von denen sie nichts erfahren durfte. Aus Erfahrung meinte Guðni zu wissen, dass diese Kombination beinahe ausnahmslos funktionierte, wenn es sich um gut verheiratete Männer in mittlerem Alter handelte, vorausgesetzt, dass es erstklassiges Bier war und dass die Unterstellungen glaubwürdig klangen. Aber auch, dass das, was er verlangte, weder zu gefährlich noch zu schwierig war.

Elías bildete da keine Ausnahme. Er half Guðni widerspruchslos dabei, das auszugraben, was im Polizeiarchiv über Lalli Fett und Kári Brown vorhanden war, aber noch nicht in digitaler Form vorlag. Was Kári betraf, kam nicht sehr viel zum Vorschein, aber von verblichenen Aktenmappen, die den Vermerk Lárus Kristjánsson trugen, gab es wesentlich mehr, und sie waren dicker.

»Das lese ich vorm Schlafengehen«, antwortete Guðni. »Was meinst du, wann wirst du das eingescannt haben?«

Elías kratzte sich nachdenklich unterm Kinn. »Mittwoch?«

»Sehr witzig«, sagte Guðni. »Du hast den Abend heute. Vielleicht sollte ich den ganzen Krempel lieber einfach mitnehmen?«, fragte er und klopfte auf die oberste Aktenmappe des Stapels.

»Bist du wahnsinnig, Mensch?«, entfuhr es dem entsetzten Archivar. »Glaubst du im Ernst, dass ich dich hier mit den Originalen rausgehen lasse? Es gibt doch Grenzen. Morgen Abend«, sagte Elías dann entschlossen. »So etwas braucht seine Zeit, ich bin kein Zauberer.«

»Fang sofort an«, entgegnete Guðni, »und schick mir das, was du schaffst, noch heute Abend. Den Rest dann morgen. Und kein Wort zu niemandem, okay?«

Elías hat natürlich vollkommen recht, dachte er auf dem Heimweg, es gibt wirklich Grenzen. Beispielsweise Grenzen dafür, was man sich von irgendwelchen Laffen in anderen

Abteilungen bieten lassen musste, die einen daran hindern wollten, die möglichen Verbindungen zwischen diversen Drecksäcken ausfindig zu machen oder sich und seine Angehörigen vor ihnen zu schützen.

Und es gab Grenzen dafür, was man Stinktieren wie Lalli Fett und Kári Brown durchgehen lassen konnte. Tatsächlich hatte es aber kaum irgendwelche Grenzen für das gegeben, womit Lalli Fett bereits durchgekommen war. Er war jahre- und sogar jahrzehntelang allen rechtschaffenen Polizisten wie ein Dorn in einer offenen Wunde, und allein schon das verlangte danach, dass irgendjemand mal einen anständigen Versuch unternahm, diese Kreatur endlich außer Gefecht zu setzen. Da sich jetzt auch noch herausgestellt hatte, dass dieser Überarsch der isländischen Drogenszene das Wohlergehen der eigenen Tochter bedrohte, egal wie direkt oder indirekt, kam Guðni zu dem Schluss, dass außer ihm kein anderer infrage kam, um diese Aufgabe zu übernehmen. Und um ein perfektes Gelingen zu garantieren, befand er, dass es das Beste sei, das Übel bei den Wurzeln zu packen.

Elías hielt, was er versprochen hatte, und mehr als das. Die ersten Unterlagen trafen per E-Mail noch vor zehn Uhr bei Guðni ein. Er stürzte sich sofort darauf, fand aber nichts Überraschendes. Lalli Fett hatte um die gleiche Zeit die Aufmerksamkeit der Gesetzeshüter auf sich gezogen, als Guðni in den Polizeidienst eingetreten war, im Sommer 1968. Guðni erinnerte sich ziemlich gut an manches von dem, was damals auf den maschinengeschriebenen Seiten festgehalten worden war, die jetzt eine nach der anderen auf dem Bildschirm erschienen. Anfangs ging es bloß um längst vergessene Lappalien, Lalli war die meiste Zeit nur als Zeuge und nicht als Beteiligter an Zoff und Prügeleien vor den beliebtesten Vergnügungslokalen in Reykjavík vernommen worden, Glaumbær, Hótel Borg und dem Restaurant Naust, nie als Teilnehmer. In den Siebzigerjahren gab es aber immer mehr Ermittlungen, die sich gegen Lalli selbst richteten, und die Fälle waren so schwerwiegend, dass sie in Erinnerung blieben. Dementsprechend waren die Vernehmungsprotokolle sehr viel zahlreicher und ausführlicher. Beigefügt waren auch Niederschriften von Verhören mit anderen Beteiligten, die damals unter Verdacht standen, sowie von den damit verbundenen Zeugenaussagen. Insofern hatte Guðni ausreichend Lesestoff für diesen Abend. Er schlief über einem Protokoll vom März 1977 ein; in einem Pferdestall in Hafnarfjörður hatte man eine für die damaligen Zeiten große Menge Haschisch sichergestellt. Lalli Fett schwor hoch und heilig, noch nie auch nur einen Krümel Hasch gesehen zu haben, kannte sich aber stattdessen hervorragend mit Pferdemist aus. Diese Kenntnisse hatte er sich bei einem Pferdezüchter in der Landgemeinde Landeyjar angeeignet, sagte er.

Am Dienstagmorgen wachte Guðni sowohl ungewöhnlich früh als auch ungewöhnlich munter auf. Das bereitete ihm einiges Kopfzerbrechen, aber schließlich kam er zu dem Ergebnis, dass es möglicherweise zum Teil darauf zurückzuführen war, dass er sich gestern Abend in den Schlaf gelesen hatte, anstatt sich wie gewöhnlich den Stress und Ärger des Tages von der Seele zu trinken. Er hatte aber nicht die geringste Lust, sich mit derart unnützen Spekulationen herumzuschlagen, sondern fuhr unverzüglich zur Arbeit, wo er bis um fünf widerspruchslos alles Mögliche erledigte, was ihm vorgelegt wurde. Anschließend fuhr er nach Hause und vertiefte sich wieder in seine Lektüre, von dem Punkt an, wo er aufgehört hatte. Die übernächste Akte war auf das Jahr 1979 datiert.

»Was zum Henker?«, stieß er laut hervor. Seine Verwunderung wurde nicht geringer, je weiter er las und je mehr Namen dort auftauchten. Am meisten erstaunt war er über sich selbst, dass er sich überhaupt nicht an diese Vorfälle erinnern konnte. Dann ging ihm ein Licht auf: Zu der Zeit war er wohl zu einem längeren Aufenthalt in der renommierten amerikanischen Entzugsklinik Freeport gewesen. Trotzdem. Er hätte sich an die Verbindungen erinnern müssen, die in diesem über dreißig Jahre alten Dokument manifestiert waren, nämlich an die Connection zwischen Lalli Fett, Ingólfur Halldórsson, dem Vater von Darri, und Svanur Vilbergsson, dem Vater von Kári. Denn irgendwo im hintersten Teil seines Gehirns hatte er schon seit Langem davon gewusst. Das waren aber nicht die einzigen Namen, die seine Aufmerksamkeit erregten.

* * *

»Guck mal genau hin«, sagte Guðni mit verdächtig geduldiger und sanfter Stimme, als er am Mittwochabend in der Küche von Ásta und Árni saß. »Kristján Lárusson, Lallis Vater, wurde seinerzeit Käpt'n Wunder genannt und wie ein Held gefeiert, nachdem er seinen Kahn mit Mann und Maus nach einem verrückten Unwetter irgendwo auf hoher See wieder sicher in den Heimathafen steuerte. Von der Besatzung wurde er wie ein Gott behandelt. Das kannst du alles in der Buchreihe ›Unser Jahrhundert‹ nachlesen, falls du Lust hast. Es passierte 1955, Lalli war da sechs Jahre alt. Aber 1979, als Lalli dreißig war, ertrank sein Heldenvater in einem aufblasbaren Kinderplanschbecken, du weißt, was ich meine. Und zwar bei dem Ferienhaus der Familie in Grímsnes. Alles klar?«

»Öh, ja«, sagte Árni, während er Una, die auf ihrem roten Stuhl zwischen den beiden saß, einen Löffel Yoghurt eintrichterte. »Der Vater von Lalli Fett ist also in einem Planschbecken bei einem Ferienhaus ertrunken?«

»*Right*«, entgegnete Guðni anerkennend. »Völlig korrekt. Da war er schon lange nicht mehr die große Nummer eins auf einem Trawler, sondern Käpt'n auf einem Frachtschiff. Aber egal, seine Frau Fjóla – Lallis Mutter – hat ihn am Sonntag dort gefunden und sofort die Polizei und einen Arzt hinzugerufen. Zwei Uniformierte aus Selfoss trafen zuerst am Ereignisort ein, und mit ihnen kam irgend so ein Landarzt. Ein besoffener Typ fiel in ein Planschbecken und ertrank dort, beschlossen sie, und sein Kadaver wurde nach Reykjavík gebracht. Klar?«

»Alles klar«, sagte Árni, der schon etwas unruhig auf seinem Sitz wurde. »Und?«

»Und dort gerieten sie mit der Leiche an einen jungen Arzt, der sie zu obduzieren hatte, wie das Gesetz es vorschreibt. Wobei seinerzeit solche Formalitäten manchmal elegant vermieden werden konnten, wenn derartige Helden eines so unheldenhaften Todes starben.«

»Und ist er darauf eingegangen?«, fragte Árni, der immer noch versuchte, seine Tochter zu füttern. »Ich meine, der Arzt?«

»Nein«, erklärte Guðni, »eben nicht. Dieser Arzt war jung und eifrig und versessen darauf, sein Können zu beweisen, und deswegen hat er sich die Leiche unverzüglich vorgeknöpft, bevor jemand ihm das verbieten konnte. Und ...« Guðni kicherte plötzlich. »Wieso machst du das eigentlich immer?«, fragte er.

»Wieso mache ich was?«, war Árnis Gegenfrage.

»Jedes Mal, wenn du dem Blag einen Löffel verabreichst, glotzt du mit offenem Maul wie ein Kabeljau auf dem Trockenen.«

»Mach ich das wirklich?«

»Ja. Na egal. Dieser junge Spund von Arzt hieß und heißt immer noch Geir Jónsson. Unser Geir.«

Guðni war immer noch so erregt wie zu Beginn, Árni begann sich aber wegen der taktischen Verzögerungen zu langweilen. »Das passt zu Geir«, sagte er. »Und was hat er herausgefunden?«

»Ich muss noch mit dem Kerl sprechen. In seinem Bericht steht, die Ergebnisse der Obduktion können nicht ausschließen, dass es sich möglicherweise um irgendeine dubiose Scheiße handelt...«

»Steht das in Geirs Bericht von 1979?«, fragte Árni spöttisch. »Dubiose Scheiße?«

»Ha, ha, *very funny*. Dieses Drumrumreden von Geir führte dazu, dass der Fall besser untersucht werden musste. Und derjenige, welcher das Ganze in Augenschein nahm – jetzt halt dich fest, wer, glaubst du, war das?«

»Doch nicht etwa Stefán!«, sagte Árni. Der letzte Löffel verschwand in Unas Mund, und er achtete speziell darauf, währenddessen seinen Mund nicht aufzumachen.

Guðni schüttelte den Kopf. »Nein. Es war Kristján.«

»Kristján?«

»Kristján Guðmundsson in der Droko. Der mir zweimal gesagt hat, ich solle Kári Brown vergessen. Und dies war einer seiner ersten Fälle in der Abteilung.«

»Großartig«, sagte Árni, der jetzt nicht mehr versuchte, seine Ungeduld zu kaschieren. »Aber was geht mich das an, und warum?«

»Weil er zwei männliche Wesen vernommen und ein Protokoll darüber angefertigt hat. Zwei Männer, über die Lallis Mutter Madame Fjóla ausgesagt hat, dass sie zusammen mit dem Käpt'n am Freitag in das Ferienhaus gefahren waren.

Einer von ihnen war ihr Sohn Lárus Kristjánsson. Der andere ist Steuermann auf dem Kahn gewesen, auf dem der Vater Kapitän war. Heißt Svanur Vilbergsson. Und der Rechtsanwalt, der sie beide vertrat, war niemand anderes als Ingólfur, der Vater von Darri. *You see?*«

»Nein«, sagte Árni. »Ich verstehe überhaupt nichts.« Er wischte Una den Inhalt eines halben Yoghurtbechers aus dem Gesicht und nahm ihr das Lätzchen ab.

»Gu«, sagte sie und zeigte auf Guðni.

»Gu«, bestätigte Guðni. »Ich glaube, dass Lalli Fett seinen Herrn Papa ertränkt hat«, führte er anschließend aus. »Und dass Svanur ihn dabei beobachtet hat. Und jetzt ist Kári, der Sohn von Svanur, ein gefragter Typ, sowohl bei Lalli als auch bei Kristján, der mir sagt, der Kerl sei *off limits* für mich. Zufall? Daran glaube ich nicht.«

»Du meinst wirklich, Lalli hat seinen Vater ertränkt?«

»Ja.«

»Und daraus schließt du was?«

»Öh, also ich sage...«

»Und wie passt denn der Vater von Darri, dieser Ingólfur, da rein?«, unterbrach Árni ihn, als er Una aus dem Stühlchen hob und in hohem Bogen auf den Fußboden schweben ließ. Sie trippelte quietschend zu ihrem Bruder, der glockenwach auf einer Patchwork-Decke lag, umgeben von allen möglichen Kuscheltieren und Plastikspielzeug in grellen Farben, ungewöhnlich ruhig und zufrieden mit sich und dem Leben.

»Der Herr Parlamentsabgeordnete? Der war anschließend circa fünf Jahre lang Lallis Rechtsanwalt«, sagte Guðni. »Bis er so ein richtiger juristischer *Bigshot* wurde, nicht nur in seinem Metier, sondern auch in der Partei. Danach brachen die Verbindungen zu Lalli ab. Zumindest offiziell.«

»Aber nicht in Wirklichkeit?«

»Genau, so langsam kapierst du was, Bürschchen.« Guðni faltete die Hände über seinem Bauch und schenkte Árni ein anerkennendes Lächeln.

»Nein«, widersprach Árni. »Ich kapiere gar nichts. Und zuallerletzt, weshalb du mir das erzählst, denn ich bin im Urlaub, und ich konnte nicht raushören, dass es dir ernst damit war, als du am Freitag gesagt hast, du würdest mich schon jetzt vermissen.« Er holte eine Zwiebel aus einer Schale in der Küche und begann sie zu enthäuten und klein zu schnippeln.

»Sei doch nicht so empfindlich, Bürschchen«, sagte Guðni. »Brauchst du eine schriftliche Entschuldigung oder muss ich kniefällig werden?«

»Mensch, hör auf damit«, knurrte Árni. »Was ist denn jetzt Sache? Was kriegst du raus, wenn du alle Fäden zusammenbringst, welcher Plot steckt hinter dem Ganzen?«

»*Hey, give me a break*«, entgegnete Guðni. »Ich hab das doch erst gestern gelesen, und ich arbeite noch daran. Und eigentlich...« Er verstummte und sah Árni bittend an.

Auf jeden Fall deutete Árni den albernen Blick seines Kollegen so und schüttelte den Kopf. »Ich bin im Urlaub«, wiederholte er und fing an, Paprika und Chilis zu schnippeln.

»Weiß ich«, sagte Guðni, »aber meiner Meinung nach bist du der Sachverständige für Verschwörungstheorien aller Art. Ich hab das ganze Material dabei«, sagte er und zog einen USB-Stick aus der Tasche. »Oder sagen wir, das Wichtige. Darf ich den nicht einfach bei dir hinterlassen? Ohne Zeitdruck, du guckst dir das vielleicht mal an, wenn du dich langweilst oder so.«

»Ich langweile mich selten«, entgegnete Árni, »dazu hab ich keine Zeit.« In die Pfanne kam Öl, in den Topf Wasser, und die Hühnchenbrüste unters Messer. »Was sagt Katrín dazu? Und Stefán?«

Guðni grunzte verächtlich. »Was die beiden sagen, ist für den Arsch. Und da fällt mir wieder diese Schwimmerei ein. Bist du noch mal hingegangen?«
»Ja, ich war gestern da.«
»Und?«
»Und der Schwimmlehrer wollte das für mich untersuchen.« Árni gab erst das Gemüse in die zischende Pfanne, dann das klein geschnittene Hühnerfleisch. Salz- und Pfeffermühle kamen zum Einsatz, danach zerbröckelte er den Jalapeno-Käse und gab ihn in die Pfanne, und schließlich löschte er das Ganze mit Kochsahne ab und rührte intensiv. »So«, verkündete er zufrieden und stellte die Hitze runter. »Jetzt müssen nur noch die Nudeln in den Topf, und dann könnte Ásta so langsam kommen.« Kaum hatte er das gesagt, als sich die Tür öffnete und Ásta erschien. Una kreischte vor Vergnügen, Jón stieß ein erbärmliches Gebrüll aus, und Árni trocknete seine Hände an der Schürze ab, bevor er ihn hochnahm.
»Wie geht's meiner Lieblingsnegerin?«, fragte Guðni jovial und drückte Ásta einen Kuss auf die Wange. Sie hatte nichts dagegen einzuwenden, doch dann stellte sie Guðni vor sich auf und inspizierte ihn mit den Augen einer Physiotherapeutin.
»Deine Lieblingsnegerin, Guðni Páll Pálsson«, sagte sie scharf, die Hände auf die Hüften gestützt, »die sagt, dass du wieder viel zu fett geworden bist. Und ich hab dich doch vorletztes Jahr so gut in Schuss gebracht.«
Guðni blickte beschämt auf seine Wampe. »Sorry.«
»Es bringt nichts, einfach sorry zu sagen. Mensch, Guðni, willst du dich umbringen?«
Ásta wandte sich Árni zu. »Wieso siehst du einfach nur zu, wenn er sich selber so misshandelt?«, fragte sie vorwurfsvoll.

»Was kochst du denn da?« Sie warf einen Blick in die Pfanne und schnupperte. »Mmmh«, sagte sie. »Guðni, eigentlich solltest du nicht so was Leckeres essen, aber ich geb dir trotzdem einen kleinen Teller – wenn du versprichst, dass du euren Polizeiarzt dazu bringst, dich bei nächster Gelegenheit wieder zu unserem Programm anzumelden, kapiert?«

Guðni nickte sanft und gefügig.

»Weißt du was«, flüsterte Árni sehr viel später, als sie Seite an Seite im verdunkelten Schlafzimmer lagen. Zu beiden Seiten des Elternbetts schliefen die Kinder. »Ich glaube, du bist die einzige Person auf der Welt – oder zumindest die einzige, von der ich weiß –, die Guðni wirklich mag.«

»Ist das nicht ein bisschen übertrieben?«, murmelte Ásta in ihr Kissen. »Mag er Stefán etwa nicht?«

»Nein«, erklärte Árni. »Guðni hat bestimmt Respekt vor ihm, und vielleicht noch vor ein paar anderen im Dezernat, aber das ist anders. Er erträgt mich meistens, und ich bin so was wie ein Freund, wenn er was von mir will, verstehst du. Mit Katríns Person hat er sich abgefunden, ich hab das Gefühl, er hat die Situation einfach geschluckt. Aber du bist die einzige Person, die er richtig mag. So kommt's mir vor.«

»Ich bin natürlich auch die Einzige, die so klasse ist wie ich«, schnurrte Ásta.

»Damit hast du völlig recht«, gab Árni zu.

»Dein Freund, wenn er was von dir will, hast du gesagt«, gähnte Ásta. »Was wollte er denn heute Abend von dir?«

»Ach, nichts Besonderes«, sagte Árni und mummelte sich ein. »Und außerdem hab ich Nein gesagt.«

»Lügenbold«, erklärte Ásta. »Aber das erinnert mich daran, dass ich heute Maggi getroffen habe. Du weißt doch, den Schwimmlehrer?«

»Ja?«

»Er hat mir eine Liste der Teilnehmer beim Babyschwimmen im letzten Jahr gegeben.«

16

Donnerstag bis Freitag

Wegen Schneeregen, Schneematsch und schmelzenden Eisbuckeln auf den Bürgersteigen konnte Katrín an diesem Morgen auf dem Weg zur Arbeit kaum richtig joggen. Hinzu kamen salzgetränkte Matschkaskaden von Bussen, Taxis und einigen unverschämten Autofahrern, die ebenfalls die Busspur für sich beanspruchten und sie noch mehr am Fortkommen hinderten. Als sie endlich die Hverfisgata zehn Minuten nach Beginn der morgendlichen Routinebesprechung erreichte, war sie klatschnass und entnervt. Eine heiße Dusche und frische Klamotten befreiten sie fast ganz von innerlicher Kälte, und auch die Begrüßung seitens der Kollegen half, um sie wieder zu gewohnter Form auflaufen zu lassen.

»Da kommt sie endlich«, tönte Sigurður mitten in einen Satz von Stefán hinein. »Drei Häuser, Katrín, was hältst du jetzt von deiner Verwandten und ihrer ›Politik‹?«

»Was für eine Verwandte, was für eine Politik und was für Häuser?«, fragte Katrín, obwohl sie die Antwort auf die beiden ersten Fragen zu kennen glaubte.

Sigurður klärte sie darüber auf, dass in der vergangenen Nacht die Elternhäuser der drei wegen Vergewaltigung von Erla Líf verurteilten jungen Männer mit roter Farbe beschmiert worden seien.

»Und man braucht kein Genie zu sein, um zu wissen, wer da am Werke war«, fügte er hinzu.

»Mit anderen Worten bist also sogar du fähig, das aufzuklären, mein lieber Siggi«, sagte sie. Es ärgerte sie unleugbar sehr, dass das Mädchen überhaupt so etwas inszenierte, aber noch mehr die Tatsache, dass sie sich so einfache und verräterische Ziele wählte. Gleichzeitig freute sie sich über die Kraft, die in Erla steckte, und darüber, dass Sigurður wütend war. »Habt ihr neulich etwas gefunden, als ihr eine Wohnungsdurchsuchung bei Erla und Marteinn gemacht habt?«

»Nein«, musste Sigurður säuerlich zugeben, »und auch nicht heute Morgen – aber diese verrückten Typen kriegen wir schon noch, es ist nur eine Frage der Zeit.«

»Prima«, entgegnete Katrín, »dann können wir ja alle ruhig schlafen. Was steht sonst noch auf der Agenda?«

»Wie ich bereits gesagt habe«, sagte Stefán, wie immer die Seelenruhe in Person, »erhielten wir die Anfrage aus Hafnarfjörður, wo sich Ebbi Marley und Gusti Té derzeit aufhalten. Wenn ich's richtig verstanden habe, trägt der Einbruchsdiebstahl in der Autowerkstatt dort von A bis Z ihre Handschrift.«

»Ebbi ist auf Entzug«, meldete sich einer aus der Gruppe zu Wort. »Oder zumindest war er das vor einiger Zeit, das kann man mit einem Anruf abchecken. Über Gusti weiß ich nichts.«

»Ist der nicht da auf dem Barónsstígur bei seiner Vala untergekommen?«, warf ein anderer ein. »Das macht er doch immer gegen Monatsende. Insofern könnte es gut passen, dass er in Hafnarfjörður versucht hat, seine Sozialhilfe aufzubessern. Sie hat ihn nämlich schon ein paarmal vor die Tür gesetzt, wenn er nichts zum Haushalt beisteuern konnte.«

»Na schön«, sagte Stefán. »Fährst du bei ihr vorbei und erkundigst dich nach ihm? Oder du, Guðni?«

»Meinetwegen«, sagte Guðni achselzuckend.

»Dann haben wir hier die nächste Sache. Weiß jemand etwas über Dóri Steins? Der hätte gestern zum Vollzug antreten müssen, aber er ist nicht aufgetaucht.«

»Der ist bestimmt auf dem Weg zu den Westmännerinseln. Das macht der Kerl oft, wenn er antreten soll. Er fährt zu seinem Bruder...«

»Ach ja, klar«, fiel ihm Stefán ins Wort. »Den Bruder hatte ich vergessen. Wer ruft ihn an? Machst du das, Jóhann?«

Die Besprechung verlief nach dem alltäglichen Schema, die alten Bekannten der Polizei wurden abgeklappert. Als sie zu Ende war, gestattete sich Katrín die Hoffnung, dass der ganze Tag so verlaufen würde.

Guðni hielt sie zurück: »Wir müssen miteinander reden.«

Das versprach nichts Gutes.

* * *

»Ja«, sagte Brynjólfur verständnisvoll und entschuldigend, »ja, ich weiß. Ich verstehe. Ja. Ja. Ja. Wir bleiben in Verbindung. Ich kümmere mich darum – ja. Bis bald.« Er legte den Hörer auf und rief Marteinn aus der Arbeitshalle zu sich.

»Was soll ich nur mit dir anstellen?«, fragte er beunruhigt. »Warum machst du es mir so schwer, Junge?«

»Ich versteh dich nicht«, sagte Marteinn. »Was habe ich denn getan? Ich bin nicht zu spät zur Arbeit gekommen, ich habe nicht...«

»Du weißt, wovon ich rede. Ingólfur Halldórsson, der Vater von Darri, hat mich gerade angerufen.«

Marteinn zuckte mit seinen blaubekittelten Schultern. »Na und?«

»Er will, dass ich dich entlasse.«

»Aha. Und warum will er das?«

»Das weißt du ganz ge...«

»Nein«, warf Marteinn ein, »ich hab keine Ahnung. Und genauso wenig verstehe ich, wieso er dir vorschreiben kann, mich zu schassen. Oder irgendjemanden zu schassen. Ich wusste nicht, dass irgendwelche Abgeordneten dir in deine Geschäfte reinreden. Oder ist das hier nicht dein Business?«

»Natürlich ist es mein Business«, erklärte Brynjólfur. »Es ist nur... Es ist einfach nicht so einfach, verstehst du.«

»Nein«, entgegnete Marteinn, »das versteh ich nicht. Aber okay, dann schmeiß mich raus, wenn du unbedingt möchtest. Ich arbeite dann bei meinem Bruder Kári, der bittet mich schon seit Langem darum. Ich hatte mir eigentlich vorgenommen, mich nie auf irgendwelche Geschäfte mit ihm einzulassen, aber irgendwie muss ich ja die Family ernähren. All das Zeugs für Kinder ist schweineteuer.«

»Ja, ich weiß,«, brummte Brynjólfur. »Wir sollten auch nichts überstürzen, ich werde noch mal nachdenken. Wir reden später miteinander.«

»Okay, machen wir«, sagte Marteinn. Brynjólfur blieb in seinem Büro zurück, rührte sich nicht vom Fleck und starrte mit blicklosen Augen zur Decke. Die Nachricht von Erla Lífs Schwangerschaft hatte wie ein Blitz eingeschlagen. Þyrí schwebte im siebten Himmel, und wenn Þyrí guter Dinge war, lebte es sich unendlich viel besser, als wenn sie down war. Bei ihm hingegen hatte die Nachricht keine Freude ausgelöst, denn die neue Situation brachte alle seine Angelegenheiten durcheinander oder stellte sie sogar auf den Kopf. Er hatte das Gefühl, sich zwischen Hammer und Amboss zu befinden. Mit dieser Position war er allerdings nicht ganz unvertraut.

* * *

»Nein, Guðni«, sagte Katrín, »das kann ich nicht sehen. Was du da erzählst, hat weder Hand noch Fuß. Hast du nicht gerade eben noch gesagt, dass Geir damals so etwas wie Mord am Ende ausgeschlossen hat und mit gutem Gewissen Unfall als Todesursache eingetragen hat?«

»*So gut wie* ausgeschlossen, hat er mir gestern Abend gesagt, Katrín, so gut wie, aber doch nicht ganz. Und er hat auch gesagt, dass Kristján damals die Ermittlung in dem Fall geleitet hat und ihn ratzfatz abschließen wollte. Er hat Geir ziemlich unter Druck gesetzt, und deshalb ...«

»Ich dachte, dass du dich mit Kristján gut verstehst?«

»Ja, ja, unter normalen Umständen schon, aber ...«

»Aber du glaubst trotzdem, dass er vor dreißig Jahren Lalli dabei geholfen hat, straflos mit dem Mord an seinem Vater davonzukommen, und dass er seitdem bei Lalli auf der Gehaltsliste steht?«

»Ich weiß es natürlich nicht, aber ...«

»Aber das behauptest du gerade, mein Lieber. Ich kann es jedenfalls nicht anders auslegen.«

»Hm, ja. Wenn du es so darstellst, dann vielleicht ...« Guðnis Miene verzog sich. »Ja, vielleicht rede ich einfach nur Stuss, es klingt wohl ziemlich weit hergeholt. Trotzdem ... Verdammt noch mal.«

Super, dachte Katrín. »Mir wie aus dem Munde gesprochen«, sagte sie kühl. »Willst du jetzt nicht lieber los, um bei dieser Vala nach Gusti zu forschen, wie Stefán dir aufgetragen hat? Mach damit den Anfang, und um den Rest kümmern wir uns dann.«

Guðni erhob sich mühsam und trottete los, drehte sich aber noch einmal um. »Auch wenn dieser alte Kram vielleicht lauter Quatsch ist«, sagte er, »haben es dieser Kári und damit auch Lalli auf unsere beiden Mädchen abgesehen, auf meine Helena und deine Erla. *Right*?«

Katrín holte tief Atem. »Guðni«, begann sie so sanft wie nur möglich, »tu uns beiden den Gefallen und ...«

»Ich hab hier die Adresse«, sagte Guðni, »die Adresse von Kári. Oder besser von dem Weibsbild, mit dem er beim Babyschwimmen war.«

»Im Ernst, Guðni, lass die Finger davon.«

»Ich fang am Barónsstígur an, und dann sehen wir weiter«, sagte Guðni und kniff verschwörerisch ein Auge zu. »Bis später.«

Katrín dachte über ihre Optionen in dieser Situation nach. Und beschloss, lieber gar nichts zu unternehmen.

※ ※ ※

Als Guðni am Freitagmittag einem düster dreinblickenden Stefán gegenübersaß, gab er sich so unschuldig, wie er nur konnte.

»Ich hab einfach nur da angeklopft und nach Kári gefragt. Das Mädchen hat gesagt, er sei nicht zu Hause.«

»Und?«

»Und dann habe ich gefragt, ob das Blag, das da um ihre Beine rumwieselte – klasse Beine übrigens – ihr Sohn sei. Ólafur Kárason heißt er nach seinem Papa, *the one and only*. Ich hab natürlich nicht Blag gesagt, sondern hab mich verdammt eingeschleimt bei ihr, hab gefragt, ob das kleine Ding der Prinz des Hauses sei. Wieso reden die Leute in diesem Land, das angeblich eine Demokratie ist, ewig und immer von Prinzen und Prinzessinnen? Kein Wunder, dass es hier von Kleinkönigen und Traumprinzessinnen wimmelt. Pah.«

»Guðni?«, hakte Stefán nach.

»Ja, sie hat bestätigt, dass es ihr Sohn ist. Und dann hab ich ihr einen Gruß an Kári ausgerichtet. Sie gebeten, ihm von einem Freund herzliche Glückwünsche zu so einem prächtigen kleinen Burschen auszurichten. Von Guðni, Vater von Helena. Mehr hab ich gar nicht gesagt. Insofern versteh ich nicht, was jetzt Sache ist?«

»Fakt ist, dass du einen Mann belästigst, obwohl man dir mehrfach gesagt hat, das nicht zu tun«, quakte Þórður, der Leiter der Drogenkommission, der bislang schweigend in einer Ecke gesessen hatte. »Fakt ist, dass du in Angelegenheiten rumschnüffelst trotz strikter Anweisungen, das zu unterlassen. Du bist ...«

Stefán legte seine Pranke auf den Tisch, und Þórður verstummte. »So redest du nicht mit einem von meinen Leuten«, erklärte er. »Ich habe dir angeboten, anwesend zu sein, aber nur unter der Bedingung, dass du dich völlig raushältst. Ich glaube, es ist besser, wenn du jetzt gehst.«

Þórður sprang von seinem Stuhl hoch und verließ wutschnaubend den Raum.

»Mann, ist der Kerl gestresst«, sagte Guðni.

»Mann, halt du bloß deine Klappe«, knurrte Stefán. »Weshalb musst du immer für irgendwelches Theater sorgen? Ich meine, du bist bald dreiundsechzig und hättest schon vor einigen Jahren in Pension gehen können. Du bist herzkrank und zudem in so miserabler Verfassung, dass man dich längst zur Reha hätte schicken sollen. Oder zumindest in eine andere Abteilung.«

Guðni lief bei diesen Worten rot an und wurde unruhig, aber Stefán machte unbeirrt weiter.

»Du hast dich immer dagegen gesperrt«, sagte er. »Du hast immer wieder um Aufschub und noch mal Aufschub und so weiter gebeten, und ich war immer wieder so verrückt, aus irgendwelchem missverstandenem *Goodwill* heraus darauf einzugehen. Aber damit ist jetzt Schluss, Guðni. Jetzt kann ich nicht ...«

»Ich werde dir sagen, was du kannst oder nicht kannst«, fiel Guðni ihm ins Wort. Bei genauem Hinhören zitterte seine Stimme leicht. »Du kannst mich nicht schassen, Stefán, das kannst du einfach nicht. Soweit ich weiß, war es bislang nicht verboten, bei Leuten anzuklopfen und Grüße ausrichten zu lassen. Und bislang war es auch kein Fehler bei einem Kripobeamten, wenn er verdammt noch mal Interesse an dem hat, womit er sich befasst. Und genauso wenig ist es verboten, abends unbezahlte Überstunden zu machen. Du kannst also meinetwegen ...« Er verstummte mitten im Satz, und die beiden schwiegen eine ganze Weile.

»Wir unterhalten uns nach dem Wochenende«, sagte Stefán schließlich. »Dann gehen wir den Fall durch. Und bis dahin, mein Lieber, bis dahin sei bitte friedfertig.«

Als Guðni gegangen war, setzte er sich statt der grünen Kappe seine Uniformmütze auf und marschierte zum Büro von Þórður im anderen Flügel des Hauses.

»Du musst in Sachen Umgang mit Mitarbeitern ein bisschen an dir arbeiten«, sagte er freundlich. »Wenn du Leute wie Guðni auf deiner Seite haben willst, hat es keinen Sinn, sie anzuschnauzen.«

Þórður war beleidigt. »Soweit ich sehen konnte, hattest du selber auch nicht viel Erfolg damit, ihn auf der Matte zu halten. Oder hast du ihm vielleicht gar nicht gesagt, dass er Kári in Ruhe lassen soll?«

»Doch. Aber genau da ist der vertrackte Hund begraben,

denn so eine Abfuhr bringt den Kerl nur noch mehr in Fahrt. Meiner Meinung nach solltest du ihn lieber mit einbeziehen und mit ihm zusammenarbeiten, woran auch immer ihr da herumwuselt. Ich kann ihn euch gerne für ein paar Wochen ausleihen, wenn ...«

»Du spinnst wohl«, unterbrach Þórður ihn. »Ausgeschlossen. Glaubst du wirklich, dass ich so verdammt blöd bin?«

»Tja, ihr beide sprecht zumindest dieselbe Sprache«, sagte Stefán. »Es geht mir nicht darum, den Mann loszuwerden, und ich meine es ernst. Er bräuchte auch nicht zu euch überzuwechseln, weder auf dem Papier noch physisch, aber ich bin sicher, dass er ...«

»Herzlichen Dank, nein«, sagte Þórður. »Ich gehe nicht das Risiko ein, bei einer so großen Aktion einen solchen Menschen einzubeziehen.«

»Wie groß?«, fragte Stefán in seinem besten und vertrauenswürdigsten Bariton.

»Groß«, sagte Þórður.

»Lalli?«, fragte Stefán.

»Lalli«, bestätigte Þórður nach einem kurzen Zögern.

»Gut.«

* * *

Als Stefán nach einem kurzen Aufenthalt in der Kantine wieder in sein Büro zurückkehrte, konzentrierte er seine ganze Kraft auf eine andere gewaltige Aktion: die Garage und die bevorstehende Entrümpelung, vor allem aber auf den Anlass für diese Maßnahme. Er gab seinen Mitarbeitern, die geschäftig durch das Großraumbüro eilten, klar und deutlich zu verstehen, dass er an diesem Wochenende in Ruhe gelassen werden wollte, es sei denn, es handle sich um wirklich dringende Notfälle. Anschließend machte er die Tür hinter sich zu und recherchierte bis Feierabend im Internet über den Land Rover. Und an diesem Freitagnachmittag beschloss er, dass sein Feierabend bereits um vier Uhr beginnen würde.

Auf dem Heimweg wählte er einen kleinen Umweg zum Mekka des Land-Rover-Besitzers auf dem Smiðjuvegur in Kópavogur. Dort investierte er in acht Exemplare des Land-Rover-Magazins und ausführliches Informationsmaterial für die Serie III dieses unverwüstlichen Geländewagens.

Sein Lächeln wurde noch breiter, als er mit seinem Toyota in die Einfahrt am Nökkvavogur einbog und hinter dem Land Rover hielt. Er schnappte sich die Hefte und erklomm ungewöhnlich leichtfüßig die Stufen bis zum Eingang. Ragnhildur war wie erwartet schon vor ihm nach Hause gekommen, sie lag schlafend auf dem Sofa im Wohnzimmer und hielt eine halb fertig gestrickte Wollmütze für ein Enkelkind in der Hand.

Stefán verließ das verdunkelte Wohnzimmer auf Zehenspitzen und ging in den Keller, wo er es sich auf einer alten Couch in dem kleinen Zimmer bequem machte, das er zu feierlichen Anlässen sein Arbeitszimmer nannte. Nun musste er nur noch Guðni aus dem Kopf bekommen, und dann stand einem großartigen Wochenende nichts mehr im Weg. Er griff nach einem von den Land-Rover-Magazinen, doch die Lektüre war so anstrengend, dass er schon auf Seite drei fest eingeschlafen war.

Eine halbe Stunde später erwachte er aus dem schönen Schlummer und fühlte sich glücklich und wie neugeboren. Er nahm eine Rotweinflasche aus der Vorratskammer mit nach oben in die Küche, öffnete sie und schenkte zwei Gläser ein. Er stellte sie auf dem Tisch vor dem Sofa ab, pflanzte sich ächzend in den Sessel neben Ragnhildur. Sie rührte sich nicht, was Stefán sonderbar vorkam.

»Ragga«, sagte er und stieß mit dem Fuß an das Sofa. »Hallo, mein Dornröschen...« Er versuchte es noch einmal, aber wieder reagierte sie nicht. Er stand auf, beugte sich über sie und berührte sie. Zuerst vorsichtig, dann etwas stärker, hoffte, sie würde die Augen aufschlagen und Bö sagen, aber das tat sie nicht. Sie tat überhaupt nichts. Sie atmete nicht einmal, so unmöglich und unglaublich das war.

Stefán fischte sein Handy aus der Tasche und rief die Hundertzwölf an. Danach setzte er sich auf den Boden und strich ihr sanft über die kalte, weiche Wange, während er auf den Krankenwagen wartete, der nicht mehr benötigt wurde.

IV

Juni 2010

Erlas Tod erschütterte und berührte ihn tiefer, als er geglaubt hatte. Er war nicht unvorhergesehen und unerwartet eingetreten, ganz im Gegenteil. Das Unerwartete bestand in der Tatsache, dass sie noch so lange am Leben geblieben war. Denn als er sie in der Nacht zum Ostersonntag an der Südseite der Grensás-Kirche niederlegte, hielt er sie für tot. Für endlich ganz tot, nachdem sie sich lange Zeit zum Sterben genommen hatte. Eine schlimme, eine schreckliche, eine entsetzlich lange Zeit. Sie schien einfach nicht sterben zu wollen.

Das erste Mal war das schlimmste, nachdem er das Messer herausgezogen hatte. Das Messer durfte nicht in ihr gefunden werden. Er streifte sich Handschuhe über und griff nach dem blutigen Schaft in dem felsenfesten Glauben, dass sie tot war. Er riss das Messer aus der Wunde und schrie in purem Entsetzen laut auf, als Erla Líf ihn mit weit geöffneten Augen anstarrte. Blitzschnell stieß er ihr das Messer wieder in die Seite. Ohne zu denken, ohne zu zögern. Sie schloss die Augen, stöhnte, und er atmete leichter. Aber nicht lange. Blut floss aus der Wunde auf den Fußboden und überallhin. Er holte eine Mullbinde und drückte sie gegen die Wunde, wartete.

Wieder versuchte er, sie vom Boden in das Auto zu heben, und wieder zeigte sie Lebenszeichen, sobald er sie berührte. Und das geschah wieder und wieder, jedes Mal stöhnte sie auf oder zuckte zusammen.

Zweimal schaffte er es, sie auf das Laken zu legen, das er über die Plastikfolie hinten im Auto gebreitet hatte, bevor sie sich wieder bewegte und ihn damit zwang, sie zurück auf den Boden zu legen und ihr weitere Stiche zuzufügen und so lange zu warten, bis kein Blut mehr floss.

Als er nach einer schier endlosen Zeit keinen Puls mehr fühlen konnte und sie ohne weitere Reaktionen ins Auto gehoben hatte, war es bereits hell geworden. Ein Transport bei Tageslicht wäre zu riskant gewesen. Deshalb verschloss er das Auto, spülte das Blut vom Boden ab, löschte das Licht und ging.

Der Tag war schwierig, nahezu ebenso schwierig wie die Nacht. Am liebsten wäre er alleine mit sich gewesen, aber er musste sich zeigen, musste lächeln, durfte im Gespräch nicht den Faden verlieren, musste sich möglichst natürlich verhalten. Die innere Erregtheit verbergen, das Herzklopfen und das Zittern der Hände, er musste das lähmende Entsetzen kaschieren, das ihn immer wieder überfiel. Und vor allem musste er sich in der Gewalt haben, um nicht die 112 anzurufen und alles zu gestehen.

Die seltenen Male, wenn er etwas Ruhe fand, versuchte er darüber nachzudenken, wo er sich am besten der Leiche entledigen konnte. Er durfte nicht aufs Geratewohl losfahren, alles musste sorgfältig geplant sein.

Zum einen durfte der Ort nicht allzu weit entfernt liegen. Je länger die Fahrt dauerte, desto eher konnte etwas schiefgehen. Zum anderen musste die Anfahrt einfach sein, sowohl für das Auto als auch für ihn; je weniger Zeit er bräuchte, um die Leiche wegzuschaffen, desto geringer war die Wahrscheinlichkeit, dass jemand ihn genau in diesem Augenblick überraschte. Und das führte zu Punkt drei:

Der Ort musste ihm ausreichend Sichtschutz bieten, damit er sich ungesehen bewegen konnte. Gleichzeitig durfte er aber auch nicht zu abgelegen oder ungewöhnlich sein, denn dadurch stieg das Risiko, dass Leute, die den Wagen auf dem Weg dort-

hin oder an irgendeinem Ort geparkt bemerkten und sich daran erinnerten.

Und nicht zuletzt musste sichergestellt sein, dass Erla Líf bald gefunden würde, bevor Fliegen und Ratten und Möwen sich an ihr vergriffen.

Der Hügel Öskjuhlíð mit den Heißwassertanks und seinem Baumbestand war wohl der Ort, der all diese Bedingungen am besten erfüllte. Zumindest der beste von denen, auf die er in den sechzehn unendlich langen Stunden kam, die verstrichen waren, seitdem er Erla Líf in dem verschlossenen Auto zurückgelassen hatte. Später sollten ihm noch etliche andere Orte einfallen, doch an diesem Abend fand er Öskjuhlíð ideal. Er öffnete das Auto und fasste mit der Hand an ihren kalten Hals. Er spürte keinen Puls, und es erfolgte keine Reaktion. Er schloss die Tür wieder, löschte das Licht und öffnete die Fahrertür, setzte sich hinters Steuer und atmete tief und regelmäßig durch, bevor er in die Nacht hinausfuhr, nass geschwitzt und mit dem Herz in der Kehle.

Nach Öskjuhlíð gelangte er gar nicht, denn blinkendes Blaulicht auf dem Bústaðavegur zwang ihn, den Plan umzustoßen. Das Herz in seiner Brust vollführte einen weiteren Salto mortale, und er konnte sich bis auf den heutigen Tag nicht erklären, wie es dazu gekommen war, dass er auf dem Parkplatz bei der Kirche landete. Manchmal schrieb er es den Schicksalsmächten zu, manchmal seinem natürlichen Instinkt, und wieder ein anderes Mal einem glücklichen Zufall. Zumindest begriff er im gleichen Moment, als er den Motor abstellte, dass dieser Ort wahrscheinlich noch besser war als Öskjuhlíð, vorausgesetzt, er würde rasch und umsichtig handeln.

Auf dem Rückweg zwang er sich hart, das vorgeschriebene Tempo einzuhalten, obwohl er sich am liebsten so schnell wie möglich in Sicherheit gebracht hätte. Und es war nicht weni-

ger nervenaufreibend, im Bett zu liegen und auf den nächsten Morgen zu warten, um die Nachricht von Erla Lífs Schicksal zu hören. Als sie kam, brauchte er allerdings keinen Schock zu simulieren: Erla war anscheinend nicht umzubringen.

Ihr Tod jetzt konnte ihn nicht überraschen und tat es auch nicht. Auf diesen Tag hatte er ja mit Hängen und Würgen geschlagene zwei Monate lang warten müssen, nachdem er sie bei der Kirche hingelegt hatte. Doch nach allem, was vorher geschehen war, hätte es ihn auch nicht überrascht, wenn sie wider Erwarten aus dem Koma erwacht wäre und aller Welt erzählt hätte, was er getan hatte.

Zum Glück kam es aber nicht dazu, denn jetzt war nicht nur der Hirntod eingetreten, sondern auch der physische Tod. Jetzt konnte er aufatmen. Und sogar im Nachhinein froh darüber sein, dass es ihm damals zu Ostern nicht gelungen war, sie endgültig vom Leben zum Tod zu befördern. Denn das war ja die Voraussetzung dafür, dass die kleine Líf das Licht der Welt erblickt hatte. Das musste doch positiv verbucht werden.

Genau das war wichtig für ihn, denn Erlas Tod berührte ihn tiefer und erschütterte ihn mehr, als er geglaubt hatte. Viel tiefer und viel mehr.

17

Montag

Das Büro war halb verdunkelt, die Deckenlampe brannte nicht, und die Lamellen vor den Fenstern ließen so gut wie keinen Strahl der Frühlingssonne ein. Die einzige Helligkeit ging von der Schreibtischlampe und dem flimmernden Monitor aus. Es herrschte ein so tiefes und erdrückendes Schweigen, dass es Stefán schließlich zu viel wurde.

»Erinnerst du dich, als wir das letzte Mal hier gesessen haben?«

»Wie könnte ich das vergessen?«, lautete Guðnis Gegenfrage. »Es war dein letzter Arbeitstag, bevor... Es war der Tag, an dem Ragnhildur starb.«

»Ja. Und der heutige Tag ist mein erster Arbeitstag nach ihrem Tod, und wir sitzen immer noch hier. Du musst entschuldigen, wenn es mir ein bisschen so vorkommt, als habe sich das erst gestern ereignet, und das macht einem leider kaum Hoffnung auf die Zukunft. Weißt du noch, worüber wir geredet haben?«

Guðni nickte. »Ja, das weiß ich noch. Du hast irgendwas gefaselt, dass ich zum Arzt gehen sollte.«

»Unter anderem, ja«, sagte Stefán. »Und hast du es getan? Hast du dich durchchecken lassen?«

»Nein«, musste Guðni zugeben. »Ich bin nicht zum Arzt gegangen. Sonst hätte der mich wahrscheinlich krankgeschrieben, in letzter Zeit war ich nicht so richtig gut drauf. Vielleicht wär's besser gewesen. Ich meine, wenn ich krankgeschrieben worden wäre.«

»Vielleicht«, stimmte Stefán zu. »Oder vielleicht sogar ganz sicher. Und noch besser, wenn du in Pension gegangen wärst. Hab ich das nicht auch vorgeschlagen?«

»Das hast du wohl.«

»Ja, irgendwie habe ich das so in Erinnerung«, sagte Stefán. »Und es kann nichts schaden, wenn ich es jetzt wiederhole. Weshalb arbeitest du überhaupt noch? Weshalb bist du nicht schon lange pensioniert, um dieser Plackerei zu entkommen?«

»Um stattdessen was zu tun?«, fragte Guðni. »Golf spielen? Kannst du dir mich in weißen Schuhen und einer Golferweste mit dem Putter auf dem Green vorstellen?«

Stefán musste zugeben, dass er seine Schwierigkeiten damit hatte. »Man kann doch auch ganz andere Sachen machen als Golf spielen«, brummte er.

»Bestimmt«, sagte Guðni. »Wahrscheinlich werde ich mich auf Bibelforschung und Klamottendesign verlegen, wenn es so weit ist. Es sei denn, ich werde Fallschirmspringer.« Er räusperte sich und zog die Nase hoch. »Und was ist mit dir?«, fragte er. »Du könntest auch bereits aufhören, genau wie ich. Weswegen bist du zurückgekommen? Du könntest ständig in deiner Garage und in deinem Garten rumwerkeln, wenn du nicht gerade auf deine Enkelkinder aufpasst.«

»Selbst wenn ich auf meine Enkelkinder aufpasse, könnte ich in der Garage und im Garten rumwerkeln«, berichtigte Stefán. Er kratzte sich geistesabwesend im Nacken, und bei dem Gedanken daran musste er wider Willen mehr lächeln als gedacht. »Aber es ist tatsächlich eine gute Frage, warum ich mich entschlossen habe, wieder zu arbeiten. Katrín hat mich auch danach gefragt.«

»Und?«

»Ich habe noch keine eindeutige Antwort auf die Frage gefunden. Vielleicht liegt es ja hauptsächlich am Frühling.«

»Am Frühling?«, fragte Guðni verblüfft. »Ich hätte gedacht, das wäre doch erst recht ein Grund, zu Hause zu bleiben und zu allen Tages- und Nachtzeiten im Garten herumzuwühlen. Oder hast du deine Maulwurfkarriere an den Nagel gehängt?«

»Nee«, sagte Stefán zögernd, »das hoffe ich nicht. Aber in diesem Frühjahr bin ich irgendwie faul.«

»Kann ich gut verstehen«, sagte Guðni. »Ich hab nie diesen komischen Drang kapieren können, auf allen vieren rumzukriechen und Unkraut zu jäten, um dann irgendein anderes Unkraut einzupflanzen, statt was Interessanteres zu machen. Verdammt komisch.«

Wieder schwiegen sich die beiden in der künstlichen Dämmerung etwas vor.

»Ich jedenfalls habe aufgehört, hinter Kári Brown her zu sein«, sagte Guðni. »Das gehörte zu dem, was du mir im Winter befohlen hast.«

»Nein«, korrigierte ihn Stefán, »das hast du nicht getan. Du hast nur eine kleine Pause bei deiner Schnüffelei eingelegt, und vor einem Monat hast du weitergemacht. Stimmt das nicht?«

»Das ist etwas übertrieben«, widersprach Guðni, jetzt munterer. »Ich hab nur noch einmal bei ihm zu Hause vorbeigeschaut. Oder bei der Tussi, mit der er zusammenlebt, mit der er das Kind hat. Und diesmal war er zu Hause und kam höchstpersönlich zur Tür. Mit dem Windelkind auf dem

Arm und einem krakeelenden Racker im Schlepptau. Ich hab mir das Arschloch leider nicht richtig vorgeknöpft. Verdammt, was bin ich in letzter Zeit mürbe geworden.«

»Ich bezweifle sehr, dass Lalli das unterschreiben würde«, entgegnete Stefán etwas frostiger. »Das heißt, wenn er überhaupt in der Lage wäre, etwas zu unterschreiben.«

»Noch einmal, Stefán, mit dem Sausack war alles in Ordnung, als ich ihn verließ. Ich hab ihm ein paar Klapse verabreicht. Er hatte Nasenbluten und hoffentlich auch eine gebrochene Nase, ein feuerrotes Ohrläppchen und ein oder zwei ordentliche Hämatome, aber das war's auch. Ihr solltet den Muskelmann fragen, der an diesem Abend auf ihn aufpassen sollte. Der hat nicht gerade einen guten Job gemacht.« Guðni grinste, er kam wieder in die Gänge.

»Hm«, brummte Stefán, »das wird bestimmt gemacht. Wo war er eigentlich, als du Lalli die ›Klapse‹ verabreicht hast? Und als du weggegangen bist?«

»Weiß ich nicht«, erklärte Guðni. »Keine Ahnung. Lalli hat ihn weggeschickt, nachdem er uns das Bier gebracht hatte, danach hab ich ihn nicht mehr gesehen. Wahrscheinlich hat er vor der Glotze gehangen oder was weiß ich. Ich hab nicht extra nach ihm gesucht, um mich zu verabschieden.«

»Nein. In Ordnung, lassen wir das im Augenblick«, sagte Stefán. »Es wird sich schon noch herausstellen. Aber zurück zur Sache mit Kári...«

»Kári arbeitet – arbeitete – für Lalli«, fiel Guðni ihm ins Wort. »Das wissen wir beide. Vielleicht sogar auch für Þórður, wer weiß. Und ich hab ihm nicht mehr nachspioniert. Ich war durchaus bereit, Þórður diese Geheimnistuerei um einen bestimmten Mitarbeiter von Mister dope dot is zu verzeihen, solange er mich und die Meinen in Ruhe ließ. Aber dann habe ich Kári wieder mit Helena gesehen. Ich wollte nur bei ihr vorbeischauen, und da habe ich beobachtet, dass er sie nach Hause gebracht hat. Als ich versuchte, etwas aus ihr rauszuholen, hat sie nur dummes Zeug von sich gegeben, dabei war sie verdammt nervös. Und trotzdem hab ich nix gemacht. Stattdessen bin ich zu Þórður gegangen und habe ihm ...«

»Ich weiß«, sagte Stefán. »Du hast ihm gesagt, er solle Kári ausrichten, dass er Lalli ausrichtet, dass deine Helena – wie hast du dich noch ausgedrückt?«

»Dass Helena *off limits* ist«, sagte Guðni mit Nachdruck. Er hatte schon fast wieder Oberwasser, zumindest solange er sich auf die Geschichte konzentrieren und alles außer Acht lassen konnte, was jenseits der dünnen Bürowand vorging. »Genau das hab ich gesagt, dass Helena *off limits* ist. Aber das hat nicht gereicht. Entweder hat Þórður nicht mit diesem Kretin geredet, oder der Kretin hat nicht auf Þórður gehört, denn nur eine Woche später kam Helena zu mir, weil sie hunderttausend Kronen brauchte, zum fünften Mal innerhalb weniger Monate. Und da bin ich los und hab bei diesem Arsch vorgesprochen. Aber wieso weißt du denn von der ganzen Chose, du hast doch in den letzten Monaten praktisch nur unter diesem Land-Rover-Wrack gelegen?«

»Þórður kam vor ein paar Tagen zu mir«, sagte Stefán.

»Und?«

»Er wollte meinen Rat, weil er nicht wusste, was er mit dir machen sollte. Er wollte wissen, was ich an seiner Stelle tun würde.«

»Und?«

»Ich habe ihm dasselbe gesagt, was ich ihm schon damals im Januar gesagt habe, nachdem wir drei uns hier im Januar besprochen hatten, nämlich dass der beste Weg darin bestünde, dich miteinzubeziehen. Ihm missfiel dieser Vorschlag immer noch genauso sehr. Er hat also nicht mit dir geredet?«

»Nein. Wahrscheinlich hat er sich bei Eiríkur beklagt, zumindest hat der mir deswegen irgendwas vorgelabert. Und mir gesagt, ich solle mich an die Aufgaben halten, die er mir zuteilt.«

»Aber trotzdem bist du bei Kári gewesen. Was hast du ihm gesagt?«

»Du weißt ganz genau, was ich gesagt habe, Stefán, und womöglich sogar besser als ich. Hat Þórður das nicht sowohl auf Band gehabt als auch in dreifacher Kopie?«

»Guðni, komm mir bitte nicht mit Ablenkungsmanövern. Nicht jetzt, nicht mir gegenüber. Was genau hast du diesem Kári gesagt?«

Guðni rieb sich die rot geschwollenen Augen, die dabei noch röter wurden. »Ich habe ihm mitgeteilt, dass wenn mein Kind nicht *off limits* wäre, dann wäre kein Kind *off limits*. Mehr war es gar nicht«, sagte er achselzuckend.

»Weißt du was«, entgegnete Stefán und machte keinen Versuch, das Missfallen in seiner Stimme zu unterdrücken, »ich hab's nicht glauben wollen. Ich wollte nicht glauben, dass du bei jemandem vorsprichst, ganz egal bei wem, und einem unschuldigen Säugling androhst, ihn kurz und klein zu schlagen, oder noch Schlimmeres. Wie konntest du dich auf so ein Niveau begeben, wie...«

Guðni sprang auf. »Verdammte Scheiße, Stefán«, schnaubte er, »es ist nicht sein Bastard, der mit zwei gebrochenen Beinen im Krankenhaus liegt!«

»Nein, aber das ist kein...«

»Und ich bin auch nicht zu ihm gegangen, um diesem potthässlichen Bastard die Beine zu brechen, nachdem er

und sein Kumpel sich meine Helena gekrallt haben, oder?«
Er beugte sich vor und schlug mit der geballten Faust auf den
Schreibtisch. »Habe ich das etwa getan?«, fragte er noch einmal, feuerrot vor Anstrengung und Erregung.

»Nein, das nicht, Guðni«, gab Stefán zu, der jetzt auch wütend wurde, »aber du bist...«

»Ich bin zum Chef gegangen, jawohl. Zum echten Boss, nicht zu Þórður. *Straight to the top*, und genau das hätte ich sofort tun sollen«, keuchte Guðni. Er tigerte in dem engen Büro herum, drei Schritte nach rechts, drei nach links. »Ich bin zu seinem Chef gegangen und habe mit diesem armseligen Schwein so geredet, als hätte ich zwei verdammte Widderhörner am Kopf. Denn im Gegensatz zu diesen Drecksäcken gibt es *tatsächlich* Grenzen dafür, wie tief ich sinken kann, Stefán. Vielleicht keine sehr genauen Grenzen, wenn solche Scheißkerle wie Kári involviert sind, und noch geringere, wenn es sich um einen wandelnden Guanoklops wie Lalli handelt – oder handelte. Aber es gibt Grenzen.«

Stefán schwieg und bedeutete Guðni mit einer Handbewegung, sich zu setzen. Trotz der schlechten Beleuchtung sah er Guðnis Gesichtsfarbe, und die gefiel ihm nicht.

»Es gibt Grenzen«, wiederholte Guðni eingeschnappt und setzte sich auf den knarrenden Stuhl. »Oder glaubst du vielleicht im Ernst, dass ich das Scheusal umgebracht hab?«

* * *

Kaum hatten Katrín und Árni sich nach dem Treffen im Leichenschauhaus ins Auto gesetzt, als sie bemerkten, dass der Hund wie ein geölter Blitz hinter ihnen aus dem Haus rannte, in sein Auto sprang und aus der Parklücke zurücksetzte, noch bevor Katrín den Motor angelassen hatte.

»Meine Güte«, sagte sie, »er hat's wirklich ernst gemeint,

als er sagte, die Messerspitze käme ganz oben auf die Prioritätenliste.«

»Die Messerspitze an der Spitze«, kicherte Árni, bereute es aber sofort. »Tschuldige«, sagte er, »ich wollte nicht ...«

»Vergiss es«, sagte Katrín und legte den Gang ein. Mit gerunzelten Brauen fuhr sie fort: »Komisch, er ist nach links abgebogen, wo will der denn ...« Sie verstummte, als sie rasch lauter werdendes Sirenengeheul hörte, und als sie sah, dass der alte Geir mit seiner Bereitschaftstasche in der einen und seinem Mobiltelefon in der anderen Hand aus der Tür gestürzt kam, hielt sie weiteres Abwarten nicht für geraten und folgte Friðjóns Wagen. Wie immer war der Hund der Erste am Tatort, abgesehen von den Streifenpolizisten. Katrín und Árni waren ihm aber diesmal dicht auf den Fersen, und zwei Minuten später war der Fjölnisvegur zum großen Teil gesperrt, abgezäunt und umstellt, wie es sich am Schauplatz des ernsten und brutalen Verbrechens gehört.

Die Stimmung war jedoch relativ weit entfernt von dem, was Árni unter solchen Umständen erwartet hätte. Die Versammelten waren zwar vielleicht nicht gerade heiter gestimmt, aber es fehlte die bedrückende Atmosphäre und der Ernst. Die Anwesenden flüsterten und grinsten und kicherten halbwegs über das, was sie von dem übel zugerichteten Opfer gesehen oder gehört hatten, das im Keller des Hauses immer noch in seinem Blut lag. Árni war ebenfalls nicht ganz frei von Schadenfreude beim Gedanken an das brutale Ende dieses legendären und berüchtigten Obergangsters der isländischen Unterwelt, wie er einmal in einem sehr oberflächlichen Artikel betitelt wurde. Das schadenfrohe Gefühl verließ ihn aber schlagartig, als er in den Keller ging und die Leiche mit eigenen Augen erblickte.

Lalli saß mit ausgestreckten Beinen auf dem Boden, den Rücken an einen Billardtisch gelehnt. Er war blutüberströmt vom Scheitel bis zu den Sohlen seiner weißen Schuhe, und ein blau gemusterter Billardqueue steckte in seinem weit geöffneten Rachen.

»Wow«, entfuhr es Árni.

»Draußen bleiben!«, bellte der Hund.

»Ich hab doch einen Schutzanzug an«, protestierte Árni.

»Bleib trotzdem draußen!«

Árni gehorchte und trat einen Schritt zurück. »Wie schwer der wohl ist?«, fragte er sich selbst und andere Umstehende in der Nähe der Tür.

»Hundertfünfzig, -sechzig Kilo«, vermutete Geir. »Ich hoffe, ich komme bis zur Leber durch«, sagte er und zückte ein verchromtes Fleischthermometer. »Der Mann hat so viel Fett um sich herum, dass ich mir da nicht sicher bin.«

»Es wird ein ganz schönes Problem werden, ihn hier rauszuschaffen«, sagte Katrín vor sich hin, die neben Árni in der Türöffnung aufgetaucht war. »Das ist glücklicherweise nicht unser Problem. Friðjón, auch wenn das jetzt dazwischengekommen ist – wirst du trotzdem bald jemanden auf diese Messerspitze ansetzen?«

»Vielleicht«, antwortete der Hund. »Hoffentlich. Ich geb dir Bescheid.«

»Komm, Árni«, sagte Katrín, »wir haben hier nichts mehr verloren.«

»Aber ...«

»Kein Aber. Siggi kümmert sich um alles, was wir hier tun können. Die in Keflavík übernehmen den Fall.«

»Wegen Guðni?«

»Ja, wegen Guðni. Es geht nicht, dass die eigenen Kollegen gegen ihn ermitteln.« Katrín nahm die Kellertreppe im

Laufschritt, Árni folgte ihr träge. Am Gartentor zogen sie die Schutzanzüge aus, bevor sie sich ins Auto setzten.

»Das ist natürlich Quatsch«, sagte Árni und schnallte sich an. »Ich meine, es glaubt doch niemand im Ernst, dass Guðni Lalli umgebracht hat?«

»Weshalb nicht?«, fragte Katrín. »Guðni ist weiß Gott kein Engel und war nie einer.«

»Nein, aber ...«

»Und der Kerl hat auch ein Motiv«, fiel Katrín ihm ins Wort. »Sag mir was anderes: Woher hast du gewusst, dass Guðni am Samstag in Hafnarfjörður von der Straße abgekommen ist?«

Wieder einmal wurde Árni puterrot. »Habe ich gewusst ... Die haben mir vorhin davon erzählt, die Jungs. Von dem Video, das im Internet aufgetaucht ist, während wir im Leichenschauhaus waren.«

»Ich stand direkt neben dir, als sie uns das erzählt haben«, sagte Katrín, »und du hast gefragt, wörtlich: Was, hat das etwa jemand aufgenommen? Das kann nur bedeuten, dass du vorher von seinem besoffenen Fahren gewusst hast, bevor das Video auftauchte. Stimmt's?«

»Äh, ich ...«

»Ich wusste bereits, was mit Helena passiert ist«, sagte Katrín scharf, »aber nicht von Guðnis Spritztour. Vielleicht informierst du mich netterweise jetzt mal kurz?«

Árni hatte keine andere Wahl, als ihr in groben Zügen zu schildern, was sich am Samstagmorgen zugetragen hatte. »Anschließend bin ich einfach nach Hause gefahren«, sagte er. »Und weil ich ein tüchtiger Junge bin, hab ich die Akten und Dokumente im Fall Erla Líf durchgearbeitet, darum hattest du mich doch gebeten.«

»Komm mir bloß nicht mit so was.« Es war Katrín anzuhören, dass sie Árnis kleine Spitze nicht witzig fand. »Du hättest mich sofort nach dem Gespräch mit Guðni am Samstagmorgen anrufen müssen, und das weißt du ganz genau. Spätestens als du ihn dir vom Hals geschafft hast. Stattdessen hast du keinen Ton von dir gegeben. Das Gleiche gilt auch für Stefán, er hat die Sache mit keinem Wort erwähnt, als ich Samstagabend mit ihm telefonierte, nachdem ich von Helena erfahren hatte. Ich versteh euch nicht, was muss ich denn noch tun, um zu eurem merkwürdigen Männerklub zu gehören? Wieso hast du mich nicht angerufen??«

»Ich... äh... Mensch, es tut mir leid. Ich wollte nur, du weißt schon...«

»Ich weiß schon, ja. Du wolltest dem Kerl aus der Patsche helfen. Ihr Jungs habt das zusammen ausgeheckt, oder? Mit der Tussi zu reden, hatte natürlich keinen Sinn, die würde doch bloß Theater machen, nicht wahr?«

»Also, ich meine... Nein, nein...«

»Ja, ja«, sagte Katrín immer noch in scharfem Ton. »Und du hast natürlich vollkommen recht. Ich hätte mit Sicherheit Theater gemacht, ich hätte den verdammten Kerl angezeigt. Genau das hätte ich getan. Und wenn ihr ein klitzekleines bisschen Verstand unter den Fontanellen hättet, würdet ihr es auch getan haben. Vielleicht hätte Guðni dann jetzt ein paar Probleme weniger.«

* * *

»Müsstest du nicht auf dem Fjölnisvegur sein und aufpassen, dass die Typen da nicht noch mehr Mist bauen?«, fragte Guðni. »Du brauchst mich nicht endlos zu bewachen.«

»Oh doch«, antwortete Stefán. »Damit du nicht noch mehr Mist baust. Je weniger ich mich um diesen Fall kümmere, ich meine offiziell, desto besser. Deinetwegen. Und das Gleiche gilt für alle Mitarbeiter in unserer Abteilung. Ich habe Siggi klare Anweisungen gegeben, sich an ein minimales Eingreifen am Tatort zu halten. Mein Namensvetter in der obersten Etage hat die Chefin des Kommissariats in Keflavík informiert, sie ist mit ihrer Mannschaft unterwegs zum Tatort.«

»Verdammt noch mal, Stefán, was soll denn das? Die Frau ist zugegeben ein richtiger Feger mit allem Drum und Dran, aber es kann doch nicht angehen, dass wir diesen Fall irgendwelchen Typen in Keflavík überlassen? Bei denen gibt es mehr als genug Kriminelle, können die sich nicht einfach auf ihre Gangster konzentrieren, statt von uns den heißesten Fall des Jahrhunderts zu klauen?«

»Nein«, erklärte Stefán. »Und das haben wir hundertprozentig dir zu verdanken, wie du wahrscheinlich selber weißt. Inoffiziell möchte ich natürlich möglichst viel wissen, und deshalb stelle ich dir jetzt dieselbe Frage wie am Samstag: Was hast du dir eigentlich dabei gedacht, als du zu Lalli fahren wolltest? Im Ernst, Guðni. Ich möchte es wissen, ich möchte es verstehen.«

»Das hab ich dir doch gesagt«, antwortete Guðni gereizt. »Der Kerl hat zwei seiner Stinktiere zu Helena geschickt, und ich wollte nur ...«

»Das meine ich gar nicht. Wir reden hier über Lalli Fett, der kein gewöhnlicher Mensch ist, darauf hast du mehr als genug selber hingewiesen. Oder richtiger, kein gewöhnlicher Mensch war. Ganz im Gegenteil, er hatte wohl den größten Anspruch auf den Titel eines isländischen Schwerverbrechers, stimmt's? Wir glauben zu wissen, dass er im Laufe der Zeit etliche Leute hat umbringen lassen, auch wenn wir es nicht geschafft haben, ihm das nachzuweisen. Abgesehen von allem anderen, was wir über diese Kanaille wissen. Und du stehst einfach bei ihm auf der Matte, ganz allein, ohne Zeugen, und drohst ihm, greifst ihn körperlich an?«

»Ja, und?«, brummte Guðni. »Hab ich. Was ist dabei?«

»Ich habe nicht die geringste Ahnung, weshalb in aller Welt du geglaubt hast, dass durch dein Auftreten gegenüber eben diesem Mann was anderes als etwas Schreckliches herauskommen könnte«, erklärte Stefán. »Für dich, für Helena. Früher oder später. Es sei denn, du warst entschlossen, dafür zu sorgen, dass er nie wieder – du weißt, was ich meine.«

Guðni verschluckte sich fast an dem Gelächter, das er krampfhaft zu produzieren versuchte, doch daraus wurde nur ein fürchterlich röchelnder Hustenanfall. Stefán sah sich gezwungen, aufzuspringen und ihm auf den Rücken zu klopfen.

»Mensch, Stefán«, sagte Guðni, als er wieder zu Atem gekommen war. »Ist das nicht reichlich schäbig? Du kommst mir sozusagen von Kumpel zu Kumpel, aber eigentlich willst du mich dazu bringen, ein Tötungsdelikt zuzugeben. Tötungsdelikt ist natürlich nicht der richtige Ausdruck, es geht eher darum, dass ein Kammerjäger Ungeziefer beseitigt.« Er richtete sich auf und sah seinen Vorgesetzten mit vorwurfsvoller Miene an. »Ich denke, wir sollten zumindest so lange warten, bis Geir sagt, was er zu sagen hat, bevor wir uns auf dieses Spiel einlassen. Und dieser anabolische Muskelprotz. Der war noch bei Lalli, als ich ging. Was meinst du?«

»Selbstverständlich«, entgegnete Stefán ruhig. »Ich versuche auch nicht, dich zu einem Geständnis der einen oder anderen Art zu bringen, von was auch immer. Aber ich möchte unbedingt wissen, was du dir dabei gedacht hast, als du dich auf den Weg zu diesem Kerl gemacht hast.«

Guðni fischte sich einen Stumpen aus der Brusttasche und kaute heftig daran.

»Lalli Fett ist – oder war – kein Idiot, obwohl er ein Drecksack war«, sagte er. »Ich wollte einfach nur sichergehen, dass wir beide uns auf Augenhöhe befanden. Mensch, Stefán, du hast doch auch schon allein alle möglichen Ganoven in so einer, sagen wir, inoffiziellen Mission besucht. Das haben wir alle mal gemacht, ohne dass es irgendwas nach sich zog. Ich meine, diese Typen werden einem mit viel Buhei und Drohungen lästig, aber mehr nie. Nicht uns gegenüber. Zumindest nicht solche Typen wie Lalli. Jeder in dem Snob-Viertel hat meinen alten Ghetto-Blaster vorfahren sehen, und insofern habe ich mit nichts anderem gerechnet, als dass ich auf demselben Weg wieder wegspazieren könnte, wie ich reingelatscht bin. Und das hab ich auch gemacht, der Zustand bei uns ist ja noch nicht so verdammt schlimm, dass die Leute über Bullen herfallen, als sei es vollkommen selbstverständlich. Es ist natürlich eine ganz andere Sache bei total verkorksten Fuzzis, die auf Anabolika, Speed, Kokain und was weiß ich abfahren, natürlich würde niemand solchen abgedrehten Typen allein gegenübertreten. Egal wie, ich fuhr einfach los, um ihm zu sagen, dass ... dass ...«

»Dass was?«

»Verdammt Stefán, das weißt du doch.«

»Nein, das weiß ich nicht. Sag's mir.«

Guðni verdrehte die rot geränderten Augen, begleitet von einer resignierenden Geste. »Okay, ich hab ihm ein paar Klapse verabreicht und ihm gesagt, dass ich ihn beim nächsten Mal umbringen würde. Falls es ein nächstes Mal gäbe. Zufrieden?«

»Nein, kann ich nicht behaupten«, entgegnete Stefán.

»Mensch, Stefán, wie hätte ich denn wissen sollen, dass da irgendjemand unterwegs war, der sich präzise an diesem Wochenende vorgenommen hatte, diese widerliche Drecksbazille abzumurksen? Ich meine, wenn ich das gewusst hätte, wär ich doch zum Chillen zu Hause geblieben, oder?«

Ein schwaches Grinsen machte sich bei beiden breit, verschwand aber sofort wieder. Guðni beugte sich vor und starrte in seinen Schoß. »Die Situation, Stefán, die ist wohl komplett verfahren?«

»Ich fürchte, ja«, entgegnete Stefán. »Ich fürchte sogar, sehr.« Er stand auf und reckte sich. »Okay, lass uns die Zeit, die uns verbleibt, dazu verwenden, diesen deinen Besuch von vorne bis hinten abzuchecken, bis ins kleinste Detail.«

»*No problem*«, sagte Guðni achselzuckend.

»Prima. Willst du einen Kaffee? Oder Wasser? Oder vielleicht was zu essen? Oh nein«, beeilte Stefán sich zu sagen, als er sah, wie Guðnis Miene sich aufhellte. »Wir sind nicht auf dem Weg zur Kantine.«

»Ein Sandwich und ein Dünnbier wären okay«, brummte Guðni gekränkt, aber auch demütig. »Ein Sandwich mit Krabbensalat.«

»Höchstens eins mit Roastbeef und Remoulade«, erklärte Stefán.

* * *

Die Atmosphäre im Dezernat war fast noch merkwürdiger als am Tatort, fand Árni. Er saß vornübergebeugt vor seinem PC und einem handbreitdicken Aktenstapel und versuchte, sich auf den Fall von Erla Líf zu konzentrieren, aber das lief einfach nicht. Den anderen schien es kaum besser zu ergehen, Rastlosigkeit und mit Beklemmung gemischte Erwartung schwebten im Raum. Sogar Katrín war kribbelig.

Dass ein Lalli Fett nicht mehr existierte, war eine Säuberungsaktion, über die man nicht zu diskutieren brauchte. Der Mann hatte die Polizei in ganz Island jahre- und jahrzehntelang einfach nur durch die Tatsache, dass er auf freiem Fuß war, tagtäglich zum Narren gehalten. Seine Ermordung bedeutete so gesehen *a good riddance*, allen war ein Dorn aus dem Fleisch gezogen worden, aber niemand wagte es laut zu sagen, aus Angst davor, dass Uneingeweihte mithörten. Auf dem, was von erstaunlich vielen in den eigenen Reihen als der makellose Ruf der Polizei empfunden wurde, hatte jemand einen hässlichen Fleck ausgemerzt.

Trotzdem landeten die Leute doch recht bald wieder auf dem Boden der Tatsachen, als der morgendliche Rausch der Schadenfreude verpuffte, je mehr Fakten über die Ereignisse des Wochenendes bekannt wurden. Alle waren in groben Zügen über den ersten Teil der Vorgeschichte informiert, der sich um Guðni drehte. Der Überfall auf seine Tochter Helena am Freitagabend, seine Theorie darüber, wer dahintersteckte, und dann die Tatsache, dass er in den frühen Morgenstunden des Samstags besoffen durch die Gegend gefahren und von der Straße abgekommen war – das wussten alle. Einige fanden das einfach nur grotesk, andere waren sauer, weil wegen dieser idiotischen Aktion in alkoholisiertem Zustand den dämlichen Kollegen aus Keflavík der tollste und interessanteste Fall des Jahrhunderts überlassen werden musste: den Helden zu finden, der Lalli Fett zur Strecke gebracht hatte.

Als aber Guðnis Samstagabendbesuch auf dem Fjölnisvegur die Runde machte, schlug die Tonart relativ schnell um. Guðni genoss kein sonderliches Ansehen im Dezernat, wenige bezeichneten sich als seine Freunde, und aus Guðnis Sicht zählten noch weniger zu seinen Freunden. Aber auch wenn viele ihn schon seit geraumer Zeit gerne losgeworden wären – er war trotzdem einer von ihnen, und er war sogar länger dabei gewesen als alle anderen an der Abteilung, Stefán eingeschlossen. Er war vielleicht so etwas wie ein unangenehmer Dinosaurier gewesen, doch dieses übellaunige Fossil gehörte zu ihrer Spezies. Wenn er bedroht wurde, waren sie alle bedroht.

Die meisten von denen, die sich am Tatort eingefunden hatten, als der Einsatzbefehl kam, saßen inzwischen wieder an ihren Arbeitsplätzen im Dezernat. Die Leute unterhielten sich halblaut, die Ohren spitzten sich beim geringsten Knarren von Schubladen oder Rascheln in den Akten. Sogar Sarkasmus, der beste Schutz eines Polizisten gegen aufkommende Sentimentalität, wirkte nicht so wie sonst, er brachte allenfalls ein gezwungenes neurotisches Kichern statt der klassischen und überlegenen männlichen Lachsalven hervor, die beabsichtigt waren.

Die Nervosität steigerte sich, als die Chefin des Dezernats in Keflavík in Stefáns Büro stürmte, wohin sich Stefán und Guðni schon seit Stunden zurückgezogen hatten. Wenige Minuten später kamen sie aber heraus, die Frau aus Keflavík an der Spitze, dann Guðni, und zuletzt Stefán. Alle sprangen auf, aller Augen richteten sich auf Guðni, der zwar bleich, aber trotzdem forsch zwischen den beiden stand und keine menschliche Schwäche durchblicken ließ.

»Ihr kennt Anna Hermannsdóttir«, sagte Stefán. »Sie will uns jetzt etwas sagen.«

»Ja«, sagte Anna. »Und zwar aus gegebenem Anlass. Ich möchte euch kurz über die Situation informieren, muss aber gleich wieder weg. Die Sachlage ist also im Augenblick die, dass euer Kollege, oder unser Kollege Guðni, den offiziellen Status eines Verdächtigen hat.« Die Anwesenden reagierten mit Protesten, doch Anna ließ sich nicht beeinträchtigen. »Beim gegenwärtigen Stand der Dinge kommt schlicht und ergreifend nichts anderes infrage«, sagte sie resolut. »Und es geschieht nicht weniger im Interesse von Guðni, dass es formell so gehandhabt wird. Er kann...«

»Blödsinn«, rief jemand. »Wieso knöpft ihr euch nicht lieber die Litauer vor?«, meldete sich ein anderer zu Wort. »Oder diesen Zwerg mit seinen Stripperinnen an den Säulen?«, fragte ein Dritter. Wieder nahm das Stimmengewirr im Raum überhand. Stefáns erhobene Pranke ließ alle verstummen.

»Hört doch mal auf mit dem Quatsch«, sagte Stefán streng, sein Ton klang aber dennoch milde, wie der eines Lehrers gegenüber seiner aufmüpfigen Klasse. »In Anbetracht der Umstände legt Anna uns, aber vor allem Guðni gegenüber mehr Nachsicht an den Tag und räumt ihm mehr Freiheiten ein als streng genommen üblich. Es wird für Anna sehr schwierig sein zu rechtfertigen, weshalb sie ihn nicht verhaftet und U-Haft für ihn beantragt hat, und das wisst ihr genau.«

Die Unruhe unter den Versammelten verebbte, und Anna ergriff wieder das Wort. »Guðni ist selbstverständlich nicht der Einzige, den wir unter die Lupe nehmen wollen und müssen, ganz und gar nicht. Lárus hatte ja viele und – tja, viele unterschiedlich angenehme Kunden oder ›Mitarbeiter‹ und Konkurrenten, wie ihr schon gesagt habt. Deswegen arbeiten wir eng mit der Droko zusammen, und...«

»Auf die Arschlöcher solltest du aufpassen«, entfuhr es Guðni, der immer noch zwischen Stefán und Anna stand. »Vor allem auf Þórður, da ist was im Gange, was für meine Begriffe mehr als *spooky* ist.«

※ ※ ※

»Zugegeben, ich bin trotzdem ziemlich sauer auf Stefán«, sagte Árni und öffnete den Wagen. »Schmeiß das einfach nach hinten«, sagte er und setzte sich ans Steuer.

Katrín beförderte die drei Windelpakete nach hinten und stieg auf der Beifahrerseite ein. »Wieso denn?«, fragte sie.

»Einfach so.« Árni startete den Motor und stellte das Radio leiser. »Plötzlich werden alle wieder auf den Fall Lalli angesetzt, nur wir beide nicht.«

»Ja«, stimmte Katrín ihm zu. »Ich hatte mir Hoffnungen gemacht, ich würde trotz allem noch ein paar mehr Leute zugeteilt bekommen. Aber ich kann verstehen, dass er Lalli Priorität einräumt, bestimmt hätte ich das an seiner Stelle auch getan.«

Árni unterließ es, Katrín darauf hinzuweisen, dass sie seine Äußerung missverstanden hatte, denn es konnte ja auch ganz bewusst geschehen sein. Nach Absprache mit dem Staatsanwalt, dem Polizeidirektor und anderen Trägern von seidenen Dienstmützen wurde beschlossen, dass Anna und Þórður gemeinsam die Ermittlung leiteten. Die Spurensicherung kümmerte sich wie gewöhnlich um ihre Aufgaben, sie konnten nicht durch andere ersetzt werden. Die Kollegen aus Keflavík befassten sich mit allem, was Guðni direkt betraf, und die übrige Mannschaft betreute den Rest.

»Trotzdem bin ich wahnsinnig froh, dass Stefán wieder zurück war, als das über uns hereinbrach«, sagte Katrín. »Kannst du dir vorstellen, was für einen Zustand wir hätten mit Eiríkur an der Spitze?«

»Nö«, gab Árni zu, während er in die Snorrabraut einbog. »Ich hab ja nie mit ihm zu tun gehabt.«

»Natürlich nicht, was rede ich denn da. Dieser Albtraum ist dir erspart geblieben. Schwein gehabt. Gut, dass du jetzt wieder dabei bist«, sagte Katrín. »Toller Tag, um wieder zum Dienst zu erscheinen. Das ist ein ziemlicher Unterschied zu monatelanger Erholung und Babyknuddeln.«

»Offensichtlich kennst du meinen kleinen Jón nicht«, entgegnete Árni.

Es verging eine Weile, bevor Katrín sagte: »Also ich kann gut verstehen, dass du irgendwie sauer bist, den Schwarzen Peter erwischt zu haben und mit mir an diesem Fall arbeiten zu müssen, der schon zwei Monate alt ist, anstatt wie die anderen...«

»Ey, was denn, ich bin doch gar nicht...«

»Doch, das bist du«, fiel Katrín ihm ins Wort. »Und ich hab gesagt, dass ich es verstehen kann. Aber nur bis zu einem gewissen Grad. Mir ist es nämlich vollkommen schnuppe, wer Lalli Fett umgebracht hat, solange es nicht Guðni war, dieser Tropf. Und ich gestatte mir meine Zweifel daran, dass er es war. Auch wenn er alles andere als ein Engel ist, wie ich heute Morgen gesagt habe, ein Idiot ist er jedenfalls nicht. Ich dagegen will unbedingt wissen, wer Erla Líf das angetan hat. Lass mich einfach hier raus.«

Árni bog zu der pinkfarbenen Tankstelle vor der Kringla ab. »Hier haben sie sie rausgelassen«, sagte Katrín. »Hier wurde sie zuletzt gesehen. Du weißt, dass sie heute Morgen entlassen worden sind?«, fragte sie. »Ich meine Darri und Co. aus der U-Haft.«

Árni nickte. »Ja, ich weiß.«

»Ich habe gestern mit dem Staatsanwalt gesprochen, wir sind übereingekommen, dass wir nichts unternehmen, um eine Verlängerung der U-Haft zu erreichen. Sie sind also seit heute Morgen um zehn oder elf wieder auf freiem Fuß. In den Online-Medien findet man kaum was darüber«, sagte Katrín, »und auch in den Radionachrichten wurde es nicht erwähnt. Vielleicht ganz normal, heute beherrscht Lalli die Szene. Lalli und Guðni. Könntest du... Hast du noch etwas Zeit?«

Árni hielt am Ende des Tankstellenbereichs, und sie stiegen aus. »Hier befinden sich vier Kontrollkameras«, sagte Katrín, »aber die decken nur die Zapfsäulen ab. Auf den Aufnahmen von der bewussten Nacht sieht man, wie Darri an ihnen vorbeifährt. Er behauptet, kurz vor der Ausfahrt gestoppt zu haben«, erklärte sie. »Man kann also nicht sehen, dass Erla aus dem Auto gestiegen ist, sie ist einfach nicht zu sehen. Wir haben also nur die Aussagen von den dreien, und dann die von zwei Zeugen, die sich erst Gott weiß wie viel später gemeldet haben, wenn man sie denn überhaupt als Zeugen bezeichnen kann.«

»Die Mädchen in dem Häuschen an der Bushaltestelle«, setzte Árni fort. »Die haben gesehen, dass irgendjemand aus irgendeinem Auto ausgestiegen ist, und anschließend fuhr der Wagen mit Karacho weg. So ungefähr in der fraglichen Zeit, das hab ich gelesen. Damit kann man kaum was anfangen.«

»Du hast dir das also am Wochenende ansehen können?«

»Nicht so intensiv wie ich vorhatte, das hab ich dir schon heute Morgen gesagt. Aber trotzdem, ja, ich hab mich damit beschäftigt.«

»Du hattest doch Theorien, bist aber nicht dazu gekommen, sie auszuführen«, sagte Katrín. »Unter anderem hast du gesagt, dass der Mörder möglicherweise kein Sadist gewesen ist, sondern ein Jammerlappen, war das nicht irgendwie so?«

»Ja«, sagte Árni. Er hielt sich gerade noch rechtzeitig davon ab, einen Blick auf die Uhr zu werfen. »Ungefähr so.« Er bemühte sich, keine Ungeduld in seiner Stimme anklingen zu lassen.

»Erklär mir das«, bat Katrín.

Árni zog die Zigarettenschachtel aus der Tasche, um die Zeit vernünftig zu nutzen, da er ja ohnehin nicht pünktlich zu Hause sein würde. »Als kleiner Junge wurde ich im Sommer aufs Land geschickt«, sagte er. »Auf einen Hof in Dalir. Wir...«

»Du bist auf dem Land gewesen?«, fragte Katrín ungläubig. »Im Ernst?«

»Ja. Meine beiden Brüder und ich waren jeweils zwei Jahre hintereinander im Sommer dort. Die zwei haben es total genossen, aber ich... Na, sagen wir mal, ich fühlte mich in diesem sogenannten ländlichen Paradies nicht ganz so wohl wie sie. Das nur nebenbei. Es geht darum, dass einmal, und zwar in dem ersten Sommer, den ich dort verbrachte – ich glaube, es war knapp eine Woche oder zehn Tage, nachdem ich angekommen war, vielleicht auch noch etwas später. Es war abends nach dem Melken, soweit ich mich erinnere, draußen regnete es und...«

»Árni?«

»Ja?«

»Ich weiß, dass du's eilig hast, dass du unbedingt so schnell wie möglich nach Hause zu Ásta und den Kindern willst, auch wenn du glaubst, es wäre dir nicht anzumerken. Vielleicht solltest du mir lieber die kurze Version erzählen?«

»Okay«, sagte Árni. »Die kurze Version. Da war ein Fuchs, und der hatte sich im Frühjahr schon unangenehm bemerkbar gemacht. Deswegen hatte der Bauer ein paar Fallen aufgestellt. An dem Tag haben wir die Fallen kontrolliert, und in einer war der Fuchs. Lebend.« Árni drückte die Zigarette aus und zündete sich sofort die nächste an.

»Und?«

»Und der Bauer, Hilmar hieß der, nahm einen Stein und schlug ihm damit auf den Schädel. Dann hat er ihm die Rute abgeschnitten und ihn aus der Falle befreit. Er reichte mir den Kadaver und befahl mir, ihn nach unten zu der Sandbank zu bringen, wo er seinen Abfall verbrannte. Ich sollte ihn einfach nur auf den Abfallhaufen werfen, er würde Feuer legen, sobald es wieder trocken wäre. Ich war total... Weißt du, ich war doch erst elf und stand da mit einem toten Fuchs in der Hand, was schlimm genug war, aber dann wurde der auf einmal wieder lebendig, zappelte in meiner Hand und jaulte wie eine Sirene. Ich hab ihn natürlich fallen lassen und schrie vor lauter Panik. Hilmar drehte sich um und fragte, was zum Teufel in mich gefahren sei, und ich konnte nur auf den Fuchs deuten, der da blutig und zuckend auf dem Boden lag. Ich sagte ihm, das Tier sei nicht tot, und er befahl mir, ihn zu töten. Er grinste bloß, er sagte: ›Also los, Junge, dann schlag ihn eben tot.‹ Und er ging einfach weg.«

»Und?«, fragte Katrín wieder. »Hast du ihn getötet?«

»Nein«, sagte Árni. »Ich hab's versucht. Ich saß da heulend im Regen und schlug mit einem faustgroßen Stein auf den Kopf des Tiers, sobald es sich bewegte. Ich weiß nicht, wie lange ich da gesessen habe, es endete damit, dass der Bauer nach mir suchte, weil niemand wusste, was aus mir geworden war. Und dann ist er total ausgerastet. Er hat den Fuchs genommen, ihm die Kehle durchgeschnitten und ihn auf den Abfallhaufen befördert. Er riss mich hoch, beschimpfte mich nach Strich und Faden, weil ich so ein Weichling war, und jagte mich zum Hof zurück. Er hat sogar gesagt, dass selbst ein niederträchtiger Schädling wie der Fuchs keine so schlimme Behandlung verdient hätte. Danach sind wir nicht mehr sonderlich gut miteinander ausgekommen ...«

»In Ordnung, lassen wir das mal so im Raum stehen«, sagte Katrín. »Ich habe meine Zweifel, aber nehmen wir mal an, dass an deinem Gespür was Wahres dran ist. Dass es kein brutaler Verbrecher und Sadist war, der Erla Líf elf Stiche versetzte und sie verblutend irgendwo niederlegte, sondern ein Jammerlappen. Ich bin ja auch der Meinung, dass der Täter tatsächlich ein verdammter Versager und Kretin gewesen sein muss, egal, aus welcher Perspektive man die Tat betrachtet, aber das steht auf einem anderen Blatt. Es passt auch besser zu dem Laken und zur Kirche, wie ich schon vor ein paar Tagen gesagt habe. Aber wenn es sich wirklich so verhielt, was bedeutet es, was ändert sich dadurch?«

»Keine Ahnung«, musste Árni zugeben. »Keinen blassen Schimmer.« Er drückte die zweite Zigarette aus und setzte sich wieder hinters Steuer. »Sehen wir uns nicht morgen früh?«

»Ja, morgen früh«, entgegnete Katrín. »Grüß Ásta von mir.« Sie sah Árni nach, der in östlicher Richtung die Miklabraut entlangfuhr. In genau diese Richtung waren Darri, Jónas und Vignir vor zwei Monaten gefahren. Katrín warf einen Blick auf ihre Uhr. Gleich halb zehn, dachte sie. Auf dem kurzen Fußweg zu sich nach Hause überlegte sie, ob Erla wohl denselben Weg genommen hatte, um die gleiche Uhrzeit, aber im Dunkeln am Gründonnerstagabend. Sie stand im Eingangsbereich ihres Wohnblocks, hatte den Schlüssel bereits aus der Handtasche gefischt und war in Gedanken immer noch bei Erla, als sie eine Bewegung hinter sich wahrnahm. Sie ließ die Tasche fallen, drehte sich auf dem Absatz um, den Schlüssel fest in der rechten Hand, die Linke zur Faust geballt.

»Entschuldige bitte, entschuldige«, stöhnte der Mann, er hob die Hände und wich zur Wand zurück. »Ich wollte dich nicht erschrecken, entschuldige.« Katríns Spannung ließ nach, aber nicht viel, ihr Adrenalinspiegel war hochgeschnellt, und sie sah keinen Grund, einem Menschen wie Vignir Benediktsson zu trauen.

»Was willst du?«, fragte sie mit immer noch erhobener Faust.

»Reden«, sagte Vignir bittend. »Im Ernst. Ich habe den ganzen Tag auf dich gewartet, ich muss einfach nur mit dir reden. Dir etwas gestehen.«

18

Montag

Katrín befand sich in der Klemme. Der Mann rief zwar eher Abscheu als Angst in ihr hervor, und sie hatte keinen Zweifel daran, dass sie diesen plumpen Schwächling unterkriegen könnte, falls er sie angreifen wollte. Trotzdem konnte sie sich nicht vorstellen, ihn in ihre Wohnung einzulassen, und sei es auch nur wegen Íris und Eiður. Die beiden waren zu Hause und hatten genügend Fotos von Vignir gesehen, um zu wissen, wer er war.

Vignir weigerte sich aber hartnäckig, mit ins Dezernat zu kommen. Er fürchtete, dass Darri dort zu viele Freunde hatte. Auf keinen Fall sollte der von seinem Besuch hier erfahren. Daraus schloss Katrín, dass das angekündigte Geständnis nicht zum Vorteil von Darri Ingólfsson ausfallen würde. Das trug sehr dazu bei, dass sie es unbedingt hören wollte.

Sie beabsichtigte aber nicht, auf Vignirs Angebot einzugehen, sich in seinen hochglanzpolierten schwarzen BMW zu setzen. Und die Sache verkomplizierte sich auch dadurch, dass sie ein solches Geständnis am liebsten nur im Beisein von Zeugen gehört hätte. Oder zumindest mit einem Diktafon in der Hand, doch das hatte sie nicht dabei. Einige Sachbücher und langjährige Erfahrung mit von ihrem Gewissen geplagten Menschen hatten sie gelehrt, dass Geständnisse unterschiedlicher Art sein konnten, weil unterschiedliche Motive dahintersteckten. Vor allem aber waren sie unterschiedlich zuverlässig.

Sie hatte sich schon mehrmals daran die Finger verbrannt, dass Geständnisse unter vier Augen wenig hieb- und stichfest waren, besonders wenn es um die Aussage gegen eine dritte Person ging. Offenbar hatten manche Leute einfach nur das Bedürfnis, sich ein unbequemes Wissen über einen anderen von der Seele zu reden. Es war aber oft unerhört schwer, dieselben Leute dazu zu bringen, anschließend ein offizielles Protokoll zu unterschreiben, gar nicht zu reden davon, eine Zeugenaussage vor Gericht zu machen.

Katrín hatte sehr stark das Gefühl, dass Vignir in diese Kategorie gehörte. Keiner von den dreien hatte die U-Haft so schlecht verkraftet. Infolgedessen hatte sie ihn am häufigsten und am längsten vernommen. Er war gleichermaßen schwammig an Leib und Seele, aber weder so dumm wie Jónas noch so arrogant wie Darri, zumindest war es ihr bis zu diesem Zeitpunkt so vorgekommen. Trotzdem war er nicht eingeknickt, weder in der einen Woche Isolationshaft nach der Vergewaltigung noch in den vergangenen vier Wochen der U-Haft. Beim zweiten Aufenthalt in Litla Hraun schien er sich sogar besser zurechtzufinden als beim ersten, obwohl er viermal so lange dauerte. Doch jetzt, nachdem er sich wieder auf freiem Fuß befand, war er aus eigenem Antrieb gekommen, stand da kreidebleich und zitternd im Hauseingang, wollte beichten. Katrín war entschlossen, alles zu tun, um ihm das zu ermöglichen, aber gleichzeitig auch sicherzustellen, dass es ihm nicht möglich sein würde, später zu widerrufen. Der Akku ihres Handys, das auch als Aufnahmegerät verwendet werden konnte, war so gut wie leer.

»Komm mit«, sagte sie nach kurzem Überlegen.

»Was denn – wohin denn?« Vignir befeuchtete die Lippen und rieb sich die Hände.

»Hierher«, sagte Katrín und blieb vor der kleinen Garage stehen, die zu ihrer Wohnung gehörte. Die vierte in einer Reihe von achtzehn. Sie steckte den Schlüssel ins Schloss, öffnete die Tür und schaltete das Licht ein. »Bitte sehr.« Vignir stieg zögerlich über die Schwelle. Die Garage hatte kaum mehr als fünfzehn Quadratmeter und war vom Boden bis zur Decke vollgestopft mit Krempel aller Art, von der hinteren Wand fast bis zum Garagentor. Aber nur fast. Ein ganzer Quadratmeter, vielleicht sogar anderthalb, war noch frei. Dort stellte sie eine blaue Kühlbox aus Hartplastik hin, die sich im Regal daneben befand. »Setz dich.« Vignir gehorchte und beobachtete Katrín schweigend. Sie arbeitete sich zwischen den gestapelten Kartons weiter nach hinten und kehrte, umgeben von Staubwirbeln, schließlich mit dem zurück, wonach sie gesucht hatte. »Ich wusste, dass es hier irgendwo sein musste.«

Sie zog sich einen Karton voller Bücher heran und ließ sich nieder, wickelte das Kabel von dem verstaubten schwarzen Gerät ab. Sie steckte den Stecker in die Steckdose und drückte auf einen Knopf, die kleine Klappe öffnete sich. Es war noch eine Kassette darin.

»Gut«, sagte Katrín und drückte die beiden Tasten PLAY und REC gleichzeitig. »Eins zwei, eins zwei«, sagte sie, spulte zurück und spielte ab. »Prima, es funktioniert.« Zufrieden drückte sie wieder die beiden Tasten hinunter und schob das Gerät zu Vignir hinüber. »Jetzt darfst du mir alles sagen, was du mir zu sagen hast. Am besten beginnst du damit, deinen Namen zu sagen.«

»Ich, also ich... Musst du das wirklich aufnehmen?«

»Ja«, entgegnete Katrín. »Das muss ich. Es ist auch besser für dich«, log sie, »sicherer. Ich kann dann nicht behaupten, dass du irgendwas gesagt hast, was du gar nicht gesagt hast, nicht wahr?«

Vignir überlegte ein wenig. »Ich heiße Vignir Benediktsson«, sagte er dann, unsicher und zögernd. »Und ich, also, ich will nur sagen: In der Nacht zum Donnerstag, den zweiundzwanzigsten – war es nicht der zweiundzwanzigste?«

»Ja«, bestätigte Katrín.

»Also in der Nacht zum zweiundzwanzigsten Januar im vergangenen Jahr, mit anderen Worten 2009, war ich bei mir zu Hause.« Das Zögern ließ nach, die Stimme wurde fester. »Bei mir war auch Jónas Ásgrimsson, wir hielten uns bis nach Mitternacht im Wohnzimmer und in der Küche auf, und danach ging er auf sein Zimmer. Ich blieb danach noch im Wohnzimmer, hab mir einen Film angesehen und im Internet gesurft. Aber ...« Vignir räusperte sich, wieder zögerte er unschlüssig.

»Aber – was?«, fragte Katrín und versuchte, ermunternd zu klingen und nicht gereizt.

Vignir holte tief Atem. »Aber im Gegensatz zu dem, was ich früher ausgesagt habe«, fuhr er schließlich fort, »war Darri Ingólfsson an diesem Abend nicht zu Hause. Er war am Mittwoch um die Abendessenszeit aus dem Haus gegangen und kam erst Donnerstag früh gegen fünf Uhr zurück ...«

Katrín hatte größte Lust, Vignir den uralten Kassettenrecorder um die Ohren zu hauen, ließ es aber dabei bewenden, ihm aufmunternd und verständnisvoll zuzunicken.

✳ ✳ ✳

Dagrún Edda Karlsdóttir war zweiundfünfzig Jahre alt, sah aber wie neunundvierzig aus, nach Meinung ihrer Freunde.

Sie wurde Dedda genannt. Dedda hielt sich kerzengerade, war weder klein noch groß, weder dick noch schlank. Das dunkelblonde Haar mit ein paar wenigen Silberfäden trug sie halblang um das hübsche Gesicht herum, das immer vor Lebensfreude und Fröhlichkeit strahlte, egal was passierte. Allerdings nicht in diesem Augenblick. Sie und Guðni befanden sich in dem Fernsehraum am Ende des Flurs auf der Krankenstation. Er hockte wie ein Mehlsack in einem Sessel, und sie beugte sich über ihn wie eine Gewitterwolke, die Arme verschränkt, die kleinen Fäuste geballt.

»Guðni Páll Pálsson, ich wusste schon immer: Wenn du als Schafsböckchen zur Welt gekommen wärst, hätte dich niemand durch den Winter gefüttert«, schnaubte sie. »Ich habe dich nie gedrängt, irgendwelche Vaterpflichten gegenüber unserer Lena wahrzunehmen. Eins kann ich dir aber sagen – hätte ich seinerzeit gewusst, was für ein unsäglich unmöglicher Typ du bist, dann wäre das arme kleine Ding nie geboren worden. Und ich hätte dir nie gestattet, sie nach Reykjavík zu holen – und dann wäre sie auch nicht diesen Gangstern ausgesetzt gewesen, wer immer die sind.«

Irgendwas an dieser Argumentation stimmte nicht, fand Guðni, sah sich aber gezwungen, über andere und ernstere Widersprüchlichkeiten nachzudenken. »Wenn es, wenn es stimmt...«, stotterte er, »wenn das richtig ist, was du sagst, dann...«

»Was soll das denn bedeuten, du Blödmann, wenn es stimmt? Hab ich dir das nicht gerade verklickert? Glaubst du vielleicht, ich würde dich einfach so zum Spaß ankrücken? Und hat Lena dir nicht oft genug gesagt, dass sie nicht drogenabhängig ist und diesem Abschaum, der so ein Zeugs vertreibt, keine Unsummen schuldet?«

»Ja, aber...«

»Da sieht man's mal wieder. Dieser Kerl, der jetzt überall in den Nachrichten ist, weil er ermordet wurde, dieser Lárus – Helena hat mir gesagt, du bist dir total sicher, dass er dahintersteckt?«

»Das ist... Ja, das war meine Theorie«, knurrte Guðni.

»War?«

»Ist es immer noch«, sagte Guðni, »ist es immer noch.«

»Also darf ich mich freuen«, sagte Dedda resolut. Sie setzte sich neben Guðni. »Dann kann er wenigstens nicht noch mehr Unschuldige zu seinen Opfern machen. Aber er hat es nicht selber getan?«

»Nein«, sagte Guðni. »Er hat es ganz bestimmt nicht selber getan. Er hat seine Mannschaft, die er mit so was beauftragt.«

»Dann musst du die doch finden. Sie finden und hinter Schloss und Riegel bringen, wo sie hingehören. Lena steht richtig unter Schock, und der wird sie ihr Leben lang verfolgen, glaub mir. Vielleicht nicht körperlich, aber ganz bestimmt seelisch. Auch wenn die Knochen wieder heilen, so ein Trauma bleibt einem auf der Seele, das verstehst du hoffentlich. Du streust nur noch mehr Salz in die Wunden, wenn du ständig wieder bei ihr im Krankenhaus auftauchst. Sie liegt da hilflos im Bett wegen dieser bestialischen Kerle, und du sagst ihr einfach so ins Gesicht, dass sie lügt, dass sie drogenabhängig ist. Das übersteigt wirklich alles, Guðni Páll. Meinst du nicht, dass du Manns genug sein solltest, sie um Verzeihung zu bitten? Das wäre doch wohl das Mindeste.«

Guðni saß beschämt und demütig da, während Dedda ihm die Leviten las.

»Ja, es ist das Mindeste«, gab er zu. »Und außerdem – falls du mehr Geld brauchst, dann könnte ich möglicherweise...«

»Vielen Dank«, schnaubte Dedda. »Ich glaube, ich komme inzwischen ziemlich gut alleine klar. Und wenn ich gewusst hätte, von wem das Geld stammte, das Helena mir geliehen hat, hätte ich es selbstverständlich niemals angenommen. Lieber hätte ich zugelassen, dass unser sogenannter Amtmann das, was ich besitze, unter den Hammer bringt, und mich in einem Zelt verkrochen. Sobald ich kann, werde ich dir alles auf Heller und Pfennig zurückzahlen, mit Zins und Zinseszins.«

Guðni wollte widersprechen und ihr sagen, es hätte keine Eile damit. Aber die Miene der Mutter seiner Tochter ließ keinen Widerspruch zu. Er schlingerte zurück zu Helenas Krankenzimmer. Sie lag in ihrem Bett und blickte zum Fenster, als Guðni eintrat. Ihre eingegipsten Beine hingen in Schlingen. Auf sein Räuspern reagierte sie nicht.

»Sorry«, murmelte Guðni und verließ das Krankenzimmer.

»Ich hab fast schon gedacht, du wärst abgehauen«, sagte Stefán, als Guðni endlich aus dem Krankenhaus kam und sich zu ihm ins Auto setzte. »Hättest dir einen Rollstuhl geschnappt und wärst auf dem Weg zum Flughafen.«

»Ha, ha«, war Guðnis Antwort. »Sehr witzig. Stefán, ich muss dich was fragen.«

»Ach ja?« Der Toyota Prius setzte sich zwar geräuschlos in Bewegung, aber gleich gab er Laute von sich, die einem durch Mark und Bein gingen. »Anschnallen«, sagte Stefán, »und zwar ein bisschen plötzlich. Was willst du mich fragen?« Nach einigem Hin und Her und Gefummel gelang es Guðni, sich den Gurt über die Wampe zu ziehen und ihn einrasten zu lassen. Das Gejaule verstummte, und beide atmeten auf.

»Ewig und immer diese verdammte Bevormundung«, sagte Guðni, etwas kurzatmig nach der Anstrengung. »Hör mal, Stefán, geben wir uns, dass Helena wirklich nichts mit

Drogen am Hut gehabt hat«, sagte er, »und dass sie Lalli keine einzige Krone geschuldet hat?

»All right«, sagte Stefán. »Geben wir uns das. Und was dann?«

»Genau das will ich mit dir bereden, amigo. Was dann? Wieso hat dieser verdammte *Motherfucker* Kári, oder wer auch immer ihr das angetan hat, wieso haben die das gemacht, wenn Helena denen überhaupt nichts schuldete?«

»Ich versteh eigentlich nicht, warum du ausgerechnet mich danach fragst«, antwortete Stefán. »Wenn es sich tatsächlich so verhält, gibt es doch nur eine Erklärung für diesen Überfall. Hatte ich dich nicht schon mal darauf hingewiesen?«

»Ja, klar. Es ist natürlich – ich weiß, was du meinst, aber fällt dir denn wirklich nichts anderes ein? Rein gar nichts?«

»Nein«, sagte Stefán, ohne mit der Wimper zu zucken, während er den Blinker betätigte. »Wenn sie nicht Helena im Blickfeld hatten und sie warnen wollen, dann kann es nur um dich gegangen sein. Das liegt auf der Hand.«

✳ ✳ ✳

»Warum?«, fragte Katrín, als sie den Recorder ausgeschaltet hatte. Sie und Vignir saßen immer noch in der Garage. Hinter dem braun lackierten Garagentor hörte man den Verkehrslärm von der Miklabraut nur gedämpft, aber er war zu hören, genau wie das Vogelgezwitscher draußen. »Warum kommst du jetzt zu mir und erzählst mir das?«

Er sagte achselzuckend: »Darri hatte mich – hatte uns gebeten, seine Aussage zu stützen. Haben wir gemacht. Aber ich kann das nicht mehr.«

»Ich verstehe es noch nicht so richtig«, gab Katrín zu. »Darri hat Erla vergewaltigt, und du ...«

»Davon hab ich nichts gewusst«, protestierte Vignir. »Und ich weiß es immer noch nicht. Darri hat gesagt...«

»Blödsinn«, erklärte Katrín. »Darri hat Erla Líf vergewaltigt, und du weißt es. Du hast es die ganze Zeit gewusst – gleichgültig, ob du dabei warst oder zu Hause vor dem Computer gehockt hast, wie du behauptest. Warum hast du für ihn gelogen, sogar noch nach der Verurteilung am Bezirksgericht? Was hat er gegen dich in der Hand?«

Vignir murmelte irgendetwas Unverständliches in Richtung des verstaubten Bodens zu seinen Füßen.

»Also?«, hakte Katrín nach. »Der Kassettenrecorder läuft nicht mehr. Mir geht es nur um eines, ich will wissen, was passiert ist. Hat Darri irgendetwas gegen dich in der Hand, was dich dazu bewegt hat, ihn in Schutz zu nehmen und für ihn zu lügen, obwohl dir deswegen einige Jahre Gefängnisstrafe drohen?«

Vignir zog die Nase hoch, und dann bekam er einen Niesanfall. Katrín reichte ihm ein zerknautschtes Tempo aus ihrer Jackentasche.

»Nein«, sagte er und klang immer noch verschnupft, obwohl er sich ordentlich geschnäuzt hatte. »Er hat nichts gegen mich in der Hand, er ist bloß mein Freund.«

»Seid ihr euch möglicherweise wie die drei Musketiere vorgekommen?«, fragte Katrín in deutlich missbilligendem Ton. »Ich hab einfach meine Probleme damit, dir jetzt zu glauben. Im Grunde genommen auch von Anfang an. Du bist trotzdem ein sehr viel besserer Lügner, als ich gedacht habe.«

»Ich lüge nicht«, murmelte Vignir. »Darri und sein Vater und unser Anwalt waren sich hundertprozentig sicher, dass wir beim Obersten Gericht freigesprochen würden. Das haben sie auch gesagt, als es nur um das Bezirksgericht ging, aber ganz sicher waren sie sich damals nicht. Sie haben behauptet, alles andere sei einfach ausgeschlossen.«

»Und doch hast du ihnen noch geglaubt, nachdem klar war, dass sie sich im Hinblick auf das Bezirksgericht geirrt hatten. Weshalb?«

»Einfach so«, sagte Vignir. »Ich hab ihnen vertraut. Und Darri hatte außerdem versprochen, die korrekte Variante zu bestätigen, du weißt schon, falls es beim Obersten Gericht nicht klappen würde und Jónas und ich verurteilt würden.«

»Wenn beim Obersten Gericht was schiefgehen würde?«

»Ja. Ich meine, wir waren – wir sind unschuldig. Zumindest Jónas und ich. Aber es ist ja so gesehen auch nichts schiefgegangen, also kam es nicht dazu.«

Katrín fiel es immer schwerer, sich zu beherrschen. Am liebsten hätte sie diesen Vignir hochgerissen und auf den dreckigen Boden gestoßen, um zuzusehen, wie er sich dort im Staub wand.

»Und warum denn jetzt?«, fragte sie stattdessen. »Warum kommst du jetzt zu mir und erzählst mir das alles? Was bezweckst du damit?«

»Ich – ich wollte bloß die Sache ins Reine bringen. Und dir sagen, dass ich ... dass ich bei der Vergewaltigung nicht dabei gewesen bin. Verstehst du?«

»Nein«, erklärte Katrín, »das verstehe ich nicht. Du hast es schon oft gesagt, und ich hab dir nie geglaubt. Warum sollte ich dir jetzt glauben, was hat sich geändert?«

»Erla – ich habe Erla wirklich gemocht«, sagte er, und seine Stimme war nach dem Niesanfall immer noch belegt. In Katríns Ohren klang er wie ein bockiges Kind. »Aber das, was mir am meisten ... Ja, am meisten auf die Nerven geht, das ist, wie kalt, wie kaltschnäuzig Darri mit der ganzen Sache umgeht. Immer noch. Sogar, als wir wussten, dass Erla tot war – da hat er bloß gelacht, als würde es überhaupt keine Rolle spielen. Im Augenblick macht er zusammen mit Jónas einen drauf. Er war zwei Jahre lang, oder sogar fast drei, mit Erla zusammen. Erla war ein tolles Mädchen, bis sie vor zwei Jahren total ausgeflippt ist. Bis sie Darri wegen diesem Kiffer den Laufpass gegeben hat. Der Typ hat sie einfach in eine... in irgendwas... verwandelt.«

»Ach ja?« sagte Katrín. »In was hat er sie verwandelt?«

»Egal«, sagte Vignir. »Ich meine nur, sie war ein tolles Mädchen, bis sie plötzlich mit diesem Marteinn rummachte, oder wie der Typ heißt. Man hört doch nicht einfach auf, Leute zu mögen, nur weil sie mal durchticken.«

Katrín spürte, wie mit jedem Wort von Vignir mehr Wut in ihr hochstieg. Sie war entschlossen, das Gespräch möglichst schnell zu beenden, konnte sich aber eine letzte Frage nicht verkneifen. »Dir ist nicht eingefallen, dass es sich vielleicht umgekehrt verhalten hat?«

»Wie umgekehrt?«

»Dass sie sich nicht verändert hat, nachdem sie mit Darri Schluss gemacht und mit Marteinn angefangen hat, sondern dass sie mit Darri aufgehört und mit Marteinn angefangen hat, weil sie sich schon verändert hatte?«

»Äh – das versteh ich nicht.«

»Nein. Das habe ich auch nicht erwartet. Und es ist mir egal, weshalb du mir das jetzt erzählst, Hauptsache ist, dass du es getan hast. Jetzt muss ich nur noch mit meinem Vorgesetzten sprechen und mit dem Staatsanwalt, um die nächsten Schritte in die Wege zu leiten. Ich lass von mir hören.« Sie stand auf und öffnete die Tür, draußen war ein milder und schöner Sommerabend.

Vignirs Gesichtsfarbe wirkte noch bleicher, als ihn die Sonnenstrahlen trafen.

»Äh, was? Welche nächsten Schritte?«, stammelte er und stand träge auf. »Erla ist tot, wird es... Muss es... Ach, du weißt doch, was ich meine.«

»Was denn?«, fragte Katrín. »Hast du etwa geglaubt, dass du so eine Aussage machen kannst, ohne dass daraus Konsequenzen entstehen? Ohne dass ich die Informationen verwerte?«

»Ja, aber... aber das Oberste Gericht hat uns doch, du weißt schon, freigesprochen. Hat Darri freigesprochen. Und... und sowieso... Erla ist doch...«

»Ja, ja«, sagte Katrín. »Niemand behauptet, dass die Sache einfach oder leicht wird. Aber wir müssen es versuchen, das ist das Mindeste, was wir für Erla tun können. Ich gebe dir Bescheid, sobald sich etwas herausstellt. Und vielen Dank für das hier.« Sie schwenkte die Kassette vor Vignir her und steckte sie in eine Innentasche, höchst zufrieden mit ihrer eigenen weisen Voraussicht. »Das wird uns sehr helfen, wenn wir Darri vernehmen.«

Katrín kam es so vor, als stünde Vignir kurz davor, in Tränen auszubrechen, als er sich endlich in sein Luxusauto setzte und losfuhr. Es war kein unangenehmer Anblick für sie.

※ ※ ※

Jenseits von Háaleiti bog Stefán nach Fellsmúli ein und hielt auf dem Parkplatz vor Guðnis Haus.

»Dir ist nicht eingefallen, ihr zu glauben?«, fragte Stefán.

»Wem?«, fragte Guðni zurück. »Helena?«

»Ja.«

»Nein. Verdammt noch mal, wieso hätte ich ihr glauben sollen?«

»Tja, vielleicht, weil sie deine Tochter ist«, antwortete Stefán. »Und vielleicht vor allem deswegen, weil sich eben herausgestellt hat, nach all dem, was nun geschehen ist, dass sie die Wahrheit gesagt hat.«

»*Bullshit*«, erklärte Guðni und schnallte sich ab. »Alle Kinder lügen ihren Eltern was vor. Je älter sie werden, desto mehr. Insofern ist das ein verdammt schlechter Grund, irgendwelchen Menschen zu vertrauen. Außerdem hat sie gar nicht die Wahrheit gesagt.«

»Ach nee?« Stefán schnallte sich ebenfalls ab, und sie stiegen aus.

»Nein. Es hatte bei ihr vielleicht nichts mit Drogen zu tun, aber sie hat trotzdem gelogen. Hat mir weisgemacht, sie bräuchte das Geld für irgendwelche Ratenzahlungen und die Miete und anderen Quatsch – stattdessen hat sie das ganze Geld an ihre Mutter überwiesen, der wegen irgendeines beschissenen Devisendarlehens das Wasser bis zum Hals steht, weil sie wegen eines Scheißautos, das sie unbedingt kaufen musste, so einen Scheißkredit aufgenommen hat. Total bekloppt. Ich meine, wer nimmt wegen eines verdammten Autos ein Darlehen in ausländischen Devisen auf?«

»Ich zum Beispiel«, sagte Stefán seelenruhig. »Oder besser, wir. Der Wagen hier war nicht gerade billig, aber meine Ragnhildur wollte unbedingt die Luft nicht mehr mit Abgasen verpesten, grün war ihre Devise.« Er klopfte dem Toyota Prius anerkennend aufs Dach. »Die Frau in der Bank hat uns versichert, es seien die besten Darlehen der Welt, Silla hieß sie. Bestimmt eine gute Frau, und wir haben ihr geglaubt. Ich bin mir sogar fast sicher, dass sie selber daran geglaubt hat. Aber was wolltest du sagen?«

»Ich wollte nur sagen, dass Dedda einen Klaps hat. Und du ebenfalls.«

Ihre beiden Handys meldeten sich gleichzeitig in dem

Augenblick, als sie den Hausflur betraten. »Scheiße«, sagte Guðni, als er die Message sah.

»Ahem«, sagte Stefán. »Ich hab eigentlich erst morgen damit gerechnet.« Er sah Guðni an. »Gibt es da irgendwelches Material, das wir ganz hurtig über den Balkon entsorgen sollten?«, fragte er, nur eine kleine Nuance mehr im Scherz als im Ernst.

»Scheiße, ja«, sagte Guðni. »So gesehen. Und jetzt rächt es sich an einem, dass man immer so pflichtversessen war.« Er nahm den Flur in raschen Schritten und öffnete die Tür zu seiner Wohnung.

Stefán folgte ihm auf den Fersen. »Was meinst du denn damit?«

»Unbezahlte Überstunden«, sagte Guðni. Er öffnete die Tür zu seinem Arbeitszimmer und machte Licht. »Ich hab mich seit Januar damit beschäftigt, ganz relaxed, abwechselnd mit ein paar Filmen und ein paar Bierchen dazwischen. In Anbetracht der gegenwärtigen Umstände sieht es hier wohl ziemlich übel aus.«

»Unbedingt«, entgegnete Stefán. Er schaute sich verwundert um. An der Außenwand gab es außer Fenster und Heizung keinerlei Verzierung, und abgesehen von drei altmodischen Hansa-Regalen voll mit verstaubten Videokassetten, Taschenbüchern und Ordnern war auch die gegenüberliegende Wand praktisch leer. Der kleine Schreibtisch an der Innenwand war aber übersät von Akten, Fotos und Berichten, gespickt mit gelben Klebezetteln. Die vierte Wand sah fast genauso aus. Über einer altmodischen Couch, die, abgesehen vom Schreibtisch und einem Stuhl, das einzige Möbelstück in dem Raum darstellte, klebten jede Menge Dokumente, zwischen denen kreuz und quer Linien gezogen worden waren.

Direkt über der Couch befanden sich acht Fotografien in

einer Reihe. Sieben von ihnen zeigten Männer, die in den letzten fünfundzwanzig Jahren entweder ermordet worden oder unerklärlicherweise verschwunden waren. Auf dem jüngsten erkannte Stefán Ásgeir Arason, besser bekannt als Ási Stero. Er war etliche Jahre die rechte Hand von Lalli Fett gewesen, bis er im Spätsommer 2006 in einer Isolationszelle von Litla Hraun ermordet aufgefunden wurde. In seinem Arm hatte eine Spritze gesteckt, und die Obduktion ergab, dass er eine tödliche Dosis Kokain im Blut hatte.

Das achte Foto war das größte von allen und schwarz-weiß, ungefähr zwanzig mal dreißig Zentimeter groß. Es zeigte einen drahtigen jungen Mann mit einer Schrotflinte in der einen und drei toten Gänsen in der anderen Hand. Der Mann grinste dem Fotografen breit entgegen, anscheinend mächtig stolz auf seine Beute. Es handelte sich um eine Schwarzweißaufnahme, doch die Hörner, die aus dem Kopf des Jägers herauswuchsen, waren giftgrün, und das Blut, das aus der durchgeschnittenen Kehle spritzte, war so rot wie frisch geflossenes Blut aus einer Schlagader.

»Ich weiß«, knurrte Guðni, als er die Reaktion seines Vorgesetzten sah. »Typisches Klischee für einen drittklassigen amerikanischen Krimi, die Geheimkammer eines Stalkers. *Right?*«

»So weit würde ich vielleicht nicht gehen«, sagte Stefán. »Zum einen ist es ja wohl keine besonders geheime Kammer. Und zum anderen finde ich, wie soll ich sagen, dass dir doch so einiges zum Wahnsinn fehlt, trotz der künstlerischen Ausschmückung dieses Fotos. Ehrlich gesagt, scheint mir hinter den Verrücktheiten ziemlich viel System zu stecken. Ich weiß nicht, ob ich dir erlauben soll, das alles von den Wänden zu reißen.«

»Bist du des Wahnsinns«, entgegnete Guðni empört. »Das

360

könnte ich nie übers Herz bringen nach all der Arbeit, die ich da investiert habe. Nein.« Er schmiss sich auf den altertümlichen Schreibtischstuhl und zog die Schachtel mit seinen London Docks hervor. »Falls ich das alles hätte runternehmen wollen, bevor jemand es zu Gesicht bekam, hätte ich schon früher versucht, dich hierherzulocken. Ich meine, es ist ja wohl wirklich keine Überraschung, dass die hier bei mir eine Durchsuchung machen wollen, so wie die Dinge stehen. Wenn diese Leute noch ein Fünkchen Verstand im Kopf haben, helfen sie mir doch eher als umgekehrt. Zumindest *in the long run*. Glaubst du nicht auch?«

»Ich weiß es nicht, Guðni«, gab Stefán zu. »Ich weiß es echt nicht, leider. Aber ich glaube, du solltest trotzdem besser das Foto von dem jugendlichen Lárus abmachen.«

»Na ja, stimmt wahrscheinlich«, sagte Guðni. »Obwohl ich richtig klasse da reingezeichnet habe. Stefán, stell dir mal vor, als das Foto von diesem Widerling gemacht wurde, war ich genauso schlank wie er. Ist das zu glauben?«

»Nein«, erklärte Stefán. »Hast du denn kein anderes Foto von ihm, das man stattdessen an die Wand pinnen könnte, damit die Lücke nicht so auffällt?«

Achselzuckend begann Guðni, in einer der unzähligen Aktenmappen zu blättern, die auf dem Schreibtisch lagen. »Hier«, sagte er und reichte Stefán ein Farbfoto von einem dreißig Jahre älteren und fünfzig Kilo schwereren Lalli als dem, das Stefán zerrissen und in seiner Tasche hatte verschwinden lassen. Kaum hatte Guðni das Foto an der Wand festgemacht, klingelte die Sprechanlage. Guðni öffnete die Haustür, ohne nachzufragen, und ging direkt zur Wohnungstür.

»N'Abend«, sagte Anna Hermannsdóttir mit dem Versuch eines Lächelns. »Äh, öh – wir sind hier... Wir haben einen

Durchsuchungsbefehl«, sagte sie entschuldigend. »Ich hoffe, du nimmst es nicht persönlich, aber beim gegenwärtigen Stand der Dinge müssen wir ...«

»Und was genau ist der gegenwärtige Stand der Dinge?«, fragte Guðni und baute sich mitten in der Tür auf.

»Äh ... Du weißt, dass ich mich nicht dazu äußern darf«, sagte Anna, immer noch in höflichem und entschuldigendem Ton. »Nicht dir gegenüber, nicht jetzt. Du kennst das doch, Guðni. Wir tun das nicht zu unserem Vergnügen.«

»Hör bloß auf, dich bei diesem Depp zu entschuldigen«, schnauzte Þórður, der gerade um die Ecke bog und sich an den beiden vorbei in die Wohnung zwängte. »Ich sag's dir, der Kerl hat die verdammte Chose, in die er sich reingeritten hat, reichlich verdient.«

* * *

Íris nahm ihre Mutter mit einem Freudenschrei in Empfang, als Katrín die Tür zur Wohnung aufschloss.

»Mama, komm«, krähte sie aus ihrem Zimmer, »da stehen jetzt Bilder von der kleinen Líf auf Facebook. Guck dir das mal an!«

Katrín stellte den Kassettenrecorder ab, zog sich die Schuhe aus, massierte ihre Knöchel und hängte ihre Jacke auf. »Guck doch endlich, Mams, das sind supertolle Fotos. Flóki hat die gestern gemacht ...«

Katrín verpasste ihr einen Kuss. »Hi, mein Schatz. Entschuldige, dass ich so spät komme.«

»Kein Problem. Sind die Fotos nicht süß? Líf ist so schnuckelig.«

»Ja, wirklich schnuckelig«, stimmte Katrín zu. »Bist du alleine? Wo ist denn Signý?«

»Bei Ýmir«, sagte Íris.

»Bei Ýmir?«

»Ja.«

»Was machen die zwei denn, und warum bist du hier?«

»Weil, die zwei sind, na, du weißt schon...«

»Die zwei sind was?«

»Kriegst du eigentlich überhaupt nichts mit?«, fragte Íris schockiert. »Bist du nicht bei der Kripo? Die beiden sind zusammen oder so was.«

»Zusammen oder so was? Entweder sind sie zusammen oder nicht«, sagte Katrín. »Und ich habe nicht bemerkt, dass du und Signý weniger zusammenklebt als bisher, Fräulein Fix. Sind die beiden schon lange ›*zusammen*‹?« Katrín bemühte sich, die Anführungszeichen deutlich mitschwingen zu lassen. Íris klickte achselzuckend das nächste Foto von der kleinen Líf Marteinsdóttir an, sie lag im Arm ihrer Großmutter Þyrí und zog eine Schnute.

»Sie sind seit Ostern zusammen«, antwortete sie. »Angefangen hat es, als ich zu Ostern bei Papa war. Irgendwie ist das schon komisch oder so, du weißt schon, irgendwie fast unheimlich. Die beiden sind nämlich genau seit dem Gründonnerstagabend zusammen. Und sie waren ganz allein zu Hause bei Signý, so richtig total gemütlich und so, sie haben sich da Filme reingezogen, und auch an dem Samstagabend. Signý war total geschockt, als sie davon erfuhr, und Ýmir natürlich auch. Ich meine, sie konnten ja nicht wissen, dass... ich meine...« Íris geriet ins Stocken, verstummte und biss sich auf die Lippe, konnte aber die Tränen nicht zurückhalten. Katrín nahm sie in die Arme und drückte sie an sich. Eine halbe Minute später befreite sich Íris aus der Umarmung, zog die Nase hoch und lächelte durch die Tränen.

»Wir haben doch die kleine Líf bekommen«, sagte sie. »Nur zu blöde, dass ich nicht so auf sie aufpassen darf, Erla hätte es bestimmt gewollt.«

»Wer weiß«, sagte Katrín ermunternd. »Marteinn wird Island wohl nicht verlassen, auch wenn Þyrí vorhat, nach Norwegen zu gehen. Die kleine Líf bleibt natürlich bei ihrem Vater.«

»Ja«, entgegnete Íris. »Aber der kann dich nicht ausstehen. Er hasst Bullen, und deswegen ist er ganz bestimmt dagegen, dass ich babysitte. Und außerdem sagt Ýmir, dass Marteinn vielleicht doch mit der Familie nach Norwegen geht. Er hat bei Brynjólfur aufgehört, das weißt du doch, und im Augenblick hat er keine Arbeit. Genau wie Flóki, wie Nanna, wie Þyrí. Findest du nicht, dass dieser Brynjólfur ein richtiges Arschloch ist?«

»Doch, ja«, gab Katrín zu, »das finde ich.« Und zwar ein so großes, dass er, nachdem Erla Líf aufgefunden wurde, gleich nach dem Trio eine ganze Zeitlang als Verdächtiger eingestuft worden war. Doch das ging Íris nichts an. »Und was sagt Signý dazu, dass Ýmir nach Norwegen will?«, fragte Katrín in dem Versuch, auf weniger schwierige Gesprächsinhalte umzuschalten.

»Ach, ich weiß nicht. Das wird schon in Ordnung gehen, also ich meine, die Sache zwischen ihnen ist doch nichts richtig Ernstes. Nicht so wie bei mir und Haukur.« Katrín schrak zusammen, Íris musste lachen. »Mensch, Mams, ich mach bloß Spaß. Natürlich ist Signý ziemlich enttäuscht und Ýmir auch. Manchmal machen sie ganz verrückte Pläne, wie dass Ýmir einfach hierbleibt oder dass Signý mit nach Norwegen zieht und so einen Quatsch.«

»Du und Haukur, ihr seid also nicht zusammen?«, erkundigte sich Katrín sicherheitshalber.

»Nee, Mama, Haukur und ich sind nicht zusammen«, griente Íris. »Der ist mir viel zu fett.«

»Na hör mal, Íris, er ist vielleicht ein bisschen moppelig, aber fett ist Haukur nicht. Auch wenn...«

»Mama, verstehst du wirklich keinen Spaß mehr, kannst du nicht einfach mal relaxen. Haukur ist ein prima Kerl, aber er hat doch im Moment nur sein Auto im Kopf. Der ist kaum noch mit uns zusammen gewesen, seitdem ihm sein Papa das Auto gekauft hat, hast du das etwa auch nicht mitgekriegt? Wir sind nur zu dritt, Signý und Ýmir und ich. Haukur lässt sich zwar bei den Tanzproben blicken, aber davon abgesehen ist er immer nur in der Garage. Entweder poliert und wienert er das Auto wie wild, oder er werkelt daran herum. Er hat schon eine neue Stereoanlage eingebaut und irgendwas durch was anderes ersetzt, damit der Wagen mehr Power bekommt. Und er wartet nur drauf, dass er anfangen kann, in Begleitung zu fahren. Langweiliger geht's nicht.«

»Na schön.« Katrín stand auf und streckte die Glieder. »Und wo du es sagst, erinnere ich mich, dass ich ihn in letzter Zeit nicht sehr häufig mit euch zusammen gesehen habe. Er wäre allerdings auch nicht der erste Mann, der sich in sein Auto verliebt. Ist es denn wirklich ein tolles Auto?«

»Es geht so«, sagte Íris. »Ganz nett, nichts Umwerfendes. Er sagt, es ist ein ganz spezielles Modell, aber trotzdem nur ein VW Golf. Und irgendwas mit GT, aber eben doch nur ein VW. Wann kaufst du denn endlich ein neues Auto, Mama?«

»Bald«, log Katrín, die plötzlich großen Hunger verspürte. »Ganz bald.«

»Gut«, sagte Íris. »Wir haben die Tanznummer fürs nächste Wochenende geübt, Ýmir hat uns gefilmt. Möchtest du dir das angucken?«

»Für Samstag?«

»Ja. *Rocken für die kleine Líf*, du weißt doch? Signý, Vera, Lóa, Rakel und ich treten mit einer Tanznummer auf. Eigentlich hatten wir den Plan schon fast aufgegeben, als Erla – ach, weil Erla gestorben ist. Ýmir hat aber mit seiner Mama geredet, und sie bestand darauf, dass wir weitermachen. Denn es ist ja für die kleine Líf.«

»Nachher«, sagte Katrín, »ich sehe mir das nachher an. Jetzt brauch ich unbedingt erst mal was zu essen. Was habt ihr gegessen?«

»Ich hab Reisbrei für uns gekocht.«

»Ist noch was übrig?«

»Jede Menge.«

Íris hatte nicht übertrieben, sie hatte Reisbrei für eine halbe Kompanie gekocht. Katrín gab sich eine Kelle voll auf den Teller und stellte ihn in die Mikrowelle, wählte drei Minuten. Die Zeit nutzte sie, um sich die Hände zu waschen und einen kurzen Gruß in das Zimmer ihres Sohns zu rufen, doch der saß zu versunken vor seinem Computer, um zu reagieren. Sie warf einen Blick auf die Uhr, es war schon fast halb elf. Sollte sie Gewissensbisse haben? Ganz bestimmt. Sie gab Zucker und Zimt auf den Reisbrei, verbesserte ihn noch mit einem Schuss Sahne und führte sich die Portion allein an dem kleinen alten Küchentisch zu Gemüte. Denken, dachte Katrín, jetzt muss ich denken.

So reizvoll es gewesen war, Vignir mit dem Versprechen zu erschrecken, angesichts der neuen Information alle Hebel in Bewegung zu setzen, damit die Vergewaltigungsklage gegen Darri wieder aufgenommen wurde – Katrín fürchtete den Gedanken, Þýri und Marteinn und den anderen Angehörigen nach all dem Schrecklichen, das sie durchgemacht hatte, neuen Schmerz zu bereiten. Erla war noch nicht einmal unter der Erde. Was Katrín daran erinnerte, dass Geir grünes Licht für die Bestattung gegeben hatte, wann immer die Angehörigen wollten.

Ich muss morgen mit Þyrí reden, nahm Katrín sich vor. Und ebenso mit Stefán und dem Staatsanwalt. Denn ob es ihr gefiel oder nicht, wenn die Aussage dieses Weichlings korrekt war, dann hatte sich die Sachlage schlagartig verändert. Nicht nur was die Vergewaltigung betraf, sondern auch im Hinblick auf die zweite Attacke, den Mord.

Weil für Katrín und andere festgestanden hatte, dass die Gruppenvergewaltigung durch das Trio Darri & Co. erwiesen war, selbst wenn das Oberste Gericht zu einer anderen Ansicht kommen würde, waren die drei direkt an der Spitze der Verdächtigen in der Ermittlung wegen der Messerstiche gelandet, die zum Tod von Erla Líf geführt hatten. Danach war aus dem Fall ein Mordfall geworden. Die Gründe lagen klar auf der Hand: Dass es eine direkte Verbindung zwischen den beiden brutalen Verbrechen gab, war viel wahrscheinlicher und logischer, als davon auszugehen, dass es sich um zwei Gewaltverbrechen handelte, die nichts miteinander zu tun hatten und nur zufällig am selben Opfer begangen worden waren.

Katrín hatte ursprünglich diese Möglichkeit von vornherein verworfen. Auch nachdem sie sich gezwungen sah anzuerkennen, dass nichts eine U-Haft-Verlängerung der drei Männer rechtfertigte, arbeitete sie weiter an den denkbaren Verbindungen zwischen den beiden Verbrechen. Dabei war Brynjólfur sehr stark ins Blickfeld gerückt. Er hatte sich Erla gegenüber feindselig verhalten, nachdem sie Darri und seine Kumpane angezeigt hatte. Um den Familienfrieden nicht zu gefährden, hatten Stiefvater und Stieftochter bis dahin oberflächlich so etwas wie einen Nichtangriffspakt eingehalten, aber unter der Oberfläche brodelte es weiter. Der Tag, an dem das Trio den Gerichtssaal auf freiem Fuß verließ, brachte das Fass zum Überlaufen. Nicht nur zwischen Erla Líf und Brynjólfur, sondern auch zwischen Brynjólfur und allen anderen Familienmitgliedern. Dieser Tag war der letzte, den Brynjólfur unter einem Dach mit Þyrí verbrachte. Und der letzte Tag als Freund und Arbeitgeber von Þyrís Söhnen und Schwiegersohn. An dem Tag machte er mit Darri und Kumpanen, inklusive Darris Vater Ingólfur, einen drauf, um die Freisprechung zu feiern.

Was, wenn Brynjólfur an dem Abend, als Þyrí mit ihren Freundinnen ins Ferienhaus gefahren war, um dort ihre Sorgen, die eben hauptsächlich von ihm herrührten, im Alkohol zu ertränken, was, wenn er an dem Abend nach Hause in Hvassaleiti geschlichen wäre? Das Haus stand leer, Flóki war das Wochenende über bei Nanna, und Ýmir sollte bei Haukur übernachten, als seine Mutter sich für das Ferienhaus entschieden hatte. Was, wenn Erla kurz vor oder nach Brynjólfurs möglichem Eintreffen nach Hause gekommen war und es einen wüsten Streit gab, der mit Schrecken endete?

Eine gute Theorie, dachte Katrín, während sie den Reisbrei vertilgte. Wirklich eine prima Theorie. Deren einziges Manko bestand aber leider darin, dass sich Brynjólfur an dem Abend in einem ganz anderen Landesteil befunden hatte, in Akureyri, genau wie so viele andere Menschen, die von dort stammten und dieses lange Wochenende zu einem Heimatbesuch nutzten. Und außerdem gab es keinerlei Hinweise darauf, dass es in Erla Lífs Elternhaus in Abwesenheit von Mutter und Brüdern zu gewalttätigen Auseinandersetzungen gekommen war.

Katrín spülte den Teller ab und stellte ihn in den Geschirrkorb. Nein, Erla Líf hatte wohl an diesem Abend keinen Fuß in ihr Zuhause gesetzt. Aber sie musste irgendwo hingegangen sein, irgendjemanden getroffen haben, der aus irgendwelchen Gründen mehrmals mit einem Messer auf sie eingestochen hatte. Und jetzt war es – wenn man Vignir glauben konnte – auch nicht mehr auszuschließen, dass es einer ihrer Vergewaltiger gewesen war. Nichts, was die direkte Verbindung zwischen den beiden Gewalttaten ausschloss. Katrín ging ins Wohnzimmer und setzte sich in den besten Sessel, lehnte sich zurück und schloss die Augen.

Was, wenn Erla an diesem Abend einem von ihren Peinigern begegnet war?, dachte sie. Einem von Darris Kumpanen, die de facto genauso schuldig waren wie er, und wenn sie die richtige Querverbindung gezogen hatte? Vielleicht hatte sie sogar zu verstehen gegeben, dass sie ganz genau wusste, was sich zugetragen hatte? Wie hätte der Betreffende darauf reagiert?

»Morgen«, murmelte sie, »morgen beginnen wir wieder ganz von vorne.«

19

Dienstag bis Mittwoch

Eine gute Nachricht erwartete Katrín, als sie am Dienstagmorgen ins Dezernat kam, nass geschwitzt und puterrot im Gesicht, weil sie die ganze Strecke von zu Hause in ungewöhnlich scharfem Tempo gelaufen war.

»Sieh mal«, bellte Friðjón, der Hund. »Ungefähr so ein Messer ist verwendet worden.« Das Hawaii-Hemd an diesem Tag war selbst für Friðjóns Verhältnisse gewagt. Die Grundfarbe war ein schrilles Pink, verziert mit sonnengelben und moosgrünen Tropenpflanzen und lila Palmen, die bis zu den Schultern reichten. »Wir haben Glück gehabt«, sagte er, »sogar viel Glück.«

Katrín nahm das Blatt entgegen, das er ihr unter die Nase hielt, während sie an der Treppe ihre Dehnübungen machte. Darauf war die vereinfachte Zeichnung einer Messerklinge zu sehen, etwa zehn Zentimeter lang und elegant geschwungen, mit nur einer Schneide und sehr schmaler Spitze. Sie legte das Blatt auf die Treppe und streckte das rechte Bein.

»Wieso sagst du, dass wir Glück haben?«, fragte sie kurzatmig. »Gibt es nicht Millionen von Messern mit so einer Klinge?«

»Nein«, schnauzte der Hund. »Die Zeichnung mit den

Umrisslinien haben wir von der Spitze ausgehend vervollständigt. Und sie mit den Wunden verglichen. Und das hat gepasst, die Klinge des Messers hatte diese Form. Ein solches Messer ist nicht nur von der Form her ungewöhnlich, sondern auch wegen seines speziellen Stahls.« Der Hund fühlte sich in seinem Element, er blähte sich auf wie ein Gockel auf dem Misthaufen. Katrín amüsierte sich darüber, denn es war ein seltener Anblick, der ihr nach einer unguten Nacht mit wenig Schlaf wieder etwas Zuversicht gab.

»Wie ungewöhnlich?«, fragte sie, während sie die rechte Ferse zur Pobacke hochzog.

»Fast genau so wie das seltene Samenkorn, das die CSI-Superschnüffler immer wieder bei einer Leiche finden und das von einer Pflanze stammt, die zufälligerweise in ganz Amerika nur an einer Stelle wächst. Aber nur fast.«

»Prima. Und das bedeutet was?«

»Die genauere Analyse kommt noch, aber die mikroskopische Untersuchung gibt zu neunundneunzigkommaneun Prozent Gewissheit. Sollte fürs Erste reichen. Damaszenerstahl.«

»Und den gibt es wohl nur in Damaskus?«, fragte Katrín, um dem Hund eine Freude zu machen. Sie wechselte vom rechten aufs linke Bein und zog die Ferse ebenfalls bis zum Po.

»Hahaha. Nein, eine ganz besondere Art der Stahlherstellung, die aus Damaskus stammt. Fast so wie Blätterteig«, erklärte er.

»Blätterteig?«

»Ja. Zwei Arten von Stahl. Erhitzt, gehärtet, ausgewalzt und wieder zusammengefaltet. Mehrfach. Der Stahl kriegt ein Muster. Gilt als was besonders Feines. Googel das mal.«

»Aha. Und so was gibt's wohl nur in einem Messergeschäft in ganz Island?«

»So einfach ist es leider nicht. Aber fast. Lass das Jungchen danach suchen.« Friðjón zog ab, der silbergraue Pferdeschwanz wippte von einer pinkfarbigen Schulter zur anderen. Das Jungchen, dachte Katrín und musste lächeln. Sie beendete die Streckübungen und ging in den Umkleideraum mit den Duschen. Der Hund hatte Árni immer nur Jungchen genannt, seitdem er vor acht Jahren bei der Kriminalpolizei angefangen hatte. Schon damals hatte Árni die dreißig überschritten, und jetzt näherte er sich den Vierzigern, mit zwei Kindern, aber im Kopf von Friðjón war er immer noch das Jungchen. Ja, dachte Katrín, am besten setze ich das Jungchen auf diese Spur.

* * *

»Wie soll ich denn das erklären?«, fragte Guðni bitterböse. Er saß an dem fest verschraubten Stahltisch im Vernehmungsraum Nummer drei, ihm gegenüber saßen Anna Hermannsdóttir und ihr erfahrenster Mitarbeiter. »Ich erkläre es ganz genau so, wie ich es dir bereits gestern erklärt habe. Lalli Fett tat so, als wollte er eine Partie Billard spielen. Er schraubte zwei Queues zusammen und reichte mir einen. Den habe ich verwendet, um Lalli ein paar Popel aus der Nase zu holen, danach habe ich ihn irgendwo hingelegt. Wer verdammt noch mal Lalli das angetan hat, was ihm angetan wurde, hat entweder meinen Queue dazu benutzt und hat dabei sehr genau darauf geachtet, dass meine Fingerabdrücke erhalten blieben, und das ist dem Scheißkerl anscheinend auch gelungen. Oder – und das klingt wesentlich sinnvoller – er hat den Queue, mit dem er den Scheißkerl umgebracht hat, nach der Tat auseinander- und mit meinem zusammengeschraubt. Der Trick ist *basic* und reichlich durchschaubar, der *good guy* soll in die Pfanne gehauen werden, und das bin ich. Habt ihr das untersucht? Passen die Muster vom vorderen und hinteren Teil der beiden Queues zusammen?«

Anna überging diese Frage. »Ein Zeuge hat ausgesagt, dass du das Haus von Lárus Kristjánsson – oder genauer gesagt das Haus seiner Mutter – blutbefleckt verlassen hast, und zwar gegen Mitternacht am vergangenen Samstag. Bei der Durchsuchung deiner Wohnung haben wir Folgendes gefunden: ein blutiges Jackett, ein blutiges Hemd und eine blutige Hose. Außerdem Blutspuren auf dem Beifahrersitz in deinem Auto, einem Mercedes mit der Nummer ...«

»Verfluchte Hacke, verfluchte Kacke«, schnitt Guðni ihr das Wort ab und verdrehte die Augen, die abwechselnd auf Anna und den Spiegel hinter ihr gerichtet waren. »*Come on.* Was du da sagst, hört sich so an, als hätte ich mich von oben bis unten im Blut gewälzt, aber es ging doch bloß um ein paar Spritzer Blut am Hemd, und noch weniger waren an all den anderen Kleidungsstücken, die du da aufzählst. Und was soll das mit diesem Zeugen? Welcher Zeuge? *Gimme a break.*« Anna ließ Guðni aber keine Ruhe, sie stellte Guðni nur noch mehr Fragen, und mit jeder Minute steigerte sich seine Gereiztheit – obwohl er es hätte besser wissen müssen.

Jenseits des Spiegels wandte Stefán sich Þórður zu. »Wer ist dieser Zeuge?«, fragte er.

»Einer meiner Männer, Kristján«, antwortete Þórður achselzuckend.

»Ihr habt also an dem Wochenende Guðni beschattet?«

»Ja.«

»Weshalb?«

Þórður zögerte. »Nennen wir es den letzten Versuch, den Kerl in den Ruhestand zu schicken. Ich möchte betonen, dass niemand ihm an dem Tag gefolgt ist, als er zu dir kam, auch wenn er das Gefühl hatte, verfolgt zu werden. Zumindest nicht von unserer Abteilung. Erst nach dem Angriff auf Helena habe ich Kristján auf ihn angesetzt, in der Hoffnung, dass der Kerl einen Fehler machen würde. So was wie einen Skandal, den wir mit Videoaufnahmen belegen könnten. Der dich und andere von dem überzeugt hätte, was überfällig war, nämlich dass Guðni seinem Job einfach nicht mehr gewachsen ist. Ich muss aber zugeben, dass ich auf diese verdammte Scheiße nicht vorbereitet war.«

»Diese was?«

Þórður zuckte ein weiteres Mal mit goldbetressten Schultern. »Na ja, dass er so weit gehen würde. Stefán, du hättest ihn bereits vor langem exkommunizieren sollen. Dann wäre das Ganze nie passiert.«

Stefán nahm die Kappe ab und kratzte sich verwirrt am grauen Schädel. »Du willst mir doch hoffentlich nicht im Ernst sagen, dass Guðni Lalli Fett mit einem Billardqueue umgebracht hat? Unser Guðni?«

»Wieso denn nicht?«, war Þórðurs Gegenfrage. »Ich sehe nichts, was dagegenspricht, aber sehr viel, was dafürspricht. Und er ist auch nicht ›unser‹ Guðni, sondern euer, das möchte ich mal klarstellen.«

»Und?«, fragte Stefán ironisch. »Konntet ihr den Fall auch auf einem Video dingfest machen? Ich meine, dass Guðni Lalli Fett umgebracht hat?«

»Dann wären wir wohl nicht hier«, schnappte Þórður. »Kristján ist ihm nicht bis ins Haus gefolgt. Er hat nur draußen im Auto gewartet, strikt nach Anweisung. Allerdings war er nicht dabei, als Guðni das Haus betrat, denn er war ziemlich weit hinter ihm. Aber er hat Guðni beobachtet, als er aus dem Haus herauskam.«

»Kristján hat gesehen, dass Guðni blutbespritzt aus dem Haus kam, und er hat nichts unternommen? Hat nur ein Foto gemacht und ist ihm dann bis nach Hause gefolgt? Das kann doch nicht dein Ernst sein.«

»Was hätte er denn tun sollen? Lalli anrufen, um ihn zu fragen, wie es ihm ging? Und wohlgemerkt, er hat auch beobachtet, wie dieser Muskelmann das Haus einige Minuten vor Guðni verlassen hat.«

Stefán entschied sich für einen vorläufigen Kurswechsel.

»Apropos Muskelmänner, habt ihr euch da mal umgehört? In eurem, was soll ich sagen, in eurem Kundenkreis?«

Þórður runzelte die Brauen, anscheinend dachte er nach. »Jaha, ja«, sagte er dann, »ein klein wenig. Aber da ist viel weniger los, als wir erwartet haben. Ich hätte gedacht – na, eigentlich weiß ich nicht, was ich erwartet habe. Auf keinen Fall so eine Flaute, wo nichts passiert. Wir hören nichts, wir sehen nichts, es gibt keine Reaktion im Milieu, keinerlei Unruhe oder Aufregung oder Buhei irgendwelcher Art.«

»Ist das nicht seltsam?«

»Sehr seltsam«, musste Þórður zugeben. »Aber es ist ja noch nicht so lange her. Und wenn ich darüber nachdenke...«

»Ja?«

»Wenn ich darüber nachdenke«, fuhr Þórður fort, »dann deutet es doch eher darauf hin, dass derjenige, der Lalli aus dem Verkehr gezogen hat, nicht aus diesen Kreisen stammte.«

»Woraus schließt du das?«

»Pure Logik«, sagte Þórður. »Hätte einer von der Konkurrenz ihn da am Samstagabend oder in der Nacht zum Sonntag abgemurkst, hätten wir bestimmt sehr viel eher davon erfahren. Und dann wäre sicher die Hölle los in der Branche. Egal wie viele wir in letzter Zeit geschnappt haben, es bleiben immer noch genauso viele übrig. Sowohl die Litauer als auch die kleinen Litauer hätten sich schon stark gemacht, auch der schräge Benni und Co – und wahrscheinlich jede Menge andere Leute. Ganz abgesehen von Lallis eigener Mannschaft, bei denen wären längst sämtliche Hebel in Gang gesetzt worden, entweder um Lalli zu rächen oder sich die freigewordene Stelle des Bosses zu sichern – vielleicht sogar beides. Aber wenn es Guðni war, der ihn abgemurkst hat, und niemand hat bis gestern Morgen davon gewusst...«

»Kári«, fiel ihm Stefán ins Wort. »Was ist mit Kári Brown?«

»Was sollte mit ihm sein?«, fragte Þórður.

»Keine Ausflüchte. Wenn ihr mit Guðni aneinandergeraten seid, dann war es immer wegen Kári Brown. Und wir beide wissen, dass der für Lalli gearbeitet hat. Seinetwegen hast du dich bei mir und anderen über Guðni beschwert, deswegen hast du ihn am Wochenende beschatten und betrunken in der Lava von Hafnarfjörður filmen lassen und das Video ins Internet gestellt...«

»Es sollte nicht ins Internet«, widersprach Þórður. »Es war für den internen Gebrauch bestimmt. Für dich und andere, denen es guttun würde, das zu sehen. Aber es war natürlich verdammt witzig, und Kristján hat es an alle in der Abteilung geschickt, und irgendjemand hat dann wohl – tja, du weißt, wie so etwas läuft.«

»Ja, das schon«, stimmte Stefán ihm zu. »Aber ich weiß nicht, was es mit diesem Kári auf sich hat, weshalb du solche Anstrengungen unternimmst, um auf ihn aufzupassen. Vor ein paar Tagen hast du mir gesagt, dass es etwas mit Lalli zu tun hätte, aber nicht genau, was. Das möchte ich wissen, und zwar jetzt.«

»Kári war und ist ein Schwätzer«, sagte Þórður rundheraus. »Es gibt wohl keinen Grund, dir das noch länger vorzuenthalten. Und ich kann doch hoffentlich darauf vertrauen, dass es unter uns bleibt?«

Stefán nickte. »Selbstverständlich kannst du das. Das war schon immer so.«

»Vielleicht«, sagte Þórður. »Aber Guðni hat Kári einfach total nervös gemacht, weil er dem Burschen auf die Pelle gerückt ist. Lalli war ein extrem misstrauischer Drecksack, und Kári durfte kein Risiko eingehen.«

»Was für ein Risiko?«

»Tja, dass Lalli glaubte, Kári würde etwas machen, was er nicht machen sollte. Mit jemandem reden, mit dem er nicht reden sollte. Guðni beispielsweise. Guðni stand nämlich nicht auf der Liste.«

Stefán spürte, wie der alte Kitzel wieder Besitz von ihm ergriff. Er war in der letzten Woche nach monatelanger Apathie erwacht, als Guðni bei seinem Besuch in der Garage allerlei Andeutungen machte über die Droko, über Þórður und Kári, und dass er observiert würde. Mit dem Angriff auf Helena und dem, was danach geschah, hatte sich dieser Kitzel noch gesteigert, erst recht als Lalli tot aufgefunden wurde.

»Welche Liste?«, fragte er.

»Eine Liste, die einzig und allein in Lallis Schädel existierte«, sagte Þórður. »Eine ungeschriebene Liste über Bullen, denen man trauen konnte. Es gab da nur zwei Namen, meinen und den von Skarpi Jónsson. Die Namen hat Lalli von Kári bekommen. Ich hab sogar irgendwann mal vorgeschlagen, Guðni ebenfalls auf diese Liste zu setzen, aber davon wollte Kári nichts wissen. Als ich darüber nachdachte, hab ich sofort gesehen, dass Lalli nie damit einverstanden gewesen wäre.«

»Bullen, denen man trauen kann?«

»Ja.«

»Inwiefern vertrauen?«

»Sich alle zu schnappen, die es wagten, Lalli ernsthaft

Konkurrenz zu machen, und stattdessen ihn und sein Business in Ruhe zu lassen.«

»Und das habt ihr wirklich gemacht?«, fragte Stefán ungläubig. »Einfach so? Ihr habt für Lalli die Konkurrenz ausgeschaltet und ihm Narrenfreiheit gegeben?«

»Das hat er geglaubt, ja«, sagte Þórður. »Er hat es geglaubt, er hat Kári geglaubt und ihm vertraut. Den kannte er schon, als der Bursche noch ein kleiner Junge war. Svanur und Lalli waren nämlich Freunde.«

»Svanur, der Vater von Kári?«

»Ja.«

»Und vielleicht auch der Vater von Marteinn, dem Freund von Erla Líf?«

»Ja. Und sie – ich meine Lalli und Svanur, sie waren auch befreundet mit Ingólfur, dem Abgeordneten. Du weißt schon, Darris Vater. Zumindest früher. Ingólfur ist mit Brynjólfur Gunnarsson befreundet, dem Stiefvater von Erla Líf, sie sind beide bei den Odd Fellows – und ich auch. Und hier sitze ich bei dir. Das geht immer so weiter, wir könnten endlos Verbindungen ziehen.«

»Dieses Land ist einfach zu klein«, ächzte Stefán. »Hier gibt's zu wenig Menschen. Ich hab irgendwann mal in die Isländergenealogie im Internet reingeguckt und herausgefunden, dass Lalli und ich Verwandte vierten Grades sind. Hab ihn aber nie zu einem Kaffee eingeladen. Egal – du sagst, dass Lalli dachte, völlig freie Hand zu haben, von euch verschont zu bleiben.« Þórður nickte. »Was habt ihr im Gegenzug dafür bekommen? Ein Mensch wie Lalli hat wohl kaum an Märchen geglaubt…«

»Nein«, grinste Þórður. »Das hat er gewiss nicht getan. Und Kári hat gut darauf aufgepasst, dass er das auch nicht zu tun brauchte. In letzter Zeit war ich für meinen Geschmack vielleicht zu gierig. Aber jede einzelne Krone ist verzeichnet und verbucht, da oben im obersten Stock streiten sie sich noch, was mit all diesem Geld gemacht werden soll. Wird am Ende wahrscheinlich vom Finanzminister einkassiert. Der kann es ja brauchen, würde ich meinen.«

»Aber was für ein Plot steckt denn dahinter?«

»Selbstverständlich war es das Ziel, zum Schluss Lalli selber zu greifen«, sagte Þórður beinahe träumerisch. »Erst ihn und sein ganzes Network auszuquetschen, um so viele seiner Konkurrenten wie möglich zu schnappen, und dann ihn selber. Kannst du dich an die alte Parole der Fortschrittspartei erinnern, ›Island drogenfrei 2000‹?«

»Ja, an diesen komplett haltlosen Wahlslogan erinnere ich mich bestens«, sagte Stefán.

»Genau. Wir wollten keine leeren Versprechungen machen, wir hatten nur das Jahr 2012 als ›Island mit weniger Drogen‹ angepeilt, das war unser Ziel. Nun wird sich erst zeigen müssen, welchen Einfluss Lallis plötzlicher Abgang auf den Markt hat. Ob die Litauer, mit denen Lalli so sicher wie das Amen in der Kirche zusammengearbeitet hat, jetzt versuchen, sich die ganze Szene unter den Nagel zu reißen, oder … Nun ja. Mir wäre es lieber gewesen, wenn das, was wir geplant hatten, so aufgegangen wäre. Bestimmt wird Kári uns auch weiterhin helfen, aber trotzdem ist alles jetzt viel ungewisser als vorher, zugegeben.«

Stefán hatte seine liebe Mühe damit, das zu verdauen, was Þórður ihm in dem winzigen, nicht belüfteten Raum hinter dem klassischen undurchsichtigen Spiegel an der Wand des Vernehmungsraums mitgeteilt hatte. Er konnte seine geistigen Verdauungsprobleme aber relativ gut kaschieren.

»Der Überfall auf Helena«, sagte er, »war das ein Teil von dem, was Kári Brown seiner Überzeugung nach notwendigerweise tun musste, um in Lallis Augen glaubwürdig zu bleiben?«

»Was?«

»War es Kári Svansson, Kári Brown, der am Freitag Guðnis Tochter beide Beine gebrochen hat?«, fragte Stefán. »Seine äußere Erscheinung passt zu den Beschreibungen der Täter, die Helena und ihre Nachbarin gegeben haben. Ebenso das Auto. Er fährt einen weißen Mazda, nicht wahr?«

»Verdammt noch mal«, schäumte Þórður.

»Wer sonst sollte das getan haben?«, setzte Stefán ihm weiter zu. »Ich meine, das war ein äußerst brutaler Überfall – und dabei schuldete sie unseres Wissens niemandem etwas.«

»Ich hab keine Ahnung«, sagte Þórður. »Ich kann mir aber nicht vorstellen, dass Kári etwas damit zu tun hatte. Auf gar keinen Fall.«

»Das sagst du, Þórður. Und was ist mit Lalli? Was ist mit dem Mord?«

»Was soll denn schon sein?«

»Tja, wie du selber gesagt hast, Lalli war ein verflucht misstrauischer Mensch«, entgegnete Stefán. »Und alles andere als blöd. Was ist, wenn er von eurem Plot erfahren hat? Vielleicht sogar Kári darauf angesprochen hat, vielleicht kurz nachdem Guðni und Kristján vom Fjölnisvegur weggefahren sind. Hätte das nicht ein Ende mit Schrecken werden können? Möglicherweise liegt hier sogar so etwas wie Notwehr bei deinem tollen und muskelbepackten Schwätzer vor?«

»Nein«, sagte Þórður abweisend. »So war es sicher nicht. Zufälligerweise haben Skarpi und ich an diesem Abend mit Kári zusammengesessen. Wir haben uns aus verständlichen Gründen möglichst selten direkt getroffen, aber an diesem Samstagabend waren wir in einem Ferienhaus am Borgarfjörður, dabei sind wir die nächsten Schritte durchgegangen.

Die sollten schon etwas nachhaltiger werden, aber den Plan kann man jetzt vergessen. Deswegen musst du entschuldigen, dass ich nicht ganz so begeistert von diesem fetten Kerl hinter der Scheibe bin wie du.«

Auf der anderen Seite des Spiegels zog besagter fetter Kerl die Nase hoch und kratzte sich energisch am Hintern, bevor weitere Flüche gegenüber seiner Quälerin aus Keflavík aus ihm herausbrachen.

»Das verstehe ich echt nicht«, sagte Stefán. Und meinte es von ganzem Herzen, auch wenn er nichts gegen Anna Hermannsdóttir hatte.

✻ ✻ ✻

»Wie ein seltenes Samenkorn in einer CSI-Folge«, knurrte Árni. »Schön wär's.« Ein erstes Googeln nach Damaszenerstahl verwies ihn auf IKEA. Auch wenn er das angezeigte Messer sofort wegen seiner Größe und seiner Form abschreiben konnte, fand er, dass es nichts Gutes für die Fortsetzung verhieß. Wenn man selbst bei IKEA Messer aus Damaszenerstahl kaufen konnte, waren sie wohl kaum so selten und speziell, wie der Hund behauptete. Er wandte sich an Þorsteinn, einen der Hauptkommissare in der Abteilung für Gewaltverbrechen und einen von etlichen Freaks im Dezernat, die auf Messer fixiert waren.

»Damaszenerstahl«, sagte Árni und zeigte Þorsteinn die Zeichnung. »Wo kann ich Damaszenerstahl-Messer in dieser Form finden? Gibt es die überall?«

»Jein«, entgegnete Þorsteinn. »Am wahrscheinlichsten sind die Geschäfte für Jäger und Angler, wie *Vesturröst* und *Veiðimaðurinn*, vielleicht auch noch *Fjallakofinn* und die größeren Läden für Outdoor-Ausstattung. Möglicherweise auch bei *Ellingsen* und *Brynja*. Aber ich glaube, der Stahl, die

Länge und die Form der Klinge weisen eher auf eine Spezialanfertigung hin. Da würde ich ansetzen.«

»Spezialanfertigung? Gibt es denn hierzulande jemanden, der solche Klingen herstellt?«

»Nein«, sagte Þorsteinn. »Ich weiß von einem Mann in Akureyri, der seine Schneiden selber anfertigt, aber nicht aus Damaszenerstahl. Es gibt allerdings einige Leute, die handgeschmiedete Klingen importieren, es sind mindestens drei. Auch aus Damaszenerstahl. Beschaften tun sie sie selber. Sie machen den Schaft.«

»Ich weiß, was Beschaften bedeutet. Wo finde ich diese Leute?«

Þorsteinn griff nach Papier und Bleistift. »Hier«, sagte er. »Einer lebt in Reykjavík, einer in Mosfellsbær und einer in Akureyri. Die können dich ganz sicher auch weiterleiten, falls es in der Branche noch mehr Leute gibt. Ansonsten könnte diese Klinge überall in der Welt gekauft und privat nach Island eingeführt worden sein«, fügte er hinzu. »Auf einem Basar in Marokko oder in einem Sportgeschäft in Arizona. Oder vielleicht handelt es sich um ein Erbstück von irgendjemandes Urgroßvater, das im Krimskrams auf einem Dachboden auftaucht? Da gibt's Millionen von Möglichkeiten.«

Na, super, dachte Árni.

* * *

Das kurze Gespräch zwischen Katrín und Stefán, bevor er in den Raum hinter dem Spiegel ging, um die ersten offiziellen Vernehmungen von Guðni mitzuverfolgen, stimmte sie nicht gerade optimistisch. Und das nächste Gespräch mit dem Staatsanwalt, der seinerzeit die Anklage wegen Vergewaltigung gegen das Trio vertreten hatte, klang ebenfalls alles andere als aufmunternd in seiner Einschätzung der Lage.

»Zeitverschwendung«, sagte er kurz und bündig. »Totale Zeitverschwendung.«

»Selbst wenn ich Jónas dazu bringen könnte, Vignirs Aussage zu bestätigen?«, hatte Katrín nachgefragt. Ja, auch dann, hatte der Staatsanwalt behauptet. Trotzdem befand sie sich jetzt wieder vor der Villa von Darri & Co., hatte einen weißen, nicht gekennzeichneten Volvo in der Einfahrt geparkt, hinter einem granitgrauen Porsche und einem schwarzen Mercedes, und klingelte. Sie war allein unterwegs, der Rest der Mannschaft steckte tief in der Ermittlung wegen des Mordes an Lalli, und Árni war mit der Suche nach dem Messer beauftragt. Immerhin hatte sie zu ihrer Sicherheit und Unterstützung ein sehr viel kleineres und leistungsfähigeres Aufnahmegerät in ihrer Handtasche dabei, zwischen einer Pfefferspraydose und dem alten Recorder. Sie drückte wieder auf die Klingel, länger. Hörte es hinter der verschlossenen Tür klingeln und warf einen Blick auf die Uhr. Zehn. Und noch einmal betätigte sie die Klingel, und noch länger. Nach einiger Zeit kam ein grau-bleicher Jónas zur Tür, trug nur Boxershorts mit irgendwelchen Figuren aus Zeichentrickfilmen, die Katrín nicht kannte. Die Augen waren verschleiert, das Haar verwuselt, an Kinn und Stirn sah man die Abdrücke eines Kissens, und er stank aus dem Hals.

»Na so ein Glück«, sagte Katrín und marschierte ins Haus. »Du bist genau der Mann, mit dem ich sprechen muss.«

»Was willst du?«, fragte Jónas heiser und folgte ihr ins Wohnzimmer.

»War's eine anstrengende Nacht?«, fragte Katrín, das personifizierte Mitgefühl.

»Ne Wahnsinnsnacht«, korrigierte Jónas. »Ne richtige Supernacht nach einem Monat total illegaler U-Haft, für die du verantwortlich bist.« Er gähnte ausgiebig und setzte eine missbilligende Miene auf. »Wir werden euch deswegen verklagen«, sagte er und haute sich in das schwarze Ledersofa. »Die Kripo, den Staat, *whatever*. Darri wird sich darum kümmern. Aber es war eine total verrückte Nacht. *Booze and babes, you name it*. Der Morgen danach ist weniger angenehm. Was willst du von mir?«

»Die Bestätigung in einer kleinen Angelegenheit, von der ich gestern erfahren habe – darf ich?« Katrín holte den Kassettenrecorder aus der Tasche, schaltete ihn ein und drückte auf PLAY. Jónas, der entweder völlig verkatert oder immer noch halb betrunken war, hörte sich die Aussage von Vignir mit wachsendem Unglauben in seinen unstetig flackernden Augen an, bis Katrín das Gerät ausschaltete.

»Verdammter Schwachsinn«, sagte Jónas. »Ich hab doch hundertmal gesagt, wie alles war. Darri ebenfalls, und auch Vignir. Der Junge muss da im Knast einen Knacks an der Birne bekommen haben. Oder einen Sonnenstich, was weiß ich denn.«

»Du bist also...«

»Nein«, sagte eine bekannte Stimme hinter Katrín. Sie drehte sich um. Darri stand oben an der Treppe zum Obergeschoss. »Du haust jetzt ab«, sagte er, »und zwar auf der Stelle.« Er war wesentlich größer und athletischer als der halb nackte Jónas, doch im Gegensatz zu dem war sein Körper in einen dicken Bademantel eingehüllt. Er schien nüchtern zu sein. »Jónas, wieso hast du diese feministische Trulla überhaupt ins Haus gelassen?«, fragte er, während er lässig nach unten kam und direkt vor Katrín haltmachte. Sie wich keinen Millimeter zurück.

»Du hast gewusst, dass es Erla war, nicht wahr?«, sagte sie in beherrschtem Ton. »Du hast es die ganze Zeit gewusst, aber es hat dich nicht abgehalten. Hat es dich vielleicht sogar noch mehr gereizt? Hat es dich besonders geil gemacht, weil du wusstest, dass es Erla war?«

»Ich hab keine Ahnung, wovon du redest, meine Liebe«, entgegnete Darri. »Ich hab keine Frau vergewaltigt, weder Erla noch irgendeine andere. So was hab ich nicht nötig. Manchmal hätte man vielleicht sogar Lust dazu gehabt, aber nie getan. Noch nicht.«

»Soll ich jetzt Muffensausen bekommen?«, fragte Katrín.

Darri schüttelte den Kopf. »Keine Ahnung, was du damit meinst. Wir drei in diesem Haus tun keiner Fliege was zuleide. Und diese absurde Klage wegen Vergewaltigung wurde abgeschmettert, wir wurden freigesprochen, du erinnerst dich doch wohl daran.« Er blickte Katrín immer noch direkt in die Augen. »Und zwar wir alle drei, klingelt's bei dir? Und dann hast du uns für einen Überfall festnehmen lassen, mit dem wir nicht das Geringste zu tun hatten – und jetzt bist du schon wieder da, nachdem wir endlich aus dem Knast raus sind. Und zwar mit noch mehr Scheiß. Verpiss dich bloß, meine Liebe, bevor ich die Polizei anrufe. Das ist das reinste Mobbing.«

»Es gibt kaum ein Wort, das in letzter Zeit so intensiv missbraucht worden ist wie Mobbing«, entgegnete Katrín mit kaltem Lächeln. Sie steckte den Kassettenrecorder wieder in ihre Tasche. »Aber du hast insofern recht, dass ich im Augenblick hinter euch her bin. Ihr seid zu zweit. Wo ist Vignir, durfte er bei der Party nicht dabei sein?«

»Raus«, schnauzte Darri. »Sonst endet es vielleicht damit, dass ich gar nicht mehr die Polizei anrufe.«

Katrín behielt ihr Lächeln bei, als sie ohne Widerspruch das Haus verließ und hoch erhobenen Hauptes in die Sonne hinaustrat. Darri blieb ihr auf den Fersen und schlug die

Haustür heftig hinter ihr zu. Ihr Herz hämmerte zwar noch in der Brust, aber sie konnte aufatmen.

»Divide et impera«, murmelte sie.

* * *

Als Anna Hermannsdóttir eine Mittagspause in der Vernehmung einlegte, bestand Stefán darauf, dass sie und Þórður zu einer Besprechung in sein Büro kamen, um ihn umfassend über den Fall zu informieren.

»Greift bitte zu, ich hab da was aus der Kantine geholt«, sagte Stefán, als die beiden Platz genommen hatten, und deutete auf ein Tablett mit Kaffee, Wasser und Sandwiches. »Und sagt mir jetzt bitte, was es mit diesem Queue auf sich hat. Guðni hat vorhin danach gefragt, passen die Enden zusammen? Das vordere Ende, das Lalli in die Kehle gestoßen wurde, war es blau gemustert?«

»Das wohl nicht«, erklärte Anna. »Es war rot. Und Guðnis Fingerabdrücke auf dem blau gemusterten Teil, dem breiteren Ende, waren einerseits sehr deutlich, andererseits für eine solche körperliche Attacke seltsam plaziert, insofern hat er recht. Aber als gewiefter Mitarbeiter bei der Kripo weiß er das schon alles und hätte es selber so arrangieren können in der Absicht, uns zu verwirren. Damit wir glauben, dass jemand versucht, ihm die Schuld in die Schuhe zu schieben. Doppelte Camouflage, versteht ihr?«

Þórður stimmte ihr gewichtig nickend zu.

»Nein«, erklärte Stefán. »Das verstehe ich nicht. Wie hätte er wissen sollen, dass er allein im Haus war? Falls er denn tatsächlich allein im Haus war. Wie hätte er glauben sollen, dass ihm kein Mord nachgewiesen werden könnte, nachdem er so auffällig mit einem auspufflosen Auto durch das Viertel gefahren war, dass wir mindestens zwanzig Zeugen sowohl für seine Ankunft als auch für sein Wegfahren haben? Wieso sollte er seine Fingerabdrücke überall hinterlassen haben? Oder die blutigen Klamotten nicht weggeschafft haben? Und so weiter, und so weiter.«

»Genau das meine ich doch auch«, widersprach Anna. »Er legt es darauf an, dass wir ihn nicht für blöd halten und deswegen auf seine Erklärung abfahren – irgendjemand habe versucht, ihm den Mord anzuhängen.«

Stefán setzte sich die in Mitleidenschaft gezogene Baseballkappe wieder auf und schüttelte resigniert den Kopf. »Ihr denkt also, dass er entweder abgrundtief dumm ist oder noch trickreicher als unser Loki in der Mythologie. Dazu kann ich nur sagen, dass Guðni keins von beidem ist.«

»Niemand – weder ich noch andere – behaupten, dass Guðni Lárus in der Absicht besucht hat, ihn umzubringen«, entgegnete Anna. »In dem Fall wäre er ganz sicher anders vorgegangen, da hast du recht. Aber sozusagen als frei improvisierte Kadenz an Ort und Stelle, nachdem ohnehin alles aus dem Ruder gelaufen war, finde ich es absolut passend und stimmig.«

»Einverstanden«, sagte Þórður. »Genau so war es.«

Stefán runzelte die Stirn und schnaufte verächtlich, damit den anderen klar wurde, was er davon hielt. »Und der Türwächter da am Eingang, dieser Anabolika-Troll?«, fragte er. »Du sagst, dass Kristján gesehen hat, wie er gegangen ist, Þórður. Aber wer weiß, ob er nicht kurze Zeit später zurückgekommen ist, nachdem Guðni das Haus verlassen hatte?«

»In erster Linie natürlich er selbst«, sagte Anna. »Aber auch noch andere. Zeugen behaupten, dass er ungefähr ab Mitternacht im Jacobsen in der Austurstræti gewesen ist. Bis in die Morgenstunden. Türsteher, Barkeeper und Gäste. Von dort begab er sich in Begleitung von zwei jungen Damen zu einer privaten Party auf Seltjarnarnes. Die beiden Damen schwören hoch und heilig, dass er noch bis Sonntagabend bei ihnen war. Für den Sonntagabend und die Nacht zum Montag hat er ebenfalls Alibis. Für ihn spielt das wohl auch keine große Rolle, denn Lalli war am Sonntagvormittag schon längst tot, sagt Geir.«

»Was ist mit den anderen?«, beharrte Stefán. »Habe ich es nicht richtig in Erinnerung, Þórður, dass Lalli niemals allein sein wollte, sondern immer eins von diesen Muskelpaketen bei sich haben musste und möglichst auch noch ein, zwei Mädel in Reichweite?«

Þórður kaute wie wild und spülte den Bissen mit Wasser hinunter. »Doch, ja«, gab er zu, »so war es gewöhnlich. Und oft genug blutjunge Dinger, die er selber aus dem Ausland importiert hatte. Aber Jón – der sogenannte Türsteher oder Leibwächter oder was auch immer du ihn nennen willst, behauptet, dass Lalli keine Weiber im Haus seiner Mutter auf dem Fjölnisvegur duldete. Angeblich aus Respekt vor seiner Mutter, die im Sterben lag, oder aus vergleichbar intelligenten Gründen. Jón sagt, er hätte Lalli auch nie richtig verstanden. Es stimmt schon, was du sagst, Lalli hatte eine Phobie davor, ganz allein zu sein. Vor allem in den letzten Jahren, seitdem er so viel mit den Litauern zusammenarbeitete. Kári behauptet, dass er denen nie wirklich über den Weg getraut hat.«

»Und trotzdem schlägt sich dieser Jón zwei Nächte komplett um die Ohren? Kommt erst am Montagmorgen wieder zurück ins Haus und findet den Kerl tot vor?«

»Freies Wochenende«, erklärte Þórður. »Das ist zumindest das, was er behauptet: Lalli habe ihm grünes Licht gegeben, weil er noch einen anderen Besuch später am Abend erwartete. Er hat Jón gesagt, er könne losziehen, nachdem Guðni eingetroffen war.«

Stefán spitzte die Ohren: »Wusste er, dass Guðni kommen würde?«

»Ja«, sagte Anna. »Guðni hatte sich sozusagen angemeldet. Er behauptet, dass in der Nacht vorher bei ihm eingebrochen wurde und dass jemand einen Zettel an seinem PC hinterlassen hat, auf dem sowohl der Link zu dem Suffvideo stand als auch eine Telefonnummer. Den Zettel haben wir gefunden, aber das will ja nichts besagen, und beweisen tut es gar nichts. Es gibt außerdem keinerlei Spuren, dass jemand bei dem Kerl eingebrochen ist. Aber er hat tatsächlich die Nummer angerufen, und an dem Abend hatte Jón das Handy mit dieser Nummer. Was den Inhalt des Gesprächs betrifft, stimmen die Aussagen der beiden nicht ganz überein. Jón gibt an, aus allen Wolken gefallen zu sein, Guðni hingegen behauptet, dass Jón ganz genau gewusst habe, wer am anderen Ende der Leitung war, er habe nur auf diesen Anruf gewartet. Aber dadurch ändert sich auch nicht viel, die Hauptsache ist, dass Guðni seinen Besuch eindeutig telefonisch angekündigt hat.«

»Und was ist mit dem anderen Besuch?«, fragte Stefán. »Lalli hat doch gesagt, dass er noch jemanden erwartete. Habt ihr irgendetwas…«

»Ja«, fiel Þórður ihm in die Rede. »Er hat damit wahrscheinlich oder sogar bestimmt Kári gemeint. Kári hatte vor, auf dem Nachhauseweg bei ihm vorbeizuschauen und möglicherweise auch bei ihm zu übernachten, hat er gesagt. Aber nun ja, die Besprechung zwischen ihm, Skarpi und mir hat sich hinausgezögert. Zum Schluss hat Kári eine SMS an Lalli geschickt und ihm mitgeteilt, dass aus dem Besuch nichts würde. Sie wurde in der Nacht auf den Sonntag gegen halb zwei abgeschickt und war noch nicht geöffnet worden, als man Lalli gefunden hat.«

»Die Litauer also? Oder der schräge Beggi? Oder irgendwelche erfolgsgierigen Lakaien aus Lallis Tross? Ich meine, es gab wohl keinen Menschen in Island, der mehr gefährliche Feinde hatte als Lalli.«

Anna und Þórður zuckten die Achseln. »Doch, ja, selbstverständlich untersuchen wir das alles«, sagte Anna. »Im Ernst, Stefán, unsere gesamte Mannschaft arbeitet an jeder denkbaren Perspektive in diesem Fall, und das weißt du auch. Aber leider ist dabei noch nichts herausgekommen, was auf einen anderen als Guðni hindeutet.«

»Was sagt Geir? Was sagt der Hund?« Stefán nahm das Foto von dem übel zugerichteten Lalli zur Hand und hielt es ihnen vor. »Für eine derartige Attacke braucht man wohl Kraft, nicht wahr? Guðni ist nicht mehr der Jüngste, und wie du immer wieder betont hast, Þórður, befindet sich dieser speckfette Herzkranke derzeit alles andere als in Topform.«

»Stimmt«, entgegnete Þórður. »Aber ihm würde ich nicht über den Weg trauen, und zudem war er in einem Zustand großer Erregung. Ich bin mir völlig sicher, dass Geir Guðni als Täter ausgeschlossen hätte, wenn er könnte. Lalli war nämlich bereits tot, als ihm der Queue in den Rachen gestoßen wurde. Er ist von etlichen Hieben am Kopf getroffen worden, und zwar sowohl mit der schwarzen Kugel als auch einem anderen stumpfen Gegenstand. Wahrscheinlich dem dickeren Ende des rot gemusterten Queues. Der wurde sorgfältig abgewischt, aber der Hund und seine Leute untersuchen das Teil jetzt ganz genau, ebenso die Kugel. Ich weiß, dass du das nicht hören möchtest, aber ich weiß nicht, wie lange wir noch rechtfertigen können, dass der Kerl auf freiem Fuß ist.«

* * *

Der Reykjavíker Messerschmied war sich sicher, nie ein Messer mit so einer Klinge verkauft zu haben, wie sie der Hund gezeichnet hatte. Weder der in Nordisland noch der in Mosfellsbær waren telefonisch erreichbar gewesen, und deswegen klapperte Árni stattdessen die einschlägigen Geschäfte ab, die auf seiner Liste standen. Gegen Abend hatte er alle hinter sich, und sogar noch drei mehr, aber kein einziges Messer gefunden, das infrage kam. In gewissem Sinne war er froh darüber, da es demnach nicht ein serienmäßig hergestelltes Fabrikat sein konnte, was wiederum darauf hindeutete, dass es sich tatsächlich um so etwas wie das seltene Samenkorn bei der *CSI* handelte. Nun galt es, den Ort zu finden, an dem diese einmalige Schöpfung aus Stahl entstanden war – und gleichzeitig zu hoffen, dass es nicht aus einem marokkanischen Basar oder einem Sportgeschäft in Arizona stammte. Ein weiterer Telefonanruf in Akureyri reichte, um diesen Herkunftsort auszuschließen, und jetzt befand Árni sich in Mosfellsbær, im früheren Ortskern am östlichen Hang des Tals, das jetzt von einem der vielen Neubauviertel überragt wurde, die während des Booms entstanden waren. Hier standen aber nur ein einsamer Häuserblock, eine Kindertagesstätte und ein paar halb fertige Häuser an ansonsten unbebauten, aber bereits asphaltierten Straßen. Der Messerschmied hatte seine Werkstatt im Gebäude der ehemaligen Álafoss-Wollmanufaktur, ungefähr in der Mitte des relativ steilen Hangs.

Árni stieg die Treppe zur Eingangstür hinunter, die halb offen stand. Von da aus führte eine weitere Treppe nach unten zu einer Tischlerei. Auf den Stufen befanden sich Schwarz-Weiß-Bilder von bekannten isländischen Politikern, unwillkürlich versuchte er, nicht auf die Gesichter zu treten.

»Hallo?«, rief er in das Geräusch einer Säge hinein, das

ihn empfing. Sie verstummte, und ein Mann erschien, knapp sechzig Jahre alt.

»Mensch, mein Lieber, du kannst ruhig über die Visagen latschen«, sagte er grinsend. »Deswegen sind die doch da auf der Treppe, das haben die Typen verdient.« Der Mann mit den kurzen Haaren wirkte sehr vital, er war mittelgroß, trug eine Brille und eine graugrüne Arbeitsschürze. Und seine Augen funkelten listig. »Kann ich was für dich tun?«

»Bist du Páll?«, fragte Árni. »Páll Kristjánsson, Messerschmied?«

»Ja, der bin ich. Und wer bist du?«

Árni stellte sich vor und zeigte ihm die Zeichnung. »Ich suche ein Messer mit so einer Klinge aus Damaszenerstahl. Hast du etwas in der Art in den letzten Jahren verkauft?«

Kristján nahm das Blatt entgegen und besah sich die Zeichnung. »Komm rein«, sagte er und ging noch mehr Treppen hinunter. Was für ein seltsames Gebäude, dachte Árni, während er dem Messerschmied nach unten folgte. Dort kam er in einen hellen, großen Raum, in dem sich auf allen Tischen und an allen Wänden Messer von unterschiedlicher Größe und Form befanden.

»Setz dich«, sagte Páll. Er selbst stellte sich unter etwas, das Árni so vorkam wie hundert Messerklingen, die an seidenen Fäden von der Decke herabhingen, mit den Spitzen nach unten. Sie bewegten sich leicht hin und her wie eine tödliche Windharfe. Árni setzte sich.

»Also erst mal, weshalb fragst du danach?«, sagte der Messerschmied nach kurzem Schweigen. Er legte die Zeichnung beiseite.

»Tja«, sagte Árni. Er zog ein schönes Messer auf dem Tisch vor ihm aus der Scheide und hielt es in der Hand.

»Vielleicht, weil das hier fast genauso aussieht wie das Messer, nach dem ich suche?«

»Das Ding ist ein typisches Erzeugnis von Poul Strande«, erklärte Páll. »Ein Däne, ein echtes Genie. Ich beziehe alle meine Klingen von ihm, ich meine all die von Hand geschmiedeten. Und weil sie handgeschmiedet sind, gibt es niemals zwei Klingen, die völlig gleich sind. Meine Antwort lautet trotzdem Ja: Ich habe einige Messer mit ungefähr so einer Klinge verkauft. Ob darunter genau das Messer ist, nach dem du suchst, steht auf einem anderen Blatt. Dazu kann ich erst etwas sagen, wenn ich das Messer gesehen habe.«

»Das ist eben das Problem«, sagte Árni. »Wir suchen nämlich nach so einem Messer. Aber vielleicht erinnerst du dich daran oder hast sogar eine Liste von Leuten, die in den letzten Jahren Messer dieser Art bei dir gekauft haben – wir bräuchten deren Namen, verstehst du.«

Páll war keineswegs angetan von dieser Anfrage. »Ich geb hier nicht einfach eins-zwei-drei die Namen meiner Kunden preis, bloß weil ein Bulle bei mir reinspaziert und mich darum bittet. Brauchst du dazu nicht eine gerichtliche Verfügung?«

»Falls du darauf bestehst, ja«, gab Árni zu. »Aber zwischen einem Messerschmied und seinen Kunden besteht doch wohl kaum so etwas wie Schweigepflicht, oder?« Árni führte aus, worum es ging, wo diese abgebrochene Messerspitze gefunden worden war.

Messerschmied Páll dachte kurz nach. »In Ordnung«, sagte er dann. »Ich seh mal, was ich für dich tun kann. Ich war in der besagten Nacht bei diesem Mädchen, natürlich nicht direkt bei ihr persönlich, aber ich war da auf dem Austurvöllur an dem Abend, als die Kerle über sie hergefallen sind. Die Papasöhnchen wurden zum Schluss doch am Obersten Gericht freigesprochen?«

»Ja«, sagte Árni.

»Ich führe normalerweise nicht Buch darüber, wer bei mir was kauft«, sagte Páll. »Aber ich besitze Aufnahmen von all meinen Messern. Und vielleicht fällt mir was zu den Käufern ein, wenn ich mir die Fotos ansehe. Möglicherweise lässt sich auch über die Kreditkartenbelege irgendetwas feststellen. Viele Kunden bezahlen damit. Wie wollen wir das handhaben – kannst du mir Fotos von irgendjemandem zeigen?«

* * *

Ein blauer vierzig Fuß langer Container füllte die gesamte Einfahrt, das Hinterteil ragte auf den Bürgersteig hinaus. Das Vorderteil war offen, ebenso die Haustür. »Hi«, sagten Ýmir und Signý. Sie trugen einen großen Karton zwischen sich und verschwanden in dem Container. »Hi«, sagte Flóki, der mit leeren Händen aus dem Container herauskam. Er folgte Katrín in die fast leere Diele und in das halb leere Reihenhaus. »Mama und Nanna sind in der Küche.« Katrín folgte den Rauchschwaden. Þyrí und Nanna saßen mit dampfenden Kaffeetassen am Küchentisch, beide hatten eine brennende Zigarette zwischen den Fingern.

»Hallo, meine Liebe«, sagte Þyrí und machte Anstalten aufzustehen. »Möchtest du einen Kaffee?«

»Bleib sitzen«, entgegnete Katrín. »Ich hol mir, was ich brauche.« Sie nahm sich ein Glas, füllte es mit Wasser aus dem Hahn und setzte sich zu den beiden Frauen. »Ihr packt also alles zusammen.«

»Ja«, sagte Þyrí. »Ich hab darauf gewartet, dass meine Erla stirbt, dass die kleine Líf zur Welt kommt. Ich hab an diesem Haus gehangen, aber ich kam mir vor wie ein Hund, der immer noch an einem alten Knochen nagt. Jetzt brauch ich auf nichts mehr zu warten, und deshalb hab ich den Container gemietet. Ich kann nicht mehr kämpfen, meinetwegen können die meine Hütte einkassieren.« Þyrís Stimme war leise, heiser und fast monoton, sie sprach offen und ehrlich. Sie drückte die Zigarette aus, trank einen Schluck Kaffee und redete weiter. »Die Aufbahrung ist am Donnerstag«, sagte sie. »Die Beerdigung am Freitag. Der Container geht am Montag aufs Schiff, und wir fliegen am Dienstag. Zusammen mit meinem Bruder und meiner Schwägerin. Sie kommen zur Beerdigung. Du doch auch?«

»Klar«, sagte Katrín in dem Versuch, ebenso ruhig und gelassen zu wirken wie Þyrí. »Natürlich komme ich. Lebt dein Bruder nicht in Trondheim?«

»Ja, schon seit sieben Jahren. Es gefällt ihm dort. Ich bin zweimal dort gewesen, insofern ist es kein richtiges Neuland für mich.«

»Hast du... Hast du denn eine Wohnung? Und einen Job?«

»Ja«, sagte Þyrí. »Mein Bruder hat schon vor einem Monat mit der Suche angefangen, und er hat eine nette kleine Wohnung in einem Block ganz in seiner Nähe gefunden. Ich werde erst mal als Putze in einem Altersheim anfangen, und dann kann ich mich nach was Besserem umsehen. Ýmir geht einfach zur Schule, und Flóki kann höchstwahrscheinlich bei einer Lachszucht Arbeit bekommen. Nanna will auch erst mal mit mir putzen gehen, im Herbst will sie aber zur Universität. Nicht wahr, Nanna?«

Nanna nickte schüchtern. »Ja, das möchte ich.«

»Genau«, sagte Þyrí. »Und ihr habt die elenden Schweine gestern auf freien Fuß gesetzt?«

Katrín verschluckte sich bei diesem überraschenden Themawechsel an ihrem Wasser. »Äh, ja, wir waren dazu gezwungen.«

»Und du tappst weiterhin völlig im Dunkeln, wer unserer Erla das angetan hat?« Þyrís Stimme klang immer noch ruhig und balanciert wie vorher, ohne Erregung und ohne Vorwürfe. Trotzdem glaubte Katrín, nicht nur Schmerz, sondern auch unterschwellige Wut herauszuhören.

»Ich ... Ich möchte keine zu großen Hoffnungen bei dir wecken, aber wir sind ... Ja, wir sind in dem Fall einen großen Schritt vorangekommen«, sagte sie. »Morgen wird sich einiges klären. Es ist oft so ...« Sie unterbrach sich, begann von Neuem. »Morgen wird sich vieles klären«, wiederholte sie, die Entschlossenheit in ihrem Ton galt ihr selbst nicht weniger als Þyrí. »Ich lass dich sofort wissen, wenn was Handfestes dabei herauskommt.« Auf dem Weg von ihrem Zuhause zu Þyrí hatte sie intensiv darüber nachgedacht, ob und wie weit sie Þyrí über die neuesten Entwicklungen im Fall der Tochter informieren sollte, aber die Anwesenheit von Nanna, Flóki, Ýmir und Signý nahm ihr diese Entscheidung ab: Die Umstände erlaubten derzeit nichts anderes, als sich einstweilen über die Ermittlung auszuschweigen.

»Íris hat gesagt, dass Marteinn vielleicht auch nach Norwegen ziehen will«, sagte sie stattdessen, um das Gespräch wieder in weniger heikle Bahnen zu lenken. »Geht er mit nach Trondheim?«

»Wenn, dann geht er auch nach Trondheim, ja«, sagte Þyrí. »Ich hoffe natürlich darauf, weil dann die kleine Líf mitkommt, aber der Junge ist so ein Träumer, bei ihm weiß man nie, was Sache ist, bevor es Sache ist. Meine Erla war so verliebt in ihn. Man kann es verstehen, er ist ja ein attraktiver junger Mann. Und auch ein guter, glaube ich. Er hat ihr so geholfen, nachdem diese Widerlinge ihr das angetan haben. Anders als ich, ihre Mutter. Ich habe nicht zu ihr gestanden.«

»Sag das doch nicht, liebe Þyrí, du...«

»In meinem Haus sage ich, was ich will«, erklärte Þyrí, »auch wenn es bald unter den Hammer kommt. Erla hatte diesen Darri längst durchschaut, schon vor anderthalb Jahren, und sie hat ihm deswegen den Laufpass gegeben. Und was hab ich gemacht? Ich hab mich auf Binnis Seite geschlagen und gesagt, was für ein guter Junge Darri ist und was für einen Riesenfehler sie da macht. Und ich hab immer noch zu Binni gehalten, als Marteinn in ihr Leben gekommen war, und immer weiter und weiter, nachdem Darri... Nachdem sie...« Þyrí fingerte nach einer Zigarette, zündete sie mit zittrigen Fingern an und inhalierte tief. Katrín und Nanna schwiegen, unterdessen stapften Signý und die Jungs jeweils mit oder ohne Kartons durch den Flur.

»Und warum habe ich das getan?«, fuhr Þyrí nach einer halben Zigarette fort. »Weil ich blank und bis über beide Ohren verschuldet war, weil ich Angst hatte, das Haus zu verlieren, wenn ich niemanden an meiner Seite hätte. Angst um so einen Betonkasten, stell dir vor. Deswegen hab ich nicht zu meinem Mädchen gehalten, deswegen hab ich mich nicht getraut, Binni zu widersprechen, dieser Niete. Hast du schon mal so was Erbärmliches gehört. Aber meine Erla war stark. Und als sie schwanger wurde, nachdem sie sich damit abgefunden hatte, dass sie schwanger war, da schien es fast, als könnte sie sich wieder mit dem Leben aussöhnen. Da war sie wieder so wie früher, Katrín, hast du das nicht auch gefunden?«

Die Schwelle zur Verzweiflung war niedriger, als Katrín

gedacht hatte. »Doch, ja«, stimmte sie Þyrí zu, »das war auch mein Eindruck. Ganz bestimmt.«

Þyrí drückte die Zigarette aus, sah auf die Küchenuhr und stand auf. »Mädels, entschuldigt bitte mein Gejammere«, sagte sie. »Schluss damit. Es ist Zeit für die Kerze.« Sie sah Katrín bittend an. »Kommst du mit?«

Katrín begleitete sie alle zur Kirche, um eine neue Kerze in der Leuchte für ihre verstorbene Tochter anzuzünden. Auf dem Rückweg spaltete sich die kleine Gruppe; Þyrí, Flóki und Nanna gingen nach Hause, Ýmir und Signý folgten Katrín bis zu ihrem Wohnblock. Sie schwiegen die ganze Zeit, aber als sie im Eingang des Hauses standen, konnte Katrín nicht mehr an sich halten.

»Am Gründonnerstagabend, in der Nacht zum Karfreitag«, sagte sie und blickte von einem zum anderen, »wart ihr da bei dir oder bei ihr zu Hause?« Die beiden erröteten bis in die Haarwurzeln. »Es ist völlig in Ordnung«, versicherte Katrín, »ich verurteile hier niemanden, ich will niemanden verpetzen, ich muss es nur unbedingt wissen.«

»Zu Hause bei mir«, murmelte Signý. »Wir haben zu Hause bei mir übernachtet. Ich war ja allein zu Hause, verstehst du.«

»Aha. Und Haukur?«

»Was ist mit Haukur?«, fragte Ýmir.

»War er auch allein zu Hause?«

»Ja. Wieso fragst du?«

»Ja oder nein, ich hab nur allgemein darüber nachgedacht. Über Jugendliche und Kontrolle und – ja, ganz einfach darüber, was ihr Teenies so anstellt, während wir Erwachsenen behaupten, wir hätten Wichtigeres zu tun, als auf euch aufzupassen.«

Es kam ihr so vor, als würde Ýmir sie irgendwie misstrauisch anschauen, aber damit musste man sich abfinden.

»Gute Nacht, ihr beiden.«

* * *

»Dieses Mädel ist verdammt hart«, sagte Guðni, »knallhart. Aber auch ein richtig heißes Gerät.«

»Und außerdem nicht unintelligent«, entgegnete Stefán. »Sie und Þórður geben dir noch eine Chance bis Donnerstag, vorausgesetzt, dass nichts Außergewöhnliches passiert. Wie wär's mit einem Bier?« Er ging zum Kühlschrank und holte zwei Dosen, ohne eine Antwort abzuwarten. Öffnete sie und füllte zwei Gläser.

»Was denn?«, fragte Guðni. »Was soll denn jetzt noch Außergewöhnliches passieren?«

»Beispielsweise, dass du dich besinnst und ein Geständnis ablegst«, antwortete Stefán. »Das wär wirklich außergewöhnlich.« Er reichte Guðni das Bierglas. Sie stießen wortlos miteinander an und setzten sich an den Küchentisch.

»Ich wäre auf jeden Fall verdammt erstaunt«, sagte Guðni nach dem ersten Schluck und dem ersten Rülpsen. »Bis Donnerstag also?«

»Ja.«

»Wie zum Teufel hast du es geschafft, dass die mir nicht sofort den Strick um den Hals zugezogen haben?«

»Das war nicht besonders schwierig«, log Stefán. »Ich hab nur darum gebeten, dass die sich bis Donnerstagmittag auf alles andere und alle anderen konzentrieren, um dann anschließend mit mir zu reden. Und ich hab natürlich versprochen, dass du jederzeit zur Verfügung stehen würdest, falls sie sich in der Zwischenzeit mit dir unterhalten müssten.«

»Und bis dahin bist du also mein Babysitter?«

»Jawohl. Genau wie bisher. Und du schläfst heute Nacht wieder im Gästezimmer. Hast du deine Pillen geschluckt?«

»Verdammter Mist, nein, die Scheißdinger hab ich total vergessen. Musst du nicht auch was einnehmen?«

»Ja, muss ich.« Die beiden standen auf, um ihre Rationen zu holen und sich eine Pille nach der anderen in den Mund zu stopfen und sie mit Bier runterzuspülen.

»Stefán, weißt du – egal wie oft und wie lange ich mir den Dummschädel zerbreche, ich finde nur eine Erklärung für den Angriff auf meine Helena.«

»Lass hören«, sagte Stefán und holte zwei weitere Bierdosen aus dem Kühlschrank.

»Eigentlich dieselbe, die du mir gestern Abend unter die Nase gerieben hast. Dass es darum ging, mir eine Message zu schicken. Vielleicht sogar mich so zu provozieren, dass ich genau das gemacht habe, was ich gemacht habe. Das ist schon ungeheuer brutal, Mensch, dazu muss man ein ernsthafter Psychopath sein, um so was zu machen. Einer vollkommen unschuldigen Person beide Beine zu brechen, um einen anderen in die Pfanne zu hauen. Und um jemandem einen Billardqueue in den Hals zu stoßen, selbst wenn es ein wandelnder Scheißhaufen wie Lalli Fett ist. Dazu gehört einiges.«

»Ja«, stöhnte Stefán, »das ist nicht übertrieben. Und es wäre zweifellos gut, vor allem für dich und die deinen, wenn du irgendeine vernünftige Erklärung dafür hättest, wer da am Werk war. Ich jedenfalls habe keine.«

»Ich habe das so gesehen schon mal gesagt«, antwortete Guðni gedehnt, »nämlich dass da was abgeht, was unheimlich *spooky* ist…«

»Bei Þórður in der Droko, ich weiß«, sagte Stefán. »Ich habe aber eine vernünftige Theorie gemeint.«

»Du vertraust ihm also?«, fragte Guðni enttäuscht.

»Þórður?«

»Ja.«

»Ich hab keinen Grund zu etwas anderem.«

»Dann ist auch bei mir tabula rasa«, gab Guðni zu. »Aber das kriegen wir schon hin, das kriegen wir irgendwie gedeichselt. Wie du gesagt hast, Anna ist nicht blöd, im Gegensatz zu dem Idioten Þórður.«

Sie schlürften ihr Bier eine Weile schweigend.

»Sie nennt das Mädchen Lena«, sagte Guðni dann. »Ich meine, Dedda nennt Helena Lena. Lena, das klingt gut, findest du nicht?«

»Klingt gut«, bestätigte Stefán. »Richtiggehend gut. Aber es ist schon so eine Sache für sich mit den isländischen Kosenamen.«

»Inwiefern?«

»Ich meine so ganz allgemein. Meine Kinder beispielsweise haben alle kurze Namen bekommen, Hrefna, Bjarni und Oddur. Und keines von ihnen bekam einen Kosenamen verpasst. Aber aus mir wurde Stebbi, und aus meiner Ragnhildur Ragga. Manche nannten sie auch Hildur.«

»Prost auf Hildur«, sagte Guðni.

»Und auf Ragga«, sagte Stefán. »Prost auf meine Ragga.«

»Verdammt sentimental sind wir jetzt, Stebbi.«

»Ja. Sind wir.«

»Es gibt nichts Bescheuerteres als sentimentale alte Knacker«, brummte Guðni.

»Nichts«, stimmte Stefán zu. In den Garten, dachte er. Jetzt möchte ich in den Garten.

20

Mittwoch

Bio-Möhrengemüse hat eine hübsche Farbe und passt gut zu vielen anderen Farben, auch zu Hellgrau. Das genau war die Farbe von Árnis kurzärmeligem Hemd, das er an diesem Morgen trug.

»Das sieht man doch gar nicht bei der Sonne«, sagte Ásta, als sie das meiste von der Hemdbrust abgewischt hatte. Halt dich einfach ein bisschen mehr im Freien auf bei dem schönen Wetter. Wie steht es in Guðnis Fall?«

»Schlecht«, sagte Árni, zog das Hemd aus, trotz der Proteste von Ásta, die in dieser Woche Waschmaschinendienst hatte, und wählte stattdessen ein dunkelgraues, ebenfalls mit kurzen Ärmeln. »Ich kann das Hemd noch zu Hause anziehen, aber nicht bei der Arbeit.«

»Ihr glaubt doch wohl nicht im Ernst, dass er so etwas getan hat?«

»Wieso nicht?«, war Árnis Gegenfrage. »Er hat schon früher um sich geschlagen, und zwar ziemlich oft. Ich bin wahrhaftig nicht scharf darauf, so etwas von ihm zu glauben, und eigentlich tu ich's auch nicht. Aber ich kann trotzdem nicht...«

»Du bist ein Schafskopf, wie er im Buche steht«,

schnaubte Ásta. »Und ihr alle. Ich kann das nicht von ihm glauben.«

»Mensch, Ásta, das ist der Kerl, der dich Negertussi und unsere Kinder Briketts genannt hat.«

»Aber das war absolut nicht böse gemeint«, sagte Ásta. »Es sind einfach nur abgedroschene blöde Witze. Und nicht halb so schlimm wie das, was ich sonst über mich ergehen lassen muss. Gar nicht zu reden von den Schleimscheißern aus der Gutmenschen-Truppe, die immer so furchtbar bemüht sind, extra tolerant zu wirken. Um ›solche Leute‹ wie mich zu ertragen, braucht man ja riesig viel Toleranz, nicht wahr?«

»Wer hat dich denn jetzt schon wieder angemacht?«, fragte Árni, der nur selten einen Gefühlsausbruch zu hören bekam, ohne dass es dafür einen Anlass gab. »Etwa die Tussi vom Hausverein? Macht die alte Schachtel immer noch...«

»Nein, mich hat niemand angemacht«, antwortete Ásta. »Niemand außer dir.«

Jón fing an zu brüllen, und Ásta rannte zu seinem Bettchen. »Jetzt fahr zur Arbeit«, rief sie ihm über die Schulter zu, »und bring was zuwege. Und hilf Guðni, aus dem Schlamassel rauszukommen.«

»Ich werd's versuchen«, sagte Árni. Er hatte keine Lust, noch mal zu wiederholen, dass er an den Fall Guðni überhaupt nicht herankäme. »Bis später«, sagte er, gab Ásta einen Kuss, drückte einen auf Jóns Stirn und hob Una zum Abschied hoch in die Luft.

»Bye-bye«, sagte er, »bye-bye sagen zu Papa, Una.«

»Bäh«, spuckte Una.

»Scheiße«, sagte Árni. Er setzte seine Tochter wieder auf den Boden und erntete Ástas perlendes Gelächter. »Na denn«, stöhnte er und knöpfte das Hemd wieder auf. »Dann also bloß ein T-Shirt und ein Jackett.«

* * *

»Mensch, benimm dich doch nicht wie ein Wickelkind und sieh zu, dass du auf die Beine kommst«, sagte Katrín. »Signý ist deine beste Freundin, und sie hört nicht auf, das zu sein, nur weil sie ein bisschen sauer auf dich ist. Die kriegt sich schon wieder ein.«

»Sie ist nicht ein bisschen sauer auf mich«, fauchte Íris von unter dem Kopfkissen. »Sie ist total stinksauer auf mich, und du bist daran schuld.«

»Was für ein entsetzliches Drama. Sag ihr doch einfach, ich hätte dich gezwungen, mir das zu verraten. Ich hab wirklich keine Lust, mir wegen gar nichts so ein Gejaule anzuhören. Und ich hab auch keine Zeit, dich weiter zu päppeln. Wenn du wegen diesem Quatsch das Training schwänzen willst, dann musst du das mit deinem Gewissen ausmachen und nicht mit meinem, ich bin weg. Bis später.«

Teenager, dachte sie, während sie die Tür zur Garage öffnete. Wenn der Wind mal von vorn bläst, steht gleich das Weltende bevor. Katrín holte das Fahrrad heraus und schloss die Tür wieder. Wegen Íris und der Freundschaft zu Signý machte sie sich keine Gedanken, aber sie war etwas besorgt, dass durch sie vielleicht die Freundschaft zwischen Haukur und Ýmir einen Knacks bekommen hatte. Eine kleine hässliche Idee war keine Entschuldigung für ihr vorschnelles Handeln gestern Abend. Misstrauen war ein schnell aufkeimendes Phänomen, das nur schwer auszurotten war, wenn es einmal Wurzeln geschlagen hatte. Katrín sah jetzt, dass sie die Sache anders hätte anpacken müssen, sie hätte zuerst mit Haukur sprechen sollen.

Sie fuhr einen kleinen Umweg und klingelte bei dem Haus von Haukurs Eltern. Er war Einzelkind. Es war eines von den größeren Doppelhäusern unten an der Straße und lag genau auf halber Strecke zwischen ihrer Wohnung und Þyrís Haus. Die plattenbelegte Auffahrt zur Garage sah ordentlicher aus als Katríns Küchenfußboden, und die weiß gestrichenen Blumenkübel quollen über von Sommerblumen in allen Farben des Regenbogens. Katrín wartete und klingelte noch einmal, aber niemand kam zur Tür. Sie glaubte, ein leichtes Scharren und Schritte im Haus zu hören, war sich jedoch nicht sicher. Schließlich gab sie auf und radelte zur Arbeit.

Haukur war am Gründonnerstagabend allein zu Hause gewesen, aber was war mit dem restlichen Osterwochenende? An dem Abend, als Erla vergewaltigt worden war, hatte Haukur sich auf dem Austurvöllur aufgehalten. Genau wie sie selbst, genau wie Ýmir und Flóki. Die Brüder waren mit ihr nach Hause gegangen, und wenn sie sich richtig erinnerte, hatte Flóki gesagt, dass Haukur schon von seinem Vater abgeholt worden war. Stimmte das? Hatte der Direktor Björn Hauksson seinen Sohn an dem Abend abgeholt, oder hatte der Junge seinen Freunden etwas vorgelogen?

Katrín wusste, dass diese Vorstellung ebenso weit hergeholt wie unangenehm war. Sie wusste aber auch, dass sie keine Ruhe finden würde, bevor sie nicht herausgefunden hatte, ob etwas daran war oder nicht.

Sie bog auf den Rauðarárstígur ein, missachtete die 30-km-Geschwindigkeitsbegrenzung fast auf der ganzen Strecke zum Hlemmur, zwang sich aber zu vorbildlichem Verhalten, indem sie vor der roten Ampel hielt. Auf den letzten Metern entdeckte sie ein bekanntes Auto auf dem Parkplatz rechts vom Hauptdezernat. Sie hielt bei der Fahrertür und warf einen Blick in den schwarzen BMW. Vignir schreckte hoch, als sie vorsichtig an die Scheibe klopfte, und die Alarmanlage begann zu heulen.

※ ※ ※

Diesmal zauderte Árni nicht, schadenfroh auf die Porträts der politischen Größen der Nation zu treten, die sich auf der Treppe befanden. Er marschierte schnurstracks nach unten, wo Páll seinen Messern den letzten Schliff verpasste, sie ausstellte und verkaufte.

»Tag«, sagte Árni, erstaunlich aufgekratzt für diese Tageszeit. »Hast du etwas gefunden, was wichtig für uns sein könnte?«

»Weiß ich nicht«, entgegnete Páll. »Ich hab Verschiedenes gefunden, aber ob es für euch wichtig sein könnte, musst du mir sagen.« Er reichte Árni eine Plastiktüte mit Quittungen, Ausdrucken, Durchschlägen von Rechnungen und eine CD. »Soweit ich zählen kann, habe ich siebenunddreißig Messer verkauft, die dem ähneln, das ihr sucht. Zweiundzwanzig von denen sind sozusagen in der engeren Auswahl. Auf der CD sind Fotos von denen.«

»In Ordnung. Was ist mit den Kunden?«

»Das ist allerdings schwieriger, aber ich hab hier alles, was ich finden konnte. Ich weiß so ungefähr, wann ich diese Messer verkauft habe, ich erinnere mich auch an den Preis. Die meisten Namen sind die von Leuten, die zur vergleichbaren Zeit vergleichbare Messer gekauft haben. Und wahrscheinlich fehlen einige, die genau so ein Messer gekauft haben, aber ich hab zumindest etwas für euch zusammengesucht.«

Árni überflog diese Unterlagen schnell, sah aber keine Namen, die ihm sofort ins Auge stachen. Eine herbe Enttäuschung. Er schob alles wieder in den Umschlag. »Danke«, sagte er. »Du rufst mich vielleicht an, wenn dir noch mehr

Namen einfallen sollten? Und ich darf mich vielleicht auch wieder bei dir melden?«

»In Ordnung«, sagte Páll. »Du brauchst nicht zufällig ein Messer?«

Árni zögerte. Obwohl er weit davon entfernt war, ein vergleichbares Faible für Messer zu haben wie manche seiner Kollegen, gab es bei Páll einige verlockende Objekte. Besonders eines gefiel ihm, das Páll ihm tags zuvor gezeigt hatte. Die Klinge war aus Damaszenerstahl, und der Schaft bestand aus isländischer Birke, Rentierhorn und Walzahn.

»Nicht jetzt«, sagte er. »Und nochmals vielen Dank.« Er ging wieder nach oben, und auf der Straße holte er sich eine Zigarette aus der Tasche. Nächstes Jahr, dachte er, nächstes Jahr werde ich vierzig. Vielleicht setzt man so ein Teil auf die Wunschliste.

* * *

Ein halb abgebrochener Vorderzahn, eine geplatzte und geschwollene Lippe und geronnenes Blut in beiden Mundwinkeln verliehen an diesem Morgen dem bleichen Gesicht des Architekten Vignir Benediktsson ein etwas spezielles Aussehen. Katrín führte ihn in einen Vernehmungsraum und machte sich auf den Weg, um Wasser, Schmerztabletten und ein feuchtes Tuch für ihn zu holen.

»Bist du schon beim Arzt gewesen?«, fragte sie und setzte sich hinter den Tisch. Vignir versuchte, den Kopf zu schütteln, gab es aber sofort mit einer Schmerzgrimasse wieder auf.

»Nein. Ich hab aber gleich nach dem Mittagessen einen Termin bei meinem Zahnarzt.«

Katrín öffnete eine Schublade und entnahm ihr eine kleine Digitalkamera. Vignir wehrte ab.

»Wenn du Anzeige erstatten willst, brauche ich dieses Foto«, sagte Katrín. »Und außerdem musst du auch zur Ambulanz, um dir die Verletzungen ärztlich bescheinigen zu lassen.«

»Ich will keine Anzeige erstatten«, murmelte Vignir. »Das bringt doch nichts. Genauso gut könnte ich dich anzeigen. Du bist daran schuld.«

»Das ist Blödsinn, und das weißt du – sonst wärst du ja nicht hier. Aber lass hören, weswegen bist du denn gekommen, wenn du keine Anzeige erstatten willst?« Sie legte die Kamera wieder in die Schublade. »Ich gehe davon aus, dass es unser lieber Freund Darri gewesen ist, der dich so aufgehübscht hat?«

Vignir zögerte. Katrín hob die Hände in Abwehrposition. »Hier wird nichts aufgenommen, gar nichts. In Ordnung? Wenn das, was du mir sagen willst, zwischen uns bleiben soll, dann bleibt es zwischen uns«, log sie, ohne mit der Wimper zu zucken.

Vignir schien sich bei diesem Versprechen ins Blaue hinein zu beruhigen. »Ja«, sagte er, »es war Darri. Ich bin – nachdem ich am Montag mit dir geredet hatte, also da bin ich nach Hause zu meinen Eltern gefahren. Um über alles nachzudenken. Erst gestern Abend bin ich wieder zum Herrensitz gefahren, um mit den Jungs zu sprechen, aber ... in der Zwischenzeit hast sie du ja besucht. Und das ist das Ergebnis«, sagte er und deutete auf seine ramponierte Schnauze.

»Herrensitz?«, fragte Katrín. Röte breitete sich auf ihrem weißen Gesicht aus.

»Ja – so haben wir die Villa genannt. Es sollte einfach ein Scherz sein.«

»Aber wieso Herrensitz?«, fragte Katrín im Unschuldston.

»Ach, es war bloß ein Joke, das hab ich doch gesagt. Spielt

auch gar keine Rolle. Als ich ankam, lagen alle meine Sachen draußen auf der Straße. Als ich ins Haus wollte, wurde mir dieser Empfang bereitet. Ich hab das Haus entworfen, wusstest du das?«

»Nein«, gab Katrín zu. »Das wusste ich nicht.«

»Ich hab's entworfen und ich hab darin gewohnt, aber gehören tut mir nichts. Gar nichts. Und die haben mich einfach rausgeschmissen. Ich hab dann das meiste von dem Krempel, der da auf der Straße lag, ins Auto gepackt und bin wieder zu meinen Eltern gefahren. Und mich dann entschlossen, zu dir zu kommen. Auch wenn ich nicht formell Anzeige gegen Darri erstatten will, möchte ich doch, dass das, was ich dir neulich gesagt habe, offiziell zu Protokoll genommen wird.«

»Obwohl ich dich so schäbig behandelt habe, und obwohl Darri hier so viele Freunde hat?«, fragte Katrín mit höhnischem Unterton, bereute es aber sofort. »Entschuldige, ich ...«

»Keine Ursache«, antwortete Vignir. »Und ja, obwohl er so viele Freunde hier bei euch hat. Und weil du bestimmt nicht zu denen gehörst. Meinetwegen kann er das gerne erfahren. Der wird sowieso sofort schnallen, wer dir von dem erzählt hat, was ich dir jetzt sagen werde. Denn da ist noch mehr, verstehst du.« Er nippte an seinem Wasserglas und befeuchtete die geschwollene Lippe. »Etwas, was ich dir am Montag nicht gesagt habe.«

Katrín beugte sich vor und konnte ihre Erregung nicht verhehlen. »Meinst du damit die Vergewaltung?«

»Nein«, sagte Vignir und beugte sich ebenfalls über den Schreibtisch. »Ich meine den Mord. Oder zumindest etwas, was ich gesehen habe, etwas, was passierte, kurz nachdem wir Erla an der Tankstelle rausgesetzt hatten.«

Vignirs Stimme war nur noch ein Flüstern. Katrín richtete sich auf und räusperte sich.

* * *

»Daran kann ich mich erinnern«, sagte Árni. »War das nicht am Karfreitag?«

»Ja«, sagte Katrín. »Oder genauer gesagt in der Nacht zum Karsamstag. Sieben Fahrzeuge sind da praktisch total ausgebrannt, und einige andere wurden schwer beschädigt. Bis jetzt ist man immer noch nicht auf eine Spur gestoßen. Niemandem ist eingefallen, das mit irgendwelchen anderen Dingen in Verbindung zu setzen.«

Der Kaffee war so schlecht wie gewöhnlich und zudem nur lauwarm. »Warum trinkt man das Zeug eigentlich?«, fragte Katrín gereizt.

»Aus Masochismus«, entgegnete Árni und genehmigte sich einen Schluck von der Plörre. »Also los, gehen wir das noch mal durch. Sie setzen Erla bei der Tanke aus dem Auto, und Vignir behauptet, dass er gesehen hat, wie sie in Richtung Hvassaleiti ging. Aber in dem Moment, als sie von der Tankstelle wegfuhren, dann – wie war das?«

»In dem Augenblick, als Darri auf die Miklabraut einbog«, sagte Katrín, »hat Vignir Darris Vater beobachtet. Der Herr Abgeordnete Ingólfur Halldórsson stieg aus seinem Auto, das irgendwo in einer Ecke des Parkbereichs stand. Und dort hat er Erla angeredet – zumindest hat sie sich ihm zugewendet und er sich ihr. Mehr hat Vignir nicht gesehen, denn die Jungs sind dann zu der großen Shell-Tankstelle an der Ausfallstraße gefahren, und was das betrifft, gibt es sowohl Zeugen als auch Videos von Sicherheitskameras. Und dann weiter zu ihrem ›Herrensitz‹, wo sie bis Ostermontag fröhlich gefeiert haben.«

»Den Freispruch.«

»Ja, den Freispruch, obwohl sie das auch schon am Wochenende davor getan hatten. Das nur nebenbei. Die Hauptsache ist, dass Vignir angeblich gesehen hat, wie Ingólfur aus seinem Auto gestiegen ist und Erla angesprochen hat. Und das ist das Letzte, was wir von Erla wissen, bevor sie verschwand. Ingólfur hat es aber mit keinem Wort uns gegenüber erwähnt.«

»Und dann brennt genau dieses Auto zusammen mit einigen anderen Wagen in einem nicht gelösten Fall von Brandstiftung einen Tag später auf einem Parkplatz in Keflavík aus?«

»Ja. Ich warte noch auf die engültige Bestätigung, aber soweit ich weiß, hat eines von ihnen Ingólfur gehört.«

»Ja, so stand das in den Zeitungen, aber danach kam nichts mehr. Und wie du sagst, man hat nie über irgendwelche Verbindungen nachgedacht.«

»Nein. Und ehrlich gesagt habe ich so meine Zweifel, ob man das machen sollte. Vignir ist nämlich im Augenblick ziemlich neben der Spur. Deswegen möchte ich nur mit sehr viel Weile eilen. Ich weiß ja nicht, ob das jetzt nicht einfach ein Rachefeldzug gegen die ehemaligen Freunde ist. Oder möglicherweise gegen mich. Oder beides. Aber was ist bei deinem Messerschmied herausgekommen? Wahrscheinlich nicht, dass Ingólfur Halldórsson ein Messer bei ihm gekauft hat.«

Árni schüttelte den Kopf. »Ingólfur steht zumindest nicht auf seiner Liste. Auch wenn die vielleicht unvollständig ist, habe ich trotzdem das Gefühl, dass dieser Mann sich daran erinnern würde, wenn einer wie Ingólfur Halldórsson ein Messer bei ihm gekauft hätte.«

»Einer wie Ingólfur Halldórsson?«

»Abgeordneter der konservativen Partei.«

»Ach so. Er ist also ein richtig schwarzer Zeitgenosse.«

»Nein«, entgegnete Árni grinsend, »das nun ganz bestimmt nicht.« Er nahm vor dem Schreibtisch Platz und reichte Katrín die Mappe von Messerschmied Páll. »Das hat er mir überlassen. Ich kenne keinen einzigen Namen auf der Liste, aber das hat wohl nichts zu besagen. Du weißt sehr viel besser, mit welchen Leuten Erla Umgang hatte. Vielleicht bimmelt ja bei dir eine Glocke.«

Katrín brauchte nicht lange und aufmerksam zu blättern, bevor die Glocke bimmelte. Sie sank auf ihren Stuhl nieder und befahl Árni, diesen Páll anzurufen. Sie selbst ging ins Internet. Zeigte Árni die Kopie einer Quittung und wies auf den Bildschirm.

»Sag Páll, er soll auf die Website von steinlax punkt is gehen«, sagte sie, als Árni den Messerschmied erreicht hatte. »Er soll ›Über uns‹ anklicken. Frag ihn, ob er den Typen erkennt.«

* * *

»Du kannst bei mir wohnen, bis du wieder auf dem Damm bist«, sagte Guðni. »Keine Treppen, keine Umstände. Du bekommst dein altes Zimmer, sobald meine lieben Kollegen es ausreichend bewundert haben. Vielleicht sogar die ganze Wohnung«, grinste er. »Denn wer weiß, ob ich nicht ein bisschen Urlaub auf Staatskosten machen muss.«

»Red doch nicht so«, sagte Helena, »das ist nicht witzig.«

»Nein«, gab Guðni zu. »Aber es ist eben auch nicht ausgeschlossen, vielleicht sogar eher wahrscheinlich. Jedenfalls für kurze Zeit, während diese Intelligenzbestien herausfinden, wer mich so bösartig geleimt hat.«

»Mama sagt, dass ich... Dass die über mich hergefallen

sind, damit du ihnen ins Messer läufst. Dass alles nur deine Schuld ist. Ich hab ihr gesagt ...«

»Es stimmt leider haargenau, was deine Alte sagt«, entgegnete Guðni, kleinlauter, als seine Tochter ihn je zuvor erlebt hatte. »Wahrscheinlich geht die ganze verdammte Scheiße auf mein Konto. *Sorry*. Ich finde das ... Ich finde es schrecklich. Hätte ich gewusst, dass so etwas passieren könnte ...« Er geriet ins Stocken. »Es tut mir wirklich leid. Ich muss jetzt los, ruf mich an, wenn was ist, okay?«

»Okay«, sagte Helena.

»Und denk ernsthaft darüber nach, bei mir zu wohnen, bis du wieder auf den Beinen bist. Deine Bude im zweiten Stock ist nicht unbedingt rollstuhlbehindertengerecht.«

»Nicht unbedingt«, gab Helena zu. »Mama wohnt da gerade, solange sie in der Stadt ist. Sie will dir das ganze Geld zurückzahlen, das ich ihr geliehen habe. Das ich mir bei dir geliehen habe.«

»Das hat keine Eile«, sagte Guðni. »Sag ihr bloß, dass sie sich deswegen keinen Stress machen soll, ich hab genug von dem Scheißgeld.«

»Entschuldige, dass ich dir nicht gesagt habe, wozu ich das Geld brauchte. Ich hatte einfach Schiss, weil du immer so über die dämlichen Idioten hergezogen bist, die solche Devisendarlehen aufgenommen haben.«

»Vergiss es«, sagte Guðni. »Mach's gut Kleine, wir sehen uns.« Er beeilte sich hinaus auf den Korridor, bevor die Tränen über die Säcke unter seinen Augen liefen. Es war eine Sache, im Alter so verdammt mürbe zu werden, eine andere Sache aber, es zu zeigen. Es gab doch Grenzen.

※ ※ ※

»Wir haben auch schon mal an so was Ähnliches gedacht«, sagte Árni, als Katrín in die Kársnesbraut in Kópavogur einbog. »Wir waren zu viert und hatten nach dem Abitur vor, uns zusammen ein großes Einfamilienhaus in der Stadtmitte zu mieten, wollten da jedes Wochenende Halligalli machen. Aber dann ging einer nach Dänemark, um dort zu studieren, der zweite schaffte sich eine Freundin an und zog ins Studentenwohnheim, und der dritte packte das Abitur nicht. Er hatte ein kleines Boot, mit dem er Fischfang betrieben hat, und lebt jetzt an der Algarve von dem total absurden Millionenbetrag, mit dem man ihm vor ein paar Jahren seinen kleinen Quotenanteil abgekauft hat. Er ist genauso alt wie ich, braucht aber nie wieder zu arbeiten. Ich hab damals eine winzige Kellerbude am Hagamelur gemietet. Die Dusche war auf dem Flur, ich musste sie mit fünf anderen teilen, und keiner von denen war besonders nett oder interessant. Also der Plan mit dem Number-one-party-place wurde nie Wirklichkeit. Leider.«

»Leider?«

»Ja«, stöhnte Árni.

»Man könnte meinen, du beneidest diese aufgeblasenen Macker«, sagte Katrín.

»Blödsinn«, sagte Árni beleidigt. »Die beneide ich nicht die Bohne. Jetzt doch nicht mehr. Nicht diese Lackaffen. Dschises, das erinnert einen an Hugh Hefner und *The Playboy Mansion*. Herrensitz! Wer von denen spielt Hef?«

»Vermutlich kommen die sich alle so wie Hef vor.«

Árni seufzte immer noch, und Katrín konnte sich ein Lächeln nicht verkneifen. Ein kleines, das er nicht wahrnehmen würde. »Aber die Sache, der wir jetzt nachgehen«, fuhr er nach kurzem Schweigen fort, »die mit Brynjólfur und dem Messer?«

»Ja?«

»Wie – wie... Er war doch am Gründonnerstag in Akureyri? Hat im Hotel Kea zu Abend gegessen, war mit ein paar Kunden in der Bar verabredet, übernachtete in dem Hotel...«

»Jawohl«, sagte Katrín. »Er kam erst Karfreitagabend wieder zurück nach Reykjavík. Das steht sozusagen so fest, als wär's in Stein gemeißelt.«

»Also dann?«

»Also dann werden wir ihn jetzt mal löchern«, sagte Katrín. »Wir sind da.« Sie bog nach links ein und hielt vor einem großen geschlossenen Tor für die Lieferwagen. Daneben gab es eine normale Tür, über der sich ein kleines weißes Schild befand, auf dem nur ein Wort in blauen großen Buchstaben stand: *Steinlax*. Sie gingen hinein.

Der blau gesprenkelte Boden war auf Hochglanz lackiert, Maschinen, Geräte, Arbeitsplätze und Regale waren aus rostfreiem Stahl, und überall strömte Wasser, war Árnis erster Eindruck. Und überall war rosa Lachs, Lachs, Lachs und wieder Lachs.

Sechs Frauen mit blauen Schürzen und dazu passenden Haarhauben blickten neugierig hoch, als Katrín und Árni eintraten. Als Brynjólfur in der Halle erschien, ebenfalls mit Schürze und Haube bekleidet, konzentrierten sie sich wieder auf ihre Arbeit.

»Guten Tag«, sagte Brynjólfur. »Was kann ich für euch tun?« Sein Gesicht wirkte bleich und grau unterhalb der blauen Haube. Er hatte stark abgenommen, seit Katrín ihn das letzte Mal gesehen hatte.

»Könnten wir vielleicht...?« Katrín deutete in Richtung des Büros. Brynjólfur nickte, und sie folgten ihm.

»Möchtet ihr einen Kaffee?«, fragte er, nachdem er den Geräuschpegel aus der Halle ausgeschlossen hatte. Er setzte sich auf den blau gepolsterten Chefsessel, der aber nicht viel hermachte. Katrín nahm ihm gegenüber auf einem vinylgepolsterten Stuhl Platz.

»Nein, danke«, sagte Árni und lehnte sich an die Tür. Verschränkte die Arme vor der Brust und beobachtete Brynjólfur. Der machte einen etwas flatterigen Eindruck, und das war gut. Katrín legte eine Kopie der Quittung des Messerschmieds und ein Foto des Messers, von dem Páll überzeugt war, dass Brynjólfur es vor knapp zwei Jahren bei ihm gekauft hatte, auf den Schreibtisch.

»Dieses Messer, wo befindet es sich?«, fragte Katrín.

Brynjólfur nahm das Foto so vorsichtig zur Hand, als wäre es zerbrechlich, und sah es sich genau an. Er räusperte sich einige Male. Unruhig, dachte Katrín. »Tja, ich weiß nicht so recht«, sagte er, »ich weiß nicht so recht, ob ich über dieses Messer, äh, ja, ob ich etwas über dieses Messer weiß.«

»Du hast es gekauft«, sagte Katrín ohne Umschweife. »Und zwar im Juli 2008, auf der Quittung steht die Firmenkennziffer von Steinlax, du hast es mit der Kontokarte der Firma bezahlt. Brynjólfur, es geht hier um ein Messer, das man nicht so schnell wieder vergisst. Vor allem nicht ein Sportangler wie du. Deswegen frage ich noch einmal: Wo ist dieses Messer jetzt?«

»Es – es ist zu Hause, zu Hause bei meinem alten Vater, wahrscheinlich irgendwo in irgendeinem Karton. Ich muss mir noch, ach du weißt, ich muss mir eine neue Bleibe suchen, nachdem Þyrí ... Also, das Messer liegt dort, in irgendeinem der Kartons, die ich zu meinem Vater gebracht habe.«

»In Ordnung«, sagte Katrín. »Und wo wohnt dein alter Vater?«

Brynjólfurs Vater Gunnar wohnte in Kópavogur auf dem Nýbýlavegur, und seine Garage war tatsächlich voll von Kartons. Brynjólfur hatte sich mit Katríns und Árnis Hilfe etwa durch die Hälfte hindurchgewühlt, als er kapitulierte.

»Ich – also ich habe vielleicht nicht ganz die Wahrheit gesagt.«

»Ach ja?«

»Nein. Ich hab das Messer als Geburtstagsgeschenk gekauft. Für einen guten Freund.«

»Und hat er auch einen Namen, dieser dein Freund?«

»Es war ein Geschenk zum sechzigsten Geburtstag«, murmelte Brynjólfur und starrte zu Boden. »Für Ingólfur Halldórsson, den Vater von Darri.«

* * *

Guðni strich seinem Mercedes ein paarmal liebevoll über den Kotflügel.

»Neunzigtausend Mäuse«, sagte er zu Stefán und verzog das Gesicht. »Das ist verdammt viel für eine verdammte kleine Reparatur am Auspuff. Und trotzdem will der Kerl mir weismachen, dass es ein Superdeal für mich war.«

»So ist es eben, wenn Leute mit Limousinen glauben, auch off road fahren zu können«, entgegnete Stefán weise. »Katrín rief vorhin an, als du die Rechnung beglichen hast. Wir müssen schnell zurück ins Dezernat, sie will mich was fragen. Sie meint, es sei ebenso dringend wie wichtig. Sollten wir nicht auf dem Weg dorthin deinen Wagen zu mir in den Nökkvavogur bringen?«

»Okay«, sagte Guðni und setzte sich ans Steuer. »Wir treffen uns dort.«

Stefán ließ den Toyota Prius an und fuhr auf dem kürzesten Weg in den Nökkvavogur. Dort wartete er fünf Minuten, bevor Ungeduld und Misstrauen überhandnahmen, und griff nach seinem Handy. »Wo bist du?«, fragte er.

»Relax«, antwortete Guðni. »Ich fahre nicht weit.«

»Guðni, darum geht es nicht. Du weißt genau, dass du im Augenblick von einem riesigen Superdeal profitierst, was mich, Anna und Þórður betrifft, den könntest du niemals bei diesem Auspuffmenschen kriegen. Dieser Deal gilt aber nur so lange, wie ich dich in Sicht- und Hörweite habe. Also komm jetzt gefälligst sofort. Im Ernst, Guðni, denn sonst muss ich die Uniformierten bitten, Ausschau nach dir zu halten. Und dann erfahren Anna und Þórður, dass du weg bist, und dann ...«

»Mach dir keinen Stress, Stefán. Red lieber mit Katrín und tu, was sie von dir möchte, was immer es ist. Ich muss hier nur noch etwas mit einem kleinen Arschloch besprechen, das mir auf dem Herzen liegt. *Don't worry, be happy.*« Er beendete das Gespräch und hatte sein Handy bereits abgeschaltet, als Stefán versuchte zurückzurufen.

* * *

Nach viel Tamtam und dringenden Besprechungen auf oberster Ebene erhielt Katrín endlich grünes Licht für einen bestimmten und äußerst höflichen Vorstoß gegen den Abgeordneten und Staranwalt Ingólfur Halldórsson. Sie selbst hätte am liebsten gleich scharfes Geschütz aufgefahren, ihm den Status eines Verdächtigen gegeben und einen Hausdurchsuchungsbefehl erwirkt und wäre bei der Vernehmung so kompromisslos vorgegangen, wie es seine parlamentarische Immunität erlaubte. Bevor sie aufgehoben werden würde. Selbst Stefáns Unterstützung reichte aber nicht aus, um diese Forderungen durchzusetzen. Diese Stütze der Gesellschaft musste mit Samthandschuhen angefasst werden, und man hatte in jeder Hinsicht äußerst vorsichtig vorzugehen.

Mit Verweis auf Katríns frühere Kontaktaufnahme zu Ingólfur Halldórsson wurde sogar versucht, sie bei diesem Samthandschuhvorgehen ganz auszuschließen, aber da protestierte Stefán vehement. Die Kollegen gaben nur unter der Bedingung nach, dass Stefán selbst bei den Vernehmungen anwesend sein würde. Es war schon nach sechs, als Ingólfurs Frau sie in das Haus am Aratún einließ. Katrín erinnerte sich, dass sie Guðrún hieß, eine hübsche, dunkelhaarige und zierliche Person. Fünf Jahre jünger als ihr Gatte und in jeder Hinsicht sehr viel kleiner. So sah also die Mutter von Darri aus, dachte Katrín. Sie hatte sie bislang nur auf einigen Fotos gesehen, denn Guðrún war nicht in demselben Maße am Licht der Öffentlichkeit interessiert wie ihr Mann und ihr Sohn.

»Kommt herein«, sagte die Abgeordnetengattin. Katrín glaubte zu wissen, dass sie Lehrerin war. »Wir haben euch erwartet.« Katrín lehnte Kaffee ab, Stefán akzeptierte eine Tasse. Ingólfur ließ sie in seinem Arbeitszimmer Platz nehmen, und Guðrún zog sich zurück, nachdem sie sich vergewissert hatte, dass Katrín keinerlei Erfrischung wollte.

»Also schön, um was geht es eigentlich?«, fragte Ingólfur und richtete seine Worte an Stefán.

Stefán sah Katrín an, und sie zog das Foto des Messers hervor. »Brynjólfur Gunnarsson hat dir dieses Messer zum sechzigsten Geburtstag geschenkt«, sagte sie. »Es wäre sehr freundlich von dir, wenn du es uns zeigen würdest.«

Der Abgeordnete nahm das Foto entgegen und betrachtete es. »Hm«, brummte er. Er knipste seine Schreibtischlampe an und holte ein Vergrößerungsglas aus der Schublade, mit dem er ganz genau hinsah. »Nein«, sagte er dann, »das stimmt nicht.« Er stand auf, ging zu einem Glasschrank an der Fensterseite und kam mit einem Messer zurück, das er aus der Lederscheide zog und vor ihnen auf den Schreibtisch legte. »Sie ähneln sich«, sagte er, »sogar sehr. Beide stammen eindeutig von Páll, und die Klingen aus Damaszenerstahl sind beinahe identisch, aber seht ihr das Ende des Schafts?« Er deutete auf einen dunklen Ring unten am Schaft. »Bei mir ist er dunkel, das Material stammt von einem Pferdehuf, aber auf dem Foto von Páll ist er hell, fast weiß.«

»Darf ich?«, fragte Katrín. Sie musste sich anstrengen, um die Enttäuschung zu kaschieren, die Besitz von ihr ergriff.

»Bitte sehr« sagte Ingólfur frostig, »sieh es dir nur so genau an wie möglich. Kann ich sonst noch etwas für euch tun?«

Katrín streckte ihre Hand nach dem Vergößerungsglas aus. Die Spitze an dieser schön gemusterten Klinge war heil und glänzte blau. Sie schob das Messer wieder in seine Scheide.

»Am Gründonnerstagabend«, sagte sie ruhig, »wo warst du da? Zwischen neun und – was wollen wir sagen?« Sie sah Stefán an, der nur die Achseln zuckte. »Also sagen wir einfach zwischen neun und Mitternacht, wo warst du da?«

»Aha«, sagte Ingólfur und lächelte verhalten. »Ich ahne, worauf es hinauslaufen soll. Und ich gebe zu, dass ich an dem Abend die leider verstorbene Erla getroffen habe. Das ist es doch wohl, was du von mir hören möchtest, nicht wahr?« Wie immer, wenn er es für angebracht hielt, ließ Stefán sich nicht das Geringste anmerken. Katrín gestattete sich die Hoffnung, es schon genauso weit in der Kunst der unerschütterlichen Mienen gebracht zu haben.

»Ach ja?«, sagte sie, ohne dass ihrer Stimme ein Zittern anzuhören war. »Was du nicht sagst. Du hast es nie früher erwähnt, obwohl seinerzeit darum gebeten wurde, dass sich eventuelle Zeugen melden sollten.«

»Nein«, gab Ingólfur zu. »Das – das war ein Fehler meinerseits, ich bitte um Entschuldigung. Ich hätte mich natürlich sofort melden sollen, als man sie gefunden hatte, aber ich habe erst Tage später davon erfahren, weil ich ins Ausland geflogen war und erst am Wochenende nach Ostern wieder zurückgekommen bin. Und dann, ja, dann war daraus ein so überdimensionaler Fall geworden, dass ich mich ehrlich gesagt nicht getraut habe, mich zu melden. Ich wollte das Aufsehen vermeiden, das unweigerlich damit verbunden gewesen wäre.« Er zuckte die hängenden Schultern und lächelte schwach. »Nicht sehr souverän, das gebe ich gerne zu. Aber man ist eben auch nur ein Mensch.«

»Worum ging es da zwischen euch?«, fragte Katrín, immer noch vollkommen ruhig und gelassen. Stefán wirkte auf sie wie das beste Valium.

»Zwischen mir und Erla Líf?«

»Ja. Zwischen dir und Erla Líf.«

»Nun ja, eigentlich um nichts Besonderes«, sagte Ingólfur und setzte eine Miene auf, die den Eindruck erwecken sollte, als denke er nach. »Ich hatte gerade getankt und parkte neben der Tankstelle, um zu telefonieren, es war ein sehr langes Gespräch. Und dann sah ich auf einmal Darri, oder besser seinen Wagen, und bin ausgestiegen. Ich wollte einfach nur kurz mit meinem Jungen sprechen, aber ich war zu spät dran, er war schon wieder losgefahren. Und dann habe ich Erla entdeckt und habe sie selbstverständlich begrüßt und gefragt, wie es ihr ginge. Ich war etwas erstaunt, dass sie aus Darris Auto gestiegen war, und habe sie gefragt, ob sie sich wieder versöhnt hätten. Sie war ja offensichtlich von ihm mitgenommen worden. Irgendwas in der Art habe ich gesagt, soweit ich mich erinnern kann.«

»Und was hat Erla Líf geantwortet?«, fragte Katrín.

»Irgendwas Ironisches, fürchte ich.« Ingólfur klang so, als täte es ihm aufrichtig leid. »Sie hat mir rundheraus gesagt, sie würde sich niemals mit jemandem versöhnen können, der sie vergewaltigt hätte, und irgendwelche Phrasen dieser Art. Deshalb nahm das Gespräch auch schnell ein Ende. Sie ging ihrer Wege und ich meiner. Danach habe ich sie nicht mehr gesehen, und das war alles. Vielleicht versteht ihr jetzt, warum ich mich nicht in diesen Fall hineinziehen lassen wollte, als ich endlich erfuhr, was Sache war. Ein vorbildliches Verhalten war es aber gewiss nicht.«

»Du warst im Ausland, hast du gesagt?«

»Ja. Meine Frau und ich haben uns einen Kurzurlaub in London gegönnt. Wir haben vor dem Abflug zu diesen unchristlichen Zeiten in einem Hotel nahe beim Flughafen übernachtet. Wir sind am Karfreitagmorgen in aller Herrgottsfrühe von Keflavík abgeflogen und erst am Freitag nach Ostern zurückgekommen.«

»Und musstet ihr dann auf dem Rückweg den Zubringerbus benutzen?«, fragte Katrín frostig.

»Den Bus? Ach, du meinst wegen meines Autos. Ja, schlimm, wenn einem so was passiert, aber wir wurden abgeholt.«

»Der Wagen war doch bestimmt kaskoversichert? Es handelte sich nicht gerade um eine Schrottkiste, sondern um einen Cadillac Escalade, oder war das nicht euer Auto?«

»Selbstverständlich war der Wagen versichert«, erklärte Ingólfur. »Was denn sonst.«

»Weshalb hast du den eigentlich nicht in der Tiefgarage des Hotels geparkt?«, fragte Katrín. »Soweit ich weiß, können Hotelgäste zu sehr günstigen Konditionen ihr Auto dort stehen lassen, während sie im Ausland sind?«

»Das hätte ich besser tun sollen«, antwortete Ingólfur. »Leider hab ich es damals nicht gemacht.«

»Und weshalb hast du nicht das Longtimeparking am Flughafen genutzt? Warum hast du deinen Edeljeep bei einem Lagerhaus am Hafen abgestellt? Und wie bist du von dort zum Flughafen gekommen?«

»Ich wurde auf diesen Parkplatz hingewiesen, weil er sowohl gut als auch umsonst sein sollte, und zudem noch sicher«, erklärte Ingólfur. »Letzteres stimmte natürlich nicht – aber nachher ist man ja immer schlauer. Wir sind von dort mit einem Taxi zum Flughafen gefahren. Ich glaube, es reicht jetzt – meine Frau und ich erwarten Gäste zum Abendessen.«

✳ ✳ ✳

Árni brauchte geraume Zeit, um sich zurechtzufinden, nachdem sein Handy ihn geweckt hatte. Er zog es aus einer Innentasche heraus. Als er die Nummer auf dem Display sah und die Uhrzeit, wäre er lieber gleich wieder eingepennt.

»Hallo«, sagte er misstrauisch.

»Verdammt noch mal, was bist du mies drauf«, sagte Guðni. »Hat Stefán dich auf mich angesetzt?«

»Ja«, sagte Árni ebenso misstrauisch wie zuvor. Im Halbschlaf schaute er die Straße entlang. Der Mercedes war verschwunden. Scheiße, dachte er.

»Stefán ist schon schlau«, sagte Guðni anerkennend. »Verdammt, der Kerl hat mich so gelesen wie ein aufgeschlagenes Telefonbuch. Aber ich habe natürlich mitgekriegt, was Sache war, als du in die Straße eingebogen bist. Welche Anweisungen hast du, alles mitverfolgen, aber kein unnötiges Gewese machen?«

»Etwas in der Art, ja«, entgegnete Árni. »Wo steckst du?«

»Ich parke schon vor deinem Block«, sagte Guðni. »Vollkommen ausgehungert. Ich hab's aufgegeben, auf dieses Arschloch zu warten, und bin vor einer halben Stunde abgehauen. Dem Typ brech ich später die Beine. Ich hab mir gedacht, dass du hinter mir herkommen würdest. Meinst du nicht, dass Ásta was wahnsinnig Gesundes für mich kocht, wenn ich sie nett darum bitte?«

»Ganz bestimmt«, brummte Árni beschämt, aber auch sauer. »Bis gleich.« Die neue selbst gebrannte Mix-CD konnte ihn erst mit »The Fix« von Elbow aufmuntern, als er über die Brücke zu seinem Viertel fuhr. Dann endlich lächelte er der unanständig rosavioletten Abendsonne entgegen.

* * *

»Guðni ist zum Abendessen bei Árni«, sagte Stefán. Ihm war anzuhören, wie erleichtert er war. »Also brauch ich dich jetzt nur noch zum Abendessen nach Hause zu fahren. Musst du vielleicht etwas einkaufen?«

»Nein«, sagte Katrín. »Lass mich einfach an der Háaleitisbraut raus. Íris arbeitet, und ich hol einfach ein gegrilltes Hähnchen für Eiður und mich.«

Stefáns Augen unter dem Schirm der grünen Kappe sahen Katrín forschend und argwöhnisch an, während er vor der Ampel auf Grün wartete. »Ist alles in Ordnung?«, fragte er. »Gesundheitlich, finanziell und was die Kinder betrifft?«

»Grün«, sagte Katrín. Stefán fuhr los. »Ja, alles in Ordnung. Zumindest so weit in Ordnung wie möglich, denke ich. Aber was ist mit dir? Du weißt doch, dass Männer in deinem Alter, noch dazu, wenn sie gut verheiratet waren ...«

»... wenn sie jahrzehntelang gut verheiratet waren und die Lebensgefährtin verlieren, zusammenklappen und krepieren – falls sie nicht innerhalb eines Jahres eine neue Partnerin finden«, sagte Stefán grinsend. »Du hast mir irgendwann schon mal von dieser Theorie erzählt. Wahrscheinlich im Zusammenhang mit dem Mord an dem alten Kerl in

Breiðholt, der bereits zur Mumie geworden war, als man ihn endlich fand.«

»Entschuldige«, sagte Katrín leise. »Es steht mir nicht zu, mich in dein Leben einzumischen.«

»Selbstverständlich steht dir das zu«, erklärte Stefán. »Genauso, wie ich meine Nase in dein Leben stecke und in das Leben von Árni und Guðni und unzähligen anderen. Ich hab aber das Gefühl, dass ich derzeit nicht in unmittelbarer Todesgefahr schwebe, vielleicht ist das tröstlich. Es sind wohl der Land Rover und die Enkelkinder, die mich am Leben und bei Verstand halten.« Er nahm die Abbiegespur zum Bústaðavegur. »Deine Meinung zum Herrn Abgeordneten?«

»Er hat uns was vorgelogen«, sagte Katrín. »Doch leider weiß ich nicht, was.«

»Tja, das weiß man wohl in den seltensten Fällen, wenn man es mit Juristen und Politikern zu tun hat«, sagte Stefán. »Halt, was ist das denn ...«

Ein grauer Golf GTI bog mit solchem Karacho auf den Bústaðavegur ein, dass Stefán scharf bremsen und an den Rand fahren musste. Ein blauer Subaru Impreza war dicht hinter dem Golf her. Die Fahrer in den Autos hinter Stefán reagierten einer nach dem anderen nicht schnell genug, die Folgen waren abzusehen.

»Verflucht«, stieß Katrín zwischen zusammengebissenen Zähnen hervor. »Fahr los, Stefán – ich muss da ein kleines Missverständnis klären, bevor es in einer Katastrophe endet.« Stefán tat sein Bestes, um Katríns Wunsch zu entsprechen, aber es war zu spät. Die Katastrophe war schon bei der nächsten Ampel hereingebrochen.

»Immerhin sind wir sozusagen ganz in der Nähe der Ambulanz«, brummte Stefán.

21

Donnerstag

Ein dreifach gebrochenes Bein, drei gebrochene Arme, zwei gebrochene Kiefer und neunzehn gebrochene und zwanzig weitere angeknackste Rippen. Unzählige Wunden, die genäht werden mussten, und noch mehr Schürfwunden, Schrammen und Hämatome. All das resultierte aus der Verfolgungsjagd, mit der Flóki und Ýmir den führerscheinlosen Haukur gehetzt hatten. Außerdem Auto- und Sachschäden, die sich auf etliche Millionen Kronen beliefen. Katrín tröstete sich mit dem Gedanken, dass niemand ernsthaft verletzt worden war – aber weder Þyrí noch die Eltern von Haukur konnten dieser Tatsache etwas Positives abgewinnen, was Katrín betraf. Haukurs Vater Björn schäumte vor Wut, als er am nächsten Morgen Schlag acht im Dezernat aufkreuzte, um Anzeige gegen Katrín zu erstatten. Zwei Stunden später saß sie in Stefáns Büro, der ihr zuhörte, dabei aber eher zu schlafen als zu wachen schien.

»... ab jetzt die Angeklagte genannt«, las Katrín laut, »weil sie falsche Beschuldigungen gegen meinen unmündigen Sohn Haukur Björnsson im Beisein von Zeugen vorgebracht hat – wohl wissend, dass dieselben Zeugen, oder zumindest einer von ihnen, Ýmir Bóasson, in der Art reagieren würde, wie er es später getan hat, als er gemeinsam mit seinem Bruder Flóki über meinen Sohn hergefallen ist. Mit Drohungen, Gewalttätigkeit und Anschuldigungen, mein Sohn habe an diesen schändlichen Untaten, die an Erla Líf Bóasdóttir verübt wurden, teilgenommen. Die von mir angezeigte Person hat diese Ermittlung in den vergangenen Monaten oder seit sogar über einem Jahr mit keinem oder allenfalls extrem geringem Erfolg geleitet. Weil die Brüder meinen Sohn so aggressiv angegangen waren, sah er zum Schluss keine andere Möglichkeit, als sich in sein Auto zu retten – er war gerade dabei, es vor der Garage zu waschen und zu polieren, als die Brüder aufkreuzten. Er musste die Flucht ergreifen.« Katrín hörte auf zu lesen und sah Stefán an. »Der schreibt ja unglaublich verklausulierte Sätze«, sagte sie. »Konnte Steini das nicht in menschliche Sprache übersetzen?«

»Björn wollte es unbedingt so haben«, gähnte Stefán. »Der Text wurde dreimal gelesen und abgeändert, zum Schluss kam das dabei raus.«

»Man muss ihn auch dreimal lesen, um zu verstehen, was gemeint ist«, klagte Katrín. »Ich hab Haukur nie etwas angehängt – ich hab nur eine kleine Frage gestellt. Die war vielleicht etwas ungeschickt formuliert, das will ich gerne zugeben, aber ich habe nicht das Geringste damit zu tun, dass sich diese Burschen in solche Verrücktheiten reingesteigert haben, und das mit diesen Auswirkungen.«

»Das stimmt haargenau, Katrín«, sagte Stefán im Brustton der Überzeugung. »Stimmt haarklein. Sieh zu, dass du das nicht vergisst.«

Katrín schüttelte den Kopf. »Ich werde mir Mühe geben, mich daran zu erinnern«, sagte sie. »Und trotzdem. Die arme Þyrí, die steht jetzt schon wieder unter Schock, das hat gerade noch gefehlt. Nur gut, dass Flóki am Steuer war, sonst hätte es viel schlimmer enden können. Diese Anzeige hat doch weder Hand noch Fuß – oder was meinst du?«

»Das kann ich mir nicht vorstellen. Man wird möglicherweise deine Aussage zu Protokoll nehmen, aber ich gehe nicht davon aus, dass die Sache an den Staatsanwalt weitergeleitet wird, und erst recht nicht an noch höhere Instanzen.«

»Gut«, sagte Katrín. »Ich muss zugeben, dass ich sie irgendwie verstehen kann. Der arme Haukur war völlig neben der Spur und ist es wohl immer noch.«

»Das gibt sich wieder«, sagte Stefán. »Und will er die Brüder nicht anzeigen?«

»Nein. Und seine Eltern auch nicht. Denen reicht es, mich zu verklagen. Das geht in Ordnung, und meine Íris ist, soweit ich weiß, auch damit einverstanden.«

»Ach ja?«

»Ja. Ich bin wohl die unmöglichste Mutter auf der Welt, vielleicht sogar noch schlimmer. Aber erst am Montag war ich noch die beste Mama auf der Welt. So schnell kann sich alles ändern. Was mich an etwas erinnert – gestern Abend.«

»An was denn?«

»Es ging alles so turbulent zu, dass ich gar nicht dazu gekommen bin, dir zu erzählen, was mir durch den Kopf ging. Erinnerst du dich, dass ich ›Grün‹ gesagt habe, als du an der Ampel in Garðabær halten musstest?

»Ja. Und ich bin losgefahren.«

»Genau. Aber ich hab gar nicht die Ampel gemeint.«

»Sondern?«

»Ich meinte einen Fußboden, den ich gestern gesehen habe.«

»Einen grünen Fußboden?«

»Einen blauen Fußboden«, berichtigte Katrín. »Er war gestern blau. Aber als ich ihn zuletzt davor sah, war er grün.

Und wir haben gerade über etwas anderes geredet, als mir das auffiel, und dann – ja, dann endete eben alles ziemlich chaotisch.«

»Aha«, sagte Stefán. »Und wo war dieser blaue Fußboden?«

»In Kópavogur, bei Steinlax«, sagte Katrín. »Und da ist noch was. Erinnerst du dich, wie ich gesagt habe, dass Ingólfur uns meiner Meinung nach was vorgelogen hatte, aber ich wusste nicht genau, was?«

»Ja.«

»Ich glaube, ich weiß es jetzt. Ich glaube, es war alles gelogen, bis auf die Tatsachen, dass er Erla getroffen hat und dass er am Morgen danach ins Ausland geflogen und erst eine Woche später zurückgekommen ist. Davon bin ich überzeugt. Ich hab nämlich heute Nacht nicht schlafen können. Also habe ich gelesen, gegoogelt und im Internet gesurft – und nachgedacht. Kennst du das isländische Portal, wo man Zugriff auf sämtliche Presseerzeugnisse hat?«

»Ich hab davon gehört.«

»Eine tolle Sache«, sagte Katrín. »Wirklich fantastisch. Da findet man praktisch alle Zeitungen und Zeitschriften, die in Island herausgegeben wurden und werden. Sogar Regenbogenzeitschriften und Klatschblätter wie ›Séð og heyrt‹. Findest du die nicht auch toll?«

»Ohne die gehe ich nie aufs Klo.«

»Eben.« Sie starrte schweigend und blicklos durch die Scheibe hinter Stefán, der zum Schluss das Warten aufgab.

»Solltest du nicht lieber nach Hause gehen und dir eine Prise Schlaf holen, Katrín?«, fragte er.

»Was? Nein, alles läuft doch prima. Ich mach mir nachher einen Kaffee.«

»Ist denn irgendwas bei deiner schlaflosen Nacht herausgekommen? Etwas mehr, als dass der Herr Abgeordnete gelogen hat?«

»Ja«, entgegnete Katrín. »Das Ergebnis ist wie die Variation zu einer bekannten Melodie. Die Variation zu einer Geschichte vom glücklichen Leben auf dem Lande. Hast du gewusst, dass Árni als kleiner Junge aufs Land geschickt wurde?«

»Ja. Irgendwo in die Täler im Westland«, sagte Stefán. »Aber was ...«

Jemand klopfte an die Bürotür, und Þórður streckte seinen struppigen Kopf durch den Türspalt. »Stefán?« Stefán nickte ihm mit noch verwuselterem Kopf zu.

»Bin in fünf Minuten da«, sagte er. Þórður verschwand, und Katrín sah ihren Chef fragend an.

»Geht es um Guðni?«, fragte sie.

»Ja. Oder besser um Bestandsaufnahme im Fall Lalli.«

»Nichts Neues?«

»Nein«, stöhnte Stefán, »ich fürchte, nicht. Das ist ebenso schlimm wie beschissen.«

»Und was machen wir jetzt?«, fragte Katrín.

»Tja«, brummte Stefán und erhob sich. »Das ist die Frage. Versuch du einfach, dich auf deine Sachen zu konzentrieren. Auf deine Geschichte vom Land. Falls der Abgeordnete eine Person in deiner Geschichte sein sollte, dann tust du gut daran, sämtliche losen Enden miteinander zu verknoten, und zwar gründlich, bevor du dein Manuskript vorlegst.«

»Mach ich«, sagte Katrín und stand ebenfalls auf. »Wo hast du Guðni in Verwahrung? Árni hat mir erzählt, ihr wärt beide zum Abendessen bei Ásta und ihm gewesen.«

»Ja. Klasse Essen, aber auch etwas seltsam, Lasagne mit Salzfisch. Der Kerl ist jetzt bei mir zu Hause. Wahrscheinlich schläft er, es wurde gestern Abend ein bisschen spät bei uns.

Deswegen bin ich jetzt auch nicht so richtig voll da, im Alter verträgt man einfach nichts mehr.«

»Hast du keine Angst, dass er...« Katrín stockte, wusste nicht, wie sie die Frage zu Ende führen sollte.

»Nein«, sagte Stefán. »Jetzt nicht mehr. Aber wo hast du Árni versteckt?«

* * *

»Konzentrier dich«, sagte Katrín scharf.

Árni fühlte sich getroffen. »Ey, die wollen doch gerade den Guðni verhaften«, sagte er, und seine Gereiztheit war offenkundig. »Unseren Guðni. Und wir hocken hier bloß rum und...«

»Glaubst du etwa, dass mir das entgangen ist?«, fragte Katrín. »Oder dass es mir gleichgültig ist? Guðni soll festgenommen werden, und das finde ich schlimm. Aber wir können nichts dagegen tun, und bei uns liegen im Augenblick auch andere Dinge an. Komm jetzt, was hat der Messerschmiedemeister gesagt?«

Árni auf seinem grün gepolsterten Stuhl im kleinen Konferenzzimmer brummelte etwas Unverständliches vor sich hin und richtete sich auf. »Weshalb sind wir hier?«, fragte er. »Im Ernst, hat das nicht noch ein paar Stunden Zeit? Die ganze Abteilung tagt im...«

»Die ganze Abteilung, außer uns«, entgegnete Katrín. »Weil wir uns nämlich mit was anderem beschäftigen müssen. Wir ermitteln in einem anderen Fall. Was ist eigentlich los mit dir? Zu uns werden noch mehr Leute stoßen, und für sie müssen die groben Richtlinien vorliegen, die Liste mit Aufgaben und Arbeitsteilung. Also, was hat Páll über das Messer von Ingólfur gesagt?«, fragte sie, während sie auf das ausgedruckte Foto deutete, das zwischen ihnen lag.

»Er sagte, du hast recht«, murmelte Árni. »Das heißt, er bestätigt, dass das Messer, das Ingólfur euch gezeigt hat, nicht das Messer ist, das Brynjólfur ihm vor zwei Jahren als Geburtstagsgeschenk gekauft hat und das auf den Fotos zu sehen ist. Die Nummer auf dem Messer, das Ingólfur dir gezeigt hat...«

»Ja?«

»Aus der lässt sich ablesen, wann das Messer hergestellt worden ist. Und das Messer, das Ingólfur dir gezeigt hat, wurde erst im vorigen Herbst fertig.«

»Ich wusste es!«, sagte Katrín triumphierend. »Und weiter?«

Árni sah sie fragend an. »Was weiter?«

»Ach, stell dich doch nicht so an, das ist nicht witzig. War er nicht in der Lage, den Käufer und das Verkaufsdatum von dem zweiten Messer zu finden?«

Árni überlegte, ob er die Sache noch mehr in die Länge ziehen sollte, verwarf aber den Gedanken. Katríns Eifer war ansteckend, und sie hatte natürlich recht, im Augenblick konnte er nichts für Guðni tun. »Doch«, sagte er, »er hat's gefunden. Er hat das bewusste Messer deshalb nicht erwähnt, weil ihm beim Ausdrucken des Fotos klar wurde, dass er es erst geraume Zeit nach Ostern verkauft hatte, also nach dem Angriff auf Erla. Ungefähr vor anderthalb Monaten. Deswegen kam er verständlicherweise zu dem Schluss, dass es nicht das Messer sein konnte, nach dem wir suchten.«

»Ja, ja, ja – weiter! Wer hat es gekauft?«

»Guðrún Sigurðardóttir«, sagte Árni. »Die Frau hinter dem Mann, die unsichtbare Frau. Sie hat cash bezahlt, keine Quittung, gar nichts. Er hat sie nicht erkannt, als sie das Messer kaufte, und wusste nicht, was für eine Frau das war, sozusagen eine Kundin von der Straße. Aber er erkannte sie auf dem Bild, das ich ihm gezeigt habe.«

»Auf dem hier?«, fragte Katrín und zog das Exemplar von *Morgunblaðið* aus der Schublade, in der sich das zweiseitige Interview mit den Eltern der gerade freigelassenen jungen Männer befand. Fünf gewichtig und empört dreinblickende Personen, und zwischen zwei großen Männern eine kleine, zierliche Frau.

»Ja«, sagte Árni. Sie schnitt das Foto aus, zog einen roten Kreis um Guðrúns Gesicht und befestigte es mit einem Magnetknopf an der Tafel. Der landete genau auf Ingólfurs Gesicht. Unwillkürlich überlegte Árni, ob Absicht dahintersteckte.

»Also«, sagte Katrín, »Ingólfur hat seine Frau losgeschickt, um ein neues Messer zu kaufen. Glaubst du, dass sie weiß, wozu?«

»Keine Ahnung. Das heißt, ich habe keine Ahnung, ob sie eine Ahnung hatte. Was glaubst du?«

»Dasselbe wie du. Er musste natürlich jemanden schicken, zu dem er vollstes Vertrauen hatte, und jemanden, der nicht prominent war. Das passt auf seine Frau. Diese drei hier haben den Ausschlag gegeben«, sagte Katrín, während sie drei kleine Farbfotos an der Tafel befestigte. »Sie haben mir bewiesen, dass ich auf der richtigen Spur war, endlich, endlich. So ist es halt, wenn man gleich zu Anfang auf eine falsche Spur einbiegt.«

»Stammen die aus diesem Klatschblatt?«

»Genau«, sagte Katrín. »Die zwei stammen aus den letzten Monaten vor dem Bankencrash, da hat man nicht gekleckert, sondern geklotzt, wenn Promis sechzig wurden. Wie der Herr Abgeordnete sich selber in dem Artikel zu diesen tollen Fotos äußert: Es gibt doch nur ein Leben, und das sollte man ausgiebig leben. Irgendwie habe ich das Gefühl, diesen Satz schon mal gelesen zu haben, und zwar vor nicht allzu langer Zeit.«

»Auf dem Plakat mit den Geländewagen in Stefáns Garage«, sagte Árni. »Irgend so ein Slogan für Leute, die einen Land Rover besitzen.« Er stand auf und sah sich die Fotos aus der Nähe an. Eines zeigte das Geburtstagskind in bester Laune, es hielt ein gezücktes Messer in der Hand. Sohn Darri und Freund Brynjólfur schauten lachend zu. »Große Lachse sollten lieber auf der Hut sein!«, lautete die Bildunterschrift. Der Text zum zweiten Bild war kürzer: »Super Typen, alle noch zu haben!« Darri, Vignir und und Jónas, jeder mit einem Champagnerglas in der Hand, bleckten ihre Zähne in die Kamera.

»Und das dritte Foto?«, fragte Árni.

»In Polen gemacht«, antwortete Katrín. »Vor vier Jahren bei einer Wildschweinjagd.« Darri, Ingólfur und Brynjólfur mit geschulterten Gewehren strahlen um die Wette in die Kamera, die Beute zu ihren teuer beschuhten Füßen.

»Diese drei Fotos Seite an Seite«, fuhr Katrín nachdenklich fort, »der Fußboden in der Firma *Steinlax* und dann noch du Ärmster beim Bauern Hilmar auf dem Land, all diese Eindrücke verknüpfen sich da oben im Kopf, wenn man nicht schlafen kann.«

»Ich Ärmster und Bauer Hilmar?«

»Ja. Brynjólfur ist auch so ein Ärmster wie du, und Ingólfur ist der Bauer. Bloß ist Ingólfur nie zurückgekehrt wie dein Bauer, um die Sache mit dem Fuchs zum Abschluss zu bringen. Er hat es Brynjólfur überlassen.«

»Wie… Wie kommst du auf so was?«, fragte Árni und kratzte sich am Kopf. »Und wie zum Teufel wollen wir das beweisen?«

»Genau das werden wir jetzt sorgfältig abchecken, mein Lieber.« Katrín befestigte die Aufnahmen von den Messern unter den Fotos vom sechzigsten Geburtstag. »Wenn ich Stefán richtig verstanden habe, muss ich erst einen ganzen Kursus im Knotenknüpfen bei den Pfadfindern absolvieren, bevor ich auch nur in Richtung des Herrn Abgeordneten husten darf.«

* * *

Die Atmosphäre im großen Konferenzraum war alles andere als leicht und angenehm, obwohl sämtliche offenen Fenster die milde, frische Meeresbrise hineinließen. Enttäuschung und Resignation spiegelte sich in vielen bedrückten Mienen rings um den Tisch, aber nicht bei allen. Einige waren offensichtlich fest entschlossen, ihre harten Gesichter durch nichts beeinträchtigen zu lassen. Andere strengten sich an, unbeteiligt zu wirken, aber es gab auch die ein oder andere Person, die ab und zu hämisch grinsen musste. Das leise Getuschel verstummte, als Stefán, Þórður und Anna mitsamt Staatsanwalt Brandur den Raum betraten und am Kopfende des Tischkarrees Platz nahmen. Anna räusperte sich und stand auf.

»Þórður, Brandur und ich haben Stefán über alles informiert, was die hier Anwesenden ohnehin schon mehr oder weniger gut wissen. Um es ein weiteres Mal zusammenzufassen: Die Ermittlung ist natürlich auf keinen Fall abgeschlossen, aber so viel lässt sich sagen, wir befinden uns im Augenblick an einem Scheideweg. Es besteht nämlich keine andere Möglichkeit mehr, als unseren Kollegen Guðni Páll Pálsson in Haft zu nehmen, wegen des Verdachts auf Mord an Lárus Kristjánsson.« Sie griff nach einem Blatt, das vor ihr lag, und setzte sich die Lesebrille auf die zierliche Nase. »Guðni hatte allen Grund, Lárus aus der Welt zu schaffen. Ebenso hatte er die Möglichkeit dazu und auch das Potenzial – das steht außer Zweifel. Guðni hat zugegeben, dass er Lárus für den Hintermann an dem Überfall auf seine Tochter Helena hält, also für den Schuldigen. Das erklärt seine Wut, als er bei Lárus vorsprach. Es war seine Reaktion auf besagte brutale Attacke. Die Obduktion der Leiche von Lárus Kristjánsson hat ergeben, dass der Mord sehr wohl zu dem infrage kommenden Zeitpunkt geschehen sein kann, als Guðni Lárus besucht hat, und er hat zugegeben, dass er eben zu dieser Zeit dort war. Guðnis Fingerabdrücke befinden sich an einer der Tatwaffen, zumindest an einem Teil davon. Die Hausdurchsuchung bei ihm brachte erheblich viel an Material über den Ermordeten zutage, in Guðnis PC und in ausgedruckter Form – weit mehr als das, was man unter normale Neugier einordnen kann, selbst wenn man das berufliche Umfeld von beiden berücksichtigt. Es wurden auch blutige Kleidungsstücke gefunden, die Guðni am Abend seines Besuchs bei Lárus getragen hat. Die sind inzwischen zur gründlichen DNA-Analyse nach Schweden geschickt worden.« Anna legte das Blatt von sich und blickte sich in der Runde um. »Das sind so ungefähr die Kernpunkte, die wir auf der Pressekonferenz heute Nachmittag behandeln werden. Der Haftbefehl liegt vor, der Antrag auf Untersuchungshaft ebenfalls. Der Richter wartet nur darauf, dass er ihm vorgelegt wird, sobald Guðni das Haus betritt. Soweit ich weiß, wird es sehr bald sein«, sagte sie und sah Stefán vorwurfsvoll an. »Stefán hat aber darauf bestanden, ein paar Worte an euch zu richten, bevor ihr euch, oder zumindest einige von euch, wieder anderen Aufgaben zuwendet. Stefán?«

Anna setzte sich, räusperte sich, und Stefán stand auf, sich ebenfalls räuspernd.

»Ja, wie Anna gesagt hat, bin ich über die Situation informiert worden«, erklärte er mit etwas heiserer Stimme. »Und aus dieser kurzen Zusammenfassung geht hervor, dass es alles andere als gut für Guðni steht. Ich glaube zu sehen, dass die meisten von euch geschockt sind und bedauern, in welche Lage er sich manövriert hat – genau wie ich selber. Ich weiß, dass die Situation schwierig für euch ist, vor allem für diejenigen, die jahrelang mit Guðni zusammengearbeitet haben, aber auch für die anderen, die sozusagen von außerhalb hinzugekommen sind, um uns in dieser ungewöhnlichen und schwierigen Ermittlung zu helfen.« Stefán räusperte sich ein weiteres Mal und trank einen Schluck Wasser. Er hasste Ansprachen jeder Art, sogar vor dem eigenen Team. Manchmal kam man aber nicht daran vorbei.

»Ihr habt unter enormem Druck gestanden«, fuhr er fort, »und zwar aus allen Richtungen. Hier im Haus von denen in den oberen Etagen, von den Medien, von euren Vorgesetzten – vielleicht sogar von euch selber, denke ich. Und von mir. Ich gebe freiwillig zu, dass ich nicht stolz darauf bin, aber ich schäme mich auch nicht, in diesem Fall das für Guðni getan zu haben, was ich tun konnte. Und alle hier im Raum können sich dessen sicher sein, dass ich für jeden von euch unter vergleichbaren Umständen das Gleiche tun würde. Trotz dieser Belastung, trotz dieses Drucks habt ihr wie immer gute Arbeit geleistet. Großartige Arbeit. Und Guðni hat mich gebeten, euch zu sagen, dass er sich selber schon längst festgenommen hätte, weil es ja dem Anschein nach ›*a fucking open-and-shut case*‹ ist, wie er sich ausdrückte.«

Nervöses Gelächter durchrieselte die Mannschaft, und Stefán konnte sich eines schwachen Lächelns nicht erwehren.

»Er hat mich auch darum gebeten, euch auszurichten, dass ihr totale Blödmänner seid, weil er gar nichts verbrochen hat – aber das muss sich erst noch herausstellen. Er will, dass ihr eines wisst: Ihr habt nichts getan, was er nicht selber auch an eurer Stelle getan hätte. Danke für euren Einsatz, alle miteinander. Anna leitet weiterhin die Ermittlung, und wie sie bereits gesagt hat, werden viele von euch nach dem heutigen Tag wieder zu früheren Aufgaben zurückkehren. Sie wird euch sagen, wie es weitergeht. Steini?«

»Ja?«, reagierte Þorsteinn etwas erstaunt.

»Du und deine Leute, ihr kommt mit mir.«

* * *

»Was mich am meisten blockiert hat«, erklärte Katrín, als sich Þorsteinn und sein Team von einem Konferenzraum in den anderen begeben hatten, »vielleicht sogar auch uns alle, aber eben am meisten mich, war die Tatsache, dass ich es trotz guter Gegenargumente für möglich gehalten habe, die Vergewaltigung im vergangenen Jahr und der brutale Angriff dieses Jahr zu Ostern könnten zwei separate Fälle sein. Zuletzt...« Sie sah Árni fragend an. »Waren wir wirklich erst am Donnerstag bei der Kirche?«

»Ja«, bestätigte Árni. »Genau vor einer Woche.«

»Fühlt sich aber wie eine Ewigkeit an«, fuhr Katrín fort. »Jedenfalls, als ich Árni dazu überreden konnte, das Ganze zusammen mit mir zu durchdenken, kam sofort wieder der Gedanke auf, dass die beiden Angriffe doch etwas miteinander zu tun haben müssten, direkt oder indirekt. Deshalb lag es einfach nahe, sich auf Darri, Vignir und Jónas zu fokussieren. Sie waren gerade erst in der Vergewaltigungsklage freigesprochen worden, und außerdem waren sie, soweit bekannt, die letzten Personen, die Erla vor dem tödlichen Anschlag lebend gesehen haben. Um die Wahrheit zu sagen, haben ihre ziemlich hieb- und stichfesten Alibis uns – oder besser mich – etwas von der Spur abgebracht. Am Montag aber änderte sich alles schlagartig. Also...«

Katrín informierte alle kurz über das, was Vignir ausgesagt hatte, sowohl über die Nacht der Vergewaltigung als auch über das Zusammentreffen von Erla und Ingólfur bei der Tankstelle am Gründonnerstagabend. Anschließend berichtete sie von den beiden Messern, dem verschwundenen und dem anderen, das statt seiner gekauft worden war. Sie sahen zwar sehr ähnlich aus, aber unterschieden sich doch. Und von einem ausgebrannten Cadillac in Keflavík, einem blauen Fußboden in Kópavogur und den augenfälligen physischen Kennzeichen der fünf Männer.

»Erla war sich sicher, von Anfang an hundertprozentig sicher«, sagte Katrín dann. »Sie hat ihre Peiniger an diesem Abend nicht gesehen, aber sie erkannte die Flüsterstimme von Darri, und das Unterbewusstsein besorgte den Rest. Es waren drei Männer, an erster Stelle war Darri, groß und muskulös, als Zweiter kam ein Dicker und als Dritter ein Magerer.« Sie deutete auf das Foto von dem Trio. »Darri, Vignir, Jónas. Erla war keinen Augenblick im Zweifel, und ich ebenfalls nicht. Doch jetzt wissen wir, dass nicht Vignir und Jónas zusammen mit Darri Erla vergewaltigt haben, zu der Überzeugung bin zumindest ich inzwischen gekommen. Und damit eines klar ist, ich werde nie zurücknehmen, dass Darri einer von ihnen war. Ich weiß sehr wohl, dass einige hier im Dezernat niemals glauben wollten, dass er etwas mit der Vergewaltigung zu tun hatte. Meiner Meinung nach wird sich diese Einstellung aber nun verändern. Wir haben die Verpackung des Präservativs mit seinen Fingerabdrücken. Und selbst wenn Erla erregt war und unter Schock stand und deswegen bei den beiden übrigen falschlag, hat sie doch den Freund erkannt, mit dem sie drei Jahre lang zusammen war, da kann mir niemand etwas anderes einreden. Und genauso wenig kann jemand mir weismachen, dass Darri sie wegen der Verkleidung nicht erkannt hat. Er wusste sehr genau, wen er... Aber vielleicht machen wir lieber weiter. Darri plus ein Dicker plus ein Magerer«, sagte sie und tippte über Gebühr energisch auf das Foto von Darri, Ingólfur und Brynjólfur.

»Soweit ich sehen kann, passt diese Beschreibung sehr gut auf diese Herrschaften. Árni und ich haben die älteren etwas genauer unter die Lupe genommen. Sie haben sich nicht erst durch Erla und Darri kennengelernt, sondern umgekehrt: Erla und Darri haben sich durch die beiden kennengelernt. Árni?«

»Ja, wir, also wir haben gerade erst mal die Oberfläche angekratzt. Die beiden kennen sich bereits seit langer Zeit. Ingólfur ist älter, sieben Jahre älter. Sie sind sich anscheinend in der Jugendorganisation der Partei begegnet, das war vor knapp vierzig Jahren, kurz nach 1970, und...«

Hlynur aus dem Team von Þorsteinn hob fingerschnipsend die Hand. »Damit es ganz klar ist«, sagte er, »ihr behauptet also, dass Darri und sein Vater und sein ehemaliger Schwiegervater...«

»Brynjólfur lebte mit Erlas Mutter zusammen, aber er ist nicht ihr Vater«, berichtigte Katrín.

»Was auch immer«, entgegnete Hlynur. »Wollt ihr behaupten, dass die drei in die Stadt gegangen sind, Darri, sein Vater und sein ehemaliger Stief-Schwiegervater, wenn du darauf bestehst, um irgendeine heiße Tussi zu vergewaltigen? Der Gedanke ist ja ohnehin schon bizarr, aber damit nicht genug, dabei sind sie dann rein zufällig an Erla geraten? Und mehr als ein Jahr später haben Erlas Schwiegervater und ihr Stiefvater sie auch noch ermordet?«

»Ich glaube nicht, dass es purer Zufall war, dass Erla Líf ihnen an jenem Januarabend in die Klauen geriet. Aber ansonsten versuche ich genau das zu behaupten, ja.«

»Im Ernst, ist das nicht irgendwie krankhaft?«, fragte Hlynur mit allen Anzeichen des Zweifels.

»Doch, es ist reichlich krankhaft«, antwortete Katrín schroff. »Im Ernst. Drei erwachsene Männer, die sich zusammentun, um eine junge Frau zu vergewaltigen, das ist verdammt krank. Pervers. Und wer immer pervers genug ist, um so etwas durchzuführen, ist ganz bestimmt auch krank genug, um das als Familiensport zu betreiben. Árni, du warst dabei, uns von der Verbindung zwischen Ingólfur und Brynjólfur zu erzählen?«

※ ※ ※

»Hast du deine Pillen dabei?«, fragte Stefán.

»Ja, ja, ja, was soll denn das, Mensch«, knurrte Guðni. »Hier«, sagte er und legte die Schlüssel für seinen Daimler in eine Schale auf die Kommode im Flur. »Bring sie Helena vorbei«, sagte er. »Wär besser, dass jemand ihn fährt, wenn man schon fast einen Riesen für die Reparatur hinblättern musste. Und du schaust vielleicht mal in meiner Wohnung vorbei und bringst mir daraus ein paar notwendige Sachen. Ich hab Unterwäsche zum Wechseln, aber bald brauche ich wohl frische Socken. Vielleicht sogar noch mehr, den ein oder anderen Film auf DVD und so was. Alles klar?«

»Ja, kommt Zeit, kommt Rat«, sagte Stefán. »Lass mich die Tasche nehmen.« Sie verließen das Haus und stiegen in Stefáns Auto ein.

»Ich werd mich nie daran gewöhnen«, sagte Guðni, als Stefán in der Einfahrt zurücksetzte. »Ich kapier gar nicht, wie du das aushältst. Dieser Motor gibt keinerlei Geräusche von sich.«

»Ich weiß«, sagte Stefán. »Und es gibt sogar Aufnahmen von Motorengeräuschen, die man abspielen kann, während der Elektromotor läuft. An die Lautlosigkeit kann man sich aber gewöhnen, und zwischendurch ist ja auch der andere Motor immer mal wieder dran.«

»Was ist jetzt eigentlich Sache bei mir, Stefán?«

»Soweit ich weiß, beantragen sie für den Anfang eine vierwöchige U-Haft für dich. Wir konnten durchsetzen, dass du in die alte Kaschemme am Skólavörðustígur Nummer neun kommst.«

»Nicht nach Litla Hraun?«

»Nein. Du bist zwar bei unseren Leuten vielleicht ein Held und auch bei der Hälfte von der anderen Mannschaft, aber dort sitzen viel zu viele Leute ein, die du besser nicht treffen solltest. Denk daran, wie es Ási Stero vor ein paar Jahren ergangen ist, obwohl er angeblich in Isohaft war. Und angesichts der Tatsache, dass auch Eddi Schofel dort einsitzt...«

»Ich hab keine Angst vor Eddi oder irgendwelchen anderen Lakaien von Lalli, der ist ja unwiderruflich tot.«

»Die solltest du trotzdem haben. Ganz bestimmt sind dort einige, die ein Hühnchen mit dem Mann rupfen möchten, der Lalli Fett umgebracht hat.«

»Das versteh ich. Aber ich hab ihn nicht umgebracht.«

»Keine Ausflüchte. Ich weiß, dass Nummer neun nicht das angenehmste Etablissement in der Stadt ist, aber dort ist es zumindest einfacher, dich am Leben zu halten. Außerdem bist du da näher am Krankenhaus, falls die Pumpe wieder zicken sollte.«

»Bla bla«, brummelte Guðni. »Und was dann?«

»Dann sehen wir erst mal zu.«

»Okay. Aber Stefán...«

»Ja?«

»Können wir nicht direkt nach Nummer neun fahren? Reicht es nicht, diesen verdammten juristischen Fatzke, den ich angerufen hab, zum Bezirksgericht zu schicken, oder muss ich da wirklich selber anwesend sein? Und ich hab auch nicht die geringste Lust, mich im Dezernat blicken zu lassen.«

»Wirklich nicht? Ich weiß, dass sie dort alle auf dich warten...«

»Das weiß ich auch, und genau deswegen hab ich nicht die geringste Lust, irgendwelche Pfoten zu drücken und mir auf die Schulter klopfen zu lassen, das übersteigt meine Kräfte. Die sind doch alle miteinander Heuchler, und zwar so ziemlich genau dasselbe Pack, das jahrelang hinter meinem Rücken über mich hergezogen ist und mich angeschwärzt hat. Auf einmal soll ich jetzt ein ›Held‹ sein, weil sie glauben, dass ich jemanden umgebracht hab? Ich scheiß auf solche Typen.«

»In Ordnung«, sagte Stefán.

* * *

Der Container stand noch in der Einfahrt, aber er war jetzt verschlossen. Ebenso die Eingangstür. Und dort stand auch kein Auto mehr. Die Türklingel hallte in einem so gut wie leeren Haus wider. Niemand kam zur Tür. Katrín war halbwegs froh. Sie klingelte noch einmal. Nichts geschah. Sie hatte sich sehr schwer mit der Entscheidung getan, ob es richtig war, Þýri genau an diesem Tag mit genau dieser Frage zu behelligen, und es hatte sie noch mehr Überwindung gekostet, diese Frage selbst zu stellen, statt jemand anderen zu ihr zu schicken. Das hätte sie am liebsten getan, doch sie wählte den Mittelweg und fuhr zusammen mit Árni zu ihr.

»Übles schiebt man besser auf«, murmelte sie vor sich hin und drehte sich um. Árni folgte ihr. Sie waren nur noch zwei

Schritte vom Auto entfernt, als sich die Haustür hinter ihnen öffnete.

»Was willst du denn schon wieder, Katrín?«, fragte Þyrí. »Hast du nicht fürs Erste genug angerichtet?«

Katrín drehte sich um, Árni blieb ihr auf den Fersen. Das Wohnzimmer war vollkommen leer, ebenso das Esszimmer. Ihre Schritte hatten lange Echos. In der Küche herrschte zwar ein heilloses Durcheinander, aber Küchentisch und Stühle standen noch an ihrem alten Platz.

»Wie geht's den Jungs?«, fragte Katrín.

Þyrí zuckte die Achseln. »Flóki hat eine gebrochene Rippe und etliche Schrammen. Ýmir ist mit einem blauen Auge und vier Stichen an der Stirn davongekommen.«

»Und … und wie war es bei der Aufbahrung?«

Þyrí nahm eine Zigarette aus der Packung auf dem Tisch und zündete sie an. Árni zog seine Zigarettenschachtel aus der Tasche und zog die Augenbrauen fragend hoch. »Bitte sehr«, sagte Þyrí, »du darfst bei mir rauchen, so viel du magst, mein Lieber. Die Sarglegung, ja, die war schwierig, entsetzlich schwierig. Aber auch schön. Deswegen bist du aber wohl nicht hier, meine Liebe. Was willst du von mir?«

Katrín holte so tief Luft, dass sie kaum einen Hustenanfall unterdrücken konnte. »Ich hab dir vorgestern gesagt, dass wir hoffentlich einen Schritt weitergekommen sind in der Frage, wer deiner Erla das angetan hat.«

»Ja, das hast du«, sagte Þyrí. »Und hast du was herausgefunden?«

»Ich glaube, ja.« Es war noch schwieriger, als Katrín sich vorgestellt hatte. Und jetzt fluchte sie innerlich, nicht doch jemand anderen zu Þyrí geschickt zu haben. »An dem Abend, als Erla vergewaltigt wurde«, sagte sie schließlich, sehr darauf bedacht, den Zigarettenqualm nicht durch Handbewegungen abzuwehren. »An dem Abend hab ich deine Söhne und Nanna nach Hause chauffiert. An dem Abend bist du wohl nicht auf dem Austurvöllur gewesen?«

»Nein«, sagte Þyrí, »das war ich nicht. Ich bin ja auch nicht so oft hingegangen, höchstens ein paarmal zu den Samstagsdemos, und dann auch an dem Abend, bevor das geschah. Mit Binni zusammen. Aber nicht an dem bewussten Abend, da war ich zu Hause. Leider. Weshalb fragst du?«

»Und Brynjólfur?«, fragte Katrín. »Wo war er an diesem Abend oder in dieser Nacht? Weißt du das? Kannst du dich erinnern?«

* * *

»Sie hat deine Fragen nicht gut gefunden«, sagte Árni und schnallte sich an.

»Nein«, entgegnete Katrín, »ganz sicher nicht. Sollten wir uns vielleicht die Nachrichten anhören?«

Árni wechselte von den Dire Straits zu den Abendnachrichten im isländischen Rundfunk, wo Guðni gegen den jüngsten und hellsten Stern am politischen Himmel um die Aufmerksamkeit kämpfen musste.

»Guðni sitzt im Knast und Jón Gnarr auf dem Bürgermeisterstuhl«, bemerkte Árni, »ich kann ehrlich nicht sagen, was ich absurder finde.«

»Hast du ihn gewählt?«, fragte Katrín. »Ich meine diese Spaßpartei, die sich Beste Partei nennt?«

»Ja, allerdings«, entgegnete Árni.

»Dann verstehe ich nicht, was du daran so absurd findest.«

Während der kurzen Zeit, die sie zum Nýbýlavegur brauchten, lauschten sie schweigend den Nachrichten. Sie wurden von singenden Amseln und einem weißhaarigen, zittrigen alten Mann in einem rosa Hemd und dunkelblauen

Cordhosen empfangen. Die blauen Augen wirkten zwar unnatürlich groß hinter den dicken Brillengläsern, aber sie blickten umso freundlicher drein.

»Gunnar Brynjólfsson?«, fragte Katrín.

»Ja, der bin ich.«

»Ist Brynjólfur zu Hause?«

»Was?«

Katrín trat einen Schritt auf ihn zu und sprach lauter. »Ist dein Sohn Brynjólfur zu Hause? Wohnt er nicht immer noch bei dir?«

»Doch«, sagte der Alte. »Er wohnt hier, der Junge. Kommt rein. Kann ich euch einen Kaffee anbieten?«

»Nein, danke«, sagte Katrín. »Wir möchten nur mit Brynjólfur reden.«

»Mein Brynjólfur ist aber nicht zu Hause«, sagte Gunnar. »Bist du sicher, dass ihr keinen Kaffee wollt? Den kann ich ganz schnell kochen.«

»Er ist also nicht zu Hause?«

»Nein, aber er wohnt hier. Kann ich ihm etwas ausrichten?«

»Weißt du, wo er ist?«

Das wusste Gunnar nicht, und sie verabschiedeten sich. Er schien es zu bedauern. Katrín versuchte, Brynjólfur telefonisch zu erreichen, aber er meldete sich weder auf seinem Handy noch unter der Büronummer, die unter seinem Namen registriert war.

»Wir fangen bei *Steinlax* an«, sagte Katrín. »Die Firma ist hier ganz in der Nähe. Ich würde mir auch gerne den Fußboden etwas genauer ansehen.«

In der Firma schien niemand zu sein. Die Parkplätze waren leer, und die Eingangstür war fest verschlossen. Am Personaleingang hing ein Din-A4-Blatt, beschrieben mit einem breiten schwarzen Filzstift: *Wegen Beerdigung geschlossen.*

»Komisch«, sagte Katrín.

»Dass er zur Beerdigung wollte?«, fragte Árni.

»Nein. Nicht hinzugehen, hätte für Aufsehen gesorgt. Vielleicht sogar Argwohn, trotz der Trennung und dem damit verbundenen unangenehmen Drumherum. Aber dass er die Firma geschlossen hat, ist...«

»Sie hat ja schließlich hier gearbeitet«, entgegnete Árni.

»Ich meine Erla.«

»Ja, sicher.« Katrín ging zum Personaleingang und griff an die Klinke. Die Tür öffnete sich, und blaugraue Rauchschwaden drangen ihnen entgegen. Árni rief die 112 an, Katrín schützte Mund und Nase mit ihrer Jacke, zog den Kopf ein und stürzte sich in den Qualm.

22

Sonntag

Da das Frühjahr nicht mit schönem Wetter, mit Licht und Wärme gegeizt hatte, sah sich Stefán wegen der Trockenheit gezwungen, an diesem sonnigen Sonntagabend den halb vertrockneten Garten zu bewässern. Danach fühlte er sich wesentlich besser, und er summte ein Lied von der majestätischen Stille der Berge vor sich hin, während er den Gartenschlauch einrollte und ihn ordnungsgemäß unter dem Waschküchenfenster aufhängte. Gerade als er die Tür zur Waschküche betrat, bog Katrín um die Ecke des Hauses. Sie wirkte angeschlagen und müde.

»Du hast mir gesagt, ich soll dich auf dem Laufenden halten, Stefán«, sagte sie. »Ich fand es besser, vorbeizukommen, als dich anzurufen. Komme ich ungelegen?«

»Ganz und gar nicht.« Stefán trocknete sich die Hände an den Überresten einer verschlissenen Gardine ab und ging mit ihr zu einem ausgeblichenen und wettergegerbten Tisch im Garten. »War's ein schlimmer Tag?«

Katrín nickte. »Ja, das kann man wohl sagen. Aber auf seine Weise auch ein guter.«

»Wasser, Kaffee, Bier oder Wein?«, fragte Stefán. »Oder vielleicht Tee? Möchtest du was zu essen?«

»Danke, nur Wasser«, sagte Katrín. »Ich hab mir ein Auto im Dezernat gemopst. Trotzdem würde ich auch ein Schlückchen Rotwein wollen, nur wegen des Geschmacks. Produzierst du immer noch deinen eigenen Wein?«

»Ich hab gerade wieder welchen angesetzt«, gab Stefán zu. »Zum ersten Mal, seit... Seit ich jetzt der Oberbraumeister bin. Unsere letzte gemeinsame Produktion war ehrlich gesagt nicht besonders gelungen, ich krieg das Zeug eigentlich nur mit Mühe hinunter. Aber für Gäste habe ich einen ausgezeichneten argentinischen Wein im Beutel. Bist du sicher, dass du keinen Hunger hast?«

»Ja, ganz sicher«, sagte Katrín. »Ich hab vorhin erst eine tolle Thunfischpizza gegessen, die meine Tochter eigenhändig zubereitet hat. Aus ihrer unendlichen Weisheit und Güte heraus hat sie beschlossen, nicht mehr sauer auf mich zu sein, nachdem sie und ihre Freundinnen Þyrí und Marteinn unter tosendem Beifall hundertachtzigtausendneunhundertzwanzig Kronen überreichen konnten. Das war der Erlös der Aktion *Rocken für die kleine Líf*. Und Haukur und Ýmir sind wieder Freunde. Wahrscheinlich haben sie in ihrer Verachtung für mich zueinandergefunden, obwohl Íris behauptet, mir sei verziehen worden. Dabei war ich natürlich nicht, aber das hat sie mir auch verziehen, weil ich einfach nur das getan habe, was ich im Fall von Erla unbedingt tun musste. Ich hab es am Freitag nur knapp geschafft, zur Beerdigung zu gehen.«

»Eine schöne Zeremonie?«

»Sehr schön«, sagte Katrín. »Aber ändern tut es nichts.«

»Es hilft«, sagte Stefán. »Zumindest doch etwas. Selbst wenn man den Glauben an einen sogenannten Gott verliert, an den man sich jahrzehntelang gehängt hat.« Er lächelte schwach. »Stimmt wirklich.«

»Entschuldige, Stefán, ich wollte nicht...«

Stefán wehrte ab. »Ich sollte eher dich um Entschuldigung bitten, weil ich dir mit meiner privaten Krise in der Arbeit dazwischenkomme. Aber wie geht es der Mutter von Erla? Hast du mit ihr gesprochen, nachdem sich der Fall so langsam zu klären beginnt?«

»Ja, kurz«, sagte Katrín. »Þyrí ist wirklich eine unglaubliche Frau, sie hat gewaltig viel Energie in sich... Ich weiß nicht, woher sie die genommen hat, aber jetzt ist sie wohl doch am Ende ihrer Kräfte. Als ich ihr gesagt habe, dass Brynjólfur ein Geständnis abgelegt hat – uff. Ich war mir nicht sicher, ob ich ihr das noch zusätzlich zu allem anderen zumuten sollte. Sie hat mit dem Mann zusammengelebt, ihn geliebt, ihm zehn Jahre lang vertraut. Wie schafft sie es, all diese Schicksalsschläge hinzunehmen? Vermutlich will sie nur eins, nämlich weg von hier, die Arme. Weg von Brynjólfur, weg aus Island, weg von diesem Albtraum, sofern das überhaupt möglich ist. Verständlicherweise, würde ich sagen.«

»Verständlicherweise«, pflichtete Stefán ihr bei. »Und Brynjólfur redet und packt unaufhörlich aus?«

»Der macht seine Klappe kaum noch zu«, sagte Katrín. »Er redet wie ein Wasserfall, sein Bedürfnis dafür ist offensichtlich ein sehr dringendes. Verdammter Jammerlappen.«

»Was denn, was denn«, sagte Stefán. »Sei doch einfach froh.« Er holte Gläser, Wasser und Wein und setzte sich Katrín gegenüber. »Du gehst ihn hoffentlich nicht zu hart an?«, fragte er vorsichtig. »Ich frage nur, weil dieser Mensch sich noch am Donnerstag umbringen wollte. In so einem Fall ist es nicht unwahrscheinlich, dass ein guter Rechtsanwalt so etwas verwenden...«

»Hinter diesem Selbstmordversuch steckte gar nichts«, unterbrach Katrín ihn. »Er machte irgendwie bei allem nur halbe Sachen. Es war ein missglückter Versuch, auf Mitleid zu spielen. Þyrí konnte sich nicht zurückhalten und hat ihn sofort angerufen, um ihn nach der Vergewaltigungsnacht zu fragen. Obwohl ich sie eindringlich gebeten hatte, das nicht zu tun. Er wusste also, dass wir ihm auf der Spur waren, er hat einfach zwei und zwei zusammengerechnet, und das war seine Reaktion. Die Tür zum Haus hat er aber nicht verschlossen, er hatte ein fast volles Glas mit Schlaftabletten in der Tasche, aber in seinem Blut wurden nur ganz geringe Spuren von Medikamenten gefunden. Außerdem war der Tank in seinem Wagen fast leer, mit anderen Worten, wenn wir nicht gekommen wären, dann wäre er kurze Zeit später einfach mit Kopfschmerzen aufgewacht. Es war also keine gefährliche Situation, und ich bin mir ziemlich sicher, dass er das selber genau gewusst hat. Das können wir auch bestimmt nachweisen, selbst wenn er versuchen sollte, das zu seiner Entlastung anzuführen. Ich glaube aber nicht, dass er das tun wird. Er scheint einfach sehr entschlossen zu sein, sein Gewissen zu erleichtern, indem er seinen alten Freund, den Abgeordneten, ans Messer liefert.«

»Hmm«, brummte Stefán, »und wie stehen die Dinge an der Front?«

»Eben in diesem Augenblick untersucht der Hund den Fußboden bei *Steinlax*, er rechnet aber nicht mit brauchbaren Ergebnissen. Skál!«, sagte Katrín und hob ihr Glas, und Stefán prostete ihr zu. »Macht aber nichts«, fuhr Katrín fort, »denn ein Geständnis liegt vor, und wir haben auch das Messer, das zu der abgebrochenen Spitze in Erla Lífs Oberschenkel passt. Es wurde beim sechzigsten Geburtstag und auf etlichen Fotos von gemeinsamen Angeltouren gezückt. Brynjólfur hat diese Bilder gebunkert wie einen Schatz, auf seinem PC und in einer Mappe, in die er Zeitungsausschnitte geklebt hat. Das Messer hat er ganz hinten in der Gefrierabteilung von *Steinlax* aufbewahrt, in einem Karton mit den blutigen Kleidungsstücken von Erla und ihrer Handtasche. Und dieser Karton war unübersehbar beschriftet mit Namen und Adresse von Ingólfur Halldórsson, stell dir das vor. Der Hund hat auch Blutspuren hinten in einem kleinen Lieferwagen gefunden. Den Firmenwagen hat Brynjólfur dazu benutzt, um die Leiche zu transportieren. Der Hund hat die Proben nach Schweden geschickt. Ich denke, wir können davon ausgehen, dass das Blut von Erla Líf stammt. Eydís meint übrigens, dass die Probe, die sie dem Wagen des Herrn Abgeordneten entnehmen konnte, ebenfalls verwendbar ist. Der Cadillac ist nicht so gründlich ausgebrannt, wie der Abgeordnete das geplant hatte, und er kam auch nicht so schnell in die Schrottpresse, wie Ingólfur es sich wohl gewünscht hätte.«

»Und was sagt er selber dazu?«

»Er ist voll gut drauf«, entgegnete Katrín ironisch. »Die perfekte Verkörperung von Arroganz und Herablassung. Seine Immunität als Abgeordneter hat er von sich aus aufheben lassen, weil er angeblich nichts zu verbergen hat. Er streitet alles rundheraus ab. Behauptet, er habe seine Frau geschickt, um ein neues Messer zu kaufen, nachdem er entdeckt hatte, dass das andere verschwunden war. Er habe ja Brynjólfur nicht kränken wollen. Stell dir das mal vor – das ist der Grund, den er anführt: dass er seinen Freund nicht dadurch kränken wollte, dass er zugab, das Messer verloren zu haben, das der ihm zum Sechzigsten geschenkt hatte! Und dann setzt er dem Ganzen noch die Krone auf, indem er behauptet, Brynjólfur hätte auf einer Angeltour das Messer aus irgendeinem Versehen heraus an sich genommen oder es ganz einfach geklaut. Das seien zumindest die einzigen stichhaltigen Erklärungen dafür, dass Brynjólfur im Besitz des Messers war und es bei seiner Untat verwendet hat – so hat der Abgeordnete sich ausgedrückt.«

»Was ist mit seinen Anrufen bei Brynjólfur am Gründonnerstagabend und am Karfreitagmorgen?«

»In denen sei es um eine geplante Golf-Reise der dicken Freunde nach Spanien gegangen, behauptet er. Seiner Meinung nach hatte Brynjólfur entweder den Verstand verloren oder einen Pakt mit dem Herrn der Unterwelt geschlossen. Im Ernst, Stefán, genau das hat er gesagt. Ich weiß, dass ich nicht so unparteiisch bin, wie ich sein sollte, aber ich glaube doch eher dem verfluchten Brynjólfur, auch wenn seine Aussage viel verrückter klingt.«

* * *

Ingólfur rief mich abends an, kurz nach zehn, ich war gerade ins Zimmer gekommen und hatte mir einen Whisky aus der Minibar genehmigt, oder eigentlich nicht Whisky, sondern einen Bourbon, Jack Daniel's mit Cola. Er war ungewöhnlich erregt, als er anrief, so habe ich ihn noch nie erlebt, er schien Angst zu haben. Er hat mich fast angeschrien und gefragt, wo ich wäre, hat verlangt, dass ich sofort komme, aber ich hab ihm gesagt, das könne ich nicht, ich sei in Akureyri im Hotel Kea, und ich hätte mir schon den einen oder anderen genehmigt. Er rastete aus und knallte auf. Kurz danach rief er aber wieder an, diesmal war er etwas ruhiger und sagte, es sei vielleicht sogar besser, dass ich in Akureyri sei, das wäre ein prima Alibi für mich. Ich sollte ruhig noch mal runter in die Bar gehen und mich blicken lassen. Wenn nur ein bisschen Zeit verstriche, einfach ein oder zwei Tage, dann hätten wir beide ein hieb- und stichfestes Alibi, und niemand könnte uns mit irgendwas in Verbindung bringen. Dann wären wir alle safe, und er bräuchte nur noch Darri anzurufen. Ich muss mit Darri sprechen, sagte er, und sicherstellen, dass auch er ein Alibi für diese Tage hat, sonst würden alle sofort ihn verdächtigen, und es sei überhaupt nicht sicher, ob er dann davonkommen könnte, auch wenn er in diesem Fall unschuldig sei.

Ich hatte keine Ahnung, wovon er redete, aber ich wurde nervös, denn ich habe Ingólfur noch nie so erregt erlebt, so voller Angst. Und alles, was er sagte, klang konfus, was ebenfalls sehr ungewöhnlich war. Dann sagte er auf einmal: Brynjólfur, sag mir, wo… Sag mir, wo kann man am besten einen Kadaver aufbewahren, ohne dass jemand etwas merkt. So lange, bis du wieder in die Stadt kommst? Ich dachte, er meinte einen Schwan oder ein Schaf oder ein Rentier oder sonst ein Tier, das er angefahren oder heimlich geschossen hatte. Ich sagte lachend, das kann passieren, das ist allen schon mal passiert, aber er lachte nicht. Und es sei wohl am besten, erklärte ich, ihn in der Kühlung bei Steinlax zu deponieren, alle wären in den Osterferien, und niemand hätte einen Schlüssel außer mir und Marteinn, und der sei irgendwo in den Bergen. Da wurde Ingólfur fuchsteufelswild und fragte, wie zum Teufel er in ein verschlossenes Haus kommen könnte, wenn die einzigen Menschen, die einen Schlüssel hätten, in Akureyri oder in den Bergen wären. Daraufhin sagte ich ihm, dass ein weiterer Schlüssel bei meinem alten Vater sei, an einem großen Bund auf dem Nachtschränkchen in meinem Zimmer mit Extraeingang von der Diele aus. Der Schlüssel zum Haus liege unter dem Blumentopf, und der Alte höre keinen Mucks, wenn er sein Hörgerät ausgeschaltet habe, und das tue er regelmäßig, wenn er nach den Zehnuhrnachrichten im Rundfunk zu Bett gehe. Ingólfur lachte und sagte, ich sei ein Genie. Er fragte noch einmal, ob ich ganz sicher sei, dass niemand sich Zutritt zu meiner Firma verschaffen könnte, und das versicherte ich ihm.

Daraufhin erklärte er, in einer üblen Situation zu stecken, und ich sei der einzige Mensch auf der Welt, dem er zutraue, ihm aus der Patsche zu helfen. Er sagte mir, er werde den Body in die Kühlung bei Steinlax bringen und anschließend nach Keflavík zum Flughafen fahren. Ich müsse nur irgendwas mit dieser Leiche tun, sie irgendwo platzieren, wo sie früher oder später gefunden würde. Lieber später als früher, sagte er. Und ich sollte ebenfalls nach Keflavík fahren, er würde mich anrufen und mir sagen, wo sein Auto stünde. Ich sollte den Cadillac anzünden und auch noch ein paar andere Autos dort, damit es so aussähe wie diese verrückten Anschläge, die dort anscheinend gang und gäbe waren. Niemand würde das mit etwas anderem in Verbindung bringen. Nachts rief er dann noch einmal an und sagte, alles sei klar. Der Body sei in der Kühlung, und der Wagen stehe in Keflavík unten am Hafen. Er wollte, dass ich ihn anrufe, bevor ich in meinen Kühlraum ging, er müsse mir zuvor noch was sagen. Als ich am Karfreitagabend wieder in Reykjavík war, fuhr ich zu meiner Firma, aber da war nichts in der Kühlung, stattdessen lag Erla Líf neben dem kleinen Firmenlieferwagen. Da erst wusste ich, da erst raffte ich, weshalb es eine so wichtige Sache war, weshalb Ingólfur so erregt gewesen war. Ich geriet in Panik und rief ihn an, aber er antwortete nicht. Ich wusste nicht, was ich tun sollte. Sie lag dort blutüberströmt, und überall auf dem Fußboden war Blut. Und sie war auch noch nicht tot, aber das kapierte ich nicht sofort. Ich hab das Auto und den ganzen Boden abgespült, und auch sie. Nach Ostern habe ich gleich alles neu streichen lassen, diese Typen von der Spurensicherung finden ja immer noch irgendwo was, egal wie gut man sauber macht. Ich hatte schon überlegt, die Ladefläche in dem Lieferwagen zu streichen, aber ich hatte sie auf eine Plastikfolie gelegt und fand es genug, diese Unterlage zu verbrennen. Dann fuhr ich nach Hause, in meinem Wagen.

Mein Vater hat mich dabei genauso wenig wahrgenommen wie Ingólfur, als er den Schlüssel abholte.

* * *

»Er behauptet, einen Schock bekommen zu haben«, sagte Katrín. »Den ersten, als er Erla sah, und einen größeren, als sich herausstellte, dass sie noch lebte. Der erste Stich – also sein erster Stich – war nach seiner Aussage so etwas wie eine mechanische Reaktion. Und die nächsten Stiche waren quasi eine zwangsläufige Folge. Er behauptet ja, unter Schock gestanden zu haben, er habe praktisch wie ein Roboter reagiert, bis alles ausgestanden war, und auch noch länger. Eigentlich jeden Tag aufs Neue, bis heute.«

»Und?«, fragte Stefán. »Glaubst du, dass er lügt?«

»Nein«, sagte Katrín, »das wohl nicht. Die Wunden an ihrem Oberschenkel und in der Seite, von denen Brynjólfur behauptet, dass sie von Ingólfur stammen, sind die tiefsten. Alle anderen reichten nicht so tief. Insofern stimmt Árnis Jammerlappentheorie mit den Aussagen von Brynjólfur überein. Ich finde bloß, dass es gar nichts ändert, sondern das Entsetzliche um ein Vielfaches steigert. Überleg mal, Erla war noch am Leben, als dieser abartige Kerl sie gefunden hat! Meine Erla war noch am Leben, sie ist aus dem Kühlraum herausgekrochen, mehr tot als lebendig, aber sie war noch am Leben, im sechsten Monat schwanger, und das Messer steckte noch in ihrer Seite, hat Brynjólfur gesagt. Wenn ich nur daran denke, dann...« Sie ballte die Hände und wischte sich eine unsichtbare Träne von der Wange. »Ich werde so wütend, so unsäglich traurig, mich packt so ein rasender Zorn, wenn ich an Erlas letzte Stunden in ihrem Leben denke, dass ich, ich...«

Sie verstummte wieder, schloss die Augen und holte tief

Atem. »Dieser armselige Kerl, dieser abscheuliche Mensch hätte ihr das Leben retten können. Ein Anruf bei der Hundertzwölf, und sie wäre möglicherweise oder sogar wahrscheinlich noch unter uns. Hochschwanger, rotzfrech und mit großer Klappe. Aber Brynjólfur ging es nur darum, seine eigene Haut zu retten. Und die von Ingólfur. Und selbstverständlich auch die von Darri. Und jetzt bemitleidet er sich sogar selber, er fühlt sich als Opfer. Ich könnte kotzen.«

»Als Opfer von Darri?«, fragte Stefán ruhig.

»Ja.«

»Brynjólfur gibt also auch die Vergewaltigung zu?«

»Seinen Fehler«, stöhnte Katrín. »Ja. Er nennt die Vergewaltigung einen Fehler, stell dir das mal vor. Aber schuld daran sei wieder nicht er, sondern Darri und Ingólfur hätten ihn dazu überredet oder besser gesagt praktisch dazu gezwungen. Und letzten Endes habe er ja gar nicht richtig mitgemacht, Mensch, ich könnte schon wieder kotzen. Aber in Anbetracht seiner Statur und gemessen an dem, wie Erla die Szene geschildert hat, kann ein Jurist möglicherweise technische Gründe für diese Behauptung anführen. Oder besser ein juristischer Paragrafenreiter, der sich an Formalien klammert. Denn er war dabei, er hat mit Vater und Sohn an der Vergewaltigung teilgenommen. Was auch immer wer sagt. Was auch immer er sagt.«

*   *   *

Ich mochte Erla Líf, ich mochte sie sehr, obwohl sie sich mir gegenüber oft unangenehm verhalten hat, sie hat mich ungerecht und gemein behandelt, vom ersten Augenblick an, als ich zu ihrer Mutter gezogen war. Ich gebe freiwillig zu, dass ich manchmal als Stiefvater auf eine Weise an sie gedacht habe, wie ein Stiefvater nicht an seine Stieftochter denken sollte. Ich gebe es zu, und ich finde es beschämend, aber ich bin auch bloß ein Mensch. Dieses Mädchen konnte nämlich sehr aufreizend sein, sehr sexy, und das wusste sie genau. Sie ist da nur in Unterwäsche durchs Haus gelaufen, als wäre sie ein Kind, aber sie wusste, was sie da tat, und wie schwierig das für mich war. Ich sah weg, ich versuchte immer wegzusehen, wenn sie mich auf diese Weise aufreizte, denn das waren ja keine Schlüpfer, in denen sie herumlief, sondern winzige Stoffffetzen, die durch ein paar Schnüre zusammengehalten wurden, meistens auch noch durchsichtig. Ja, ich habe einfach versucht wegzuschauen. Es ließ etwas nach, als sie mit Darri zusammen war, und hörte fast ganz auf, als sie auszog, aber eben doch nicht ganz. Manchmal waren wir an Wochenenden im Ferienhaus von Ingólfur und Guðrún, die ganze Familie, und wenn wir zusammen in dem heißen Pool auf der Veranda saßen, trug sie den winzigsten Bikini der Welt – das war kein Outfit zum Baden, das war Porno pur. Nachdem sie mit Darri Schluss gemacht hatte, zog sie wieder zu Hause in Hvassaleiti ein, und es ging weiter mit der Stripperei vor meinen Augen. Und da nahm sie dann auch schon Drogen, im Herbst 2008, und damals ist sie total ausgeflippt, das Mädchen kam mir auf einmal fast wie ein Wechselbalg vor. Ihre Mutter sah einfach darüber hinweg, sie wollte das nicht wahrhaben, sie wollte nichts davon wissen, dass ihre Tochter jetzt ein Junkie war und radikale Ansichten hatte. Die war zu einer Ultrafeministin der schlimmsten Sorte geworden. Sie hatte natürlich auch schon vorher in diesen radikalen Tönen geredet, das ganze Gewäsch von Gleichberechtigung und Feminismus hatte sie drauf, aber das war nichts im Vergleich zu dem, was danach kam. Ich weiß ehrlich nicht, in was sie sich da hineingesteigert hat. Und trotzdem ist sie weiter halb nackt wie eine Pornodarstellerin rumgelaufen, vor mir und allen anderen. Ihre

Brüder hat sie auch in diesen Sumpf reingezogen, das Mädel tickte einfach nicht mehr richtig. Klar, ich wusste natürlich, dass sie bei den Protesten mitgemacht hat. Dass sie immer auf dem Platz vor dem Allthing war, wenn irgendwas passierte. Ich war manchmal auch dort, mit Þyrí und Erlas Geschwistern – ich wollte doch wissen, was da ablief. Ingólfur hatte mich nämlich darum gebeten, die Szene auf dem Platz vor dem Parlament mitzuverfolgen, den Leuten auf den Puls zu fühlen, verstehst du? Und deswegen war ich selber manchmal dort, vielleicht sogar oft. Aber ich habe nicht gewusst, dass sie es war, dass sie eine von den Schwarzvermummten war, die um das Feuer herumtanzten, ehrlich, das wusste ich nicht. Es sei denn, irgendwo im Unterbewusstsein. Ich hab gelesen, dass es so etwas gibt, dass man etwas erkennt, ohne zu wissen, dass man es kennt. Vielleicht habe ich deswegen auf sie und nicht die zwei anderen Mädchen gezeigt, als Ingólfur und Darri… Als sie einen Vorschlag von mir verlangten. Es ging um eine Message an dieses Pack von Kommunisten und Anarchisten und Verrückten, dass sie nicht einfach alles Mögliche tun konnten, ohne dafür zur Verantwortung gezogen zu werden. Ich meine das in dem Sinne, wie Ingólfur sich ausgedrückt hat, als die Linken, die linken Parlamentarier sich unter dieses Gesocks mischten, angeblich aus Solidarität. Leute, die ins Parlament gewählt wurden, fanden auf einmal diesen Angriff auf unsere demokratische Ordnung und unser Parlament gut. Da stimmte etwas nicht, verstehst du, da war einfach etwas nicht in Ordnung. Da musste etwas Radikales geschehen – und das ist dann so schiefgelaufen. Und danach passierte nichts mehr. Weder von unserer Seite aus, noch…. Ja, nein – mehr wurde daraus nicht. Wir haben aufgehört, weil es Erla war, weil wir geschockt waren. Das ist nicht gelogen, das ist die Wahrheit. Im Ernst, wir wussten nicht, dass sie es war. Nicht bewusst, weder Ingólfur noch Darri, und erst recht nicht ich. Glücklicherweise hat sie nie herausgefunden, dass ich dabei war.

※ ※ ※

»Aber sie hat geschnallt, dass es Ingólfur war«, erklärte Katrín. »Dass Ingólfur einer von den drei Männern war. Wie sie das rausgekriegt hat, weiß ich nicht, und Brynjólfur ebenfalls nicht. Am Gründonnerstagabend ging ihr auf, dass Ingólfur zu denen gehörte, die sie vergewaltigt hatten. Er muss irgendetwas gesagt haben, muss sich irgendwie vergaloppiert, etwas gesagt oder getan haben, was dazu führte, dass ihr endlich ein Licht aufging – mit den entsprechenden Konsequenzen. Eine Bewegung, ein Geruch, irgendein Wort, irgendwas. Ich weiß nicht, Erla war immer so furchtlos, viel zu furchtlos. Ich meine, an diesem Abend war doch erst eine Woche seit dem Freispruch vergangen. Trotzdem hat sie sich zu den dreien ins Auto gesetzt und hat ihrer angestauten Wut freien Lauf gelassen. Einfach unglaublich. Das kann und werde ich nie begreifen. Gemessen an dem, was das Trio ausgesagt hat, war sie an diesem Abend keineswegs auf Versöhnung aus. Jedenfalls hatte sie keine Angst vor den Kerlen, sie hat sich in das Auto gesetzt, um ihnen zu sagen, was Sache war, ihnen zu sagen, dass der Freispruch vollkommen belanglos war und dass sie sich auf irgendeine Weise an ihnen rächen würde, irgendwann. Was hingegen Ingólfur gesagt hat, um sie dazu zu bringen, sich zu ihm ins Auto zu setzen, und was genau dann zwischen ihnen vorfiel – darüber werden wir wohl nie etwas erfahren, es sei denn, Ingólfur packt aus. Das sehe ich aber nicht. Ausgehend von dem, was Brynjólfur über ihn gesagt hat, ist es verlockend, sich vorzustellen, dass Ingólfur versucht hat, ihr gut zuzureden und sie dazu zu bringen, sich mit dem Freispruch abzufinden und Darri, Vignir und Jónas nicht mehr zu belästigen. Wie du weißt, hat sie dem Trio die Hölle heiß gemacht, und sie hat auch andere dazu gebracht, dasselbe zu tun. Die Farbkleckserei an den Häusern war ein Teil ihrer Aktionen. Das hat wohl gewisse Nerven strapaziert. Also hat Ingólfur sie zu einer Spritztour eingeladen.«

* * *

Er war am Vífilsstaðir-See, als es passiert ist, sagte Ingólfur, nachdem ich endlich Verbindung zu ihm bekam. Er war kreuz und quer durch die Stadt gefahren und hatte versucht, mit ihr zu reden. Auf dem Parkplatz beim See hatte er ihr klarzumachen versucht, was sie erwartete, falls sie nicht aufhören würde, das Leben von Darri zu zerstören, oder etwas in der Art. Sie geriet in Wut und schnappte sich das Messer, das ich ihm vor zwei Jahren geschenkt hatte. Es lag zwischen den Sitzen, sie hielt es ihm drohend vors Gesicht. Als sie ihm die Vergewaltigung auf den Kopf zusagte, war ihm klar, dass sie Bescheid wusste. Und dass er etwas unternehmen musste. Er riss ihr das Messer aus der Hand und stach auf sie ein, ohne nachzudenken, so hat er es mir erzählt. Er stach sie ins Bein, in den Bauch und in die Seite, es hat wie wahnsinnig geblutet. Als sie die Augen schloss, hat er geglaubt, sie sei tot. Später hat er mir am Telefon gesagt, dass es meine Schuld wäre. Dass ich die Schuld daran hätte, weil ich auf Erla gezeigt hatte. Und ich müsse jetzt die Sache wieder in Ordnung bringen, ich müsse ihm aus der Patsche helfen. Wieder einmal. Er hatte gewollt, dass auch ich sie vergewaltige, aber das hab ich nicht getan, nicht wirklich, ich konnte es einfach nicht. Ich hab alles versucht, aber jetzt geht es einfach nicht mehr, ich will auch nicht mehr, ich hab die Schnauze gestrichen voll. Denn ich mochte Erla Líf, ich hab sie geliebt, als wäre sie meine eigene Tochter gewesen, im Ernst, auch wenn sie manchmal aufmüpfig war. Ingólfur hatte es darauf angelegt, dass ich an dieser Vergewaltigung teilnehme, aber das konnte ich nicht. Nicht wirklich. Weil ich sie wirklich lieb hatte. Danach hat er nicht einmal den Mut besessen, sich die Leiche selber vom Hals zu schaffen, auf gar keinen Fall in diesem See oder den Wäldern von Heiðmörk. Er hatte Angst, dass jemand sein Auto erkennen könnte, das war ja so ein Superschlitten, der jedem ins Auge sprang. Ich sollte das also für ihn erledigen, ich sollte ihre Leiche irgendwo entsorgen, wie ein Stück Vieh. Er hat sie noch nicht einmal richtig umbringen können. Stattdessen hat er mich dazu gezwungen, das für ihn zu erledigen. Ich war so schockiert, als Erla auf einmal wieder die Augen öffnete, dass ich ganz mechanisch zugestochen habe, ich griff nach dem Messer und stach auf sie ein, ich musste das tun, um sicherzustellen, dass sie tot war. Danach hab ich sie ausgezogen und gewaschen. Ihre Sachen und ihre Handtasche hab ich aufbewahrt, auch das Messer, obwohl Ingólfur gesagt hatte, ich sollte alles wegwerfen oder verbrennen. Zur Sicherheit, verstehst du, es waren ja Beweismittel. Ich hab mir zu Hause bei meinem Vater ein weißes Laken geholt und sie darin eingewickelt. Ich wollte mit ihr in den Wald unterhalb der Heißwassertanks fahren, aber du weißt, wo meine Fahrt endete. Das alles hätte nie geschehen dürfen. Mir ging es doch nur darum, meinen Beitrag zum Kampf gegen das zu leisten, was Ingólfur als Auflösung und Zersetzung bezeichnete – gegen den anarchistischen Pöbel. Alles andere war Missgeschick, eine entsetzliche Verkettung von Zufällen, von Fehlhandlungen. Wenn sie mit Darri zusammengeblieben wäre, hätte nichts zu geschehen brauchen. Ich will aber die Verantwortung für das alles nicht mehr nur auf mich abschieben lassen, jetzt nicht mehr. Mir reicht's, denn das ist ja noch nicht alles. Da ist noch mehr. Viel mehr. Könnte ich einen Schluck Wasser bekommen?

※ ※ ※

Stefán goss Wasser in Katríns Glas und Wein in seines.

»Ich tu mich unheimlich schwer damit zu glauben«, sagte er, »dass ein Mensch, der jahrelang unter einem Dach mit einer jungen Frau gelebt und sie auch mit lüsternen Blicken verfolgt hat, wie er gestanden hat, dass so ein Mensch sie angeblich nur wegen einer Bankräubermütze nicht erkannt haben will. Oder meinst du, dass sie aus einem puren Zufall heraus in dieser Nacht über sie herfielen und nicht über ein anderes Mädchen? Nur ein Zufall, dass Erla vergewaltigt wurde und nicht Guðnis Tochter Helena? Oder die andere Freundin von Erla, diese Oddný...«

»Sie heißt Oddrún«, korrigierte Katrín und trank einen Schluck Wasser. »Ich bin mir vollkommen sicher, dass Brynjólfur genau gewusst hat, dass es Erla war. Er mag sich selber etwas vorlügen, vielleicht gelingt ihm das ja. Aber ich nehme ihm das nicht ab, mir würde nicht im Traum einfallen, an so was zu glauben. Und Darri hat sie ganz bestimmt ebenfalls erkannt, spätestens in dem Augenblick, als die Kerle sie am Ende der Vesturgata auf den Hinterhof gedrängt hatten. Ihm hat es wahrscheinlich nur noch sehr viel mehr Spaß gemacht, wenn ich dieses Schwein richtig kenne. Nein, der einzige Zufall bei diesen widerwärtigen Ereignissen war der, dass sich Ingólfur genau zu dem Zeitpunkt an der Tankstelle befand, als Darri und seine Kumpane Erla am Gründonnerstagabend aus dem Auto warfen. Alles andere, sowohl vorher als auch nachher, war mehr oder weniger sorgfältig geplant. Kalkulierte, kalte, abscheuliche Bösartigkeit. Sowohl was die Vergewaltigung betrifft als auch den Mord. Das zu beweisen, hab ich mir zum Ziel gesetzt. Und wie gesagt, Brynjólfur ist anscheinend ganz versessen darauf, mir dabei zu helfen.«

»Gar nicht so dumm«, warf Stefán ein. »Er ist also doch noch nicht von allen guten Geistern verlassen.«

»Pah«, sagte Katrín und machte keinen Hehl aus ihrer Verachtung. »Er ist der typische Stiefelknecht, der Underdog und der Laufbursche. Ein untergebener und williger Sklave für Ingólfur, seit sie sich kannten. Ingólfur war damals zweiundwanzig und machte einen auf supertaff, und Brynjólfur war fünfzehn, ein Halbstarker im verrücktesten Alter, er himmelte Ingólfur an. Und seitdem ist er immer nur hinter ihm hergelaufen und ihm zur Hand gegangen. Er hat alles Mögliche für Ingólfur und seine Freunde gedeichselt, und zur Belohnung durfte er dann mal auf Fotos mit sogenannten Promis dabei sein, sich großartig fühlen, mit ihnen Lachs angeln. Und er durfte dafür bezahlen, bei den Partys dabei zu sein, obwohl er sich dort immer zur Seite halten musste, denn natürlich gehörte er niemals ernsthaft zu denen. Du kennst ja diese Fotos von der Wildschweinjagd da irgendwo in Polen. Vater und Sohn auf den Seiten dieses Klatschblatts *Séð og heyrt*. Brynjólfur hat die Reise organisiert und bezahlt. Wenn man ihm glauben darf, hat er ihnen die Jagdlizenzen, die Treiber und nicht zuletzt auch die Nutten besorgt. Das gehörte natürlich dazu, wenn Vater und Sohn sich ›amüsieren‹ wollten – das war so etwas wie ein Fixpunkt bei solchen Unternehmungen, soweit ich das verstehe. Da wurden ein paar Frauen gekauft, die wurden rumgereicht, und anschließend konnte man mit seiner Männlichkeit prahlen. Meist waren vier oder fünf Männer dabei und ebenso viele Frauen, wenn nicht sogar mehr. Und die Jungs hatten richtig Spaß.«

»Verdammt noch mal, nein«, warf Stefán ein. »Soll man

das wirklich glauben? Dass Vater und Sohn auch mit denselben Mädchen vögelten?«

Katrín zuckte mit den Achseln. »Warum nicht? Bei diesen Typen habe ich keine Probleme damit, das zu glauben. Und ich bin mir total sicher, dass weder der Staatsanwalt noch der Vorsitzende des Juristenverbandes daran etwas auszusetzen haben werden, gemessen an dem, was diese Männer in letzter Zeit so von sich gegeben haben. Und das alles, obwohl wir angeblich eine aufgeklärte Gesellschaft des einundzwanzigsten Jahrhunderts sind. Weiter sind wir noch nicht gekommen.«

»Da bist du nicht ganz fair, Katrín, du weißt genau, dass alles mehr oder weniger aus dem ...«

»Zusammenhang gerissen wurde?«, vervollständigte Katrín den Satz. »Das sagst du, und die sagen es auch. Ich bin mir da aber nicht so sicher. Es spielt allerdings keine große Rolle, denn es geht ja nur um das, was Brynjólfur sagt. Die Beziehung zwischen ihm und Ingólfur ist ein Lehrbuchexempel über die Beziehung zwischen Herrscher und Untergebenem, der praktisch alles über sich ergehen lässt, bis irgendwann das Maß voll ist. Und wenn das geschieht, kippt die Sache. Dann wird ausgespuckt und ausgepackt, und alles, aber auch alles wird auf das Konto des Herrn und Meisters geschrieben. Selber ist er natürlich nur das Opferlamm, ein hilfloser und unschuldiger Bauer in einer Schachpartie, die er nie spielen wollte. Wenn er anfängt zu reden, öffnen sich sämtliche Schleusen, und zwar nicht nur mit dem, was das Fass zum Überlaufen gebracht hat, sondern auch mit allem Möglichen anderen. Genau das passiert gerade, Brynjólfur hat regelrechten Sprechdurchfall. Ihm zuzuhören, ist eine Qual, bei seinem Selbstmitleid und seinem Gejammere wird einem einfach schlecht. Und das, was er einem erzählt, ist so abartig und unglaublich, dass ich genau wie du manchmal am Wahrheitsgehalt zweifle. Aber gleichzeitig kann man sich auch kaum davon lösen. Und jetzt habe ich genauso einen Sprechdurchfall wie er.«

»Du hältst wohl nicht viel von Brynjólfur.«

»Gut beobachtet«, entgegnete Katrín. »Wodurch habe ich mich bloß verraten? Spaß beiseite, Brynjólfur redet und redet, und Ingólfur leugnet alles, genau wie Darri, und hiermit habe ich dich darüber informiert. Mir reicht's mit diesen Leuten und diesem Fall, zumindest für heute. Jetzt bist du an der Reihe. Wie geht es Guðni? Ich habe nicht mal Zeit gehabt, ihn zu besuchen.«

»Guðni geht es einigermaßen«, sagte Stefán. »Den Umständen entsprechend – die sind jedoch alles andere als gut. Und die Aussichten sind ebenfalls alles andere als gut. Trinkst du noch einen Schluck Rotwein?«

V

Oktober 2010

23

Montag

Das Feuer auf dem Austurvöllur ganz in der Nähe der Statue des Freiheitskämpfers loderte hell. Eine stählerne Absperrung war zwischen dem Parlament und dem Volk errichtet worden, und vor ihr hielten Polizisten Wache. Bänke wurden verbrannt, und es wurde auf Pauken, Fässern und Töpfen getrommelt. Betrunkene Apostel des Neoliberalismus ließen ebenso nachdrücklich von sich hören wie völlig nüchterne und ultralinke Tischler und viele andere: Lehrer, Lastwagenfahrer, Bürohengste und Bauern, Krankenschwestern und Bankangestellte, Ingenieure, Arbeiter und abgehalfterte Schlagersänger, stammelnde Frauen und durchgetickte Kerle, Intelligenzbestien, Gutmenschen, Spaßmacher und Diebe, Studenten und Nachtwächter, Anarchisten und Neonazis. Und Bullen. Eier wurden geworfen, manchmal waren auch Steine dazwischen, Autoschlüssel, Bierflaschen und sonstiger nicht identifizierbarer Müll. Scheiben zersplitterten, allerdings nicht viele. Die Neonazifahnen wurden den Idioten aus den Händen gerissen und ins Feuer geworfen, und die Kollegen ließen sich diesmal nicht zu irgendwelchen Aktionen hinreißen. Hinter dicken grauen Basaltwänden laberten Abgeordnete beiderlei Geschlechts, Minister und Ministerinnen, Parteivorsitzende, bedeutende und weniger bedeutende Propheten in Direktübertragung, aus dem Allthing, aber wegen des Lärms auf dem Platz konnten sie kaum die eigene Stimme hören.

»Na, wie gefällt's dir, amigo?«, fragte Guðni. »Ist die Regierung zum Tode verurteilt? Wird jetzt auch diese Regierung gestürzt?«

»Tja«, entgegnete Árni, »ich weiß es nicht. Man könnte es fast glauben. Wie viele protestieren da, vielleicht sieben- oder achttausend?«

»So ungefähr«, sagte Guðni grinsend. »Soweit ich gehört habe, gibt's im Zentrum einen akuten Mangel an Parkplätzen, aber das hat wohl keine Rolle gespielt, denn die meisten kamen in ihren dicken Jeeps und konnten ihre Karren überall hinstellen.«

Árni rang sich nur ein schwaches Lächeln ab. »Ich find's eigentlich etwas billig, diese Leute einfach als genervte Jeepeigentümer mit Devisendarlehenshintergrund abzutun, die gegen die linke Regierung sind, unter denen gibt es doch die unterschiedlichsten Menschen...«

»Hey, Jungchen«, unterbrach Guðni ihn, »ich wollte dich bloß auf die Schippe nehmen. Glaubst du wirklich, dass es mir nicht völlig egal ist, was für ein Gesocks das ist? *Come on.*«

Árni errötete und schwieg. Guðni schaltete den Fernseher aus. »Noch keine zwei Jahre her seit den letzten Wahlen, und diese Typen wollen Neuwahlen. Wozu?«

»Tja, man könnte einige Gründe dafür anführen«, sagte Árni, »aber...«

»Mensch, Bürschchen, nun tu mal nicht so«, entgegnete Guðni. »Hab ich nicht versucht, dir das beizubringen? Erinnerst du dich nicht, was ich vor den letzten Wahlen gesagt hab? *New arseholes...*«

»... *same old shit*, ich weiß«, sagte Árni.

»Genau. Siebenundzwanzig von diesen dreiundsechzig unfähigen Hohlköpfen sind damals zum ersten Mal gewählt worden. Totale Greenhorns. Hat das irgendetwas bewirkt?«

»Ja, es hat natürlich ...«

»Etwas zum Besseren bewirkt«, fiel Guðni ihm ins Wort.

Árni dachte nach, aber nicht lange. »Nein«, gab er zu, »eigentlich nicht. So gesehen nicht. Aber nicht deswegen, weil sie neu sind ...«

»*Right*«, erklärte Guðni. »Und jetzt sitzt da ein richtiger Roter im Justizministerium, zum ersten Mal in der isländischen Geschichte. Hat das irgendwas geändert?«

»Äh, vielleicht ist es zu früh, um ...«

»Meiner Meinung nach nicht«, knurrte Guðni. »Egal. Was gibt's Neues von der schwarzen Bande? Und damit meine ich deine schwarze Elitebande, nicht die Idioten beim Zoll. Alles gesund und munter?«

»Ja«, sagte Árni, heilfroh über den Themawechsel. »Ziemlich gut eigentlich. Una hat sich letzte Woche irgendeine Infektion geholt, aber jetzt ist sie wieder obenauf. Jón brüllt immer noch nächtelang. Und Ásta lässt dir Grüße ausrichten.«

»Danke, und die gehen zurück an sie«, sagte Guðni. »Sag ihr, dass sie vorbeischauen soll, wenn sie das nächste Mal hier im Norden ist. Fährt sie nicht öfters nach Húsavík?«

»Doch. Sie ist auch hier, sonst wäre ich nicht hier. Wir sind auf dem Weg nach Ostisland, so ein kleiner Winterurlaub.«

»Und dann kommst du zu mir und nicht sie?«, fragte Guðni. »So ein Mist, sie ist viel netter. Und auch viel intelligenter. Sag ihr, sie soll auf dem Rückweg bei mir vorbeischauen. In Húsavík steht wohl alles auf dem Kopf?«

»Ja«, sagte Árni. »Ihre Mutter verliert ihren Job, wenn die ihre großen Worte wahrmachen und das Krankenhaus schließen. Ich weiß nicht, ich finde diese sogenannte linke Regierung schon reichlich komisch, angeblich geht es ihnen um den Wohlfahrtsstaat. Ich meine...«

»Ach, halt die Klappe«, warf Guðni spöttisch ein. »Die Konservativen würden doch nur noch mehr Kürzungen vornehmen, oder?«

»Ja, aber trotzdem bringt es nichts, die beschissene Situation weiter zu verschlimmern...«

»Sie sagen nicht, wie und wo der Rotstift angesetzt werden soll, oder? Und sie verlieren darüber auch nicht viele Worte, warum so massiv gekürzt werden muss. Mir ist das zumindest entgangen. Und die sogenannte Fortschrittspartei verspricht das Blaue vom Himmel herunter, *surprise, surprise*. Ich weiß nicht, ob ich es witziger finde, den Roten und den Linken zuzuhören, wie sie diese Kürzungspakete rechtfertigen, oder den Konservativen und Liberalen, die alles im Chor beklagen. Mensch, man braucht doch wahrhaftig keine verdammte Spezialausbildung, um die ganze Heuchelei bei diesem Pack zu durchschauen. Und damit meine ich das gesamte Pack, glaub bloß nicht, dass ich mehr Sympathie für die Linksrotmelange habe. Diesen Sofakommunisten fehlt die Power, die machen einfach genau das Gleiche, was die anderen auch gemacht hätten. Aber weiß der Henker, man würde ja auch nicht die Mafia in Sizilien damit beauftragen, Serienmorde aufzuklären, oder?«

»Äh...«

»Keine Sorge«, grinste Guðni, »ich werde nicht kandidieren, jedenfalls nicht im Augenblick. Ich bin ja derzeit noch nicht mal im richtigen Wahlbezirk. Was für ein verfluchter Blödsinn, mich hierherzuschicken. Ich durfte zwischen Akureyri und Schweden wählen, was sind denn das für Optionen?«

Árni hätte gerne eingebracht, dass er sich an Guðnis Stelle für Schweden entschieden hätte, befand aber, dass es Guðni nicht interessieren würde. Und das stimmte haargenau, denn Guðni wartete gar nicht auf seine Antwort, sondern redete unbeirrt weiter.

»Politik«, sagte er, »spielt überhaupt keine Scheißrolle. »Erzähl mir, wie es Katrín geht. Der Herr Abgeordnete wurde freigesprochen, und auch sein Sprössling. Sie wird wohl kaum richtig fröhlich sein?«

»Nein«, gab Árni zu. »Aber immerhin wurde Brynjólfur verurteilt. Und die Staatsanwaltschaft hat Berufung wegen des Freispruchs der beiden anderen eingelegt.«

»*Yeah, right*«, sagte Guðni. »Als würde das Oberste Gericht einen hochgeschätzen Abgeordneten und Parteigenossen, einen *Buddy for life*, verknacken. Oder sein Mustersöhnchen. Das kannst du vergessen, schon allein wegen der Tatsache, dass ihr nichts in den Händen habt, um sie anständig zu belasten.«

»Nichts in den Händen?«, protestierte Árni. »Wir haben die Aussage von Brynjólfur. Die Liste über die Telefonate, das Messer, die Verpackung von dem Präser, das Geständnis von Ingólfur, Erla bei der Tankstelle getroffen zu haben...«

»Aber damit ist praktisch auch schon alles aufgezählt«, entgegnete Guðni. »Keine Fingerabdrücke des Abgeordneten am Messer, und auch die auf der Präserverpackung werden euch nicht weiterbringen als im letzten Verfahren wegen der Vergewaltigung. Da besteht keine Hoffnung auf Revision, vor allem deswegen nicht, weil Jónas sich weigert, die Aussagen von Vignir zu stützen – oder hat sich da was geändert?«

»Nein«, musste Árni zugeben. »Der steht immer noch hundertprozentig zu Darri. Er sagt, dass Vignir entweder alles durcheinanderbringt oder lügt, was den Abend angeht, an dem die Vergewaltigung stattgefunden hat. Sie alle drei seien in dieser Nacht zu Hause gewesen.«

»Genau«, sagte Guðni. »Und die Abgeordnetengattin hält für beide Abende das Alibi für ihren Macker bereit. Sie weicht nicht von ihrer Aussage ab und erzählt genau dieselbe Story wie ihr Mann, nicht wahr?«

»Ja«, bestätigte Árni. »Sie hätten beide Abende und Nächte zusammen verbracht. Sogar der Kauf des Messers hat sich ihren Angaben zufolge genauso zugetragen wie von Ingólfur beschrieben. Er sei deswegen am Boden zerstört gewesen und wollte um jeden Preis vermeiden, Brynjólfur zu kränken – der ihm dann leider diese Gutmütigkeit übel vergolten habe. Ganz schlimm ist natürlich das mit der DNA-Analyse. Wir haben darauf vertraut, auf dem Beifahrersitz bei Ingólfur verwendbare Blutspuren zu finden, aber das war nicht der Fall. Und sowohl an ihren Sachen als auch an der Handtasche, die Brynjólfur im Gefrierschrank aufbewahrt hatte, konnten keine DNA-Spuren oder Fingerabdrücke des Abgeordneten festgestellt werden. Und obwohl alle Personen, die Erla nahestanden, es für eine absurde Theorie halten, gibt es leider doch keine hundertprozentige Beweisführung dagegen, dass Erla tatsächlich ganz allein gewesen ist und zu niemandem Verbindung gehabt hat, bis Brynjólfur am Karfreitagabend von Akureyri zurückkehrte und sie mit dem Messer tötete, das er gestohlen oder seinem Freund, dem Abgeordneten, unabsichtlich entwendet hat. Also deswegen – ja, man kann deswegen schon sagen, dass es nicht allzu gut ausschaut.«

»*Hopeless case*?«, fragte Guðni. »Ich denke, dass deine Einschätzung total richtig ist. Brynjólfur wird verurteilt, Ingólfur freigesprochen, und er wird nach dem Jahreswechsel wieder im Parlament aufkreuzen, reingewaschen und picobello, glaub mir. Und Darri kann ebenfalls so weitermachen wie bisher. Aber ist das Mädchen nicht trotzdem gut beisammen?«

»Meinst du Katrín?«

»Ja.«

»Ich glaub, schon«, brummte Árni. »Den Umständen entsprechend.«

»Gut. Hoffentlich erholt sie sich bald davon, sonst bringt ihr ja nichts zustande. Du bist einfach ein Windbeutel, und Stefán hat irgendwie total den Biss verloren, seitdem seine Alte gestorben ist, deswegen muss ich mein Vertrauen auf Katrín setzen, damit ihr was geregelt kriegt. Wer hätte das je geglaubt?«

Árni war beleidigt und hielt damit nicht hinter dem Berg. »Was soll das denn, Guðni? Ich bin schon seit vielen Wochen wieder voll dabei, habe mich durch den ganzen Kram von dir durchgeackert und...«

»Na gut, ich weiß das zu schätzen, ernsthaft. Es wär natürlich besser gewesen, wenn du dir das damals gleich angesehen hättest, als ich dich darum bat. Habe ich dir das nicht im Januar gegeben?«

»Ja«, musste Árni beschämt zugeben. »Aber da hatte ich Urlaub. Und du hast nie gesagt, dass es eilig sei, du hast nie nachgehakt, und deswegen...«

»Vergiss es. Jetzt pressiert es halt. Hat sich irgendetwas ergeben, was aus all den Unterlagen in den Händen von dieser Tussi aus Keflavík und dem Oberjunkie Þórður geworden ist?«

»Nein«, sagte Árni. »Das ist alles noch unklar. Und selbstverständlich wird intern ermittelt.«

»Pah, was wird das schon für eine Ermittlung sein«, erklärte Guðni. Hier war er allerdings nicht ganz fair, und das wusste er auch. Alle Kopien, die er sich von den Ermittlungen gegen Lárus Kristjánsson seit den Anfängen bis zu dem Tag verschafft hatte, an dem er selbst wegen des Verdachts auf Mord festgenommen wurde, waren verschwunden. Und die Originalunterlagen, die der Archivar für ihn kopiert hatte, waren ebenfalls unauffindbar. Nicht alle, aber die allermeisten. Lárus Kristjánsson war nicht nur aus der Welt verschwunden, sondern größtenteils auch aus dem Archiv der Kriminalpolizei. Die Ermittlung, die wegen dieses beispiellosen Exitus von Akten in Gang gesetzt wurde, lief auf Hochtouren.

Guðni beugte sich zu Árni hinüber. »Du passt doch hoffentlich auf...«

»Na klar«, sagte Árni, immer noch gekränkt. »Stefán hat eine Kopie, Katrín ebenfalls, und ich habe eine im Laptop und eine in meinem PC zu Hause. Außerdem wird das Ganze noch an drei anderen guten Stellen aufbewahrt. Es wird an niemanden weitergeleitet, und wir lassen niemanden davon wissen. Du musst dich schon entscheiden, alter Junge – entweder vertraust du mir, oder du hältst mich für einen Vollidioten oder einen totalen Windbeutel, wie du dich ausgedrückt hast. Aber beides zusammen geht nicht.«

Guðni zog eine Grimasse. »Sei doch nicht so verdammt empfindlich«, brummte er. »Okay, ich bin vielleicht etwas gestresst, aber ich sitze schließlich im Knast, und nicht du. Sechzehn Jahre sind 'ne anständige Portion, besonders für etwas, das man nicht begangen hat. Bei guter Führung komme ich nach acht Jahren an die frische Luft, dann bin ich einundsiebzig. Es sei denn, dass ihr herausfindet, wer tatsächlich Lalli kaltgemacht hat, und zwar möglichst schnell. Sehr schnell. Deswegen entschuldige, amigo, dass ich nicht immer der Höflichste bin, ich bin manchmal ein bisschen und manchmal sogar total desperat. Der Knast hier in Akureyri ist zwar richtig klasse und modern und toll und furchtbar menschlich und all das, ich möchte aber nicht den Rest meines Lebens hier verbringen. Ich bin ja nur ein Zugereister und werde nie was anderes sein, egal wie lange ich hierbleibe.« Das Grinsen war immer noch da, und auch der spöttische Ton, doch es schwang Verzweiflung in seiner Stimme mit. »Also, wie weit seid ihr bis jetzt gekommen?«, fragte er.

»Kári«, antwortete Árni. »Wir nehmen Kári unter die Lupe. Du weißt, dass er nicht mehr Kári Brown genannt wird?«

»Hab davon gehört, ja«, sagte Guðni. »Heißt er jetzt Kári Clever?«

»Ja. Erinnerst du dich an den kleinen Jungen, den du bei dem Mädchen gesehen hast, mit dem er zusammenlebt?«

»Heißt der nicht Ólafur Kárason, wie der Held im ›Weltlicht‹ von Laxness?«

»Nein«, sagte Árni, »genau das eben nicht. Unter Káris Adresse sind drei Personen gemeldet: Kári Svansson, Elísabet Sveinsdóttir, und ein Ólafur Lárusson. Nicht Kárason.«

»Hä?« Guðni war sichtlich perplex.

»Auf der Geburtsurkunde ist Lárus Kristjánsson als Vater eingetragen, und wir haben bereits die Bestätigung, dass er in all den Monaten, die er noch lebte, Alimente gezahlt hat. Und er hat keine Einwände gegen diese Vaterschaftszuweisung erhoben.«

»Aber Kári lebt mit dieser Elísabet zusammen?«

»Jawohl. Es ist schon etwas apart.«

»Milde ausgedrückt«, gab Guðni von sich. »Verfluchte Kacke, Mensch. Das Testament...«

»Genau«, sagte Árni, »das macht jetzt etwas mehr Sinn. Alles ganz simpel, alles geht an die Nachkommen, genau wie bei Lallis Mutter. Nur dass es ziemlich blödsinnig geklungen hat, denn niemand wusste von irgendwelchen Nachkommen bei Lalli, nur bei seiner Mutter. Und er selber war der Nachkomme. Die alte Dame ist immer noch irgendwie am Leben, liegt auf der Palliativstation, nicht mehr ansprechbar. Sämtlicher Besitz von Lárus fällt also dem Säugling zu, und natürlich auch der von der Großmutter. Nun kommt der größte Clou: Nachlassverwalter ist die Kanzlei von Ingólfur und Darri und Co., sowohl bei der Mutter als auch beim Sohn. Ingólfur hat zwar schon seit Langem nicht mehr als Rechtsanwalt für Lárus Kristjánsson fungiert, und auch niemand aus seiner Kanzlei, aber offenbar sind die Testamentsangelegenheiten bei ihnen geblieben. Und jetzt kommt es zu einem Gerichtsverfahren.«

»Tatsächlich?«

Árni grinste. »Die Kanzlei hat vor, bei dem kleinen Ólafur die Vaterschaft anzuzweifeln, auch wenn das unweigerlich dazu führen würde, dass Lallis gesamtes Vermögen in die Staatskasse fließt. Das halten die Herren Juristen offensichtlich für eine bessere Alternative als die Vorstellung, dass alles an den kleinen Bastard geht, für den selbstverständlich die Mutter die Sorgepflicht hat – aber eben auch Kári.«

»Das findest du wohl amüsant?«, fragte Guðni. »So was wie *wheels within wheels*?«

»Ein bisschen schon«, gab Árni zu. »Du nicht?«

»Nein. In solchen Sachen habe ich einen einfachen Geschmack, wie immer«, sagte Guðni. »Sag mal, die Kollegen in Kópavogur haben eine Plantage mit zweihundertfünfzig Pflanzen und zweieinhalb Kilo Marihuana ausgehoben? Ich hab's in den Nachrichten gesehen.«

»Stimmt.«

»Einfach so aus heiterem Himmel?«

»Mehr oder weniger, wenn ich's richtig verstanden habe«, sagte Árni und lächelte immer noch, aber inzwischen etwas schief.

»Und die Typen, die dahinterstecken, die haben nichts mit Kári zu tun?«, fragte Guðni. »Oder mit Lalli und seiner früheren Truppe?«

»Nicht dass ich wüsste.«

»Und was jetzt?«

»Jetzt sieht es so aus, als würde dein wunderbarer Spruch nicht nur für die Politik gelten.«

»Mein wunderbarer Spruch?«

»*New arseholes, same old shit*«, sagte Árni.

»Hm«, knurrte Guðni. »Diese Welt ist natürlich nicht mehr in Ordnung. Ich weiß wirklich nicht, was Joe Cabot über so einen Zustand sagen würde.«

»Welchen Zustand?«, fragte Árni. »Und wer genau ist Joe Cabot?«

»Ein fiktiver Gangster«, sagte Guðni. »Google nach ihm. Der Bursche hat was gesagt, was ich immer wahr gefunden habe. Oder in Übereinstimmung mit der Wirklichkeit, mit der wir ständig in unserem Job konfrontiert sind, um es gehobener auszudrücken.«

»Okay«, sagte Árni. »Was hat Joe Cabot nun gesagt?«

»In erster Linie, dass du keinen Scheißdreck Ahnung hast«, sagte Guðni grinsend, »was natürlich völlig richtig ist, aber nichts mit der Sache zu tun hat. Vor allem hat er gesagt, dass es überhaupt keine Rolle spielt, was man beweisen kann, sondern nur, dass man einen Riecher für die Dinge hat, einen Instinkt. Was man weiß, braucht man nämlich nicht zu beweisen.«

»Blödsinn«, rutschte es Árni heraus.

»Na ja«, sagte Guðni, erstaunt über diese klare Ansage des

Bürschchens. »Es hat vielleicht den Anschein. Mir kam es immer so vor, als hätte der Kerl recht, zumindest, dass etwas dran war. Aber dann haben diese Sausäcke am Bezirksgericht in dieser Woche alles auf den Kopf gestellt. Dienstag wurden Ingólfur und Darri freigesprochen, und am nächsten Tag wurde ich verknackt. Zu sechzehn Jahren, vielen Dank. Was soll man da noch glauben?«

Árni stand auf und überlegte, ob er Guðni die Hand schütteln, ihm auf die Schulter klopfen oder ihn umarmen sollte. Zum Schluss entschied er sich dafür, nichts von alledem zu tun, sondern sich Richtung Tür zu bewegen.

»Wir bleiben in Verbindung«, murmelte er.

»Grüß alle von mir«, brummte Guðni ihm nach, »vor allem deine schwarze Rasselbande.«

»Mach ich«, sagte Árni. »Und pass du auf dich auf, Mann.«

Leif GW Persson
bei btb

***Zwischen der Sehnsucht des Sommers
und der Kälte des Winters***
Kriminalroman. 704 Seiten

In guter Gesellschaft
Kriminalroman. 384 Seiten

Die Profiteure
Kriminalroman. 384 Seiten

Zweifel
Kriminalroman. 784 Seiten

Die Bäckström-Serie

Mörderische Idylle
Kriminalroman. 544 Seiten

Sühne
Kriminalroman. 448 Seiten

Der glückliche Lügner
Kriminalroman. 656 Seiten